BETH KERY

Devotion

Roman

Übersetzt von Jörn Pinnow

blanvalet

Die amerikanische Originalausgabe erschien 2013 unter dem Titel
»When I'm With You« bei Berkley Books, Penguin Group USA, New York.

MIX
Papier aus verantwortungsvollen Quellen
FSC® C014496

Verlagsgruppe Random House FSC® N001967
Das für dieses Buch verwendete
FSC®-zertifizierte Papier *Super Snowbright*
liefert Hellefoss AS, Hokksund, Norwegen.

1. Auflage
Deutsche Erstveröffentlichung 2015 bei Blanvalet, einem Unternehmen
der Verlagsgruppe Random House GmbH, München

The edition is published by arrangement with The Berkley Publishing Group,
a member of Penguin Group (USA) Inc.
Umschlaggestaltung: Johannes Wiebel, punchdesign, München
Redaktion: Sabine Wiermann
ue · Herstellung: sam
Satz: Uhl + Massopust, Aalen
Druck und Einband: GGP Media GmbH, Pößneck
ISBN: 978-3-7341-0036-9

TEIL I

WENN WIR UNS BERÜHREN

KAPITEL 1

Mitternacht war lange vorbei, als Lucien den Hintereingang seines Restaurants öffnete. Augenblicklich war er alarmiert und hielt in seiner Bewegung inne, denn aus dem Innern des Restaurants drang eine tiefe männliche Stimme. Offenbar hatte ein Einbrecher seine Sicherheitsanlage überwunden. Das Fusion, das regelmäßig mit schicken Gästen für ein spätes Dinner oder eine Clubnacht gefüllt war, hatte sonntags und montags geschlossen. Es dürfte sich also niemand dort aufhalten. Leise schloss Lucien die Tür hinter sich und packte den Poloschläger, den er bei sich hatte, fester am Griff. Eigentlich hatte er vorgehabt, diesen angebrochenen Schläger durch den neuen auszutauschen, den er in seinem Schrank im Fusion aufbewahrte. Jetzt hatte er eine andere Idee für seine Verwendung.

Nur selten gab Lucien die mäßig amüsierte, zynische Haltung des weltgewandten, gelangweilten Libertins auf, eines Mannes, der ohne Familie, ohne Heimat, ohne Glaubensgrundsätze durchs Leben ging. Er beanspruchte nur selten irdische Besitztümer für sich, und wenn, dann nur die, die ihm auch gesetzlich zustanden. Was nicht wenige waren. Aber für die Dinge, die er dann *wirklich* für sich beanspruchte, für die war er auch bereit zu kämpfen. Jederzeit. Er hatte bis zu diesem Moment nur nicht gewusst, dass dieses Restaurant, das er erst vor Kurzem gekauft hatte, ihm schon so ans Herz gewachsen war, dass er bereit war, sich dafür zu schlagen.

Er schlich den schummrigen Gang entlang, in Richtung des Lichtscheins, der durch eine nur halb angelehnte Tür fiel. Hier ging es zum großen Barbereich des Restaurants. Er hob seinen Kopf und lauschte, um auch das kleinste Geräusch noch wahrnehmen zu können. Ein Schauer lief über seinen Rücken, als er eine Frau lachen hörte. Das tiefe Gekicher eines Mannes stimmte mit ein – rau und intim. Er hörte, wie unverkennbar zwei Gläser zusammenstießen, als hätte sich jemand zugeprostet.

Lucien trat an die Tür heran und lehnte den Kopf an den offenen Spalt.

»Warum spielen Sie mit mir?«, wollte der Mann wissen.

»Ich spiele?«

Luciens schneller Herzschlag schien für einen Moment auszusetzen, als er die Stimme der Frau hörte. Sie stammte aus seinem Heimatland. Die weibliche Stimme klang amüsiert, melodisch und leicht, ihr französischer Akzent war zudem leicht britisch angehaucht. Vielleicht erkannte er den Akzent so genau, weil er seinem eigenen so ähnlich war.

»Sie *ziehen* mich doch *auf*«, sagte der Mann forsch. »Schon den ganzen Abend. Und nicht nur mich. Es hat im ganzen Restaurant heute Abend sicher keinen einzigen Mann gegeben, der nicht von Ihnen verzaubert war.«

»Dabei bin ich doch wirklich sehr vorsichtig. Wir werden schließlich zusammenarbeiten«, erwiderte die Frau, deren Ton nun plötzlich viel energischer, kühler geworden war. Lucien hatte das Gefühl, sie hatte gerade eine Haltelinie gezogen.

»Ich möchte mehr als nur mit Ihnen arbeiten. Ich möchte Ihnen helfen. Ich möchte, dass Sie zu mir nach Hause kommen … in mein Bett«, sagte der Mann, ohne auf die Warnung der Frau zu achten. Von einer Sekunde auf die andere wechselte Luciens Anspannung zu Irritation, als er die Stimme des

Mannes erkannte. Er hatte hier keinen Einbrecher auf frischer Tat ertappt.

Er störte eine Verführung.

Angewidert stieß er die Tür auf und lief in das nur schwach erleuchtete elegante Restaurant. Das Paar stand sich an der glänzenden Mahagonibar gegenüber, beide hatten einen Cognacschwenker in der Hand. Ihm fiel auf, dass die Frau ein wenig vor dem Mann zurückwich, als wollte sie seiner Nähe entkommen. Er bemerkte ihr blau-silbernes Abendkleid, das volle, feste Brüste und straffe Kurven umschloss. Im Dunkel des Raumes gab der Rücken des Kleides ein kleines Stück weiße, makellose Haut preis, die in der gedimmten Beleuchtung erstrahlte. Der Anblick von Mario Vincentes Hand auf dem Stück bloßer Haut ließ auf unerklärliche Art und Weise aus Luciens Irritation Ärger werden. Der so ungemein begabte Küchenchef, den Lucien von einem Spitzenrestaurant aus Las Vegas abgeworben hatte, war eine Diva. Mario bemerkte Lucien erst, als er kurz vor ihm stand. Doch als er ihn sah, riss er seine Augen auf.

»Lucien!« Das mit Cognac gefüllte Glas sackte in Marios Hand ein Stück ab. Lucien warf einen schnellen Blick auf die einzige Flasche, die auf dem Tresen stand – ein Cognac Dudognon Héritage aus seinem privaten Vorrat in seinem Büro. Lucien warf den Poloschläger auf die Mahagonibar. Der Knall hing wie ein Protestruf in der Luft.

»Ich habe gar nicht gewusst, dass ich Ihnen den Sicherheitscode des Fusion gegeben hatte. Oder die Erlaubnis, mein Büro und meine Privatbar zu betreten. Wie erklären Sie mir das, Mario?« Luciens Tonfall war hart, aber neutral, jetzt, da er den Grund für das Eindringen in sein Eigentum verstanden hatte. Es stimmte, er war über Marios Regelverstoß verwundert und würde dies seinen Angestellten auch spüren lassen.

Dabei hatte er noch nicht entschieden, ob er diesen Idioten feuern würde. Er hatte zwar nie eine Schwäche für Mario gehabt, aber einen so begabten Koch wie ihn zu finden war nicht gerade ein Kinderspiel.

»Ich … ich hatte nicht vermutet, Sie hier zu sehen«, stammelte Mario.

»Das merke ich.«

Lucien fiel auf, dass sich der nackte, geschmeidige Arm der Frau senkte, ihr Drink schwappte an das gerundete Glas. Nun schenkte er zum ersten Mal auch der dritten anwesenden Person ein wenig Aufmerksamkeit und warf ihr einen flüchtigen Blick zu. Gleich darauf sah er genauer hin.

»*Merde, Mist.*«

»*Lucien.*«

»Was tust du denn hier, Elise?«

Natürlich konnte er es mit eigenen Augen sehen – ein Gesicht aus seiner Vergangenheit … ein wunderschönes Gesicht, aber es war eines, das er an diesem Punkt seines Lebens keinesfalls erwartet hätte. Was um alles in der Welt tat Elise Martin hier in seinem Restaurant in Chicago, Tausende von Kilometern von ihrem gemeinsamen Heimatland entfernt, Lichtjahre vom goldenen Käfig ihrer gemeinsamen Vergangenheit? War das hier so was wie ein kosmischer Witz?

»Das Gleiche könnte ich auch dich fragen«, gab Elise rasch zurück. Ihre dunkelblauen Augen blitzten auf. Als es ihr dämmerte, entgleisten ihre Gesichtszüge. »Lucien … *du bist* Lucien *Lenault*. Dieser Laden gehört *dir*?«

»*Wie bitte?* Sie kennen sich?«, wollte Mario wissen.

Lucien warf Elise einen Blick zu, der keine Widerrede duldete. Ihre vollen Lippen schlossen sich, sie sah ihn herausfordernd an. Sie hatte seine Warnung, über ihre Verbindung zu schweigen, sehr wohl verstanden, doch das hieß noch nichts.

Er kannte Elise, und ihm war klar, dass sie noch nicht genau wusste, ob sie wirklich Stillschweigen bewahren wollte. Kurz überkam ihn ein Gefühl der Angst. Er musste sie, koste es, was es wolle, aus dem Fusion hinausbringen … und aus seinem Chicagoer Leben. Elise Martin konnte überall, wohin sie ihren perfekt gepflegten, eleganten Fuß setzte, für Verwüstung sorgen. Genauer gesagt, sie konnte all das ruinieren, was er in Hinblick auf seine Beziehung mit dem milliardenschweren Unternehmer Ian Noble bislang erreicht hatte.

»Es … es tut mir leid. Es war ja nur ein kleines Glas«, stotterte Mario. Lucien wandte seine Aufmerksamkeit von Elise' Gesicht ab. »Ich weiß ja, dass das Ihr persönlicher Vorrat ist, aber …«

»Sie sind gefeuert«, unterbrach Lucien ihn kurz und bündig.

Mario zuckte zusammen. Lucien drehte sich um und ging.

»Lucien, das kannst du nicht machen!«, rief Elise.

Beim Klang ihrer Stimme wirbelte er herum. Einen Augenblick lang sah er sie nur an.

»Wie lange ist es her?«, fragte er, und seine leise Frage war an sie gerichtet, nur an sie. In ihrem wunderschönen Gesicht sah er eine seltsame Mischung aus Gefühlen auftauchen – Unbehagen, Verwirrung … Zorn.

»Seit dieser Nacht im Renygat sind es jetzt fast zwei Jahre«, antwortete sie und erwähnte dabei seinen erfolgreichen Nachtclub mit Restaurant in Paris. Das musste er ihr lassen. Trotz all der Emotionen, die sie erkennbar durchlebte, blieb sie bei diesen Worten ganz die coole Aristokratin. Verdammt. Jeder Mann, der sich darauf einließ, das Geheimnis von Elise lüften zu wollen, war zu lebenslänglicher Besessenheit verdammt. Wer *war* sie? Unkontrollierbare Erbin und Bad Girl oder ein strahlender, goldener, schwer zu fassender Sonnenstrahl, der lockte und brannte?

»Lucien, sei doch nicht so voreilig«, sagte Elise weich, und ein hexenhaftes Lächeln umspielte ihren Mund, für das ein Mann vermutlich töten würde. »Es wäre blöd, Mario nur wegen deiner Gefühle für mich zu feuern.«

»Ich feuere ihn nicht wegen meiner Gefühle für dich«, entgegnete er gelassen. Der Anblick von Marios Hand auf ihrer weißen Haut kam ihm wieder in den Sinn. *Lügner.* Er ignorierte geflissentlich die höhnische Stimme in seinem Kopf. »Ich schmeiße ihn raus, weil er sich hinterhältig den Zugangscode für die Alarmanlage des Restaurants beschafft hat, in meinen Privatbereich eingedrungen ist und sich an meinem persönlichen Vorrat bedient hat.«

Seit ihrem letzten Treffen vor zwei Jahren hatte sie sich ihre langen, prächtigen, blonden Haare abschneiden lassen. Sie trug sie nun kurz, die glänzenden Wellen waren hinter die Ohren gekämmt. Er hatte gedacht, das Abschneiden ihrer Locken würde für die Zähmung von Elise' berüchtigtem, wildem Temperament stehen, aber da hatte er sich getäuscht. Elise' Blick wurde rebellisch. Ihre Züge erstarrten vor Wut. Sie hatte wohl vergessen, dass ihr typischer Charme bei Lucien nicht wirkte.

»Du kannst Mario nicht rausschmeißen«, stellte sie fest. Alle Spuren eines verführerischen Verhaltens waren durch verärgerte Starrköpfigkeit ersetzt worden. Lucien musste sich zwingen, über diese abrupte Änderung nicht zu lächeln.

»Ich kann tun und lassen, was ich will. Das hier ist mein Restaurant.«

Er sah, wie der ihm so vertraute, herausfordernde Ausdruck auf ihrem Gesicht erschien, genau der, den sie auch mit vierzehn Jahren gezeigt hatte, als er ihr erklärte, dass der Hengst im Stall seines Vaters viel zu stark und gefährlich sei, als dass sie ihn kontrollieren könne – einen Ausdruck, den er trotz allem sehr mochte.

»Aber …«

»Es gibt da kein Aber.« Lucien zwang seine Stimme in ihre übliche ruhige Lage und Lautstärke zurück. Er konnte es *nicht* zulassen, dass Elise' Gegenwart ihn aus der Bahn warf. Sie hatte die Angewohnheit, genau dies zu tun – die normalerweise spießige europäische Gesellschaft mit dem schockierenden Wirbelwind ihrer empörenden Tricks aufzupeitschen … einem Mann mit ihrer unvergleichlichen Schönheit und der Versuchung, sie zähmen zu wollen, den Kopf zu verdrehen. Er erinnerte sich nur zu gut, wie er bei ihrem letzten Treffen im Renygat ihrem Sirenengesang beinahe verfallen wäre. Er wusste noch genau, wie Elise zu ihm aufgesehen hatte, während sie anfing, seine Hose aufzuknöpfen und ihre Fingerspitzen den vor heißer, rauer Lust steifen Schwanz in der Hose rieben; ihre Lippen nach seinem Überfall auf ihren Mund rot und geschwollen, ihre Augen wie feurig glühende Saphire, ihren süchtig machenden süßen Geschmack noch immer auf seiner Zunge.

»Du willst deine Vergangenheit vergessen, Lucien? Ich sorge dafür, dass es dir so gut geht, dass du dabei alles vergisst, was mit deinem Vater geschehen ist. Das verspreche ich dir.«

Bei dieser Erinnerung versteifte sich sein Körper. Er hatte ihr geglaubt. Wenn es jemanden gab, der ihn die Sache mit seinem Vater für einen großartigen, überirdischen Moment vergessen lassen konnte, dann war es Elise. Es war ihm schwergefallen, sie in dieser Nacht fortzuschicken, doch er hatte es getan. Sie manipulierte Menschen mit der gleichen Selbstverständlichkeit, mit der sie atmete. Sie wusste genau, wie sie auch ihren größten Feind in die Tasche stecken konnte, und brachte ihn dann sogar noch dazu, sie wie ein hungriger Hund anzubetteln.

Und zu alldem kam noch, dass Elise einfach zu viel wusste, nach dieser Nacht im Renygat.

Und sie hatte es verdammt noch mal sicher nicht vergessen.

Er kannte nur einen einzigen Weg, auf dem er Elise in sein Leben lassen würde. Doch sie wäre niemals bereit, sich auf diese Spielregeln einzulassen. Nicht Elise Martin.

Oder vielleicht würde sie es doch?, neckte ihn eine leise Stimme in seinem Kopf.

»Ich möchte, dass Sie, Mario, und du, Elise, beide jetzt hier verschwindet. Sie können froh sein, dass ich nicht die Polizei rufe«, stellte Lucien fest und machte sich erneut daran, den Raum zu verlassen. Als er aus dem Augenwinkel sah, wie Mario plötzlich auf ihn zukam, hielt er inne. Offensichtlich hatte der Küchenchef in den letzten Sekunden wieder zu seinem typischen Hochmut zurückgefunden.

»Seien Sie doch nicht dumm. Sie müssen das Fusion doch morgen wieder aufmachen. Sie brauchen mich dazu. Wer sonst soll die Küche organisieren?«

»Das kriege ich schon hin. Ich bin lange genug im Geschäft, um zu wissen, wie ich mit stehlenden Angestellten umgehen muss.«

»Sie nennen mich einen Dieb? Einen *Angestellten*?« Es sah so aus, als könne Mario sich nicht entscheiden, was für ihn beleidigender war: ein Krimineller oder ein bezahlter Mitarbeiter zu sein. Sein olivfarbener Teint verlor die Farbe.

Lucien schwieg einen Moment und warf einen prüfenden Blick auf Mario, dessen Augen glasig wirkten.

Offenbar hatte er schon eine ganze Menge intus gehabt, bevor er Elise hierhergebracht hatte, um sie mit Luciens Cognac abzufüllen. Wollte er möglicherweise sogar mit ihr auf dem Ledersofa in Luciens Büro schlafen? Bei diesem Gedanken wurde er wieder wütend. Viele Frauen fanden Mario sicher attraktiv, aber er war schon Mitte vierzig und damit viel zu alt, um Elise noch verführen zu können. Unabhängig davon, dass Elise sicherlich vier Mal mehr Liebhaber gehabt hatte als er Freundinnen, war Mario in Luciens Augen doch nur ein brünstiger Amateurräuber.

»Ich hatte zwar das Wort Dieb noch gar nicht in den Mund genommen, aber Sie haben recht, das ist genau das, was Sie sind. Unter anderem.«

»Du *kannst* ihn *nicht* rausschmeißen!«, platzte es aus Elise heraus. Lucien schaute sie kurz an, aufgeschreckt durch den panischen Ton in ihrer Stimme. So ganz konnte er seinen Blick von Mario nicht abwenden, hatte der Mann seine Hände doch zu Fäusten geballt. Warum setzte sie sich dermaßen für Mario ein? Dabei war er sich ziemlich sicher, dass sie von dem Verführungsversuch des Küchenchefs unbeeindruckt geblieben war.

»Halte dich da raus. Das geht dich nichts an«, raunzte Lucien sie an.

»Es geht mich *durchaus* etwas an. Wenn du Mario rausschmeißt, was wird dann aus mir?«, rief Elise aus und stellte ihr Glas auf der Bar ab.

»Wovon redest du da?«, knurrte Lucien, doch Mario war an dem knappen privaten Austausch der beiden nicht interessiert.

»Sie sind schon immer ein blasierter französischer Bastard gewesen, der sich eingebildet hat, über mich bestimmen zu können«, brüllte Mario. Er packte Elise am Oberarm. »Sie können mich nicht feuern, weil ich kündige! Kommen Sie, Elise. Wir hauen aus dieser Hölle ab.«

Elise rührte sich nicht und versuchte sich loszumachen, als Mario an ihr zog. »Niemand sagt mir, was ich zu tun habe«, rief sie aus. Lucien griff nach dem Unterarm des anderen Mannes und bohrte seine Finger hinein. Fest. Mario schrie vor Schmerzen auf.

»Lassen Sie sie los«, befahl Lucien. Er sah die Aggression in

Marios Augen aufblitzen, verzichtete aber darauf, seine Augen voller Frust zu verdrehen. Er war heute Nacht wirklich nicht in Stimmung für so etwas. »Sind Sie sich *sicher*, dass Sie diesen Ärger wollen?«, fragte er weich. »Denken Sie, das ist klug?«

»*Lassen Sie es*, Mario«, warnte ihn Elise.

Für einen Augenblick zögerte Mario, doch dann meldete sich der Alkohol, der in seinen Adern brauste – ganz zu schweigen von dem durch Elise inspirierten plötzlichen Testosteron-Anstieg –, und seine überbordende Eitelkeit brach durch. Er ließ Elise los und stürzte mit erhobener Faust los. Lucien wehrte Marios Hieb ab und schlug ihm seine Faust unter die Rippen.

Einmal, zweimal, fertig. Das ging fast zu leicht, dachte Lucien grimmig, als er bemerkte, wie die Luft aus Marios Lunge entwich und ein kehliger Schmerzenslaut zu hören war.

Lucien warf Elise einen Das-ist-alles-nur-deine-Schuld-Blick zu und legte dann seine Hände auf den nun nach vorn gekrümmten Mario. Er griff sich Marios Jackett vom Barhocker, packte ihn am Hemdkragen und schob den nach Luft schnappenden, stöhnenden Mann in Richtung vorderer Restauranttür.

Als er ein paar Minuten später allein wieder zurückkam, stand Elise noch immer neben dem Tresen. Ihr Kinn war erhoben, die Körperhaltung so stolz und aufrecht, wie es ihre aristokratischen Vorfahren sicher gerne gesehen hätten, ihr misstrauischer Blick ruhte auf ihm. Er ging auf sie zu und wusste nicht, ob er sie, genau wie Mario eben, einfach auf die Rückbank eines Taxis setzen, sie wegen ihrer Dummheit schütteln oder sie übers Knie legen und ihr den Hintern versohlen sollte, weil sie sich erlaubt hatte, einen Blick in seine private Welt zu werfen.

»Was hast du mit ihm gemacht?«, fragte sie unsicher, als Lucien, der sie aus seinen grauen Augen unverwandt anstarrte, näher kam. Ihr war angst und bange, doch sie verbarg es. Sie verstand, welche potenzielle Bedrohung dieser Lucien Sauvage war. Mit einem Betrunkenen wie Mario wurde er im Schlaf fertig. Elise wusste, wie sportlich er war, ganz zu schweigen von seiner jahrelangen Erfahrung, wie er in seinen beliebten luxuriösen Restaurants und Hotels auf der ganzen Welt Ruhe und Frieden herstellen konnte. Nicht selten hatten Banden versucht, Einfluss auf seine Geschäfte zu nehmen. Dank Luciens scharfem Verstand und seiner rohen Kraft waren alle gescheitert.

»Ich habe ihn in ein Taxi gesetzt. Und nun – was mache ich mit dir?«, überlegte er laut und ließ seinen Blick über sie schweifen.

Ihre Brustwarzen wurden unter seinem starren Blick ganz steif, der zugleich Feuer und Eis war. Sie drückte ihre Wirbelsäule durch; ihr Hals war wie zugeschnürt. Wie ein Querschläger sauste die Erkenntnis noch immer um ihren Kopf: *Das Fusion gehörte Lucien Sauvage.* Unwissentlich hatte sie ihr Schicksal in die Hände eines Mannes gelegt, der sie schon einmal abgewiesen hatte.

Und niemand sonst wies sie ab.

Das heißt, *kaum* jemand, es sei denn, sie wollte es genau so. Und mit Lucien wollte sie es ganz sicher *genau so. Pech gehabt.* Es gab so viele Restaurants und Cocktailbars auf der ganzen Welt, aber sie musste ausgerechnet in sein Lokal hineinmarschieren, dachte sie, halb panisch, halb amüsiert.

»Du machst das Einzige mit mir, was du kannst«, antwortete sie ihm. Dabei war ihre Stimme so cool wie die eines Pokerspielers, der das Spiel seines Lebens spielte und dabei nur bluffte. Es stammte noch aus Zeiten ihrer gemeinsamen Vergangenheit – ihrer ehemaligen Freundschaft –, dass sie Englisch miteinander sprachen. Ihre jeweiligen Mütter stammten aus England, ihre Väter aus Frankreich. Dies war eine Gemeinsamkeit, eine kleine intime Verbindung, die für ein vierzehnjähriges Mädchen, das sich nach dem Gefühl der Nähe zu einem attraktiven jungen Mann sehnte, der ihr für immer unerreichbar erschien, wichtig gewesen war. »Du stellst mich als neue Küchenchefin des Fusion ein, jetzt nachdem du die Sache mit Mario so vermurkst hast.«

Er blinzelte, seine Miene fiel in sich zusammen. »Was für einen Quatsch erzählst du denn da? Bist du betrunken?« Sie wurde wütend. »Ich habe den ganzen Abend über ein einziges Glas Wein getrunken«, erwiderte sie wahrheitsgemäß. Dann bemerkte sie seinen sarkastischen Blick auf den Cognacschwenker, den sie auf die Bar gestellt hatte. »Den hat Mario mir hingehalten, und ich habe ihn genommen. Lucien, was machst du hier?«, fragte sie noch einmal, als ihre Neugier die Sorgen über ihre Zukunft besiegt hatte. »Vor einem Jahr bist du aus Paris verschwunden. Keiner deiner Angestellten wollte mir sagen, wo du dich aufhältst. Vor Kurzem hat meine Mutter mit deiner gesprochen. Sogar Sophia weiß nicht, wo du bist. Sie ist krank vor Sorge.«

»Bestimmt«, entgegnete er höhnisch. »Meine Mutter ist krank vor Sorge, weil ich das Geld nicht anfasse, das sie gerne für sich ausgeben will, seit mein Vater im Gefängnis sitzt.«

Elise stutzte. Da hatte er recht. Sie hatte schon gehört, dass er, was die Akzeptanz des elterlichen Vermögens anging, seltsam dickköpfig und ausweichend war.

»Wenn du auch nur einer Menschenseele erzählst, dass du mich hier gefunden hast, dann wirst du das bereuen, Elise.«

Ruhig. Lakonisch. Absolut glaubwürdig.

Ihr Herz raste. Er war einen Meter von ihr entfernt stehen

geblieben. Sie musste ihr Kinn ein wenig anheben, um in sein Gesicht sehen zu können, dabei hoffte sie, dass er nicht bemerkte, wie der Puls an ihrem Hals pochte. Er war noch beeindruckender, als sie ihn in Erinnerung gehabt hatte – groß, schlank, gut gebaut und äußerst beeindruckend. Er trug seine dunklen Haare nun kürzer als bei ihrer letzten Begegnung; er hatte jetzt einen Kurzhaarschnitt, der sehr sexy war und ihm gut stand und seine männlichen, scharf geschnittenen Züge ebenso wie die natürliche, maskulin wirkende Anmut noch betonte. Schon immer hatte sie sich gewünscht, einmal mit den Fingern durch sein weich aussehendes, dickes Haar zu fahren… ihre Hände darin zu vergraben. Außerdem hatte er sich inzwischen einen gepflegten Kinnbart stehen lassen. Er trug Jeans und ein zugeknöpftes helles Baumwollhemd, dessen Farbe im Zusammenspiel mit seinen silbriggrauen Augen einen wunderbaren Kontrast zu seiner glatten karamellfarbenen Haut bildete. Mario war nicht der Erste gewesen, der Lucien als Teufel beschrieb. Männer nannten ihn aus bitterem Neid so. Frauen aus begehrlicher Lust.

Seine Größe und seine unbestreitbare Aura physischer Stärke hatten sie schon immer erregt, doch gleichzeitig hatte Lucien sie auch eingeschüchtert. Seine leise, ruhige Stimme, das unnahbare, selbstsichere Auftreten und das strahlende, charmante Lächeln verbargen seine inneren gespannten Kräfte. Etwas Dunkles umgab ihn, das nicht ganz zu dem hellen blitzenden Lachen und dem unbeschwerten Verhalten passte, mit dem er die Einflussreichen, Wohlhabenden und Schönen umgarnte, die seine Hotels und Restaurants besuchten.

Sie hatte nicht den leisesten Zweifel daran, dass Lucien gefährlich werden konnte, wenn er wollte. Und sie war sich sicher, dass er sie niemals ernsthaft bedrohen würde – nicht der junge Mann, der ihr einstmals seine Liebenswürdigkeit bewiesen und sie unter seine Fittiche genommen hatte.

Doch auch dieses Wissen ließ seine Drohung nicht weniger beängstigend wirken.

»Also«, sagte er ruhig, kam noch etwas näher und legte eine Hand auf die Stange am Tresen. Plötzlich fühlte sie sich in die Enge getrieben. »Wann verlässt du Chicago?«

»Ich gehe nicht weg. Ich habe vor, hier zu leben.«

»Wie bitte?«

»Du hast es schon richtig verstanden. Chicago wird meine neue Heimat.« Obwohl sie sich eigentlich nicht wirklich so fühlte, eröffnete sie ihm diese Neuigkeit mit ausgesprochenem Selbstvertrauen. Wenn Elise eines war, dann eine Schauspielerin, und beherzte Gelassenheit war ihre Paraderolle.

Leider hatte ihr Vater sehr verächtlich auf ihr Vorhaben reagiert, Köchin zu werden und nach Chicago zu ziehen, weshalb er ihr auch jede finanzielle Unterstützung verweigerte. Auf ihren Treuhandfonds konnte sie erst mit fünfundzwanzig zugreifen. Für Elise hatten sich sechs Monate warten noch nie so lange angefühlt. Und der Notgroschen, den sie sich nach fast einem Jahr Kellnern in Paris zurückgelegt hatte, hatte noch nie so mickrig gewirkt.

»Warum solltest du nach Chicago ziehen? Das passt gar nicht zu dir«, zweifelte Lucien. Sein Blick, der nach unten über ihre Abendgarderobe streifte, machte sie wütend.

»Du weißt es wirklich nicht, oder?«

»Was weiß ich nicht?«

»Meine Kochschule in Paris hat mir Mario Vincente als Ausbilder zur Seite gestellt. Ich hospitiere bei ihm, Lucien«, sagte sie und erklärte ihm damit, dass ein neuer Koch in der Regel für eine gewisse Zeit unter der Anleitung eines etablierten Kochs arbeitet. Besorgt betrachtete sie seine unbewegte

Miene. »Ich habe hier einen Vertrag«, fügte sie an, als ihr Geständnis ihn völlig unberührt ließ. »Du kannst mich nicht einfach wegschicken.«

»Du bist verrückt«, sagte er herablassend, nahm die Gläser von der Theke und wollte sich auf den Weg machen. Die Panik in ihr wuchs. Sie hasste den Anblick von Luciens Rücken.

»Ich habe meine Ausbildung im La Cuisine in Paris absolviert. Das Einzige, was mir noch fehlt, ist diese praktische Zeit bei einem Meisterkoch – dem Meisterkoch, den du gerade rausgeschmissen hast!«

Er drehte sich zu ihr um, und sie sah, dass er lächelte. Ihr Herz schwoll an, schon schien es gegen ihr Brustbein zu drücken. *Merde.* Luciens Lächeln – die weißen Zähne, die beiden Grübchen, die festen, wohlgeformten Lippen. Wenn der Teufel wirklich existierte, dann hatte er ganz sicher Luciens Gestalt angenommen, um so viel Sünde wie nur möglich in der Welt zu säen. Sie hatte noch nie in ihrem Leben einen dermaßen gut aussehenden Mann gesehen. Dabei war sie leider schon einer ganzen Reihe von Männern begegnet.

»Das ist dein Ernst, oder?«

»Ja.« Sie streckte sich. Sie fühlte sich durch seinen herablassenden Ton beleidigt.

Er kicherte. Ihr Bauch fühlte sich leer an, als sie ihn über ihre Ambitionen lachen sah. *Sie* fühlte sich leer.

»Dann wirst du also für diese Woche der Koch sein.«

»Ich werde den Rest meines Lebens Koch sein.«

Er schüttelte den Kopf, und sein Lächeln verschwand. »Das ist also das neueste Stichwort auf deiner verrückten To-do-Liste. Hast du dich nicht schon als Rallyefahrerin, Sommelière und Fotografin versucht?«

»Ich bin erwachsen geworden. Ich habe mein Leben geändert. Ich möchte, dass mein Leben … *substanzieller* wird. Ich will für mich Karriere machen.«

»Wozu braucht eine Millionenerbin eine Karriere?«, wollte er wissen. Er hatte eine dekadent sexy Stimme. Es ging das Gerücht, dass Frauen ihm schon allein nur deshalb verfallen waren, ganz ohne den Rest. Wobei niemand den Rest von Lucien vergessen könnte. Elise war sich sicher, dass sie nichts vergessen hatte. Sie sah ihm zu, wie er hinter den Tresen trat.

»Und wozu ein Millionenerbe?«, konterte sie. »Du hast doch auch immer gearbeitet, erst in den Hotels deines Vaters und dann in deinen eigenen Hotels und Restaurants. Gerade du solltest also aufhören, mich deswegen infrage zu stellen.«

Er sah auf, und aus seinem Blick war jedes Amüsement verschwunden. Ihr Atem stockte, als ihre Blicke sich trafen. Schmerz stieg in ihr auf – Scham über ihr früheres ungezähmtes Verhalten und die zynische Einstellung dem Leben gegenüber. Sie hatte Angst, dass ihre Zukunftspläne tatsächlich hohl waren, dass sie nicht das besaß, was einen guten Erwachsenen auszeichnete, der geben und nehmen konnte und damit die Welt ein kleines Stückchen besser machte. Sie hatte keine Vorbilder, die ihr genau dies vorlebten. Deswegen fürchtete sie, ihre eigenen Erfolgsaussichten wären noch viel geringer.

Und es war genau dieser Blick von Lucien, der sie diesen Mangel so deutlich spüren ließ. Mit seinen Röntgenaugen konnte er eine ganze Menge erkennen. Das hatte er schon immer gekonnt.

Er hatte schon bei ihrer ersten Begegnung im Haus ihrer Eltern in Nizza ihre Leichtsinnigkeit durchschaut. Elise war ein starrköpfiges, wildes Ding gewesen, eifrig darum bemüht, die Aufmerksamkeit ihrer Eltern, der Angestellten, der Gäste … überhaupt die Aufmerksamkeit *aller* zu bekommen. Für ihre damaligen vierzehn Jahre war Lucien ein gelassener, schwer zu fassender Einundzwanzigjähriger gewesen. Von Anfang an hatte er ihr unbändiges Bedürfnis erkannt, obwohl es zu diesem Zeitpunkt nicht einmal ihr selbst so klar gewesen war. Zu ihrer großen Freude freundete er sich mit ihr an. Sie war wie ein bemitleidenswerter, vernachlässigter Welpe gewesen, dankbar für jede noch so kleine Aufmerksamkeit, die er ihr zukommen ließ. Diese goldenen Monate an der Mittelmeerküste waren der beste Sommer ihrer Jugend gewesen.

Der beste Sommer ihres Lebens.

Erst Jahre später hatte sie erfahren, dass ihrer beider Väter Lucien gebeten hatten, sich um sie zu kümmern. Sehr wahrscheinlich hatten sie ihn sogar dafür bezahlt, dass er mit ihr reiten, schwimmen und Boot fahren gewesen war in diesem unvergesslichen Sommer. Dieses Wissen beschämte und verärgerte sie bis zum heutigen Tag.

»Dir muss doch klar sein, Elise, dass das eine überraschende – um nicht zu sagen lächerliche – Situation ist.« Seine Stimme klang nun weicher als zuvor. Sie war angespannt, denn sie vermutete, dass er nur aus Mitleid so mit ihr sprach. »Du kannst nicht im Fusion arbeiten.«

»Ich habe es dir doch eben gesagt, ich habe einen gültigen Vertrag.«

»Du hast einen Vertrag mit Mario, aber weder mit dem Fusion noch mit mir. Mir ist bewusst, dass Meisterköche Auszubildende aufnehmen, und ich erlaube ihnen hier, sie selbst auszusuchen, denn dieses Talent besitze ich nicht. Du bist keine der vom Fusion bezahlten Angestellten, und wie du sicher gerade mitbekommen hast«, er trocknete den Cognacschwenker ab, den er soeben ausgespült hatte, »arbeitet Mario nun auch nicht mehr hier.«

Sie stand vor ihm, und Panik ergriff sie. Ihre Gedanken rasten. War sie schon so schnell mit ihren Plänen gescheitert?

Waren sie so wackelig gewesen? Oder sie selbst? Musste sie jetzt in die sterile Leere ihres Pariser Lebens zurückkehren, wieder einmal als besiegter Trottel?

Nein. Das würde *nicht* passieren.

»Warum hast du deinen Namen geändert?« Sie war so außer sich, dass diese zusammenhanglose Frage wie von selbst aus ihrem Mund kam.

Er antwortete nicht gleich, sondern trocknete die Gläser erst zu Ende ab und hängte sie zu den anderen Gläsern. In der Zwischenzeit war sie mit ihren Gedanken allein. Er ließ sich Zeit und kam dann um den Tresen herum. Er kam auf sie zu und stellte sich dicht vor sie. Viel dichter, als sie es erwartet hätte. Der würzige Duft seines Parfums stieg ihr in die Nase.

»Ich hatte meinen Namen schon geändert, als wir uns das letzte Mal in Paris getroffen haben. Offensichtlich hast du zu viel gefeiert. Womöglich ist dir noch so *einiges andere* unklar, was in dieser Nacht geschehen ist.«

Plötzlich argwöhnisch geworden, verstummte sie. Irgendetwas in seiner Anspielung auf ihr Treffen im Renygat und die unterschwellige Behauptung, sie könnte sich mit ihrer Erinnerung *täuschen*, ließen die Alarmglocken in ihrem Kopf schrillen.

An diesem Samstagabend vor zwei Jahren hatte sie ihre Freunde allein zurückgelassen, um sich privat mit Lucien zu treffen. Nervös, aber voller Erwartungen wollte sie sich jetzt als erwachsene Frau mit dem Schwarm ihrer Jugendzeit treffen. Zwar hatte sie es schon eine ganze Zeit gewusst, dass er in Paris war, aber der aufdringliche Wunsch ihrer Eltern in Bezug auf Lucien ließ sie zögern, sich ihm zu nähern. Es war ihr unangenehm gewesen, schließlich musste er denken, dass sie wie ein Roboter nur den Wünschen ihrer prominenten Eltern folgte und wild entschlossen war, den landesweit am besten geeigneten Mann zu heiraten.

Sie hatte vorsichtig an die einzige Tür im Flur geklopft. Es dauerte eine Weile, bis ihr klar geworden war, dass sie deshalb keine Antwort bekommen hatte, weil die Tür nur zu einem weiteren, kleineren Flur führte – einer Art Eingang. Erst in diesem Gang befand sich die Tür zu Luciens Büro. Die erste Tür war noch geschlossen gewesen, doch als sie diese durchschritten hatte, bemerkte sie, dass die innere Tür einen Spalt offen geblieben war. Und so stand sie in dem kleinen Flur und konnte die rätselhafte Unterhaltung zwischen Lucien und einem Unbekannten mit deutschem Akzent hören.

»Ich brauche erstklassige Insiderinformationen über diesen Noble – seine Vergangenheit, seine Familie, seine Finanzen.«

»Das wird nicht leicht. Ian Noble ist bekannt dafür, dass er ein fanatischer Sicherheitsfreak ist.«

»Deswegen habe ich ja auch Sie engagiert«, hatte Lucien in einem besorgt klingenden Ton erwidert. *»Man sagt, Sie wären der Beste.«*

Man konnte ein zustimmendes Brummen hören, dann war es kurz still.

»Warum machen Sie so ein Gesicht?«, wollte der Deutsche dann wissen. Er klang fast ein bisschen amüsiert. *»Sie haben doch nicht etwa Schuldgefühle, oder? Wegen Ihres Plans mit Noble?«*

»Jemanden zu hintergehen ist niemals etwas Angenehmes, egal wie man es auch dreht und wendet. Die Verfehlungen meines Vaters hängen mir wohl noch nach, denke ich.« Luciens Stimme klang gedämpft und bitter. *»Man schleppt diese Geister mit sich, egal was man auch tut.«*

Der Mann ließ ein scharfes Lachen hören. *»Vergessen Sie das und konzentrieren Sie sich auf Ihr Ziel. Vertrauen Sie mir. Was Sie mit Noble planen, steht in keinem Verhältnis zu den Verbrechen, die Ihr Vater begangen hat.«*

»Mir ist gar nichts aus dieser Nacht unklar, Lucien. Ich kann mich an alles erinnern«, sagte Elise zögernd, ob sie dieses heikle Thema in der aktuellen, ungeklärten Situation überhaupt ansprechen sollte. Sein Gesicht verriet keine Regung, aber in seinen Augen blitzte es auf. Sie schluckte, doch ihr Hals war wie zugeschnürt. »Allerdings kann ich mich nicht entsinnen, dass du etwas von einer Namensänderung erzählt hättest.«

»Ich glaube, du weißt genau, warum ich meinen Namen geändert und Frankreich verlassen habe.« Seine ruhige Stimme überspülte sie wie eine weiche Welle.

»Du solltest dich nicht von den Verbrechen deines Vaters beschmutzen lassen. Du bist ein eigener Mensch«, flüsterte sie. Sie sprach von seinem Adoptivvater, Adrien Sauvage, einem vermögenden Industriellen, Besitzer einer Hotelkette und Vorstand eines Medienimperiums, der vor zweieinhalb Jahren wegen Industriespionage verurteilt worden war. Sie wusste, dass Lucien von der Polizei vernommen worden war, da der Verdacht bestand, er hätte bei dem Diebstahl der sensiblen und wichtigen Firmengeheimnissen mit seinem Vater unter einer Decke gesteckt. Elise hatte nie auch nur eine Sekunde geglaubt, Lucien habe sich etwas zuschulden kommen lassen. Schließlich kannte sie Luciens ruhige, beherrschte Verachtung, was Adrien Sauvage anging, aus unmittelbarer Anschauung. Schlussendlich hatte sich der Verdacht in Luft aufgelöst, doch offenbar fühlte Lucien sich davon beschmutzt.

»Ich lasse mich von seinen Taten nicht beeinflussen. Ich bin mir im Klaren darüber, dass ich nicht er bin.« Seine Stimme war leise und rauchig geworden, während er seinen Blick über ihr Gesicht schweifen ließ. Sie schwieg, auf ihrem Nacken stellten sich die Härchen erwartungsvoll auf. Er hob seine Hand und berührte ihr Haar. Sie erschauderte bei dem Gefühl, wie seine Finger darüberstrichen und vorsichtig eine Locke hinter ihr Ohr schoben. Ihr ganzer Körper erwachte und kribbelte aufgeregt. Es fühlte sich seltsam an, sich eines Mannes so unmittelbar bewusst zu sein. Sie hatte bislang nicht sehr viele Männer in romantischer Absicht an sich herangelassen – ganz zu schweigen von einem so attraktiven Mann wie Lucien –, seit sie sich auf ihre Kochkarriere gestürzt und an sich selbst zu arbeiten begonnen hatte. Um die Wahrheit zu sagen, hatte sie *noch nie* Männer zu nahe an sich herangelassen. Als Mädchen war sie natürlich heftig in Lucien verschossen gewesen, obwohl er sie unter diesem Aspekt ganz sicher überhaupt nicht wahrgenommen hatte. Doch jetzt war es anders. Jetzt war sie eine erwachsene Frau, eine, die sehr viel genauer wusste, was sie vom Leben wollte.

»Ich hätte nicht gedacht, dass du mir mit kurzen Haaren gefallen könntest«, murmelte er abgelenkt, wobei sein warmer Atem über ihre Schläfe strich. »Aber sie stehen dir fantastisch. Freche Eleganz.«

»Lucien …«, hob sie atemlos an, als sie die Hitze in seinen Augen sah, während er sie streichelte. Er unterbrach sie, indem er einen Schritt zurücktrat.

»Wenn du möchtest, helfe ich dir, zurück zu deinen Eltern nach Paris zu ziehen. Hast du genug Geld? Brauchst du welches?«

»Nein. Es ist alles in Ordnung«, brummte sie, erschüttert über den abrupten Themenwechsel und das Ausbleiben seiner Berührung.

»Du kannst nicht in Chicago bleiben«, fuhr er so resolut fort, dass sie überrascht blinzelte.

»Wer glaubst du, dass du bist, dass du mir sagst, ich könne hier nicht leben? Gehört dir vielleicht die ganze Stadt?«, griff sie ihn an und zwang sich, das Aufflackern des wunderbaren Gefühls zwischen ihren Oberschenkeln zu ignorieren, das durch seine Berührung entstanden war … durch seine Nähe. Ihre Sorge steigerte sich noch, als sie seinen verschmitzten unbeeindruckten Gesichtsausdruck sah. »Du brauchst eine Köchin! Lass mich zumindest so lange hier arbeiten, bis du einen Ersatz gefunden hast.«

»Nein. Das kommt gar nicht infrage. Tut mir leid.«

Zorn kam in ihr auf. Sie drückte ihr Rückgrat durch und richtete sich groß auf.

Wie konnte er nur so resolut sein. Hatte er solche Abscheu vor ihr? »Ich lasse nicht zu, dass du all das ruinierst, was ich geplant habe«, erklärte sie.

»Ich lasse nicht zu, dass du genau das Gleiche bei mir tust.«

»Wie bitte?«, fragte sie, von seiner wie aus der Pistole geschossenen Antwort völlig überrumpelt. »Wie könnte denn ausgerechnet *ich* irgendetwas von dir ruinieren?«

Er lehnte sich gegen die Theke, sodass seine schlanken, ausdrucksvollen Muskeln optimal zur Geltung kamen. »Die Nacht im Renygat? In meinem Büro?«, deutete er vielsagend an.

Ihr wurde heiß. Nachdem sie allein waren, hatte sie ihn mit dem konfrontiert, was sie mitgehört hatte. Er war über ihr heimliches Lauschen zornig geworden, und ihr wütender Dialog hatte sich immer mehr erhitzt. Die Anspannung war ins Sexuelle übergegangen. Sie hatte in dieser Nacht seine eiserne Zurückhaltung überwunden … zeitweise. Er hatte sie wütend und inbrünstig geküsst, sich sehr bewusst, dass das kleine Mädchen, das er einmal gekannt hatte, nun zu einer Frau erblüht war. Sie wusste, sie war mit ihrer koketten Stichelei zu weit gegangen. Ihr war einfach nicht klar gewesen, wie furchterregend Lucien werden konnte, wenn er die Kontrolle über sich verlor …

Wie erregend.

Ihr fiel auf, wie intensiv Lucien sie anstarrte.

»Natürlich erinnere ich mich«, antwortete sie. Plötzlich fiel es ihr schwer, seinem Blick standzuhalten. »Ich verstehe nur nicht, was das damit zu tun hat, dass ich dich ruinieren könnte.«

»In meinem Leben gibt es derzeit genug Dinge, die mich ablenken. Es würde mir nicht helfen, wenn du dich auch noch daruntermischen würdest.« Ihr Herzschlag beschleunigte sich. Wollte er damit sagen, dass er sich zu ihr hingezogen fühlte? Oder spielte er auf das Gespräch an, das sie belauscht hatte, aus dem sie aber nicht recht schlau geworden war? Elise war sich nicht sicher, ob sie sich durch seine Äußerung geschmeichelt oder beleidigt fühlen sollte.

»Ich werde dich nicht ablenken. Ich bin nur aus einem einzigen Grund nach Chicago gekommen – um hier die Ausbildung zu bekommen, die ich brauche, um eine exzellente Köchin zu werden. Ich mache das, was ich mache, sehr gut.«

»Daran zweifle ich nicht. Aber du hast eine Sache übersehen – es gibt hier keinen Koch mehr, der dich ausbilden könnte, *ma fifille*.«

»Das ist mir egal. Ich werde hier in der Stadt einen anderen Koch finden. Ich bin hierhergekommen, um ein neues Leben zu beginnen, ganz neu zu beginnen, und ich werde es nicht zulassen, dass irgendjemand – und noch nicht einmal du, Lucien – mich davon abbringt. Außerdem bin ich kein kleines Mädchen«, fügte sie noch hinzu und wehrte sich damit gegen den französischen Kosenamen, den er ihr als Kind gegeben hatte.

Seine Nasenflügel bebten leicht, als er sich in einer eleganten, geschmeidigen Bewegung vom Tresen abstieß. Ihr Herz pochte bis in ihre Ohren, als er nach dem Seidenumhang griff, den sie früher am Abend über einen Barhocker gehängt hatte. Er würde sie fortschicken. *Wieder einmal.* Sie blieb auch dann unbewegt auf ihrem Platz stehen, als er ihr das Kleidungsstück hinhielt, mit einem herausfordernden Blick in seinen grauen Augen.

»Du bist ein Kind. Ein wunderschönes, dickköpfiges zwar, aber immer noch ein Kind«, sagte er. »Du musst jetzt gehen, Elise.«

Wut durchschoss sie. »Du Idiot«, fauchte sie. Sie riss ihm den Umhang aus den Händen. »Ich hätte es wissen müssen, dass du mir niemals helfen würdest. Du bist genauso egoistisch und narzisstisch wie dein Vater … wie *alle* unsere reizenden, geliebten Eltern.«

Er packte sie am Arm, als sie an ihm vorbei Richtung Tür stürmen wollte. »Ich bin nicht wie mein Vater«, knurrte er. Elise zuckte vor seinem plötzlichen, mächtigen Zorn zurück, doch sie fasste sich schnell wieder. Sie zog an ihrem Arm, aber sie reagierte so nur für den äußeren Anschein. Luciens Griff löste in ihr eine völlig andere Reaktion aus, als es Marios Festhalten getan hatte.

»Lass mich los«, sagte sie mit zittriger Stimme. Nicht einmal in ihren eigenen Ohren klang die Forderung echt.

»Du solltest froh sein, dass ich dich gehen lasse, und dir an dem Tag Sorgen machen, an dem ich dich nicht loslasse.«

Sie reckte ihr Kinn in die Höhe, denn Stolz und Wut und Verletzlichkeit drängten sich gleichermaßen in ihr Bewusstsein. »Ich habe keine Angst vor dir.«

Er zog an ihr, sodass sie noch näher an ihn herankam, so nahe, dass ihr Körper an die harte und volle Größe hinter seinem Reißverschluss stieß. Er versengte sie mit diesem fast übernatürlichen Blick. Sie wartete, wie gebannt vor Vorfreude, der Atem in ihrer Lunge brannte, als er seinen Kopf so weit senkte, dass ihre Münder nur Zentimeter voneinander getrennt waren.

»Du hast mich schon immer getestet. Du wirst immer das Mädchen bleiben, an das ich mich erinnere, das leichtsinnig schlafende Hunde weckt. Du verschwindest hier besser.

Seit du ein Mädchen bist, bittest du mich wortlos darum, diszipliniert zu werden. Und du hast keine Ahnung, wie sehr es mir gefallen würde, dir das zu geben, was du verdient hast … was du *brauchst.*«

Er bemerkte ihre aufgerissenen Augen, ihren schockierten Ausdruck und lächelte grimmig. »Jetzt bist du nicht mehr so selbstsicher, oder?«, wollte er wissen, wobei seine tiefe, schnurrende Stimme bedrohlich klang. »Was meinst du? Möchtest du hier bei mir bleiben und das bekommen, was du brauchst, *ma chère*?«

Irgendetwas in seiner tiefen, rauen Stimme ließ ihre Haut vor Erregung kribbeln und Adrenalin in ihr Blut fließen, doch vor allem anderen war sie verwirrt. Sie hasste es, vor einem Mann wie Lucien Verletzlichkeit zu zeigen, doch ihr Schutzpanzer aus Stolz zerbröckelte.

»Ich habe gesagt, lass mich los«, wiederholte sie.

Als er seinen Griff lockerte, schwankte sie ein paar Schritte auf ihren Absätzen zurück. Und zwar nicht etwa, weil er sie gestoßen hätte – im Grunde war er recht behutsam gewesen –, sondern weil sich ihr der Kopf drehte. Etwas war mit ihr geschehen, als Lucien sie angefasst hatte. Seine Worte. Es war, als wäre eine bislang verschlossene Tür in ihr weit aufgestoßen worden, und was sie in den Tiefen ihrer eigenen Existenz dort sah, hatte sie zugleich erregt und verwundert.

Disziplin. Brauchen.

Ihr Herz raste noch einmal, als sie sich jetzt die Worte in

Erinnerung rief, die Lucien in seinem tiefen, seidigen Tonfall ausgesprochen hatte. Sie stürmte auf die Ausgangstür zu. Aus reiner Gewohnheit warf sie einen rebellischen Blick über ihre Schulter zurück.

Sie ergriff die Flucht bei diesem Anblick – ein wütendes, erregtes, urtümlich männliches Tier. Sie hoffte, Lucien hatte nicht bemerkt, wie schnell sie durch die Tür eilte. Sie hatte das Gefühl, der Teufel höchstpersönlich sei ihr auf den Fersen.

KAPITEL 2

Lucien blickte auf, als am nächsten Morgen Sharon Aiken, seine Managerin, vorsichtig an die Bürotür klopfte.

»Sharon. Sie sind wie immer eine Freude fürs Auge, aber ich hoffe doch, dass Ihre Schönheit heute Morgen von erfreulichen Nachrichten begleitet wird. Ich könnte gute Neuigkeiten vertragen.«

Die Frau im mittleren Alter lachte. »Wird französischen Männern eigentlich schon von Kindesbeinen an beigebracht, dass man nicht nur Bitte und Danke sagt, sondern auch wie man Komplimente macht?«

»Wussten Sie das noch nicht? Dieser Charme gehört zu unserer genetischen Grundausstattung.« Erwartungsvoll hob er eine Augenbraue, während Sharon lachte. Als sie das sah, dämpfte sie ihre Fröhlichkeit.

»Machen Sie sich keine Sorgen, Ihr Plan mit der Übergangslösung für die Küche hat funktioniert. Wir sind gerettet«, erklärte sie.

»Gott sei Dank«, sagte Lucien erleichtert. Er nahm einen letzten Schluck seines Café au Lait, den er noch in der Hand hielt, und stand auf. Nun war er bereit fürs Geschäftliche. Obwohl er noch nicht sehr lange in Chicago lebte, hatte er doch schon ein Netzwerk mit geschäftlichen Kontakten in der Restaurantszene etabliert. Ein Freund hatte ihm verraten, dass ein gut qualifizierter Koch vor Kurzem bei Chez Pierre aufgehört hatte. Er hatte schon einmal Baptistes Essen gekostet, also ergriff Lucien, trotz der Einschränkung, die sein Freund der Empfehlung beifügte, diese Gelegenheit beim Schopfe.

»John Baptiste ist ein ausgezeichneter Koch, allerdings ist er sehr launisch«, hatte dieser Freund gewarnt.

»Gibt es überhaupt einen Koch, der das nicht ist?«, lautete Luciens trockene Rückfrage.

Er war sehr früh aufgestanden und hatte sich daran gemacht, Baptiste zu kontaktieren. Doch es stellte sich heraus, dass dieser schwer zu fassen war, sowohl im physischen als auch im praktischen Sinne. Baptiste fühlte sich durch das Angebot eines vorläufigen Vertrags, den Lucien ihm anbot und der nur dann verlängert werden sollte, wenn alles klappte, beleidigt. Doch das Fusion war bekannt für seine französisch-marokkanisch inspirierte Küche, mit deren Feinheiten sich schließlich nicht alle Köche auskannten. Der aus Spanien stammende Koch blieb ärgerlicherweise recht vage, was sein Erscheinen an diesem Morgen anging, was Luciens Erleichterung über Sharons Nachricht verständlich machte. Er schätzte Baptiste als eine Fünfzig-fünfzig-Chance ein.

»Können Sie ihn bitte in mein Büro schicken, damit wir uns um den Vertrag kümmern können?«, bat er Sharon.

»*Ihn?*«

Lucien hatte gerade die Vertragsunterlagen auf seinem Schreibtisch ergriffen, jetzt sah er überrascht auf. Seine Haut kribbelte, und er wurde wachsam, als er Sharons verblüffte Miene sah.

»Es ist eine *sie*?«, fragte er langsam, während er widerwillig die Lücken im Vertragsformular ausfüllte.

»Also ... ja. Ich war zwar überrascht, wie jung sie ist, aber sie hat Evan und Javier schon dazu gebracht, ihren Anweisungen augenblicklich zu folgen.« Sharon sprach von zwei der Küchenmitarbeiter. »Sie hat auf jeden Fall eine besondere Ausstrahlung.« Als Lucien die Papiere wegpackte und um seinen Schreibtisch herumkam, blickte Sharon ihn besorgt an. »Lucien? Haben Sie jemand anders als Miss Martin erwartet?«

»Ja. Ich Idiot«, schnaubte er mit kaum verhohlenem Ärger. Dieses kleine Teufelchen hatte mehr *couilles* als ein vollgepumpter Cowboy. Wie konnte sie es wagen, ihn so herauszufordern? Sharon presste sich an die Wand und blickte Lucien leicht alarmiert an, als dieser an ihr vorbeirauschte.

Sein Blut kochte, als er durch ein Fenster in die Küche sah. Er wollte zunächst die Situation einschätzen und sich wieder sammeln, bevor er hineinging. Elise stand hinter einem Metalltisch mit einem Soßentopf in der Hand und unterhielt sich angeregt und lächelnd. Für ein paar Sekunden blieb er einfach stehen und sah ihr zu, trotz allem gefesselt von ihr. Sie war wie eine schnelle, flackernde Flamme.

Sie war zurückgekommen, obwohl er sie gewarnt hatte. Er würde mit dieser verdammten Anziehungskraft, die sie auf ihn ausübte, umgehen müssen. Denn er konnte sie nicht unterdrücken. Sondern nur hoffen, dieses Gefühl zu kontrollieren. Ja, sie war ein Plagegeist, doch manche Dinge ließen sich nicht vermeiden. Dafür hatte Elise gesorgt, indem sie so aufsässig wieder in sein Leben eingedrungen war.

»Das Kleinschneiden ist gar nicht so schlimm«, hörte er sie durch den Türspalt hindurch sagen. »Ich habe mir da immer einen kleinen Spaß draus gemacht, wenn Monsieur Eratat – er war mein fiesester, faulster Ausbilder im La Cuisine – mich zum Gemüseputzen verdonnert hat. Ich habe mir dann vorgestellt, ich wäre sein Barbier und würde seinen komischen kleinen Schnurrbart um Haaresbreite an seiner fetten Nase vorbei kleinschneiden. Natürlich musste ich dabei winzige, perfekte kleine Scheiben schneiden, um Monsieur Eratats Qual zu verlängern.« In Elise' helles Lachen mischte sich männliches

Glucksen. »Und sogar Monsieur Eratat musste hinterher zugeben, dass niemand in der Klasse dünnere Scheiben hatte als ich«, fügte Elise mit einem Lachen in der Stimme an.

»Das hätte ich nie von Ihnen gedacht, Miss Martin. Alles an Ihnen ist doch viel zu perfekt, um es … äh … kleinzumachen«, stotterte Evan, einer der Küchenangestellten. Lucien riss die Tür auf, als er Evans begeisterten Tonfall vernahm.

Schon wieder war eine Maus in ihre Falle geraten.

Evans und Javiers engagiertes Kleinhacken wurde jäh unterbrochen. Mit weit aufgerissenen Augen starrten sie ihn an. Javier hatte einen Berg Steinpilze vor sich, auf Evans Brett lagen Knoblauchzehen. Nur Elise fuhr unbeeindruckt damit fort, Soße über ein Dutzend Entenbrüste zu tröpfeln. Sie sah ihn mit aufreizender Ruhe an.

»Was um alles in der Welt soll das hier werden?«, fragte Lucien eisig, ohne auf Javier oder Evan zu achten.

»Gebratene Ente mit Steinpilzen und grünen Bohnen. Das steht auf der Mittagskarte.«

»Ich weiß, dass das auf unserer Mittagskarte steht«, rief er aus. Elise sah ruhig zu Javier und Evan hinüber, doch er erkannte die Blässe auf ihrer ohnehin schon hellen Haut.

»Ihr zwei müsst euch ein bisschen ranhalten, wegen der Mittagessensmeute. Also beeilt euch besser ein bisschen«, spornte sie die beiden auf eine freundliche, aber kompetente Art und Weise an. Sehr zu Luciens wachsendem Ärger nahmen daraufhin seine zwei Angestellten ihre Aufgaben mit Enthusiasmus wieder auf.

Er hob herausfordernd seine Augenbrauen. »Darf ich Sie in mein Büro bitten, Miss Martin?« Was wie eine Frage formuliert war, war in Wirklichkeit ein Befehl. Er sah, wie sie sich auf ihre rosafarbene Unterlippe biss, als müsste sie deren Zittern stoppen. Dass sie auf diese subtile Art doch Nerven zeigte, verschaffte ihm eine kleine Befriedigung. Sie sah in diesem Moment viel jünger als ihre vierundzwanzig aus. Ihr Körper wirkte in der weißen Küchenchefjacke und der locker sitzenden schwarzen Hose besonders schlank, ihr Gesicht schien feucht und frisch gewaschen zu sein. Aus irgendeinem Grund versetzte ihn der Anblick ihrer jugendlichen, strahlenden Schönheit in Verbindung mit ihrem kompetenten Auftreten in noch größere Rage und Hilflosigkeit.

Er musste sie nun ein für alle Mal abhandeln. Leider konnte er nicht so mit ihr umgehen, wie er es mit jeder anderen schönen Frau getan hätte. Nein, sie hatte recht gehabt, als sie über ihre Fähigkeiten mit dem Küchenmesser gesprochen hatte. Elise schnitt einem tief ins Fleisch.

»Das ist jetzt leider kein guter Moment …«

»Sie kommen augenblicklich mit in mein Büro, Elise, oder ich muss Sie dorthin schleifen.«

Wieder verstummten alle Geräusche in der Küche, obwohl Evan und Javier dieses Mal ihre Köpfe unten behielten. Die letzte Farbe verschwand von Elise' Wangen.

»Lucien.«

Sein Herz machte einen Satz. Er drehte sich um, als er die klare, unerwartete Stimme vernahm. Ian Noble stand hinter ihm und hielt mit einer Hand die Küchentür auf.

»Ian, was kann ich für dich tun?«, sagte er sanft. Es war keineswegs unüblich, dass Ian vorbeikam und ihn ansprach – Ian gehörte schließlich das ganze Bürogebäude, in dem das Fusion untergebracht war. Nur ausgerechnet heute war seine Anwesenheit äußerst unpassend. Aus dem Augenwinkel sah er, dass Elise den Soßentopf abstellte. Er spürte ihre konzentrierte Aufmerksamkeit, was ihn noch weiter beunruhigte.

»Ich wollte dir nur sagen, dass ich unsere Verabredung zum Fechten heute Nachmittag absagen muss.«

Lucien nickte. »Fährst du weg?«

»Nein, ich habe vor, etwas sehr Wichtiges für Francesca zu kaufen«, antwortete Ian. Er sprach von seiner bezaubernden Künstler-Freundin Francesca Arno. »Und das verlangt dann doch mehr Mühe und Sorgfalt als ein gewöhnliches Geschenk.« Lucien fiel der abwesende Blick seines Freundes rasch auf.

»Du verlässt dich also nicht auf Lins Shopping-Expertise?«, neckte er ihn. Lin war Ians außergewöhnlich talentierte persönliche Assistentin.

»Ich bin vielleicht gestresst, aber nicht dumm«, erwiderte dieser. Lucien lachte. Er hatte aus dem, was Ian ihm in letzter Zeit erzählt hatte, herausgehört, dass Ian schon mehrfach Ärger mit Francesca bekommen hatte, weil er seine Assistentin mit dem Einkauf von Geschenken und der Organisation von romantischen Ausflügen beauftragt hatte. Francesca bevorzugte eindeutig Ians persönliche Bemühungen, und es war ein deutliches Zeichen für Ians Zuneigung für sie, dass er großherzig das Kostbarste gab, das er besaß: seine Zeit. Ein Mann wie Ian Noble besaß nur wenig von diesem wertvollen Gut.

Ians Blick fiel auf Elise. Lucien versteifte sich, als er bemerkte, wie Ians scharfe blaue Augen an ihr festklebten. Elise war nicht einfach nur attraktiv. Sie hatte etwas von einer leuchtenden Flamme, die Erotik ausstrahlte.

»Wo ist Mario?«, fragte Ian flüsternd nach dem in Ungnade gefallenen Chefkoch.

»Ich habe ihn gestern Abend gefeuert«, erklärte Lucien.

Ians Augenbrauen hoben sich in verhaltener Neugier. »Und sie ist dein neuer Koch?«

»Ich bin Elise Martin«, sagte Elise, trocknete sich die Hände an einem Handtuch ab und kam um den Tisch herum.

»Ian Noble.«

Lucien stand da, völlig hilflos, und musste mit ansehen, wie sich Ian und Elise die Hand gaben. Er wusste nicht, wie er vermeiden konnte zuzugeben, dass Elise für ihn arbeitete, ohne ihre gemeinsame Vergangenheit zu erwähnen und es damit zu riskieren, dass sie etwas offenbaren könnte, was er unbedingt geheim halten wollte, koste es, was es wolle.

»*Ian* Noble. Noble Tower?«, fragte sie leise. Er sah es ihr an, wie es in ihr klick machte. Sie warf einen erstaunten, neugierigen Blick auf Lucien, der ihn erstarren ließ. »Ich habe zwar gewusst, dass das Fusion im Gebäude des Noble Tower ist, aber mir war nicht klar, dass sich das *Noble* auf Sie bezieht. Haben Sie hier Ihre Firmenzentrale?«

»So ist es. Ich freue mich schon darauf, Ihre Köstlichkeiten zu probieren. Francesca und ich kommen häufig hier ins Fusion.«

Lucien runzelte die Stirn, als er Elise' lebhaftes Gesicht sah, während sie Ian anblickte. Ian konnte nichts daran ändern, dass er sehr attraktiv auf das weibliche Geschlecht wirkte. Sein Gruß und sein Blick waren höflich interessiert, mehr nicht, aber musste Elise ihre Neugier wirklich so offensichtlich zur Schau stellen? Ihr saphirblauer Blick wanderte zu Lucien, ihr Lachen wurde breiter. In ohnmächtiger Wut biss sich Lucien auf die Zähne. Er war sich unsicher, was das kleine Biest als Nächstes vorhatte, und fragte sich, wie viele Sekunden es wohl dauern würde, bis sie kurzerhand das ruiniert hatte, was er sich in Jahren aufgebaut hatte.

»Ich habe schon so viel von Ihnen gehört«, sagte Elise zu Ian, obwohl sie damit ja eigentlich Lucien ärgern wollte.

»Kommen Sie aus Frankreich?«, wollte Ian wissen.

»Ja. Und Sie ja auch, wenn ich die Artikel, die ich über Sie gelesen habe, richtig verstanden habe.«

Ian nickte. »Ich bin in Frankreich geboren, habe als kleines Kind in England gelebt und bin dann hier in den USA zur Schule gegangen. Wo hat Lucien Sie denn ausgegraben?«

Lucien warf ihr einen warnenden Blick zu, doch sie achtete gar nicht darauf.

»Ich befürchte, aus einem großen Haufen voller Probleme«, antwortete Elise mit einem jungenhaften, aber sehr sexy Lächeln. Gegen seinen Willen reagierte sogar Luciens Körper auf dieses Lachen. Eine unangenehme Mischung aus Wut und Lust brodelte in ihm, in seinem Kopf gingen alle Warnlampen an. Sie wollte gerade ihre Lippen öffnen, um ihre Antwort noch genauer zu erläutern, als Lucien die potenzielle Katastrophe aus Elise' Mund unterband.

»Elise und ich haben uns gerade eben kennengelernt. Sie ist eine Freundin von Mario«, warf Lucien ein. Es schien ihm wichtig, in diesem schwierigen Moment eine Lüge zu erfinden, die für Elise schnell und leicht zu verstehen war. Sie mussten bei diesem unerwarteten – unerwünschten – Zusammentreffen im Gleichschritt marschieren.

»Es ist sehr nett von Ihnen, dass Sie Lucien in dieser Notlage aushelfen«, sagte Ian.

Elise' Blick traf Lucien, denn sie wollte abschätzen, wie er auf Ians Feststellung reagierte. Doch da er keine Lust hatte, dem etwas anzufügen, was weitere Nachfragen von Ian hätte provozieren oder gar zu unerbetenen Erklärungen von Elise hätte führen können, schwieg Lucien einfach. Er blickte finster drein, als er erkannte, wie ihr Gesicht voller Triumph erstrahlte. Sie hatte genau das erreicht, was sie sich gewünscht hatte. Und sie wusste auch, dass er es ebenfalls wusste.

Dafür werde ich dich bestrafen.

Als dann ihr triumphales Lächeln verschwand, fragte er sich, ob sie wohl Gedanken lesen könne.

»Darf ich dich noch bitten, mit mir etwas unter vier Augen

zu besprechen?«, wollte Ian von Lucien wissen, der damit genau die Entschuldigung bekam, Ian von Elise wegzuziehen, die er gesucht hatte.

»Natürlich. In meinem Büro vielleicht?«, schlug Lucien vor und wies mit der Hand Richtung Tür.

»Es war mir eine große Freude, Sie kennengelernt zu haben, Miss Martin«, erklärte Ian, bevor er sich umdrehte.

»Ganz meinerseits.«

Lucien wartete ab, bis Ian die Küche verlassen hatte, bevor er in einem leisen, vertraulichen Ton zu Elise sprach. »Du hast mir keine andere Wahl gelassen. Ich nehme deine Herausforderung an, *ma fifille*.«

Als er sich umdrehte, um Ian nachzugehen, spürte er einen Hauch von Genugtuung, denn er hatte gesehen, wie sich ihre Augen erschrocken weiteten.

Lucien wies auf die Bar in seinem Büro. »Möchtest du etwas trinken?«

Ian schüttelte den Kopf und ließ sich in einer für einen Mann seiner Größe flinken Bewegung in einen der tiefen Ledersessel fallen, die vor Luciens Schreibtisch standen. Abwesend sah er auf den Poloschläger, den Lucien am Vorabend eigentlich hatte austauschen wollen.

»Warst du noch im Club trainieren?«

»Ein bisschen. Aber das Spielfeld ist vom vielen Regen noch ganz aufgeweicht. Komm, am besten ist es, du redest es dir von der Seele«, fuhr Lucien vorsichtig fort, als er selbst in dem Stuhl hinter dem großen Mahagonitisch Platz genommen hatte. Er wusste ganz genau, dass Ian sich weder für Pferde noch fürs Polospielen interessierte. Er hätte höchstens über seine Liebe zu Motorrädern gesprochen.

Ian sah ihn kurz an. »Ist es so offensichtlich?«

Lucien lächelte. *Ja, es ist so offensichtlich.* Er hatte Ian vor ein paar Jahren in seinem Pariser Restaurant kennengelernt, und sie waren rasch Freunde geworden. Vor etwas mehr als einem Jahr war Lucien auf Ians Bitte hin nach Chicago gezogen, um in Ians brandneuem Büroturm ein Restaurant zu eröffnen und zu leiten. Als Lucien sich sicher sein konnte, dass seine Stellung in Chicago gefestigt war, war er seinem Unternehmergeist gefolgt und hatte im Jahr zuvor an Weihnachten Ian das Restaurant abgekauft. Ihre Freundschaft wurde immer intimer. Ian Noble war niemand, den man leicht durchschauen konnte, doch Lucien vermutete, dass er inzwischen Ians Eigenarten und Stimmungen besser verstand als die meisten anderen.

»Sagen wir es mal so: Ich ärgere mich, dass du unseren Fechtkampf heute abgesagt hast. So abgelenkt, wie du gerade bist, hätte ich dich fertiggemacht«, erwiderte Lucien.

Ian schenkte ihm ein freudloses Lächeln. »Das hast du sicher recht.«

»Worum geht es denn? Geschäftliches?«

»Nein«, hatte Ian schon geantwortet, bevor Lucien seine Frage überhaupt zu Ende ausgesprochen hatte.

Lucien lehnte sich in seinem Stuhl zurück. »Aha. Dann also Francesca«, stellt er fest. Natürlich. Nur seine Geliebte hatte die Kraft, Ians Gedanken so abzulenken. Das leidenschaftliche Aufblitzen in Ians Augen bestätigte Luciens Vermutung. Geduldig wartete Lucien ab, denn er wusste, dass Ian sich erklären würde, sobald der richtige Moment gekommen war. Ian war zu einem der einflussreichsten, wohlhabendsten Männer der Welt geworden, weil er sich auf so einzigartige Art und Weise konzentrieren konnte. Wenn er zu Lucien gekommen war, um mit ihm über etwas zu sprechen, dann würde er es auch tun. Irgendwann.

Und trotzdem begann sich Lucien darüber zu wundern, als Ian einfach weiterhin in mürrisches Schweigen gehüllt dasaß.

»Ich habe darüber nachgedacht, um Francescas Hand anzuhalten. Nein, eigentlich habe ich mehr getan, als nur nachzudenken. Ich möchte ihr morgen den Ring überreichen«, sagte Ian unvermittelt. Seine frische, britisch klingende Stimme passte dabei nicht recht zu seiner fast greifbaren Anspannung.

Lucien blinzelte. »Das ist doch wunderbar.«

»Du bist jetzt überrascht, oder?«, stellte Ian fest und sah ihn grüblerisch an.

»Nein. Ich weiß, wie sehr ihr euch liebt. Es ist ein wunderbares Gefühl, dich und Francesca zusammen zu erleben.« Er wich Ians starrem Blick nicht aus.

»Es stimmt schon, was du sagst, und doch … zweifelst du daran, dass ich eine derartige Verpflichtung eingehen könnte. Tief in dir drin denkst du, dass wir beide uns in dieser Beziehung sehr ähneln.«

Lucien grinste. »Ich verstehe überhaupt nicht, wovon du gerade redest.«

Ian warf ihm einen komischen Blick zu, stand auf und ging vor dem Schreibtisch hin und her, was Lucien an einen Tiger im Zoo erinnerte. »Wir beiden lieben die Frauen, aber wir beide waren bislang nicht die sesshaften Typen. Wie war das noch mal mit dieser Frau – Zoe Charon? Mit ihr war es dir letztes Jahr sehr ernst. Doch als ihr Chef ihr einen besseren Job in Minneapolis angeboten hat, hast du sie, ohne einen Moment zu zögern, gehen lassen.«

»Das stimmt nicht. Ich habe gezögert.«

Ian sah ihn skeptisch an, doch Lucien wich ihm nicht aus. Er hatte *tatsächlich* geschwankt, ob er Zoe Charon vorigen Winter einfach so ziehen lassen sollte. Er mochte sie sehr. Doch am Ende gab es immer eine unvermeidliche Kluft zwischen ihm und der Intimität. Stärker als jemals zuvor.

»Was haben meine Frauengeschichten aus der Vergangenheit mit der Tatsache zu tun, dass du Francesca bitten möchtest, dich zu heiraten?«, wollte Lucien wissen.

»Nichts, natürlich«, antwortete Ian. Er knöpfte sein Jackett auf, ließ sich wieder in einen der Sessel fallen und schlug die Beine übereinander. »Es ist nur so, dass … ich mich nie im Leben als einen Mann gesehen habe, der heiraten will. Und ich dachte, das gilt auch für dich. Habe ich mich da getäuscht?«

»Nein, hast du nicht«, bestätigte Lucien. »Aber noch mal: Ich weiß nicht, was meine Vorlieben – oder Unzulänglichkeiten als Mann – mit dir zu tun haben.«

»Weil ich noch mehr *Unzulänglichkeiten* habe.«

»Du machst dir Sorgen, dass du Francesca untreu werden könntest?«

»Nein«, antwortete Ian grimmig. »Darum geht es überhaupt nicht. Sie ist alles, was ich will. Jetzt, wo ich Francesca einmal kennengelernt habe, kann keine andere Frau mehr mithalten.«

Eine Spur von Neid durchzog Lucien.

»Dann verstehe ich nicht, warum du noch zögerst. Wenn du Francesca treu bleiben willst, wo ist dann eigentlich das Problem?«

Ian verzog das Gesicht und wandte sich ab. Lucien konnte sein Zögern … seine Verbitterung spüren. »Ich fühle, dass ich sie vergiften könnte, wenn sie ein Leben lang mit mir verbunden wäre. Ich habe gedacht, du würdest das verstehen. Ich weiß, wie beschämt du warst über das, was dein Vater getan hat. Über seine Verbrechen. Ich habe auch eine Art … Makel in mir, den ich nicht verschwinden lassen kann, das spüre ich. Er ist in meinem Blut«, fuhr er gereizt fort und sah Lucien wieder an. »Ich weiß. Ich merke selbst, wie melodramatisch ich mich anhöre. Aber Francesca ist so …«

»Frisch. Natürlich. Liebenswert«, ergänzte Lucien, als Ian nicht weitersprach.

»Sie ist wie das Licht selbst. Und ich bin es nicht.«

Für einen Augenblick schwiegen beide. Lucien nahm Ians Worte in sich auf. Er fühlte sich auf kraftvolle Art und Weise dem anderen Mann verbunden, das Gefühl der Verbindung zwischen ihnen, über das sie nie sprachen, das sie aber vom ersten Augenblick an beide verspürt hatten, wurde noch stärker. Sie hatten beide einen dunklen Fleck auf der Seele, waren beide vom Augenblick ihres ersten Atemzugs auf dieser Welt an beschmutzt.

»Ich fühle einfach, dass, wenn Francesca und ich heiraten sollten, eine dunkle Wolke am Horizont erscheinen wird. Meine Entscheidung, sie an mich zu binden, könnte auch Unerwünschtes öffnen« – Ian hielt inne, als suche er nach Worten – *»un sac de nœuds.«*

Als er diesen französischen Ausdruck, ein Sack voller Knoten, hörte, musste Lucien traurig lächeln. Er dachte an Elise draußen in der Küche. Er seufzte resigniert. Nun ja, manchmal blieb einem nichts anderes übrig. Knoten mussten gelöst werden, einer nach dem anderen, egal wie schwierig die Aufgabe auch war. Er würde seinen persönlichen *sac de nœuds* bestimmt öffnen, der jetzt gerade als ein so wunderschön verpacktes Stück Ärger provozierend direkt vor ihm abgestellt worden war.

»Wer hätte keine Angst vor der Zukunft, wenn man so eine wichtige Entscheidung trifft?«, fragte Lucien leise. »Du musst an dich selbst und deine Fähigkeit glauben, dein Schicksal selbst bestimmen zu können. Alles andere hieße doch nur, sich von der Angst bestimmen zu lassen.«

Auf Ians angestrengtem Gesichtsausdruck tauchte ein seltsamer Blick auf, ein weit entferntes Licht begann den Schatten zu vertreiben.

»Du glaubst also, es geht nur darum, dass ich kalte Füße bekommen habe?«

»Ja, das glaube ich. Du musst dir selbst vertrauen. Du musst Francesca vertrauen.«

Ians Blick glich einem Sturm in einem blauen Himmel. »Francesca vertraue ich vollkommen.«

Mir selbst herzlich wenig.

Lucien blieb sitzen, als sein Freund sich bedankte und den Raum verließ. Die ungesagten Worte hallten wie ein vertrautes Echo in seinem Kopf nach. Die Stimme war seine eigene – nicht die von Ian.

Die für die Küchenmitarbeiter stressige Mittagspausenzeit war vorüber, als die elegant gekleidete Frau, die sich als Sharon Aiken vorgestellt hatte, die Küche betrat.

»Lucien möchte Sie in seinem Büro sprechen, Miss Martin.«

Elise, die gerade Gemüse auf einem Teller mit gegrillten Shrimps und Couscous anrichtete, machte eine Pause.

»Hat das nicht Zeit?«, fragte sie misstrauisch. Sie hatte die Vorladung seiner Königlichen Hoheit schon erwartet, doch sie dann tatsächlich auch zu hören machte die Sache nicht einfacher.

»Lucien ist der Meinung, dass Evan den Rest Ihrer Arbeit übernehmen kann. Es muss ja nur noch ein Tisch bedient werden. Er möchte, dass Sie augenblicklich zu ihm kommen. Am Nachmittag hat er ein Polomatch, und er möchte mit Ihnen gesprochen haben, bevor die Vorbereitungen für das Dinner begonnen haben.«

»Natürlich«, erwiderte Elise und gab sich alle Mühe, ihre Stimme entspannt und professionell klingen zu lassen, denn sie hatte den neugierigen Blick in Sharons Miene gesehen. Offenbar hatte Lucien seine Managerin davor gewarnt, dass Elise möglicherweise versuchen könnte, sich vor der Begegnung mit ihm zu drücken.

»Du hast mir keine andere Wahl gelassen. Ich nehme deine Herausforderung an, ma fifille.«

Die Erinnerung an Luciens tiefe, unheilvolle Drohung erklang nun zum hundertsten Mal in ihrem Kopf. Nun dann, der Moment war gekommen. Was er wohl sagen würde? Was er wohl *tun* würde als Reaktion auf ihre mutige Entscheidung, hier und heute aufzutauchen und vorzugeben, sie sei die neue Chefköchin? Ein Teil von ihr konnte immer noch nicht glauben, dass sie es wirklich gewagt hatte. Ein anderer Teil – jener, der vergangene Nacht verzweifelt auf die heruntergekommene Einrichtung im Cedar Home Extended Stay Hotel gestarrt hatte – hatte ihr gesagt, dass sie etwas tun *müsse*, egal wie verrückt oder unverfroren es auch sei, damit ihr Traum von der Zukunft nicht starb. Dieses Mal kam ein Scheitern nicht infrage. Luciens Gegenwart konnte einem Angst machen, aber in diesem Land voller Fremder war er doch ein vertrautes Gesicht. Er war verärgert über sie, doch er würde ihr auch dann helfen, wenn niemand anders es tat.

Oder würde er das doch nicht? Er hat dich schon einmal weggeschickt.

Ja, aber er hatte zu Sharon auch etwas über die Vorbereitungen zum Abendessen gesagt, als erwarte er, dass sie ihren Tag hier zu Ende bringen würde. Das war doch ein gutes Zeichen, oder? Ihre Gedanken liefen die ganze Zeit auf Hochtouren, schon seit dem Augenblick, als Ian Noble in die Küche gekommen war. Sie hatte gespürt, wie angespannt Lucien gewesen war, obwohl er nach außen hin ruhig gewirkt hatte. Die Stimme des fremden Mannes, den sie in Paris belauscht hatte, hallte in ihrem Kopf wider.

»Sie haben doch nicht etwa Schuldgefühle, oder? Wegen Ihres Plans mit Noble?«

Hatte Lucien sein gesamtes Leben nur wegen *Ian Noble* hier

nach Chicago verlegt? Falls ja, warum? Was hatte Noble, was Lucien wollte? Das ergab alles keinen Sinn, soweit sie Lucien kannte. Lucien war bereits ein extrem reicher Mann, sie konnte sich also kaum vorstellen, dass es ihm um Geld ging. Obwohl auch großer Reichtum niemals die Gier bezwingen konnte. Falls überhaupt, war es eher umgekehrt, dachte sie in Hinblick auf Luciens Vater.

Eins war sicher: Lucien hatte nicht widersprochen, als Ian vermutete, dass sie von Lucien als Interimsköchin eingestellt worden war. Es lag auf der Hand, Lucien wollte nicht, dass der unwiderstehliche Milliardär von ihrer gemeinsamen Vergangenheit erfuhr … oder von dem, was sie in Paris belauscht hatte.

Doch was hatten die Verbrechen von Luciens Vater mit Ian Noble zu tun?

Sie wusch sich die Hände, und mit jeder Sekunde wuchs ihre Sorge. Dazu kam noch die Irritation, als sie nach dem Abtrocknen ihrer Hände sah, dass Sharon offensichtlich auf sie wartete. Hatte sie vor, sie wie eine Gefangene zu Luciens Büro zu geleiten?

»Danke, ich kenne den Weg«, log sie Sharon an. Mario hatte sich vorige Nacht allein auf den Weg gemacht, um Luciens privaten Vorrat an Alkoholika zu plündern. Sie hob den Kopf und stürmte an der Managerin vorbei. Aus dem Augenwinkel erkannte sie, dass Sharon ihr folgte. Im großen Speisesaal des Restaurants blieb sie neben einem Hilfskellner stehen.

»Wo geht's zu Luciens Büro?«, zischte sie ihm mit geschlossenen Lippen zu.

»Ganz am Ende des hinteren Gangs, die letzte Tür links«, antwortete der Kellner so laut, dass sie das Gesicht verzog und mit den Augen rollte.

Sie ging durch die große leere Halle, die Geräusche des

Restaurants wurden immer leiser, bis sie in der undurchdringlichen Stille nur noch das Klopfen ihres beschleunigten Herzens vernahm. Als sie vor der massiven getäfelten Tür zu Luciens Büro stand und klopfte, fühlte sie sich, als wäre sie freiwillig zu ihrer Hinrichtung gelaufen.

Sie zuckte zurück, als die Tür plötzlich aufging. Er sah finster und bedrohlich aus, wie er dastand, sein großer, athletischer Körper mit einer dunklen Hose, einem dunkelgrauen Hemd und einer schwarz-silbernen Seidenkrawatte bekleidet ... und einen Ausdruck auf seinem Gesicht, in dem man nichts lesen konnte. Er nickte einmal, sie betrat den Raum und schaute sich nervös in dem männlichen luxuriösen Büro um. Die schwere Tür fiel hinter ihr mit einem lauten Klicken zu. Dann hörte sie ein weiteres metallisches Klicken. Alarmiert drehte sie sich um.

»Hast du gerade die Tür abgeschlossen?«, wollte sie wissen, und ihr ohnehin schneller Herzschlag verdoppelte noch einmal sein Tempo.

Seine Nasenflügel bebten leicht, als er sie anstarrte. »Wenn du gerne bleiben möchtest, dann denke ich, dass es dir lieber ist, wenn die Tür verschlossen bleibt.«

»Was soll das bitte heißen?«

»Komm her. Setz dich«, lud er sie mit einer Handbewegung in Richtung der Stühle vor seinem Schreibtisch ein. Sie setzte sich langsam und behielt ihn misstrauisch im Blick, als er sich direkt vor ihr an die Kante seines Tisches lehnte. Er hatte wunderschöne Oberschenkel – lang und kräftig. Unvermittelt überkam sie das Bedürfnis, sie nackt zu sehen, mit ihren Händen über die glatten, harten Muskeln zu streichen, seine Stärke in sich aufzunehmen ...

Sie riss sich zusammen, schockiert über ihre Gedanken in dieser angespannten Situation, und sah zur Seite. Verletzlich, wie sie sich fühlte, überlegte sie, ob möglicherweise ein starker Angriff ihre beste Verteidigung sein könnte.

»Lucien, bist du wegen Ian Noble nach Chicago gekommen?«

»Natürlich bin ich das«, antwortete er. »Er hatte mir angeboten, in seinem neuen Bürogebäude das Restaurant zu eröffnen. Ich habe es einem Freund zum Gefallen getan.«

»Wie lange kennt ihr zwei euch?«

»Ich habe dich nicht hierhergebeten, um über Ian zu sprechen.«

»Aber warum hast du ihm dann nicht widersprochen, dass ich die Interimsköchin bin?«, fragte sie argwöhnisch.

»Was glaubst du?«

Unruhig betrachtete sie sein Gesicht.

»Weil du nicht wolltest, dass ich irgendetwas über unsere gemeinsame Vergangenheit, deine frühere Identität ... über deinen Vater zur Sprache bringe?« Es war nicht genau das, was sie vorgehabt hatte zu sagen. Sie dachte an das Gespräch, das sie in Paris mitbekommen hatte. In dieser Pariser Nacht vor einigen Jahren hatte sie sich, als sie mitbekam, dass der geheimnisvolle Deutsche aufbrechen wollte, am Hintereingang des Renygat versteckt und so den Mann, der Luciens Büro verließ, nur von hinten gesehen. Anschließend war sie zu Lucien gegangen, der nun allein war, und hatte ihn mit dem konfrontiert, was sie mitbekommen hatte. Er war wütend auf sie geworden, als ihm klar geworden war, dass sie sein Gespräch mit angehört hatte.

Das wollte sie hier nicht ausdrücklich erwähnen, denn sie fürchtete, von ihm fortgeschickt zu werden.

Sein Ausdruck war nichtssagend. Er verschränkte seine Arme über der Brust und schob seine Hüften vor, was ihre Aufmerksamkeit auf seinen Unterleib lenkte. Ihre Wangen wurden heiß. Hatte er vorgeschlagen, sie solle sich in den Stuhl setzen, während er über ihr aufgerichtet war, seine offensichtliche Männlichkeit genau auf ihrer Augenhöhe, um damit ein subtiles Machtspiel zu beginnen? Das traute sie Lucien nicht zu.

»Warum sollte es für dich wichtig sein, was Ian Noble denkt?«, bedrängte sie ihn.

»Mir gehört das Restaurant in seinem Bürohaus. Es ist wichtig.«

»Aber ich glaube nicht, dass die Verbrechen deines Vaters irgendetwas …«

»Was du glaubst, ist hier nicht von Bedeutung. Ich musste heute eine schnelle Entscheidung treffen, als du vorgeprescht bist. Ich denke, es wäre die beste – und sauberste – Lösung, wenn vorerst niemand hier in Chicago von unserer gemeinsamen Vergangenheit weiß.«

Während sie darüber nachdachte, lehnte sie sich im Stuhl zurück. »Kein Wunder, dass du mich gestern Nacht so schnell loswerden wolltest«, grübelte sie. Worauf wollte Lucien hinaus? Es fühlte sich unangenehm an für sie. Sie mochte den Gedanken nicht, dass Lucien sich selbst in Schwierigkeiten bringen könnte. Und dennoch – das war eine bedeutende Information, die ihr so unerwartet in den Schoß gefallen war …

Er sah sie an, sein Blick verschärfte sich. »Denk nicht einmal daran, Elise.«

»Woran soll ich nicht denken?«

Seine grauen Augen blitzten auf. »Erpressung. Schau mich nicht so unschuldig an. Du denkst gerade, dass du etwas gegen mich in der Hand hast, etwas, womit du mich kontrollieren kannst. Du denkst, dass du mir versprechen würdest, Stillschweigen zu bewahren, wenn ich deine aktuelle Fantasie, Chefköchin zu werden, nicht zerstöre.«

»Das alles habe ich nicht gedacht«, schwindelte sie erregt.

Er lachte locker. »Denkst du, ich bin so ein Trottel? Ich weiß, was in dir vorgeht. Du hast von Kindesbeinen an gelernt, Menschen zu manipulieren.«

»Ich versuche nur, mir ein eigenes Leben aufzubauen, Lucien. Ein gutes Leben … ein ehrliches. Dafür bin ich bereit, hart zu arbeiten. Bist du wirklich so abgestumpft, dass du einer Freundin die kalte Schulter zeigen würdest?«

»Freundin? Du hattest niemals *Freunde*. Du hattest Schleimer, die sich um das Sternchen am Aristokratenhimmel gedrängt haben; bei dir standen die Rammler hechelnd Schlange und hofften, zu den ein, zwei oder drei Männern zu gehören, die du mit ins Bett nimmst …«

»Was fällt dir ein!«

»Wahrscheinlich haben dir sogar die schicksten Drogendealer der korsischen Mafia auf den leisesten Wink gehorcht …«

»Ich habe niemals illegale Drogen genommen – und legale übrigens auch nicht.«

»Was ich sagen will, du hattest noch *niemals* Freunde, Elise.«

Sie schoss aus dem Sessel hoch.

»Nun, dann brauche ich vielleicht jetzt einen.«

Einige Sekunden lang schwiegen beide. Ihre Atmung ging schneller, ihr Herz schlug bis in ihre Ohren. Er nagelte sie mit seinem Blick fest.

»Ich habe dich nicht in mein Büro gebeten, weil ich dein *Freund* sein möchte.«

Elise bemerkte, wie sie auf seinen angespannten schönen Mund starrte, und fragte sich, ob sie sich nur eingebildet hatte, was er eben gesagt … wie er geklungen hatte. Sie dachte daran, was er vergangene Nacht vorgeschlagen hatte, als er sie herausforderte, bei ihm zu bleiben. Ihr Blick schwirrte zwischen der verschlossenen Tür und seinem Gesicht hin und her. Das Pochen ihres Herzens wurde erstaunlicherweise noch lauter, bis es sich anfühlte, als würde diese donnernde Trommel ihre ganze Welt füllen. Hatte er wirklich das gesagt, was sie *dachte*, dass er gesagt hatte?

»Du … du willst mehr als nur mein Freund sein?«, fragte sie schwach.

Sein Blick wirkte hungrig, als er ihn über ihr Gesicht schweifen ließ. »Dir muss doch schon klar sein, dass ich dich attraktiv finde. Wenn du dich erinnerst, unsere Eltern wollten sogar einmal, dass wir heiraten.«

Sie konnte nicht glauben, dass sie wirklich hörte, wie er das sagte. *Natürlich* konnte sie sich erinnern. »Meine Mutter hat mir erzählt, dass du die Idee rundheraus abgelehnt hast.«

»Selbstverständlich habe ich sie abgelehnt. Als sie das Thema zum ersten Mal ansprachen, war ich sechsundzwanzig. Du neunzehn. Ich hatte dich fünf Jahre lang nicht gesehen. Glaubst du wirklich, ich hätte irgendetwas anderes tun können, als diese Idee abzulehnen, bevor sie ihr Netz noch weiter um uns spinnen konnten?«

Elise stellte sich die vier Menschen vor, um die es hier ging, Luciens und ihre Eltern, und dachte über das Bild als berechnende Spinnen nach, in dem er sie eben gezeichnet hatte.

»Nein, natürlich nicht«, bestätigte sie seine Argumentation. Wenn sie sich recht erinnerte, war sie genauso ablehnend gewesen, als ihre Mutter, so ganz nebenbei, das Thema angeschnitten hatte. Ihr Puls hatte sich bei der Vorstellung beschleunigt, Lucien wiederzusehen – vielleicht würde sich ja etwas zwischen ihnen entwickeln –, aber wie bei all diesen Dingen würde sie es nie zulassen, dass ihre Mutter bemerken könnte, dass ihr dies wichtig war. Routiniert spielte sie ihr Interesse an dem Mann herunter, schließlich wusste sie aus eigener Anschauung sehr gut, was geschehen würde, wenn sie Madeline ihr Herz öffnete. Einmal, sie war noch ein Mädchen gewesen, hatte sie ihrer Mutter von ihrer kindischen Schwärmerei für einen gut aussehenden Teenager namens Aaron erzählt. Seit dem Tag, an dem sie zufällig beobachtete, wie Aarons Körper sich wie eine adoleszente Boa constrictor an die üppigen Kurven ihrer Mutter geschmiegt hatte, erzählte sie ihrer Mutter nie wieder etwas in dieser Richtung.

Abgesehen davon reagierten die Sprösslinge alter, wohlhabender Familien immer verächtlich auf die Versuche ihrer Eltern, sich mit arrangierten Hochzeiten abzusichern. Verweigerung war die einzige Art der Verteidigung, über die sie verfügten. Elise hatte daher jedes Mal, wenn ihre Mutter eine Bemerkung über Lucien fallen ließ, etwas Frivoles und Beleidigendes geantwortet.

»Warum erwähnst du denn die Wünsche unserer Eltern von früher ausgerechnet jetzt?«, fragte sie langsam.

»Auf keinen Fall, weil ich jetzt eine Hochzeit vorschlage«, antwortete er mit einem höhnischen Lächeln auf den Lippen. *Himmel noch mal, diese Grübchen!*

Sie blinzelte. »Natürlich nicht. Das ist mir klar«, versicherte sie ihm schnell und verlegen.

»Ich spreche das an, weil die Vorstellung, dass wir eine Beziehung führen, gar nicht so abwegig ist, auch wenn das, was ich im Sinn habe, kaum etwas wäre, was unsere Eltern geduldet hätten. Nein. Hier geht es nur um dich und um mich und um unser Verlangen.«

Dich und mich und unser Verlangen.

Einen Moment lang fühlte sich das Schweigen so schwer auf ihr an, dass sie Angst hatte, keine Luft mehr zu bekommen. Sie wollte Lucien schon seit so langer Zeit, doch er war immer eine unerreichbare, schwer zu fassende Fantasie geblieben. Sollte sich das jetzt ändern?

»Wusstest du, was du getan hast, als du heute Morgen hier

aufgetaucht bist und so getan hast, als wärst du meine neue Küchenchefin?«, wollte er gelassen wissen.

Vor Überraschung über seine Frage blieb ihr Mund offen stehen. »Ich habe für etwas gekämpft, das mir wichtig ist. Sehr wichtig. Ich habe gehofft, ich könnte dich überzeugen.«

»Ich glaube nicht, dass es das war, was du getan hast. Jedenfalls nicht nur.«

Sie musste über seine absolute Selbstsicherheit lachen. »Bitte, dann kläre mich auf.«

»Ich denke, dass du hergekommen bist, weil du dich an das erinnert hast, was ich gestern Nacht gesagt habe. Du bist immer wie ein unkontrollierbarer Großbrand unterwegs, Elise. Dir war klar, dass ich deiner Welt eine Grenze setzen würde, dass ich dir die Art von Kontrolle geben würde, die du so schmerzlich brauchst. Du hast mir den Fehdehandschuh hingeworfen, als du heute Morgen hier aufgetaucht bist und vorgegeben hast, du wärst meine neue Köchin. Okay, ich nehme die Herausforderung an. Wenn du nach meinen Regeln spielst.«

Diese ruhig gesprochenen Worte dröhnten in ihren Ohren.

»Ich bin nicht ganz sicher, ob ich verstanden habe, was du meinst.« Das war in der Tat so, doch irgendetwas im festen Ton seiner Stimme und dem gefährlichen Schimmern in seinen hellen Augen ließ sie erschaudern und rief sie zu erhöhter Wachsamkeit auf. War es Angst, die sich mit ihrer Verwirrung mischte, oder doch Erregung?

Nachdenklich strich sein Blick über ihr Gesicht. »Das wilde Kind aus den besten europäischen Kreisen, das mit dem Adel flirtet und von einer Karriere zur anderen … von einem Mann zum nächsten wechselt. Du bist die ideale Verkörperung der Genusssucht«, sagte er grüblerisch.

»Dieses Leben ist vorbei«, stellte sie mit mehr Selbstsicherheit fest, als sie eigentlich besaß. Dass sie nicht stark genug sein könnte, dass ihre hochtrabenden Ziele und Bestrebungen nur die Fassade vor einem hohlen Kern sein könnten, davor hatte sie die größte Angst. Seit ihr Freund Michael tot aufgefunden worden war, hatte sie geschworen, sich zu ändern. Doch was wusste sie schon wirklich darüber, wie sie die Kontrolle über ihr Leben erlangen, wie sie es lebenswert machen konnte? Herzlich wenig.

»Es ist schwer, eine neue Seite aufzuschlagen. Wenn du bei dieser Herausforderung erfolgreich sein möchtest, brauchst du ein gewisses Maß an Selbstkontrolle.«

»Ich bin absolut in der Lage, auf mich selbst aufzupassen«, erwiderte sie mit hoheitsvoller Geringschätzung.

»Ich freue mich schon jetzt darauf, das einmal mitzuerleben.«

»Nun, das wirst du auch«, erwiderte sie scharf und erkannte zu spät, wie defensiv sie im Gegensatz zu seiner ruhig vorgetragenen Äußerung erschien. Sie sträubte sich, doch Zweifel und Unsicherheit wuchsen in ihr, als er sie weiterhin nur betrachtete. »Aber was ist mit … dem anderen?«

»Dem anderen?« Seine Stirn runzelte sich fragend. Hilflosigkeit und Erregung mischten sich in ihrer Brust. Noch nie in ihrem Leben hatte ein Mann sie derart verwirrt.

»Du hast angedeutet, dass du möchtest, dass wir zwei …« Sie verstummte, während sie zaghaft in einer verbindenden Geste erst auf ihn, dann auf sich selbst, schließlich wieder auf ihn zeigte. *Wie genau* eigentlich verbunden? Er sagte nichts. Ihre Verzweiflung wuchs, denn er kam ihr nicht zu Hilfe. »*Willst* du mich, Lucien?«

»Natürlich will ich dich. Du bist das verführerischste Geschöpf, das ich je erblickt habe.«

Als sie das hörte, blieb ihr Mund offen stehen. Er war sonst so stoisch ruhig, so zurückhaltend. Nichts hätte sie mehr überraschen können als dieses unverblümte Geständnis von ihm.

»Du hast mich weggeschickt. In Paris, in dieser Nacht.« In der Stille, die nun folgte, konnte sie ihr Herz schlagen hören.

»Ich habe dich nicht weggeschickt, weil ich dich nicht begehrt hätte, Elise. Ich habe dich damals weggeschickt, weil du zu gefährlich bist.«

»Für dich?«, lachte sie.

»Für meine Seelenruhe. Du bist wie ein Stachel im Fleisch eines Mannes«, murmelte er. »Doch heute ist das nicht mehr von Bedeutung. Du bist heute hier hereinspaziert, und damit hast du, wie ich schon gesagt habe, mir sicherlich etwas Wichtiges mitgeteilt. Oder etwa nicht?«

Es fiel ihr schwer, seinem festen Blick nicht auszuweichen. »Vielleicht«, gestand sie atemlos.

»Ich werde dich nicht bitten fortzugehen. Und falls du doch gehst, dann ist es deine eigene Entscheidung.«

Etwas in seiner Aufrichtigkeit half ihr, wieder Mut zu fassen. »Du musst wissen, dass ich dich auch attraktiv finde. Und zwar schon so lange, wie ich denken kann«, gab sie nervös zu.

Sein Körper zuckte leicht. Dann nahm er sich wieder zusammen und blieb bewegungslos stehen. Für den Bruchteil einer Sekunde dachte sie, er würde sich aufrichten und … irgendetwas *tun*. Sie in den Arm nehmen?

»Ich werde derjenige sein, der die Regeln aufstellt, Elise«, sagte er stattdessen.

»Warum?«, fragte sie und war wieder verdutzt.

»Weil es meinem Wesen entspricht, beim Sex die dominante Rolle zu übernehmen.«

Sie starrte ihn nur an. Ein Schauer der Erregung durchfuhr sie vom Bauch abwärts, zwischen ihren Beinen zuckte es.

»Diese Art von Sexspielen kennst du sicher?«, wollte er wissen.

Sie musste einen dicken Kloß hinunterschlucken. Ja, kannte

sie. Nicht aus eigener Erfahrung. Normalerweise mochte Elise es, wenn sie es war, die den Ton angab. Nicht im Sinne einer Domina. Es war nur so, dass sie in der Regel ihren eigenen Weg ging, und das traf auch auf ihr Sexleben zu. Luciens Äußerung eben hatte sie getroffen, denn es kam ihr zugleich fremd und erregend vor.

»Natürlich weiß ich Bescheid«, polterte sie und versuchte, ihre Verwirrung zu verbergen. Sie wollte nicht den Eindruck erwecken, sie wäre naiv, aber … eigentlich war sie es, in vielerlei Hinsicht. Die meisten Leute, die sie als ungebändigte, wilde *coquine* kannten, wären über ihre Unerfahrenheit erstaunt, würden sie davon etwas ahnen.

»Es ist ganz einfach. Du bist wunderschön. Ich begehre dich. Es würde mir sehr gefallen zu sehen, wie du dich einmal in deinem Leben unterwerfen musst. Du musst diszipliniert werden«, sagte er bestimmt, und sein Mund formte sich zu einem überirdisch sexy Lächeln. »Abgesehen davon möchte ich dich, solltest du in Chicago bleiben, ganz in meiner Nähe haben.«

»Damit du mich im Auge behalten kannst? Dafür sorgen kannst, dass ich nicht aus der Reihe tanze?« Sie fühlte sich beleidigt.

»Um ehrlich zu sein, ja.«

Ihre Blicke trafen sich, und er wurde ruhiger. »Und wenn wir uns sehen, werde ich es sein, der die Zügel in der Hand hält. Bist du damit einverstanden? Kannst du mir die Kontrolle überlassen?«

Unsicher biss sie sich auf die Lippe. »Wird das ein exklusives Arrangement?«

»Ja. Ich werde mich sexuell auf keine andere Frau einlassen, solange wir zusammen sind. Und von dir erwarte ich ebenfalls sexuelle Treue. Genauer gesagt, fordere ich sie sogar von dir«, fügte er noch deutlicher hinzu. Nachdrücklich sah er sie an.

Es schien, als sei ihr Herz über seine normale Größe hinaus angeschwollen, so drückte es in ihrer Brust. »Und wie genau willst du dafür sorgen, dass ich nicht aus der Reihe tanze?« Es fiel ihr schwer, diese sarkastische Frage zu formulieren, schließlich fühlte sie sich noch immer von seinem Hinweis verletzt, er wolle ihre Beziehung dazu nutzen, um sie während ihrer Zeit hier in Chicago zu kontrollieren.

»Im Augenblick? Ich werde dir mit der Hand eine Abreibung verpassen.«

Ihr fiel auf, dass er sehr genau ihre Reaktion beobachtete, also bemühte sie sich um einen neutralen Gesichtsausdruck. Ihr Herz dagegen gab es auf, etwas vortäuschen zu wollen, und begann seine Jagd durch Elise' Brusthöhle.

»Wie gesagt, auch wenn du dir darüber möglicherweise gar nicht so genau im Klaren gewesen bist, so denke ich doch, dass du genau deshalb hierhergekommen bist. Ich möchte, dass du weißt, dass ich mich mit deinen Manipulationsversuchen nicht abfinden werde. Ich bestrafe dich zukünftig jedes Mal, solltest du mich derart herausfordern. Ich werde dich jedes Mal bestrafen, wenn ich sehe, dass dein Verhalten impulsiv oder gefährlich ist. Ich werde dich jedes Mal disziplinieren, wenn du mich belügst.«

Nichts hätte sie auf die Dinge vorbereiten können, die sie nun von ihm hörte. Das Wort *Bestrafung* bekam ungezählte neue Bedeutungsvarianten, wenn es mit Luciens tiefer, erotischer Stimme ausgesprochen wurde … dunkle, verbotene, erregende Vielschichtigkeiten. Ein Teil von ihr war schockiert, ein anderer Teil war nicht einmal überrascht.

Sie lachte ungläubig, obwohl beim Anblick seiner ruhigen, gelassenen Art Panik in ihr aufzusteigen begann.

»Du bist wirklich verrückt«, stieß sie aus, ohne sich die Verblüffung anmerken zu lassen.

Er sah sie mit einem Blick an, aus dem sich nichts herauslesen ließ.

»Das sind meine Bedingungen. Ich habe dir gesagt, dass ich dich will. Aber ich will nicht, dass du Amok läufst und mein Leben ruinierst, weil du vorhast, hier in Chicago zu bleiben. Erstens kann ich das Drama nicht brauchen. Und zweitens würde ich es nicht ausstehen können, dem zusehen zu müssen.« Ihr stockte der Atem, als sie in seiner unwiderstehlichen Stimme Gefühle durchklingen hörte. »Wenn deine verzogene, unersättliche Mutter zu schwach war, um dir beizubringen, wie man sich selbst kontrolliert, und dein Vater zu egozentrisch war, um sich darum zu kümmern, dann muss jemand anders die Aufgabe übernehmen. Als du heute in dieses Restaurant hereinstolziert bist, als würde es dir gehören, da hast du *mich* zu diesem jemand gemacht.

Jetzt mach deine Hose auf und ziehe sie nach unten, dann lehne dich an meinen Schreibtisch«, fuhr er fort, wobei seine sachliche Art das surreale Gefühl, das ihre Gedanken benebelte, nur noch verstärkte. *Das kann er nicht ernst meinen.* Er will sie verhauen? Lucien Sauvage? »Wenn du willst, kannst du gehen«, sagte er und klang dabei nicht unfreundlich, denn er hatte bemerkt, dass sie sich nicht rührte und ihn weiter ungläubig anstarrte. »Wir machen das nur, wenn du wirklich einverstanden bist.«

»*Das* ist Erpressung«, flüsterte sie.

»Nein. Du bist nicht meine Angestellte, Elise. Ich habe dir niemals einen Job angeboten. Ich habe dir nichts anderes angeboten als diese Beziehung, die nach meinen Regeln, und nur nach meinen Regeln, ablaufen wird. Du selbst hast dich hier reingedrängelt. Es geht nicht um Erpressung oder Belästigung. Es geht darum, was du brauchst, um das, worum du mich meiner Meinung nach gebeten hast, als du hier uneingeladen aufgetaucht bist. Wenn du vorhast, in Chicago zu leben, und Teil meines Lebens wirst, dann erlaube ich dir nicht, mich zu manipulieren oder dich mir zu widersetzen. Du wirst die Disziplin erfahren, die du benötigst – und wenn ich spüre, dass du dich unterwirfst, wird auch Vergnügen dabei sein. Wenn du damit nicht einverstanden bist – du weißt, wo die Tür ist.«

Sie rührte sich nicht. Sie konnte nicht.

Er nickte, als er sah, dass sie sich entschieden hatte. Elise realisierte betäubt, dass sie sich tatsächlich entschieden hatte. Er wandte sich ab und ging hinüber zu einer antiken Kommode. Er öffnete eine der Türen, und sie konnte kurz eine teure Musikanlage erkennen. Plötzlich erfüllten die Klänge der vollen, durchdringenden Fünften Sinfonie von Beethoven den Raum. Voller Unverständnis sah sie Lucien an, als er wieder auf sie zukam.

»Tu, was ich dir gesagt habe«, wiederholte er nicht unfreundlich.

Sie warf einen Blick auf die Tür und sah ihn dann an. Seine Miene war unergründlich, und doch konnte sie etwas in seinen Augen erkennen – nicht unbedingt Sanftheit, eher Mitgefühl … Verständnis dafür, dass dies keine leichte Sache war, die er von ihr verlangte, aber dass er sie trotzdem danach gefragt hatte.

»Ich hasse dich, Lucien Sauvage«, sagte sie, als sie ihre Hose öffnete. Ihre zischende Stimme drang kaum durch die Musik hindurch.

Er nickte, als sei dies eine Tatsache. »Aber dennoch tust du genau das, was ich dir sage.«

Wie eine aufsässige Antwort schob sie ihre Hose nach unten.

»Lehn dich über den Tisch.«

Der Atem in ihrer Lunge brannte und versengte ihren Hals,

während sie gehorchte. Sie war noch nie zuvor bestraft worden. Sie hatte noch nie zuvor einem Mann freiwillig die Kontrolle überlassen. Es war eine völlig neue Erfahrung für sie. Und sie konnte kaum glauben, dass sie dies zuließ. Was bedeutete es, dass sie es zuließ? Wut, Verwirrung und Erregung vermengten sich in ihr und schnürten sie zu. Ihr Atem hing fest, als Lucien auf sie zutrat.

Etwas Heißes und Verbotenes brandete in ihrer Muschi auf. Sie spürte seine Hand auf ihrer Hüfte. Seine langen Finger schlüpften unter das Bündchen ihres Slips. Ein Stoß der Erregung zuckte durch ihre Klitoris.

»Muss das sein?«, wollte sie zitternd wissen, als sie bemerkte, wie er ihren Slip nach unten schob.

»Immer«, antwortete er. Er ließ das hauchdünne Höschen los, und es rutschte zu der Hose auf ihre Knie. Sie kniff die Augen zusammen, als er ihren Küchenkittel hob und sie damit seinem Blick vollständig aussetzte. Scham überkam sie. Lucien würde es ihr niemals abnehmen, würde sie ihm gestehen, dass sie solche Intimität nicht kannte – also verriet sie ihm nichts.

Sie zitterte erregt, als Luciens Hand die empfindliche Haut ihrer rechten Pobacke berührte. Er griff danach und drückte zu. Sofort schoss flüssige Hitze durch ihre Muschi, und die Stärke dieser Reaktion überraschte sie. Es war, als hätte ihr Körper seinen eigenen Willen. Denn ihr Gehirn hatte es ganz sicher nicht erlaubt, diese besitzergreifende Berührung auf ihrem Arsch so erregend zu finden.

»Du bist wunderbar. Es wird mir gefallen, dich zu bestrafen. Sehr gefallen«, murmelte er. »Vielleicht wird es dich auch aufreizen, auf jeden Fall aber wird es stechen. Das kommt davon, wenn man sich so verhält, wie du es getan hast. Und obwohl es mir Spaß machen wird, wird es heute nur eine Bestrafung sein. Wie gesagt, wir werden die Dinge in meinem Tempo angehen.«

Sie wandte den Kopf. Er erkannte ihren verblüfften Gesichtsausdruck.

»Wir werden keinen Sex haben, wenn ich hiermit fertig bin«, erklärte er geduldig. »Das kommt dann ein anderes Mal.«

Sie hörte alldem in besorgter Freude zu.

»Elise?«, hakte er nach. »Ist dir klar, was ich gesagt habe?«

»Ja«, krächzte sie.

»Ich werde dich zwanzig Mal mit meiner Hand schlagen. Es wird brennen, aber du brauchst niemals Angst zu haben, dass ich dir etwas antun würde, was dauerhaft wehtut. Es ist weder jetzt noch in Zukunft meine Absicht, dich zu verletzen. Verstehst du das?«

Nein, sie verstand es nicht. Sie konnte überhaupt nicht verstehen, was hier vor sich ging. Warum ließ sie zu, dass er ihr das antat?

Disziplin. Bedürfnis.

Sie erinnerte sich, dass er diese Worte vorige Nacht gebraucht hatte, und biss sich auf die Lippe. Sie spürte eine Vorfreude in sich, wie sie sie noch nie zuvor so stark gespürt hatte. Stimmte es? War dies wirklich der Grund, weshalb sie ihre schamlose, rebellische Mission hierhergeführt hatte? Hatte er vergangene Nacht nicht angedeutet, was geschehen würde, wenn sie bei ihm bliebe?

Und sie war zurückgekommen, entschlossen, ihn zu provozieren … hierzu?

»Elise?«, fragte er fordernd.

»Ja, ich verstehe«, sagte sie mit erstickter Stimme.

Er nahm die Hand von ihrem Arsch.

Klatsch.

Sie wimmerte, als es auf ihrem Po explodierte. Er schlug sie wieder, ein schneller Schlag von Haut auf Haut. Sie riss die Augen auf.

Oh. Es stach, doch zugleich war es aufreizend, Luciens Hand auf ihrem Po zu spüren, diesen schnellen Gefühlsblitz. Es war auch intim; irgendetwas an dieser Geheimnistuerei, was er hier mitten am helllichten Tag in seinem Büro mit ihr machte – die Tatsache, dass sie es *zuließ*, dass er etwas so Privates, Verbotenes mit ihr machte –, war überwältigend.

Sie blickte auf die Schreibtischunterlage, ohne sie wirklich zu sehen. Wieder traf sie seine Hand, und sie unterdrückte ein Japsen. Nicht wegen des Schmerzes, eher wegen des aufwieglerischen Gefühls, das sie weder benennen noch kontrollieren konnte. Es war, als würden seine Schläge kleine Risse in ihr verursachen, durch die etwas an die Oberfläche kam, was sie eigentlich lieber darunter vergraben hätte. Er hielt inne und ließ seine Hand auf ihr liegen. Seine vorsichtige Zärtlichkeit war dabei fast ebenso unberechenbar wie seine Bestrafung.

»Ist alles in Ordnung mit dir?«

»Ja«, sagte sie mit kratziger Stimme. Sie hoffte, er würde nur den Ärger und nicht die anderen verwirrten Gefühle heraushören, die sich in ihrer Brust ausbreiteten.

Er schlug sie ein weiteres Mal. Sie biss sich auf die Lippen, um ein Stöhnen zu unterdrücken. Er wusste, was er tat. Seine Schläge waren schnell und flott, sie sollten stechen, keinen Bluterguss verursachen oder verletzen. Er traf sie zwei Mal an der unteren Kurve ihrer rechten Pobacke. Ein Schrei kam aus ihrer Kehle. Instinktiv verschob sie ihre Hüfte, um dem nächsten Schlag auf ihr prickelndes Hinterteil zu entgehen. Er umklammerte ihre Hüfte mit seinen Händen und brachte sie zurück in Position.

»Bleib still stehen, oder es setzt noch mehr Schläge«, hörte sie ihn sagen, mit einer Stimme, die deutlich belegt war. Kam er in Fahrt? Aus irgendeinem Grund zwickte Erregung in ihrer Muschi. Sie presste die Augen fest zusammen, ihre Verwunderung nahm immer mehr zu. Er rieb die Stelle auf ihrer Haut, als wolle er sich dafür entschuldigen, dass er ihre Nerven zum Glühen gebracht hatte. Unter seiner großen Hand fühlte sich ihr Arsch ganz heiß an.

Er schlug sie wieder. Sie keuchte. Undeutlich wurde ihr bewusst, dass er die Musik eingeschaltet hatte, um die Geräusche dieser Bestrafung zu übertönen. Sein Büro lag bereits in einem abgelegenen Teil des Restaurants, die Tür war massiv, und die luxuriösen Möbel und Gemälde würden ebenfalls alle Geräusche dämpfen.

Bestrafte er öfter Frauen in seinem Büro?

Dieser bestürzende Gedanke zerbarst, als er den nächsten Hieb landete. Sie war entsetzt, als ihr eine Träne aus den zugekniffenen Augen lief.

»Mario hatte recht. Du bist ein Teufel, Lucien Sauvage«, klagte sie ihn an und bewegte ihren Po. Er schlug mit etwas mehr Kraft auf das sich bewegende Ziel.

»Wenn du deinen Arsch nicht still hältst, wirst du erleben, was für ein Teufel ich sein kann.«

Sie biss sich auf ihre Unterlippe und zwang sich zum Schweigen. Noch einmal traf er sie. Ihr Hintern stand in Flammen, und ihre Muschi wurde immer feuchter. Die Nerven in ihrem Po stachen, aber dies war nichts im Vergleich zu dem angenehmen Prickeln ihrer Klitoris. Und zugleich fühlte sie sich durch die Tatsache tief gedemütigt, dass sie es Lucien erlaubte, ihren nackten Arsch zu schlagen.

Wobei … sie wollte es. Brauchte es.

»Komm zum Ende, bitte. Ich halte es nicht mehr lange aus«, sagte sie stockend, als er eine Pause machte, um ihr brennendes Fleisch mit streichelnden Fingern zu beruhigen.

»Du bekommst das, was ich dir zuteile.« Wieder hob er seine Hand. In ihren Ohren wurde die Musik lauter.

Klatsch, klatsch.

Es war, als würde er mit seinen Schlägen etwas aus ihr heraustreiben, sie aufreißen, ein Gefühl in ihr zum Brennen bringen. Es war zu viel. Emotionen platzten aus ihr heraus. Sie erbebte unkontrolliert.

Plötzlich griff er nach ihren Schultern, und dann lag sie in seinen Armen. Sie drückte ihre heiße, nasse Wange gegen seine Seidenkrawatte und erschauderte gerührt.

»Ich hasse dich. Ich hasse dich«, murmelte sie, doch in all der Aufregung war sie sich nicht sicher, was genau sie da sagte.

»Nein, das tust du nicht«, antwortete er gelassen. Beruhigend streichelten seine Finger über ihr Haar. »Wir ähneln uns, du und ich. Wir sind beide einsam. Zwei Außenseiter. Auch ich habe immer versucht, dem goldenen Käfig zu entkommen, *ma chère*. Ich möchte dir helfen, aber dazu musst du auf mich hören.«

»Lucien«, flüsterte sie und legte all ihre Gefühle, all ihre Sehnsucht in dieses Wort. Sie rieb ihre Wange an seiner Krawatte, um so die unerwünschten Tränen zu trocknen. Sein klarer, würziger, zitrusartiger Duft durchdrang ihr Elend. Genau wie das Gefühl seines harten Körpers an ihrem.

Er war eindeutig erschreckend erregt.

Als ihr dies deutlich wurde, beruhigte sie sich, ihr Unglück verschwand. Der unerklärliche Schmerz in ihrem Innern verstärkte sich dagegen.

Was würde jetzt geschehen?

Seine langen Finger strichen über ihre Haut und hoben ihr Kinn. Sie blickte zu ihm auf, und sogar in diesem Zustand der äußersten Verwirrung blieb sie trotzig. »Ich gebe dir das, was du brauchst.«

»Ich verstehe dich nicht«, flüsterte sie.

»So ein wunderschönes, wildes Ding, so eine reine, starke

Flamme«, sagte er leise, während sein Blick über ihr Gesicht lief und er die Linien ihres Kiefers nachfuhr. »Aber du wirst dich selbst zu Asche verbrennen, wenn niemand auf dich aufpasst. Seit Jahren versuchst du, die Begrenzung deiner Welt zu ertasten, etwas zu packen, was dir Grenzen setzt. Jetzt hast du es gefunden. Und dieses Mal werde ich mich nicht abwenden«, fuhr er fort und strich mit seinen Fingerspitzen über ihr Kinn.

Stumm schaute sie ihn an. Er beugte sich vor und küsste ihren Mund, so weich und hoffnungsvoll, dass es sich für sie anfühlte, als träume sie.

»Jetzt lehne dich wieder über den Tisch, damit wir das hier beenden können.«

Sie drückte sich an ihn. Sie hätte die Bestrafung lieber aufgegeben, so heiß sie sie auch machte, und das erlebt, wonach sie sich schon ihr halbes Leben lang begehrlich sehnte. Wer hätte gedacht, dass sie so stark auf diese ersten Hiebe reagierte? Und nicht nur sie reagierte darauf. Was sie bei Lucien spüren konnte – seine Größe und Härte –, ließ sie fiebrig werden. Liebend gern hätte sie diesen beachtlichen Schwanz, den sie in seiner Hose ahnte, gestreichelt und an ihm gesogen.

»Tu, was ich dir sage«, ermahnte er sie. Dabei vermied er, dass ihn die Bewegungen ihrer Hüfte berührten, vielmehr blitzten seine grauen Augen auf, und seine Stimme klang hart. »Versuch es erst gar nicht, die Kontrolle über diese Situation zu erlangen, Elise. Teste mich nicht aus. Du würdest verlieren.«

Ihr blieb die Luft weg, als ihr klar wurde, dass er genau verstanden hatte, was sie mit ihrem Verführungsversuch erreichen wollte. Sie ließ es, trotz ihrer tiefen Enttäuschung, zu, dass er sie in seinen Armen drehte. Vorsichtig drückte er gegen ihren unteren Rücken und brachte sie so dazu, sie nach vorn zu beugen. Seine Hand wanderte über ihre Wirbelsäule, er massierte, formte, drückte ihre Muskeln.

»So viel Anspannung in deinen Muskeln ... so viel Schmerz«, stellte er leise fest. Er schien keine Antwort zu erwarten, was ihr gefiel. Sie war ohnehin zu überwältigt, um sprechen zu können. Seine Hand strich über ihren prickelnden, heißen Arsch. Ihre Klitoris zog sich erwartungsvoll zusammen, und die Schärfe dieser Reaktion überraschte sie. Die Vorfreude brachte sie schier um.

»Aber warum? Warum tust du das?«, brach es aus ihr hervor. Panisch hell klang ihre Stimme.

»Weil du mir wichtig bist«, antwortete er. Sie riss die Augen auf, als Lucien seine Hand ganz auf ihre Pobacke legte. Dann war sie wieder verschwunden, und sie wusste, dass er sie zurückgezogen hatte, um sie gleich wieder zu schlagen. Ihr Geschlecht zuckte in nervöser Anspannung. »Ich würde das hier nicht tun, wenn dem nicht so wäre, Elise. Und du würdest es mir nicht erlauben, wenn du das nicht wüsstest.«

TEIL II

WENN DU MICH HERAUSFORDERST

KAPITEL 3

Seine Hand traf die untere Rundung ihrer Pobacke. Augenblicklich explodierten die unterschiedlichsten Gefühle in ihr.

»*Autsch.*«

»*Je suis désolé*«, hörte sie Lucien sich heiser hinter ihr entschuldigen. Er berührte mit seiner von den Schlägen noch ganz heißen Handfläche ihren Po. Ihr Atem stockte. »Ich werde ein bisschen brauchen, bis ich weiß, was du aushalten kannst ... was du brauchst.«

Ihre bislang zusammengekniffenen Augen weiteten sich. »Das Einzige, was ich jetzt brauche, ist, dass du aufhörst, mich auf diese Art und Weise zu quälen.«

Seine Hand verschwand. *Klatsch.*

»Falsch. Du brauchst ein Gefühl dafür, dass deine Taten Folgen nach sich ziehen.«

Die Nervenenden in ihrem Hinterteil stachen und brannten. Es gab eine unerklärliche Verbindung zwischen diesen Nerven und ihrer brodelnden Muschi. Sie biss sich auf die Lippe, denn sie spürte ein fast überwältigendes Verlangen, sich selbst zu berühren ... den zwischen ihren Schenkeln anschwellenden Schmerz zu stillen.

»Stütz dich ab«, wurde sie von Lucien gewarnt, dessen Stimme ein tiefes, erotisches Schnurren war, das über ihren entblößten, entflammten Arsch hinwegzog und in ihrer feuchten Muschi kitzelte. Sie verstärkte ihren Griff, folgte ganz instinktiv seinem Befehl und presste die Zähne aufeinander. Immer wieder und wieder klatschte seine Hand auf sie nieder, wobei das knackige Geräusch, wenn Haut auf Haut traf, einen merkwürdig erotischen Kontrast zu den höchst kunstvollen Klängen der sinfonischen Musik bildete, die in ihren Ohren widerhallte.

Das Ende ihres Küchenkittels rutschte über ihren Po. Zittrig holte sie Luft, während er kurz innehielt, um die Jacke sorgfältig wieder nach oben zu schieben, und dabei erneut ihren Arsch entblößte. Sie konnte sich kaum vorstellen, wie gerötet er jetzt vor ihm dalag. In ihrer Lunge brannte der Atem, als er seine Hand über den Spalt zwischen ihren Pobacken legte, die Finger gespreizt, die Fingerspitzen unter seiner Handfläche.

»So schön«, brummte er.

Sie jammerte leise, als sie den Hauch von Ehrfurcht in seiner Stimme wahrnahm. Lucien war so groß, dass er sie mit seinen Händen fast vollständig umfassen konnte. Er streichelte sie kräftig, und ihre Vagina spannte sich fest an. Fiebrig begann sie zu stöhnen, sie wollte … verlangte nach seiner Berührung auf ihrem Geschlecht. Er war nur Zentimeter von ihrer Klitoris entfernt. Sie drehte ihre Hüfte leicht und scheuerte an seiner Hand, um ihn einzuladen.

Klatsch. Sie stöhnte auf, als der unerwartete, scharfe Schmerz sie durchzuckte, den seine Hand auf ihrem Arsch verursacht hatte.

»Verdammt«, kochte sie.

»Du versuchst es schon wieder«, antwortete er mit einem Anflug von Vergnügen in der harten Stimme.

»Was denn?«

»Mir in die Zügel zu greifen.«

»Autsch … ohh … *merde*«, murmelte sie unzusammenhängend, als er sie wieder schlug.

»Jedes Mal, wenn du versuchst, mich zu verführen, werde ich dich ein weiteres Mal schlagen. Füge dich mir, *ma chère*. Lass los. Ich übernehme für diesen Augenblick die Kontrolle.«

Eine Träne lief ihr über die Wange, aber voller Entschlossenheit blieb sie ruhig. Ein paar Sekunden lang waren sie und Lucien eins. Sie fürchtete sich vor der Anspannung in Luciens Muskeln, dem Ausholen seines Arms, doch zugleich war sie voller Vorfreude darauf, ahnte es unfehlbar voraus … wollte und brauchte sie es. Hier, in diesen wenigen Sekunden, verstand sie genau, was Lucien ihr erklärt hatte.

Disziplin. Verlangen.

»Noch zwei«, hörte sie ihn fauchen.

Sie drehte den Kopf und sah, wie sein Arm nach hinten erhoben war. Er sah beeindruckend aus in diesem Moment. Seine langen Beine waren leicht gespreizt, seine Nasenflügel bebten, seine Augen loderten, seine angespannten Muskeln traten hervor. Mit der Hand über dem Kopf hielt er inne und erwiderte ihren Blick. Das ging so schnell, dass sie sich später fragte, ob sie es sich nicht nur eingebildet hatte. Er umfasste ihre Hüfte mit der freien Hand, presste ihren brennenden Arsch gegen seinen Schritt und rieb sie dann an seiner Hüfte und dem harten Schwanz.

Sie riss die Augen weit auf, als sie nun seine ganze Größe … seine Hitze spürte. Ihr Innerstes schmolz als Antwort auf seine urgewaltige Geste. Unvermittelt war er wieder verschwunden.

»Diese verdammten Augen«, schimpfte er mit belegter Stimme. »Schau nur den Tisch an, oder ich schwöre, dass du eine ganze Woche lang nur unter Schmerzen sitzen kannst.«

Sie wandte den Kopf ab und blickte teilnahmslos auf die Schreibtischunterlage. Sie schnaufte leicht, während er die letzten zwei Hiebe auf sie niederfahren ließ.

Über die angeschwollenen Klänge der Sinfonie und ihr

eigenes hämmerndes Herz hinweg konnte sie Luciens rauen, ächzenden Atem hinter ihr hören. Sie bewegte sich nicht.

Was würde er jetzt tun? Zwischen den Schenkeln war ihre Muschi heiß und feucht. Sie konnte seine Erregung wie ein entferntes, aber mächtiges Feuer hinter sich spüren, seine Hitze schien sich bis zu ihrem nackten Arsch auszubreiten und ihr Geschlecht zu umspielen. Er würde wohl kaum einfach weggehen können? Vielleicht würde er sie von hinten nehmen? Dieser Gedanke versetzte sie in Panik und Begeisterung. Sie war darauf nicht vorbereitet gewesen. Sie richtete sich auf, um ihn zu berühren … um ihm zu Gefallen zu sein … ihn zu befriedigen …

… um in dieser schwankenden Situation die Kontrolle zu übernehmen.

Das könnte sie schaffen. Er hatte zwar gesagt, sie würden keinen Sex miteinander haben, aber das war schließlich gewesen, als sich noch nicht diese Hitze zwischen ihnen angestaut hatte. Sie erhob und drehte sich, hocherfreut über seinen konzentrierten, angespannten Gesichtsausdruck und den Blick auf ihren Arsch. Mit Lichtgeschwindigkeit packte er ihr Handgelenk, als sie nach seiner Hose greifen wollte. Plötzlich wurde sie herumgeschleudert und mit dem Rücken fest gegen seinen Bauch gepresst, ihr Po drückte gegen seine harten Schenkel, ihr unterer Rücken gegen seinen unverhohlen aufgerichteten Schwanz. Sie keuchte, als er nun auch ihr anderes Handgelenk packte und beide Arme in seiner Hand festhielt. Er beugte sich nach vorn und umfasste ihren Körper mit seiner großen, harten Stärke.

»Es hat dich erregt. Oder nicht?«

Ein aufregender Schauder durchlief sie, als sie seine köstliche Stimme in ihrem Ohr vernahm.

»Ich … ich fand es furchtbar«, log sie. Sie kämpfte um die

Führung, auch wenn sie schon wusste, dass sie kurz davor stand zu verlieren … obwohl sie eigentlich gerade das Gefühl dafür einbüßte, was im Zusammenhang mit Lucien verlieren oder gewinnen hieß. Ihr Keuchen wandelte sich in ein von unglaublicher Erregung ausgelöstes Stöhnen, denn unvermittelt schob er reibend seinen langen Finger zwischen ihre Schamlippen.

»Sehr warm. *Sehr* feucht«, stöhnte er direkt neben ihrem Ohr, womit er ihr Schauern nur noch verstärkte. »Ich werde dich von dieser Vorliebe fürs Lügen heilen. Ich habe gespürt, dass du dich am Ende mir ergeben hast, auch wenn du es jetzt leugnest. Du warst sehr tapfer bei meinen Schlägen. Hier ist deine Belohnung.«

Ihr Kopf fiel auf sein Brustbein zurück. Es war göttlich, die Reibung seines Fingers war perfekt. Unter seiner Berührung fing ihre Klitoris an zu prickeln, ihre Hüfte schob sich dem Druck entgegen. Er umfasste sie noch fester, nun konnte sie spüren, wie sein Schwanz gegen ihren unteren Rücken und Hüfte rieb. Er hatte recht gehabt, sie war feucht – das konnte sie schon daran erkennen, wie leicht sein Finger in sie hineinglitt. Sie konnte sogar hören, wie er durch das glatte Fleisch hindurchfuhr. Wie erniedrigend.

Wie erregend.

Ganz leicht ließ sie ihre Hüften gegen ihn kreisen, wurde mit steigender Lust immer wilder, ihre Zähne waren fest aufeinandergepresst. Es sah aus, als würde sie es nicht mehr anhalten können. Lucien mit seinen Fähigkeiten befriedigte sie besser, als sie sich selbst befriedigen konnte, denn irgendetwas an seiner zurückgenommenen Stärke und seinem offenkundigen Wissen sorgte für einen Gefühlsausbruch in ihr. Elise' ganzer Körper spannte sich an, und ihre Brustwarzen zogen sich fast schmerzhaft zusammen, sodass sie sich wünschte, er würde ihre Nippel berühren, sie kneifen, um den scharfen Druck zu lindern.

»Mistkerl«, schimpfte sie aufgelöst.

»Komm jetzt«, befahl er. Die Musik schwoll in ihren Ohren immer weiter an und schlug dann über ihr zusammen.

Sie schloss ihre Augen und erbebte in herrlicher Erleichterung.

»So ist es gut«, hörte sie ihn sagen. Seine Stimme klang dabei zugleich ganz nah und weit entfernt, dass sie das Gefühl hatte, er sei in ihrem Kopf. »Eines Tages wirst du wieder so kommen. Aber dann bin ich in dir vergraben, und es wird sich unglaublich gut anfühlen.«

Seine Hand war noch immer zwischen ihren Schenkeln beschäftigt und stimulierte sie, bis sie schnaufend auf ihm zusammensackte. Träge öffneten sich ihre Lider einen Moment später, als seine Hand immer langsamer wurde und schließlich stoppte.

Einen Augenblick lang atmete oder bewegte sie sich nicht, denn er hatte ihr Geschlecht in besitzergreifender Geste umfasst, während sie seinen Schwanz pulsieren spürte, hart, schwer und mehr als bereit.

Er ließ sie los. Sie wimmerte, als so plötzlich seine Wärme verloren ging.

»Zieh dich an.« Seine Stimme war rau. Sie blickte ihm nach, als er durch das Zimmer auf eine Tür zuging. Als er sie öffnete, erkannte sie, dass sich dahinter ein Badezimmer befand.

Hinter ihm fiel die Tür wieder zu.

Er kam wenig später wieder heraus, als Elise gerade ihre Hose schloss. Unruhig sah sie ihn von unten aus halb geschlossenen Augen an und schob ihren Küchenkittel zurecht. Sein kurzes, dickes Haar war angefeuchtet, auch die Strähnen an den Schläfen und der Nacken glänzten sexy feucht, als habe er sich das Gesicht und den Hals mit Wasser abgespült. Es fühlte sich für sie an, als sei sie auf einmal in ein seltsames Land transportiert worden, dessen Sprache sie nicht verstand. Sie wusste nicht, was in diesem Moment angemessen gewesen wäre, zu ihm zu sagen. Keine ihrer bisherigen sexuellen Erfahrungen hatte sie auf so etwas vorbereitet.

»Warum gehst du nicht ins Bad und wäschst dich auch ein wenig?« Sein Ton war viel weicher, als sie es erwartet hatte, angesichts seiner spürbaren Anspannung und der offensichtlich noch nicht abgeklungenen Erregung.

Elise war froh über die Möglichkeit, zumindest vorübergehend Luciens verwirrender, unwiderstehlicher Gegenwart zu entfliehen. Sie wollte nicht, dass er merkte, wie dumm, wie unzulänglich sie sich fühlte. Sie eilte ins Bad und schloss die Tür hinter sich. Die Wangen der Frau im Spiegel waren hochrot. Ihre Augen leuchteten. Dies war eine weitere neuartige Erfahrung, ihr eigenes Spiegelbild zu erblicken, nachdem sie vom Verlangen derart durcheinandergebracht worden war.

Wie konnte sie sich nur so erniedrigt fühlen von dem, was Lucien gerade mit ihr getan hatte, und zugleich so erfüllt davon sein? Und warum spürte sie zudem, trotz aller Unruhe über das, was Lucien als Nächstes tun würde, solch eine merkwürdige Ruhe nach dem, was sie gerade erlebt hatte … eine neu entdeckte Zuversicht?

Du schaffst es, Elise. Du kannst Lucien Sauvage in den Griff bekommen. Du hast schon Dutzende einflussreicher Männer dazu bekommen, genau das zu tun, was du wolltest.

Keiner davon war so eindrucksvoll wie Lucien.

Sie schloss die Augen und brachte das ärgerliche Selbstgespräch in ihrem Kopf zur Ruhe.

Was in Luciens Büro geschehen war, war ihr so fremd, war so mächtig, dass der einzige Weg, der ihr einfiel, um damit umzugehen, der war, es zu ignorieren. Sie würde einfach ihren Plan weiter verfolgen. Lucien hatte schließlich zugegeben, sie zu begehren. Sie war also nicht völlig ohne Möglichkeiten.

Sie wusch sich und verließ erhobenen Hauptes das Bad. Er stand da, mit vor der Brust verschränkten Armen, und es war deutlich, dass er auf ihre Rückkehr gewartet hatte. In der Zwischenzeit hatte er die Musikanlage abgestellt. Seine Augen glänzten, als er sie mit gerunzelter Stirn ansah.

»Geht es dir gut?«, fragte er ruhig.

»Alles in Ordnung«, antwortete sie fast ein wenig vorlaut und war doch froh, dass ihre Stimme unaufgeregt klang. Soll er doch denken, sie sei schon ein Dutzend Mal so verhauen worden, genau wie er der Meinung war, sie sei mit halb Paris im Bett gewesen. Sie würde sich nicht festlegen lassen und ihre Verletzlichkeit preisgeben. Sie würde ihm nicht klarmachen, dass er gerade ihre Welt ein Stück aus den Angeln gehoben hatte und dass sie überhaupt nicht verstand, wie genau er das getan hatte.

»Bist du jetzt fertig damit, *mich unter deine Kontrolle zu bringen*?«

»Im Augenblick, ja.«

»Gut. Können wir dann über meinen Job reden?«

Ihre klare, melodische Stimme hallte wieder und wieder durch seinen Kopf. Er schüttelte ihn, als wolle er sie dort herausbekommen.

»Du hast keinen Job.«

»Lass mich hier arbeiten, bis du einen neuen Küchenchef gefunden hast. Du brauchst diese Hilfe, Lucien. Du kannst das Restaurant nicht einfach für ein paar Tage schließen. Denk an all das Geld, das du dabei verlierst. Und wenn dir das nichts ausmacht, denk an deine enttäuschten Gäste.«

Sein Kiefer schmerzte, als er ihn lockerte und den Mund

öffnete. Es erstaunte ihn, dass Elise nicht sah, wie er zitterte. Er vibrierte vor kaum kontrollierter Lust. Er wollte kein sachliches Gespräch mit Elise Martin; er wollte sie über seinen Schreibtisch legen und sie so lange ficken, bis jeder vernünftige Gedanke in seinem Kopf in einem grandiosen, explosionsartigen Höhepunkt verbrannt war. Vielleicht hätte er sie nicht bestrafen sollen. Die Erinnerung daran, wie sie seinen Vorschlag akzeptiert hatte – das Bild ihres rundlichen geröteten Arsches –, würde ihn zweifelsohne bald in den Wahnsinn treiben.

Nein, er hatte *recht* gehabt, sie zu betrafen. Das sagte ihm sein Bauchgefühl. Er spürte ihr gegenüber eine Ruhe, eine Stärke, die unwiderstehlich waren. Sie verlangte *unbedingt* eine Art Begrenzung für ihre Welt. Lucien war sich dessen sicher, seit er einundzwanzig war.

Und dennoch fing sie wieder an zu feilschen und zu manipulieren.

»Was würde es dir bringen, im Fusion zu arbeiten? Du hast doch gesagt, dass du einen Chefkoch brauchst, bei dem du mitarbeiten kannst, um deine Ausbildung zu beenden, oder?«, erinnerte er sie, frustriert über ihre Hartnäckigkeit bei diesem Thema.

»Ja, aber ich könnte dann ja immer noch aushelfen, bis du einen gefunden hast. Mit ein bisschen Glück kann der neue Koch eine Praktikantin brauchen. Und bei dem Kaliber von Küchenchefs, die du dir für deine Restaurants aussuchst, bin ich sicher, dass er oder sie von meiner Schule akzeptiert werden wird. Dann kann ich meine Ausbildung abschließen. Ich bin sehr gut bei dem, was ich tue, Lucien. Ich bin begabt.«

Er schloss kurz die Augen und sah zur Seite. Er hasste diesen verzweifelten Unterton in ihrer Stimme. »Du musst nicht so defensiv tun. Ich weiß, dass du Talent hast. Glaubst du, ich hätte dein Mittagsmenü nicht probiert?«

»Das war mir nicht klar«, erklärte sie und klang dabei überrascht und glaubwürdig.

»Ich würde meinen Stammkunden doch nichts servieren lassen, das meinen Standards nicht entspricht. Du hast sie jedenfalls übertroffen. Du hast offenbar ein angeborenes Verständnis für die Verschmelzung der Geschmäcke der französischen und marokkanischen Küche, wie ich sie mir vorstelle.«

»Aha!«

Seine Anspannung kehrte wie eine schnalzende Peitsche zurück, als er ihr selbstgefälliges Grinsen sah. Möglicherweise spürte sie, wie sich seine messerscharfe Lust mit Wut vermischte, denn sie zwang sich dazu, das Grinsen zu unterdrücken. Für ein paar Sekunden sahen sie sich einfach nur schweigend an.

»Ich stimme dir zu bei dem, was du gesagt hast. Ich hatte in Paris nicht viele Freunde«, fuhr sie sanft fort. »Aber du bist einmal mein Freund gewesen. Lucien, als wir uns in Nizza kennengelernt haben, war ich ein Kind. Reiche mir noch einmal die Hand. Bitte.«

Sie war gnadenlos. Er vermutete, dass sie sehr wohl wusste, dass er positiv auf eine offenherzige, ehrlich gemeinte Bitte reagieren würde. Der Respekt vor ihrer Hartnäckigkeit half ihm über seine Irritation hinweg.

»Ich bin ein Idiot, dass ich auch nur darüber nachdenke«, sagte er nach einer drückenden Stille. »Aber ich denke, das gibt mir die Möglichkeit, dich noch besser im Auge zu behalten.«

Als sie das hörte, blickte sie mürrisch drein. Manchmal machte es ihm wirklich Freude, sie anzusehen. Als sie sein liebevolles Lächeln sah, entspannte sich ihre Miene. »Ich werde dich nicht enttäuschen. Du wirst schon sehen. Ich *werde* dafür sorgen, dass es klappt.«

Er trat auf sie zu. »Du wirst weder deiner Mutter noch deinem Vater noch sonst jemandem aus deinem Bekanntenkreis in Frankreich erzählen, dass du weißt, wo ich lebe. Du wirst niemandem hier in Chicago erzählen, dass wir uns von früher kennen. Für alle anderen gilt: Wir haben uns gestern Abend kennengelernt. Dass wir uns schon früher begegnet sind, bleibt unter uns. Nur. Unter. Uns«, fügte er kurz und knapp hinzu. »Habe ich mich klar ausgedrückt, Elise?«

»Glasklar«, versicherte sie ihm.

»Was den Job angeht, wirst du meinen Anweisungen ohne Widerworte Folge leisten. In der Sekunde, in der du ausscherst oder versuchst, mich zu manipulieren, wirst du die Konsequenz dafür tragen müssen. Ich möchte nicht, dass du mich tagaus, tagein herausforderst. Und wenn du damit nicht einverstanden bist, dann ist das Fusion nicht der richtige Ort für dich. Das sind meine Bedingungen. Ich bezahle dich so lange, bis ich einen neuen Küchenchef eingestellt habe. Wenn das geschehen ist und du wieder offiziell als Praktikantin arbeitest, sind damit deine Anstellung und deine Bezahlung vorbei.«

»Ich habe genug gespart, um mich während der Ausbildung über Wasser halten zu können. Wenn du mich bezahlst, bis mein Praktikum beginnt, komme ich noch ein Stückchen weiter mit meinem Geld.«

Er warf ihr einen komischen Blick zu, seine Augen blieben an ihren geröteten Wangen und Lippen hängen. Nein, es war nicht nur seine lustgesteuerte Einbildung. Die kleine Elise Martin war durch ihre Bestrafung erregt worden. *Sehr* erregt. Es würde eine große Freude werden, sie mit seiner Hand zu trainieren. Sein Schwanz klopfte an seinen Schenkel, als wolle er dagegen protestieren, dass man ihn übersehen hatte. Das fügte dem brodelnden Topf voller Emotionen nur noch eine weitere Zutat hinzu. Er wandte sich von ihrem verführerischen

Anblick ab, schließlich wollte er vermeiden, dass er aus zu großer Nähe ihren Duft einatmen konnte. Denn dann würde er ganz sicher einknicken.

»Dein Papa würde es wohl kaum zulassen, dass du hungern musst«, entgegnete er lakonisch und ging um den Schreibtisch herum.

»Nein. Aber ich würde lieber hungern, als zu ihm angekrochen zu kommen und um Unterstützung zu betteln.«

Lucien setzte sich auf seinen Stuhl, froh darüber, dass der Tisch seine noch immer pralle Erregung verdeckte. Ihre ruhige Überzeugung faszinierte ihn. Elise besaß das, was es brauchte, um jeden gewünschten Erfolg erreichen zu können. Nur der Zweifel an ihrer Stärke, ihrer Entschlusskraft, ihrer Beharrlichkeit – an *ihr selbst* – konnte ihr gefährlich werden. Ob sie diesen Zweifel besiegen konnte oder nicht, darüber war sich Lucien nicht sicher.

Er zwang sich, wieder an die praktischen Dinge im Alltagsgeschäft zu denken.

»Ich werde Sharon bitten, dir ein Bewerbungsformular zu bringen. Dann setzen wir einen befristeten Vertrag als Küchenchefin für dich auf. Am Samstag ist Markt«, er nahm eine Rechnung hoch und warf einen Blick darauf, »und da du ja so geschickt darin bist, einen Sportwagen zu fahren, wirst du vermutlich auch einen Geländewagen fahren können?«

Er blickte auf, als sie nicht gleich antwortete. »Du hast wahrscheinlich gehört, wie wichtig mir lokal produzierte Lebensmittel für mein Restaurant sind. Ich möchte die frischesten, makellosesten Zutaten aus der Region. Es ist eine der Aufgaben meines Küchenchefs, die Lebensmittel auf dem Bauernmarkt einzukaufen, die er oder sie für die kommende Woche braucht. Ein Meisterkoch zu sein bedeutet mehr als nur kochen, Elise«, fügte er hinzu, da sie ihn noch immer erstaunt ansah.

»Natürlich. Ich weiß, wie wichtig der Einkauf ist«, verteidigte sie sich.

Lucien nickte. »Aber da du neu in der Stadt bist – in dem Fall sogar: neu im Land –, wirst du sicher ein wenig Anleitung bei diesen Dingen brauchen können, nehme ich an. In der Regel kommen Javier oder Evan zur Unterstützung mit, doch diesen Samstag übernehme ich es. Wir sollten uns früh auf den Weg machen, um die besten Zutaten zu bekommen. Kannst du um sechs fertig sein?«

»Ja.«

Er sah sie durch zusammengekniffene Augen an und spürte ihr Erstaunen. *Gut so.* Sie hatte ihn mit ihrem Erscheinen am vorigen Abend aus dem Gleichgewicht gebracht. Jetzt war es an der Zeit, einmal sie sprachlos vor Überraschung dastehen zu lassen. »Ich brauche noch deine Adresse, damit ich dich abholen kann.«

»Ich komme in die Nähe des Marktes. Schlag mir einfach einen Treffpunkt vor«, erwiderte sie mit angehaltenem Atem.

Er beschrieb ihr eine Kreuzung im Gold-Coast-Viertel, an der er sie einsammeln würde.

»Ich werde für uns beide eine ärztliche Untersuchung für morgen organisieren.«

»Eine medizinische Untersuchung?«

»Ja«, erklärte Lucien ruhig. »Wir sollten uns beide ganz sicher sein, dass wir sicheren Sex haben können. Ich weiß, dass ich gesund bin, aber ich möchte sichergehen, dass du es auch weißt. Verhütest du?«, fragte er wie nebenbei.

Sie nickte.

»Gut. Bis dahin …«

»Ja, Liebling?«, half sie ihm auf die Sprünge, als er seinen Satz nicht beendete.

Seine Augen blitzen auf und suchten die ihren. *Liebling.*

Dieses Wort wirkte völlig gekünstelt, als ob sie es ständig im Mund führte, und dennoch … absolut verführerisch, wie es so aus ihren geröteten, vollen Lippen kam. Verflucht noch mal. Sie versuchte immer, den Spieß umzudrehen. Mit einem amüsierten Leuchten in den Augen wartete sie ab.

»Du bist meine Angestellte. Wir halten bis auf Weiteres Abstand voneinander.«

Ihre Augen weiteten sich vor wütendem Unglauben.

»Du warst es doch, die mich um einen Job angebettelt hat«, erinnerte er sie sanft.

»Aber das hat doch nichts damit zu tun …«

»Doch, *das hat es*«, unterbrach er sie scharf und spießte sie mit einem herausfordernden Blick auf. »Weißt du noch? Meine Regeln? Wir machen alles in meinem Tempo, oder du wirst die Folgen zu spüren bekommen.«

Ihre Hand huschte in Richtung Po, als würde sie plötzlich den Hieb seiner Hand erneut spüren. Er schaute mürrisch drein; sein Schwanz machte einen Ruck.

»Elise?«, hakte er nach, um ihr Einverständnis einzufordern.

»Oh, toll«, murmelte sie, warf ihm einen aufrührerischen Blick zu und wandte sich zur Tür.

»Eins noch.«

Sie drehte den Kopf und blickte ihn über die Schulter an.

»Nenne mich nie wieder *Liebling*«, knurrt er sanft. »Ich bin keiner deiner hechelnden, immer bereiten Toy Boys. Ich gehöre nicht einmal entfernt zur selben Spezies.«

Er sah, wie sich ihr Hals ausdehnte, als sie schluckte.

Als Lucien zusah, wie sie aus seinem Büro eilte, tobte sein Schwanz noch immer wie wild, er war innerlich aufgewühlt, und er fragte sich, ob er gerade den ersten Knoten aus seinem persönlichen *sac de nœuds* geöffnet oder ihn im Gegenteil noch fester zugeschnürt hatte.

Später am Abend stand Lucien in Gedanken versunken mit einem Cognacschwenker in der Hand vor dem bodentiefen Fenster seines Penthouses im 62. Stock und starrte auf den grauen Lake Michigan. Ursprünglich hatte er gar nicht vorgehabt, an diesem Abend allein zu bleiben, eine Verabredung nach dem Spiel war fest eingeplant gewesen. Er wollte seinen Abend eigentlich so verbringen, wie er üblicherweise einen Abend nach einem Polomatch verbrachte.

Doch dann war ihm der heutige Tag dazwischengekommen. *Elise* war ihm dazwischengekommen. Und da stand er nun, allein gelassen mit einem Haufen unerledigter Geschäfte, einem Kopf voller Zweifel und einem Ständer, der nicht nachlassen würde, egal wie sehr er sich auch ablenkte.

Sie hatten das Spiel an diesem Abend gewonnen, trotz der Fouls seines argentinischstämmigen Poloponys. Seine Mitspieler hatten gescherzt, dass niemand außer Lucien mit Jax zurechtkäme, doch es war nicht das Pferd gewesen, das sich wie ein unbändiges Tier aufgeführt hatte. Lucien war es gewesen. Jax hatte nur seine mürrische Stimmung gespürt und war dann ebenfalls zu aggressiv geworden, was bei der Verteidigung zu manchmal unfairen Zusammenstößen mit anderen Spielern geführt hatte.

Luciens Naturell war in seiner Kindheit und Jugend immer sehr wechselhaft gewesen. Erst unter der Anleitung einer älteren Liebhaberin hatte er als Achtzehnjähriger verstanden, was Kontrolle war. Natalia hatte seinen Wunsch gespürt, seine Emotionen und sein Verlangen in den Griff zu bekommen, und führte ihn in BDSM ein, wobei Natalia die Rolle der Lehrerin im Schlafzimmer übernommen hatte. Doch es hatte nicht lange gedauert, bis sich Luciens dominante Ader bemerkbar machte und sich das Paar schließlich entschloss, als Freunde auseinanderzugehen. Lucien würde Natalia für immer dankbar sein, dass sie ihm den Wert von Kontrolle vor Augen geführt hatte. Jetzt, mit einunddreißig, verstand er sich nicht als hardcore dominant und war auch nicht darauf angewiesen, um mit seinen Bekanntschaften befriedigenden Sex zu haben. Wenn es allerdings um Elise ging, so war ihm klar, dass er seine Rolle als sexuell Dominierender schnell geltend machen musste. Es würde ihm ungemeine Lust bereiten, sie zu dominieren, doch er erkannte intuitiv auch, dass es für Elise ebenfalls wichtig war. Sie musste die Kraft, die in der Selbstbeherrschung lag, und auch im Überlassen der Kontrolle, kennenlernen.

Vertrauen musste sie lernen. Es war für ihn *unabdingbar*, dass sie ihr Vertrauen in ihn setzte. Womöglich war es nicht ganz fair, dies von ihr zu verlangen, bedachte man ihre vergangenen, zerbrechlichen, unbeständigen Beziehungen. Dennoch wollte er es.

Doch wie konnte er hoffen, dass Elise ihm vertraute, wenn er Zweifel an seiner Identität in ihr säte … an der grundsätzlichen *Rechtmäßigkeit* seiner Existenz?

Denk nicht drüber nach. Das führt dich nirgendwohin außer in ein dunkles Loch der Verzweiflung, sagte er sich selbst gereizt. Es stimmte doch, was er Ian Noble am Vormittag gesagt hatte. Ein Mann kann sein Schicksal selbstbestimmt entscheiden. Lucien wusste, dass er fester daran glaubte als Ian.

Dennoch … der Makel blieb haften. Lucien weigerte sich, dem daraus entstandenen, ihn verfolgenden Selbstzweifel die Chance zu geben, ihn zu beherrschen.

Er zwang sich, wieder an das Polomatch am Nachmittag zu denken. Trotz seiner für ihn so typischen Disziplin hatte ihn seine fürchterliche Stimmung – ganz zu schweigen von seinem unbefriedigten Zustand – bei dem Spiel übermannt. Das wurmte ihn.

Er war spitz wie ein läufiger Hund. Seit er Elise bestraft hatte, war er geladen und gepiesackt. Die Reibung am Sattel während des Matches hatte den festen, unangenehmen Druck in seinen Hoden nur verstärkt. Die Erinnerung an Elise, wie sie über seinen Tisch gebückt dastand und wie er ihre seidenweiche Haut mit seiner schlagenden Hand gewärmt hatte, quälte ihn.

Nach einem Match war er immer aufgepeitscht, ohne Zweifel. Es war zu einer Art Tradition geworden, die er schon als Teenager nach seinen ersten Polospielen begonnen hatte, dass er nach der Zeit im Sattel Sex hatte. Das aggressive, intensive Spiel bereitete ihn für ein Spiel mit einer Frau vor.

Das, was er an diesem Abend erlebte, kannte er überhaupt nicht. Er war mit sexueller Energie bis zum Anschlag aufgeladen, doch zum ersten Mal wusste er nicht, wohin mit seiner Anspannung. Er umfasste durch die Hose seinen dicken Penis mit den Händen und ließ die Hand an dem steifen Schaft entlanggleiten.

In diesem Moment überkam ihn erbarmungslos die Lust. Die Erinnerung an Elise erfasste ihn. Resignierend spürte er das Unausweichliche, stellte sein Glas ab und ging in sein Schlafzimmer. Flink machten sich seine Finger an den Hemdknöpfen zu schaffen. Doch anstatt sich ganz auszuziehen, öffnete er es nur und legte Brust und Bauch frei. Im Nachttisch fand er eine Flasche Gleitmittel. Er öffnete seine Hose, schob sie nach unten und holte seine Erektion aus seinen Boxershorts hervor, indem er das Bündchen unter seine dicken Eier schob.

O Gott, stöhnte er.

Eilig goss er etwas von dem Gleitmittel in seine Hand und rieb die seidige Flüssigkeit auf seinen angespannten Schwanz. Als er die Berührung auf seinem hochsensiblen Fleisch spürte, kniff er die Augen zusammen. Er ließ alle Zurückhaltung fallen und öffnete der Fantasie die Tore. Er stellte sich etwas breitbeiniger auf, um stabil zu stehen, und übergab sich der primitiven Lust. Er rieb seinen Schwanz in einer Mischung aus Präzision und kräftiger, wilder Hingabe.

Wie es wohl wäre zu sehen, wenn Elise' dunkelrote, üppige Lippen seinen Ständer umfassten, zu beobachten, wenn sein strammer Schwanz in ihre engen, feuchten Tiefen eintauchte, während sie ihn dabei ansah und in ihren Augen die Rebellion dem Verlangen Platz machen musste? Ihr Blick würde es ihm erlauben, sie zu benutzen und ein wenig zu verführen. Süße, wunderschöne Elise …

Ihre Augen hatten ihm immer zugesetzt.

Er stand vor dem bodentiefen Fenster und bearbeitete seinen Hodensack. Seine Augenlider klappten auf. Der goldene Schein der Lampe sorgte für ein verschwommenes Spiegelbild. Seine Brust- und Bauchmuskeln waren fest und hart angespannt, sein Schwanz wirkte riesig in seiner pumpenden Hand.

Aber er war allein.

Das Bild von Elise' glänzenden saphirblauen Augen, aus denen sie ihn vorhin in seinem Büro angeblickt hatte, während sie nach ihrer Hose griff, stieg in ihm auf, wie um ihn heimzusuchen.

Er hielt inne, aufgekratzt und nervös vor unbefriedigter Lust. Seine Hand war nicht das, wonach er verlangte, aber mehr hatte er nicht zur Verfügung. Er würde sich jetzt nicht auf Gedeih und Verderb Elise' Feuer ausliefern. Sie hätte ihn zu einem Häufchen Asche verbrannt.

Also fing er wieder an, sich selbst zu befriedigen, die unleugbare Lust ließ ihn aufstöhnen. Masturbation, dabei gab es doch nur eines, was er wollte: Elise ohne Gnade zu ficken, bis er ihre Zuckungen vor Lust und Unterwerfung in seinem eigenen Fleisch spüren konnte.

Verdammt noch mal, diese strahlenden Augen, diese rosa Lippen, die festen, üppigen Kurven, die so gut in seine Hand gepasst hatten. Wenn sie einen Raum betrat, brachte sie ihn zum Leuchten. Sie war so zierlich und doch so perfekt. Ihre Muschi würde ihm wie eine zweite Haut passen, sie zu bändigen würde so befriedigend sein. Dass sie ihn hatte schwach werden lassen, dafür würde er sie bestrafen und sie dann unaufhörlich nehmen, sich hingeben … sein festes, die Hoden abschnürendes, verfluchtes Verlangen in sie entleeren.

In ihr Feuer springen und wunderbar verbrennen.

Er stöhnte tief in der Brust, als der warme Samen auf seinen Bauch spritzte. Sein Höhepunkt war so scharf, dass er fast schmerzte. Ohne Gnade pumpte er weiter, molk jeden Tropfen aus sich heraus, um sich schonungslos von der unerträglichen Anspannung zu befreien.

Ein letztes Mal zuckte sein Körper zusammen, die Faust um seinen pulsierenden Schwanz wurde langsamer. Noch immer keuchend, zwang er sich, die Augen zu öffnen.

Im Spiegelbild der großen Scheibe konnte er sehen, wie Brust und Bauch von seinem üppigen Erguss glänzten.

Er wünschte sich, ihr das alles geben zu können.

Es war im Grunde unmöglich, doch noch immer kitzelte das Verlangen seine Hoden und den feuchten Schaft.

»Elise, du Miststück«, murmelte er abgehackt und verärgert wegen seiner unbändigen Lust.

Das schwere Gefühl des Unvermeidlichen lag auf ihm, als er sich mit einigen Taschentüchern trocken rieb. Er stand wieder vor dem Fenster und blickte hinaus in die beginnende Nacht.

Ihrer Gnade ausgeliefert zu sein war keine Option für ihn. Sie war zu erfahren darin, mit einem Mann zu spielen, sie passte dafür zu gut zu Luciens Verlangen. Sie war ein Risiko, das man nicht eingehen konnte. Eine äußerst ärgerliche Versuchung. Ein unbestreitbares Vergnügen.

Nein. Er würde sich nicht verweigern. Nicht dieses Mal.

Die Sonne ging gerade über dem See auf, als Elise am Lake Shore Drive den Bus verließ, um die Division Street Richtung Westen entlangzugehen. Der langsame Anstieg des glühenden Himmelskörpers schien perfekt zum unvermeidlichen Anwachsen ihrer Unruhe zu passen, denn sie näherte sich State and Division … und damit Lucien, den sie an dieser Straße treffen wollte. In den letzten Tagen hatte sie ihn kaum zu Gesicht bekommen, so sehr war sie von ihren Pflichten in Beschlag genommen worden. Zudem hatte sie schon die Vorstellung, ihm ganz allein gegenüberzustehen, nervös werden lassen. Hätte er vorgeschlagen, sie solle mit Evan oder Javier hierhergehen, so wäre sie sicher in der Lage gewesen, ihre Unkenntnis auf diesem Gebiet geschickt zu verbergen. Doch so, wie die Dinge nun lagen, stand sie kurz davor, sich unter Luciens Augen zur Idiotin zu machen.

Er stand unter dem Vordach eines Schaufensters und hielt einen Becher Kaffee in der Hand. Sie spürte seinen Blick auf sich.

»Guten Morgen«, grüßte er, als sie herangekommen war. Seine grauen Augen leuchteten hier im Dunkel der Häuserfassade besonders hell. Anerkennend wanderte sein Blick über sie.

»Hallo«, entgegnete sie und fühlte sich unter seinem warmen Blick etwas verschüchtert. In seiner perfekt sitzenden Jeans und dem dunkelroten T-Shirt, das die Blicke auf einen schlanken, muskulösen Oberkörper und kräftige Arme lenkte, sah er sehr sexy aus. Die legere Erscheinung ließ ihn einen Hauch zugänglicher wirken, ohne dass er weniger attraktiv geworden wäre. Er erinnerte Elise nun eher an einen sexy Rockstar ohne seinen sonst so typischen Businessauftritt.

Das T-Shirt steckte vorn teilweise in seiner Jeans, sodass ein dünner schwarzer Ledergürtel mit einer silbernen Schnalle zu sehen war, der um seine schmale Hüfte lief. Erst sehr spät bemerkte sie, dass er ihr einen Kaffeebecher angeboten hatte. Ihre Wangen erröteten. Sie war ertappt worden, wie sie seine Oberschenkel und den engen Sitz der Jeans zwischen seinen Beinen betrachtet hatte.

»Danke«, murmelte sie und freute sich über den Kaffee zu dieser frühen Stunde. Sie nahm einen Schluck. Erfreut weiteten sich ihre Augen.

»Café crème.« Elise grinste. »Du hast dir sogar gemerkt, wie ich ihn am liebsten trinke.«

Sein Lächeln ließ irgendetwas in ihrer Brust hüpfen. »Ich habe mich noch daran erinnern können, dass du ihn als junges Mädchen mit genauso viel Milch und Zucker wie Kaffee getrunken hast. Und du magst es immer noch so süß?«, zog er sie auf.

Sie nahm noch einen Schluck, und ein genussvoller Seufzer war ihre Antwort. Er lachte in sich hinein, nahm sie am Ellenbogen und zog sie mit sich.

»Hat dich das Taxi an der falschen Stelle rausgelassen?«, wollte er wissen, während sie auf den belebten Marktplatz zugingen.

»Was? Ach so, nein«, sagte sie, als ihr klar geworden war, dass er sie wohl schon von Weitem gesehen hatte, wie sie angelaufen kam. »Ich bin mit dem Bus gekommen.«

Er blinzelte. »Mit dem Bus?«

Sie griff in die Tasche ihres kleinen Rucksacks und zog eine Karte heraus. »Meine Monatskarte. Hast du eine Vorstellung davon, wie bequem es ist, mit den öffentlichen Verkehrsmitteln unterwegs zu sein? Mit der Hochbahn und den Bussen komme ich überallhin in Chicago«, erklärte sie mit deutlich hörbarem echtem Erstaunen in der Stimme. Dass sie gelernt hatte, mit diesen Verkehrsmitteln umzugehen, war eine merkwürdig befreiende Erfahrung für sie gewesen. Einfach in den Bus oder die Bahn einzusteigen und sich anonym im vibrierenden Strom der Menschen mittreiben zu lassen, eine kleine Zelle im Blutstrom der Stadt zu sein belebte sie.

Seine Augen strahlten amüsiert. »Du hältst dein Ticket hoch, als wäre es eine Ehrenurkunde.«

»Ist es ja auch.«

»*Étoile* würde aus der Geschichte eine Story für die Titelseite machen«, brummte er in Anspielung auf die von Elise verabscheute Boulevardzeitung aus Frankreich, die immer ein glühendes Interesse daran gezeigt hatte, sensationslüstern über Elise' Leben zu berichten und damit Leser zu ködern. »*Blonde Erbin mischt sich unters gemeine Volk*«, dachte Lucien sich eine passende Schlagzeile aus.

»*Scheißétoile*«, sagte sie nur. Sie hob im Gedränge der Menschen um sie herum das Kinn. Alle strebten an diesem frühen Morgen zielstrebig ihren Einkäufen zu. »Ich würde wetten, dass von *denen hier* keiner von *Étoile* auch nur gehört hat und es ihnen auch völlig gleichgültig ist, was das ist. Wer mein Vater ist, ist ihnen ganz genauso egal. Niemand hier würde sich auf Storys über mein angebliches Liebesleben stürzen. Und kaum einer wird sich an die Filme meiner Mutter erinnern …«

»Oder von meinem Vater gehört haben, ganz zu schweigen von seinen Verbrechen.«

Sie blieb stehen, so verdutzt war sie, dass er seinen Vater erwähnte. Er hielt ebenfalls inne und berührte ihre Wange, als wolle er ihren überraschten Blick wegwischen. Bei dieser unerwarteten, zärtlichen Geste stockte ihr der Atem. Seine Fingerspitzen blieben warm und fest auf ihrer Haut liegen.

»Ich denke, wir beide sind Flüchtlinge hier«, sagte er leise.

»Ich sehe mich lieber als Abenteurerin«, gab sie in gedämpftem Ton zurück. Sein aufblitzendes Lächeln war wie eine Adrenalininjektion direkt in ihre Adern.

»Du siehst wunderschön aus«, sagte er leise. Er ließ seinen Blick über ihr geblümtes Sommerkleid wandern, das sie für diesen warmen Sommertag ausgesucht hatte.

»Danke. Aber am liebsten wäre mir, ich würde wie eine Chefköchin aussehen.«

»Wie eine abenteuerlustige Chefköchin?«, hakte er nach. Er wirkte fröhlich … und warm. Sie lachte aus vollem Herzen.

Der feine, zauberhafte Moment begann zu zerbrechen, als er in seiner Hosentasche kramte, denn diese Bewegung irritierte sie. Er holte ein Bündel Geldscheine hervor und gab sie ihr. »Aber bitte bring mir eine Quittung für die Dinge mit, die du einkaufst.«

Sie nickte und sah mit einer Wertschätzung auf das Geld, die sie den größten Teil ihres Lebens nicht gekannt hatte. Erst wenn man etwas nicht hat, kann man dessen Wert richtig erkennen. Das hatte sie im vergangenen Jahr bitter lernen müssen.

Sorgfältig verstaute sie das Geld in ihrem Rucksack, dann gingen sie weiter. Elise blickte aufmerksam auf das farbenfrohe Gemüse und das Obst und lächelte den Händlern zu. Plötzlich fühlte sie sich wie in ein kleines Kind in einem Süßigkeitenladen. Der Duft von Kanadischem Lauch stieg ihr in die Nase, dann tauchte ein köstlicher, süßer Geruch auf, den sie tief einsog. Ein Verkäufer hatte eine seiner Melonen aufgeschnitten. Das Wasser lief ihr im Mund zusammen, als sie daran vorbeigingen.

Du schaffst das, sagte sie zu sich selbst.

Schließlich war sie doch während ihrer Lehrzeit mit den anderen Auszubildenden und ihrem Dozenten auch einkaufen gewesen, oder etwa nicht? Natürlich war das hier jetzt etwas anderes. Lucien bot ihr den Status als Chefköchin an. Sie war verantwortlich, dieser Gedanke versetzte sie in Aufregung.

»Hast du deine Liste?«

Panisch riss sie die Augen auf, mit denen sie gerade ein paar grün glänzende Granny-Smith-Äpfel betrachtet hatte. Sie war die Küchenchefin. Sie hätte sich eine Einkaufsliste machen sollen.

»Ich brauche keinen Einkaufszettel. Ich habe das Menü im Kopf«, sagte sie, ohne zu lügen. »Und für das Spezial-Menü nächste Woche nehme ich genau das, was am besten und frischesten ist.«

»In Ordnung«, sagte Lucien. Erleichtert atmete sie auf. Er schien ihre Antwort akzeptiert zu haben. Sie wollte ihn um jeden Preis von ihren Fähigkeiten überzeugen. »Wir kaufen sonst immer von Jim Goddard, dort drüben.« Er wies auf einen gedrungenen grauhaarigen Mann, der hinter einem Tisch saß. »Er kennt sich mit allen möglichen Salatsorten aus, auch seine Paprika ist immer sehr gut. Wenn du mir es anvertrauen willst, besorge ich die Avocados und Zuckererbsen von Mort Sanger, der sitzt da hinten. Ich leihe uns einen Einkaufswagen aus und komme zu dir zurück, wenn ich fertig bin.«

Elise sah zu dem Stand hinüber, von dem Lucien gesprochen hatte und der ein Stück entfernt lag. Zu gern hätte sie das wunderbare Angebot dort ebenfalls gesehen, berührt und geschmeckt, doch es erschien ihr das Beste, ihre Einkaufsverhandlungen zu führen, ohne dass Lucien sie dabei kühl beobachtete.

Zwanzig Minuten später hatte sie all ihre Sorgen vergessen – und zeitweise sogar Lucien –, während sie mit Jim Goddard sprach und in eine fleischige San-Marzano-Tomate biss.

»*Délicieux*«, rief sie begeistert aus, als sich der süße, intensive Geschmack in ihrem Mund ausbreitete. Sie grinste Jim breit an, biss noch einmal in die Tomate und wischte sich mit dem Handrücken den Saft vom Kinn. »Ich verstehe euch Amerikaner nicht«, schimpfte sie neckisch mit Jim, nachdem sie gekaut und geschluckt hatte. »Wie könnt ihr nur immer diese grässliche Soße über eure Salate kippen, wenn ihr Gemüse wie *das hier* habt?«

»Ich mache doch keinen Salat; ich pflanze nur das Gemüse dafür an«, rechtfertigte sich Jim, der ganz betäubt wirkte.

»Und das machen Sie hervorragend. Was wollen Sie denn für diese köstlichen Meisterwerke haben?«, wollte sie wissen und hielt dabei eine weitere, wie eine Paprika geformte Tomate hoch. Sie war sich völlig bewusst, dass Jim jede ihrer Bewegungen mit fassungslosem Erstaunen verfolgte, als sie die Tomate gierig ansah.

Zwei Minuten später war der Deal perfekt, und er ging los, um ihre Bestellung einzupacken.

»Du hast um die Tomaten gefeilscht, dabei ging es dir die ganze Zeit nur um einen guten Preis für den Salat, du kleines Biest«, flüsterte ihr eine tiefe, aufreizende Stimme ins Ohr, woraufhin ihr eine Gänsehaut über den Hals lief. Sie drehte den Kopf ein wenig und stellte fest, dass Lucien viel enger bei ihr stand, als sie erwartet hatte. Sein Blick ruhte auf ihrem Nacken, als würde er sich gerade überlegen, mal einen Happen von dort abzubeißen. Ihre Nippel versteiften sich unter dem Tanktop, das sie unter dem Sommerkleid trug.

»Woher weißt du das?«, fragte sie unschuldig.

»Weil ich, genau wie Jim Goddard, gerade eben zugesehen habe, wie du eine von diesen Tomaten gegessen hast.« Sie betrachtete wie in Trance seine unerhört erotischen Lippen, so lange, bis sie bemerkte, was sie tat, und schnell zur Seite blickte. »Nach dieser Vorstellung hätte der arme Mann vermutlich seine ganze Farm noch dazugegeben, nur um das Geschäft mit den Tomaten zu machen. Was machen da ein paar Salatköpfe aus, wenn er Zeuge werden durfte, wie du aus seinem Gemüse veritables Sexspielzeug gemacht hast?«

»Warum beschwerst du dich? Ich habe dir doch Geld eingespart«, entgegnete sie munter. Ihren Kopf wandte sie ihm allerdings immer noch nicht zu, so sehr genoss sie seinen warmen Atem im Nacken und die Vibration seiner tiefen Stimme im Ohr.

»Es fällt mir nur schwer, nicht mit all den anderen hilflosen Männern auf diesem Planeten mitzuleiden, wenn ich mit ansehen muss, wie leicht sie von dir verführt werden können.«

»Verführt? Ich habe doch gar nichts Unanständiges gemacht«, betonte sie und drehte sich nun doch zu ihm um.

Er schüttelte den Kopf. »Du *atmest* schon unanständig, Elise. Wenn du den Müll rausbringst, kannst du das zu etwas machen, was nur Erwachsene miterleben sollten.«

Ihr Atem stockte und brannte in ihrer Lunge, als sie bei diesen Worten die Hitze in seinen grauen Augen sah.

Wusste sie wirklich ganz genau, was sie da tat, wenn sie sich bei Lucien Sauvage in Gefahr brachte?

Diese Frage stieg in ihr auf, als sie innehielt und zuließ, wie er vorsichtig die letzten Tropfen des Tomatensafts von ihrem Kinn wischte.

Sie luden die Einkäufe in den größten schwarzen Pick-up, den sie je gesehen hatte. »Die Amerikaner müssen immer alles *so groß* machen«, sprach sie vor sich hin, als sie Lucien half, die Heckklappe zu schließen. Sie sah das Bild vor sich, wie sie beim Einkauf am nächsten Samstag hinter dem Steuer sitzen und mühsam versuchen würde, über das Armaturenbrett zu schauen. Dieser brutale Truck ließ sich kaum mit dem Bugatti Veyron vergleichen, mit dem sie in Paris herumgegondelt war. Nun gut. Wenigstens würde sie es sich dann selbst verdient haben, hinter das Lenkrad dieses motorisierten Ungeheuers klettern zu dürfen. Mit den Autos, die sie von ihrem Vater bekommen hatte, war es stets ganz anders gewesen.

Lucien blickte auf seine kostbare Uhr. »Okay, wir haben noch ein bisschen Zeit, bevor das Mittagsmenü vorbereitet werden muss. Ich zeige dir noch etwas anderes, das die Amerikaner gerne groß machen.«

»Was denn?« Ihr Herzschlag beschleunigte sich, als er ihre Hand ergriff.

»Das wirst du schon sehen«, sagte Lucien ausweichend.

Sie sah ihn fragend an, als er sie zu einem kleinen Restaurant führte, das unscheinbar zwischen einer Reihe teurer Gold-Coast-Häuser stand.

Lucien lächelte wissend und öffnete ihr die Tür. Köstliche Aromen von Schinken und Ahornsirup ließen ihr das Wasser im Mund zusammenlaufen.

»Findet hier eine Party statt?«, wollte sie verwirrt wissen, als sie den wilden Trubel im vollgepackten Restaurant bemerkte.

»Nein. So ist es hier jeden Samstag- und Sonntagmorgen. Die Amerikaner lieben ihr Frühstück am Wochenende. Das ist ein richtiges Ereignis für sie«, erklärte Lucien. Eine Kellnerin begrüßte sie vergnügt und führte die beiden zu einem kleinen Resopaltisch.

»Die ganzen Familien … die Freunde.« Elise bestaunte die unterschiedlichen Menschen, die sich alle freundschaftlich unterhielten oder sich auf mit Sirup getränkte Eierpfannkuchen oder lockere Omelettes stürzten. In Frankreich bestand das Frühstück aus einem Kaffee und einem Croissant, was man kaum als Ereignis bezeichnen konnte. Die erste Mahlzeit des Tages war die unwichtigste und, in ihren Augen, ganz sicher auch die am wenigsten soziale.

Sie schlug die eingeschweißte Speisekarte auf und war von dem Angebot an dekadent üppigen Speisen überwältigt. Lucien musste ihre Verwunderung bemerkt haben, denn er lächelte, als sie aufsah.

»Das ist wie ein kulinarisches Disneyland.«

»Ich sage immer, dass die Amerikaner, wenn es ums Kochen geht, eine Sache mehr schätzen als alles andere: das Frühstück am Wochenende. Schau sie dir an«, flüsterte er. Er nahm ihre Hand, die auf dem Tisch gelegen hatte. Eine Geste, die aus seiner Sicht völlig natürlich wirkte, die jedoch ihr Herz höher schlagen ließ. Sie folgte seinem Blick.

»Man sagt, dass Amerikaner niemals die wahre Bedeutung eines französischen Menüs verstehen werden«, fuhr er gedämpft fort und sah zu den Tischen voll fröhlich entspannter Menschen, Freunde und Familien, die sich ohne Zeitdruck von den Erlebnissen der vergangenen Woche erzählten und dabei dampfenden Kaffee tranken oder eine Mahlzeit zu sich nahmen, vor der jeder Arzt gewarnt hätte, die aber zu diesem einen, kostbaren Moment im anstrengenden Alltag gehörte. Elise sah einen Teenager, der seinem zweifelnden, aber interessiert dreinblickenden Großvater etwas auf seinem iPad zeigte; einen Mann, der die *International Business Times* las, während seine Begleiterin in einen Ratgeber versunken war, dabei aber auf dem Resopaltisch fest die Hand ihres Mannes ergriffen hatte. Kinder malten die vom Restaurant gestellten Kinder-Speisekarten an, wobei sie mit ihren noch vom Bett verwuschelten Haaren und in den Jogginghosen, T-Shirts und manchmal sogar noch Schlafanzughosen ungemein niedlich aussahen.

»Ich glaube«, sagte Lucien leise über den Tisch hinweg, »dass sie zur Frühstückszeit am besten sind.«

Sie sah ihn an und erwiderte sein Lächeln.

»Ich bewundere den Küchenchef«, sagte Elise.

Lucien lachte leise in sich hinein. »Ich würde vermuten, dass er eher ein Koch als ein Küchenchef ist. Man kann seine Arbeit kaum mit der Komplexität und dem Reichtum an Nuancen deiner Arbeit vergleichen.«

»Danke, aber ich wollte damit sagen, dass ich ihn bewundere, weil es ihm gelingt, all diese Menschen hier zusammenzubringen. Die Familien«, fügte sie hinzu und betrachtete sehnsüchtig noch einmal die entspannten, fröhlichen Menschen. »Dir fehlt es, dass du keine Familie um dich hast, stimmt's?«

»Mir fehlt eine Familie. Punkt.« Sie war überrascht, als er wieder über den Tisch griff und ihre Hand drückte. Sie erkannte etwas in seinen Augen – etwas, das sie nur allzu gut verstand.

Wir ähneln uns, du und ich. Wir sind beide einsam. Zwei Außenseiter.

Aber wir sind nicht einsam, wenn wir zusammen sind, fügte sie in ihrem Kopf noch hinzu. Ein mächtiges Gefühl schwoll in ihrer Brust an.

»Wie geht es deinem Vater?«, fragte er leise.

Sie verzog das Gesicht. »Er wird mit dem Alter immer dickköpfiger.«

»Er hätte früher schon ein bisschen dickköpfiger sein sollen, wenn es um dich ging«, hielt Lucien ihr mit trockenem Humor entgegen.

Elise rollte mit den Augen, doch im Grunde wusste sie, dass Lucien recht hatte. Sie hatte sich viel weniger daraus gemacht, als sie vorher vermutet hätte, als ihr Vater ihr den Geldhahn zugedreht hatte. Möglicherweise hatte sie sogar irgendwie darauf gewartet, dass endlich einmal jemand in ihrem Leben Rückgrat zeigen würde; wobei sie eigentlich dachte, dass ihr Vater seine Entscheidung nicht durchgehalten hätte, hätte sie ihn nur ausdauernd genug darum gebeten. Sie war einfach zu erschöpft, zu ausgelaugt gewesen, um das nötige Maß an Schmeicheleien und Verhandlungsgeschick aufzubringen.

»Abgesehen von seiner neuen Art, mürrisch zu sein, ist er der Alte geblieben. Er ist noch immer schwul und tut noch immer so, als sei er *der* heterosexuelle Zuchtbulle Europas schlechthin.« Als sie Luciens Lächeln sah, lächelte sie ebenfalls, ein wenig traurig. »Wenn er nur einsehen würde, dass es den meisten von uns überhaupt nichts ausmacht. Es hat denjenigen, die ihm am nächsten stehen, noch nie etwas ausgemacht, warum kann er dann nicht für einen Augenblick über seinen Schatten springen und sich dessen bewusst werden? Obwohl sein Coming-out für meine Mutter ein Schock wäre. Aber damit könnte sie all ihre Affären irgendwie rechtfertigen.«

Lucien brummte weich und verständnisvoll. »Eine Lüge, versteckt hinter einer Maske, die selbst noch in eine weitere Täuschung eingebettet ist. Genauso kam ich mir während meiner Kindheit vor.«

»Wie soll man nur jemals die Wahrheit erkennen können?«, antwortete Elise sanft.

Ihre Blicke trafen sich. Sie kam sich beraubt vor, als die Kellnerin an ihren Tisch trat und Lucien sie deshalb losließ und sich zurücklehnte.

Ungefähr eine Stunde später stöhnte sie in einer Mischung aus Unbehagen und höchster geschmacklicher Reizüberflutung auf. Sie verließen das Restaurant.

»Diese Carrot Cake Pancakes waren unbeschreiblich gut.« Elise rieb ihren Bauch, während Lucien ihr die Tür aufhielt. »Genau wie das Schinken- und Cheddar-Omelette.«

»Vergiss die Hash Browns und die Heidelbeerwaffeln nicht«, erinnerte Lucien sie trocken. Sie liefen die von Bäumen gesäumte Straße entlang, der Bürgersteig war durch einen niedrigen Zaun mit einer Eisentür vom Rasen getrennt. Sie bemerkte seine Freude und lachte. Sie hatte sich zum Probieren viel zu viele Gerichte ausgesucht, so sehr war ihre kulinarische Neugier von der aufgekratzten Menschenmenge und Luciens Beschreibungen des amerikanischen Frühstücks angestachelt worden.

»Wie könnte ich die vergessen? Alle Zutaten waren frisch, und es hat köstlich geschmeckt.«

Er nickte in Richtung der Division Street und des Marktes. »Sie kaufen ihre Zutaten auch da.«

»Es war toll. Das war ein wunderbarer Vormittag, Lucien, könnten wir nicht im Fusion ein Frühstück anbieten?«, wollte sie wissen, von ihrer eigenen Idee ganz verzaubert. »Ich würde dem Frühstück einen Dreh geben, den du nie vergessen würdest.«

Flüchtig blickte er zu ihr hinüber und sah, wie sie von ihrem Frühstück träumte. Sein Gesicht spannte sich an. Er drehte sich um, und sie fand sich in seinen Armen wieder.

Es war so urplötzlich geschehen, dass sie nicht einmal die Gelegenheit hatte, überrascht aufzuschreien. Den einen Augenblick waren sie nebeneinander den Bürgersteig entlanggegangen, sie hatte gewitzelt und geträumt, im nächsten Augenblick wurde sie gegen seinen harten Körper gepresst, ihr Kinn gerade unterhalb seiner Brustwarzen, und er hob ihr Gesicht zu seinem an. Sie erhaschte einen Blick auf seine angespannte Miene, bevor sein Mund den ihren in Beschlag nahm.

Seine Zunge durchstieß ihre Lippen, agil und besitzergreifend. Sein Geschmack drang in ihr Bewusstsein ein, und ihr Körper gab nach, wurde weich und geschmeidig, gegen ihn gelehnt, groß und stark, wie er war. Ihre Zungen umspielten einander so, dass Elise vergaß, wo sie sich befand. Luciens Kuss auf einem Bürgersteig an einem sonnigen Vormittag mitten in Chicago war das Köstlichste, das sie je in ihrem Leben erfahren hatte.

Bedauernd stöhnte sie auf, als er, einen sinnlichen Moment später, seinen Kopf hob.

»Ich bin schon ganz verdreht deinetwegen«, sagte er leise an ihren Lippen. Seine Intensität raubte ihr den Atem. Sein Blick, der über ihr Gesicht wanderte, wurde schärfer.

»Es tut mir leid. Ich hatte dir gesagt, dass das nicht vorkommen wird. Wie kann ich dir noch als Vorbild für Selbstbeherrschung dienen?«

»Entschuldige dich nicht. Mir hat es gefallen. Sehr sogar«, ergänzte sie schon fast flüsternd und presste ihren Körper noch enger an ihn, um seine Hitze, seine männlichen Konturen besser spüren zu können. Sie grinste. »Wer legt denn schon Wert auf Selbstbeherrschung?«

Seine Nasenflügel bebten leicht, seine Miene wurde ausdruckslos. Er drehte sich fort, hielt aber ihre Hand fest.

»Ich. Und jetzt komm. Wir sollten zum Fusion fahren.«

Sie beeilte sich, seinen großen Schritten zu folgen. Enttäuschung überflutete sie. Sie wusste nicht, was sie sagen sollte. Es war offensichtlich, dass er sie anziehend fand, und dennoch weigerte er sich, sie so zu umschwärmen, wie andere Männer es taten. Er hatte gesagt, dass sie *ihn* schwindelig gemacht habe, dabei war sie es doch gewesen, die von seiner coolen Unnahbarkeit, die von Momenten intensiver, augenblicklich abhängig machender, roher Sexualität durchzogen war, völlig aus der Bahn geworfen wurde.

Sie blickte zu seinem hübschen Profil hinüber und wurde mürrisch. Er hatte gesagt, dass er ihr Selbstkontrolle beibringen wolle, doch es war nicht fair, wie viel Kontrolle er über sie ausübte.

Am folgenden Dienstag wartete Elise nervös im Behandlungszimmer einer Praxis in der Michigan Avenue.

Lucien hatte sie seit ihrer Einkaufstour am Samstag nur noch sporadisch gesehen, sehr zu ihrem Bedauern. Er ging ihr nicht aus dem Weg – zumindest hoffte sie, dass er das nicht tat –, sondern es war einfach nur so, dass sich ihre Wege in dem voll besetzten Restaurant nicht sehr häufig kreuzten. Sie hatte sich gefreut, als Lucien sie an diesem Morgen im Fusion heimlich beiseitegenommen hatte, doch er hatte ihr nur ein paar Anweisungen erteilt und ihr dann einen Zettel übergeben, auf dem die Adresse und die Uhrzeit für diese Untersuchung statt. Dass sein Termin später war und er sie nicht begleiten würde, quittierte sie mit einem Seufzer der Erleichterung. Sie war äußerst nervös vor diesem Termin und hätte es nicht gewollt, dass er ihre Unruhe mit seinen coolen, wissenden Augen beobachten konnte.

Als die Gynäkologin einige Minuten später zu ihr hereinkam und sich als Dr. Sheridan vorstellte, war Elise froh, dass sie ziemlich jung war. Vielleicht würde sie dann über Elise' Fragen oder Geständnisse nicht lachen.

»Wann wurde denn Ihr letzter Abstrich genommen?« Die Ärztin kam einige Minuten später auf dieses unausweichliche Thema zu sprechen, als sie Elise zunächst befragte.

»Ich … Es wurde noch nie einer bei mir gemacht«, erklärte Elise.

Dr. Sheridan ließ sich ihre Überraschung nicht anmerken. »Sind Sie sexuell aktiv?«

»Ich hatte noch keinen Geschlechtsverkehr mit einem Mann. Ich weiß, Sie halten das jetzt sicherlich für verrückt, schließlich bin ich schon vierundzwanzig.«

»Überhaupt nicht«, versicherte ihr die Ärztin. »Heutzutage entscheiden sich viele Frauen dafür, noch zu warten.«

»Aber können Sie denn überhaupt eine Untersuchung durchführen, wenn ich noch nie Geschlechtsverkehr gehabt habe?«

»Ja, sicher. Dennoch war es richtig, dass Sie es mir gesagt haben. Ich werde dann ein kleineres Spekulum verwenden. Die Vaginalmuskeln werden noch fester sein, aber trotzdem ist die Wahrscheinlichkeit, dass Sie mit vierundzwanzig noch ein intaktes Jungfernhäutchen haben, sehr gering. Sie sind in einer guten körperlichen Verfassung, treiben Sie Sport?«

»Ich laufe. Und früher bin ich fast jeden Tag geritten, allerdings habe ich jetzt seit fast einem Jahr nicht mehr auf einem Pferd gesessen.«

»Wenn es so ist, ist es mehr als wahrscheinlich, dass das Jungfernhäutchen schon vor langer Zeit gerissen ist, wenn Sie so häufig geritten sind. Wir schauen es uns einmal an.«

»Wenn das Jungfernhäutchen nicht mehr intakt ist, dann erfährt der Mann es nie, oder? Dass ich noch Jungfrau war?«

Dr. Sheridan zögerte. »Ist Ihnen das so wichtig?«, wollte sie ruhig wissen.

»Ja.«

»Eher nicht. Die allermeisten Männer sind nicht so erfahren, als dass sie solche Feinheiten mitbekommen würden. Dennoch möchte ich Sie ermutigen, mit Ihrem Partner darüber zu reden, bevor Sie sexuell aktiv werden. Es wäre besser, wenn er so vorsichtig wie möglich dabei sein könnte.«

Elise nickte. Dr. Sheridan schien ihre Sorge bemerkt zu haben, als sie die Abdeckung über der Ablage zurückschlug, unter der die Instrumente für die Untersuchung lagen. »Machen Sie sich keine Gedanken. Ich erkläre Ihnen alles, was ich tue, vorher ganz genau.«

Die Untersuchung war ein wenig unangenehm, aber bei Weitem nicht so schlimm, wie sie es sich ausgemalt hatte. Die Ärztin bestätigte ihr, dass das regelmäßige Reiten oder irgendeine andere Aktivität schon vor langer Zeit ihr Jungfernhäutchen zum Reißen gebracht hatte. Elise war erleichtert, das zu hören.

Nachdem die Gynäkologin fertig war und Elise bat, sich wieder anzuziehen, nahm sie all ihren Mut zusammen. Lucien hatte diesen Termin arrangiert und bezahlte die Untersuchung schließlich.

»Was ich Ihnen erzählt habe, dass ich noch nie mit einem Mann zusammen war, das … das ist doch vertraulich, oder?«

Die Ärztin sah sie überrascht an. »Absolut. Ich stelle Ihnen Ihre Unterlagen zur Verfügung, und was Sie dann mit diesen Unterlagen machen oder wem Sie sie zeigen, entscheiden nur Sie. Zudem steht in den Unterlagen nichts anderes als nur die relevanten Untersuchungsergebnisse.«

Elise bedankte sich herzlich, dann verließ die Ärztin den Raum.

Elise hatte viele Männer kennengelernt und sich mit einigen von ihnen auch sexuell vergnügt. Aber sie wollte immer verhindern, verletzbar zu werden. Es war ganz einfach, sie war eine der reichsten Frauen Europas. Seit sie fünfzehn Jahre alt war, hatten Männer versucht, sich sexuell und emotional bei ihr einzuschmeicheln. Sie war sich aber nicht sicher, ob es da draußen nicht doch Männer gab, die Elise' eigenen Körper gegen sie einsetzen würden. Sie könnten versuchen, sie zu schwängern, und das Kind dann als Vorwand nutzen, sie zu heiraten. Genau das war einer ihrer Bekannten passiert, einem Mädchen namens Lucinda Seacon. Nachdem Lucinda von einem Mann, halb Schürzenjäger, halb Mitgiftjäger, mit siebzehn geschwängert worden war, hatte Elise' Mutter ihr eine Schachtel Antibabypillen überreicht. Dieses eine Mal hatte Elise auf ihre Mutter gehört und die Verhütungsmittel genommen.

Besser Vorsicht als Nachsicht.

Doch ein Mann hätte die geteilte Intimität auch einfach dazu ausnutzen können, sie emotional zu manipulieren, um die Oberhand zu gewinnen. Zu alldem kam noch, dass sie ihre Mutter als Vorbild hatte, wenn es um Sex ging – kein Vorbild im positiven Sinne, sondern eher eines, wie man es möglichst nicht tun sollte. Jeder attraktive Mann, egal welchen Alters, konnte Madeline Martin zum Opfer fallen, sogar einige von Elise' Freunden waren darunter. Elise weigerte sich kategorisch, mit einem Mann Sex zu haben, der auch schon mit ihrer Mutter im Bett gewesen war. Manchmal konnte man den Eindruck gewinnen, die Hälfte der europäischen Männer hätte darin gelegen. Ihre Mutter hatte es sogar so weit getrieben, ihren Freund Michael Trent anzumachen und ihn zu bitten, sie übers Wochenende nach Cannes zu begleiten, damit er sie dort während der Termine ihres Mannes mit dubiosen Geschäftsmännern unterstützen könne.

Es hatte ihrer Mutter dabei nicht einmal etwas ausgemacht, dass Elise ihr erzählt hatte, Michael sei schwul, wie sie sich angewidert erinnerte. Ihre Mutter war so von ihrer Schönheit und ihren Verführungskünsten überzeugt, dass sie überzeugt war, einen schwulen Mann in die Heterosexualität locken zu können. Bei ihrem Mann hatte es nicht funktioniert, aber das schien Madeline nur noch mehr darin zu bestärken, es zu versuchen.

Typisch Madeline.

Aus unterschiedlichsten Gründen hatte Elise sich in emotionalen und sexuellen Beziehungen niemals sicher oder aufgehoben gefühlt. Sie war diejenige gewesen, die die Kontrolle behalten wollte. Sie wurde immer erfahrener darin, Männern das zu geben, was sie wollten, sie in sexueller Hinsicht zu befriedigen und dabei zugleich einen Sicherheitsabstand zu wahren. Dass sie mit vierundzwanzig noch Jungfrau war, hatte sie nicht geplant, aber ihr war als junge Erwachsene niemand begegnet, mit dem sie das Risiko hätte eingehen wollen.

Bis jetzt.

Sie hatte nicht nur unbändige Lust auf Lucien, er lag ihr auch am Herzen. Das würde wohl auch immer so bleiben, nach jenem Sommer, den sie gemeinsam verbracht hatten. Sie hatte ihm geglaubt, als er ihr in seinem Büro gestanden hatte, dass sie ihn ebenfalls in den Bann schlug. In jenem Sommer war eine Art unsichtbares Band zwischen ihnen geknüpft worden, und es gab ihr ein gutes Gefühl zu wissen, dass auch er diese Verbindung spürte. Sie hatte ihn möglicherweise frustriert und ihn wütend gemacht, aber sie bedeutete ihm etwas.

Davon abgesehen hatte Lucien keinen Grund, es auf ihr Vermögen abzusehen. Er hatte sein eigenes Geld und, was viel wichtiger war, zeigte sich in Finanzangelegenheiten absolut zurückhaltend.

So war es doch, oder?

Es gab da nur diese eine seltsame Obsession, die er in Bezug auf Ian Noble zu haben schien. Aber *nein*, schalt sie sich selbst verärgert, Lucien würde niemals irgendetwas Anrüchiges tun, nur um finanziellen Profit daraus zu schlagen. Wie viele andere Menschen auf diesem Planeten würden auf ein riesiges Vermögen verzichten, das ihnen qua Geburt zustand?

Nun, Lucien war dieser Mensch. Sie vertraute ihm ihren Körper und ihr Wohlbefinden an, trotz all seines verwirrenden Dominanzverhaltens. Ganz zu schweigen von ihrer unerwarteten sexuellen Reaktion darauf.

Obwohl sie sich auf diese Sache mit ihm eingelassen hatte,

wollte sie nicht, dass er von ihrer Verletzlichkeit erfuhr … ihrer relativen Naivität. Besonders seit er dieses anspruchsvolle sexuelle Arrangement vorgeschlagen hatte. Zum einen würde er ihr nie glauben, angesichts all der überdrehten Presseberichte über sie. Seine Verachtung würde ihr wehtun. Zum anderen ließ sie die Vorstellung, sich ihm völlig hinzugeben, wenn er von ihrer Schwäche wusste, sich zu unerfahren fühlen. Zu ungeschützt.

Lucien hatte sein Geheimnis. Es war nur gerecht, dass sie ebenfalls eines hatte.

Lucien wanderte durch das leere, stille Fusion und fühlte sich ausgesprochen energiegeladen. Das hatte mit dem bevorstehenden Treffen zu tun. Vor Kurzem war in ihm ein Schalter umgelegt worden. Er hatte eine neue Aufgabe hier in Chicago entdeckt, die nichts mit Ian Noble zu tun hatte.

Er plante, ein wunderschönes altes Gebäude zu kaufen, das ideal im South Loop lag, in direkter Nachbarschaft zum einst ehrwürdigen, aber noch immer atmosphärischen Prairie Avenue District. Der Ort war perfekt geeignet, um dort ein Restaurant und ein elegantes Boutiquen-Hotel zu eröffnen. Im Grunde war es untypisch für Lucien, nicht gleichzeitig mehrere Projekte nebeneinanderlaufen zu haben. Im letzten Jahr hatte er sich zurückgehalten, schließlich war er sich nicht sicher gewesen, wie lange seine Geschäfte in Chicago wohl dauern würden. Er besaß noch immer mehrere Restaurants in Paris und eines in Monte Carlo, daneben gehörten ihm vier florierende Luxushotel-Ressorts in Europa. Das Hotelbusiness hatte er von seinem Vater vor Jahren aus erster Hand erlernt. Dennoch hatte er jedes seiner Projekte völlig ohne Geld oder Unterstützung seines Vaters gekauft und selbstständig entwickelt. Das Einzige, was er Adrien schuldete, war die ausgezeichnete Ausbildung, die er ihm hatte zuteilwerden lassen, als Lucien einige seiner Hotels managen durfte. Und Lucien war der Meinung, diesen Vorschuss durch seine harte Arbeit und lukrative Geschäftsideen zurückgezahlt zu haben. Mochte Elise ihn neulich abends auch als Erben bezeichnet haben, so hatte er doch nie auch nur einen Cent seiner Erbschaft angerührt. Sein respektables Vermögen hatte er allein aufgebaut, und er sollte verflucht sein, hätte er dabei jemals schmutziges Geld angefasst.

Dass er sich entschieden hatte, ein neues Projekt zu beginnen, war ein deutliches Zeichen dafür, dass ein Wandel bevorstand. Es fühlte sich an, als würde ein frischer Wind das Gefühl dunkler Bedrohung aus den vergangenen Jahren einfach hinwegpusten.

Der Gedanke an frische Luft ließ ihn seinen Kopf Richtung Küche drehen.

Es war fünfzehn Uhr dreißig, die Ruhezeit zwischen dem Mittags- und Abendbetrieb im Restaurant. Entfernt vernahm er den metallischen Klang von Kochgeschirr und stellte sich Elise vor, wie sie, ihr hübsches Gesicht ganz nüchtern vor Konzentration, sich auf ihre kulinarischen Aufgaben konzentrierte. Die Erinnerung daran, wie sie geschmeckt hatte, als er sie neulich spontan geküsst hatte, kam in aller Lebhaftigkeit in sein Gedächtnis zurück. Auf ihrer Zunge war noch ein Rest Ahornsirup zu erkennen gewesen, doch ihr eigener Geschmack war immer noch süßer.

Es war jetzt eine Woche her, dass er nachgegeben und sie, zur Überbrückung, als Küchenchefin eingestellt hatte. Sieben immer brutaler werdende Nächte, seit er zu einer Entscheidung gekommen war, was Elise anging. Er hatte Abstand von ihr gehalten, mit Ausnahme dieses bedauerlichen Kusses, denn er war sich nur zu sehr bewusst, dass er warten musste. Sie war noch immer seine Angestellte.

Derzeit jedenfalls.

Er beobachtete sie streng. Alle Berichte, die er von seinen Mitarbeitern und Kunden über ihr Essen bekam, waren begeistert. Am Tag zuvor hatte Sharon verwundert reagiert, als sie Lucien davon unterrichtete, dass ein weiterer Bewerber für die Stelle als Küchenchef zum Gespräch mit Lucien eingetroffen sei.

»Sind Sie denn mit Miss Martins Arbeit nicht zufrieden?«, hatte Sharon wissen wollen.

»Nein, gar nicht. Sollte ich denn?«

»Nun, alle schwärmen von ihren Menüs. Und man kann sehr angenehm mit ihr zusammenarbeiten. Ist Ihnen nicht aufgefallen, dass alle lächeln, wenn sie in der Nähe ist? Für Evans und Javiers Fortschritte ist sie ganz sicher ein wichtiger Impuls.«

»Ich bezahle sie fürs Kochen, nicht dafür, meine männlichen Angestellten aufzumuntern«, hatte er trocken entgegnet.

»Nicht nur die männlichen«, hatte Sharon fortgefahren und ließ sich dabei auch nicht von seinem Stirnrunzeln abschrecken. Das war einer der Gründe, weshalb er Sharon mochte. Sie hatte ihren eigenen Kopf. »Sie ist für uns alle etwas Neues. Wussten Sie beispielsweise, dass Maryanne Karten für das Sinfoniekonzert gewonnen hatte, aber wegen ihrer Kinder nicht hingehen konnte?« Sharon hatte von einer der Kellnerinnen gesprochen, einer alleinerziehenden Mutter. »Elise hat sich bereit erklärt, auf Allie und David aufzupassen, damit Maryanne zum Konzert gehen konnte. Maryanne hat das sehr viel bedeutet. Und mir übrigens auch«, hatte Sharon nachdenklich angefügt. »Und was das Kochen angeht, so ist sie wirklich hervorragend. Warum suchen Sie nach einem neuen Chefkoch?«

»Miss Martin ist noch keine fertig ausgebildete Köchin«, hatte Lucien energisch geantwortet und begonnen, seinen

Schreibtisch für das anstehende Bewerbungsgespräch aufzuräumen.

»Na, das erzählen Sie mal Ihren begeisterten Gästen.« Mit dieser trockenen Bemerkung hatte Sharon den Raum verlassen, um den Bewerber abzuholen.

Er hatte so schroff getan, in Wirklichkeit aber war er erfreut, dass Elise in Sharon eine Beschützerin gefunden hatte. Sharon war alles andere als ein Schwächling, all seine Angestellten schauten zu ihr auf.

Auf der anderen Seite war er noch immer angespannt, denn er wartete darauf, dass etwas passierte. Es passte einfach nicht zusammen: Elise *und* eine ruhige Atmosphäre.

Sie war der Sturm, der vor dem Ausbruch stand.

Dieser Gedanke ging ihm durch den Kopf, als er die Milchglastüren des Fusion öffnete und Elise in ihrer Küchenkleidung in der Lobby des Noble Enterprises Tower stehen und mit Francesca Arno sprechen sah, der Freundin von Ian. Sie war einige Zentimeter kleiner als Francesca, doch er war sich sicher, dass die wenigsten Leute den Größenunterschied zwischen den beiden Frauen bemerken würden. Elise war so dynamisch und lebhaft wie eine flackernde Flamme. Während er sie beobachtete, drehten sich mehrere zufällig vorbeikommende Gäste zu ihr um, und zwar nicht nur Männer. Die Stärke ihres Charakters und ihr spürbarer Charme hatten ihn schon immer fasziniert, sogar als sie noch ein Kind gewesen war.

Elise' Gesichtsausdruck wandelte sich, als sie bemerkt hatte, dass er näher kam, nichtsdestoweniger unterhielt sie sich so lange angeregt weiter, bis er direkt neben ihr stand.

»Monsieur Lenault! Sie kennen doch Francesca, nicht wahr?«, fragte sie, wobei sich ihre rosa Lippen sanft wölbten.

»Natürlich«, bestätigte er und lehnte sich vor, um Francesca einen angedeuteten Kuss auf die Wangen zu hauchen.

»Sie hat mir gerade erzählt, dass sie ebenfalls joggen geht«, berichtete Elise. »Ich werde mit ihr zusammen für den Chicago Marathon trainieren.«

»Sie laufen?«, wollte Lucien von Elise wissen und verbarg seine Überraschung.

»Ja. Ich habe vor etwa einem Jahr damit angefangen. Es ist gut für die *Disziplin*«, betonte sie. Das herausfordernde Glitzern in ihren Saphiraugen war allein für ihn bestimmt.

»Ich wusste gar nicht, dass Sie beide sich schon kennengelernt hatten«, fuhr er ruhig fort und ignorierte ihr Sticheln.

»Ich habe sie gestern Abend angesprochen, nachdem ich ihr exquisites Essaouira-Hühnchen und die Erdbeerpfannkuchen kosten durfte«, erklärte Francesca ihm lächelnd. »Sie ist brillant. Ian und ich haben gestern Abend nach dir gefragt, doch uns wurde gesagt, du seist nicht im Restaurant. Wir hätten dir gerne eine große Neuigkeit verraten.«

Francesca war schon immer eine bezaubernde Frau gewesen, doch Lucien hatte sie noch nie so strahlend gesehen wie in diesem Augenblick, als sie ihre linke Hand hob. Er lachte und umarmt sie voller Freude. Er betrachtete den eleganten Platinring mit den drei Diamanten an ihrem Finger, als sie nach ihrer Umarmung wieder einen Schritt zurückgetreten waren.

»Ian ist ein sehr glücklicher Mann«, sagte er voller Ernst. Lucien stieß herausfordernd ihre Hand an. »Bist du denn stark genug, um einen so schweren Ring zu tragen?«

»Ich bin stark genug«, antwortete sie verschmitzt, und Lucien war sich sicher, dass sie seine doppeldeutige Frage ganz richtig verstanden hatte.

Er lächelte, erfreut darüber, auf wen Ians Wahl gefallen war. »Ich glaube auch, dass du es bist.«

»Danke. Ian hat ihn selbst ausgesucht«, sagte Francesca amüsiert und mit zusammengekniffenen Augen. »Und wenn du etwas anderes gehört hast, behalte es bitte für dich.«

»Er hat ihn ganz sicher ganz allein ausgesucht.«

Als sie Luciens überzeugte Antwort gehört hatte, strahlte Francesca. »Wir werden am Sonntag zur Feier des Tages eine kleine Party im Penthouse veranstalten. Ich würde mich freuen, wenn du kämst. Und Sie auch«, fügte sie spontan in Richtung Elise hinzu.

»Oh, das ist sehr freundlich von Ihnen, vielen Dank! Aber … ich befürchte, dass ich nicht kommen kann«, entschuldigte sich Elise. Ihre zögerliche, bescheidene Art fand Lucien ganz unglaublich.

»*Natürlich* können Sie!« Francesca bestand darauf. »Sie haben mir doch gerade eben noch erzählt, dass Sie bislang kaum jemanden in der Stadt kennen. Sie werden sich mit meinen Freunden Davie und Justin und Caden wunderbar verstehen … Wobei, Justin und Caden werden sich wunderbar mit Ihnen verstehen, aber die beiden sind relativ harmlos. Zudem ist das Fusion sonntags und montags geschlossen, also bin ich mir auch sicher, dass Sie nicht arbeiten müssen. Das stimmt doch, Lucien, oder etwa nicht?« Francesca sah ihn um Unterstützung bittend an. Er hielt Elise' Blick stand, während er sprach.

»Selbstverständlich sollten Sie hingehen, Miss Martin. Es wird Ihnen guttun, in der fremden Stadt ein paar Freunde zu finden.«

Elise' Augen weiteten sich bei diesem angenehmen Vorschlag vor Freude. Offenbar hatte sie erwartet, dass er ihr einen Hinweis geben würde, die Einladung auszuschlagen, doch Francescas standfeste Aufforderung hatte diese Option zunichtegemacht.

»Werden Sie auch kommen, Monsieur Lenault?«, wollte Elise mit großen und unschuldigen Augen wissen.

»Um nichts auf der Welt würde ich mir dieses Fest entgehen lassen.«

Ihr leichtes Stirnrunzeln verriet ihm, dass sie seinen Subtext verstanden hatte. Elise zu erlauben, ohne Überwachung im Noble Penthouse frei herumzulaufen?

Nicht sehr wahrscheinlich.

Elise sah auf, als Sharon am nächsten Tag die Küche betrat.

»Elise, Lucien möchte Sie in seinem Büro sprechen.«

Bei dieser Nachricht hielt das Messer, das sie in der Hand hatte, in seiner Bewegung inne. Elise brauchte einen Moment, um sich zu erholen, und hoffte, Evan und Sharon hätten dies nicht mitbekommen. Auf den ersten Blick ging es offensichtlich ja nur um eine ganz unverfängliche Bitte.

»Du kannst das hier übernehmen, Evan. Das machst du wunderbar«, versicherte sie ihm mit einem Lächeln und legte das Messer beiseite. Sie hatte Evan gerade das Vorbereiten eines Kapauns gezeigt und ihm geholfen, ihn fertig zu machen. »Ich bin sicher, es dauert nicht lange«, fügte sie über die Schulter hinweg noch hinzu, als sie sich die Hände gewaschen hatte.

Sie ermahnte sich selbst, die Schmetterlinge in ihrem Bauch zu ignorieren, die sie auf dem Weg durch den Flur zu Luciens Büro spürte. Er wollte sie sicher nicht sehen, weil sie etwas falsch gemacht hatte, ihre Arbeitsmoral war tadellos. Sie war normalerweise morgens die Erste in der Küche und ganz erpicht darauf zu beginnen. Ein Teil ihrer Motivation mochte der deprimierenden Trostlosigkeit ihres Hotelzimmers geschuldet sein – abgesehen einmal von dem Wunsch, an Baden Johnsons Zimmertür vorbei zu sein, bevor dieser seinen nächtlichen Rausch ausgeschlafen hatte –, sie war inzwischen zur Expertin geworden, wenn es darum ging, ihrem anzüglich grinsenden, übel riechenden Zimmernachbarn im Cedar Hotel auszuweichen. Aber worauf es ankam, war doch, *dass* sie hier war, bereit zum Kochen.

Vor Anspannung grummelte es in ihrem Magen, als sie an die getäfelte Holztür klopfte. Die bildhafte Erinnerung an ihr letztes Zusammensein mit Lucien in seinem Büro überflutete ihre Gedanken und ließ ihre Beklemmung noch weiter steigen.

»Du wolltest mit mir sprechen?«, fragte sie kurz darauf, als Lucien die Tür geöffnet hatte. Er trug eine schwarze Jeans, ein einfaches schwarzes Rundkragen-T-Shirt sowie einen elfenbeinfarbenen Blazer, der seine breiten Schultern und die ebenmäßige, wunderschöne Farbe seiner Haut betonte. Er war ein verführerisch gut aussehender Mann, dessen ungeklärte Herkunft, der auch etwas Magisches anhaftete, irgendwie perfekt zu dem anziehenden Mysterium passte, das ihn umgab. Elise erinnerte sich, wie sie ihn als Vierzehnjährige im Sommer unverblümt gefragt hatte, woher er denn stamme. Sie hatten dabei am Kai gestanden und geangelt, ein Zeitvertreib, den sie beide in jenem Sommer lieben gelernt hatten, eine entspannende Beschäftigung, die im wohltuenden Kontrast zu den komplexen geschäftlichen wie privaten Machenschaften ihrer Eltern stand. Es war für jeden völlig offensichtlich, dass Lucien nicht das leibliche Kind seiner blonden, unnatürlich dünnen Mutter sein konnte, zumal er auch seinen dickbäuchigen, schütter werdenden Vater weit überragte. Lucien hatte ihre Frage nicht als Beleidigung aufgefasst, vermutlich weil er ihre kindliche Ernsthaftigkeit und Neugier verspürt hatte.

»Ich habe meine leiblichen Eltern nie gesehen oder kennengelernt. Meine Mutter und mein Vater haben mich adoptiert, als ich noch ein Baby war«, hatte er geantwortet und mit dem Kopf auf ihre Angelschnur gewiesen. Gehorsam zog sie sie heraus, und natürlich hatte ihr wieder einmal ein Fisch den Köder geklaut. Er nahm ihr kommentarlos die Angel ab.

»Ich bin auch adoptiert«, hatte sie erwidert. Schon tausend Mal war ihr dieser Gedanke durch den Kopf gegangen. Es musste einfach stimmen. Wie sonst ließe sich erklären, dass sie sich fühlte, als würde sie es mit einer anderen Lebensform zu tun haben, wenn es um ihre Eltern ging? Luciens Lächeln hatte sie ein wenig traurig gemacht.

»Du bist äußerlich das Spiegelbild deiner Mutter.«

»Ja?«

»Ja. Aber du wirst sogar ihre Schönheit eines Tages noch übertrumpfen«, fuhr er fort, nachdem er ihre Angel wieder mit einem Köder versorgte hatte. »Du *siehst aus* wie sie. Was das Innere angeht, so liegt es allein an dir, was du daraus machst.«

Sie hatte den Blick fest auf dem tanzenden Sonnenlicht über dem azurblauen Mittelmeer gehalten, damit er nicht mitbekam, wie viel ihr diese Worte bedeuteten. »Denkst du nicht trotzdem ab und zu über deine wirkliche Mutter nach? Vermisst du sie nicht?«

Sie wusste noch, dass er nicht gleich geantwortet hatte.

»Ich denke manchmal an sie«, antwortete er dann und hatte ihr die Angel wieder in die Hand gedrückt. »Aber man kann nur schwerlich etwas vermissen, das man nie gehabt hat.«

Das man nie gehabt hat. Weder Lucien noch sie wussten wirklich genau, was eine sich kümmernde, ansprechbare Mutter war.

Lucien bat sie in sein Büro und rief sie damit in die Gegenwart zurück. »Elise, kommen Sie doch herein. Ich möchte Ihnen Denise Riordan vorstellen, die neue Küchenchefin des Fusion.«

Elise' verwirrter Blick wanderte zur dritten Person, die sich im Raum befand. Eine große Frau mit kastanienbraunem Haar und einer ernsten Miene, die durch freundliche braune Augen abgemildert wurde, stand auf, um sie zu begrüßen.

»Mir war gar nicht bewusst, dass Lucien das Bewerbungsverfahren schon abgeschlossen hat. Es freut mich, Sie kennenzulernen, Miss Riordan«, konnte Elise trotz all ihrer Verwunderung sagen.

»Lucien hat mir erzählt, dass Sie eine begabte Köchin sind. Es würde mich sehr freuen, wenn Sie als meine Praktikantin bei mir arbeiten würden und Ihre Schule meine Qualifikationen akzeptieren würde … und Sie sie natürlich auch.«

»Ich bin ganz sicher, dass Lucien nur jemanden mit den allerbesten Fähigkeiten einstellen würde«, sagte Elise und warf abgelenkt einen Blick zur Seite auf Luciens große Erscheinung, die sich ihr näherte.

»Ich habe mir erlaubt, Miss Riordans Unterlagen zusammen mit einer Erklärung über die Änderungen der Abläufe hier an Ihre Schule nach Paris zu schicken. Wir sollten schon demnächst von dort etwas hören«, erklärte Lucien.

»Danke«, erwiderte Elise, die von der Tatsache, dass er sich solche Mühe gegeben hatte, um die Angelegenheiten mit ihrer Schule zu regeln, völlig verblüfft war.

»Wenn Sie mich für einen Moment entschuldigen würden, ich muss kurz mit Sharon sprechen. Ich lasse Sie beide allein, damit Sie sich besser kennenlernen können«, erläuterte er höflich.

Denise Riordan und Elise saßen in den Sesseln vor Luciens Schreibtisch und machten sich miteinander bekannt. Als Lucien zwanzig Minuten später ins Zimmer zurückkam, war Elise sich sicher, dass sie mit der älteren, erfahrenen Frau gut würde arbeiten können. Zwei Köchinnen in einer Küche war nie einfach, doch Elise war begierig darauf zu lernen und hatte daher kein Problem, sich mit der untergeordneten Rolle zu begnügen. Es war jetzt genau so, wie sie es bei ihrer Ankunft in Chicago erwartet hatte. Sie war überzeugt, dass Denise Riordan ihr noch Entscheidendes würde beibringen können.

»Bitte bleiben Sie noch kurz. Ich möchte mit Ihnen sprechen«, bat Lucien sie, nachdem Miss Riordan sich verabschiedet hatte.

Als sich die Tür hinter der neuen Küchenchefin geschlossen hatte, sprach für einen Augenblick keiner von beiden. Eine prickelnde, elektrisch aufgeladene Atmosphäre baute sich auf.

»Ich habe die Ergebnisse deiner Arztuntersuchung gesehen, die du mir hingelegt hast«, sagte Lucien. »Hast du auch meine bekommen?«

»Ja«, antwortete sie leichthin, trotz der auf den Wangen sichtbaren Hitze der Erregung, als würde sie solche Dinge jeden Tag besprechen.

»Magst du sie? Denise?«, fragte Lucien, der noch immer neben der Tür stand, leise.

»Sehr. Ich vermute, es gibt keinen Grund, weshalb du ausgerechnet eine Frau als Küchenchefin eingestellt hast, oder?«

»Ich habe mich nur für den geeignetsten Kandidaten entschieden.«

Sie warf ihm einen trockenen Blick zu. »Ich wäre nicht mit jedem männlichen Küchenchef, den du ausgesucht hättest, gleich ins Bett gegangen.«

Er lächelte zurück. Der Anblick der zwei Grübchen und das Aufblitzen seiner weißen Zähne fesselte sie. »Und was war mit Mario?«

»Was ist mit ihm?«, entgegnete sie und verschränkte die Arme über ihrer Brust.

»War es nicht genau das, worauf jener Abend hinausgelaufen wäre, an dem ich euch beide hier erwischt habe?«

»Nein. Ich hatte nicht die Absicht, mit Mario zu schlafen.«

»Was genau hattest du denn dann mit ihm hier vor?«

»Er sollte meine Ausbildung beaufsichtigen. Als er mich zum Abendessen eingeladen hat, hatte ich das Gefühl, nicht

Nein sagen zu können. Ich konnte ja nicht wissen, dass er vorhatte, mit mir ins Bett zu gehen.«

Er warf ihr einen müden Blick zu und ging zu seinem Schreibtisch. »Da hast du wohl recht. Das Kleid, das du an diesem Abend anhattest, war ja für nichts anderes geeignet als für einen langen Tag voller anstrengender Arbeit in der Küche. Ich habe die beste Bewerberin eingestellt, aber ich bin, zugegeben, nicht traurig darüber, dass sie eine Frau ist. Ich weiß, wie du auf Männer wirkst. Kaum sind sie in deiner Nähe, verlieren sie etwa 40 Punkte ihres IQs. Wir müssen ja nicht mit dem Feuer spielen, wenn es sich vermeiden lässt.«

»Ich hasse es, wenn du ununterbrochen darauf anspielst, dass ich ständig mit Männern ins Bett gehen würde.«

»Das ist lustig«, erwiderte Lucien, völlig ungerührt von ihrem gekränkten Ton. Er ließ sich in den Stuhl hinter dem Schreibtisch fallen. »Denn *ich* hasse es, ständig von den Zurschaustellungen deiner Ausschweifungen zu erfahren. Ich habe sie sogar ein, zwei Mal selbst mitangesehen.«

Sie verstummte. »Was meinst du damit?«, hob sie schließlich langsam an, unsicher, ob sie die Antwort wirklich hören wollte.

»Halb Europa hat das Foto gesehen, auf dem du zu sehen bist, wie du nackt auf dem Tisch in einer Cocktailbar tanzt, bei der Verlobungsparty des Sohnes des luxemburgischen Erzherzogs«, erklärte er trocken.

»Ich hatte einen Tanga an«, verteidigte sie sich mit erhobenem Kinn. Luciens scharfer, verärgerter Blick ließ sie aber innerlich zusammenfahren.

»Und was ist mit der Nacht, in der ich dich in dieser abgelegenen Loge in der Opéra de Paris angetroffen habe? Du warst offenbar gerade sehr damit beschäftigt, einem verheirateten Politiker mittleren Alters deine begeisterte, *tiefe* Zuneigung zu erklären. Wenn ich mich nicht täusche, warst du damals neunzehn. Erinnerst du dich?«

»Ich … Du … *Was?*« Ihr Herz zog sich fest zusammen und schien das Pochen einstellen zu wollen. »Warst *du* es etwa, der mich unterbrochen hat, als ich mit Hugh Langier zusammen war?«

Ein sarkastischer Gesichtsausdruck war seine Antwort.

Begeisterte, tiefe *Zuneigung.*

Oh nein. Sie schloss die Augen, doch Luciens Blick hörte nicht auf, sie aufzuspießen. Sie hatte damals nicht gesehen, wer ihr Stelldichein mit Langier gestört hatte; sie wusste nur, dass es jemand gestört hatte. Zu erfahren, dass *dieser jemand* Lucien gewesen war, ließ sie vor Scham schwindelig werden. Wie konnte sie manchmal nur so impulsiv – so *dumm* – sein?

Nein. Darüber würde sie jetzt nicht nachdenken. *So* war sie jetzt nicht mehr.

»Ich bezweifle, dass es dir gefallen hätte, was ich mit deinem Liebhaber getan habe, als er zwei Abende später ins Renygat gekommen ist«, murmelte Lucien. »Ekelhafter Kerl.«

»Er war *nicht* mein Liebhaber«, stieß sie aus, noch bevor ihr klar geworden war, was Lucien ihr damit gesagt hatte. »Hast du dich mit einem *Senator* geprügelt?«

Meinetwegen?

Er kommentierte das nicht, aber sie konnte an seinen bebenden Nasenflügeln erkennen, dass er versuchte, seinen Ärger unter Kontrolle zu bringen. Was Lucien angesprochen hatte, war ein Höhepunkt jener Phase gewesen, in der sie sich sorglos dem Genuss hingegeben hatte. Es hatte einmal eine Zeit gegeben, in der ihr das Leben sinnlos vorgekommen war, in der für sie alles wie ein Witz wirkte. Ihr einziges Ziel war es gewesen, sich so viel zu amüsieren wie möglich, egal mit welchen

Konsequenzen. Ihre Bekannten in Paris – und natürlich auch ihre Eltern – hatten es in ihrer wildesten, verzweifeltsten Zeit vorgezogen, woanders hinzuschauen.

War es nicht besser, dass Lucien verärgert war statt nur gleichgültig?

»Ich weiß, dass du an mich glaubst, Lucien. Auch wenn es nur ein bisschen ist. Ich weiß, dass du nicht so gefühllos bist, wie du dich gerade verhältst. Und ich würde mir wünschen, du würdest aufhören, mir etwas vorzumachen«, sagte Elise und setzte eine zuversichtliche Miene auf.

»Was meinst du?«

»Miss Riordan hat mir erzählt, dass du sie nur unter der Voraussetzung eingestellt hast, dass sie mich als Praktikantin übernimmt.«

Das Schweigen dehnte sich zwischen ihnen aus. Sie war überrascht und erfreut gewesen, als Miss Riordan ihr dieses Detail während ihres Gesprächs verraten hatte.

»Und ich habe dir gesagt, dass, wenn du in dieser Stadt bleiben willst, ich dich so in meiner Nähe haben möchte, dass ich dich überwachen kann. Weil wir gerade davon sprechen«, fuhr er fort und übertönte damit den empörten Laut, den Elise von sich gegeben hatte. Sie wusste nur zu gut, dass er nur von ihrer Enthüllung ablenken wollte, dass er etwas Nettes für sie getan hatte. »Ich würde dich gerne morgen Abend zu dem Fest von Ian und Francesca begleiten.«

Ihr Herz machte einen Sprung. Denise Riordan war eingestellt. Elise war nicht mehr seine Angestellte. Lucien war nun freier darin, die von ihm vorgeschlagene Art der Beziehung mit ihr zu führen. Dann blitzte ein Gedanke in ihr auf und zerstörte ihre sich ausbreitende Erregung wie ein tödlicher Torpedo.

»Du willst mich überwachen, stimmt's? Ich habe dir doch

versprochen, niemandem zu erzählen, dass wir uns von früher kennen. Vertraust du mir nicht?«

»Sagen wir so, ich bleibe lieber auf Sichtabstand, damit du immer weißt, wo ich stehe.«

»Mit anderen Worten: nein.«

»Vertrauen ist etwas, das erarbeitet werden muss, Elise«, sagte er ruhig. »Und spiele bitte nicht die Märtyrerin. Ich weiß, dass du mir auch nicht ganz vertraust. Bis jetzt noch nicht.«

Seine Intensität überraschte sie. Sie nahm in sich auf, was er gesagt hatte, blieb aber unschlüssig.

»Wo soll ich dich abholen?«, wollte er kurz darauf wissen. Das unvermittelte Wechseln des Themas verstärkte nur ihr Gefühl, aus dem Gleichgewicht geraten zu sein. »Bei der Adresse, die du in deiner Bewerbung angegeben hast?«

»Nein.«

Ihr wurde klar, wie abrupt sie geklungen hatte. Das Letzte, was sie wollte, war, dass Lucien sah, in welch heruntergekommenem Langzeit-Hotel sie sich eingemietet hatte. Das hätte nur sein Bild von ihr als flatterhaft und impulsiv bestätigt. Sie ließ sich schnell etwas einfallen, als sie seinen sengenden Blick auf sich spürte. »Können wir uns hier treffen? Vor dem Noble Tower?«

Sein hübsches Gesicht war wie eine ausdruckslose Maske, die sie nicht deuten konnte. »Natürlich, wenn dir das lieber ist. Um halb acht?«

»Das passt«, sagte sie und drehte sich zur Bürotür um. »Bis morgen dann.«

»Elise?«, rief er sie scharf, als sie schon die Hand auf der Klinke hatte.

»Ja?«

»Deine Anstellung bei mir ist zu Ende, jetzt, wo ich Denise eingestellt habe.«

Sie hielt den Atem an.

»Denk daran. Meine Regeln«, rief er ihr bedeutsam ins Gedächtnis. »Dass Denise übernimmt, heißt auch, dass du kein Gehalt mehr bekommst. Du hast doch *ausreichende* Ersparnisse, um hier in der Stadt leben zu können, oder nicht?«

»Natürlich. Warst du es nicht, der gesagt hat, dass mein Papa mich niemals würde verhungern lassen?«

Langsam hob er seine Augenbrauen. Sie mochte den argwöhnischen Ausdruck nicht, der sich gerade auf seinem Gesicht abzeichnete, also verließ sie schnell das Büro.

KAPITEL 4

Lucien blieb unbeweglich sitzen, auch noch nachdem sich die Tür hinter Elise geschlossen hatte. Er dachte darüber nach, wie blass sie geworden war, als er erwähnt hatte, dass er sie in flagranti mit Hugh Langier erwischte hatte, einem illustren Mitglied des französischen Senats und bekannten Frauenheld. Es tat ihm leid, sie so beschämt zu haben, doch die Erinnerung an diese Szene war für ihn noch immer explosiv; sie ließ etwas Heißes und Unerträgliches in seinen Eingeweiden anschwellen, ganz zu schweigen davon, was sie mit seinem Schwanz tat.

Er hatte sich in dieser Nacht auf die Suche nach ihr begeben, da er ihr leuchtendes Gesicht aus einiger Entfernung während einer Oper entdeckt hatte. Etwa ein Jahr zuvor hatte sein Vater zum ersten Mal die Möglichkeit, Elise zu heiraten, zum Thema gemacht. Er hatte selbstverständlich rundheraus abgelehnt, diese Idee überhaupt zu diskutieren. Niemand außer ihm selbst würde die Frau aussuchen, die er einmal heiraten wollte. Und doch schwebte diese Vorstellung weiter durch sein Bewusstsein: nicht aufdringlich, sondern eher leicht, wie ein strahlendes, neckendes Lächeln, die Aussicht auf einen gestohlenen Sommertag oder den Schluck von einem perfekten Champagner – lichtdurchflutet und schäumend …

… wie Elise selbst.

Es ging nicht anders, er war einfach neugierig darauf gewesen, was für eine Frau aus diesem cleveren, witzigen, traurigen Mädchen geworden war.

Dennoch war seine Neugier nicht so groß gewesen, dass er sofort versucht hätte, sie ausfindig zu machen, als er sich dauerhaft in Paris niederließ, um sein erstes Hotel und Restaurant zu eröffnen. So war es purer Zufall gewesen, dass er sie in der Oper bemerkt hatte. Ihre Logen hatten einander fast gegenübergelegen. Der Vorhang sollte gerade aufgehen, als ihm mehrere Gesichter im Publikum auffielen, die sich immer wieder nach links von der Bühne drehten. Er war den Blicken gelangweilt gefolgt, weil er wissen wollte, was die Ursache für diese Aufregung war. Sein Körper stand augenblicklich unter Hochspannung.

Sie stand und machte sich gerade auf den Weg, in den hinteren Teil der Loge zu treten. Das Abendkleid, das sie getragen hatte, war atemberaubend. Nein, es war nicht das Kleid an sich, es war Elise in ihm. Das Kleid bestand aus einem blassen, elfenbeinfarbenen, metallischen Material, das ihre gereiften, anmutigen Kurven umschloss und einen perlenartigen Glanz verbreitete, dabei dennoch nicht im Geringsten an die Leuchtkraft ihrer hellen Haut heranreichte. Sie war vollständig bekleidet, aber das enganliegende Kleid und dessen Ähnlichkeit mit ihrer Hautfarbe ließen sie nackt erscheinen. Ihr Haar war damals noch sehr lang gewesen. Lucien musste an jenen Sommer fünf Jahre zuvor denken, in dem sie ihre Haare stets zu einem dichten Pferdeschwanz zusammengebunden hatte, aus dem im Laufe des Tages jedoch immer mehr Strähnen entkamen, bis ihr feines Gesicht bei Einbruch der Nacht von einer goldenen Pracht aus Strähnen und Locken umgeben war. An jenem Abend in der Oper hatte sie ihre Haare hochgesteckt, doch die wie beiläufig gebundene Frisur vermittelte jedem Mann den Eindruck, er könne mit einem kleinen Ruck in den Genuss kommen, ihr die Haare über die Schultern fließen zu lassen und sie dann in seine gierigen Hände zu nehmen.

Er war von seinem Stuhl aufgesprungen und hatte sich schnell von seiner Begleitung verabschiedet.

Fünf Minuten später hatte er das süße schlaksige Mädchen endlich gefunden, an das er sich erinnerte, doch das Mädchen gab es nicht mehr.

Sie hatte in der mit Samt ausgeschlagenen Loge vor dem ekstatisch dreinblickenden Hugh Langier gekniet.

Dieser Anblick verfolgte ihn bis heute … versetzte ihm kleine tödliche Stiche … erregte ihn sehr. Als er den schweren Vorhang zur Seite gezogen hatte, sah er, wie Elise' Lippen das Ende von Langiers Schwanz fest umfasst hatten. Sie zog ihren Mund zurück, und zum Vorschein kam ein Stückchen des feuchten, dicken Penis – und das ganze Ausmaß ihres Fellatio-Könnens.

Kein Wunder, dass der Senator so ekstatisch ausgesehen hatte.

Es hatte ihn wütend gemacht, dass Langier ein junges Mädchen ausnutzte, während seine Frau in der von ihm angemieteten Loge saß, sich *Tosca* ansah und von der Lüsternheit ihres Mannes nichts mitbekam. Die ganze Sache hatte ihn wütend gemacht, Punkt. Dabei hätte diese Erfahrung ihm doch die Augen öffnen sollen, damit er später darüber lachen konnte.

Lucien schloss die Augen und versuchte, die Erinnerung aus seinem Kopf zu vertreiben, wobei er doch wusste, dass dies ein aussichtsloses Unterfangen war.

Über Elise Martin die Kontrolle zu erlangen? Ihr Vertrauen zu gewinnen? Das waren Herausforderungen, an denen die meisten Männer wohl gescheitert wären. Es war ein Wagnis, dem der Dominante in ihm nicht länger widerstehen konnte. Noch nie zuvor in seinem Leben hatte er so etwas versucht wie das, was ihm jetzt bevorstand.

Er würde freiwillig in die Flammen hineintreten müssen, um das Feuer beherrschen zu können.

Er lehnte an einem Kalksteinpfeiler des ungemein eleganten neugotischen Noble Tower, so sah sie ihn schon aus einem Block Entfernung. In ihrem Magen rumorte es. Die meiste Zeit ihres Lebens war ihr dieses Gefühl unbekannt gewesen, doch in letzter Zeit spürte sie es allzu häufig. Sie vermutete, dass dieses eher unangenehme Gefühl, das sie seit der Wiederbegegnung mit Lucien befiel, mit der Angst zu tun hatte, die sie wegen seiner einschüchternden Präsenz bekam. Kein anderer Mann löste in ihr das aus, was Lucien tat. Möglicherweise hing es mit dem idyllischen Sommer zusammen, den er ihr geschenkt hatte, als sie noch ein Mädchen gewesen war. Vielleicht lag es aber auch an der Art und Weise, wie er sie küsste. Oder eventuell einfach nur daran, dass sie wusste, dass er kein Interesse daran hatte, sie wegen ihres Vermögens zu manipulieren.

Womöglich aber auch, weil er der mitreißendste, erotischste Mann war, den sie je getroffen hatte. Mit Abstand.

An diesem Abend hatte sie den heimlichen Verdacht, dass das stürmische Gefühl in der Magengegend einfach dem ähnelte, was man bei der ersten Verabredung mit einem sehr attraktiven Mann empfand.

Was lächerlich war. Das hier war kein Rendezvous. Hatte er nicht betont, dass er sie nur deshalb begleitete, weil er ihr nicht traute? Sie runzelte die Stirn, obwohl sie ihn begehrlich ansah. Dennoch … er hatte zugegeben, sich von ihr angezogen zu fühlen, mit ihr Sex haben zu wollen. Sie hatten sich beide schick angezogen und trafen sich an einem verabredeten Treffpunkt. Die Ähnlichkeiten mit einem Rendezvous waren nicht unerheblich. Jetzt, da eine offizielle Küchenchefin eingestellt worden war, wie würde er da seine geplante unorthodoxe Beziehung mit ihr vorantreiben?

Lucien zog die Aufmerksamkeit fast jedes Passanten, männlich wie weiblich, auf sich, schien sich dessen jedoch nicht bewusst zu sein. Seine Arme lagen locker auf seiner Brust gekreuzt. Sein Aussehen war eine einzigartige Mischung aus nachlässiger Eleganz und unverblümter männlicher Sexualität. Er trug eine schwarze Hose, die auffällig perfekt über seine langen Beinen passte, darüber ein einfaches, am Kragen offenes weißes Hemd und einen braun-schwarzen Blazer mit Fischgrätenmuster. Sie bewunderte seine Fähigkeit, unbeweglich und ruhig stehen zu bleiben. Nur selten hatte sie eine derartige Selbstbeherrschung bei einem Mann gesehen. Sie erinnerte sich noch, wie er sie ruhig schalt, wenn sie beim Fischen nervös zappelte oder seufzte.

»Du wirst uns noch die Fische verscheuchen.«

»Es ist aber so langweilig«, hatte sie sich beschwert.

»Erst wenn du gelernt hast, mit deiner Langeweile umzugehen, erst dann beherrschst du dich selbst.«

»Was meinst du damit?«, hatte sie ratlos, aber neugierig wissen wollen.

Damals hatte er ihr nicht geantwortet, aber sie hatte seine entspannte, geduldige Art und Weise beim Angeln, beim Beruhigen eines aufgeschreckten Pferdes oder im Umgang mit seiner dramatisch auftretenden Mutter beobachtet und sich bemüht, es ihm gleichzutun. Meistens war sie gescheitert, aber dennoch hatte sie gelernt, diese bedächtige stählerne Stärke in ihm zu respektieren.

»Ich hoffe, ich bin nicht zu spät«, erklärte sie atemlos, als sie sich ihm näherte. »Der Bus hatte auf dem Inner Drive eine Panne, und ich musste den Rest des Weges laufen.«

Er drückte sich vom Pfeiler ab, seine hellen Augen musterten sie ganz offensichtlich von oben bis unten und ließen ihre Haut in diesem Bewusstsein prickeln. »In den Schuhen?« Bei dieser Frage konnte man die Andeutung eines Lächelns auf seinen wohlgeformten Lippen erkennen.

Sie sah auf die Highheel-Riemchensandalen hinab, die sie zu dem Sackkleid und dem Gürtel um ihre Hüften trug. »Das ist doch gar nichts«, sagte sie, als er ihre Hand ergriffen und mit ihr losgegangen war. »Du hättest einmal sehen sollen, wie viele Kilometer ich auf Absätzen gelaufen bin, während ich als Kellnerin gearbeitet habe.«

Seine Augenbrauen schossen nach oben. »Als Kellnerin?«

Sie grinste, erfreut darüber, ihn überrascht zu haben. »Im La Roue, in Paris.«

Lucien winkte einem Taxi.

»Wir können doch zu Fuß gehen«, schlug sie vor. »Wenn ich Francesca richtig verstanden habe, ist das Penthouse hier ganz in der Nähe, oder?«

»Du bekommst eine Blase an deinem rechten Knöchel«, erklärte er unbewegt, als sie ihn fragend ansah. Sie blickte nach unten. Er hatte recht. Die Haut rund um den Knöchelriemen war aufgescheuert und gerötet. Wann hatte er das bemerkt? Sie atmete erleichtert auf, als sie kurz darauf im angenehm temperierten Taxi Platz nahm, und sah noch ein zweites Mal hin, als sie sein kleines Lächeln bemerkte, mit dem er sie anblickte.

»Was?«

»Zarte Füße«, sagte er. Sie blinzelte bei dem unerwartet verführerischen Klang seiner tiefen, volltönenden Stimme. »Du hast dir schon als Mädchen immer Blasen gelaufen.«

»Meine Mutter hatte vergessen, mir für den Sommer damals neue Schuhe zu besorgen. Und ich bin zu der Zeit wie Unkraut in die Höhe geschossen.«

Verärgerung zeichnete sich in seinem markanten Gesicht ab.

»So viel Geld, so viele Möglichkeiten, und trotzdem hat sie dich vernachlässigt«, stellte er fest. Er sah in ihr leeres Gesicht. Dann schüttelte er ein wenig den Kopf und vertrieb die Verbitterung, die sie verwirrt hatte.

»Darf ich dich etwas fragen?«, fuhr sie impulsiv und hoffnungsvoll fort, als sie seinen verächtlichen Ton gehört hatte.

»Ja.«

»Du hast doch nie … du hast doch nicht mit ihr geschlafen, oder? Mit meiner Mutter, meine ich?«

Ihr Herzschlag beschleunigte sich, als er sie einen Augenblick lang nur ansah. Schon lange wollte sie ihm diese Frage stellen, genauso lange fürchtete sie die Antwort.

»Nein. Wirklich nicht«, antwortete er mit ruhiger Sicherheit.

Erleichtert atmete sie auf. Sie nickte, denn aus irgendeinem Grund vertraute sie ihm dabei völlig. »Denn ich weiß, dass sie vermutlich versucht hat, dich in diesem Sommer in Nizza zu verführen. Bei anderen Gelegenheiten wahrscheinlich auch. Das hat sie immer getan. Es freut mich, dass es bei dir nicht geklappt hat. Was ich von keinem meiner anderen Freunde behaupten kann«, lachte sie.

Lucien schloss kurz die Augen. »Es tut mir leid, Elise.«

Sie zuckte mit den Achseln und bemühte sich, gleichgültig zu wirken. »Wir können uns unsere Eltern nicht aussuchen. Leider.«

Eine unangenehme Stille folgte. Elise vermutete, dass er Mitleid mit ihr hatte, dafür dass sie solch eine eingebildete, oberflächliche Mutter hatte, und wünschte sich dringend, sie hätte dieses Thema nie angesprochen.

»Hast du wirklich mit dem Laufen angefangen?«

Sie nickte einfach, dankbar, dass er ihr Unbehagen gespürt und das Thema gewechselt hatte.

»Ich bin stolz auf dich. Du brauchst etwas, das deinen Körper diszipliniert, deinen Geist … etwas, das dich stolz macht.«

Er hielt ihrem Blick stand. Ihr Herz schlug laut in ihren Ohren, einmal … zweimal. Dann sah er unvermittelt aus dem Fenster, und der intime Moment war vorüber. Sie sog tief die Luft ein, als hätte im Taxi ein Vakuum geherrscht und als wäre der Sauerstoff abrupt wieder hineingeleitet worden.

»Es macht mich auch stolz«, bestätigte sie und rang damit um ihr Gleichgewicht. »Wie auch das Kellnern. Warum warst du so überrascht, als ich dir erzählt habe, dass ich in einem Restaurant gearbeitet habe?«, hakte sie nach, als sich das Taxi dem Upper Wacker Drive näherte.

»Vielleicht weil man sich erzählt, dass du einen der größten europäischen Treuhandfonds besitzt?«

»Man überlegt auch, ob deiner nicht noch größer ist.« Als er auf ihre Provokation nicht reagierte, seufzte sie. Sie hatte von ihrer Mutter erfahren, dass Lucien seit der Verurteilung seines Vaters das Geld nicht angerührt hatte, aber offensichtlich war das kein Thema, über das er mit ihr sprechen wollte. Sie wusste, dass er sich sein eigenes Vermögen erarbeitet hatte, demzufolge musste er sich noch weniger Sorgen als sie um den Treuhandfonds machen. »Ich kann bis zu meinem fünfundzwanzigsten Geburtstag nicht auf das Geld zugreifen«, erklärte sie lahm.

»Was geschieht mit deiner neu entdeckten Arbeitsmoral, wenn dieser Tag gekommen ist?«, überlegte er und wandte ihr sein Gesicht zu. In seinen Augen spiegelten sich die letzten Sonnenstrahlen über dem Fluss. Seine leicht gönnerhafte Haltung irritierte sie. Stellte er noch immer ihre Fähigkeiten infrage … ihre Antriebskraft?

»Ich werde pflichtbewusst als Küchenchefin angestellt sein. Das hoffe ich. Oder willst du mit mir wetten, ob ich mich meiner Karriere wirklich widmen werde?«, neckte sie ihn ein wenig.

»Welche Art von Wette denn?« Auch das hatte Lucien wieder als Scherz verstanden. Er hatte keine Ahnung, dass sie durchaus Pläne für ihr Vermögen und ihr Leben hatte. *Gute* Ideen. Achtbare Ambitionen, die dem Leben eines ganz besonderen Mannes Tribut zollen würden.

Sie machte sich nur darüber Sorgen, ob sie wirklich die Klarheit, die Konzentration hatte, die sie brauchte, um ihren Plan in die Tat umzusetzen. Noch nie hatte Elise etwas derartig … *Großes* zuvor getan. Was, wenn sie am Ende doch so wäre wie Madeline Martin – ein nutzloses Betthäschen?

»Zwanzigtausend Euro, dass ich auch ein Jahr nachdem ich Zugang zu meinem Fonds bekommen habe, noch immer gegen Bezahlung als Küchenchefin eingestellt bin und ein sinnvolles Leben führe. Zwanzigtausend für dich, wenn ich den Verführungskünsten des Reichtums erlegen bin und nur noch als Verschwenderin lebe.«

Er drehte sich wieder zu ihr um, seine grauen Augen blitzten. *Aha*, jetzt hatte sie seine Aufmerksamkeit.

»Die Wette nehme ich an.«

»Du vertraust meinem Engagement noch immer nicht, oder?«

Er zuckte mit den Achseln. Ihr interessierter Blick fiel auf seine starke Brust und die breiten Schultern, die einen Kontrast zu seiner schmalen Taille und dem straffen Bauch bildeten.

»Ich habe gerade überlegt, dass der potenzielle Verlust von zwanzigtausend Euro deine Willenskraft durchaus stärken könnte … nur für den Fall, dass du das Gefühl bekommst, sie könnte schwinden«, fügte er mit einem schnellen Blick zur Seite hinzu.

»Ich werde gewinnen«, forderte sie ihn heraus, jetzt, da sie die Wette mit Lucien eingegangen war, plötzlich voller Zuversicht.

»Ich bin geneigt, dir zu glauben.«

»Wirklich?«

»Ja. Ich bin die Wette nur eingegangen, um wirklich sicherzugehen. Ich weiß doch, wie sehr du dich freuen würdest, mich zu besiegen. Ich gewinne also auf jeden Fall, egal wie es ausgeht.«

Den Rest der Fahrt schwieg Elise – in ihrem Kopf hallte Luciens tiefe, feine Stimme nach –, sie wendete den beunruhigenden Fakt, dass Lucien ihre Reaktion auf diese Wette schon gekannt hatte, bevor sie sie überhaupt ausgesprochen hatte, in Gedanken hin und her.

Francesca und Ian empfingen ihre Gäste auf der riesigen Dachterrasse des aus dunklen Ziegeln errichteten Art-déco-Hochhauses, in dem Ian lebte. Die Aussicht war überwältigend – der dunkelblau daliegende Lake Michigan im Osten, der scharlachrote Ball der Sonne, die hinter der Skyline der Stadt unterging, im Westen. Francesca hatte den kleinen Bereich um die Getränkebar und den Feuerplatz mit Papierlaternen geschmückt, die in einem gemütlichen, warmen Goldton leuchteten, als es dunkler wurde. Es war eine kleine Party, nur mit Francescas Freunden Davie Feinstein, Justin Maker und Caden Joyner; eingeladen waren auch Ians Chauffeur Jacob und Francescas Hochschulberaterin, eine freundliche Frau im besten Alter namens Anara Sloan. Dazu kamen Lin Soong, Ians persönliche Assistentin, außerdem natürlich Ian, Francesca, Lucien und Elise sowie Mrs. Hanson, Ians Haushälterin, die trotz mehrfacher Ermahnung von Francesca und Ian, sie sei doch als Gast eingeladen, sich immer wieder anbot, den anderen Gästen Getränke zu servieren. Aus den eingebauten Lautsprechern kam entspannender Jazz. Anderthalb Stunden nach ihrem Eintreffen fühlte Elise sich wohl und heiter, auch wenn sie im Mittelpunkt von Justins und Caldens zunehmend ehrgeizigeren Flirtversuchen stand.

»Ich hoffe, die beiden machen Sie nicht verrückt«, entschuldigte sich Francesca in einem vertraulichen Ton, als Justin gerade unterwegs war, um eine neue Flasche Champagner zu öffnen. Gelegentlich hatte Elise Luciens Blick bemerkt, der sie von der anderen Seite der Terrasse aus beobachtete, wo er sich mit Jacob, Ian und Davie unterhielt. Sie vermutete, dass er nur darauf wartete, dass sie einen Fehler machte und, angesichts des schon geflossenen Alkohols und der feierlichen Stimmung der Party, etwas sagte, das sie besser für sich behalten sollte.

»Überhaupt nicht. Sie sind doch nette Jungs. Davie, Justin und Caden sind Ihre Mitbewohner, oder?«

Francesca nickte. »Davie behält uns alle im Auge«, erklärte sie lächelnd.

»Sie haben Glück, solche Freunde zu haben«, sagte Elise traurig. Einen grausamen Augenblick lang fühlte sich ihre Kehle wie zugeschnürt an. Zu spät; Francesca war es bereits aufgefallen.

»Elise, ist alles in Ordnung mit Ihnen?«, fragte Francesca und setzte sich ein wenig nach vorn. Dass sie sich Sorgen machte, war bei ihrem Blick auf Elise in jeder Regung ihres Gesichts zu erkennen.

Elise brachte ihre Miene wieder unter Kontrolle; nur für einen Moment war ihr die Maske verrutscht. »Ja, na klar. Ich bin sicher, sie werden Ihnen fehlen, wenn Sie bei Ian einziehen. Ihre Freunde, meine ich. Wann genau heiraten Sie eigentlich?«

»Das haben wir noch nicht entschieden. Vermutlich nächstes Jahr im Frühling. Ich werde die Vorlesungen meines Studiengangs im Herbst abschließen. Daneben arbeite ich gerade noch an einem letzten Projekt, das ich beenden muss, bevor ich meinen Masterabschluss bekommen kann. Wahrscheinlich habe ich das bis Weihnachten abgeschlossen, also wäre das Frühjahr ideal. Wir haben darüber nachgedacht, nach Hydra durchzubrennen. Ian hat dort eine Wohnung.«

»Oh, das hört sich toll an.«

»Waren Sie schon einmal auf Hydra?«, wollte Francesca mit vor Überraschung weit geöffneten Augen wissen.

»Ja, meinen Eltern gehört auf Poros ein Haus. Ich war aber schon seit Jahren nicht mehr auf den griechischen Inseln.«

Elise warf einen verstohlenen Blick auf Lucien, doch der war gänzlich in sein Gespräch mit Ian vertieft.

»Es sieht aus, als seien Ian und Lucien gute Freunde«, sagte sie gedämpft, aber dennoch war ihr anzumerken, dass sie das Thema wechseln wollte.

»Das sind sie. Ian fühlt sich sehr wohl in seiner Gegenwart. Er muss sich bei Lucien keine Sorgen um dessen wahre Beweggründe machen, wie er es sonst bei so vielen anderen potenziellen Freunden, die er kennenlernt, leider tun muss«, erklärte Francesca.

Elise nickte verständnisvoll. »Das ist schwer. Ein Mann wie Ian muss sich wohl immer fragen, was die anderen wirklich von ihm wollen. Wie lange kennen sich die beiden denn schon?«

Francesca hob eine Augenbraue. »Ich bin mir gar nicht sicher, ob Ian mir einmal ein exaktes Datum genannt hat, aber sie sind vor Jahren einander von einem gemeinsamen Bekannten in Paris vorgestellt worden. Ian hat jedes Mal, wenn er in Paris war, Luciens Restaurant besucht, und dann haben sie festgestellt, dass beide gerne fechten. Sie haben angefangen, bei jeder Gelegenheit, die sich ihnen bietet, miteinander zu trainieren. Als Ian sich entschlossen hatte, seine Firmenzentrale hier in Chicago anzusiedeln, hat er Lucien darum gebeten, ihm zuliebe in dem Gebäude ein Restaurant zu eröffnen.«

»Hey, Ian«, rief Justin über die Terrasse hinweg und unterbrach damit ein Gespräch, das Elise ungemein spannend fand. Ian und Lucien hielten in ihrer Unterhaltung inne und drehten sich zu Justin um. Die Nacht war inzwischen fast vollständig angebrochen. Ohne sich zu rühren, beobachtete Elise, dass die Schatten von Ian und Lucien genau die gleiche Länge hatten, auch ihre Profile waren beide scharf geschnitten und fesselnd. »Warum legst du nicht ein bisschen richtige Musik auf? Ich möchte deiner Verlobten beibringen, wie man richtig tanzt«, rief Justin.

Francesca prustete in ihren Champagner.

»Ich habe dir doch das Tanzen beigebracht, du Aufschneider«, schimpfte sie mit ihm.

»Aber reduziert den Sport bitte auf das absolut Nötigste. Das letzte Mal, als ich diese beiden habe tanzen sehen, hat Francesca die Tanzfläche mit einem Tennisarm verlassen«, verriet Ian Elise witzelnd, als er an ihr vorbeiging.

»Einem Tennisarm?«, hakte Elise konsterniert nach.

»Ach, fragen Sie lieber nicht«, erwiderte Francesca lachend.

Elise glaubte es verstanden zu haben, nachdem Ian hinter die Bar gegangen und tanzbare Musik angeschaltet hatte. Denn sofort zog Justin Francesca in einen athletischen, überschwänglichen Tanz, der in der Tat so aussah, als könne er Leib und Leben in Gefahr bringen. Elise genoss es, den beiden Freunden beim Tanz unter den Sternen zuzusehen. Caden trat zu ihr.

»Kommen Sie, wir dürfen es den beiden nicht erlauben, uns die Show zu stehlen.«

Elise zog ihre Highheel-Sandalen aus und ergriff Cadens Hand. Während sie zu der improvisierten Tanzfläche lief – einer leeren Stelle hinter den Terrassenmöbeln –, sah sie in der vom Feuer erleuchteten Dunkelheit Luciens Augen, die auf ihr ruhten, funkeln. Aus einem ihr unbekannten Grund durchfuhr sie ein Nervenkitzel. Er hatte sie den ganzen Abend ignoriert – nun, nicht wirklich *ignoriert*. Sie hatte seine Aufmerksamkeit, seine alarmierte Konzentration sporadisch gespürt, wenn er sie beobachtet hatte. Warum dehnte er die Dinge so aus, jetzt, da sie nicht mehr bei ihm angestellt war und sie beide ihre medizinischen Untersuchungen hinter sich gebracht hatten? Mit seinem ausweichenden Verhalten brachte er sie noch um den Verstand.

Jetzt hatte sie aber ganz sicher Luciens Aufmerksamkeit, und sie genoss diese Tatsache. Caden war ein guter Tänzer. Früher war sie in Clubs unterwegs gewesen, doch seitdem hatte sie nicht mehr getanzt, Elise war sich also nicht sicher, ob sie es noch immer konnte. Doch schnell stellte sich heraus, dass sie ihren Rhythmus wiedergefunden hatte, wenn man Cadens bewunderndes Grinsen und seine zunehmend anzüglichen Bewegungen als Reaktion auf sie dafür als Maßstab nehmen konnte. Sie tanzte mit Francescas hübschem Mitbewohner, doch sie tanzte *für* Lucien. Obwohl sie es vermied, in seine Richtung zu schauen, spürte sie seinen Blick auf sich ruhen … spürte sie seine wachsende Anspannung, die sich wie ein Gewitter in einiger Entfernung aufstaute. Sie lachte über Cadens Kommentare, ließ ihre Hüften kreisen und warf ihm einen so verführerischen Blick zu, dass Caden die Augen übergingen. Sie sah sich über die Schulter nach Lucien um und leitete diesen Blick an ihn weiter. Dass er sie offen anstarrte, gab ihr einen Kick.

Sie hatte gewusst, dass es so sein würde.

In den letzten Jahren war es ruhig geblieben, doch an diesem Abend fühlte sie, wie das wilde Mädchen in ihr kräftig an seinen Gitterstäben rüttelte.

Als der Tanz zu Ende war, umarmten Elise und Caden sich kurz, sie lachten und waren erhitzt. Dann gingen sie zurück zu den Stühlen, auf denen Jacob, Mrs. Hanson, Lin und Anara saßen.

»Lucien, tanzt du gar nicht?«, wollte Ian angelegentlich wissen, als Elise und Caden auf ihrem Weg an ihm, Lucien und Davie vorbeikamen. Elise' Wangen wurden noch wärmer, als sie von dem Tanz ohnehin waren, als sie bemerkte, wie Ian in ihre Richtung nickte, ein kaum mehr als angedeutetes Lächeln auf seinen geschwungenen Lippen. Denn sie verstand, dass Ian Lucien damit aufzog. »Ich wüsste gar nicht, ob ich dich überhaupt schon einmal habe tanzen sehen«, setzte Ian nach.

»Und das wirst du auch nicht, wenn ich ein Wörtchen mitzureden habe«, antwortete Lucien knapp. Caden und Elise liefen weiter zu ihrem Grüppchen.

»Aha. Bist wahrscheinlich so begabt darin wie ich, könnte ich mir vorstellen«, vermutete Ian und nahm einen Schluck Champagner.

»Lucien ist ein ausgezeichneter Tänzer.«

Drei Augenpaare richteten sich auf sie, als sie das sagte; ein Paar davon schoss einen feurigen Blick des Unglaubens auf sie ab, der sich durch sie hindurchzubohren schien. Sie biss sich auf die Lippe.

Upps.

Ian stellte sein Glas ab. »Wann haben Sie denn Lucien tanzen sehen?«, fragte er vergnügt. »Ich dachte, Sie hätten sich gerade erst kennengelernt?«

»Haben wir auch«, sagte Lucien im selben Augenblick wie sie.

»Wie bitte … Ich kann mir kaum vorstellen, dass Lucien jeden Abend nach der letzten Bestellung im Fusion zu tanzen anfängt?«, scherzte Caden und deutete ein paar Tanzbewegungen an, bis er Luciens ungerührte Miene und eiskalten Blick wahrnahm. Sie hatte das deutliche Gefühl, dass die Unbekümmertheit von Caden und Justin wegen ihrer Freundschaft zu Francesca Ians Reserviertheit zumindest teilweise durchbrochen hatte, während Lucien noch immer ein wenig respekteinflößend wirkte. Lucien wandte sich wieder Elise zu. Er schien völlig ruhig zu sein, nur seine leicht bebenden Nasenflügel verrieten, dass er am liebsten seine Hände ausgestreckt und um ihren Hals gelegt hätte.

»Nein, sicher nicht. Sharon Aiken und ein paar der Kellnerinnen haben mir erzählt, dass Lucien bei der Weihnachtsfeier voriges Jahr ein paar Tanzschritte gewagt hat«, versuchte es Elise mit einer Ausrede, um ihren Fehler wiedergutzumachen.

»Ich war doch auch bei der Party«, überlegte Ian. »Aber dass Lucien getanzt haben soll, daran kann ich mich nicht erinnern.«

Lucien hob gelassen eine Augenbraue, als wolle er ihr sagen: *Ich überlasse es dir selbst, aus deiner Lüge wieder herauszufinden, schließlich bist du darin die ungekrönte Königin.*

»Sie hätten bis zum Ende bleiben müssen, um den größten Spaß mitzuerleben – so hat man es mir zumindest erzählt. Danke schön«, sagte sie herzlich zu Mrs. Hanson, als die ältere Frau ihr und Caden ihre Gläser brachte.

»Man lernt doch nie aus«, schloss Caden. Elise nahm einen großen Schluck. Ihr war ein wenig schwindelig, doch dass der Champagner daran schuld war, konnte sie nicht glauben. Absichtlich ignorierte sie Luciens Blick.

Ians Telefon klingelte, und er ging zur Bar hinüber, um zu sprechen. Lucien stand auf, um sich etwas zu trinken zu holen. Francesca widerstand Justins wildem Drängen nach einem weiteren Tanz und folgte Ian. Ein paar Minuten später warf Elise, die inzwischen mit Davie, Caden und Justin sprach, einen Blick hinüber und sah, wie Francesca am anderen Ende der Terrasse in Ians Armen lag, ihr Gesicht vom Mondlicht erhellt, wie sie zu ihm aufsah und mit ihm sprach. Sie wirkten bedrückt… ernsthaft. Francesca nickte, wie zur Bestätigung, dann beugte sich Ian ein wenig zögernd vor und küsste sie.

Als ein besonders fetziger Song zu Ende war, konnte Elise sehen, wie Ian sich auf den Weg zur Tür des Penthouses machte, während Francesca sich darum kümmerte, leere Gläser zu füllen, Horsd'œuvres zu reichen und mit Jacob zu plaudern. Aus dem Augenwinkel heraus bemerkte Elise mit wachsender Neugier, dass auch Lucien sein Glas abstellte. Sein großer Körper verschmolz mit den Schatten, als er genau in die Richtung ging, in die auch Ian eben verschwunden war.

Lucien stand mit dem Rücken an der Wand und hörte durch die nur angelehnte Mahagonitür zu.

»Ich habe nur diese zwei Möglichkeiten?«, hörte er Ians tiefe Stimme aus dem Bibliothekszimmer dröhnen. Lucien wusste von seinen zahlreichen Besuchen im Penthouse, dass dies der Raum war, den Ian als Arbeitszimmer nutzte, wenn er von zu Hause aus arbeitete. Er hatte gehofft, dass Ian, da er den Anruf drinnen tätigte, das Festnetztelefon verwenden werde – denn so hätte Lucien die Unterhaltung leichter belauschen können. Aber obwohl er sich für die Privatsphäre seines Büros entschieden hatte, benutzte Ian dennoch sein Handy. Nun entstand eine Pause, in der Ian zuhörte, was sein Gesprächspartner, wer immer das sein mochte, zu sagen hatte.

»Ich habe verstanden, was Sie gesagt haben, aber es muss doch mehr Möglichkeiten geben, als entweder diese neue Medikation zu versuchen oder mit der künstlichen Ernährung zu beginnen.« Lucien legte die Stirn in Falten und schob sich noch ein wenig näher an die geöffnete Tür heran, um alles hören zu können. Ian seufzte auf. »Gut. Dann versuchen wir es mit den neuen Medikamenten, wenn die helfen können, dass sie wieder isst. Ja, das habe ich verstanden.« Ian klang grimmig. Abgekämpft. »Wenn sie auf die neue Medikation nicht anspricht, dann muss mit der künstlichen Ernährung begonnen werden. Verdammt, das ist barbarisch«, glaubte Lucien den anderen Mann zischen gehört zu haben.

Er erschauderte, denn seine Konzentration auf Ians angespannte Unterhaltung wurde durch irgendetwas gestört. Elise stand ein paar Meter entfernt von ihm im Flur, die Augenbrauen amüsiert gehoben.

»Ich kann in den nächsten Tagen nicht kommen. Faxen Sie doch die Unterlagen für die Vollmacht zu mir nach Hause«, erklärte Ian gerade. »Wir wissen ja beide, dass sie auf meinen Anblick ohnehin nicht besonders positiv reagiert hat«, fuhr er mit einer hohl klingenden ... dürren Stimme fort. »Eher würde ich noch sagen, dass *ich* der Anstoß für ihre schlimmen Zustände in der letzten Zeit gewesen bin, Julia.«

Elise öffnete den Mund. Noch bevor sie das erste Wort ihrer Frage, was er hier denn mache, aussprechen konnte, hatte Lucien den Abstand, der sie beide trennte, schon überwunden. Er packte ihr Gesicht und verschloss ihren Mund mit seinem. Er drückte sie, schluckte ihren kleinen Überraschungsschrei hinunter, doch seine ganze Konzentration galt dem Mann in der Bibliothek.

Hatte Ian sie gehört?, fragte er sich abgelenkt.

Ian nahm das Gespräch mit seinem Gegenüber wieder auf, allerdings konnte Lucien nun plötzlich kein Wort mehr von dem verstehen, was er sagte.

Elise' Körper war gegen seinen gedrückt, ihr Atem stieß in flachen, schnellen Zügen an die Lippen, die sie eigentlich nur zum Schweigen hatten bringen sollen, die nun aber mit ihren verschmolzen … sie umspielten. Er lehnte sich an sie und legte seine Hände auf die straffen Kurven ihrer Hüften. Sein Schwanz sprang bei dieser perfekten Begegnung auf. Seine Finger öffneten sich und gruben sich in das feste, saftige Fleisch ihres Pos. Er stieß mit seiner Zunge durch ihre Lippen. Ihr Geschmack füllte sein Bewusstsein völlig aus.

Sie war sauber und köstlich, schmeckte nach Erdbeeren und Champagner … und Elise.

Sie stieß einen gedämpften Schrei aus, doch dieses Mal aus Erregung, nicht vor Schreck. Das wusste er, denn ihre Zunge begegnete seiner, zunächst zögerlich, doch als die Anspannung stieg … immer energischer.

Ja, das war die Elise, die er kannte. So begierig, so süß, so abhängig machend; er war ein Idiot, dass er unter diesen Umständen davon kosten musste. Denn sie vernebelte seine Vernunft genau in dem Moment, in dem er sie am meisten gebraucht hätte; Elise war eine Verführung, die alle anderen überstieg.

Elise wusste nicht, wie ihr geschehen war. Den einen Moment war sie sprachlos darüber, Lucien offensichtlich beim Belauschen – dem Ausspionieren – von Ian Noble erwischt zu haben. Im nächsten Moment war sie fassungslos darüber, seine festen, unnachgiebigen Lippen auf ihren zu spüren, um einen Moment der Stille zu weben. Dann ließ sie sich in seinen Kuss und das Gefühl des an sie gedrückten, großen, kräftigen männlichen Körpers fallen. Sie spürte, wie sein Schwanz an ihrem Bauch immer härter wurde, während ihre Zungen übereinanderglitten, sich duellierten und sich ineinander verwickelten. Verlangen erwachte in ihr, als sie seine starke Erregung bemerkte. Sie hatte schon eine ganze Reihe von Schwänzen berührt, liebkost und gelutscht, doch dieser großartige, blitzschnelle Überfall der Lust war etwas anderes … ein scharfes, beißendes, keinen Aufschub duldendes Bedürfnis. Sie war jetzt vierundzwanzig und hatte noch nie einen Hauch dessen erhascht, was wirkliches Verlangen war. Bis sie Lucien traf.

Sie sah zu seinem im Dunkel liegenden unwiderstehlichen Gesicht hinauf, als er wenig später ihren elektrisierenden Kuss beendete. Sein Körper, heiß, männlich, scharf, pochte neben dem ihren. Er hob einen Finger und drückte ihn rasch auf ihre Lippen, dann ergriff er ihre Hand. Ohne es zu hinterfragen, folgte sie ihm, die luxuriösen Vorhänge und Teppiche des Penthouses verschluckten alle Geräusche ihres überhasteten Abgangs. Nach der Überraschung dieses Kusses wäre sie ihm auch an den Galgen gefolgt.

Sie traten in einen ihr unbekannten Flur, dort öffnete Lucien eine schwere Tür und zog sie in den Raum. Als er die Tür geschlossen hatte, war es vollständig dunkel um sie. Plötzlich wurde ihr Rücken von seinem großen, harten Körper gegen die Tür gedrückt.

»Du gibst niemals auf, oder?«, stieß er aus. Der Anflug von Zorn in seiner ansonsten amüsiert klingenden Stimme erregte sie eher, als dass er ihr Sorgen machte. »Das Einzige, was dir bei deinem Tanz da draußen auf der Terrasse gefehlt hat, war die Stange«, sprach er ganz nah an ihrem Mund und biss Elise dann in die Unterlippe. Eine Welle der Erregung durchfuhr sie.

»Warst du eifersüchtig? Hat dich das angemacht?«, fragte sie weich und zupfte nun ihrerseits an seinen Lippen. Er schmeckte wunderbar.

»War es nicht genau das, worauf du es angelegt hattest? Du sollst wissen, dass ich dich dafür bestrafen werde, dass du mich derart provoziert hast. Und dann hattest du auch noch deinen Spaß, als du mich mit dem Tanzen fast bloßgestellt hättest, stimmt doch?«

»Das habe ich nicht absichtlich getan.«

»Natürlich nicht. Das machst du nie.«

»Das mit dem Verplappern war wirklich ein Fehler«, stieß sie atemlos hervor, während sie an ihren Lippen knabberte und Elise' Körper sich durch einen Hitzestoß zu verflüssigen schien.

»War es auch ein Fehler, wie du um Caden herumgetanzt bist? Ich hatte das Gefühl, ich sehe zwei angezogenen Menschen beim Sex zu. Und dann das eben ... Was um alles in der Welt hattest du da in dem Flur zu suchen?«, wollte Lucien, nun mit einem ganz anderen Ton in der Stimme, wissen.

»Ich habe dort nur nach dir gesucht!«

»Du hast nichts anderes getan, als einen schlafenden Hund zu wecken. Manche Dinge ändern sich eben nie«, murmelte er und bewegte seine Hüfte so, dass seine Erektion über ihren Bauch rutschte. Sie konnte das dunkle Vergnügen in seiner Stimme hören. Lucien fuhr ihr mit streichelnden Fingerkuppen über das Kinn, dann rieb er ihre sensiblen Lippen. »Dafür musst du jetzt auch die Konsequenzen ertragen, das ist dir doch wohl klar?« Seine Frage war eine tiefe, sinnliche Bedrohung.

In der Stille hörte sie ihren Herzschlag bis in ihre Ohren. Obwohl es stockdunkel in dem Zimmer war, sah sie sein kleines Lächeln vor sich ... die Herausforderung in seinen Augen.

Stolz und Verlangen bekämpften sich.

Das Verlangen siegte.

Sie griff zwischen ihre Körper und spürte dem Umfang seiner Erektion nach. *Oh.* Seine Hoden fühlten sich prall an – praller, als sie es je bei einem anderen Mann gespürt hatte.

Er erregte sie, dieser Beweis seiner offenkundigen Männlichkeit. Sein Schwanz rieb sich an ihrer linken Hüfte. Sie streichelte ihn durch die Hose hindurch, ihre Augen weiteten sich im Dunkeln. Luciens tiefes, raues Stöhnen fuhr ihr erregend direkt durch den Bauch und ihr Geschlecht. Ihre Finger zitterten, als sie seine Hose aufknöpfte. Einen Moment später schloss sie ihre Hand um seinen dicken, angeschwollenen Schaft und stöhnte auf.

»So ist es gut«, stieß er mit belegter Stimme völlig gebannt aus, als sie über seinen warmen, festen Schwanz strich. »Mit dem hier und meiner Hand werde ich dich schon zähmen, *ma chère*.«

Ein intensives Sehnen überkam sie. Keine Widerworte erklangen, als er sie in die Knie drückte.

TEIL III

WENN DU MICH SCHARF MACHST

KAPITEL 5

Zu spüren, wie sie mit ihrer kleinen Hand über die Hose hinweg über seinen Schwanz gefahren war, hatte seinen ganzen Körper mit Lust erfüllt. Bis zu diesem Moment, in dem sie ihn zugleich wissend und doch zögernd berührt hatte – er hätte auch *schüchtern* sagen können, doch dieses Wort passte nicht zu Elise –, war ihm nicht klar gewesen, wie viel Lust in seinen Muskeln, dem Blut und den Knochen versteckt lag. Ihre Berührung hatte sie freigesetzt. Sie tobten durch seine Adern, und sogar wenn Ian Noble in diesem Augenblick in den Raum gekommen wäre und ihn eines abscheulichen Verbrechens beschuldigt hätte, hätte Lucien nicht aufhören können. Nicht solange Elise' Geschmack noch auf seiner Zunge lag.

Seine Finger vergruben sich in ihrem Haar und, überwältigt von dem seidigen Gefühl der kühlen, lockeren Locken auf seiner Haut, stockte ihm der Atem in der Brust, als sie seine Hose aufknöpfte. Er strich über den warmen Satin ihrer Wangen und presste seine Augen zusammen, denn sie umfasste kurz darauf seinen Schaft. Zitterte sie etwa? Dann streichelte sie sein nacktes Fleisch, und diese Zärtlichkeit war voller Sicherheit. Voller Erfahrung. Hinter seinen Augenlidern leuchtete es rot. Er legte seine Hand auf ihre Schulter, und der dünne Stoff ihres Kleides erlaubte es ihm, ihre feinen Knochen und die Hitze ihrer Haut zu spüren. Elise' Finger bewegten sich am Rand unterhalb seines Peniskopfs – schnell, präzise. Sie legte ihre schmale Hand um seinen Schwanz und stöhnte. Diese

Mischung aus Tönen und Berührung durchfuhr ihn scharf wie eine Klinge. Sein Schwanz ruckte gewaltig.

Er drückte sie nach unten. Wie ein stummer Traum, der in dieser Dunkelheit wahr geworden war, sank sie vor ihm nieder.

Elise legte ihre Hände auf seine Hüften, um sich abzustützen. Er griff nach seinen Eiern, hob sie leicht an und musste sogleich erregt zusammenzucken. Dann fuhr er mit seiner Hand unter seinen Schaft und hob ihn aus den Shorts, bis er ihren warmer Atem auf dem sensiblen Kopf spürte. Für den Bruchteil einer Sekunde bewegte sich keiner von beiden, doch er konnte ihre Konzentration spüren und war ebenso angespannt wie sie.

Ihre sinnlichen, leicht geöffneten Lippen verwöhnten ihn, ließen ihn erschaudern. Sie sog ihn in ihre warmen, feuchten Tiefen, ihr Mund schien dabei genau zu wissen, was er tat.

»Elise«, stotterte er rau. Er fuhr mit seinen Fingern durch ihr Haar, schob es beiseite, bis er ihren Hinterkopf umfassen konnte. Sie benetzte die angespannte Spitze – mit ihrer bereitwilligen, flinken Zunge – und griff nach seinen Hoden, bevor sie ihn dann noch weiter in ihren Mund sog. Ihr tiefes, befriedigtes Schnurren vibrierte in seinem Fleisch und ließ ihn vor Vergnügen stöhnen. Vorsichtig massierte sie seine Hoden in ihrer Hand und spornte ihn mit ihrer Berührung und ihrem Saugen weiter an. Ihre ihn umspannenden Lippen bewegten sich wie ein Kolben, nahmen ihn langsam … selbstsicher noch tiefer auf, glitten immer weiter und weiter über seinen Schaft.

Er wünschte sich verzweifelt, sie sehen zu können, und war in gleichem Maße erleichtert darüber, dass er es nicht konnte. Lucien erinnerte sich an den schnellen Blick auf Elise, während sie Hugh Langier verwöhnt hatte, und war sich sicher, dass der Anblick, wie sie das Gleiche für ihn tat, bei ihm den

Schuss gelöst hätte … diesen überirdischen Moment beendet hätte, lange bevor er bereit dazu war.

Nein, er würde jetzt nicht über Langier nachdenken. Elise gehörte in diesem gestohlenen Moment ihm ganz allein. Er würde sie mit nichts und niemandem teilen, nicht einmal mit einer Erinnerung.

Sie fuhr mit der Zunge an ihm entlang, bis er spürte, wie der muskulöse, starre Ring ihrer Kehle den Kopf seines Schwanzes umfasste. Ein Stöhnen entfuhr seiner Kehle, seine Finger bohrten sich fester in ihren Schädel. Plötzlich tauchte sie mit dem Kopf vor und zurück und versorgte ihn dadurch mit einer Reihe enger, feuchter, schneller Stöße. Seine Augen sprangen auf. Sie nahm ihn dieses Mal noch tiefer auf, er biss sich bei ihrem spürbaren Eifer vor roher Lust auf die Zähne. Elise würgte, als er in ihre Kehle eindrang, doch sie kontrollierte den Reflex sofort und hielt ihn tief in sich.

Er ließ ein ersticktes Geräusch hören und zog sich aus ihrer Kehle zurück. Verdammt noch mal, dieser kleine Satansbraten … *immer* vorwärtsdrängend … *immer* austestend.

»Halte still«, sagte Lucien, wobei seine Stimme rauer klang, als er es vorgehabt hatte. Das hing sicherlich mit seiner zerborstenen Beherrschung zusammen. Er verstärkte den Griff auf ihren Schädel und verhinderte so, dass sie mit dem Kopf nach vorn stoßen konnte, falls sie es versuchen sollte. Er fuhr mit den Fingern der anderen Hand durch ihr Haar und hielt sie fest, als sie versuchte, ihn tiefer aufzunehmen. Sie wimmerte. Er verzog das Gesicht, als diese erotische Vibration seinen Ständer entlanggeleitet wurde.

Er hatte seinem Verlangen nach ihr nachgegeben, doch sie würde dabei *nicht* die Regeln bestimmen. »Ich kontrolliere die Bewegungen, so lange, bis ich etwas anderes sage. Hast du verstanden?«

Ihre Zunge huschte über die Unterseite seines Schaftes. Er übte noch mehr Druck auf ihren Kopf aus. »Du kleiner Quälgeist«, murmelte er. Er bewegte seine Hüften und fickte ein paar köstliche Male ihre fest zusammengepressten Lippen. Ja, das war es, was er brauchte: Herrschaft erlangen über dieses sich festkrallende Verlangen, sich der Lust nach seinen eigenen Vorstellungen und Vorlieben hingeben. Sie brummte vor Erregung, er hielt inne und biss die Zähne zusammen.

»Ich habe dir nicht gesagt, dass du brummen sollst, oder doch?«, forderte er sie leise heraus.

Einen Moment lang bewegte sie sich nicht, doch dann schob sie ihr Kinn von links nach rechts, wobei sie seinen Schwanz mitnahm.

Er war froh, ihr kleines Lächeln nicht sehen zu können. Sie war exquisit. Es würden solch süße Qualen werden, sie zu zähmen. Er begann wieder, sie zu stoßen, und sie lutschte weiter an ihm, was scharfes Vergnügen seinen Rücken aufsteigen ließ. »*Jetzt* befehle ich es dir, *ma fifille*«, sagte Lucien. »Brumm für mich.«

Sie stöhnte an seinem Schaft und ließ es dann in einem sanften Schnurren ausklingen, als er seine Hüften vorschob und ihren Mund für sein Vergnügen nutzte. O Gott, es fühlte sich so gut an. Ihre Fingerspitzen liefen über seine Hüften. Das Bündchen seiner Shorts war schon zum Teil über seinen Arsch gerutscht. Das Gefühl, wie sie ihre Finger unter das Gummiband schob und seine sich bewegenden Pobacken streichelte, ließ ihn fast augenblicklich kommen. Irgendetwas an ihr, die sie seinen Po so sanft liebkoste, während er kraftvoll in sie hineinpumpte, erschien ihm ungemein erotisch. Er konnte es nicht viel länger inmitten dieser gespannten, elektrisierenden Atmosphäre des Entzückens aushalten.

»Nimm deine Hand«, wies er sie an. Lust und nicht Vernunft war es gewesen, die ihn diesen Satz aussprechen ließ. Ihre kleine, starke Faust, die nun seine Schwanzwurzel rieb, ohne dass er aufhörte, ihren Mund zu ficken, war ein sündiger Himmel, in dem ein Mann nicht lange standhaft bleiben konnte. »Du kleine Hexe«, beschimpfte er sie liebevoll. Die Worte brannten ihm auf der Zunge, als er sich ihr hingab. Er schob seine Hüften ein weiteres Mal vor und spürte noch einmal das wunderbare Gefühl, als ihre Kehle seinen Schwanz umschloss. Sie zuckte zusammen, und er wollte sich zurückziehen, doch sie erholte sich schnell und nahm ihn sogar noch tiefer auf, was ihm unmöglich erschien.

»*Ja*«, sagte er mit erstickter Stimme und spürte das Kitzeln in seinen Hoden, das ihm das Ende dieser köstlichen Tortur ankündigte. Dann blies sie ihn schnell und leicht, das Pumpen ihrer Hand im perfekten Gegenrhythmus, und das Geräusch dieser ausgewachsenen Pumpe – feuchtes Fleisch, das straff auf feuchtes Fleisch trifft – drang an seine Ohren.

Er stieß tief in sie hinein und hielt sie fest, als der Orgasmus ihn durchzuckte. Für einen Augenblick wurde alles schwarz und totenstill. Irgendwie fand er die nötige Beherrschung, um nicht aufzubrüllen.

Hoffte er zumindest.

Es musste dieses tiefe, gutturale Stöhnen gewesen sein, das dieses aufreizende Vergnügen hatte übermächtig werden lassen.

Er zog sich zurück und glitt dabei über ihre Zunge. Er kam und kam weiter, die Stärke seines Höhepunkts überraschte ihn selbst. Aus der Ferne bekam er die saugenden Bewegungen und Geräusche ihres Mundes an seinem Schwanz mit, auch ihre Fingerspitzen streichelten noch seinen Po, während ihre andere Hand seine Hoden umfasst hielt und alles aus ihm herausmolk.

Er sackte zusammen, keuchte nach Luft und kniff die Augen zusammen, während ihr warmer Mund sich noch immer weiterbewegte, ihn säuberte, ihn neckte … und schon wieder erregte.

Im Flur ging ein Licht an, ein kleiner Strahl fiel unter der geschlossenen Tür durch. Seine streichelnden Finger blieben bewegungslos in Elise' Haaren. Vielleicht hatte sie seine plötzliche Anspannung bemerkt, denn die saugenden Bewegungen ihres Mundes hörten auf.

»Ian?«, hörte er Francesca aus einiger Entfernung rufen. Elise' Lippen bewegten sich auf ihn zu, sein Penis war noch immer fest in ihrem strammen Griff. Nach einer Weile ging das Licht wieder aus.

Die Wirklichkeit dessen, was eben geschehen war, traf ihn wie ein Blitz: wo sie waren, was sie getan hatten. Das war nicht das, was er vorgehabt hatte. Nicht im Entferntesten.

Er zog seinen übersensiblen Schwanz aus Elise' Wärme und zuckte bedauernd zusammen.

»Komm her«, sagte er leise und legte die Hände auf ihre Schultern. Er half Elise beim Aufstehen. Seine Fingerspitzen liebkosten die weiche, frische Haut ihrer Wangen. Sie war erhitzt, und Lucien wusste, dass sie erregt war. Und erneut überkam ihn das Bedauern.

»Ich glaube, sie haben noch gar nicht bemerkt, dass wir nicht mehr da sind«, sagte er und schloss eilig die Hose.

»Lucien …«

»Später«, unterbrach er sie. In seiner Stimme schwangen viele unausgesprochene Worte mit. Die dröhnende Stille war ein Protest. Sie hatte doch so viel mehr verdient als das. Er trat auf sie zu und nahm sie in die Arme. Sie fühlte sich klein und warm und sehr weiblich an, wie er sie so festhielt. Er küsste sie, einmal auf jede heiße Wange, dann auf ihren nektarsüßen

Mund. Sein Moschus bedeckte noch ihre Zunge, und diese einzigartige Mischung ihrer Geschmäcke zwang ihn … zog ihn tiefer hinab.

»Du hast mir ein großes Vergnügen besorgt«, raunte er wahrheitsgemäß einen Moment später.

»Das freut mich.«

Mit offenem Mund schwieg er einen Augenblick, so berührt hatte ihn ihre süße, einfache Antwort. Er beugte sich vor und küsste sie intensiver, ohne Rücksicht auf die Umstände.

Im Penthouse hörte man das Zuschlagen einer Tür, und Lucien erstarrte. Er fand ihre Hand und umschloss sie, bevor er sich zur Tür umdrehte.

»Ich bringe dich ins Badezimmer. Da kannst du dich ein bisschen frisch machen. Warte ein paar Minuten, dann gehst du zurück auf die Terrasse und mischst dich unter die anderen Partygäste, bis wir einen eleganten Abgang hinlegen können.«

Das gedämpfte Licht aus dem Flur erlaubte ihm einen Blick auf ihre goldene Schönheit, auf der ein Hauch Erregung lag … auf ihre geröteten, geschwollenen Lippen. Ein Fluch lag auf seiner Zunge, er schluckte ihn hinunter. Ihre dunkelblauen Augen waren groß und funkelten vor Verlangen. Sie sah hinreißend aus, sie war purer Sexappeal. Es gab sicherlich Leute auf der Party, die eins und eins zusammenzählen konnten und wussten, dass sie mit diesem wunderschönen Mund einen Schwanz geblasen hatte.

»Ich bringe dir dann noch Eiswürfel ins Badezimmer«, murmelte Lucien bedächtig, als er ihre Hand gepackt hatte und sie den Flur entlangzog.

»Warum?«, wollte sie verwirrt wissen. Ihre Gedanken waren vernebelt. Lucien diese Befriedigung zu verschaffen hatte sie selbst lusttrunken zurückgelassen. Sie wollte es noch einmal tun. Sie wollte ihn besteigen. *Genau jetzt.* Er öffnete eine Tür, und sie nahm wie nebenbei wahr, dass es sich dabei um die Damentoilette handelte.

Sie hielt inne, als er ihre Lippen berührte. »Weil irgend so ein Kerl deinen bezaubernden Mund missbraucht hat, darum. Das Eis wird die Schwellung ein bisschen lindern.«

Sie erschauderte bei seiner Berührung und dem sexy Ton seiner Stimme. »Zehn Peitschenhiebe für den Täter.«

»Zwanzig für das Opfer«, konterte er schnell.

Ihre Augenbrauen gingen neugierig und interessiert nach oben. Sein Blick wurde schärfer.

Er war im Begriff zu gehen, doch sie packte seine Hand. Einen Augenblick später schnurrte Elise zufrieden, als sie ihn an sich herangezogen hatte und er ihren Mund mit einem Kuss bedeckte. Sein ungezügeltes Stöhnen war Musik in ihren Ohren.

Ja. Jetzt hatte sie ihn.

»Vergiss das Eis«, flüsterte sie ihm gleich darauf verführerisch zu. »Gehen wir zu dir.«

Sein Blick wanderte über ihr Gesicht. Da sie spürte, wie sich sein Körper erregte, stieg ein triumphales Gefühl in ihr auf. »Das habe ich auch vor, Elise. Doch erst später. Ich sollte noch versuchen, die Dinge Ian und Francesca irgendwie zu erklären, außerdem sollten wir uns noch verabschieden.«

»Francesca und Ian sind doch schon groß. Die wissen selbst sehr gut, dass so etwas passieren kann. Wir entschuldigen uns dann morgen.«

»Ich brauche nur ein paar Minuten. Wir gehen bald.«

Sie bog ihren Rücken durch und presste ihren Venushügel an seinen Bauch. »Nein, *jetzt*.«

Seine Nasenflügel bebten, als er auf sie heruntersah. Sie merkte, wie sein Körper reagierte. Doch ihr Herz wurde schwer, als er blinzelte und wegsah. Der Bann war gebrochen, das war ihr klar.

»Ich mache die Regeln, Elise. Gedulde dich noch«, sagte er schroff, küsste sie lange auf die Wange und machte sich dann aus ihren Armen los.

»Verlass mich nicht noch einmal, Lucien«, warnte sie ihn. Gott, sie glaubte nicht, dass sie es aushalten könne, würde er sie jetzt, wo sie doch so verletzlich geworden war, noch einmal sitzen lassen. Bemerkte er denn nicht, wie sehr sie ihn begehrte? War ihm nicht klar, dass Elise Martin endlich den Mann gefunden hatte, bei dem sie bereit war, sexuell alles zu riskieren, der sich ihr also anpassen und so verhalten sollte, wie sie sich das vorstellte? Natürlich, das klang egoistisch, aber *verdammt noch mal*, warum nicht? War der Gedanke wirklich abwegig, dass er genauso impulsiv und von der Lust über den Haufen gerannt worden war wie sie? Warum war Lucien immer so widersprüchlich?

»Ich werde dich doch nicht für immer verlassen. Für mich ist es auch nicht leicht. Sei doch nicht so melodramatisch, Elise.«

Sie versteifte sich. Glaubte er das? Dass ihre Begierde nach ihm albern war? Hysterisch? Kindisch? Ihr ganzer Körper fühlte sich gekränkt.

»Elise …«, hörte sie ihn noch sagen.

Den Rest sprach er gegen eine geschlossene Tür.

Fünfzehn Minuten später stand Lucien bei Ian und Francesca auf der Dachterrasse, eifrig bemüht, seinen Blick vom Wandern Richtung Eingangstür abzuhalten. Niemand hatte die Abwesenheit von Elise und ihm zum Thema gemacht, denn entweder hatten die anderen Gäste es gar nicht bemerkt, oder sie waren zu höflich, um es zu kommentieren. Ian war es vermutlich aufgefallen, doch wie er seinen Freund kannte, würde er sicherlich annehmen, dass das Verschwinden mit irgendwelchen sexuellen Spielchen zu tun hatten, die ihn nichts angingen und daher auch nichts waren, was man ansprechen sollte.

Bei seinen Gastgebern war nichts *Augenfälliges* geschehen, doch warum dauerte es so lange, bis Elise wieder auftauchte? Er begann, sich Sorgen zu machen. Er hatte sie nicht verletzen wollen. Hätte er ihr in der verführerischen Umarmung des geheimnisvollen Dunkels widerstehen können, wäre das alles nie geschehen.

Jemand hatte die Musik gewechselt, jetzt lief eher seichte Popmusik. Getanzt wurde gar nicht mehr. Ohne Elise war die Stimmung in sich zusammengefallen. Sie war schon immer das überschäumende Element bei solchen Partys gewesen, das gewisse Etwas. Die lodernde Flamme. Womöglich war ihrer verzogenen Mutter das schon sehr früh aufgefallen, weshalb sie ihre einzige Tochter schon als Mädchen von Dinnerpartys und anderen Verabredungen ferngehalten hatte, überlegte Lucien. Madeline Martin mochte keine Konkurrenz.

Zwischen ihm, Ian und Francesca entstand ein angenehmes Schweigen. Francesca schmiegte sich in Ians Armbeuge, Lucien lehnte an der Bar. Als Ian aufsah und bemerkte, dass Lucien ihn anblickte und in seinem Gesicht nach einer Reaktion auf jenen Telefonanruf suchte, nahm Lucien lässig einen Schluck seines Drinks. Wie immer konnte Ian seine Gefühle sehr gut verbergen. Lucien hätte gerne gefragt, ob alles in Ordnung sei, doch er zögerte. Er durfte sich nicht verraten.

Er sah zu, wie sowohl Caden als auch Justin zur Treppe blickten, die zum Penthouse führte. Ihre enttäuschten Gesichter verrieten ihm mehr als deutlich, dass von Elise noch nichts zu sehen war.

»Elise ist die Tochter von Louis Martin, oder?«

Nach außen hin blieb Lucien bei dieser unerwarteten Frage von Ian gelassen, doch sein Herz pochte schneller. Es hätte ihn nicht überraschen sollen, dass Ian genau wusste, wer Elise war. Ian hatte es zu seinem Beruf gemacht, alles zu wissen, was ihn betraf, auch wenn es nur entfernt war.

»Ja. Martins einzige Tochter«, entgegnete Lucien gelassen.

»Seine Erbin«, stellte Ian klar und blickte Lucien direkt an.

Der nickte.

Francesca, die wohl die plötzliche Spannung in der Luft gespürt hatte, rührte sich in Ians Armen.

»Ich schaue einmal nach, wo Elise steckt«, sagte sie und machte damit deutlich, dass sie über das Gleiche nachgedacht hatte wie er. Erleichtert nickte Lucien. Elise würde vermutlich, so verärgert wie sie war, eher eine andere Frau in das verschlossene Badezimmer lassen als ihn. So viel wusste er über Frauen.

Während Francesca fort war, verzichtete Ian darauf, ihm noch mehr Fragen über Elise zu stellen, er spürte wohl, dass Lucien nicht daran interessiert war, über dieses Thema zu plaudern. Stattdessen sprachen sie über das Hotel, das Lucien kaufen wollte, und über seine Ideen dazu. Lucien gab seine an die Bar gelehnte Haltung auf, als Francesca fünf Minuten später ohne Elise zurückkam. Offenbar konnte er seine Sorge nur schlecht verbergen, denn Francesca wandte sich an ihn und nicht an Ian.

»Elise fühlte sich nicht gut. Ich habe sie in ein Taxi gesetzt.«

»Was hat sie denn?«, wollte Lucien wissen.

»Sie fühlte sich ein bisschen flau im Magen, mehr nicht«, versicherte ihm Francesca, ohne den Blick von ihm zu lassen.

»Aber du hast ihr nicht geglaubt?«, hakte er nach.

»Ich habe ihr nicht widersprochen, aber … sie wirkte doch eher ein bisschen aufgebracht«, formulierte Francesca es vorsichtig. Ian schwieg und sah ihn an. Lucien stellte sein Glas ab.

Nun, jetzt konnte man nichts mehr machen. Zumindest Ian und Francesca wussten nun, dass er vorhin Elise im Penthouse nähergekommen war. Das war sicher, auch wenn er weiter keine Ahnung hatte, was sie sonst noch über Elise und ihn wussten oder ahnten.

»Dann fahre ich ihr wohl besser mal hinterher«, sagte er und knöpfte sein Jackett zu. »Vielen Dank für den Abend und nochmals – herzlichen Glückwunsch. Es macht mich zuversichtlich, euch beide so glücklich zu sehen.« Damit ergriff er Ians Hand und gab Francesca einen Kuss. Er ging, ohne sich von den anderen Partygästen zu verabschieden. Er wollte Justin oder Caden nicht darauf aufmerksam machen, dass Elise schon gegangen war. Und vor allem wollte er nicht, dass einer der jungen Männer sich auf den Weg machte, um ihr zu folgen. Denn das war genau das, was er selbst vorhatte.

Elise verließ vorsichtig ihr Zimmer im Cedar Home Extended Stay Hotel und schloss die Tür hinter sich, bevor sie leise durch den langen halbdunklen Flur eilte. Ihre Ohren warteten nur darauf, das Öffnen der Tür von Zimmer 16 wahrzunehmen, doch der Quälgeist namens Baden Johnson blieb unsichtbar.

Sie atmete erst dann erleichtert auf, als sie den Treppenabsatz erreicht hatte. Der Fahrstuhl hatte in diesem heruntergekommenen Hotel seit ihrem Einzug noch keinen einzigen Tag funktioniert. Sie floh durch die Tür im Treppenhaus in die dunkle Nacht hinaus.

Leider hatten ihr Vater und ihre Mutter große Hoffnungen gehegt, dass sie bei ihrer Rückkehr nach Paris praktischerweise gleich Erik Cebir heiraten würde, den Erben des Schweizer Cebir-Pharma-Vermögens. Doch da sie sich standhaft geweigert hatte, den Plänen ihrer Eltern zu folgen, hatte ihr Vater ihr alle Kreditkarten gesperrt. Ihr erster und einziger Gehaltsscheck des Fusion würde erst am Dienstag eintreffen, sie steckte also ziemlich in der Klemme. Daher war sie auch aufgeschmissen gewesen, als sie nicht genug Bargeld gehabt hatte, um das Taxi zu bezahlen. Der ruppige Fahrer ließ sich auch nicht von ihrem Charme beeindrucken und bestand darauf, dass sie nach oben gehen und das Geld holen müsse, oder er würde die Polizei rufen.

»Hier«, sagte sie nun und schob ihre Hand durch das Fenster auf der Fahrerseite.

»Was soll denn der Scheiß?«

Elise war irritiert. »Das ist eine Uhr«, sagte sie mit fester Stimme. »Damit bezahle ich die Fahrt. Ungefähr das Hundertfache davon«, ergänzte sie im Flüsterton. Das war eines der letzten kostbaren Dinge, die sie in ihrem Schmuckkästchen noch hatte. Sie hatte die Uhr von einer wenig geliebten Tante bekommen, die dafür bekannt war, dass sie die für sie selbst gedachten Geschenke gerne weiterverschenkte.

Der Taxifahrer schenkte zunächst ihr, dann dem schäbigen Hotel einen skeptischen Blick und drückte ihr die Uhr dann zurück in die Hand. »Nein danke. Ich nehme die zwölf Dollar plus Trinkgeld.«

»Das ist eine Cartier, Sie Idiot!«

»Sicher. Prinz Charles hat selbst auch eine, aber ich bin nicht Prinz Charles. Ich will mein Geld.«

»Aber Sie verstehen mich nicht. Sie können mit der Uhr doch zu jedem Pfandleiher gehen und …«

»Was ist denn hier los?«, unterbrach sie eine tiefe Stimme. Sie musste krampfhaft schlucken, als sie die im Schatten verborgene, große, bullige Figur mit den stahlgrauen Haaren erkannte. *Scheiße.* Baden Johnson war ohne jeden Zweifel einmal ein sehr starker Mann gewesen, doch jetzt setzte er sich immer mehr im vorgeschrittenen Alter fest. Womit nicht gesagt sein sollte, dass er alle Anzeichen für eine massige, brutale Kraft verloren hätte.

»Sind Sie Ihr Freund?«, rief der Taxifahrer, der durch nichts von seinem Ziel abzubringen war, durch das geöffnete Fenster. »Ihre Kleine schuldet mir noch zwölf Dollar plus Trinkgeld.«

Elise trat ein paar Schritte zurück, als Baden sich näherte. »Was ist denn das?«, wollte Baden wissen und griff nach der Uhr.

Sie riss die Hand zurück, zu spät. Die Platinuhr leuchtete zwischen Badens dicken Fingern. Er hielt sie hoch und betrachtete sie im gedämpften Licht. Er blickte Elise grüblerisch an. Sie sah an ihm vorbei die Straße auf und ab, aber keine Menschenseele war zu sehen.

»Das ist … nichts, nur eine billige Raubkopie. Ich … ich gehe schnell hoch und hole das Geld«, versuchte sie sich in Ausflüchten und sehnte sich nach der relativen Sicherheit ihres verschlossenen Zimmers.

»Mach dir darum keine Sorgen«, erwiderte Baden und griff in seine Tasche. Er zählte ein paar verknickte, speckig aussehende Geldscheine ab. »Ich bezahle. Dafür würde ich gerne noch mehr von diesen *billigen Raubkopien* sehen.«

»Nein, bitte …«

»Komm schon«, sagte er. Seine im Halbdunkel leuchtenden Zähne erinnerten sie an schmutzige Fangzähne. Offenbar liebte Baden den in den Staaten verbreiteten Kautabak. »Ich weiß, dass ich das Geld zurückbekomme. Denn du lässt dir sicher schon was einfallen, um deine Schulden zu bezahlen, oder? Mir kommen spontan gleich ein, zwei Dinge dazu in den Sinn«, fuhr er fort, wobei sein über ihren Körper hinabgleitender Blick sich anfühlte, als würde er schmierigen Schleim über ihre Haut streichen.

Ihre Gedanken begannen zu rasen.

»Ja, natürlich. Dank dir, Baden«, antwortete sie. Als er wegsah, rannte sie los.

Sie hatte keine Idee, was sie sonst hätte tun sollen. Wenigstens war Baden gerade damit beschäftigt, das Geld für das Taxi zu zählen. Das ließ ihr ein paar Sekunden Vorsprung, damit sie in ihr Zimmer rennen und es verriegeln konnte – was immer noch besser war, als zu warten, bis er unbeschäftigt war, der Taxifahrer fortgefahren und sie allein im Dunkeln in der Straße standen.

»Hey … bleib stehen, du kleine …«

Aber Elise blieb nicht stehen. Sie erreichte die Tür zum Treppenhaus und riss sie auf. Bevor sie sich ins modrige Innere stürzte, wagte sie einen Blick über die Schulter. Alarmierte schrie sie auf.

Big Baden stakste schnell hinter ihr her, nur fünf Meter entfernt. Er wirkte aufgebracht, um nicht zu sagen, entschlossen.

Sie rannte die Treppenstufen hinauf und verfluchte die Tatsache, dass sie sich noch nicht ihrer Highheel-Riemchensandalen entledigt hatte. Trotz des Hämmerns ihres Herzens in ihren Ohren hörte sie, wie die Metalltür zuknallte und Baden mit seinen schweren Stiefeln die ersten Stufen nahm.

»Nur ruhig, *kleine Französin*. Ich denke mal, du hast vor deinen Nachbarn ein paar Geheimnisse. Und das ist doch nicht sehr höflich, oder? Es wird Zeit, dir beizubringen, wie man sich als Fremde hier in diesem Land verhalten sollte«, rief er ihr in einem leisen, singenden Ton hinterher, der sie erschaudern ließ, als er in dem leeren, dunklen Treppenhaus nachhallte. Warum hatte sie sich auch nur mal mit ihm unterhalten müssen? Sie hätte ihm einfach aus dem Weg gehen sollen, so wie es jede normale Frau getan hätte, anstatt zu versuchen, die Bedrohung, die er ausstrahlte, von sich abzulenken. Sie hörte seine hämmernden Stiefel nur wenige Stufen hinter sich. Als sie den Treppenabsatz erreicht hatte, schlug ihr Herz bis zum Hals.

Er würde sie erwischen.

Lieber Gott. War es das? All die Jahre hatte sie wahllos mit Idioten und Betrunkenen gefeiert und war immer unversehrt geblieben. Würde sie *jetzt* vergewaltigt oder geschlagen werden, jetzt, da sie endlich versuchte, ihr Leben in den Griff zu kriegen? Nein. Der Gedanke war unerträglich. Sie reagierte instinktiv, als Baden ihren Arm zu packen bekam und ihn nach hinten riss. Sie flog wie wild herum und hieb ihm mit der Faust fest an den Kopf.

»*Brûle en enfer.* Lass mich los, du fetter Mistkerl.«

Ihr unerwarteter Schlag und ihre Entschlossenheit brachten beide für einen Moment aus dem Gleichgewicht. Doch nach einem kurzen Schütteln sammelte sich Baden wieder.

»Du kleine Schlampe«, zischte er zwischen abgehackten Atemzügen. Als sie sein Gesicht sah, schlug Panik wie eine Welle über ihr zusammen. Sie hatte ihm offenbar wehgetan, aber er war wütend wie ein getretener Schrottplatzhund.

»Nein ...«, protestierte sie, als er sie an den Haaren packte, doch ihre Stimme versagte. Er hatte ihren Kopf nach hinten gerissen und ihren Hals überdehnt, sie konnte sein bedrohliches Äußere nicht mehr sehen. Der Atem stockte in ihrer Lunge, und sie machte sich instinktiv auf Schmerzen gefasst.

Ein Ruck ging durch sie, der jedoch nicht von Badens Faust ausging. Sie schwankte und stolperte über die Stufen, plötzlich frei aus Badens Griff. Verwirrt blickte sie um sich und hörte dann das gutturale *Umpf*, als jemand einen festen Schlag in den Magen bekam. Als Nächstes war das schreckliche Geräusch von aufeinandertreffenden Knochen zu hören. Baden ging in die Knie.

»*Du verdammter …*«

»Lucien«, stammelte sie und unterbrach damit Badens Fluch. Schockiert und orientierungslos blickte sie auf den unzweideutigen großen Schatten, der sich über ihr und Baden abzeichnete.

»Ich vermute, du wohnst hier in diesem gottverlassenen Haus?«

»Ja«, antwortete sie zitternd.

»Dann geh augenblicklich in dein Zimmer und verriegle die Tür.«

»Aber ich …«

»Tu, was ich sage, Elise«, wies Lucien sie mit erschreckender Ruhe an. Baden rappelte sich wieder auf.

Sie stürzte auf allen vieren die Treppenstufen hinauf, bis sie das Gleichgewicht wiedergefunden hatte. Als sie durch die Tür in den Flur hetzte, konnte sie noch das unmissverständliche *Wusch* hören, das Auftreffen einer Faust auf Fleisch, gefolgt von einem bösartigen Grunzen.

Anderthalb Stunden später schloss Elise die Tür hinter den beiden Polizisten wieder, die sie alarmiert hatte.

»Schließ ab«, sagte Lucien leise hinter ihr. Nur sie und er waren jetzt noch im Zimmer. Während Baden fortgeschafft worden war und sie Fragen beantworten musste, war sie viel zu abgelenkt gewesen, um sich zu schämen. Jetzt aber traf es sie mit voller Wucht. Scham durchflutete sie wie eine Welle, als sie daran dachte, dass er nun ihre heruntergekommene Unterkunft persönlich begutachten konnte. Sie verschloss die Tür dreifach und wandte sich langsam zu ihm um.

Baden war in Polizeigewahrsam genommen worden, auch wenn man ihn zunächst wegen seiner zahlreichen Prellungen ins Stroger Hospital gebracht hatte. Lucien dagegen hatte nur einen kleinen Schnitt über der rechten Augenbraue davongetragen. Er hatte es dem Rettungsassistenten nicht erlaubt, nach seiner kleinen Wunde zu schauen, zuerst sollte er Baden versorgen. Später hatte er es Elise gestattet, die Verletzung zu waschen und mit einem kleinen Verband zu bedecken, ohne jedoch auch nur ein Wort mit ihr zu sprechen.

Überhaupt hatte Lucien in den letzten anderthalb Stunden sehr wenig zu ihr gesagt, sondern eher mit den Polizisten gesprochen, vor allem natürlich, als er seine Aussage machen sollte. Ihren Bericht für die Polizei hatte er aufmerksam angehört.

Sie hätte niemals gedacht, dass dieser Abend so enden würde. Was, wenn Baden ein Messer oder eine Pistole gezückt hätte und Lucien draußen auf der Treppe ums Leben gekommen wäre? Bei diesem entsetzlichen Gedanken erschauderte sie. Nun waren sie allein, und sie war sich nicht sicher, was sie sagen sollte.

»Geht es dir gut?«, wollte sie wissen. Sie betrachtete ihn aufmerksam, wie er gegen den angeschlagenen Schrank gelehnt dastand, ganz ruhig, fast regungslos. In seiner wie angegossen sitzenden Hose und dem Sportjackett sah er einfach fabelhaft aus, und irgendwie passte auch das Pflaster über seiner rechten Augenbraue perfekt zum Rest seiner Erscheinung.

»Mir geht es gut. Um dich mache ich mir Sorgen.«

»Ich habe es eben doch schon der Polizei gesagt: Das Schlimmste, was er mir angetan hat, war das Angrapschen.«

»Du hast Glück gehabt.«

Sie ließ ein zittriges Lachen hören und ging auf ihn zu. »Dass du gekommen bist? Ja, da habe ich Glück gehabt.« Sie sah in seine unversöhnliche Miene. »Und ich habe mich noch gar nicht bei dir bedankt. Das möchte ich jetzt nachholen. Und ich werde dir noch unendlich oft dafür danken.« Sie musste schwer schlucken, als er nicht reagierte, sondern sie weiterhin mit seinen hellgrauen Augen durchbohrte. »Es tut mir leid, dass ich Ians und Francescas Party einfach so verlassen habe. Ich fühlte mich so …«

»Zurückgewiesen?«, half er vorsichtig nach, als sie verstummte.

Sie schluckte. Es klang albern, wenn sie dieses Wort aus Luciens Mund hörte. Aber warum hatte er sie in diesem erregten Moment nicht nehmen wollen, so wie andere Männer es getan hätten? Fühlte er sich doch nicht so von ihr angezogen, wie sie es gehofft hatte, als er zum ersten Mal von seinem Verlangen gesprochen hatte? Sie fühlte sich im Umgang mit ihm so hilflos.

Im Versuch, ihn zu steuern.

»Nur weil ich das Tempo dieser Geschichte kontrolliere, heißt das doch nicht, dass ich dich nicht wie verrückt begehre, Elise.« Er schien ihre Gedanken lesen zu können. Er stellte sich aufrecht hin und trat an sie heran. »Ich bin dir etwas schuldig.«

Ihr Atem stockte, als seine dunkle, unheilvolle Stimme zu ihr drang. »Was meinst du damit?«

»Warum um alles in der Welt treibst du dich hier in solch einer Absteige herum?«, wollte er kurz und knapp wissen. Seine Nasenflügel bebten vor Empörung, das konnte sie sehen.

»Das ist keine Absteige! Es ist ein völlig respektables …« Mitten im Satz hielt sie inne, denn beide bekamen mit, wie im Flur eine Tür zugeknallt wurde und man eine Frau laut fluchen und einen Mann in schnellem Spanisch reden hörte. *Miss Inga. Einer ihrer Freier versuchte wohl, sie reinzulegen.* Elise bemerkte Luciens Stirnrunzeln, wie er in Richtung Tür blickte, und wechselte schnell das Thema. »Ich muss mit meinen Mitteln auskommen, Lucien. Ich mache das Beste daraus, das ich kann.«

»Deinen *Mitteln*? Du bist eine extrem reiche Frau.«

Sie rümpfte die Nase und wandte ihren Blick ab. »Mein Vater ist nun mal nicht damit einverstanden, dass ich hierhergezogen bin. Er hat mir den Geldhahn zugedreht.«

In dem sich anschließenden Schweigen fiel es Elise schwer, Lucien anzuschauen.

»Ich habe dich doch ausdrücklich gefragt, ob du Geld genug hast, um in Chicago zu leben.«

»Ich *habe* ja auch genug.«

»Ich wollte aber doch wissen, ob du genug Geld hast, um auf eine sichere und vernünftige Art und Weise hier zu wohnen. Du hast genau verstanden, was ich gemeint habe.«

»Woher hätte ich wissen sollen, was du *gemeint hast*?«

»Weil ich das *gemeint habe*, was die meisten Menschen mit klarem Verstand meinen würden«, brauste er auf und erwischte sie damit auf dem falschen Fuß. Sie wich nicht zurück und hielt seinem Blick stand, auch wenn das in diesen angespannten Sekunden nicht einfach war. Dann kam etwas anderes auf seinem Gesicht zum Vorschein. War es Hilflosigkeit? Er schloss kurz die Augen und sah dann weg. »Das ist hier eine gefährliche Nachbarschaft. Ich kann es einfach nicht glauben, dass du hier wohnst.«

»Es ist nicht gefährlich«, erwiderte sie dickköpfig. Als er sie ungläubig ansah, sprang ihr Blick zur Seite. Er griff in seine Jacketttasche. »Das gehört doch dir, oder?« Er reichte ihr die Uhr, die sie dem Taxifahrer als Bezahlung angeboten hatte.

»Wo hast du die gefunden?«, wollte sie wissen. Obwohl sie den Kopf gesenkt und die Augen auf die Uhr gerichtet hatte, war ihre ganze Aufmerksamkeit doch bei Lucien.

»Auf der Treppe. Baden hat sie verloren. Wieso hatte er deine Uhr? Hat er sie dir gestohlen?«

Ohne wirklich hinzuschauen, starrte sie auf den Boden. Sie

hatte bei ihrem Bericht für die Polizei jenen Teil weggelassen, in dem es darum ging, wie sie dem Taxifahrer die Uhr als Bezahlung angeboten hatte. Jetzt wusste sie, warum sie diese Szene mit keinem Wort erwähnt hatte. Sie wollte nicht, dass Lucien etwas davon mitbekam. Es klang merkwürdig, aber ihr war wirklich nicht klar gewesen, wie potenziell gefährlich es war, in einer Nachbarschaft wie dieser mit einer teuren Uhr herumzuspielen.

Nicht bis sie ihr Verhalten durch Luciens Augen betrachtete.

»Elise?«, fragte er nachdrücklich. »Warum hatte Baden diese Uhr? Bei Ian und Francesca hast du sie nicht getragen.«

Sie blinzelte, doch ihre Überraschung legte sich schnell wieder. Lucien entging auch das kleinste Detail nicht.

»Ich … ich hatte nicht genug Geld für das Taxi«, sagte sie lahm.

Eine scheußliche Stille entstand.

»Also bist du in dein Zimmer gegangen, um etwas zu finden, was du dem Fahrer statt Geld geben könntest. Und hast dich für eine Designeruhr im Wert von mehreren tausend Dollar entschieden? Bist du wahnsinnig, solch kostbaren Schmuck in einer Umgebung wie dieser herumzuzeigen?«

»Das war das Vernünftigste, was ich für einen Tausch finden konnte!«

»Und Baden hat erkannt, dass du da eine kostbare Uhr in der Hand gehalten hast, und sie dir weggenommen?«

»Ja«, flüsterte sie, denn Scham hatte ihr die Stimme geraubt.

»Baden war clever genug zu erkennen, dass bei dir noch mehr Kostbares zu holen ist, wenn du schon bereit bist, einfach so eine Cartier-Uhr wegzugeben.« Lucien warf einen Blick auf das antike Schmuckkästchen auf dem Tisch.

Voller Schmach schloss sie ihre Augen. Was hätte dieses

dreckige Schwein mit ihr gemacht, wenn Lucien nicht rechtzeitig aufgetaucht wäre?

Fahr nach Hause, verspottete sie eine Stimme in ihrem Kopf. *Heirate. Lass jemand anders sich um dich kümmern. Wenn du es selbst versuchst, geht es doch ohnehin schief.*

»Woran denkst du, Elise?«

Sie sah ihn an mit stolz erhobenem Kinn, auch wenn er dann die ärgerlichen Tränen in ihren Augen sehen konnte. »An das Gleiche wie du, wahrscheinlich. Dass ich am besten schnell nach Paris zurückfliege, bevor ich hier noch wirklichen Schaden anrichte.«

Seine ansonsten unbewegliche Miene fiel für einen so kurzen Moment in sich zusammen, dass sie dachte, sie hätte es sich nur eingebildet. Er trat auf sie zu und nahm sie in die Arme.

»Daran habe ich keineswegs gedacht. Gib jetzt nicht auf«, sagte er neben ihrem Ohr, seine tiefe Stimme erfüllt von ... Bedauern? Sorge? Sie konnte es nicht mit Sicherheit sagen. Alles, was sie wusste, war, dass es sich in seinen Armen wie im Paradies anfühlte. Sie legte ihre Wange auf seine Brust und atmete zitternd ein, während seine langen Finger durch ihr Haar fuhren. Er roch so gut ... nach Seife, seinem abhängig machenden Eau de Cologne und noch einem Hauch seiner früheren Erregung. Beim Gedanken an ihr verbotenes Stelldichein im Penthouse erwachte ihr Körper von ganz allein. Seine Hand bewegte sich. Ihr Hinterkopf schien ganz genau in seine Handflächen zu passen.

»Lucien, es tut mir leid. Ich habe nie gewollt, dass du verletzt wirst«, sagte sie mit erstickter Stimme, während sie versuchte, das große Gefühl in ihrer Brust zu kontrollieren.

»Das weiß ich.« Seine Stimme klang wie angeraute Seide. »Ich mache mir um mich keine Sorgen. Nur um dich. Manchmal bist du zu impulsiv. Du hättest mich nur um meine finanzielle Unterstützung bitten müssen.«

»Ich hatte nicht gedacht, dass ich die brauchen würde.«

Sie spürte seine Finger an ihrem Kinn und sah widerwillig auf.

»Nun, da hast du dich wohl getäuscht, oder?« Mit unbeweglicher Miene sah er auf sie hinunter. Ihre Brustwarzen wurden an seinen Rippen steif. »Ich schulde dir eine Bestrafung für dein impulsives Verhalten. Ich schulde dir außerdem Vergnügen, da du mich vorhin so glücklich gemacht hast. Zieh dich aus, Elise«, sagte er ruhig.

»*Wie bitte?*« Ihr Herz setzte für einen Schlag aus, nur um dann im nächsten Moment einen gewaltigen Satz zu machen. Blut schoss ihr in die Wangen.

»Du hast mich gehört«, antwortete er.

Er hatte es geschafft. Er hatte sie völlig sprachlos gemacht. Ihre Finger schienen taub zu sein, als sie begann, die Perlen um ihren Hals abzunehmen. Welches Gefühl überschwemmte sie gerade? War es Scham? Nein … es war Schüchternheit. Sie – Elise Martin – schüchtern und peinlich berührt.

Sie hätte nie gedacht, dass es so etwas geben könne. Aber es war ja nicht irgendein Mann.

Es war Lucien.

KAPITEL 6

Er hatte sich vorgenommen, sich nicht von ihrem Feuer verzehren zu lassen. Doch dann begann er schon langsam zu verbrennen, als er ihr zusah, wie sie die Perlenkette von ihrem Hals abnahm. Die Perlen interessierten ihn. Sie waren keine großen Kostbarkeiten. Er war in den letzten Wochen sogar stolz auf sie gewesen, dass sie ihren Reichtum nicht mit teuren Juwelen, Kleidern oder Designerhandtaschen zur Schau stellte. Elise war schließlich eine sehr schöne Frau und zudem die Tochter eines renommierten Modedesigners. Sie war bekannt dafür, die teuersten Kleider der Welt so zu tragen, als hätte sie noch nie etwas anderes angehabt. Hier hatte sie sich allerdings bedeckt gehalten – so gut das einem strahlenden Stern wie Elise Martin eben möglich war.

Als Nächstes fiel der Gürtel um ihre Hüften. Lucien hatte bereits zuvor bemerkt, als sie auf ihn zugekommen war, wie die blaue Farbe ihrer Kleidung ihre makellose weiße Haut und die Saphiraugen betonte. Unter dem Kleid trug sie einen passenden Seidenslip und -BH. Als sie früher am Abend so ausgelassen mit Caden getanzt hatte, war ihr das Kleid von der Schulter gerutscht. Er hatte, während sie die Hüften kreisen ließ, als sie ihn anblickte – und herausforderte –, sehen können, dass der BH-Träger farblich perfekt zu ihrem Kleid passte.

Bei diesem Gedanken erwachten gleichzeitig Erregung und Irritation in ihm.

Sie war zierlich, aber wie für die Sünde geschaffen. Ihre

Taille war so schmal, dass er sie wahrscheinlich fast ganz mit seinen beiden Händen hätte umfassen können. Elise war dennoch nicht mager. Die Kurve von ihrer Taille zur gerundeten Hüfte war für jeden Mann ein Versprechen und eine Versuchung, weiche, samtige Haut zu berühren. Allein schon der Anblick der blassen Oberfläche ihres straffen Bauches und des Verbindungspunkts der beiden wohlgeformten Schenkel ließ ihn hart und schwer werden – er war bereit, nur durch einen Blick. Für ihre zierliche Figur waren ihre Brüste voll. Er hatte sich aus Langeweile einmal gefragt, ob bei ihnen wohl nachgeholfen worden war, doch im Grunde bezweifelte er das. Elise' Mutter war eine Leinwandgöttin und berühmt für ihre Wespentaille. Obwohl sie ein wenig kompakter war, hatte Elise große Ähnlichkeit mit dem Äußeren ihrer Mutter. Sie war Madeline Martins destillierte und perfektionierte Schönheit.

Was ein weiterer Grund für Madelines Eifersucht auf ihre Tochter war.

»Zieh den BH aus. Ich übernehme den Slip«, sagte er barsch.

In ihrer Lunge brannte der Atem, als sie den Rückenverschluss öffnete und ihr Busen aus den Körbchen quoll. Sein Schwanz drückte gegen seine Boxershorts.

Nein. Ganz sicher war da nicht nachgeholfen worden.

Ihre geschmeidigen Arme fielen zur Seite, ihre aufgerichteten, rosa gekrönten Brüste lagen offen da. Sie hielt die Augen noch immer gesenkt. Es war seltsam, sie in einer Pose zu sehen, die von Weitem an etwas wie Unterwürfigkeit erinnerte. Seltsam … und extrem erregend.

Er schloss kurz die Augen, um sich vor diesem mächtigen Anblick abzuschirmen, und wandte sich dann dem schäbigen Raum zu, in dem sie wohnte. Sein Mund wurde verkniffen, als er die Gitter vor dem Fenster bemerkte. Er ging zum Frisiertisch hinüber und nahm die langstielige, in Silber und Emaille gehaltene Haarbürste, die ihm zuvor schon aufgefallen war.

»Nimm deine Perlen und komm hier rüber«, befahl er und wies auf das Ende des durchgelegenen Doppelbettes. Das Bett war gemacht. Er musste ihr zugestehen – sie hielt den Raum so ordentlich und sauber, wie es nur möglich war. Wieder schmerzte bei dem Gedanken an einen Edelstein wie sie, der in solchem Elend leben musste, das Herz in seiner Brust.

Er setzte sich auf das Bettende, woraufhin die Federn wie protestierend quietschten. Sie hatte sich noch nicht bewegt und schaut abwechselnd ihn, mit der Haarbürste in der Hand, und die Perlenkette an, die sie auf dem Tisch abgelegt hatte.

»Ich werde dir sagen, was ich mit ihnen vorhabe. Bring sie her.« Sie griff die Perlen und näherte sich ihm, ihr Blick jagte zwischen seinem Gesicht und seinem Schoß hin und her. Sein Schwanz zuckte, als hätte sie ihn berührt.

Er gab sich alle Mühe, die schamlose Zurschaustellung der nackten Schönheit, die sich nur Zentimeter vor seinen schon juckenden Fingern befand, zu übersehen. Lucien legte die Haarbürste beiseite und hob seine Hände. Sie blinzelte, und als sie verstanden hatte, was er wollte, übergab sie ihm die Perlen.

»Diese Perlen bedeuten dir sehr viel.« Sein Satz war eher eine Feststellung denn eine Frage. Das cremefarbene, schwere Schmuckstück lag in seiner Hand. Sie erbleichte.

»Woher weißt du das?«

»Sie sind zwar schön, aber man sieht, dass sie gezüchtet und etwas ungleichmäßig geformt sind. Du hast vorhin gesagt, dass die Uhr die letzte Kostbarkeit war, die du anbieten konntest, doch das hier« – er hielt die Perlen hoch – »wäre hundert Mal billiger gewesen. Sogar noch mehr.«

»Nenn sie nicht *billig*.«

»Ich will nicht schlecht über deine Perlen reden. Ich sage

doch nur, dass der Taxifahrer deren Wert vermutlich höher eingeschätzt hätte als den der Uhr. Es wäre also sinnvoller gewesen, ihm die Perlen anzubieten. Von wem hast du sie denn bekommen?«

Lucien sah den Funken einer Minirevolte in ihren Augen, zudem noch etwas anderes … etwas, das er nicht mochte. »Das geht dich nichts an.«

Mehrere Sekunden lang sah er sie aufmerksam an, doch sie sagte nichts mehr dazu. Wut stieg in ihm auf, weil sie sich so trotzig verhielt. Und etwas anderes. Eifersucht.

»Ich werde dir deine Handgelenke aneinanderfesseln. Halte deine Hände so.« Er streckte seine Arme aus und drückte die Handgelenke zusammen, die Handinnenseiten aneinander. Für den Bruchteil einer Sekunde erkannte er Panik in ihrem schönen Gesicht. Trotz der haarsträubenden Berichte über ihre sexuellen Eskapaden war sie keine Frau, die daran gewöhnt war, gefesselt zu werden.

»Und was machst du dann?«, fragte sie misstrauisch.

»Ich habe dir schon gesagt, dass ich dir noch eine Bestrafung schuldig bin, weil du mich so gereizt hast. Und jetzt bekommst du noch etwas obendrauf dafür, dass du in solch einer Bruchbude wohnst und dich damit selbst in Gefahr bringst.« Seine Augen verengten sich, als er ihre Verwirrung … ihr Verlangen sah. »Gibt es noch etwas, das du mich fragen möchtest?«

»Nein.« Obwohl sie nichts weiter hinzufügte, war ihrem herausforderndem Gesichtsausdruck doch unmissverständlich zu entnehmen: *Ich kann all das ertragen, was du mir servierst. Es ist mir einerlei.*

»Du hältst noch immer die Zügel in der Hand«, fuhr er leise fort. »Wenn du damit aufhörst und dich unterwirfst, wird die Zeit kommen.«

Er sah, wie Fassungslosigkeit ihre Züge überschattete, doch dann blickte sie ihn an. Ihre Angst schien zu verschwinden. Langsam hob sie ihre Arme, damit er sie fesseln konnte.

Lucien atmete tief aus. Dass sie ihm dieses Vertrauen schenkte, erregte ihn mehr als der Anblick ihres tollen Körpers. Er widerstand dem Verlangen, sie zu berühren … zu streicheln … zu verzehren …

…vollständig zu besitzen.

»Du willst mich mit *Perlen* fesseln?«, hakte sie skeptisch einen Moment später von oben herab nach, als er das Schmuckstück um ihre Handgelenke zu wickeln begann.

»Wenn du dich wehrst oder versuchst, deine Hände freizubekommen, riskierst du, dass die Seidenschnur der Kette reißt.« Er sah zu ihrem erröteten Gesicht auf. »Ich glaube, dass etwas Feines besser zügeln kann als Metall, wenn der Gefesselte das, was ihn bindet, wertschätzt.«

Er machte sich konzentriert daran, die Perlen um ihre Handgelenke zu winden, dabei saß das lange Band von den unteren Handgelenken bis zu den Unterarmen fest. Ihre nach vorn geschobenen Brüste lenkten seine Aufmerksamkeit immer wieder ab, vor allem wenn sie beim Atmen und seinem Hantieren mit der Kette leicht erzitterten. Er konnte sich bis in die kleinste Kleinigkeit ausmalen, wie weich sich die Haut an seinen Lippen anfühlen würde. Als er sie gefesselt hatte, blickte er sie an.

Sie war exquisit, ihre Haut glänzte brillanter als die Perlen. Ihr Duft stieg ihm in die Nase – rein, leicht, extrem feminin. Ihre Augen wirkten groß in dem blassen Gesicht, doch sie wurden noch größer, als er der Versuchung nicht länger widerstehen konnte, hinaufgriff und die Unterseite ihres Busens streichelte. Ihm fiel auf, wie ihre Rosenknospen sich verdunkelten und versteiften. Blut pulsierte in seinem Schwanz.

Für eine Sekunde verschleierte dunstige Lust seinen Blick und raubte ihm den Willen.

»Leg dich auf meinen Schoß«, ordnete er an, nachdem er sich wieder gefangen hatte. Sie gehorchte ohne Worte. Lucien führte sie und stützte sie, schließlich waren ihre Hände gefesselt. Er bemerkte, wie viel Mühe sie sich gab, die seidige und mit Perlen besetzte Fessel nicht zu überdehnen. Das irritierte ihn.

Von wem hatte sie die Kette? Sie war ihr offensichtlich lieb und teuer.

Ihre Haut fühlte sich wie warme Seide an. Er hielt sie an einer Hüfte fest. Die Finger der anderen Hand wanderten ihren Rücken hinab. Er spürte, wie unter seiner Berührung ein Schauder über sie lief, was seine Lust noch steigerte. Sie lag nun auf seinem Schoß, und der süße Druck ihres Körpers befeuerte seine Erektion.

»Ich habe es dir beim letzten Mal nicht verraten, aber es hat mir viel Spaß gemacht, dich zu bestrafen.« Seine Hand strich leicht über ihren Körper.

»Wie ... Wirklich?«

»Hast du das nicht gemerkt?«, fragte er belustigt. Sein Schwanz zuckte vor Erregung. Sie hielt still auf ihm, und er wusste, dass sie es spürte. »Leg deine Hände hinter den Kopf«, befahl er. Sie folgte seiner Anweisung. Lucien konnte ihre Nervosität wahrnehmen und streichelte sie, bis sie sich ein wenig entspannte und ihr Fleisch unter seinen Händen geschmeidiger geworden war. Wenn er eine Verspannung in ihren Muskeln ertastete, knetete und rieb er.

»Du bist wirklich ein kleiner fester Knoten. Eines Tages werde ich dir diese Anspannung austreiben. Du bist so steif«, bemerkte er und achtete bei der Massage ihres Rückens auf ihr weiches, sexy Stöhnen.

Lucien hatte schon immer instinktiv ein Verständnis dafür gehabt, wie Muskeln funktionieren, und wusste von Hause aus, wie Stress, Traumata, emotionaler und physischer Schmerz im Körper gespeichert und weitergetragen werden. Er hatte von Kindesbeinen an gelernt, die Anspannung eines Pferdes durch das Streicheln von dessen Muskeln zu lesen, zu erkennen, wie sich die Körpersprache eines Tieres durch gezieltes Training, beruhigende Worte, eine Berührung änderte … und hatte sich diese Fähigkeit zunutze gemacht. Später hatte er dann gelernt, die Erregung seiner Partnerin zu erkennen, und begriffen, wie er die Anspannung durch die Bestrafung noch erhöhen konnte, um sie dann mit einem explosionsartigem Höhepunkt zu lösen …

Er hatte noch nie in seinem Leben eine Frau berührt, die so verspannt war wie Elise. Er knetete ihre Schultern und hörte, wie sie, halb vor Schmerz, halb vor Vergnügen, ihren Atem ausstieß. Er gab einen leisen Laut von sich. Sie trug so viel Schmerz in sich.

»Ist es so besser?«, wollte er wissen. Mit seiner Handfläche fuhr er ihre Seite entlang, bewunderte ihre feinen Rippen und spürte, wie ihr Herz dahinter schlug.

»Ich denke schon«, hörte er sie antworten. Sie lag mit der Stirn auf der Überdecke des Bettes. Sie erinnerte ihn an ein Kind, das in Erwartung einer schrecklichen Sache, zum Beispiel einer Spritze, die Augen schloss. Lucien lächelte und streichelte sie gerade oberhalb ihres Slips. Sie erschauderte, als er die Haut über ihrer Wirbelsäule entlangfuhr.

»Dann fangen wir jetzt an.« Mit diesen Worten schob er mit beiden Händen ihren Slip über den Po. Sie stöhnte leise auf, und Lucien fragte sich, ob sie die Reaktion seines Körpers auf ihren Anblick bemerkte, wie sie so als dekadentes, erotisches Festmahl nackt und hilflos in seinem Schoß lag. Er schob den Slip über ihre Schenkel, damit er auch die unteren Kurven ihres Pos gut erreichen konnte.

Er packte eine ihrer Backen mit der Hand. »Du hast genau gewusst, dass du mich damit gereizt hast, oder nicht?«, frage er barsch.

»Ja.«

Er versetzte ihr einen Hieb. Sie sprang in seinem Schoß leicht auf.

»Bleib liegen«, befahl er und nahm ihre Pobacken in beide Hände. Sie ließ einen wimmernden Laut hören und gehorchte. Er gab sie frei und schlug wieder auf jede der Backen. Da sie unbeweglich liegen blieb, grunzte er in grimmiger Zufriedenheit. Sein Schwanz schwoll schon beim kleinsten Zeichen ihrer Unterwürfigkeit an. Dann trafen sie gleich mehrere seiner Schläge schnell hintereinander, und er ließ sie das Brennen spüren. Fasziniert und voller Lust sah er, wie ihr blasser Po rosa anlief.

Sie zu bestrafen war ein Traum, ihr Arsch prall und fest. Er knallte einen schnellen Hieb auf jede der beiden unteren Kurven ihres Pos und verzog lustvoll das Gesicht bei dem erotischen Anblick des hüpfenden Fleisches. Er schloss die Augen und widerstand dem fast übermächtigen Bedürfnis, ihren Körper an seiner prallen Erektion zu reiben.

»Ich wollte heute Abend wirklich nichts über unsere frühere Bekanntschaft sagen«, quiekte sie kurz darauf, nachdem er ihre beiden Arschbacken auf einmal getroffen hatte. Sie spannte ihren Po fest an.

»Das kann sein, aber du bist zu impulsiv. Du handelst, bevor du nachgedacht hast. Entspann dich«, forderte er sie auf und schlug dann mehrfach leicht auf ihren Po, bis sie die angespannten Muskeln locker ließ. Sie fuhr mit ihrem Geständnis fort, als hätte Lucien sie gar nicht unterbrochen.

»Und ich bin dir auch nur deshalb nachgegangen, weil ich wissen wollte, was du im Penthouse machst. Oh ... *merde* ... das brennt«, stöhnte sie auf, als er sie wieder und wieder schlug. Ihre Hüfte krümmte sich in seinem Schoß, was ihn ebenfalls zum Grunzen brachte. Er hielt ihren sich windenden Po fest und drückte sie gegen seinen aufgebäumten Schwanz. Sie stöhnten gemeinsam auf. Ihre Haut war nun gänzlich gerötet. Er würde vorsichtig mit ihr umgehen müssen. Ihre Haut war sehr empfindlich, und er wollte ihr ja nicht wirklich ernsthaft wehtun. »Lucien?«, fragte sie stoßweise. »Was hast du denn da *gemacht*, hast du Ian belauscht?«

»Das ist meine Sache«, erwiderte er abgelenkt. Er knetete eine Arschbacke und verpasste ihr dann mehrere Hiebe. Ihr Arsch wurde immer heißer und röter.

»Aber warum hast du Ian Noble nachspioniert?«, wollte sie hartnäckig wissen.

Er knurrte irritiert und lustvoll, dann schlug er sie ein letztes Mal. Hart. Er schob ihren Schlüpfer noch weiter die Beine hinab und ließ ihn über die Füße rutschen. Er konnte nicht mehr an sich halten, seine Finger glitten zwischen ihre Beine, berührten ihre Schamlippen.

Ah, *welch eine Freude*. Warme Feuchtigkeit machte seine Finger glitschig. Elise keuchte bei seiner Berührung und ruckelte verführerisch mit ihrem Po nach unten, näher an seine Hand.

»Steh auf«, ordnete er kurz und bündig an. Seine Beherrschung war brüchig.

Obwohl er ihr einen Befehl erteilt hatte, half er ihr, schließlich war sie noch gefesselt. Sie erhob sich. Sie stand vor ihm, ihre sinnlichen Brüste von ihren mit den Perlen gefesselten Armen nach oben gedrückt, ihr Haar ein sexy Durcheinander von goldenen Strähnen und Locken. Irgendetwas an dem Anblick des sechs- oder siebenfach umwickelten cremefarbenen Perlenbands um ihre Handgelenke vor ihrer nackten Haut zog ihn an. Alles an ihr zog ihn an. Er hielt für einen Moment inne, als er ihr in das Gesicht sah und den rosa Schimmer auf ihren Lippen und Wangen bemerkte.

Er runzelte die Stirn. Sie hatte es verdient, für die Dinge geächtet zu werden, die sie in einem Mann auslöste – dunkle, schmutzige Dinge … Dinge außerhalb seiner Selbstkontrolle, die er später vermutlich bereuen würde.

»Was hast du gesagt?« Sein Mund war verkniffen, und er hatte Mühe, sich an das zu erinnern, was ihn gerade noch irritiert hatte.

»Ich … ich meinte mit *spionieren* nicht so etwas wie … so wie bei …«

»Meinem Vater?«, soufflierte er ihr ruhig.

Mit weißen Zähnen fuhr sie sich über ihre volle Unterlippe. Dieses feuchte Schleifen hypnotisierte ihn für einen Moment, sodass er jeden Ärger vergaß.

»Ich denke nicht, dass du wie dein Vater bist, Lucien. Zumindest hoffe ich das. Aber dieser Mann in Paris, er hat von Ian Noble gesprochen. Und ich verstehe nicht …«

»Ich will auch nicht, dass du das verstehst«, unterbrach er sie. Er berührte ihre Wange und konnte dabei ihre Wärme spüren. »Ich will, dass du mir vertraust. Tust du das?«

Sie nickte, doch er erkannte die Wachsamkeit in ihren Augen. Er runzelte die Stirn und nahm die Haarbürste vom Bett. »Traust du mir zumindest so weit, dass du dich jetzt nach vorn beugst, damit ich mit dem Rest der Bestrafung weitermachen kann?«

Sie riss die Augen auf. »Du willst mich mit der Haarbürste von Grand-mère schlagen?«

Er lächelte. »Ich liebe es, mit den Dingen zu improvisieren, die mir zur Verfügung stehen. Und Grand-mère wird es nie erfahren. Das bleibt unser kleines Geheimnis«, sagte er und stellte sich neben Elise anstatt direkt vor sie. »Und jetzt beug dich vor.«

Ihre Lippen verzogen sich verführerisch. Sie hielt seinem Blick stand, während sie sich langsam bückte – eine bewegliche, geschmeidige Verführung – und ihre gefesselten Hände auf den Knien abstützte.

»Hexe«, beschimpfte er sie. Ihr Lächeln wurde größer, er lächelte zurück. Er konnte nicht mehr an sich halten. Sie konnte nicht anders, alles, was sie tat, war purer Sex. »Schau jetzt auf den Boden. Was habe ich dir beim letzten Mal schon dazu gesagt, mich bei einer Bestrafung verführen zu wollen?«, fragte er milde und rieb ihren festen geröteten Po. Sie rührte sich nicht, als seine Finger am unteren Ende ihrer Gesäßkurven ganz nah an ihre Schenkel herankamen. Er war sehr versucht, seine Finger in ihren süßen, feuchten Himmel zu schieben.

»Du hast gedroht, du würdest mich dann noch mehr bestrafen«, hörte er sie sagen. Er blinzelte, seine lustvolle Trance begann zu bröckeln.

»Das stimmt«, raunte er und glitt mit einer Hand ihre Wirbelsäule entlang, was bei ihr ein Schaudern hervorrief. Sein Schwanz war so angeschwollen, dass er nicht glauben konnte, dass seine Haut so gedehnt werden konnte. Er wollte sie reiten, bis die Besinnungslosigkeit des Höhepunkts ihn fortriss, er wollte sich ihrem Feuer hingeben. Doch wenn er nicht die Kontrolle behielte, würden sie beide untergehen.

Er verstärkte seinen Griff auf ihrer Schulter und drehte die Haarbürste um, sodass deren weiche, emaillierte, sieben bis zehn Zentimeter lange Rückseite in Richtung von Elise' Arsch zeigte.

»Das wird mehr schmerzen als meine Hiebe«, sagte er.

»Warum um alles in der Welt hast du mich nicht um Unterstützung gebeten?«

»Ich konnte nicht«, hörte er sie mit erstickter Stimme sagen.

»Aber warum nicht?«

Eine Pause entstand. Er wartete, sein Arm hing in der Luft.

»Ich war zu stolz«, flüsterte sie schließlich.

Lucien holte mit der Bürste aus. Er traf ihren Po mit einem plötzlichen Knall. Der Schlag ließ ihr straffes Fleisch erzittern, sein Schwanz fuhr nach oben. Er hielt sie fest, als sie quiekte und nach vorn taumelte.

Er traf ihren Po wieder und wieder.

»Ooh!«

»Ist es zu viel?«, fragte er, griff dann nach einer Pobacke und legte seine Handfläche darauf.

Sie wurde immer heißer. Er wartete auf ihre Antwort, spitzte seine Ohren, ignorierte seinen sich aufbäumenden Schwanz.

»Nein. Ich halte es aus«, sagte sie kurz darauf. Nach dieser zitternd vorgetragenen, aber tapferen Antwort musste er kurz die Augen schließen, um sich selbst vor ihrer Großartigkeit abzuschirmen.

Sorgsam betrachtete er ihren geröteten Arsch und knetete ihr exquisites, weiches, heißes Fleisch. Ja, sie konnte noch ein paar vertragen, aber nicht mehr allzu viele. Er würde ihr niemals eine Verwundung zufügen wollen, und sie hatte einen sehr feinen, sensiblen Po.

»Du bekommst noch drei weitere«, sagte er, »und die letzten werden nicht ohne sein. Mach dich darauf gefasst.« Ihre Muskeln spannten sich erwartungsvoll an. Noch immer hielt er sie mit einer Hand fest und rieb mit der anderen ihren Po, dabei ließ er seinen Blick über ihren Körper wandern. Seine Augen blieben an den wunderbaren Kurven ihrer festen Brüste hängen, die beim Nachvornbeugen in der Luft hingen. Solche süßen, verführerischen Früchte. Er ließ ihre Schulter los und griff nach ihr. Sie zuckte hoch und wimmerte, als er vorsichtig in ihre Brustwarze kniff.

»Deine Nippel sind hart. Bist du etwa erregt, junge Frau?«, knurrte er weich.

Sie hielt den Atem an. »Und was, wenn ich es wäre?«, antwortete sie misstrauisch einen Augenblick später.

»Dann wären wir schon zu zweit«, gab er zu. Er zog weiter an der aufgestellten Knospe, ihr Stöhnen klang daraufhin fiebrig. »Und trotzdem ist das hier eine Bestrafung. Ich hatte das Gefühl, mein Herz würde stehen bleiben, als dieser degenerierte Johnson dich vorhin mit seinen Händen begrapscht hat.«

»Dir ist … wirklich?«

»Was denkst du denn? Er soll froh sein, dass ich ihm nicht den Kopf abgerissen habe.«

Sie keuchte, doch Lucien ging davon aus, dass dies eher auf seine Spielchen mit ihren Brustwarzen als auf das, was er eben gesagt hatte, zurückzuführen war. »Ich habe ihn noch mal gesehen, bevor sie ihn mit dem Krankenwagen weggebracht haben. Viel hat nicht gefehlt, du hast ihm beinahe wirklich den Kopf abgerissen.«

»Der Kerl wird es überleben – leider, für den Rest der Welt.« Er klang bitter, denn er stellte sich vor, wie Baden Johnson in ein paar Wochen oder Monaten wieder sein Unwesen trieb. Lucien führte ihre Brustwarze an seine Handinnenseite und drehte dann angedeutete Kreise.

Elise machte ein ersticktes Geräusch. »Was ich meinte, war, dass ich dich hier bestrafe.« Diese Erinnerung galt ebenso für sie wie für ihn. »Die letzten drei Schläge werden *wirklich* wehtun.«

Er knetete erst ihre ganze Brust mit der Hand und ließ sie

dann widerwillig los. Noch nie in seinem Leben hatte er solch weiches, reagierendes Fleisch berührt. Ihr Herz schlug so verzweifelt gegen seine hungrige Hand.

Er könnte sich so leicht in ihr verlieren.

Die letzten drei Schläge werden wirklich *wehtun.*

Seine Warnung hallte in ihrem Kopf wider und steigerte die an sich schon fast unerträgliche Anspannung. Würde es wirklich so schmerzen? Und was, wenn er damit fertig war? Er hatte gesagt, er schulde ihr Vergnügen. Das scharfe Kneifen in ihrer Klitoris ließ sie instinktiv ihre Schenkel und Pomuskeln anspannen. So sehr wollte sie sich selbst berühren und in einem heißen Rausch der Erleichterung den Höhepunkt erleben.

»Du musst deine Beine weiter spreizen. Hier, komm rüber zu dem Tisch.«

Er half ihr aufzustehen. Sie folgte ihm, zuckte aber wegen des Schmerzes in ihrem Po ein wenig zusammen. Sie sah zu, wie er den Stuhl beiseitestellte und ein paar ihrer Papiere wegschob, um die Oberfläche freizubekommen. Es demütigte sie ein wenig, dass sie, abgesehen von den Perlen und den Sandalen, völlig nackt war und ihr Arsch von den Schlägen vermutlich rot leuchtete, während Lucien noch komplett angezogen vor ihr stand. Er hatte sie gebeten, ihm zu trauen. Welchen Beweis brauchte er denn jetzt noch?

Als der Tisch frei war, kam er auf sie zu. Sie sah auf, in sein hübsches Gesicht, dann fing er an, sorgfältig die Perlen abzuwickeln und sie zu befreien. Woran dachte er jetzt? Wie konnte er nur so unberührbar, so unerreichbar aussehen, während er doch solch intime Dinge mit ihr tat?

Ihr Blick ging über seinen flachen Bauch weiter hinunter bis zu seinem Schritt und den Oberschenkeln. Nein. Er war alles andere als gleichgültig, wenn es um sie ging. Seine Erregung war offensichtlich und beeindruckend. In seinem Schritt war alles eng, und die Säule seines Schwanzes beulte den Stoff seiner Hose verführerisch aus. Sie hätte geschworen, dass sie die Form des dicken, spitz zulaufenden Kopfes erkennen konnte. Ihre Klitoris kitzelte, und noch einmal kam das dringende Verlangen in ihr auf, sich selbst zu berühren, den Schmerz zu stillen. Sie öffnete den Mund, um … *ja, was?*

Ihn anzubetteln?

Ihre Lippen schlossen sich wieder, doch die unterdrückte Frage brannte auf ihrer Zunge und im Hals. Lucien hielt inne.

»Ja, wolltest du etwas sagen?«, fragte er ruhig.

Ihr Stolz übernahm wieder die Oberhand. »Nein«, antwortete sie und wandte den Blick von seinem Schwanz ab.

»Sehr gut. Beuge dich nach vorn und stütze die Ellenbogen auf dem Tisch ab«, sagte er in sachlichem Ton, die Perlen hatte er inzwischen abgenommen und aufs Bett gelegt. Mit einer vorsichtigen Berührung ergriff er ihre Hand und führte sie. »Knicke deine Arme ab. Gut, jetzt lege deine Stirn auf die Unterarme.« Elise hatte das Gefühl, als würde ihre Lunge nicht ordnungsgemäß arbeiten, während sie versuchte, seinen Anweisungen Folge zu leisten. Um die Oberfläche des niedrigen Tisches zu erreichen, musste sie sich weiter nach vorn beugen als eben noch. In dieser Position war sie völlig bloßgestellt. Sie rührte sich nicht, denn nun legte Lucien seine Hände auf ihre Schultern. »Rutsch ein bisschen nach hinten«, sagte er, seine Stimme klang belegt … schroff.

Sie rückte auf dem Tisch zurück, und ihre Brüste stürzten über die Kante. Lucien machte ein raues Geräusch.

»Perfekt.« Er fuhr sanft mit dem harten Ende von Grandmères Haarbürste über die Innenseite ihrer Schenkel. »Spreiz deine Beine noch weiter.«

Sie unterdrückte ein Stöhnen, tat aber, was er gesagt hatte.

Er legte seine große Hand auf das untere Ende ihres Pos und hob das Fleisch an. Kühle Luft küsste ihr dampfendes, erhitztes Geschlecht.

»Lucien«, rief sie zittrig aus, unsicher, ob dieses einzelne Wort eher eine Bitte war, er solle aufhören, ihre Muschi so bloß zu legen, oder vielmehr der Wunsch, er möge doch das, was er da so offenlegte, auch berühren. Sein Blick kam ihr wie eine brennende Berührung vor.

»O Gott«, hörte sie ihn murmeln. »*Tu es belle.*«

Du bist schön. Ihr Herz schien in ihrer Brust zu explodieren. Es fing dann wieder an zu pochen, als er ihren Po in Ruhe ließ und die Bürste schwang.

»Au«, kam es aus ihrem Mund. Ihr Hinterteil schmerzte dort, wo er sie getroffen hatte, doch es war vielmehr die Überraschung als der Schmerz, die sie zu diesem Ausruf verleitet hatte. Umgehend ersetzte er die Bürste durch seine Hand, rieb und beruhigte ihr pochendes Fleisch.

»Noch zwei von denen.«

»Okay«, konnte sie zittrig herausbekommen.

»Halt still.«

Elise konnte nicht an sich halten. Sie drehte ihr Kinn zur Seite, den Kopf dabei weiterhin auf ihren Unterarmen, und sah ihn durch ein paar Haarsträhnen hindurch an, wie er ausholte. Unter seinem Hemd zeichneten sich die festen, kräftigen Muskeln ab. Die Bürste machte einen knallenden Laut, als sie Elise' Po traf. Sie spürte den Gefühlsausbruch, zuckte zusammen und biss sich auf die Zähne. Luciens Blick hing an ihrer Brust. Sie sah, wie seine Nasenflügel zuckten, während der Schlag durch ihr herabhängendes Fleisch vibrierte.

Ein Stöhnen brannte in ihrer Kehle. Sein Blick wanderte zu ihrem Gesicht. Ein Funke der Erregung schien zwischen ihnen überzuspringen.

»*Tu es beau*«, flüsterte sie, unterbrochen von ihren flachen Atemzügen.

Sein Gesichtsausdruck wurde ungestümer.

»Verflucht, Elise.« Er legte eine Hand auf ihren Hinterkopf und drehte ihn so, dass sie nur noch ihre abgewinkelten Arme und das billige Furnierholz des Tisches sehen konnte. Ihre Schenkel bebten. Er klang so … *irgendwie anders* jetzt. War er zornig?

Plötzlich lag seine Hand auf der anderen Hüfte, er stand nun auch auf der anderen Seite neben ihr. Er drückte und rieb ihre Flanke an seinem Schwanz, sein Verhalten war unverhohlen lüstern. Ihre Augen weiteten sich.

Nein … nicht zornig. Erregt bis zum Anschlag.

Sie wimmerte, als er ihr Fleisch gegeneinanderdrückte und die fast unerträgliche Anspannung in ihren elektrisierten Körpern noch stieg. Ihr Arsch war gefangen, eingeklemmt zwischen seinem festen Körper und seinem harten Griff. Es war der angespannteste, aufgeladenste Moment ihres Lebens; nie hätte sie sich so etwas vorstellen können.

Mit einem Knall landete die Haarbürste. Sie schrie auf. Oh, wie ihr Arsch brannte.

Etwas fiel auf den Tisch. Sie hob den Kopf und sah das Folterinstrument – die Haarbürste – vor sich liegen. Dann rieb seine Hand über ihren Po, besänftigte sie, obwohl sein Schwanz an ihrer Hüfte drängte. Dieser Augenblick war so intensiv, so aufgeladen, sie hatte das Gefühl, sie konnte nicht einmal einen tiefen Atemzug nehmen.

»Deine Bestrafung ist vorbei. Steh auf.«

Sie gab sich Mühe, seinem Befehl zu folgen, doch ihr Körper fühlte sich schwer und vor Erregung träge an. Lucien trat ein wenig zurück, um ihr zu helfen. Aus ihrer Kehle kam ein Protestlaut, als sie plötzlich seine ursprüngliche Wärme nicht mehr spürte. Doch dann half er ihr, sich aufzurichten, und seine Arme umschlossen sie.

»Lucien«, formten ihre tauben Lippen lautlos, als sie zu seinem Gesicht aufsah.

»Ich bin hier«, entgegnete er, und sein warmer Atem umspielte ihren Mund. Er drückte sie noch fester an sich und überwältigte sie mit dem Gefühl seines festen, starken Körpers. »Du warst sehr tapfer, wie du deine Bestrafung hingenommen hast.«

»Ich werde dir nie wieder erlauben, mir das anzutun.«

»Doch, das wirst du.«

»Du hast recht«, flüsterte sie. Wen wollte sie anschwindeln? Es war sehr aufregend, sich ihm zu unterwerfen. »Das werde ich.«

Lucien lächelte und beugte sich vor, verschloss Elise' Mund mit dem seinen. Sein Kuss war zugleich zart und leidenschaftlich. Seine Hände liebkosten ihre nackte Haut vom Schenkel bis zum Bauch und legten damit einen Zauberbann über sie, dem sie nicht entgehen wollte. Er ergriff ihren Po und lehnte sich noch weiter vor. So groß er auch war, sie liebte es, wie gut sie an ihn passte. Elise erschauderte, als sie bemerkte, wie seine Finger sich auf der Rückseite ihrer zitternden Schenkel ausstreckten, sich dann zwischen sie schoben ... suchend. Er klang enttäuscht, dass seine Finger ihr Ziel nicht erreichen konnten.

»Du bist so klein«, murmelte er zärtlich. Dann nahm er sie in einer flüssigen Bewegung hoch in die Arme. Ihre Füße hoben vom Boden ab. Instinktiv legte sie ihre Beine um seine Hüften und packte seine Schultern.

Er packte ihren Mund mit seinem. Sie schnurrte. Ihre Beine zogen sich noch enger um seine Taille zusammen. Ihre komplette Aufmerksamkeit trieb in der Macht seines Kusses, seiner Berührung, seiner harten, angespannten Muskeln dahin.

Lucien hielt sie mit einem Arm fest. Mit der freien Hand umfasste er ihre Pobacke und zog sie auseinander.

Nur mit der Fingerspitze drang er in ihre Muschi ein und stöhnte rau auf.

»Du bist eng«, brummte er mit belegter Stimme und klang ein wenig verrückt. Er zog den Finger zurück. »Und feucht. Mein Gott, du triefst. Es hat dir Spaß gemacht, bestraft zu werden, oder nicht?«, sprach er in ihre Lippen hinein. Sie fiepte, als er etwas von ihrem Saft auf ihre Schamlippen verteilte. Seine Finger gruben sich in ihr Geschlecht.

»Antworte mir«, verlangte er scharf.

»*Ja.*«

Er verschloss ihren Mund mit einem weiteren sengenden Kuss.

Mit einem Schrei brach die Erregung aus ihr hervor. Er war zu groß, um ihre Muschi im Stehen leicht erreichen zu können, doch jetzt hatte er sie genau dort, wo er sie haben wollte. Sie war ihm völlig ausgeliefert, wie ihr klar wurde. Er presste ihren nackten Körper gegen sich und trug ihr gesamtes Gewicht mit einem Arm. Er plünderte ihren Mund, nahm ihr Geschlecht in seine Hand und streichelte mit beängstigender Präzision ihre Klitoris.

Nicht etwa, dass sie protestiert hätte. Sie war kurz davor zu verglühen.

Sie ruckte eifrig mit den Hüften, um den Druck seines Fingers zu erhöhen, und küsste ihn mit aller Leidenschaft, zu der sie fähig war. Oh, wie köstlich war das. Die Spannung stieg weiter an, als sie in seinem Griff hüpfte und seine Hand ritt. Ihre Klitoris kochte. Gleich würde sie in eine Million Teile zerspringen.

Ihre fanatische Erregung wurde durch ein klatschendes Geräusch und einen stechenden Schmerz unterbrochen. Lucien hatte ihren brennenden Po geschlagen. Sie schrie in seinen Mund. Er beendete den Kuss. Sie blinzelte und versuchte, ihn richtig anzusehen. Als es ihr gelungen war, erkannte sie seine unnachgiebige Miene.

»Du reitest mich nicht«, sagte er behutsam. »Ich reite dich.«

»*Niemand* reitet mich.«

Luciens Augen blitzten auf. Sie errötete, als ihr klar wurde, was da eben, ohne nachzudenken, aus ihrem Mund gekommen war.

»Das werden wir noch sehen. Jetzt halte still, damit ich zuschauen kann, wie du kommst«, wies er sie mit zusammengekniffenen Lippen an. Elise öffnete den Mund, um ihren Zornausbruch abzuschwächen, Lucien fuhr mit seinem langen Finger zwischen ihre feuchten Schamlippen und rieb ihren Kitzler. Das war genau das, was sie brauchte.

Sie japste nach Luft, als reine, konzentrierte Lust in ihr Bewusstsein drang. O Gott … er war wirklich außergewöhnlich gut in dem, was er tat. Lucien sah sie an, seine hellen Augen leuchteten unter schweren Lidern.

»Lass es zu, *ma chère*. Gib dich hin«, flüsterte er mit heiserer Stimme.

Sie konnte ihm nicht mehr entkommen. Es war nicht so, als hätte sie eine Chance gehabt, etwas anderes zu tun, als seinem Befehl zu folgen.

Sie hielt sich an ihm fest, sogar als sie losließ und sich der Lust überließ … als sie sich Lucien hingab.

TEIL IV

WENN ICH UNGEZOGEN BIN

KAPITEL 7

Elise zuzuschauen, wie sie kam, zu spüren, wie ihr Körper an seinem zitterte, zu hören, wie sie erregt schrie, zu riechen, wie ihr einzigartiger Duft zu ihm aufstieg – all das ließ Lucien in einem Meer der Lust baden. Seine Hand bewegte sich weiterhin zwischen ihren Schenkeln, seine Finger glitten leicht in das reizvolle, feuchte Tal zwischen ihren Schamlippen, er spielte mit ihrer Klitoris und verlängerte so ihre Lust … lockte noch weiteres Erschaudern aus ihrem strammen, weichen Körper.

Er würde sie bei lebendigem Leibe verzehren, so süß war sie. Er würde sie wie ein brünstiger Stier nehmen. Für einen kurzen Moment konnte er sich genau vorstellen, wie es sich anfühlen musste, wenn ihre enge, nasse Muschi seinen stoßenden Schwanz einklemmte und ihre Muskeln ihn umklammerten, an ihm wie ein kleiner, heißer Mund saugen würden …

Aber noch wichtiger, als sie zu nehmen, war ihm, sie noch weiter zu schmecken. Er war vom Verlangen durchdrungen, aber doch noch immer begierig auf mehr, hungrig auf Elise' reine Essenz auf seiner Zunge und in seinem Hals. Sie wimmerte überrascht, als er sich über das Bett beugte und sie mit dem Rücken auf die Matratze legte. Flüchtig hatte er den Eindruck, als würde sie schnell die Augen aufreißen. Er berührte ihre Lippen mit seinen, ging dann vor dem Bett auf die Knie.

»Lucien?«, murmelte sie. Ihre Stimme klang voll und gesättigt.

»Ich möchte dich schmecken«, sagte er ohne Einleitung und spreizte ihre weißen Schenkel. Für einen Moment sah er einfach nur hin. Ihr Schamhaar war kurz geschnitten und wirkte in der Nähe ihres Spaltes und zwischen den Schamlippen dunkelgolden, was sicher an der Feuchtigkeit lag. Ihr Geschlecht war eine üppige rosige Blume, deren Farbe im Gegensatz zu den blassen Schenkeln verschwenderisch und erotisch wirkte. Hingerissen von dem Anblick, teilte er ihre Lippen und legte die geschwollene Klitoris bloß. Ihr Duft füllte seine Nase. Lucien ließ ein tiefes, wildes Brummen hören und atmete tief ein.

»Diese Muschi gehört mir«, knurrte er, sich kaum dessen bewusst, was er da sagte. Er war allein von dem urtümlichen Verlangen beherrscht, sie zu besitzen. Seine eigene Stimme nahm er kaum wahr, sein Herz schlug so laut in seinen Ohren.

Er glitt mit der Zunge durch das cremige Tal und spielte mit ihrem Kitzler. Ihr Geschmack durchdrang sein Bewusstsein, und er war verloren. Er drehte ein wenig den Kopf, spießte mit der Zunge ihre Klitoris auf und nahm nur ganz entfernt wahr, wie Elise vor Überraschung erfreut aufschrie und mit den Fingernägeln über seine Kopfhaut fuhr, um ihn dicht bei sich zu behalten. Sie war Moschus und Honig und Sonnenschein, goldene Süße, der ganz eigene Geschmack von Sex. Er war nur noch darauf bedacht, mehr von ihrem Geschmack zu bekommen, seinen Mund, seine Kehle, sein ganzes Wesen damit auszufüllen. Ihre Säfte waren seine Belohnung, und so lernte er sie perfekt kennen, kannte bald genau den benötigten Druck seiner Zunge, um sie zu erregen, genau den benötigten Sog, den sie brauchte, um ihre Schreie verzweifelt klingen zu lassen.

Nur am Rande bekam er mit, wie mehrere unerwünschte Störungen von außen in sein tollwütiges Verlangen eindrangen. Der Krach von heftigen Schlägen gegen die Tür unterschied sich von dem Pochen seines Herzens.

»Oh, Lucien … *o Gott* … das ist jemand … Tür«, stammelte Elise, obwohl ihre Hand fest auf seinem Hinterkopf lag und ihn noch näher an ihre Muschi drückte.

»Ruhe da drin!«, rief eine kratzige, von Zigaretten aufgeraute Frauenstimme vor der Tür. »All das Schlagen und Schreien und Stöhnen. Mein Kunde kommt noch auf Ideen, die er sich gar nicht leisten kann!«

»Sollten … aufhören«, stammelte Elise unglücklich. »Ich kann nicht leise bleiben. Das geht … einfach nicht«, stöhnte sie.

Doch Lucien war schon viel zu weit, um jetzt noch auf verärgerte Nachbarn zu achten.

Er mochte Elise' nicht zurückgehaltene Glücksschreie. Er liebte sie. Und fuhr entschlossen fort, die süßeste Muschi, die er je gekostet hatte, zu verzehren.

»IHR DA! Tut doch nicht so, als wärt ihr nicht da. Knebel sie doch. Rumzuschreien wie eine Banshee … bringt meine Kunden noch auf Ideen … *Französin*«, fügte die Frau bitter und leise hinzu.

Elise wand sich unter ihm – er war sich nicht sicher, ob sie es aus Erregung tat oder weil sie versuchte, ihn zum Aufhören zu bewegen –, aber Lucien weigerte sich, sich unterbrechen zu lassen. Er hielt ihre Hüften fest auf dem Bett und peitschte ihre Klitoris gnadenlos, während er zugleich fest an ihr sog. Er spürte, wie sie unter seinen Händen immer steifer wurde, und ein hilfloses Jammern war zu hören. Dann neigte er seinen Kopf noch weiter und lutschte an ihrem ganzen Kitzler. Die Anspannung in ihren Muskeln zerbrach. Ihr Jammern schwoll zu einem scharfen Schrei an, verstummte und schwoll dann wieder zu einem Stöhnen an, als eine weitere Welle des Höhepunkts sie traf.

Er sog sich hungrig an all ihren Empfindungen voll: ihren

verzweifelten Schreien, ihren kratzenden Fingernägeln, ihrem Duft, ihrem Geschmack.

Die Frau hämmerte verärgert noch die nächsten Augenblicke an die Tür, während Elise kam und Lucien in ihren Aromen versank. Als Elise hechelnd aufs Bett zurückfiel und er, bedauernd, ein letztes Mal zwischen den geschwollenen Lippen ihres Geschlechts leckte, war es wieder still.

Sie hob den Kopf und sah ihm in die Augen. Seine wilde Lust wich für einen Moment seinem Amüsement. Der Anblick von Elise' durch den Sex gerötetes, betäubtes und irgendwie verwundertes Gesicht war herrlich.

»War das Miss Inga?«, fragte sie ihn ungläubig.

Seine Hände wanderten zu ihrer Taille, seine Finger gruben sich vorsichtig, aber gierig in die Muskeln ihres Rückens. Zufrieden brummte er. Die Bestrafung und die Orgasmen hatten ihr Fleisch schon deutlich gelockert.

»Ich habe keine Ahnung, ob das Miss Inga gewesen sein könnte. Ich habe diese Frau noch nicht kennengelernt und auch kein Verlangen danach, es jemals zu tun.«

Und doch hinterließ das, was sie gesagt hatte, seine Spuren in seinem Kopf. Er sah sich im Raum um, erblickte die von der Wand abblätternde Farbe, den von einem Leck verursachten Rostfleck in der Ecke, den abgenutzten Teppich. Er schloss die Augen und zwang das pulsierende Klopfen in seiner drängenden Erektion, sich zu verlangsamen. Er küsste einen weichen blassen Schenkel und stand auf.

Woran dachte er da? Dafür war die Zeit noch nicht gekommen. Er hatte sich selbst schon tausend Mal vorgenommen, sich nicht von ihr umwerfen zu lassen, doch Elise' Geschmack ließ seine Vernunft butterweich werden.

»Zieh dich an.« Er vermied es bewusst, die errötete, nackte Schönheit anzuschauen, als die sie dort mit gespreizten Beinen lag. Sie war wie ein vom Sex zerwühltes, ungemachtes Bett, in dem er eine Woche verbringen wollte … als Vorspiel. Er musste sich wieder zusammenreißen. Schon ein paar Mal hätte er an diesem Abend beinahe seine Kontrolle verloren und hatte *so kurz* davor gestanden, sich komplett in ihr Inferno zu stürzen.

»Ich räume deine Sachen zusammen.«

»Du räumst meine Sachen zusammen?«, wiederholte sie, und der Schock war deutlich in ihrer Stimme zu hören. Langsam setzte sie sich auf.

Er sah sie an. Sein Schwanz ruckte gegen seine Hose, die stechende Erregung war ein scharfer Schmerz. Er drehte den Kopf, unterdrückte einen Klagelaut und öffnete den Schrank.

»Ja. Du kannst doch nicht glauben, dass ich dir erlaube hierzubleiben.« Er nahm einen Koffer vom Schrank.

»Ich glaube auch nicht, dass du überhaupt etwas zu diesem Thema gesagt hast!«

»Und wieder hast du dich getäuscht. Du kommst mit mir.« Sein Ton duldete keine Widerrede. Er legte den Koffer aufs Bett und öffnete ihn. »Zieh dich jetzt an, Elise.«

Aus dem Augenwinkel sah er, wie sie aufstand und zur Kommode ging.

»Wohin fahren wir?«, fragte sie, wobei ihre Ungläubigkeit jetzt durch Verwunderung ersetzt worden war.

»Zu mir.«

Als sie nicht antwortete, drehte er sich zu ihr um. Sie stand vor der Kommode, ein zerdrücktes T-Shirt in der Hand, dessen Stoff zwar teilweise ihren Bauch und den Schamhügel verbarg, doch sonst wenig. Er war einen kurzen Moment abgelenkt, bis er erkannte, dass sie völlig überrumpelt aussah.

»Du willst, dass ich bei dir einziehe?«, fragte sie. Ihre Stimme klang vor Schreck ganz hohl.

»Ja«, sagte er in einem sachlichen Ton, der seine Vorsicht, was diesen Plan anging, kaschierte. Er fing an, Dinge aus ihrem Nachttisch in den Koffer zu räumen. »Du bleibst so lange bei mir, bis wir entschieden haben, wie es weitergehen soll.« Er runzelte die Stirn, als er einen Flakon ihres bevorzugten Parfums – Hermès 24, Faubourg – von der Kommode nahm. Schnell wickelte er ihn in einen Seidenmorgenmantel. »Es sind … ungewöhnliche Umstände, aber wir werden es schon schaffen.«

»Wo wohnst du denn?«, wollte sie kurzatmig wissen. Er sah zu ihr hinüber und wünschte, sie würde sich endlich das T-Shirt anziehen.

»Zwischen der Lake Shore und Astor. Ganz in der Nähe des Marktes, auf dem wir uns neulich getroffen haben.« Er fand eine Plastiktüte und ging zum Schrank hinüber. Dort warf er eine ganze Reihe von Designerschuhen in die Tüte.

»Das ist eine sehr schöne Gegend. Aber …«

»Ja?«, hakte er nach. Es irritierte ihn zunehmend, dass sie dort einfach wie festgefroren stehen blieb.

Nackt.

Entzückend.

Ungeduldig und erwartungsvoll hob er die Augenbrauen, als sie nicht gleich fortfuhr.

»Nun … willst du es nicht erst … zu Ende bringen?« Sie sah aufs Bett und dann hinab zu seinem geschwollenen Schwanz.

Sein Körper zuckte bei ihrem Blick erneut in voller, pochender Bereitschaft, und ihm kam ein anschauliches Bild vor Augen, wie er auf ihr in diesem abgesackten Bett liegen und in ihrer Pracht versinken könnte. Nur wegen ihrer Unsicherheit – die er nur Schüchternheit nennen konnte – fand er seine Stärke wieder. Wie konnte ein so schamloses, wildes Kind nur manchmal so naiv wirken?

»Ich werde dich das erste Mal nicht in dieser Bruchbude hier lieben, sondern nach meinen Regeln und an einem Ort, den ich ausgesucht habe«, erklärte er nur.

Er sah, wie sich ihr Hals beim Schlucken wölbte.

»Und Elise. Auch den Zeitpunkt werde *ich* bestimmen. Denk daran.«

In ihren Augen flackerte es rebellisch, doch schnell blickte sie nach unten, um das zu verbergen. Zu seiner großen Überraschung hatte sie ihren Groll so im Griff, dass sie ihm nicht widersprach. Rasch zog sie sich an und half ihm dann, ihre Sachen zu packen.

Sein Domizil war genau das, was Elise von einer durch Lucien ausgesuchten Wohnung erwartet hatte – in einem sinnlichen, verschwenderischen, maskulinen Dekor eingerichtet, ideal gelegen, im Osten mit dem See als Hintergrund und im Norden und Westen der Ausblick auf die glitzernde Skyline. Und natürlich, schließlich ging es hier um Lucien, war die Wohnung in der obersten Etage und umfasste das ganze Penthouse.

Als sie im exquisit ausstaffierten, luxuriösen Appartement hoch über der Stadt angekommen waren, hatte Lucien ihr den Koffer abgenommen, den sie hinter sich hergezogen hatte, und war mit dem, den er selbst in der Hand trug, vorausgegangen. »Warum entspannst du dich hier nicht ein bisschen im Wohnzimmer?«, schlug er vor und nickte mit dem Kopf in Richtung des riesigen, atemberaubenden Raumes vor den bodentiefen Fenstern. »Ich bereite derweil dein Zimmer vor.«

»*Mein* Zimmer?«, fragte Elise erschrocken.

Er betrachtete sie aus halb geschlossenen Augen. »Ich habe es dir erklärt, alles läuft in meinem Tempo ab. Bist du bereit, das zu akzeptieren?«

Sie biss sich auf die Unterlippe und gab sich alle Mühe, ihre

Enttäuschung zu verbergen. Sie hatte gehofft, neben Lucien liegen, seine Wärme und seine Stärke aufnehmen zu können, ihn zu necken, bis er den köstlichen Ausbruch seiner männlichen Kraft nicht länger verhindern konnte. Sie sehnte sich danach, erobert zu werden. Sie verlangte danach, von ihm ausgefüllt zu werden – von ihm verzehrt zu werden –, um dann in einen erschöpften Schlaf zu fallen, der nur unterbrochen wurde, damit sie von vorn beginnen konnten …

Sie war in ihrem Leben noch nie so *hungrig*, so begierig auf einen Mann gewesen.

Als sie verstand, dass er wartete, mit erhobenen Augenbrauen, nickte sie widerstrebend. Offenbar hatte Lucien andere Vorstellungen davon, wie es mit ihnen weitergehen sollte.

»Sag, dass du einverstanden bist, dass wir dies hier in meinem Tempo angehen«, ordnete er an. Elise wurde klar, dass er von ihr erwartete, dieses Versprechen in Worte zu kleiden.

Sie hörte auf, die Stirn zu runzeln. »Ich bin einverstanden.«

»Gut. Ich brauche nur kurz, um alles für dich vorzubereiten.«

Ein paar Minuten später murmelte sie zufrieden vor sich hin, als er sie in eine große Schlafzimmer-Suite führte, die mit gemütlich wirkenden braunen Antiquitäten, beigefarbenen Wänden und verschwenderisch mit weich aussehenden elfenbeinfarbenen Bettdecken und schönen Möbelstücken ausgestattet war. Vorhänge aus Seide und feiner Wolle hingen elegant vor den bodentiefen Fenstern.

»Das ist doch etwas anderes als das Cedar Home Hotel«, neckte sie ihn und warf ihre Handtasche auf das großzügige Himmelbett.

»Das will ich doch hoffen.« Neugierig sah sie auf, als er ein paar Meter von ihr entfernt stehen blieb. Was würde er jetzt machen?

»Im Badezimmer sind frische Handtücher. Meine Haushälterin kommt samstags, dienstags und donnerstags. Wenn du irgendetwas Spezielles zu essen oder für dich haben möchtest, hinterlasse ihr einfach eine Nachricht auf dem Wandbord in der Küche. Dienstags geht sie einkaufen.«

»Okay«, sagte Elise unsicher.

»Ich wünsche dir jetzt Gute Nacht. Ein langer Tag liegt hinter uns. Ich vermute, du bist auch müde.«

»Lucien?«, rief sie ihm nach, als er das Zimmer verlassen wollte.

Er drehte sich zu ihr um.

»Danke. Ich … ich werde mich erkenntlich zeigen. Eines Tages.«

»Du zeigst dich erkenntlich, wenn du brav bist.«

Ich möchte aber ungezogen sein.

Einen Moment lang geriet sie in Panik, denn als er noch einmal seinen konzentrierten Blick auf ihr ruhen ließ, fragte sie sich, ob er wieder ihre Gedanken las.

Ein paar Stunden später schaltete Elise vorsichtig das Licht in der eleganten, modernen Küche ein und tapste leise über den Fußboden aus weißem Alabastermarmor.

»*Ja*«, flüsterte sie triumphierend kurz darauf, als sie einen Krug mit Eistee im Kühlschrank aufgespürt hatte.

Nachdem Lucien sie allein gelassen hatte, war sie duschen gegangen, hatte gelesen, den Fernseher in ihrer Suite eingeschaltet und unaufmerksam durch die Kanäle gezappt. Als sie dachte, dass Lucien schlafen würde, hatte sie sich auf eine Erkundungstour durch das Penthouse begeben. Es war größer, als sie zunächst gedacht hatte, schließlich fand sie auch ein recht großes Büro, ein elegantes Speisezimmer sowie ein gemütliches, mit großen Fenstern ausgestattetes Eckchen zum Frühstücken, außerhalb der Küche. Sie hatte sogar hinter einer geschlossenen Tür eine Treppe entdeckt, die zu einer beeindruckenden privaten Terrasse auf dem Dach des Gebäudes führte. Der einzige Raum, den sie nicht betrat, war natürlich Luciens Zimmer. Sie vermutete, dass seine Räumlichkeiten sich hinter einer verschlossenen holzvertäfelten Tür am Ende des Flurs befanden. Die Tür erinnerte sie ein wenig an die, die zu seinem Büro im Fusion führte.

Typisch Lucien, so viele stabile, elegante und verschlossene Türen in seinem Leben, dachte sie gerade, als sie ein Glas fand und sich Tee eingoss. Der beste Weg, um seine Geheimnisse zu bewahren.

»Was machst du da?«

Sie verschüttete etwas Tee auf ihr Handgelenk, als sie ihren Kopf herumwirbelte. Sie starrte mit offenem Mund. Er stand mit mürrischem Gesichtsausdruck in der Küchentür, offensichtlich nur mit einer elfenbeinfarbenen Tunnelzughose bekleidet, die tief auf seiner Hüfte hing.

Ganz offensichtlich mit nichts anderem.

»Ich … ich habe mir nur etwas Eistee genommen«, antwortete sie, nervös geworden durch sein unerwartetes Erscheinen … durch seine Erscheinung überhaupt – die glänzende karamellfarbige Haut über den festen, perfekt geformten Muskeln und dem flachen, trainierten Bauch. Die elfenbeinfarbene Pyjamahose passte perfekt zum Teint seiner Haut. Seine Brust war glatt, und doch sah man einen dünnen Pfad dunkler Haare, der unterhalb seines Bauchnabels begann und im Bündchen seiner Hose verschwand. Wenn sie sein Äußeres mit einem Wort hätte beschreiben müssen, hätte sie sich nicht zwischen *schlank* und *muskulös* entscheiden können, denn er war beides – ganz glatte, gespannte, ursprüngliche männliche Kraft.

»Es ist fast drei Uhr nachts.«

»Ich weiß. Ich bin eine Nachteule. Ich konnte nicht einschlafen – wie immer«, gestand sie. Er sah sie nur mit einem schneidenden Blick an und sagte eine Weile lang nichts. »Lucien?«, hakte sie nach.

»Du hattest schon immer Probleme mit dem Einschlafen, schon als Kind«, sagte er, als wäre ihm dies gerade eben wieder eingefallen. »Deine Eltern hatten nie regelmäßige Schlafenszeiten für dich. Du konntest machen, was du wolltest, bis spät in die Nacht hinein, wenn ich mich recht erinnere.«

Sie lächelte und goss sich weiter Tee ein. »Du bist immer überrascht gewesen, dass ich darauf gewartet habe, bis du nach Hause gekommen bist.«

»Ich bin in den frühen Morgenstunden nach einer Nacht in den Kasinos von Monte Carlo nach Hause gekommen und hab dich mit einem Buch gefunden, eingewickelt im Salon.«

»Ich wollte nur sichergehen, dass du gut nach Hause gekommen bist.« Sie stellte den Krug zurück in den Kühlschrank. »Weißt du, ich war ziemlich eifersüchtig. Auf Monte.«

»Auf meine Kasinobesuche?«

»Nein«, entgegnete sie und griff nach dem Glas. »Auf die Frauen, die dich begleiten durften.« Sie sog überrascht die Luft ein, als er mit zwei großen Schritten auf sie zukam und ihr das Glas Tee aus der Hand nahm. Erstaunt sah sie zu, wie er es seelenruhig in den Ausguss kippte. Er sah zurück zu ihr und bemerkte ihre verblüffte Miene. Er nahm sie in die Arme, sie sah staunend zu ihm auf.

»Der ist nicht entkoffeiniert.«

»Was hat das damit zu tun? Ich trinke nie entkoffeinierten Tee.«

Als er in ihr Gesicht sah, lächelte er. »Dann wird es Zeit, dass du damit anfängst, oder nicht?«, fragte er freundlich. »Möchtest du ein bisschen Wasser?«, bot er ihr höflich an. Sie schüttelte den Kopf, denn sie war zu verwirrt, um zu sprechen. Er nahm ihre Hand und führte sie aus der Küche.

»Lucien? Was machst du?«, fragte sie ihn, als er sie in das Zimmer führte, das er ihr zugewiesen hatte.

Er blieb neben dem Bett stehen, ihre Hand noch immer fest in der seinen.

»Zieh deine Kleider aus und leg dich ins Bett, Bauch nach unten.«

Beim Klang seiner tiefen, sexy Stimme musste sie schlucken. »Warum?«

»Ich helfe dir beim Einschlafen. Ich kann das deutlich besser als dieser Tee mit seinem Koffein.«

Nach seinem verwirrenden Kommentar sah er sie einfach nur an. Sie wusste nicht, wie sie darauf reagieren sollte.

»Du hast gesagt, du akzeptierst meine Regeln. Das ist deine Chance, es zu beweisen.« In seiner Stimme klang die leise Herausforderung mit. »Also, zieh dich jetzt aus.«

»Alles? Auch den Slip?«, fragte sie kurz darauf, als sie sich aus dem T-Shirt schälte.

»Ja.«

Zum zweiten Mal in dieser Nacht zog sie sich für ihn aus und war sich seiner Blicke auf ihr höchst bewusst.

»Wirst du mich schlagen?«, wollte sie wissen. Sie zog sich die Yogahose über die Oberschenkel.

»Nein. Ich habe es doch schon gesagt. Ich bringe dich ins Bett, auf eine sehr erwachsene Art und Weise.«

Sie stand vor ihm, nackt und selbstbewusst, doch er war damit beschäftigt, die Bettdecke und das Laken umzuschlagen. Er winkte sie ins Bett. »Bauch nach unten, die Hände oberhalb des Kopfes«, befahl er. »Leg dich in die Mitte«, schob er nach, als sie sich auf die Bettkante gesetzt hatte. Als sie bäuchlings dalag, das Gesicht im Kissen, packte er eines ihrer Handgelenke. Sie warf den Kopf herum und schrie kurz vor Schreck auf, als sie merkte, wie er etwas um ihre Hand legte. Es war eine dicke Stoffhandschelle. Er zog sie fest um ihr Handgelenk. Sie zog vorsichtig daran und stellte fest, dass sie an einem Riemen hing, der irgendwie am Bettpfosten befestigt zu sein schien.

»Fesselst du öfter Leute, die in deinem Gästezimmer übernachten?«, fragte sie verblüfft.

»Ich habe den Riemen angebracht, als wir vorhin in die Wohnung gekommen sind, speziell für dich.« Sie sah ihn fassungslos an. »Ich habe auch schon welche an meinem Bett.«

Elise rollte mit den Augen und versuchte, ihre Ängstlichkeit zu verstecken. »Deine Haushälterin wird sich sehr wundern, jedes Mal, wenn sie die Betten macht.«

»Maria ist verschwiegen wie ein Grab«, entgegnete er gelassen. »Ich werde dich öfter fesseln. Das wird eine gute Gelegenheit für dich sein, dich an das Angebundensein zu gewöhnen.«

»Aber ich dachte, du hättest gesagt, du würdest mich nicht bestrafen.«

»Das habe ich. Aber ich fessle dich auch aus anderen Gründen.«

Ihre Klitoris zwickte erwartungsvoll. Sie widerstand dem Bedürfnis, sie an den weichen Decken zu reiben. »Aus welchen Gründen?«

»Wegen Sex, sicherlich. Aus Spaß, immer mal wieder. Und falls es dir schwerfällt, dich zu unterwerfen, dann werde ich dich, mit deinem Einverständnis, fesseln, um die Unterwerfung für dich leichter zu machen. Du hast dann keine Wahl, sondern wirst das akzeptieren müssen, was ich für dich habe. Heute Nacht bringe ich dir bei, dich gehen zu lassen und zu entspannen … ich fange damit an, dich zu trainieren, damit du mir gehorchst.«

Keine Wahl haben, sondern wirst das akzeptieren müssen, was ich für dich habe. Damit du mir gehorchst.

Diese Sätze, ausgesprochen mit seiner tiefen, dekadent sexy Stimme, hallten in ihrem Kopf wider und vibrierten in ihrem Fleisch. Er saß neben ihr auf dem Bett, sie sah in hilfloser Erregung zu ihm auf.

»Ich fessle deine Knöchel und Handgelenke. Du wirst mir ausgeliefert sein, aber dir geschieht nichts Ernsthaftes, Elise. Nie. Wenn du dich gehen lässt und dich unterwirfst, werde ich das mitbekommen. Ich werde dir großes Vergnügen bereiten, wenn du dich darauf einlässt. Vertraust du mir?«

»Ja«, formte sie lautlos mit ihren Lippen.

Lucien lächelte und strich ihr eine Strähne von der Wange. Ein Schauder des Vergnügens durchlief sie bei seiner Berührung. »Dreh dein Gesicht von mir weg, und lege deine Wange auf das Kissen. Deine Augen haben etwas an sich, das mich zugrunde richtet. Versuche zu entspannen. Ich fessle dich noch weiter.«

Elise' Herz begann, unangenehm gegen ihr Brustbein zu pochen, als sie so dalag und es Lucien erlaubte, ihren nackten Körper zu fesseln. Er schlug die bequeme Decke um, da er sich jetzt ihren Fußgelenken widmete. Er zog ihre Beine weiter in Richtung der Bettpfosten. Es war ein merkwürdiges Gefühl, so ausgestreckt dazuliegen, ohne Möglichkeit, sich zu bewegen … verwundbar. Er bedeckte sie sorgfältig wieder mit dem Laken und der Decke. Als sie spürte, wie sein Gewicht neben ihr auf die Matratze sank, ging ihr Atem nur noch stoßweise, so nervös war sie.

Lucien zog die Bettdecke bis zu ihrem Po weg, sodass ihr Rücken frei dalag. Er streichelte ihre Muskeln mit seiner großen, warmen Hand, und sie erschauderte vor Wonne, aber auch ohne jede Angst.

»So ist es gut. Die Zeit ist gekommen, um die Kontrolle abzugeben«, murmelte er. »Entspann dich.«

In den nächsten Minuten massierte er sie sorgsam und fachmännisch. Sie versuchte zu widerstehen, doch seine Hände kneteten ihre steifen Muskeln, bis sie aufgab. Wo hatte er die Feinheiten von Druck und Entspannung so gut gelernt? Sie keuchte, als er mit leichtem Druck seine Hand von ihrem Steißbein bis zum Nacken gleiten ließ. Er wiederholte die Bewegung, und es hatte den Anschein, als würde er ihre Ängstlichkeit und ihren Widerstand damit aus ihr herausstreichen. Aus ihrer Kehle stieg ein verzweifelter Laut auf, denn sie wollte das Aufkommen von Emotionen unterdrücken, die sie nicht verstand.

»Lass dich gehen, Elise«, befahl er und drückte seine Finger geschickt in ihre Schultern. »Lass los. Das ist alles. Ich habe dich. Entspann einfach.«

»Nein«, knirschte sie zwischen den Zähnen hervor. Lucien hatte ihren Brustkorb umfasst, hatte sie vollständig in seinen Händen und arbeitete sich mit den Daumen ihre Wirbelsäule entlang. Warum sie protestierte, war ihr selbst nicht klar. Seine Massage war himmlisch. Es war wohl die Tatsache, dass er anordnete, sie solle die Kontrolle abgeben.

»Doch«, erwiderte er einfach. Mit den Daumen fuhr er unter ihre Schulterblätter und übte einen unnachgiebigen Druck aus. Die Luft brannte in ihrer Lunge. Es war unerträglich. Es fühlte sich *so* gut an. Sie konnte es nicht länger zurückhalten. Was tat er da nur mit seinen Zauberhänden? Irgendetwas rastete in ihr ein.

Sie würgte, als die Gefühle sich in ihrer Kehle Platz verschafften.

»So ist es gut«, hörte sie ihn in einiger Entfernung sagen, während er ihre Rückenmuskulatur rieb und die verbliebene

Anspannung aus ihr strich. Sie sank keuchend auf die Matratze, und jeder Muskel ihres Körpers wurde schlaff, obwohl sie dazu keineswegs ihr Einverständnis gegeben hatte.

Lucien rieb sie weiter – wie lange genau, wusste sie nicht – und murmelte ihr gelegentlich beruhigende Worte zu, mal auf Englisch, mal auf Französisch. Der sintflutartige Gefühlsrausch, in den sie geriet, war anders als alles, was sie bislang erlebt hatte. Sie weinte nicht aus Traurigkeit oder vor Wut, sondern wegen dieser Art von Wirbelwind unbekannter Emotionen, die sich anfühlten, als würden sie ohne ihre Erlaubnis in ihrem Körper leben, in ihren Muskeln hausen.

Die Tränen auf ihren Wangen trockneten. Müdigkeit überwältigte sie, und ihre ganze Aufmerksamkeit galt nur noch dem Gefühl, das Lucien mit seinen magischen Händen verursachte. Er schlug die Decke zurück und legte ihren Po und die Oberschenkel frei.

Ihre Lider sprangen auf. Ihre Muskeln spannten sich wieder an. Sein leises, in sich gekehrtes Lachen und die warme Berührung auf ihren Beinen dämpften ihre Unruhe, sorgten aber nicht gerade dafür, ihre wachsende Erregung einzudämmen.

»Bleib einfach weiter ruhig liegen. Das hast du prima gemacht. Ich bin stolz auf dich. Es ist nicht einfach, sich fallen zu lassen, wenn man das Gefühl hat, der Rest der Welt könnte jeden Moment zu deinem Gegner werden. Deine Wachsamkeit schützt dich, das stimmt. Aber du musst lernen, bei mir deine Abwehr zu verringern«, schalt er sie. »Und jetzt … gebe ich dir deine Belohnung, eine, die für besonders süße Träume sorgt.«

Seine Hand rutschte zwischen ihre Schenkel und umfasste ihr Geschlecht. Noch bevor sie irgendetwas sagen oder erwidern konnte, bohrte sich sein Finger geschickt zwischen ihre Schamlippen. Sie schrie auf, ihre Erregung war scharf, schnell und unerwartet. Hatte er das schon vorbereitet und von ihr unbemerkt Anspannung in ihrem Geschlecht aufgebaut? Er rieb und kreiste und pulsierte, und sie hatte keine andere Wahl, als liegen zu bleiben, mit weit gespreizten Beinen und offenem Geist, und all das Vergnügen aufzunehmen, das er ihr anbot.

Sie drehte ihren Kopf auf dem Kissen hin und her, denn sie wollte ihn unbedingt ansehen, während er sie an solch intimen Stellen berührte. Durch ihre Haarsträhnen hindurch sah sie ihn am Ende des Bettes sitzen, ein Knie auf der Matratze, sein Arm ausgestreckt zwischen ihren Beinen. Mit der anderen Hand streichelte er seinen nackten Schwanz.

Sie stierte ihn an, durchbohrte ihn mit Blicken, und ihre Erregung stieg um ein Vielfaches. Sie hatte seinen Schwanz noch nie zuvor gesehen. *O Gott*, er war so schön. Seine Pyjamahose war unter dem aufragenden Schaft zusammengeknüllt und verbarg damit seine Hoden, aber sein Schwanz war groß und dick, die Krone wie ein fleischiger, sich verjüngender Pilzkopf geformt. Sie erinnerte sich, wie saftig er sich an ihrer Lippe und Zunge angefühlt hatte. Ihr lief das Wasser im Munde zusammen. Er rieb sich selbst, während er seiner anderen Hand zusah, die sich zwischen ihren Beinen bewegte. Sie sah ihn fasziniert an. Etwas an ihrer Hilflosigkeit, ihrer Unfähigkeit, ihn zu berühren, verschärfte ihr Verlangen, bis es genug war.

Es war alles zu viel. Sie ließ den Kopf ins Kissen fallen, als die Erregung ihren Gipfel erreichte und über ihr zusammenschlug.

»Ja, so ist es gut«, sagte er rau über ihr, während sie in herrlichen Orgasmen zu erbeben begann. »Jetzt fängst du an zu verstehen, was es heißt, sich mir zu unterwerfen.«

Er liebkoste sie mit seinen flinken, wissenden Fingern in ihrem feuchten Fleisch weiter durch ihren Höhepunkt. Die ganze Zeit über war ihr Blick auf seine große Hand gerichtet, die wie eine Pumpe immer schneller und schneller über seinen geschwollenen Schwanz fuhr.

»Lucien«, schrie sie auf, als er einen weiteren Orgasmusschauder aus ihr herausgekitzelt hatte. Zum ersten Mal sah er zu ihr hin, beide Hände bewegten sich noch immer … erregten sie beide. Eine Zuckung ging durch seine verbissenen Gesichtsmuskeln, und sie verstand, dass er ebenfalls kam. Spritzer weißen Samens schossen auf seinen flachen, angespannten Bauch, er kurbelte mit einem Ungestüm, das sie sowohl überraschte als auch erregte. Sie spürte seinen Blick auf sich, als sie ihm beim Ejakulieren zusah.

Es war eine unglaublich intime, starke Erfahrung.

Seine Hände verlangsamten sich. Ihr stöhnendes Atmen durchbrach die Stille. Schließlich griff er nach ein paar Taschentüchern, die er vom Nachttisch nahm, um ganz nüchtern seinen Erguss abzuwischen. Wieder prickelte eine leichte Erregung in ihrem Geschlecht, doch ihre Höhepunkte waren so mächtig gewesen, dass sie im Grunde völlig gesättigt war. Als er aufstand und sie von den Fesseln befreite, war sie nur noch eine muskellose Masse lockeren Fleisches. Sie wollte sich umdrehen und ihn ansehen, als sie ihn bereits neben sich auf dem Bett sitzen spürte, seine warme, beruhigende Berührung auf ihrem Rücken, doch sie war viel zu überwältigt von schwerer, weicher Benommenheit.

»Bist du wach?«, wollte er leise wissen. Er deckte sie zu und strich die Laken um sie herum glatt.

Von ihr kam nur ein unverständlicher Laut.

»Wir werden das jetzt jeden Abend um halb zwölf so machen, bis dein Körper gelernt hat, wann es Zeit für den Schlaf ist, und dein Kopf, dass er loslassen und entspannen soll. Hast du mich verstanden?«

Sie hatte verstanden und war mehr als einverstanden. Es würde eine köstliche, wunderbare Erfahrung werden.

Ja, gab sie sich Mühe zu sagen. Wie frustrierend. Sie hatte Schwierigkeiten, ihre Lippen zu bewegen. Sie waren einfach viel zu schwer. Dieses Wort laut auszusprechen, das war ihre letzte Erinnerung bis zum nächsten Morgen.

KAPITEL 8

Vier Tage später beobachtete Denise Riordan Elise dabei, wie sie letzte Hand an ein Gericht legte, das sie für eine besondere Gelegenheit zubereiteten – eine Terrine aus geräuchertem Lachs mit Pilzen. Abgelenkt blickte Elise auf, als die Küchentür aufschwang. Sie erkannte Luciens Umrisse und setzte noch einmal neu an, fluchte dann aber lautlos, da sie ein wenig der Aioli Soße über den Tisch und nicht über den Teller verteilt hatte.

»Kein Problem. Hier«, beruhigte sie Denise, nahm ihr die Soße ab und gab ihr dafür ein Handtuch. »Es sieht wunderbar aus«, erklärte die neue Küchenchefin des Fusion lächelnd und reichte den Teller einem wartenden Kellner.

Unruhig sah Elise zu Lucien hinüber. Sie war ihm in den letzten Tagen nur selten begegnet. Sie hatte das Gefühl, ihn vor ihrem Einzug in sein Penthouse öfter gesehen zu haben als in den letzten vier Tagen.

Sicher … er brachte sie *tatsächlich* jeden Abend ins Bett. Sie gewöhnte sich daran einzuschlafen, aber auch an die Fesseln. Seine magischen Hände nicht zu vergessen. Der schwierige Teil war nicht, sich an seine Berührung zu gewöhnen. Schwierig war es, nicht jede Sekunde, Tag und Nacht, sich nach seiner Berührung zu sehnen.

Bei diesen unwiderstehlichen Erinnerungen schoss ihr die Röte ins Gesicht, sie dachte daran, wie sie ihm beim Masturbieren zusah, wie er sie berührte, rieb und ihr so lange Lust bereitete, bis sie nur noch ein Haufen zitternder gallertartiger Masse war.

Mehr sah sie gar nicht von ihm in diesen knappen, dekadent erotischen Momenten, in denen sie gefesselt dalag und er ihren Körper gekonnt dazu brachte, zu entspannen … loszulassen … alles abzuwerfen. In der vergangenen Nacht hatte sie ihn überhaupt nicht gesehen, denn er hatte darauf bestanden, ihr die Augen zu verbinden.

»Du weigerst dich mitzumachen«, hatte er gesagt, während er ihr einen Seidenschal, den er aus dem Nachttisch geholt hatte, um die Augen legte. »Ich habe dir immer gesagt, du sollst deinen Kopf wegdrehen, doch du schaust mich immer wieder an, oder etwa nicht? Gieriges, kleines Ding«, brummte er und zog den Knoten fest. Sein Ton hatte jedoch warm und amüsiert geklungen.

Es war schlimmer gewesen – wesentlich schlimmer –, die Dinge ihrer Vorstellungskraft zu überlassen und sich ausmalen zu müssen, wie er über seinen Schwanz rieb, während er sie vor Entzücken zum Erzittern brachte.

Er hatte erklärt, er habe mit dem Kauf des Hotels viel zu tun, was sie ihm glaubte, denn er war nur selten im Fusion oder dem Penthouse anzutreffen. Elise wusste, dass er ab und an für ein Match zu seinem Poloclub fuhr, doch bislang hatte er ihr nicht angeboten, ihn zu begleiten. Der einzige Hinweis in dieser Richtung, der sie hoffen ließ, war seine Bemerkung gewesen, er suche nach einem Pferd für sie, mit dem sie dann gemeinsam einen Ausritt unternehmen könnten.

Sie hatte sich noch nie so wohl gefühlt wie nach diesen zahlreichen Nächten voll solidem, tiefem Schlaf. Und doch wachte sie jeden Morgen allein auf. Diese zusätzliche Energie war schön, aber sie blieb doch ein wenig unbefriedigt zurück. Noch nie zuvor in ihrem Leben war sie so behandelt worden.

An Männer, die in der anderen Richtung viel zu weit gegangen waren, war sie gewöhnt – die sich alle Mühe gegeben hatten, ihr zu gefallen, jedem ihrer Wünsche haarklein gefolgt waren oder verrückte Dinge getan hatten, um auf sich aufmerksam zu machen. Erik Cebir zum Beispiel, der Mann, von dem ihre Eltern sich gewünscht hatten, sie möge ihn heiraten, hatte sie einmal gefragt, ob sie gerne angelte, was sie müde bejaht hatte. Eriks Antwort war gewesen, ihr eine nagelneue Yacht – mit acht Schlafzimmern – zu kaufen, die er stolz *The Golden Elise* getauft hatte. Er hatte seine Irritation recht gut verborgen, als er sie schließlich mitgenommen hatte und einsehen musste, dass sie weder irgendeine Ahnung vom Hochseeangeln hatte noch besonderes Interesse daran. Als sie ihm von ihrer Freude am Fischen erzählt hatte, hatte sie daran gedacht, am Ende eines Kais eine Schnur ins Wasser zu werfen, so wie sie es in den letzten Tagen ihres Jugendsommers mit Lucien getan hatte. Trotz ihres nur mäßigen Interesses daran, einen gigantischen Thunfisch zu fangen, hatte Erik sich bemüht, ihr in anderer Beziehung zu gefallen.

Sie wusste nur zu gut, dass die meisten Männer sich wegen der Verlockungen ihres Status und ihres Reichtums so verhielten und dass es absolut nichts mit ihrem Wert als Mensch zu tun hatte. Die Männer kannten sie nicht, und ein Großteil ihrer Verehrer schien auch nicht wirklich interessiert daran, sie kennenzulernen. Doch das änderte nichts an der Tatsache. Es war einfach so, dass sie gelernt hatte, eben nur das von Männern zu *erwarten*, auch wenn es nicht unbedingt das war, was sie sich wünschte.

Mit Lucien hatte sich all dies gewandelt, und sie vermutete, dass er sehr genau wusste, was er tat. Er kannte ihre Angewohnheiten und ihren früheren Lebensstil schließlich besser als irgendjemand sonst. Ihre Frustration wuchs mit jeder

Stunde. Sie konnte nicht das besitzen, was sie sich am dringlichsten wünschte – den großartigen, unausstehlichen, zurückhaltenden Mann, der sie jetzt mit dem gleichen Interesse ansah, mit dem er auch die schmutzigen Pfannen neben dem Spülbecken betrachtet hätte.

»Darf ich Ihnen Elise für einen Moment entführen? Ich muss mit ihr ein paar steuerliche Details besprechen, aus der Zeit, als sie hier noch angestellt war. Ich verspreche, dass es nicht lange dauern wird«, wandte sich Lucien an Denise.

»Natürlich. Sie hat ununterbrochen gearbeitet, und der größte Andrang zur Mittagsessenszeit ist auch vorüber«, antwortete Denise, schöpfte eine dampfende Tomatensuppe in einen Teller und garnierte ihn mit Ziegenkäse und frisch gebackenen Croûtons. Elise respektierte Denise und war froh, dass sie so gut miteinander auskamen. Verglichen mit anderen Chefköchen, die sie kennengelernt hatte, besaß Denise ein ausgeglichenes Temperament. Bei der Arbeit in den Kochschulen, in denen sie auf viele unterschiedliche starke Persönlichkeiten gestoßen war, hatte Elise so gut wie nirgends sonst gelernt, den Mund zu halten und ihren Stolz hinunterzuschlucken.

Wobei, so ganz stimmte das nicht. Sie hatte nirgends sonst so gut gelernt, wie sie ihren Stolz im Zaum halten konnte, wie nach ihrer Begegnung mit Lucien in Chicago, dachte sie, als sie sich die Hände abwischte und sich dem Versucher ihrer Launen höchstpersönlich näherte. Er neigte seinen Kopf und bat sie damit, ihm zu folgen. Während er sie schweigend zu seinem Büro führte und die schwere getäfelte Tür hinter sich schloss, hatte sie genug Zeit, um nervös zu werden. Sie hatte ihm nicht einen Moment lang geglaubt, was er über die steuerlichen Fragen erzählt hatte. Alles, was sie ihm angegeben hatte, war korrekt und aktuell gewesen.

Elise sah zu, wie er hinter seinen Schreibtisch trat und sich hinsetzte. An diesem Tag trug er eine Jeans, deren Passform ihre Gedanken auf Abwege führte, dazu ein am Kragen offenes weißes Hemd und einen schwarzen Blazer, der seine breiten Schultern betonte. Hinter seinem großen Mahagonitisch wirkte er perfekt wie der befehlende, unwiderstehliche Herrscher über ein Landgut.

»Was stimmt denn nicht?«, fragte sie unsicher.

Er zwinkerte mit den Augen bei ihrer Frage. »Alles ist in Ordnung. Wie kommst du auf die Idee, dass etwas nicht stimmen könnte?«, wollte er mit einem Lachen wissen.

»Weil… nun, weil du mich normalerweise nicht hierherkommen lässt.« Instinktiv fuhr sie sich mit der Hand über den Po, als in ihr die Erinnerung aufstieg, wie er sie hier im Büro bestraft hatte. Sein Blick wanderte nach unten. Sein Lächeln wurde breiter.

»Warst du denn unartig, Elise?« Seine tiefe, sexy Stimme neckte sie.

Unglaublich, diese Grübchen. Sobald ihr bewusst wurde, dass sie ihren Arsch berührte, ließ sie die Hände sinken.

»Natürlich nicht. Warum wolltest du mit mir sprechen?«, hakte sie neugierig nach.

»Ich dachte, es würde dich vielleicht interessieren, dass ich dir eine Stute gekauft habe.«

Ihr Herz hüpfte. Als er ihre Reaktion erkannte, zeigte Lucien sich erfreut.

»Du hast mir ein Pferd gekauft?«, wiederholte sie aufgeregt und trat näher an seinen Tisch heran. »Wo ist sie denn? Wann kann ich sie sehen?«

Er hob abwehrend seine Hände. »Ich bringe dich heute Abend zum Stall, wenn wir das Fusion geschlossen haben.«

Elise ließ einen frustrierten Laut hören. *Lucien hatte ihr ein Pferd gekauft.* »So lange kann ich aber nicht warten.«

»Das wirst du aber, denn du musst«, erklärte er ihr und setzte einen scharfen Blick auf, der nur durch ein leichtes Lächeln abgemildert wurde. »Du wirst sie lieben.«

»Ich weiß«, sagte sie überschwänglich.

»Woher weißt du das?«, wollte er in sich hineinlachend wissen. Er stand auf und ging um den Schreibtisch.

»Weil du sie für mich gekauft hast.« Lucien wirkte überrascht, als sie auf ihn zuflog und ihre Arme um seine Taille legte. Als sie ihn nach ihrer Umarmung ansah, erkannte Elise, dass es ihm ebenfalls gefallen hatte. Er legte seinen Arm um ihren Rücken. Dann hob er die Hände und berührte vorsichtig ihre Wangen.

»Du siehst blendend aus«, murmelte er und streichelte sie. »Es ist, als würde ich den Sonnenschein festhalten, wenn du in meinen Armen liegst.«

Wärme durchflutete sie bei diesem Kompliment.

»Das liegt sicher an dem Schönheitsschlaf, den du jede Nacht bekommst«, sagte er.

»Wenn dem so ist, dann weil du mir den Schönheitsschlaf ermöglichst«, erwiderte sie tonlos. Ihr war ganz schwindelig davon, sich so plötzlich in seinen Armen wiederzufinden. Sie drückte sich provozierend an ihn, presste ihren Busen gegen seine Rippen und scheuerte ihre Brustwarzen an ihm, indem sie sie ein paar Zentimeter hin- und herschob. Sie spürte, wie sich sein Körper rührte. Ein tiefes Geräusch der Zufriedenheit drang aus ihrer Kehle.

Seine Miene wurde härter. Vorsichtig löste er ihre Arme von seiner Taille und übersah dabei ihr Stirnrunzeln, als er ein wenig zurücktrat.

»Aus ein paar Dingen, die Denise mir erzählt hat, schließe ich, dass du ihr nichts davon verraten hast, dass du in mein Penthouse umgezogen bist.«

»Stimmt. Ich dachte, du wolltest, dass ich das für mich behalte. Oder habe ich mich da getäuscht?«

»Nein, gar nicht. Wir hatten nur noch nicht darüber gesprochen. Ich danke dir, dass du so diskret bist. Rechtlich gesehen arbeitest du ja für Denise und nicht für mich, aber sie ist meine Angestellte. Und ich möchte nicht, dass sie sich unwohl fühlt oder den Eindruck bekommt, die Situation sei irgendwie unfair.«

»Ich würde es niemals zulassen, dass unsere Beziehung sich negativ auf meine Ausbildung auswirkt«, erklärte Elise resolut. Lucien antwortete nicht gleich, also dachte sie noch einmal darüber nach, was sie eben gesagt hatte. Sie errötete. »Nicht dass wir wirklich … du weißt schon …«

»Was?«, fragte er nach.

»Eine Beziehung führen«, fuhr sie fort und warf ihm einen stechenden Blick zu, der sich noch verschärfte, als sein Lächeln zurückkehrte.

»Zu schade, dass du das so siehst. Denn normalerweise biete ich einer Frau, mit der ich keine Beziehung führe, nicht an, bei mir einzuziehen.«

»Ins Gästezimmer«, ergänzte sie im Flüsterton.

»Wie bitte?«, fragte er höflich.

»Nichts.«

»Wolltest du mich irgendetwas fragen?«, hakte er nach. Die plötzliche Intensität von seiner Seite verwirrte sie. Warum stellte er ihr immer wieder diese Frage? Dickköpfig schüttelte sie den Kopf. Sie sollte verflucht sein, wenn sie ihn darum anflehen würde, sie ganz zu nehmen … sie für sich zu fordern. Entweder wollte er sie besitzen oder eben nicht.

»Gut. Aber es gibt noch etwas, das ich wohl erwähnen sollte, auch wenn ich sicher bin, dass es eigentlich nicht nötig ist. Du warst Denise und den anderen Angestellten hier im

Fusion gegenüber immer so diskret.« Mit diesen Worten griff er nach einem Umschlag auf seinem Schreibtisch.

»Was meinst du damit?«

Er sah auf, und sie spürte seine Anspannung, die er dadurch zu verbergen versuchte, dass er mit vorgeschobener Zerstreuung seine Post überflog.

»Ich habe vor ein paar Minuten mit Ian über unser Fechttraining morgen gesprochen. Er und Francesca sind zum Abendessen heute hier. Und Ian hat angedeutet, dass Francesca dabei mit dir über eine mögliche Verabredung zum Joggen sprechen möchte.«

Die Stille drückte auf ihr Trommelfell. Sie war mehr als dankbar und erfreut darüber, dass er ihr ein Pferd gekauft hatte, aber etwas an seiner Art, über dieses Thema zu sprechen, ließ sie wachsam werden. Dann war sie plötzlich ziemlich sicher, dass der wahre Grund, warum er sie in sein Büro gebeten hatte, diese Angelegenheit mit Ian und Francesca war und nicht das Pferdegeschenk – oder zumindest war das Pferd nur das Zweitwichtigste gewesen.

»Und du wolltest sichergehen, dass ich mich nicht bei Francesca verplappere, dass ich zu dir ins Penthouse gezogen bin, weder heute Abend noch beim Laufen?«, stellte sie klar.

Er zuckte mit den Achseln. »Das wäre doch komisch, oder? Dass du bei mir einziehst, wo wir uns doch erst seit Kurzem kennen?«

»Du machst dir Sorgen, weil du während des Joggens mit Francesca nicht dabei sein kannst, um mich zu überwachen.«

Er blickte sie nichtssagend an. »Solange wir uns verstehen.« Wie beiläufig ging er um den Tisch herum und öffnete einen Brief.

»Ich bin aber nicht sicher, dass ich es *wirklich* verstehe«, sagte sie langsam.

Er erstarrte und sah wieder zu ihr hoch, sein Blick undurchdringlich.

»Was meinst du damit?«

»Warum ist es dir so wichtig, was Ian Noble denkt? Warum … *interessierst* du dich so nachdrücklich für Ian Noble? Darum geht's. Gehört ihm irgendetwas, das du gerne haben möchtest? Planst du etwas? Etwas Geschäftliches?«

»Natürlich nicht.«

»Aber warum kannst du mir dann nicht erklären, was du tust? Womöglich könnte ich dir helfen?«

»Lass es, Elise.«

Bei diesem scharfen, ruhigen Befehl zuckte sie zusammen. Sie wollte diesen Augenblick, in dem er ihr das mit dem Pferd erzählt hatte, nicht zerstören, aber ein unangenehmes Gefühl rumorte in ihrer Brust und ließ sich dann bleischwer in ihrem Magen nieder. Sie war in einer Atmosphäre der Täuschung und Durchtriebenheit groß geworden. Jede Handlung ihrer Mutter oder ihres Vaters war genau geplant, nur darauf bedacht, ein spezielles Ziel zu erreichen. Sie wusste, dass Lucien unter ähnlichen Bedingungen aufgewachsen war. Sogar schlimmeren. Luciens Vater hätte Machiavelli noch so einiges beibringen können.

»Ian Noble hat nichts mit dir zu tun – mit uns«, sagte er.

Sie lachte spöttisch.

»Ich lasse mich nicht erpressen«, fuhr er fort. »Wenn du das Gefühl hast, es müsste unbedingt sein, dann lauf zu Noble und erzähle ihm, was du zu wissen glaubst.«

»Oh, verstehe. Und dann schmeißt du mich in hohem Bogen raus«, rief sie hitzig. Hatte er ihr gerade gesagt, dass sie in seinem Penthouse bleiben solle, damit er etwas in der Hand hatte, um sie zum Schweigen zu bringen? War es einfach nur bequemer für ihn, sie unter Kontrolle zu behalten, wenn sie in seiner Nähe war?

»Es geht überhaupt nicht darum, dich rauszuwerfen. Du sollst nur nicht Dinge anpacken, die dich nichts angehen. Es dreht sich nicht alles nur um dich, Elise.«

»Das weiß ich!«, rief sie getroffen. »Ich verstehe einfach nur nicht, warum du so geheimnisvoll tust.«

»Darüber diskutiere ich nicht. Entweder du vertraust mir, dass ich nichts Schädliches im Sinn habe, oder du vertraust mir nicht. Das überlasse ich dir.« Damit setzte er sich wieder hinter seinen Schreibtisch. Er öffnete eine ledergebundene Mappe, nahm einen Stift und begann, Zahlen einzutragen.

Er war fertig mit ihr.

Sie wandte sich ab und verließ das Büro, perplex und irritiert über die Verbindung zwischen seinem aufmerksamen Geschenk und dem anschließenden Manöver, mit dem er ihr Schweigen erreichen wollte. Ihre Verzweiflung stieg.

Lucien war bei Weitem nicht so wie sein Vater.

Selbstverständlich war er das nicht.

Nur warum verhielt er sich dann manches Mal so geheimniskrämerisch?

Lucien war froh zu sehen, dass sie an diesem Abend lange blieb. Er hatte befürchtet, Elise könne das Fusion wütend verlassen, nachdem sie ihre Arbeiten erledigt hatte, und sich weigern, ihn nach dem vorausgegangenen Streit zu den Ställen zu begleiten. Er hatte beim Dinner ihr Verhalten Ian und Francesca gegenüber beobachtet, und sie hatte sich gut benommen, wenn man davon absah, dass sie ihn ganz offensichtlich von ihrer Wärme und ihrem Charme ausgeschlossen hatte. Er selbst konnte das aushalten, doch zumindest Ian hatte sicherlich bemerkt, dass sie ihm die kalte Schulter gezeigt hatte.

»Können wir losgehen?«, fragte er gelassen, als er die Küche betrat. Die meisten Lichter waren bereits gelöscht. Sie stand hinter einem hölzernen Arbeitstisch und stapelte Teller. Ihm fiel auf, dass sie sich umgezogen hatte und den Kochkittel mit einer weißen Martin Jeans getauscht hatte, dem Aushängeschild des bekannten Modelabels von Louis Martin, ihrem Vater. Zu der Jeans trug sie ein passendes dunkelblaues T-Shirt, das ihre schmalen Hüften und vollen Brüste betonte.

Elise nickte kaum merklich. In ihrem blassen Gesicht konnte er nicht erkennen, ob sie noch immer verärgert war. Sogar während der Fahrt zu seinem Club wurde er nicht schlau aus ihrer Stimmung. Sie war die ganzen vierzig Minuten über höflich, aber zurückhaltend.

Der Club lag in einem waldigen Gebiet, in einem westlichen Vorort. Dem Wachmann am Tor war gesagt worden, dass Lucien einen späten Besuch der Ställe plante. Er öffnete das Tor mit einem freundlichen Winken. Nachdem sie das beleuchtete Clubhaus hinter sich gelassen hatten, wurde es auf der Straße, die zwischen dicht stehenden Bäumen hindurch führte, völlig dunkel. Das Gelände lag zu dieser Zeit völlig verlassen da.

»Ich kann es kaum noch erwarten, sie zu sehen«, durchbrach Elise endlich das Schweigen, als sie auf dem Parkplatz ausstieg. Das Polofeld war, von einigen wenigen Flutlichtern beleuchtet, etwas entfernt, der sie umgebende Wald wirkte wie ein bedrohlicher Schatten. Er hörte die Aufregung in ihrer zitternden Stimme. Er lächelte ins Dunkel. Das Mädchen, an das er sich erinnerte und das Pferde so geliebt hatte, steckte noch immer in ihr. »Wie heißt sie?«, wollte Elise wissen.

»Kesara. Sie ist noch eine junge Stute. In ein paar Monaten wird sie drei.«

»Aber sie ist doch keine Polopony, oder?«, wollte Elise wissen, als sie sich den nur schwach erleuchteten Ställen näherten.

Stan, der nur etwa einen Kilometer die Straße weiter wohnte und sich um die rund dreißig Pferde kümmerte, die hier standen, war offensichtlich nicht da.

»Nein, sie ist ein Reitpferd. Es gibt hier auf dem Gelände ein paar sehr schöne Wege und Felder.«

»Ich bin sicher, es war schwer, einen Club zu finden, der hier in den USA Polo anbietet. Das ist hier wohl kein sehr weit verbreiteter Sport, oder?«

»Nein, ist es nicht, aber es gab schon ein paar Interessierte hier in der Gegend, und es werden immer mehr.«

»Bist du, als Exmitglied der französischen Nationalmannschaft, bei der Qualität der Spiele nicht völlig unterfordert?«

»Das ist schon in Ordnung. Wir machen es ja nur aus Spaß am Spiel. Außerdem bin ich ja kein junger Mann mehr«, erklärte Lucien und öffnete die Tür.

Elise prustete.

»Aber es stimmt doch. Mein Pferd ist für mich schon Herausforderung genug. Er ist ein echter Wildfang.«

»Wie heißt er denn?« Elise stellte ihre Frage mit gedämpfter Stimme, als sie beim Betreten des Stalles leises, entferntes Wiehern hörte. Der ihr so vertraute, reiche, fruchtbare Geruch des Stalles stieg ihr in die Nase. Sie kamen an der Sattelkammer vorbei. Ein paar Pferdeköpfe wurden herumgeschwenkt, nachdem Lucien ein Licht angeschaltet hatte.

»Jax. Das ist er«, erklärte Lucien einen Moment später. Der große, fast schwarze Hengst warf den Kopf hoch und schnaubte laut, als er getätschelt wurde. Jax folgte Luciens Hand mit einer ruppigen Bewegung, die Lucien als grobe Begrüßung interpretierte. Das Tier beruhigte sich schnell wieder, als Lucien ihm über den gerippten Halsmuskel rieb.

»O Gott, ist er schön«, staunte Elise. Sie griff nach oben, um Jax zu streicheln. Das Pferd zeigte die Zähne, wieherte gereizt und ließ das Weiß seiner Augen sehen. Eilig packte Lucien Elise' Hand und zog sie von Jax fort.

»Er ist kein Haustier. Es wäre besser, wenn du Kesara gut zuredest und sie streichelst«, schlug er vor und führte sie einige Boxen weiter zu einem schlanken, braunen, jungen Pferd, das sie mit aufgeregten Augen und wachem Blick beobachtete. »Kesara, darf ich dir Elise vorstellen«, sagte er und drehte sich um. Elise' Blick war noch immer auf Jax gerichtet, erst jetzt wandte sie den Kopf, um die braune Stute zu betrachten. Sie riss die Augen auf.

Es war Liebe auf den ersten Blick, das war leicht zu erkennen, und zwar auf beiden Seiten. Kesara wieherte leise, als Elise sie streichelte und sie in einem tiefen, vertraulichen Ton begrüßte. Interessiert zuckten Kesaras Ohren hin und her. Einen Moment lang verlor sich auch Lucien in dem seidig weichen, besänftigenden Ton, in dem Elise auf Französisch mit dem Tier sprach, wurde auch er davon eingelullt ... verzaubert. Die melodischen Worte ließen seine Haut kribbeln, berührten seinen Körper. Sein Blick wanderte nach unten zu den festen, schlanken Kurven von Elise' Hüften und ihrem Po, die durch die enge Jeans und das T-Shirt optimal betont wurden. All die Lust, die er sich bis dahin vom Leib zu halten bemühte, rauschte mit einem Mal in sein Fleisch.

Blut pumpte in seinem Schwanz und ließ ihn innerhalb von Sekunden steif werden.

Elise drehte sich voller Freude über Kesara zu ihm um. Sie hielt inne, als sie Lucien sah, mit halb geschlossenen Augen und einem breiter werdenden Lächeln. Sein Blick war heiß und gierig, als er ihren Arsch ansah.

Idiot. Sie wusste, dass er sie haben wollte. Warum nur spielte er so mit ihr herum? Sie hatte genug davon. Weshalb war es ihm so wichtig, dass er sie kontrollieren konnte … dass sie sich ihm unterwarf?

Ich werde *dafür sorgen, dass er mich nimmt.*

Sie musste bei diesem Gedanken, der sie mit geballter Intensität überkommen hatte, kurz die Augen schließen. Plötzlich wusste sie ganz genau, was sie tun musste, um das zu bekommen, was sie wollte.

»Können wir einen Ausritt machen?«, wollte sie begierig wissen.

Er schüttelte den Kopf. »Dafür ist es schon zu dunkel. Wir kommen am Sonntag wieder.«

Sie setzte die Verführungskraft ihrer Augen ein. »Ich möchte aber jetzt reiten. Bitte!? Sie ist so schön. Nur eine Runde um das Polofeld.«

Nachdenklich schwieg er. Mit ihrer Zungenspitze fuhr sie sich leicht über die Unterlippe. Sie sah, wie sich der Funke in seinen Augen entzündete.

»Na gut«, gab er nach und zog sein Jackett aus. Sie war viel zu vorsichtig, um ihren Triumph zu zeigen. »Warte hier, ich sattle noch die Pferde.«

Er machte Jax bereit und hatte ihn in der Nähe der Stalltür angebunden, als Elise ihn nach dem Weg zu den Toiletten fragte. Lucien erklärte ihr, wo sie sie finden könne. Sie sah zu, wie er Kesaras Box betrat. Statt sich auf den Weg zu den Toiletten zu begeben, die sie gar nicht besuchen musste, öffnete sie leise die Stalltür. Jax warf den Kopf hoch und beäugte Elise herausfordernd mit einem Auge, als sie auf ihn zutrat. Sie lächelte grimmig und griff nach dem Sattelknauf.

Eine Minute später hörte er etwas, das wie das Öffnen einer Tür und Jax' verärgertes Wiehern klang.

Eine Art Furcht durchfuhr ihn mit einem Mal.

Nein, das würde sie doch nicht tun.

Er hastete aus Kesaras Box. Die Stalltür stand weit offen. Weder Jax noch Elise waren zu sehen.

Der Teufel hat mich dazu verführt.

Diese Worte kamen ihr in den Sinn, als Jax durch die Nacht flog und eine Mischung aus Panik und Aufregung ihr Herz höher schlagen ließ.

Dabei dachte sie nicht unbedingt an den biblischen Teufel. Sie dachte an den Mann, den sie nun seit ein paar Wochen schon verteufelte. Luciens lautes Rufen durchbrach die Nacht, doch Elise war viel zu sehr damit beschäftigt, auf Jax' Rücken zu bleiben, als dass sie ihm Gehör schenken konnte. Sie beugte sich nach vorn, ihr Kinn war nur Zentimeter von Jax' wehender Mähne entfernt, ihre Schenkel klemmten sich wie ein Schraubstock an den Sattel. Elise packte die Zügel und zog mit aller Kraft daran, doch das große, starke Tier war durch ihr Aufsteigen völlig verschreckt.

Verschreckt und stinksauer.

Sie war eine gute Reiterin, allerdings hatte sie schon länger als ein Jahr nicht mehr auf dem Rücken eines Pferdes gesessen. Dazu kam noch, dass sie es noch nie mit einem solch starken und wilden Hengst zu tun gehabt hatte wie Jax. Er schoss über das nur schwach erleuchtete Spielfeld, während Elise wie ein Blutegel an ihm hing, der kurz davor war, die Haftung zu verlieren.

Vielleicht war das doch keine ganz so gute Idee gewesen. Doch hatte sie schon jemals eine gute Idee gehabt, wenn sie so verzweifelt war?

»Nein, Jax, nein!«, bat sie verzweifelt, als das Pferd das Polofeld verließ und in den Wald galoppierte. Ein paar Sekunden lang, bevor die Dunkelheit sie fast vollständig verschluckte, konnte Elise erkennen, dass sie sich auf einem breiten Pferdeweg befanden. Offenbar kannte Jax diese Strecke. Denn er verlangsamte seine Gangart nur kaum merklich, als er statt Gras nun den Waldweg unter sich hatte. Das Tier stürzte durch den Wald, Elise hing in Todesangst auf ihm und verfluchte ihre Entscheidung, Lucien anstacheln zu wollen.

Der verdammte Kerl. Wäre er nur nicht so unerträglich – ihren Arsch mit seinen grauen Augen so anzustarren, wenn sie nicht hinsah, und dann so zu tun, als wollte er sie nicht, wo sie doch genau wusste, dass er sie durchaus begehrte.

Die dicken Wolken und die dunklen Bäume versperrten ihr komplett die Sicht. Jax jagte über den Pfad, der Klang seiner Hufen hämmerte in ihren Ohren und vermischte sich dort mit dem erschrockenen Pochen ihres Herzens. Der Lauf des Pferdes wirkte sicher. Wenn sie auf ihm sitzen bleiben könnte, würde er irgendwann ermüdet aufgeben.

Würde er doch, oder?

Die grenzenlose, rohe Energie, die sie aus dem Tier herausströmen fühlte, ließen sie an dieser Gewissheit zweifeln. Zumindest hatte er nicht versucht, sie abzuwerfen. Ihre Augen passten sich allmählich dem Dunkel an. Das schwache Licht der Sterne half ihr, die Baumwipfel zu erkennen. Ihre Schenkel, mit denen sie sich am Rücken des Pferdes festklammerte, um nicht abzustürzen, brannten höllisch. Würde Jax bocken oder sich aufbäumen, hätte sie keine Kraft mehr, sich festzuhalten.

Dann hörte sie plötzlich das Geräusch näher kommender Hufe hinter sich.

Lucien.

Erleichterung überkam sie. Die zunehmende Panik darüber, dass sie auf dem Rücken eines außer Kontrolle geratenen Pferdes saß, war stärker als die Furcht vor seiner Reaktion.

»*Jax!*«, rief Lucien mit lauter Stimme ein paar Augenblicke später hinter ihr. Jax warf seinen Kopf scharf hin und her und ließ ein markerschütterndes Wiehern hören. Seine Bewegung und dieser Laut verschärften bei Elise die Angst, das Pferd könne bocken.

»Halt dich fest, Elise. Lass *auf keinen Fall* los. Jax, langsam, wilder Kerl«, brüllte Lucien von hinten. Er klang zwar energisch, aber nicht besorgt, schon gar nicht verärgert. Würde er herankommen können, bevor sie all ihre Kräfte aufgebraucht hatte und abstürzte? Elise erkannte an Kesaras schlankem Körper, dass sie einer Rennpferdefamilie entstammte, wohingegen in Jax' Stammbaum sicherlich Pferde zu finden waren, die ursprünglich für die auf dem Schlachtfeld und heutzutage für das Polospiel benötigte reine Kraft und Ausdauer gezüchtet worden waren. Doch Jax hatte durchgedreht.

Das hatte sie nur sich selbst zuzuschreiben.

Sie hörte das scharfe Knallen einer Reitgerte auf Pferdefleisch und stellte sich Lucien hinter ihr vor, wie er Kesara zum Aufholen antrieb. Für eine verrückte, kurze Sekunde wünschte sie sich, Jax würde einfach weiterlaufen.

»Jax«, rief Lucien ernst. Seine Stimme war dieses Mal nicht mehr so weit entfernt.

Jax schnaubte laut. Zuerst fiel Elise keine Veränderung im Verhalten des Tieres auf, doch dann wurde ihr bewusst, dass es langsamer wurde. Das Geräusch von Kesaras klappernden Hufen kam näher und vermischte sich mit Jax' abgerissenem Keuchen. Er wurde müde. Er wurde langsamer, lief dann in einem schnellen Trab. Elise stieß einen Seufzer der Erleichterung aus und verringerte etwas den scharfen Druck, den sie auf ihre Beinmuskeln ausgeübt hatte. Sie zog an den Zügeln, und endlich reagierte Jax, indem er noch langsamer wurde.

Das Pferd blieb stehen. Elise blieb vornübergebeugt, atmete

schwer und hielt die Zügel eisern fest. Sie hörte, wie Kesara und Lucien aufschlossen und anhielten.

»Lucien?«, fragte sie zitternd einen Moment später, als sie seinen Körper an ihrem Bein spürte. Im schwachen Sternenlicht konnte sie nur seinen großen Körper erahnen. Er legte seine Hände vor die ihren auf die Zügel. Jax tänzelte, und ihr Herz schlug ihr erneut bis zum Hals.

»Wooaa«, brummte Lucien tief. Jax beruhigte sich, und Elise überlegte, was wohl geschehen würde, würde Lucien jetzt nicht mit seinen talentierten Händen dem Pferd beruhigend das Hinterteil tätscheln.

»Nimm deinen Fuß aus dem Steigbügel«, wies er sie an.

Sie tat, was ihr gesagt wurde. Er griff nach dem Sattelknauf, und das Nächste, das sie bemerkte, war, wie er hinter ihr über den Sattel grätschte und sein mächtiger Körper beruhigend solide und warm hinter ihr Platz nahm. Ohne ein weiteres Wort nahm er ihr die Zügel aus der Hand und schnalzte. Langsam trat Jax zurück auf den Pfad.

»Kesara?«, trieb Lucien das zweite Pferd an. Jax machte sich auf den Weg in Richtung der Ställe. Elise konnte Kesaras Hufe hinter sich hören, sie folgte ihnen.

»Es tut mir furchtbar leid«, sagte sie kaum hörbar. »Ich wollte ihn nicht aufscheuchen. Er war schneller aus dem Stall heraus, als ich reagieren konnte, um ihn aufzuhalten. Ich wollte nur auf ihm sitzen«, fügte sie zögernd hinzu, als Lucien schrecklich still blieb.

»Du hast die Stalltür geöffnet.« Seine Stimme klang wie eiskalter Stahl. Sie spürte die in seinen harten Muskeln brodelnde Spannung, als sie sich an ihn lehnte.

Sie spürte die Wut.

Sie ließ den Mut sinken, ihr Herz pochte in ihrer Brust.

»Danke, dass du mich gerettet hast«, sagte sie über die Schulter. Ein Teil von ihr wünschte, sie könnte ihm jetzt ins Gesicht sehen, ein anderer Teil war froh, dass ihr das unmöglich war.

»Lucien?«, hakte sie zitternd nach. Er zwang Jax in einen langsamen Trab, Kesara folgte.

»Es wäre am besten, du sagst jetzt gar nichts. Ich bin schon wütend genug.« Er legte eine Hand auf ihren Bauch und drückte zu, sodass er sie fest an seinen Schritt presste. Sie riss die Augen auf, als sie die Größe seiner Erektion bemerkte. Die Hitze seines Körpers schien in sie überzugehen.

Oh nein. Er war eine kurz vor dem Ausbruch stehende Explosion.

»Hättest du nicht diese weiße Jeans angehabt, hätte Kesara dich im Dunkeln niemals finden können. Sie kennt diesen Pfad noch nicht. Jax hätte dir leicht das Genick brechen können.«

»Ich habe wirklich nicht gewollt, dass …«

»Ich weiß sehr gut, was du gewollt hast. Du wolltest Jax und mich in den Wahnsinn treiben, oder etwa nicht?«, fragte er mit rauer Stimme direkt in ihr Ohr. Sie erschauderte unkontrolliert. »Nun, *ma fifille.* Jetzt hast du es weit genug getrieben. Ich verabreiche dir genau das, was du verdient hast.«

Sie bemerkte, wie eine lange, stabile Rute sich anstelle seiner Hand auf ihren Bauch legte. Furcht und Erregung pulsierten durch sie hindurch, als sie erkannte, dass es die Gerte war. Nun, das war es doch, was sie gewollt hatte, oder nicht?

Sie musste verrückt geworden sein.

Er hielt die Gerte den ganzen weiteren, stillen, fiebernden Ritt zurück zu den Ställen fest an sie gedrückt und vergewisserte sich, dass ihr Arsch stramm gegen seinen Schwanz gedrückt war … eine konstante, einschüchternde Warnung vor dem, was kommen würde.

Als sie die Ställe erreicht hatten und abgestiegen waren, ergriff Elise nervös Kesaras Zügel und machte sich daran, sie abzusatteln und trocken zu reiben.

»Leg nur eine Decke über sie«, ordnete Lucien scharf an. »Wir reiben sie hinterher ab.«

Hinterher. Sie wusste, *wonach.* Sie wich Luciens Blick aus und führte die Stute in ihre große Box.

»Komm hier rüber«, sagte er wenig später.

Sie war gerade dabei, Kesara eine Decke aufzulegen, wirbelte herum und erstarrte bei seinem Anblick, wie er neben der halb geschlossenen Stalltür stand. Eine Hand lag oben auf der Tür. In ihr hielt er einen länglichen Ledergurt.

Langsam ging sie auf ihn zu, den Kopf hocherhoben, sie wich seinem Blick nicht aus. Sie war nicht unbedingt ängstlich. Warum auch, schließlich war sie es selbst gewesen, die diese Sache angezettelt hatte.

Sie *war* allerdings fast unerträglich aufgeregt. Und natürlich besorgt darüber, ob sie sich womöglich mehr eingebrockt hatte, als sie auslöffeln konnte.

Lucien schloss die Tür zu Kesaras Box hinter Elise und griff nach ihr. In der Sekunde, bevor er ihren Mund mit seinem eigenen verschloss, sprangen ihre Augen weit auf. Er sah stürmisch und wild aus vor Lust. Sein Mund fand den ihren. Er küsste sie fordernd. Alles in ihrem Kopf löste sich für einen Moment in nichts auf… verwandelte sich zu Brei. In dem Moment, in dem Lucien sie heiß und fordernd in Besitz nahm, konnte nicht gleichzeitig noch ein klarer Gedanke in ihr Platz finden. Er hatte sie schon zuvor geküsst, aber noch nie auf diese Art und Weise. Elise fühlte sich sexuell versengt von ihm. Mit seinen Händen umfasst er ihr Kinn. Sie stellte sich auf die Zehenspitzen, drückte ihren Körper gegen ihn und ergab sich als willige, begierige Geisel seinem Mund.

Sie wimmerte, doch Lucien unterbrach auch dann nicht ihren Kuss, als er sie hochnahm. Ihre Beine umschlangen seine Hüften, ihre Hände lagen auf seinen Wangen, dann fuhren ihre Finger durch sein dickes Haar und formten es in den Handflächen, sie inhalierte seinen Duft, so hungrig, so verzweifelt, ja auch alles von ihm zu absorbieren.

Einen Moment später öffnete sie völlig orientierungslos wieder die Augen, als Lucien sie abgesetzt hatte. Ihr Blick richtete sich auf ihn. Jeder Muskel in seinem Körper war angespannt. Sie sah an ihm hinunter und erkannte, wie prall es auch hinter seiner Jeans aussah.

»Genau so wolltest du mich doch haben, oder nicht?«, fragte er mit seiner tiefen, drohenden, höhnenden Stimme. Sie bemerkte, wie er sie zu einer abgetrennten Pferdebox brachte. Sie hatte etwas Ähnliches schon in anderen Ställen gesehen, einem Bereich, in dem der Stallknecht die Pferde mit Wasser abspritze und der Tierarzt seine Untersuchungen vornahm.

»Zieh dich aus.«

»Aber … muss ich?«, fragte sie und sah sich in dem offenen Bereich des Stalles um. Seine Antwort bestand nur aus einem Blick, der so viel sagte wie *Was glaubst du denn?* »Aber wenn der Stallbursche jetzt kommt?«

»Darüber hättest du dir Gedanken machen sollen, bevor du auf Jax geklettert bist und uns beide an den Rand des Abgrunds gebracht hast, meinst du nicht?«, antwortete er ruhig, aber mit einem angespannten Kiefer. »Warum zögerst du? Dir muss doch die ganze Zeit über klar gewesen sein, dass ich so reagieren werde. Aber du musstest es ja so weit kommen lassen. Du musstest ja nach den Zügeln greifen.« Aus dem Augenwinkel fiel ihr eine Bewegung auf Höhe seiner Knie auf. Rasch blickte sie ihn wieder an, als sie erkannte hatte, dass er eine Gerte in der Hand hielt. Sie war aus schwarzem Leder und sah neuer aus als die abgenutzte aus geschmeidigem Leder, die er vorhin noch bei Kesara verwendet hatte. Beklemmung und Erregung loderten in ihr auf.

»Okay«, sagte Elise kaum hörbar, aber mit erhobenem Kopf. »Aber ich mache das nur mit, weil es ziemlich interessant werden könnte.«

Er stieß die Luft aus. Seine Augen sahen verrückt aus. »Du bringst dich selbst in Todesgefahr, nur damit du in den Genuss von einem kleinen bisschen sexuellen Kitzel kommst?« Bei seiner Frage durchzuckte es sie. »Weiß Gott, ich werde es dir zeigen. Zieh dich jetzt aus.«

Sie begann sich eilig auszuziehen und legte ihre Kleidungsstücke über die Begrenzung der Box. Dutzende von Pferden waren jetzt wach und horchten auf den Lärm der Eindringlinge. Es war irre, aber sie fühlte sich unter dem Blick der Tiere selbstbewusst, dennoch bloßgestellt. Und was, wenn der Stalljunge tatsächlich noch auftauchte? Es war tatsächlich schon spät, aber dann doch nicht *so* spät.

»Muss ich auch meine Stiefel ausziehen?« Elise blickte zu Boden. Er war aus poliertem Zement, damit man ihn schnell mit dem Schlauch abspritzen und mit Stroh bestreuen konnte, aber er sah sauber aus.

»Ganz nackt«, sagte Lucien. Etwas in seiner Stimme ließ sie aufblicken. Er starrte auf ihren nackten Busen. Sofort versteiften sich ihre Nippel. Sie zuckte zusammen, als er sich mit dem ledernen Schlag der Gerte ungeduldig gegen das Bein trommelte. Das, zusammen mit dem gefährlichen Glitzern in seinen Augen, ließ sie hungrig werden. Einen Moment später stand sie völlig nackt vor ihm. Seine Nasenflügel waren gebläht, als sie ihm ins Gesicht sah, was sie ein wenig an den wütenden Jax erinnerte.

»Beug dich über die Begrenzung der Box, die Hände oben

auf dem Holz«, befahl er. Sie folgte seinen Anweisungen. Irgendwie hatte sie erwartet, dass er genau das sagen würde. Es Erwartet … es befürchtet … es vorausgeahnt. Ein Blitz aus Erregung und Beklemmung durchfuhr sie, als er neben sie trat. »Halte das zwischen deinen Schenkeln fest, während ich dich festbinde.«

Elise sah überrascht auf, als er den Schlag der Gerte ganz oben zwischen ihre Oberschenkel drückte, direkt neben ihre Muschi.

»Ich … *was?*«, stotterte sie. Er übte ein wenig Druck aus, und der Schlag der Gerte rutschte zwischen ihre Schenkel hinein.

»Du hast mich verstanden. Lass die Gerte dazwischen, dann klemme sie mit deinen Beinen fest ein. Lass sie *nicht* runterrutschen oder rausfallen. Keine Angst, sie ist sauber. Ich habe sie neu gekauft. Aber ich habe mich entschieden, sie nicht zum Reiten eines Pferdes zu benutzen, sondern um dich zu reiten«, fügte er düster hinzu.

Ihr stockte der Atem bei diesen Worten. Sie tat, wie ihr befohlen. Sie war verwirrt, reagierte aber instinktiv auf den harten Klang seines Tones. Nach ein paar Sekunden, in denen sie die Gerte fest zwischen ihren Schenkeln festgehalten hatte, begann sie zu verstehen, warum Lucien dies von ihr forderte. Zum einen hatte sie die Schenkel wie einen Schraubstock zusammenpressen müssen, als sie auf Jax gesessen hatte. Ihre Muskeln waren verhärtet und wund. Sie fingen unter dem neuerlichen Druck, den sie nun einsetzen musste, um die Gerte festzuhalten, erneut an zu brennen.

Zum anderen fühlte es sich schmutzig … verboten … *gut* an, das potenzielle Werkzeug ihrer Bestrafung gegen die Muschi gedrückt zu bekommen. Ihre ohnehin schon geschärfte Erregung stieg noch weiter an. Der fest mit Leder umwickelte

Griff kribbelte an ihrer Klitoris. Sie verstärkte den Druck, um die Stimulation zu erhöhen, jammerte aber zugleich über die schmerzenden Muskeln.

Sie sah, dass Lucien ihre Grimasse bemerkt hatte.

»Du Teufel«, beschimpfte sie ihn sanft, denn sie erkannte ein winziges Lächeln um seinen Mund.

»Das hast du dir selbst zuzuschreiben«, gab er zurück. Dann hob er den Ledergurt und fesselte damit ihre Handgelenke an die oberste Planke der Boxenwand. Als er damit fertig war und an ihre Seite trat, errötete sie, denn ihr wurde plötzlich klar, welchen Anblick sie ihm bot. Splitterfasernackt, an die Umzäunung in einer Stallbox gefesselt, und der schwarze Ledergriff einer Gerte ragte genau unterhalb ihres Arsches hervor.

»Wie konntest du es nur wagen, dein Leben so leichtfertig aufs Spiel zu setzen?« Sie erkannte den puren Zorn in seiner Stimme.

Sie drehte den Kopf, um sein Gesicht sehen zu können. Was sie dann in seinen Augen sah, ließ sie innerlich zusammenzucken. Es sah aus, als verstünde er diese Gefahr für ihr Leben als persönlichen Affront. Er hob die Hand und holte aus, versetzte ihrem Arsch einen stechenden Hieb.

»Wage so etwas nie … nie … nie wieder, Elise«, rief er schäumend aus und traf, hinter ihr stehend, ihren Arsch bei jeder Betonung. Sie bemühte sich, ihn anzusehen. Ihr Herz pochte in den Ohren, als sie sah, wie er sich über die ganze Länge seines Schwanzes in seiner Jeans strich. Sein hübsches Gesicht war beim Blick auf ihren gefesselten Körper angespannt. »Ich kann einfach nicht glauben, dass du das getan hast. Niemand aus dem Poloteam kann mit Jax umgehen – und das sind starke, erfahrene Männer. Was hast du dir dabei bloß gedacht?«

»Ich kann es einfach nicht mehr aushalten, dass du mich ignorierst … mich nicht beachtest … so tust, als sei ich genauso spannend wie das Stroh hier auf dem Boden. Ich habe es gemacht, damit du mich endlich beachtest!«

»Denkst du das wirklich?«, bellte er und klang gleichermaßen verblüfft wie wütend. »Dass ich dich nicht beachte? Wie könnte ich dich *jemals* nicht beachten, wenn du in meiner Nähe bist? Oder sogar, wenn du nicht in meiner Nähe bist? Das ist unmöglich. Dass ich dich nicht beachte, ist genauso wahrscheinlich, wie ich ein Feuer in meinem Zimmer nicht beachten würde.« Seine grauen Augen ließen sie an ein Gewitter denken, dachte sie, als sein Blick sie streifte. Oh nein. Sie hatte tatsächlich einen Sturm losgelassen.

»Es tut mir leid«, flüsterte sie.

Sein Gesichtsausdruck verhärtete sich. »Nein, das tut es dir nicht.« Sie unterdrückte einen Schrei, als er den Griff der Gerte packte. Er zog leicht an ihm und befeuerte damit nur die erregten Nerven in ihrer Muschi. Leidenschaft durchzog sie.

»Gefällt dir das?«, wollte er von hinten wissen, in seiner Stimme pure Lust. Er schob den Ledergriff vor und zurück und stimulierte so ihre Muschi. Als sie, überwältigt von dem verbotenen Vergnügen, das er ihr verschaffte, nicht antwortete, öffnete er ihre Pobacken und drückte die Gerte noch weiter an ihr Geschlecht. Sie schrie erhitzt auf, als der Stab zwischen ihre Schamlippen gepresst wurde und an ihrer Klitoris rieb. Lucien machte ein tiefes, rohes Geräusch, und ihr wurde klar, dass er sicherlich sehen konnte, wie feucht sie war.

»Na so was«, brummte er, als spräche er mit sich selbst. »Deine Säfte würzen das Leder perfekt. Du machst es dir wirklich zu eigen, oder?« Sie stöhnte unkontrolliert auf. Er zog die Gerte zurück und schob den etwa vier mal sechs Zentimeter großen Lederschlag der Gerte mit einer leicht sägenden Bewegung wieder zwischen ihre Schenkel.

»Entspann deine Beine ein bisschen«, wies er sie an. Sein Ton klang rau. Angespannt. War er genauso aufgewühlt wie sie? Bei diesem Gedanken stellten sich ihre Brustwarzen auf. Sie folgte seinem Befehl, öffnete ihre Schenkel und schrie entzückt auf, als er den Schlag direkt an ihrer geschwollenen Klitoris rieb, vor und zurück, in kleinen Kreisen hin und her.

»*Lucien.*« Die Unartigkeit dessen, was er mit ihr tat, feuerte ihre Erregung fast unerträglich an. Sie fing an, ihre Hüften gegen den köstlichen Druck zu bewegen. Doch dann war die Gerte von ihrer hungrigen Muschi verschwunden.

Klatsch.

Er traf ihren Po mit dem Schlag der Gerte. »Oh, das brennt«, stieß sie aus. Damit waren nicht nur die prickelnden Nervenenden ihres Pos gemeint, sondern auch das Ziehen ihrer Muschi zwischen den angespannten Oberschenkeln.

»Du hast es verdient«, fauchte er und schlug sie noch einmal mit der Gerte, wodurch ihre Erregung nur weiter wuchs.

»Bitte, Lucien«, stöhnte sie. Die Lust hatte ihren Stolz überrannt. Ein unerträglicher, monströser Schmerz schwoll in ihr an, das Begehren hatte sie so fest im Griff, dass es bald befriedigt werden musste.

»Keine Sorge. Ich habe dir doch gesagt, dass du das bekommst, was du verdient hast«, knirschte er zwischen den Zähnen hervor. Sie hörte, wie die Gerte zu Boden fiel.

»Lucien …«, hob sie an, um sich zu entschuldigen. Sie hatte dies gewollt – sie war so erhitzt und erfüllt mit Verlangen –, doch sie bedauerte es, ihn getrieben zu haben. Er unterbrach sie, indem er sie hochnahm. Sie vernahm ein scheuerndes Geräusch auf dem mit Stroh bedeckten Boden.

»Ich muss dich anheben«, sagte er von hinten. Sie schnappte nach Luft, als er sie mit Leichtigkeit anhob und ihre Füße auf einer glatten Plastikkiste abstellte. Als sie wieder stand, war sie um mehrere Zentimeter erhöht, ihr Po lag jetzt näher an dem Hosenschlitz seiner Jeans. Jax wieherte laut im Hintergrund.

Ihre Augen weiteten sich bei dem, was sie dann registrierte: das Geräusch seines Reißverschlusses. Ihr Herz schlug nun schneller, als es das bei der Flucht auf Jax getan hatte.

»Du hast mich oft genug auf die Probe gestellt, Elise.«

Er bemerkte, wie sie ihn ansah, und erwiderte ihren Blick. Sie spürte, wie fieberhaft er war, wie fanatisch vor Lust. Schweiß glänzte auf seiner Oberlippe, seine Augen blickten wild. Sein Atem ging nur unregelmäßig, während er hastig seine Hose öffnete und seine Shorts nach unten schob.

Sie japste, als er den dicken, angeschwollenen Kopf seines Schwanzes gegen ihren Eingang drückte. Sie spürte, wie seine Hitze in sie eindrang. *Oh.* Niemals zuvor hatte sie einen Mann so starr vor Lust, so groß … so scharf gespürt. Panik durchbrach ihre Erregung. Was hatte sie sich nur gedacht? Sie konnte jetzt doch nicht weiter *schauspielern*. Sie war sich nicht sicher, ob der Akt, wie er ihn jetzt vorhatte, so überhaupt *vorstellbar* war.

»Ich hatte eigentlich vorgehabt, dich zum ersten Mal zu nehmen, nachdem wir uns gegenseitig leidenschaftlich in Stimmung gebracht haben, damit du dich für immer daran erinnern kannst. Aber ein harter, fester Ritt hier im Stall erscheint mir jetzt viel angemessener. Verdammt noch mal, warum schaffst du es immer wieder, dein Ding durchzusetzen, Elise?«, sagte er grimmig, hielt dann ihre Hüfte mit einer Hand fest und bog kräftig die seine durch. Er grunzte, als er sie nicht erreichte.

»Spreiz deine Beine«, befahl er gereizt.

Sie öffnete ihre Schenkel weiter und spürte, wie die kühle Luft im Stall an ihren dampfenden, bloßgestellten Lippen leckte. Die Anspannung war kaum auszuhalten. Er dehnte ihre

Vagina mit seinen Fingern und drückte dann den großen, geschwollenen Kopf seines Schwanzes in ihre Spalte, dehnte ihre Lippen. Sie wimmerte.

Er hielt mit beiden Händen ihre Hüften fest und schob seinen Schwanz in sie.

Bei diesem plötzlichen Eindringen schrieb sie laut auf. Ein Schmerz durchfuhr sie. Sie rang nach Luft, versuchte, mit Blinzeln den Schweiß aus ihren Augen zu vertreiben. Aus dem Schmerz wurde ein Brennen. Sie stöhnte zittrig.

»Elise?«, fragte Lucien hinter ihr, er klang ungläubig. Wütend. Doch sie war viel zu abgelenkt, um seine Wut zu beachten.

Nein … es brannte gar nicht, wurde ihr klar, als sie keuchte und versuchte, sich an das ungewohnte Gefühl von Luciens Fleisch, wie es in ihr eigenes eindrang, zu gewöhnen. Der Schmerz, der sie wie ein greller Blitz durchzuckt hatte, hatte sich schnell zu einem Gefühl des Ausgefülltseins und des Drucks abgekühlt. Er stemmte sie weit auf. Aber war das wirklich sein Herzschlag, der an seinem Schaft entlang direkt in ihr aufgespanntes Fleisch pulsierte?

Unglaublich.

Versuchsweise spannte sie ihre Vaginalmuskeln an. Sein Stöhnen klang harsch, ungläubig.

»Elise?«, wiederholte er lauter, schon fast verzweifelt. »Hast du schon einmal …?«

»Nein«, konnte sie zwischen zwei Atemzügen vorbringen.

»*Merde.* Warum …« Seine markant klingende Stimme verlor sich. Sie konnte nicht antworten. Ihr Sprachvermögen war verloren gegangen. Er bewegte sich, sein Schwanz glitt in ihrer engen Muschi hin und her. Er beugte sich über sie, bis sie spürte, wie sich sein fester Bauch auf ihrem Rücken ausdehnte und zusammenzog, während er sich um Atem bemühte … um

Kontrolle. Es fühlte sich so merkwürdig an, ihn so intim in ihrem Körper zu halten, sein fester Schaft pulsierend in ihr, der Nerven reizte, von denen sie bislang nicht einmal gewusst hatte, dass sie sie besaß. Sie umfasste ihn noch enger, experimentierte mit den Empfindungen.

Er atmete aus, als hätte sich seine Lunge in einem einzigen Augenblick völlig entleert.

Er hielt sie fester und bewegte seine Hüften. Sie stöhnte. »Ich kann nicht aufhören. Du fühlst dich so verdammt gut an«, sagte er stockend.

Sie hielt sich an der Holzwand fest und schob ihre Muschi über seinen Schaft. »Ich will auch nicht, dass du aufhörst«, entgegnete sie. Ihr Po stieß gegen Lucien. »Das ist genau das, was ich die ganze Zeit wollte.«

»Dann sollst du es auch haben.«

Er fasste mit seinem Arm unter ihren Bauch, hielt sie fest und begann sie zu ficken.

Sie riss die Augen auf, sah aber dennoch nichts. Die Empfindungen beherrschten sie. Mit kurzen, kräftigen Stößen drang er in sie ein, ihre Haut klatschte in einem scharfen, rhythmischen Stakkato zusammen. Zuerst war es ihr unangenehm. Doch dann hatte seine freie Hand den Weg zwischen ihre Beine gefunden. Er rieb ihre Klitoris, drückte und umfuhr sie, als sei sie ein magischer Punkt, den er umschmeicheln und kitzeln musste, um völligen Zutritt zu erlangen. Es funktionierte. Ein langsames, köstliches Brennen wuchs in ihr, jeder Durchlauf seines hämmernden Schwanzes ließ es größer werden. Jedes Mal, wenn er in sie fuhr, zog er sich anschließend mit einem festen, nach oben gerichteten Stoß seines Schwanzes zurück, der den Druck auf ihre Klitoris nur noch vergrößerte. Das Gefühl seines schweren Hodens, der gegen ihr Geschlecht schlug, heizte ihre Erregung noch weiter an, bis sie ihre Hüften bei jedem Schlag nach hinten drückte, um den Druck zu verstärken ... ihn herauszufordern, weiterzumachen.

Er klatschte auf ihren Po, als sie versuchte, ihn zu reiten. *Kleine Hedonistin.* O Gott, sie würde ihn noch umbringen. Das scharfe, platzende Geräusch, wenn Haut auf Haut prallte, löste für einen Moment den Nebel in seinem Gehirn auf, den die Lust dort verursacht hatte. Er packte ihre Hüften mit beiden Händen, ließ sie zur Ruhe kommen, um dann mit seinem Becken gegen ihren Arsch zu knallen und sich mit Kraft wieder vom Paradies ihrer Muschi umfangen zu lassen. Beim Aufprall quietschte sie. Die Hitze, die rund um seinen Schwanz in ihre Muschi gefahren war, machte es ihm aber unmissverständlich klar, wie sehr sie seine fordernden Stöße genoss.

Lucien richtete sich auf. Sein Hemd klebte vor Schweiß, der aus ihm rann, während er dastand, seinen Schwanz in ihr vergraben. »Halte still«, insistierte er, denn sie wimmerte und zuckte mit ihren Hüften unter seinen Händen. Er zog sich ein wenig zurück und stöhnte, als er auf seinen Schwanz blickte.

Sie war noch Jungfrau gewesen. Er hatte es niemals zuvor mit einer Jungfrau getrieben, daher hatte er auch nicht gewusst, ob Jungfräulichkeit ein Zustand war, den ein Mann erkennen konnte. Jetzt lag es offensichtlich auf der Hand, oder zumindest war es bei Elise der Fall gewesen. Dann hatte sie es ihm noch bestätigt, und er war in die köstliche, quälende Falle, Elise' Muschi, geraten. Er konnte sich nicht mehr fortbewegen.

Um nichts in der Welt würde er diese Falle jetzt wieder verlassen.

Sie war eine *verfickte Jungfrau* gewesen. Er wiederholte das immer und immer wieder, doch das Einzige, worauf er sich konzentrieren konnte, war ihre Muschi, die seinen Schwanz ausquetschte. Sie hielt ihn wie eingeschweißt fest – heiß, feucht, sicher. Und um es noch schlimmer zu machen, war er es nicht gewohnt, ohne Kondom in eine Frau einzudringen. Aus irgendeinem Grund war es beim ersten Mal mit Elise aber nicht anders möglich gewesen. Er genoss und bedauerte diese Entscheidung jetzt zugleich. Sie hatte eine Muschi, die einen Mann komplett, total wahnsinnig machen konnte.

Wieder wippte sie mit ihren Hüften und versuchte, die Kontrolle zu übernehmen. Lucien knurrte, hielt sie fest und schlug sie leicht.

»Wer reitet hier wen, Elise?«, brummte er grob, bemüht um einen Hauch von Logik … angespannt, denn ihre Hitze ging auf ihn über, ihre Muskeln umklammerten ihn und massierten seinen Schwanz. Er nahm den betörenden Anblick ihres schmalen Brustkorbs in sich auf, der sich bei ihrem Ringen um Luft bewegte und seine Frage aufsaugte.

»Du reitest mich«, antwortete Elise rauchig.

In der engen Umhüllung zuckte sein Schwanz. »Das stimmt. Dann halte jetzt still, während ich dich ficke.« Er ächzte unter der zunehmenden Qual, hielt sie für sich fest, drückte sein Hüften durch, zog sich dann zurück, um sich wieder in ihre Pracht fallen zu lassen. Sie war ein wahres Inferno, nun war er in sie versunken, tief und fest.

Kein Weg mehr zurück.

Er schlug ihr Fleisch aneinander, nahm sie in heißer, fiebriger Glückseligkeit.

Verzaubert sah er zu, als er sich fast vollständig aus ihr zurückzog und ihre überreichen Säfte am Rand seiner Schwanzspitze entdeckte, bevor er wieder in sie hineinstieß.

O Gott, es gab überhaupt nie mehr einen Weg zurück.

Er hämmerte in sie ein, und beide stöhnten sie vor gegenseitigem Vergnügen. Knurrend griff er nach vorn, zog an den

Ledergurten und befreite ihre Handgelenke. Er richtete sie auf, schmiegte ihren weichen, biegsamen Körper gegen seine Vorderseite und fuhr in dieser leicht vornübergebeugten, fast aufrechten Position fort, sie zu nehmen. Dieser gespannte, neue Winkel bereitete ihm Vergnügen, er biss die Zähne zusammen. Er roch ihren Duft, und wieder begann ein Schleier seinen Blick einzutrüben. Er nahm ihre vollen Brüste in die Hand und nutzte diesen Griff, um ihren Körper hoch und runter auf seinem Schwanz zu pumpen. Elise folgte ihm in die Ekstase, ging ein wenig in die Knie, schaukelte auf ihm hin und her.

»Ooh, da ist so gut. *Weiter.* Gib es mir … hart. Ich war *so* böse.«

Er sah rot vor Lust. Er klatschte auf ihren Arsch. Sie ließ ihn durchdrehen.

»Für diese schmutzigen Ausdrücke wirst du bezahlen«, ließ er sie wissen. Verdammt noch mal, ja, sie würde dafür bezahlen müssen. Aber er würde derjenige sein, der qualvoll verbrennen würde, schließlich hatte sie ihn perfekt aufgezogen.

Lucien bahnte sich seinen Weg in sie hinein, vergaß alles um sich herum außer der lebhaften, wunderschönen Frau, die ihn von innen heraus verbrannte. Er ließ ihr nicht zu viel Spielraum, dennoch schaffte sie es, gegen ihn zu stoßen, seinem Griff Widerstand zu leisten, der Ziellinie entgegenzueilen. Er packte sie noch fester, seine Hände glitten über ihre seidige Haut, seine Daumen bohrten sich in ihre Pobacken. Sie machte sich noch enger um ihn und jammerte, als der Höhepunkt sie traf. Als er spürte, wie die Hitze seinen Schwanz umspülte, knurrte er laut.

Er bog ihren Oberkörper wieder nach unten, bis sie vornübergebeugt war. Instinktiv ergriffen Elise' Hände die Boxenumrandung. Geilheit überspülte sein Bewusstsein, während er sie mit tiefen, hämmernden Stößen nahm.

Alle Geräusche verschwommen ineinander und schufen ein Dröhnen der Lust in seinen Ohren: der Klang von Elise' sexy Jammern und Schreien, während er in sie fuhr, das erotische Klatschen von Haut auf Haut, das in seinen Ohren pulsierende Blut, Jax' entferntes, aufgeregtes Schnauben und Wiehern.

Damit auch sie ihren Teil an dem fanatischen Akt haben konnte, lockerte er ein wenig seinen Griff an ihren Hüften. Sofort stürzte sich Elise in die Raserei, sie schaukelte ihren Arsch in geschmeidigen, festen Drehungen und federte seine kräftigen Stöße mit ihrem weichen, starken Körper ab, sodass er einen Wahnsinnsritt erlebte.

Noch eine Hitzewelle drang an seinen Schwanz, ihre Muskeln spannten sich an. Ihr Jammern ging in einen Schrei über. Ihre Vaginalmuskeln zogen sich um ihn herum zusammen. *O Gott*, sie kam noch einmal.

Er stieß in sie hinein und hielt ihren Arsch für sich fest, brüllte dann vor Vergnügen, als das Schaudern von Elise' Körper auch ihn erzittern ließ – beide erbebten und japsten nach Luft, als sie vom gleichen Einschlag getroffen wurden, sich am gleichen Feuer entzündeten.

Lucien hatte sich selbst untersagt, sich völlig von ihren Flammen in Brand stecken zu lassen. Er hatte gewusst, dass er es bedauern würde.

Doch der erste klare Gedanke, der seine Glückseligkeit durchdrang, nachdem sein Höhepunkt langsam abklang, war, wie *richtig* es sich anfühlte, wie unvermeidlich …

… wie unbeschreiblich süß.

TEIL V

WENN DU DICH UNTERWIRFST

KAPITEL 9

Als Elise wieder zu sich kam, hatte sie das wunderbare Gefühl, Luciens Brust und Bauch auf ihrem Rücken zu spüren. Sein Kopf war zwischen ihren Nacken und die Schultern gesunken, und sie konnte sein warmes Keuchen auf ihrer schweißnassen Haut spüren, während er langsam wieder zu Atem kam. Sie bewegte sich ein wenig unter ihm. Sein Schwanz zwickte in ihr, sie riss die Augen auf.

Lucien war *in* ihr. Er war schon lange in ihr, im übertragenen Sinne des Wortes. Nun auch im wörtlichen Sinne.

Er legte seinen Mund auf ihre Wirbelsäule, ganz oben am Nacken. Sie erschauderte lustvoll, und instinktiv zog sie sich um den Neuling, seinen so tief in ihr vergrabenen Schwanz, zusammen. Er stöhnte leise und packte sie noch fester an den Hüften.

»Was mache ich nur mit dir?«, fragte er, seine tiefe, klangvolle Stimme jagte eine Gänsehaut über ihre dampfende Haut. Sie erkannte das Bedauern, das begonnen hatte, in seinen Ton einzusickern, und spürte ihre eigene Schuld. Warum *musste* sie nur so ungeduldig sein?

»Bist du böse mit mir?«, wollte sie vorsichtig wissen.

Irgendwie war ihr klar, dass er genau wusste, dass sie eigentlich meinte *Bist du böse mit mir, weil ich dir nicht gesagt habe, dass ich noch Jungfrau bin?* So umschlungen von ihr, wie er war, so tief verflochten, wie sie sich mit ihm fühlte, konnte sie sich nicht vorstellen, dass es so etwas wie Missverständnisse überhaupt gab. Sie hatte darauf gehofft, dass es wirklich so abliefe, wie die Ärztin es ihr erklärt hatte, nur war Lucien eben nicht wie die meisten Männer. Er war nicht nur klug und erfahren, wenn es um Frauen ging, er war einfach nicht … wie andere Männer, was das Körperliche betraf. Lucien war, in ihren Augen, da eher göttlich und nicht menschlich.

»Ich bin nicht sicher«, erwiderte er schroff. Wieder drückte er seine Lippen auf ihren Nacken. Wie war es nur möglich, dass sein warmer Mund ihr so große Freude bereitete? »Ich sollte eigentlich. Warum hast du mir nicht gesagt, dass du noch nie mit einem Mann zusammen gewesen bist?«

»Ich war doch mit Männern zusammen. Dieser Teil …«, sie quetschte seinen Schwanz mit ihren Vaginalmuskeln ein, ein Atemstoß brauste über ihren Nacken, »war doch nur ein Missverständnis.«

Er grunzte. Sie unterdrückte ihren Protest, als er sich ein wenig aufrichtete, denn ihr fehlten das kräftige Gewicht seiner Brust und der warme Atem auf ihrem Nacken.

»Das war *kein* Missverständnis. Es geht auch nicht um ›eine Art von‹ oder einen Zustand, in dem du ›vielleicht‹ noch bist. Du warst noch Jungfrau im ganz ursprünglichen Sinne des Wortes.« Elise schrie auf, als er sich langsam zurückzog, denn sie verspürte ein scharfes Brennen. Lucien dreht sie so schnell in seine Arme, dass sie gar keine Zeit hatte, ihr durch dieses unangenehme Gefühl ausgelöstes Zucken zu verstecken. Seine Miene versteinerte. »Und das wäre noch ein weiterer Beweis dafür. Wenn ich darüber nachdenke, wie ich …«

Er schluckte die weiteren Worte hinunter und sah ihr mit grimmigem Blick ins Gesicht.

»Schau doch nicht so düster drein«, flüsterte sie. »Ich habe es gewollt, Lucien. Ich habe mir gewünscht, dass mein erstes Mal mit dir sein sollte.«

»Ich hätte mich gefreut, wenn du es mir gesagt hättest. Dein erstes Mal wäre trotzdem mit mir gewesen, nur nicht so grob und …« Er hielt inne, als müsste er sich noch einmal vor Augen führen, was gerade geschehen war. Sie spürte sein Bedauern … seine Hitze. »Warum hast du mich dazu aufgestachelt?«, fragte er. Als er den Hauch von Zorn in seiner Stimme vernahm, schloss Lucien kurz die Augen. »Gott, ich hätte es so viel besser für dich machen können.«

»Ich fand es wunderbar«, sagte sie ernsthaft. Voller Ehrfurcht dachte sie daran, wie es sich angefühlt hatte, ihn so tief in sich aufgenommen zu haben, dass sogar ihre Herzschläge miteinander verschmolzen waren. »Es war ganz anders als das, was ich erwartet hatte.«

»Das kann ich nur ahnen«, sagte er gewunden. Sie hasste den ausdruckslosen Blick, den seine Augen jetzt zeigten. »Lass uns später darüber reden. Ich bringe dich jetzt nach Hause, du solltest dich ausruhen.«

Als sie das Penthouse erreicht hatten, eilte Elise, aufgekratzt und unsicher, den Flur entlang. Während der Rückfahrt war Lucien so zurückhaltend gewesen. Sie hatte sich immer wieder ins Gedächtnis gerufen, wie sie sich unüberlegt entschieden hatte, auf Jax zu klettern, wie sie auf dem Rücken des davonstürzenden Pferdes bei diesem grauenhaften Ritt durch den dunklen Wald gerast war, wie wütend Lucien darüber geworden war, dass sie ihr Leben so leichtsinnig aufs Spiel gesetzt hatte. Er hatte ganz genau gewusst, dass sie all das nur getan hatte, um seine Aufmerksamkeit zu erheischen … um ihn genau zu dem zu bringen, was er dann schließlich auch getan hatte.

Elise konnte ihr leidenschaftliches Liebesspiel im Stall nicht bedauern. Es war eine unglaubliche, Augen öffnende Erfahrung für sie gewesen. Sie bedauerte nur, dass sie Lucien so weit getrieben hatte, dass seine Kontrolle zersprungen war. Sie bedauerte *sein* Bedauern. Wie lange er wohl verärgert mit ihr sein würde wegen dem, was sie getan hatte?

Er ergriff ihre Hand, als sie gerade ihr Zimmer betreten wollte. Sie wandte sich ihm zu. Sein Gesicht lag im Schatten, als er zu ihr hinuntersah.

»Ich helfe dir, deine Sachen zu packen«, sagte er, seine Stimme so leise, dass sie für den Bruchteil einer Sekunde nicht begriff, was er gesagt hatte. Als es dann doch bei ihr angekommen war, schlug ihr das Herz bis in die Ohren.

»Du wirfst mich raus?«, fragte sie zitternd.

Seine Augenbrauen stellten sich schräg, er packte ihre Hand noch fester. »Nein, natürlich nicht. Aber es gibt kein Zurück. Ich kann mich nicht länger verleugnen, jetzt, wo ich dich tatsächlich besessen habe. Von nun an schläfst du in meinem Zimmer. Komm mit«, sagte er, zog sie in ihr Zimmer und schaltete ein Licht an. Keiner sagte ein Wort, während sie ihre Habseligkeiten aus dem Bad und dem Schlafzimmer einsammelten. Lucien war ernst, Elise verwirrt und wachsam.

Sie war es gewesen, die die Sache angestoßen hatte. Warum also war sie so sehr enttäuscht, dass sie sich nicht hatte kontrollieren können? Nein – dass sie darauf bestanden hatte, *selbst* die Kontrolle über die Situation zu übernehmen.

Lucien ging mit dem Koffer und einem Arm voller Dinge voraus. Elise suchte noch die letzten Kosmetikartikel aus dem Badezimmer zusammen und folgte ihm wenige Minuten später. Das Gefühl überkam sie, als sie leise durch die nur angelehnte Tür in sein privates Zimmer trat und sich dort zum ersten Mal umschaute, ein Gefühl, dass sie, bevor sie sich auf Lucien eingelassen hatte, nie gekannt hatte.

Schüchternheit.

Er war gerade dabei, ein Spitzenunterhemd in die geöffnete Schublade eines großen Kleiderschranks zu legen, sah jetzt aber auf.

»Komm herein. Der Schrank hier ist für dich. Ich habe noch einen in meinem Ankleidezimmer. In den habe ich meine Sachen gelegt.«

»Danke«, antwortete sie. Sie fühlte sich linkisch, als sie die große Suite betrat. Sein süchtig machender Duft prickelte in ihrer Nase – eine Mischung aus seiner Haut, seiner Seife und seinem Parfum, Clive Christian 1872. Der Raum wirkte männlich wie ein luxuriöses Vergnügen für die Sinne. Maria, seine Haushälterin, war an diesem Tag nicht hier gewesen mit der Folge, dass sein riesiges Doppelbett nicht perfekt gemacht war. Stattdessen hatte Lucien selbst die dicke Daunendecke hochgezogen und das Laken bis nach oben glatt gestrichen. Die vielen dunkelbraunen, karamell- und elfenbeinfarbenen Kissen lagen ein wenig schief darin. Elise mochte dieses leichte Durcheinander. Sein Bett sah sündhaft weich … außergewöhnlich sexy aus. Sie stellte sich vor, wie Lucien diesen Morgen aus ihm aufgestanden war, herrlich nackt, und noch ein wenig verschlafen das Bett aufgeschüttelt und geglättet hatte, bevor er dann zur Dusche getappt war.

Er berührte sie am Oberarm. Sie sah schuldbewusst zu ihm auf, als könne er ihre begehrlichen Gedanken über ihn lesen.

»Ich zeige dir das Badezimmer, und du kannst dann deine Sachen dort einräumen. Vielleicht möchtest du noch ein Bad nehmen?«

Sie suchte in seinen Augen nach einem Hinweis, konnte aber nicht erkennen, wie er zu alldem hier stand. Mit seinem Zorn hätte sie besser umgehen können als mit diesem kühlen, distanzierten Lucien. Womöglich würde es immer so bleiben. Sie versuchte schon seit ihrer Kindheit, hinter diese undurchdringliche Fassade zu gelangen, so begierig war sie darauf, mit ihm in Kontakt zu treten.

So verzweifelt.

Wenig später stand sie allein in dem geräumigen Badezimmer, das neben einer erhöhten Marmor-Spa-Badewanne in der Mitte auch über eine Dampfdusche verfügte. Elise stellte ihren Parfumflakon neben sein Eau de Cologne auf eine Granitplatte. Ein surreales Gefühl überkam sie, wie sie so auf die beiden nebeneinanderstehenden Flaschen blickte. Sie lebte in Lucien Sauvages Wohnung … schlief in seinem Bett.

Das musste ein Traum sein.

»Möchtest du, dass ich dir ein Bad einlasse?«

Sie sah über ihre Schulter. Eine Scheu durchfuhr sie beim Anblick des Mannes, dem diese tiefe, sinnliche Stimme gehörte. Er stand in der Tür, seine Arme stützen sich an beiden Seiten am Türrahmen ab, alles an ihm schlanke, sexy männliche Kraft. Er war es wirklich. Das geschah also doch wirklich.

»Ich … ich räume nur meine Sachen ein und dusche kurz«, antwortete sie kehlig.

Er nickte und war wieder verschwunden. Wieder überkam sie ein Bedauern. Ein ungemein verlockender Gedanke tauchte in ihr auf, jetzt ein Bad nehmen, ihre Haut parfümieren … und dann nackt in seine Suite treten, Lucien verführen und ihn antreiben, sie wieder und wieder zu nehmen.

Sie konnte das. Der Stall hatte es ihr bewiesen.

Doch es war nur ein schaler Sieg geworden.

Als sie in das Schlafzimmer kam, war Lucien verschwunden. Sie griff sich ein paar Dinge aus dem Schrank, den er ihr freigeräumt hatte, und ging zurück in die Dusche. Zehn Minuten später verließ sie das Badezimmer, gekleidet mit einem locker sitzenden, weichen Baumwollpyjama, der wie für einen Mann geschnitten war. Er war praktisch, nicht sexy.

Lucien stand am anderen Ende des Bettes. Er trug nur eine dunkelblaue Schlafhose, die tief auf seiner Hüfte saß und seinen trainierten Bauch und die scharf umrissenen, schräg stehenden Muskeln betonte. Er erschien ihr so schön, dass es sie schmerzte, den Bereich zwischen ihrer Brust und dem Bauch zum Atmen auszudehnen. Es war überwältigend, dieses anschwellende, bedrohliche Gefühl. Elise verspürte den irren Drang, sich umzudrehen und zurück ins Badezimmer zu laufen. Stattdessen stand sie betreten da. Er hatte gerade die luxuriöse Decke gegriffen, schaute auf und erwiderte ihren Blick.

»Komm her«, sagte er schroff, nachdem er sie einmal von Kopf bis Fuß betrachtet hatte. Er ging um das Bett herum, während sie näher herankam. Verwirrung, gepaart mit ungezügelter Sehnsucht, stieg in ihr auf, als sie die geschmeidigen Bewegungen seiner Muskeln beim Aufschlagen des Bettes sah. Lucien nickte mit dem Kopf Richtung Bett, sie kletterte hinein und seufzte auf, als sie in die dekadent weichen Laken und auf die Federmatratze sank. Lucien legte sich neben sie und streckte seinen großen Körper aus. Plötzlich erlosch das Licht, er rollte sie in seinen Arm und drückte sie an sich.

Das war so schnell vor sich gegangen, dass sie innerhalb von Sekunden nicht mehr besorgt, sondern überrascht erregt war. Vermutlich hatte er in einem anderen Badezimmer geduscht. Denn seine weiche Haut duftete wunderbar, und sie konnte noch einen Hauch Feuchtigkeit spüren, als sie ihn mit ihren Fingern berührte.

»Lucien?«, flüsterte sie in die Dunkelheit hinein, ihre Wange an einen kräftigen Brustmuskel gedrückt.

»Ja?«

»Bist du noch immer wütend auf mich?«

Sie spürte, wie seine Finger durch ihr Haar fuhren. Ein lustvolles Schaudern überlief sie vom Kopf über ihren Nacken und noch weiter, ihren Brustwarzen versteiften sich an seinen Rippen.

»Nein.« Seine tiefe Stimme hallte in ihr wider, denn sie hatte ihr Ohr an seine Brust gelegt. »Ich bin wütend auf mich selbst. Ich war immer stolz darauf, dich verstehen zu können – dich lesen zu können, selbst wenn du dich meisterlich verstellt hast. Doch dieses Mal habe ich versagt, *ma fifille*. Es tut mir leid.«

Überrascht lag sie da, verblüfft über das, was Lucien ihr mit seiner ruhigen, tiefen Stimme gesagt hatte.

»Was meinst du?«, hauchte sie. Einen Moment lang schwieg er. Wohlige Schauer kräuselten sich über ihren Nacken und das Rückgrat, als er seine langen Finger in ihrem Haar bewegte.

»Ich hatte mir vorgenommen, vor nichts zurückzuschrecken, was du vermasselt hast. Aber das?« Er lachte schroff. »Darauf wäre ich nie gekommen – dass du noch nie zuvor mit einem Mann zusammen gewesen bist.«

Hinter ihren Lidern sammelten sich Tränen. »Ich *bin* mit Männern zusammen gewesen, Lucien. Sogar mit vielen. Ich bin keine Unschuldige.«

»Doch, das bist du.«

Er klang so eindeutig überzeugt, dass sie den Kopf hob.

Sie spürte, wie er ausatmete.

»Du bist ein Paradox, Elise Martin. Eine jungfräuliche Sirene. Ich hätte es wissen müssen, dass man über dich keine Vermutungen anstellen sollte. Ich hätte mich daran erinnern müssen, dass du mir das Leben nicht einfach machen würdest.«

Sie drehte ihr Gesicht gegen seine Brust und seufzte, als er mit der Hand ihren Rücken entlangfuhr. Emotionen kamen in ihr hoch, wie so oft, wenn er sie so geschickt berührte. »Ich wollte dich nur so unbedingt«, flüsterte sie, wobei ihre Lippen über seine Haut rieben.

»Und hast dich dabei selbst in Lebensgefahr gebracht, um

mir das zu zeigen«, erwiderte er. »Es wäre besser gewesen, wenn du mir schlicht gesagt hättest, was du empfindest … was du wolltest.«

»Aber du hast doch schon gewusst, wie ich mich gefühlt habe, wie verzweifelt ich gewesen bin. Du bist grausam gewesen, dass du mich so von dir ferngehalten hast«, platzte es aus ihr heraus.

Er umfasste ihren Hinterkopf. Sie sah auf, obwohl sie ihn im Dunkeln nicht erkennen konnte. »Ich war nicht grausam. Ich habe gewartet.«

Elise hielt inne. »Worauf hast du gewartet?«

»Auf dich, darauf, dass du mir sagst, wonach du verlangst. Was du brauchst.«

»Aber das *habe* ich dir doch gesagt!«

»Hast du das?«

Seine volle, ruhige Stimme kam in der Dunkelheit über sie und ließ ihre Haut kribbeln. Seine Frage hallte in ihrem Kopf nach. Hatte sie es ihm *nicht* gesagt? Sie hatte doch deutlich gemacht, dass sie ihm sexuell zur Verfügung stand. Sie hatte sich mit dieser Vereinbarung einverstanden erklärt. Das konnte Lucien doch unmöglich leugnen. Oder etwa doch?

»Ich habe dir ausdrücklich erklärt, dass ich mir wünsche, dass wir ein Liebespaar werden, und habe mich sogar in diese unorthodoxe Beziehung gefügt, die du vorgeschlagen hattest.«

»Aber das ist nicht die Art von Verlangen, die ich hören wollte.« Seine Finger massierten ihre Kopfhaut, sodass sie schläfrig wurde, trotz aller Verärgerung und Verwirrung. Sie öffnete den Mund, um nachzufragen, doch dann legte er seine große Hand über ihre Wange und das Kinn. Sein Mund verschloss ihren in einem verschmelzenden Kuss. Als er seinen Mund wieder abhob, lag ihr größtes Verlangen genau auf ihrer Zungenspitze.

»Schlaf jetzt«, sagte er.

»Aber …«

Er drückte ihren Kopf wieder nach unten an seine Brust und nahm sie noch fester in die Arme. Sie biss sich auf die Unterlippe, als sie spürte, wie sein Schwanz an ihrem Bein in Bewegung kam. »Es ist sehr vernünftig von dir, diesen Pyjama zu tragen. Du respektierst damit meine Wünsche und stellst dich nicht zur Schau, schließlich weißt du, wie schwer es mir fällt, dir zu widerstehen.«

Elise lag einfach da. Ein Teil ihres Gehirns verarbeitete seine Worte, ein anderer Teil spürte dem Gefühl seiner wachsenden Erektion nach.

»Du willst morgen sehr früh mit Francesca laufen gehen, oder?«, murmelte er.

»Mmh«, antwortete sie. Bei all den aufregenden Ereignissen des Tages hatte sie das völlig vergessen. Plötzlich fühlten sich all ihre Muskeln viel zu erschöpft an, um ans Aufstehen zu denken, ganz zu schweigen von kilometerlangem Joggen. »Ich muss noch den Wecker stellen«, sagte sie schläfrig und kuschelte sich mit ihrer Nase dankbar an Luciens Haut.

»Das habe ich schon für dich gemacht.«

»Danke«, sagte sie ganz ehrlich. Es war süß von ihm, an sie gedacht zu haben.

»Schlaf jetzt. Heute war ein langer Tag für uns beide. Ich habe dich hart und fest geritten im Stall. Jede Frau müsste sich eine Nacht lang davon erholen, eine Jungfrau ganz besonders.«

»Eine Exjungfrau«, korrigierte sie ihn erschöpft. »Und mir geht es auch ganz wunderbar.«

Er machte ein irritiertes und amüsiertes Geräusch, wodurch sie wieder einmal Bedauern spürte. Trotz seines Tons bahnten sich seine Finger ihren Weg ihre Wirbelsäule entlang, streichelten sie, ließen ihre verausgabten Gliedmaßen schwer werden. Wie konnte er nur verärgert sein und sie gleichzeitig so liebevoll berühren?

»Gute Nacht, *ma chère.*«

Das war das Letzte, was sie hörte, bevor sie in der reichen Dekadenz versank, die da hieß: schlafen in Luciens Armen.

Am nächsten Morgen, Francesca und sie joggten Seite an Seite, bewunderte Elise den runden roten Ball der Sonne, der sich auf dem blau glitzernden See spiegelte.

»Ich glaube nicht, dass ich jemals zuvor einen Sonnenaufgang gesehen habe«, sagte sie vor sich hin.

Francesca sah sie überrascht an und warf sich das Ende ihres rotgoldenen Pferdeschwanzes über die Schulter. Sie hatten sich noch im Dunkeln vor dem Gebäude getroffen, in dem sich Ians Penthouse befand. Elise hatte einen Rucksack mit den Dingen, die sie für die Arbeit benötigte, beim Pförtner gelassen, dann waren die beiden im ersten Tageslicht aufgebrochen. Sie liefen heute zum ersten Mal zusammen, und es stellte sich heraus, dass sie als Laufpartnerinnen gut zusammenpassten. Und sie hatten das formelle Sie aufgegeben.

»Wirklich? Du hast noch nie einen gesehen?«

»Doch, natürlich habe ich schon früher einmal einen Sonnenaufgang gesehen«, erwiderte Elise. Ihr fiel auf, dass Francesca über diese widersprüchlichen Aussagen verwirrt war. »Entschuldige. Ich habe vermutlich nur laut gedacht. Ich fühle mich nur heute Morgen richtig *wach*. Gut. Mir kommt es so vor, als hätte ich schon mal einen Sonnenaufgang angeschaut, ihn aber nie richtig wahrgenommen. Kennst du dieses Gefühl?«

Francescas dunkle Augen schienen in die Ferne zu schauen. »Ja, ich glaube, ich weiß, was du meinst. Ich denke dabei an einen Morgen in Paris, als ich mit Ian dort war. Es sah aus, als würde das Sonnenlicht so auf die Erde treffen, dass sie selbst zu leuchten anfing. Alles schien neu zu sein.« Als ihr klar wurde, wie verträumt sie klang, warf sie Elise einen reuevollen Blick zu. Elise lächelte sie aufmunternd an.

»Lustig, dass es ausgerechnet Paris ist, wo du dich lebendig wie nie zuvor gefühlt hast. Der Ort, an dem ich mir tot vorkam.«

Francesca sah sie grüblerisch an. »Ich hatte bei ein paar Dingen, die du bei unseren Gesprächen erwähnt hast, das Gefühl, dass du dort ein sehr … privilegiertes Leben geführt hast.«

»Und auch ein sehr leeres.«

»Und jetzt bist du glücklicher«, stellte Francesca eher fest, als dass es wie eine Frage klang. Ihr Blick ruhte auf Elise' Profil.

»Ja. Oh ja.«

Francesca wandte sich wieder dem Sonnenaufgang zu. Für ein paar Augenblicke drang nur das Geräusch der sanften Wellen, der gepolsterten Sportschuhe auf dem Asphalt und der gedämpfte Verkehrslärm des Lake Shore Drive an Elise' Ohren. »Du hast recht.« Francesca lächelte. »Der Sonnenaufgang ist grandios. Danke, dass du mich darauf hingewiesen hast.«

»Gern geschehen«, erwiderte Elise, ebenfalls mit einem Lächeln.

»Du scheinst sehr angetan … von Chicago«, nahm Francesca das Gespräch wieder auf. Elise hob überrascht die Augenbrauen, als sie das wissende Lächeln ihrer Begleiterin sah. »Bedeutet das, dass du noch hierbleibst, auch wenn dein Ausbildung zu Ende ist?«

»Das habe ich vor, ja. Ich habe eine Idee. Etwas geplant.«

»Du hast etwas geplant?«

Elise zögerte, von Francescas ernster Neugierde dazu verführt, ihr gegenüber ehrlich zu sein. Sie mochte Francesca, fühlte sich instinktiv wohl bei ihr. Dennoch … bislang hatte sie nicht den Mut besessen, irgendjemandem dies zu verraten. Ihre geheimen Bestrebungen führten dazu, dass sie sich angreifbar fühlte.

»Ich hatte die Idee, ein ganz besonderes Restaurant zu eröffnen, das sich an Menschen richtet, die sich gerade von einer Sucht lösen. Nicht nur für die natürlich – jeder kann dorthin kommen –, aber vor allem für sie konzipiert. Und auch nicht nur ein Restaurant – ein Café und einen Club noch dazu, in dem man Musik hören kann, in dem vielleicht Bands auftreten und man tanzen gehen kann. Es ist für Leute, die mit einer Abhängigkeit von irgendeiner Art von Drogen kämpfen, ungemein schwer, auszugehen und Spaß zu haben, ohne ständig von Alkohol in Versuchung geführt zu werden. Von Alkoholika umgeben zu sein kann leicht zum Rückfall führen, selbst bei Menschen, die gar keine Alkoholiker sind, sondern von anderen Stoffen abhängig waren.«

»Das klingt, als hättest du eine Menge Ahnung von diesen Dingen«, erklärte Francesca vorsichtig.

Elise warf ihr ein Lachen zu. »Ich bin keine Alkoholikerin und auch nicht drogenabhängig, falls es das ist, woran du denkst. Ich hatte zwar eine Zeit, in der ich bis zum Morgengrauen gefeiert habe, aber ich kam immer wieder weg von der Sauferei. Aber es stimmt – ich kenne mich ein wenig aus damit.« Sie holte tief Luft, um Mut zu sammeln. »Ein sehr guter Freund von mir ist an einer Überdosis Heroin gestorben.«

Francesca verlangsamte ihre Schritte. »Das tut mir sehr leid. Eine schreckliche Geschichte.«

»Ja, das war es«, gestand Elise und atmete fest gegen den plötzlichen Druck an, der ihr die Kehle zuschnürte. »Es ist noch ganz frisch. Er ist vor einem knappen halben Jahr gestorben. Michael Trent. So hieß er.«

»Wart ihr zwei …«

»Nein«, sagte Elise, die ahnte, worauf Francesca hinauswollte. »Wir waren nur Freunde. Wirklich gute Freunde. Er war sogar einer der wenigen echten Freunde, die ich in meinem Leben hatte, so peinlich das auch ist«, fügte sie zittrig an. Sie überwand ihre Unruhe mit einem breiten Lächeln. »Ich habe mir meine Freunde früher sehr schlecht ausgesucht. Oder sie haben sich unklugerweise mich ausgesucht. Vielleicht sogar beides.«

»Ich bin sicher, das ändert sich jetzt alles.«

»Danke«, antwortete Elise dankbar. »Das möchte ich auf jeden Fall auch glauben können. Michael hat die Art und Weise, mit der ich Dinge betrachte, geändert. Nicht nur sein Tod oder das Bewusstsein dafür, wie unbeständig, wie zerbrechlich das Leben ist. Sein Leben insgesamt hat mich geändert. Ich weiß, die Leute haben voreingenommene Vorstellungen davon, wie Heroinsüchtige sind, aber Michael war alles andere als ein solches Stereotyp. Er war einzigartig. Wunderbar. Ich habe ihn in der Kochschule kennengelernt. Er war der Talentierteste von uns allen – ein wahrer Poet am Herd –, aber er hat nie auch nur gezögert, uns seine Unterstützung und Hilfe anzubieten, wenn wir zu kämpfen hatten. Nur hatte er eben seinen Dämon. Jeden Tag hat er gegen seine Heroinsucht gekämpft. Jede Stunde. Irgendwann unterlag er diesem Monster, aber sein Leben war nicht umsonst. Er war wichtig. Er war für mich wichtig.«

Sie schluckte schwer und blinzelte das helle Sonnenlicht aus ihren Augen.

»Dann möchtest du das Restaurant in Erinnerung an das Leben deines Freundes eröffnen?«, wolle Francesca besonnen wissen.

»Ja. Aber noch mehr als das«, fuhr Elise ruhig fort. »Mein Leben lief ins Nichts, bevor ich Michael getroffen habe. Ich war wie eine Muschel, innen hohl. Vielleicht hatte ich keinen heimtückischen Dämon wie das Heroin zu bekämpfen, aber mein Leben ist immer mehr meiner Kontrolle entglitten. Er hat mir Hoffnung eingeflößt … einen Sinn. Dafür werde ich ihm immer dankbar sein.«

»Er muss ein ganz besonderer Mensch gewesen sein.«

»Das war er.« Elise bemühte sich, ihre Gefühle wieder in den Griff zu bekommen, und hatte bald damit Erfolg. »Deshalb bin ich auf die Idee gekommen, solch ein Restaurant zu eröffnen. Das wäre toll. Familienangehörige und Freunde von Menschen, die mit einer Sucht kämpfen, haben oft das Gefühl, als könnten sie den Menschen, den sie lieben, nirgendwohin zum Essen ausführen oder zum Feiern mitnehmen, weil sie ständig Angst haben müssen, damit einen Rückfall auszulösen. Mein Restaurant wäre der Ort, zu dem diese Leute ohne Angst gehen könnten. Michael hatte mir in der Reha erzählt, dass sie eine Menge über nahrhaftes Essen und gesundes Kochen gelernt hätten. Ihren Körpern fehlen ganz viele dieser wichtigen Nährstoffe. Viele von ihnen werden zu richtigen Feinschmeckern – wie Michael eben –, haben aber keinen Ort, an dem sie ihre Liebe zum Essen ausleben können. Das passt alles irgendwie ganz gut zusammen.«

Unsicher blickte sie zu Francesca hinüber, aus Angst, ein skeptischer oder missbilligender Blick könnte ihre Idee für immer in das Reich der Träume verbannen. Francesca sah allerdings kaum so aus, als würde sie diesen Plan geringschätzen.

»Was für eine fantastische Idee. Wer weiß, wofür es sonst noch alles gut ist? Leute, die Diät halten müssen. Oder vielleicht nicht gerade Diät, die aber auf eine gesündere Ernährung achten wollen. Da kommt eins zum anderen. Sie könnten sich schick anziehen und ihre neue Figur zeigen; sie müssten sich über die zusätzlichen Kalorien im Alkohol keine Gedanken machen, und sie könnten gleich nach dem Essen noch zum Tanzen gehen«, schlug Francesca lächelnd vor.

»Daran hatte ich noch gar nicht gedacht.«

»Übergewichtige können auch Süchtige sein«, sagte Francesca, deren wissender Ton Elise' Interesse weiter anstachelte.

»Du klingst, als würdest du dich persönlich da recht gut auskennen«, erwiderte Elise und wiederholte damit das, was Francesca zuvor zu ihr gesagt hatte.

»Ja, das stimmt«, stellte Francesca nüchtern fest. »Als Kind habe ich aus meinen Launen heraus gegessen. War sehr übergewichtig. Das war auch einer der Gründe, weshalb ich mit dem Joggen angefangen habe, als ich aufs College kam.«

»Hat dir das bei deiner Abhängigkeit geholfen?«

»Es hat mir geholfen, wieder die Kontrolle über meinen Körper zu erlangen. Über mein Leben. Auf jeden Fall finde ich deine Idee großartig. Weißt du, wen du bei dieser Sache um Hilfe bitten solltest? Lucien.« Als Elise nicht gleich antwortete, drehte sich Francesca zu ihr um. Zufällig befanden sie sich ganz in der Nähe des Gebäudes, in dem Lucien – in dem *sie* – lebte.

»Glaubst du nicht, das wäre eine gute Idee? Er hat erstaunlich viele Kontakte hier in der Stadt. Ian sagt immer, dass er es fast nicht glauben kann, dass Lucien erst vor einem Jahr hierhergezogen ist, bei der Anzahl von Leuten, die er kennt. Ian hat auch erzählt, dass Lucien in Paris in der Entertainment- und Restaurantszene gut vernetzt war. Offenbar ist er auf gutem Wege, auch hier in Chicago zu solch einem Dreh- und Angelpunkt zu werden.« Irgendetwas schien in ihr vorzugehen. »Hey… sag mal, bist du Lucien schon einmal begegnet, bevor du nach Chicago gekommen bist? Warst du in Paris einmal in seinem Restaurant? Ian sagt, es sei bei Nachtschwärmern sehr angesagt.«

»Das Renygat?«, fragte Elise. Es wäre seltsam gewesen zu leugnen, dass sie, die aus Paris kam, Luciens renommiertes Restaurant nicht kannte. Zumindest dessen Existenz zu bestätigen kam ihr okay vor. »Ich denke, ich bin ein Mal dort gewesen«, erklärte sie ausweichend und blickte abwesend auf Luciens Haus. Sie dachte darüber nach, was Lucien gestern Abend gesagt hatte, nämlich dass sie danach fragen sollte, was sie sich wünschte. Ihr ging dieser Gedanke schon eine ganze Weile durch den Kopf.

Sollte sie Lucien von ihrer Idee erzählen? Noch hatte sie es nicht getan, denn damit wäre sie sich so verwundbar erschienen. Es würde ihr wehtun, wenn sie in seinem Gesicht erkennen könnte, dass er an ihrer Idee zweifelte. Es war eine Sache, das bei Francesca zu versuchen. Sie war eine neue Bekannte.

Doch Lucien – das war etwas anderes.

»Hier wohnt Lucien, oder?«

Elise wurde aus ihren Gedanken gerissen. »Äh … kann sein. Ich glaube schon.« Ihr fiel Francescas amüsiertes, ironisches Lächeln auf. »Was ist?«

Francesca rollte die Augen. »Ach, hör auf, Elise. Du kannst doch nicht allen Ernstes überzeugt sein, ich würde es dir wirklich abnehmen, dass du so wenig über Lucien und sein Leben weißt.«

Elise' Herz schien in diesem Moment weit nach unten zu rutschen. Fast hätte sie gezögert. »Und *warum* nimmst du es mir nicht ab?«

»Nur so eine Beobachtung. Zwischen euch beiden liegt doch eine ganz besondere Spannung in der Luft.« Francesca sah sich um und erkannte, dass Elise vor Fassungslosigkeit der Mund offen stehen geblieben war. »Er kann seine Augen nicht von dir lassen, wenn du in der Nähe bist. Auch Ian ist das schon aufgefallen.«

»Ach … ist ihm das?« *Oh nein.* Lucien würde das sehr verärgern.

»Ja. Aber das ist doch keine große Sache, oder?«, hakte Francesca nach, denn sie bemerkte Elise' leidenden Gesichtsausdruck.

»Nein, ich dachte nur … Wir dachten nur, dass wir sehr diskret gewesen wären.«

»Mach dir keine Sorgen«, beruhigte Francesca sie freundschaftlich. »Ich hätte nichts sagen sollen. Es geht mich ja auch nichts an. Wenigstens weißt du jetzt, dass ich es für großartig halte. Er ist ein toller Mann.« Francesca sah sie funkelnd von der Seite an. »Und sooo gut aussehend. Und dann diese *Stimme* … dieser Akzent – unglaublich sexy. Also, du hast diesen Akzent ja auch, daher vermute ich, dass du ihn nicht für so heiß hältst, wie er uns hier in den USA vorkommt, aber …«

»Ich halte seine Stimme für sexy«, gestand Elise, noch bevor sie sich selbst bremsen konnte.

Francesca lächelte. »Dann sind wir uns ja einig. Redest du mit ihm? Über deine Idee mit dem Restaurant?«, wollte sie wissen.

Elise biss sich auf die Lippe. »Vielleicht.«

»Falls du dich dafür entscheidest, dann viel Glück. Ich weiß, dass Lucien manchmal etwas einschüchternd wirken kann – mir ging es bei Ian ganz ähnlich. In dieser Hinsicht ähneln die beiden sich. Aber zufällig weiß ich, dass Lucien absolut in Ordnung ist.«

»Danke. Und dass er einschüchternd wirkt, das stimmt auch. Ich glaube, ich brauche eher Mut als Glück«, murmelte sie leise vor sich hin.

Vor allem weil sie daran dachte, dass sie Lucien gegenüber auch noch in einem anderen Bereich als ihrer Geschäftsidee ehrlich sein wollte. Sie wollte seinen Rat annehmen und ihm gestehen, wie sehr sie sich nach ihm verzehrte ... wie sehr sie es sich wünschte, sich ihm zu unterwerfen. Solch ein zerbrechliches, verletzliches Verlangen in Worte zu fassen schien ihr eine der gewagtesten, schwierigsten Herausforderung zu sein, der sie je gegenübergestanden hatte.

An diesem Abend verließ sie das Fusion noch vor Lucien, sobald sie ihre Aufgaben erledigt hatte. Sie erwartete ihn in seinem Penthouse, als er kurz nach Mitternacht zurückkam. Sie saß auf der Couch und sah ihm über die Lehne hinweg zu, wie er das Wohnzimmer betrat. Er sah gerade seine Nachrichten auf dem Handy durch, die Stirn ein wenig nachdenklich gerunzelt. Es dauerte eine ganze Weile, bis er sie bemerkte. Elise nutzte diese Gelegenheit, um ihn nach Lust und Laune zu beobachten.

Sie hatte nur widerwillig seine Arme verlassen, als an diesem Morgen der Wecker geklingelt hatte, so sehr genoss sie seine angenehme Wärme an ihrem Rücken, während er sie mit seinem großen Körper umhüllt hatte. Sie war aus sinnlichen Träumen gerissen worden, seinen Duft in ihrer Nase und seine große Erektion im Rücken, schließlich trennten sie nur zwei Schichten dünnen Stoffes. Es war wie im Paradies, fast nicht zu begreifen, jeden Morgen in Luciens Armen aufwachen zu dürfen.

Er hatte sich gerührt, als der Wecker läutete, war dann aber wieder eingeschlafen. Wieder hatte sie die lebhafte Vorstellung gehabt, ihn zu berühren, jetzt, wo er so leicht erreichbar, so verwundbar war, und seinen vollen Schwanz in die Hand zu nehmen, den Mund über den prall gefüllten Muskel und die weiche Haut zu stülpen, küssend, leckend, beißend ...

Das wäre genau das gewesen, was ihre Mutter angewandt hätte, um einen Mann in die Hände zu bekommen – ihn zu verführen, während er noch schlief.

Er hatte instinktiv seinen Arm noch fester um sie geschlossen, als sie den Wecker zum Schweigen gebracht hatte. Elise hatte jedes Gramm ihrer Willenskraft einsetzen müssen, um seine Umarmung zu verlassen.

Jetzt war sie wieder hier mit ihm, er war hellwach, und sie war es, die sich plötzlich verwundbar fühlte.

Er sah unvermittelt von seinem Handy auf und nagelte sie mit seinen hellen Augen fest. Ein kleines Lächeln übernahm den Platz des mürrischen Ausdrucks, der ihn eben noch beherrscht hatte.

»Was machst du denn da, sitzt da und beobachtest mich, still wie ein Mäuschen«, murmelte er und kam näher.

»Ich habe auf dich gewartet.« Elise verspürte eine merkwürdige Mischung aus Zufriedenheit und Angst, als sie seine vertraute, volle Stimme in dem abgedunkelten Raum vernahm. Er trug einen europäisch geschnittenen, schick aussehenden dunklen Anzug, dazu ein maßgeschneidertes Stulpenhemd und eine silbrig blaue Krawatte. Er sah makellos und exotisch und dermaßen maskulin aus, dass es sie schmerzte. Rasch zog er das Jackett aus, lockerte die Krawatte und öffnete einige Hemdknöpfe, bevor er sich auf das Polster setzte, auf dem ihre Füße lagen. Elise lächelte, als er ihre Füße hochnahm und in seinen Schoß legte. Elise schnurrte dankbar, als er ihre Füße zu massieren begann.

»Oh, das fühlt sich toll an«, sagte sie und sah fasziniert zu, wie seine großen Hände auf ihren Füßen ruhten. Im Gegensatz zu ihr sah er so männlich aus, so stark, seine von Adern durchzogenen Hände neben ihren schmalen blassen Füßen. »Warum hast du eben so mürrisch ausgesehen?«

»Habe ich das?« Lucien hielt kurz inne, um sie anzuschauen.

Sie nickte und wunderte sich darüber, dass er kurz abgelenkt wirkte und ihr dies offenbar verheimlichen wollte. »Gibt es schlechte Neuigkeiten?«, wollte sie wissen und wies mit dem

Kopf zum Handy, das er vor wenigen Augenblicken auf den Couchtisch gelegt hatte.

»Ja, du hast es erraten«, gab er wenig später zu.

»Lucien?«, hakte sie nach, schließlich war sie verwundert, dass er so besorgt aussah und nicht fortfuhr.

»Ich habe bemerkt, dass der Manager, den ich eingestellt habe, um die Three Kings Corporation zu leiten, Gelder veruntreut hat«, erklärte er kurz und bündig. Er sprach von den drei luxuriösen Hotels in Paris, die er widerwillig übernommen hatte, als sein Vater zu einer Gefängnisstrafe verurteilt worden war.

»Oh nein.« Sie fühlte mit ihm. »Was machst du jetzt?«

»Ich muss irgendwie damit fertigwerden«, sagte er nach einer kleinen Pause. »Monsieur Lebœuf wird verhaftet werden, sobald ich vor Ort genug Beweise für die Unterschlagung gefunden habe. Aber eigentlich möchte ich jetzt gar nicht darüber reden. Lieber würde ich von dir erfahren, warum du auf mich gewartet hast.«

Das Herz schlug ihr plötzlich bis in die Ohren. »Musst … musst du denn jetzt nicht nach Paris fliegen … dir einen Flug buchen?«, fragte sie nervös.

Seine Augen huschten über ihr Gesicht. »Doch, ich muss dahin. Schon bald. Es ist ja mein Fehler, dass den Three Kings so etwas passiert ist.«

»Wieso denn das? Du hast den Mann doch deshalb angestellt, weil du ihm vertraut hast. Du wusstest ja nicht, dass er dir Geld stehlen würde.«

Kurz schloss er die Augen. »Ich wollte die Verantwortung für das Eigentum meines Vaters nicht übernehmen. Trotzdem trage ich sie. Ich habe Hunderte von Mitarbeiten im Stich gelassen, weil ich mich geweigert habe, mich um seine Geschäfte zu kümmern … weil ich so starrköpfig war.«

»Lucien, das ist nicht fair. Du weißt genau, dass es so nicht ist. Es ist komplizierter. Dass du dich von seinem Vermächtnis für dich, von dem Erbe deines Vaters und seinem Besitztum abgestoßen fühlst, ist sehr verständlich.«

»Verständlich, okay. Entschuldbar? Angesichts der möglichen Konsequenzen wohl eher nicht.« Er blickte sie ruhig an. »Warum hast du auf mich gewartet?«

»Ich … ich wollte mit dir über etwas reden, aber das war noch, bevor all das hier passiert ist«, sagte sie und zeigte auf das Telefon. »Ich will dich jetzt nicht mit Kleinigkeiten zusätzlich belasten.«

Seine beiden Hände umfassten ihre Füße vollständig, er presste seine Daumen vorsichtig auf ihr Fußgewölbe. »Du belastest mich nicht, und ich halte das, was du mir sagst, für sehr wichtig. Worüber wolltest du denn mit mir reden?«

Sie schluckte schwer. Er wirkte so ruhig, so erwartungsvoll … als wüsste er genau, wie schwierig das für sie war. Wie fängt man an, über seine Hoffnungen … sein Verlangen zu sprechen? Elise fühlte sich nackt, trotz des Sommerkleids, das sie sich nach ihrer Ankunft im Penthouse angezogen hatte.

»Ich … äh … ich habe heute Vormittag mit Francesca darüber gesprochen … sie meinte, ich solle doch mit dir über diese Idee sprechen, die mir gekommen ist.«

»Idee?«, fragte Lucien. Während er das sagte, fing er wieder an, ihre Füße zu massieren. Spürte er instinktiv ihre Sorge, und versuchte er, sie zu entspannen? Sie hatte noch nie einen Menschen kennengelernt, der es verstand, so in ihr zu lesen, wie Lucien es vermochte. »Elise?«, wiederholte er, denn die Worte waren ihr im Halse stecken geblieben. Ein Schatten fiel auf sein Gesicht, als er sorgfältig das ihre studierte. »Erzähl es mir einfach«, insistierte er vorsichtig.

Es sprudelte alles aus ihr heraus. Alles, was sie Francesca

über Michael, ihre Freundschaft ... das Trauma, einen solchen einmaligen Mann verloren zu haben, erzählt hatte. Sie berichtete ihm von ihrer Idee des Restaurants, das sie eröffnen wollte, die Worte kamen in einem Schwall. Während sie sprach, konnte sie ihm nicht in die Augen sehen.

»So, das war dann wohl alles«, endete sie nach ein paar Minuten, in denen sie ununterbrochen geredet hatte. Lucien hielt noch immer ihre Füße in seinen warmen Händen. Über die Spiegelung in den großen Fenstern konnte Elise erkennen, dass er den Kopf gedreht hatte und sie anblickte. »Francesca hatte vorgeschlagen, dir das zu erzählen, weil du wohl sehr viele Leute in diesem Geschäft kennst. Ich dachte, du könntest vielleicht ...«

»Was?«, fragte er vorsichtig nach, als sie nicht weitersprach.

»Mir helfen«, flüsterte sie.

»Elise, schau mich an.«

Der Hals schnürte sich ihr zu. Sie zog ihren Blick von seinem Spiegelbild ab und sah ihn an.

»Hat Michael dir diese Perlen geschenkt?«

Sie nickte. Tränen brannten in ihren Augen. »Zu meinem vierundzwanzigsten Geburtstag, ein paar Wochen vor seinem Tod. Er hatte eigentlich gar nicht das Geld, um mir ein so teures Geschenk zu kaufen.«

»Du hast ihn wirklich geliebt, oder?«

»Ja. Nicht im romantischen Sinne des Wortes, aber doch. Er hat mein Leben verändert.«

»Er hat dich zu mir geführt.« Bei seiner schlichten Feststellung irrte eine Träne ihre Wange hinab.

»Natürlich helfe ich dir, Elise.«

»Wirklich?«, fragte sie langsam.

»Das ist eine sehr gute Idee. Warum sollte ich dir nicht dabei helfen?«

»Ich brauche kein Geld oder so. Wenn es so weit ist, dass ich das Restaurant eröffnen kann, werde ich schon Zugriff auf meinen Treuhandfonds haben. Ich brauche nur deinen Rat. Deine Unterstützung.«

»Du bekommst beides. Du bekommst alles, was immer ich dir bieten kann.«

Die Enge in ihrer Brust und Kehle weitete sich. »Ist das so einfach?« Ihr Blick klebte an seinem kleinen Lächeln.

»Ja. So einfach ist das. Du musst nur fragen. Du musst nicht manipulieren, verführen oder irgendetwas Verrücktes oder Gefährliches machen … oder deinen Stolz hinunterschlucken. Mit diesen Dingen haben unsere Eltern gearbeitet, sie stammen aus einer Zeit, die ich lieber hinter mir lassen möchte. Wenn es in meiner Macht steht, helfe ich dir bei allem, was du brauchst. Aber du musst darum bitten.«

Bei allem, was du brauchst.

Seine Nasenflügel erbebten leicht, als er sie ansah. Und wieder einmal spürte sie seine geduldige Erwartungshaltung. »Möchtest du noch etwas anderes?«

Seine ruhige Stimme kitzelte ihr Ohr und ließ ihr Herz pochen.

»Ja«, hauchte sie.

»Dann sag es mir.«

Ihre Lippen fühlten sich taub an, als sie sie jetzt öffnete. Sein Blick war zugleich glühend heiß und voller Mitgefühl, wie eine stetige, starke Flamme. Das ermutigte sie.

»Ich will mich dir hingeben. Ich will mich dir unterwerfen … dir zu Gefallen sein. Ich will dir so sehr vertrauen, dass ich dir die sexuelle Kontrolle über mich überlasse.«

Wieder blähten sich seine Nasenflügel auf. Seine Hände stoppten die Massage.

»Du sollst mir nicht vertrauen *wollen*, Elise. Entweder vertraust du mir, oder du vertraust mir nicht.« Sein Blick nahm sie ganz ein. »Du hattest ganz offenbar sehr gute Gründe, die längste Zeit deines Lebens die Zügel selbst in der Hand behalten zu haben, was Männer angeht. Vertraust du mir so sehr, dass du sie nun loslassen kannst?«

Sie suchte in seinem Gesicht nach einem Hinweis darauf, dass sie gerade dabei war, einen Fehler zu machen. Sie fand nichts außer seiner unzerbrechlichen Stärke. Dennoch, es war eine beängstigende Sache zu vertrauen.

»Ich vertraue dir«, sagte sie und hoffte, er würde das Zittern in ihrer Stimme nicht hören.

Sie freute sich über ihre Entscheidung, als sie Glück und Stolz über seine Züge zucken sah. Sie bewahrte diesen Gesichtsausdruck von Lucien zusammen mit anderen kostbaren Erinnerungen in ihrem Innern.

»Komm her«, sagte er und öffnete seine Arme. Sie schwang ihre Beine zu Boden, besorgt, aber auch begierig darauf, seine Umarmung zu spüren, darauf, wirklich und wahrhaft zu entdecken, was es hieß, wenn er sie sexuell dominieren wollte, darauf herauszufinden, was es bedeutete, sich seinem Verlangen zu unterwerfen.

Sein Telefon klingelte. Elise warf einen Blick auf das Display, als sie in seine Arme fallen wollte.

»Es ist das Hotel Louis«, erklärte sie und hielt neben dem Sofa inne.

Verärgerung zeichnete sich auf seinem Gesicht ab. Er zögerte.

»Ist schon okay, Lucien«, versicherte sie ihm. »Es wird ein Notfall sein, ansonsten würden sie dich nicht um diese Uhrzeit stören.« Trotzdem griff er nicht nach dem Telefon, er wirkte unentschieden. Schließlich fluchte er lautlos und nahm ab.

Elise' Sorgen nahmen zu, während sie ihm zuhörte, wie er

mit wem auch immer in kurzem und knappem Französisch sprach.

»Das klingt nicht gut«, stellte sie fest, als er das Gespräch beendet hatte.

»Ich hatte Monsieur Atale, den Manager des Hotel Louis, dem ich uneingeschränkt vertraue, gebeten, ein paar Dinge für mich zu überprüfen. Er hat sich gleich darangemacht und berichtet mir alle paar Stunden über die Ergebnisse. Es scheint so, als wäre auch unser Hauptbuchhalter in diese Unterschlagung verwickelt. Monsieur Atale verfügt nicht über genug Finanzmittel, um die Löhne auszuzahlen, die morgen fällig sind.«

»Das tut mir so leid.« Elise hasste die Sorgenfalten auf seiner Stirn.

Er nagelte sie mit seinem Blick fest. »Ich bekomme das Organisatorische in den Griff, damit wieder alles läuft. Ich bin vor allem deshalb auf diese Idioten so sauer, weil sie es ausgerechnet jetzt so weit mussten kommen lassen. Jetzt, wo du mir endlich von deinem Verlangen erzählt hast.«

Elise schenkte ihm ein zittriges Lächeln und sank neben ihm auf das Sofa. Sie nahm seine Hand. »Es wird auch immer noch mein Verlangen sein, wenn du wieder zurück bist.«

Er drückte ihre Hand und hob sie hoch, um ihre Knöchel zu küssen.

»Du brichst noch heute Nacht auf, nicht wahr?«

»Sobald meine Sekretärin in Paris mir einen Flug gebucht hat. Sie wird mich jede Minute deswegen anrufen. Es tut mir leid, Elise. Das ist ein beschissenes Timing.«

»Ich verstehe das«, versicherte sie ihm und ignorierte dabei den sich in ihrer Brust ausbreitenden Schmerz. »Natürlich musst du fahren. Die Angestellten der drei Hotels haben ja Angehörige … Familien, die von ihnen abhängen. Sie brauchen ihr Geld und ihren Job.«

»Es freut mich, dass du das verstehst.« Er stand auf und nahm sie in den Arm. Als sie zu ihm aufsah, legte er seine Finger um ihr Kinn und streichelte sie zärtlich. Er blickte schnell auf sein Smartphone und dann wieder zu ihr zurück. Sie hörte, wie er kaum hörbar zischte. Das Nächste, das sie spürte, war, wie er sie hochhob und in Richtung Flur trug.

»Lucien?«, fragte sie verblüfft.

»Auf ein paar Minuten mehr oder weniger kommt es auch nicht mehr an«, antwortete er grimmig.

Einen Moment später legte er sie auf sein Bett und platzierte seine Hände rechts und links von ihrer Taille.

»Besitzt du einen Vibrator, *ma chère*?«, wollte er wissen. Sein Gesicht war nur Zentimeter von dem ihren entfernt, seine Stimme streichelte sie übervoll und reich und überzog sie mit einer Gänsehaut.

Sie schluckte mühsam und schüttelte den Kopf.

Er erwiderte nichts, sondern ließ von ihr ab. Mit einem nur unregelmäßig kommenden Atem sah sie ihm zu, wie er sich umdrehte und die Schublade eines der Nachttischchen öffnete. Er entnahm ihr eine verschlossene Schachtel, entfernte das Siegel und schüttelte den Inhalt auf die Hand. Sie erkannte einen chromfarbenen, kugelförmigen Gegenstand und mehrere rote Gummibänder. Er nahm eines der Bänder und befestigte es an dem Vibrator. Dann band er die Chromkugel mit dem Gummi an seinen Finger und setzte sich wieder neben sie aufs Bett.

»Zieh dein Höschen aus, und schieb den Rock bis zur Hüfte hoch. Ich werde dir ein Vergnügen verschaffen, und du wirst mir diesen Gefallen dann erwidern. Es wird schnell gehen müssen wegen der Umstände«, sagte er, und vor Enttäuschung verzog er leicht den Mund, »aber es wird sehr effektiv sein. Und ich möchte dir etwas erklären.«

Schnell, aber effektiv. Ihren Puls konnte sie inzwischen schon in ihrer Kehle spüren.

Elise konnte seinen Blick auf sich fühlen, als sie ihren Slip die Hüfte hinab- und über die Füße schob. »Setz dich in die Mitte des Bettes«, befahl er ihr ruhig, als sie ihr Kleid nach oben zog. Sie rutschte in die Mitte und lehnte sich an die Kissen, ihr Atem ging mit steigender Anspannung jede Sekunde schneller. Sein Blick war auf ihre Muschi geheftet, sie zog ihr Kleid bis zur Hüfte hoch.

»Und jetzt spreiz die Beine«, murmelte er, rückte an sie heran, winkelte ein Knie auf dem Bett ab, sein anderes langes Bein hing über die Matratze hinaus.

Mit angehaltenem Atem sah sie zu, wie er einen Knopf an dem Vibrator drückte, dann hörte sie ein gedämpftes Summen, als hätte eine Biene den Weg in ihr Zimmer gefunden. Laut hörbar atmete sie ein, als er ungerührt die Metallkugel gegen ihre Schamlippen drückte. Wunderbare Vibrationen stimulierten ihre Klitoris.

»Oh«, rief sie und riss die Augen auf. Ein raffiniertes Kribbeln, dann ein süchtig machendes, langsames Brennen war entstanden.

Er betrachtete sie lächelnd. »Fühlt sich das gut an?«

»Ja«, bestätigte sie kurzatmig. Das Metall wärmte sich an ihrem hypersensiblen Fleisch. Im Hintergrund hörte sie das wiederholte Klingeln seines Telefons. Sie öffnete den Mund, doch er begann noch vor ihr zu sprechen.

»Nicht darauf achten«, sagte er knapp. »Das ist jetzt dein Vibrator. Es ist ein teurer – ein sehr leistungsstarker. Ich will, dass du ihn während meiner Abwesenheit jeden Abend um halb zwölf an deine kleine Muschi drückst. Ich will, dass du daran denkst, was du mir gesagt hast, dass du dich mir im Bett unterwerfen willst. Hast du verstanden?«

»Ja«, antwortete sie. Er schob den Vibrator tiefer zwischen ihre Schamlippen und stimulierte sie mit seinem Finger ein wenig. Sie ruckte ihre Hüften schon in Richtung des präzisen kleinen Instruments.

»Und jedes Mal, wenn du kurz davor stehst zu kommen, möchte ich, dass du den Vibrator zur Seite legst und den Orgasmus hinauszögerst. Du kannst ihn, wenn du ein wenig abgekühlt bist, wieder nehmen. Wenn du dann wieder kurz vor dem Gipfel bist, musst du den Vibrator wegnehmen. Stell dir vor, wie ich dir sage, dass du ihn weglegen musst.«

»Wie oft muss ich das machen, bevor ich … komme?«, keuchte sie, als er seinen pulsierenden Finger mit ein wenig mehr Druck an sie presste.

»So oft, bis du dir vorstellst, dass ich dir die Erlaubnis gebe, kommen zu dürfen. Denk daran«, seine grauen Augen glitzerten vor Erregung und Freude, »ich bin ein anspruchsvoller Meister, aber kein grausamer. Wenn ich dich jeden Tag anrufe, dann sagst du mir, wie erfolgreich du warst – oder ob du versagt hast«, fuhr er fort. »Ich erwarte, dass du vollkommen ehrlich zu mir bist. Du weißt, dass ich es immer erkennen kann, wenn du lügst. Sogar schon, als du noch ein kleines Mädchen warst«, erinnerte er sie und sah zu, wie sein Finger gegen ihre Muschi vibrierte. »Wenn du dich erfolgreich um Kontrolle bemüht hast, werde ich dich belohnen. Wenn du keinen Erfolg hattest, werde ich dir deine Bestrafung mitteilen.«

Die mächtige Kombination des Vibrators an ihrer Muschi und seinen aufreizenden Erklärungen ließ flüssige Hitze zwischen ihren Hüften austreten. Sie konnte sich gut vorstellen, wie erotisch es sein würde, ihm von ihren intimen Momenten der Masturbation zu berichten und seine Belohnung und Bestrafung zu erwarten, wenn sie sich wiedersehen würden. Ja, auch die Bestrafungen, denn sie wusste, dass sie diese Herausforderung nicht würde bestehen können. Sie war noch nie sehr gut darin gewesen, sich selbst um ein Vergnügen zu bringen, vor allem nicht um ein solch köstliches. Ihre Hüften drängten gegen den Vibrator. Es fühlte sich so gut an … so heiß.

Doch plötzlich zog Lucien seinen Finger zurück. Bei diesem Verlust stöhnte sie auf.

»Hast du verstanden, Elise?«

Sie schluckte den Protest, der auf ihrer Zunge lag, hinunter. »Ja«, flüsterte sie.

»Gut. Dann knöpfe jetzt dein Kleid auf und zeig mir deine wunderschönen Brüste.«

KAPITEL 10

Ihre Brust wogte unter ihren Fingern auf und ab, während sie die Knopfreihe ihres Sommerkleids öffnete. Lucien brummte sanft und zustimmend, als sie den Stoff beiseiteschob, denn sie trug keinen BH.

»Das ist wunderschön. Mir wäre es lieber, wenn du hier im Penthouse keine Unterwäsche tragen würdest, solange wir unter uns sind und wir keine Gäste erwarten. Ich werde dich häufig nehmen wollen, und es wäre gut, wenn du darauf vorbereitet bist. Und jetzt nimm sie in die Hände und spiele mit den Nippeln. Ich lasse dich jetzt den Vibrator wieder spüren«, wies er sie mit belegter Stimme an.

Sie packte ihre Brüste mit den Händen, drückte das weiche, feste Fleisch und steigerte ihre Bewegungen immer begeisterter, als sie Luciens Augen glühen sah, wie er sie betrachtete und dabei der Vibrator brummte und ihre Muschi stimulierte. Oh, langsam fing sie wirklich Feuer. Sie griff mit den Daumen und Zeigefingern ihre Brustwarzen und kniff hinein. Das hatte sie noch nie getan, überhaupt hatte sie noch nie großes Interesse an ihrem Busen gehabt, der ihr vor allem dann aufgefallen war, wenn ihre männlichen Begleiter sich gierig danach gezeigt hatten. Es fühlte sich gut an. Sie drückte fest zu, der stechende Schmerz würzte die Stimulation ihrer Klitoris.

»So ist es gut. Gefällt dir das?«, wollte Lucien wissen, dessen Finger energisch gegen ihre Muschi klopfte.

»Sehr«, antwortete sie und hob kraftvoll ihre Hüften gegen Luciens Hand und den Vibrator.

»Du bist unglaublich schön«, murmelte er. »Wenn ich aus Paris zurückkomme, werde ich dich tagelang im Bett halten. So ist es gut. Drück diese rosa Nippel.«

Sie tat, was er ihr gesagt hatte, ihre Erregung stieg mit jeder Sekunde. Ihre Fußsohlen begannen zu kribbeln. Der Vibrator war ungemein genau und stark.

»Oh, ich komme gleich.«

»Frag mich erst um Erlaubnis.«

Ihr Blick schnellte überrascht zu seinem Gesicht. Luciens Ausdruck wirkte angespannt und erregt … und völlig ernst. »Darf ich … kommen?«

»Öffne erst deine Lippen. Zeig mir dein kleines rosa Juwel.« Seine Stimme war eine erregende Mischung aus Schnurren und Knurren. »Ja, das ist gut. Wunderschön«, brummte er und hob für einen Moment den vibrierenden Finger an ihre glänzende Klitoris. »Ich erwarte mehr Disziplin von dir, während ich unterwegs bin«, sagte er betont. »Aber da wir heute Nacht nicht so viel Zeit haben …«

Sie keuchte und jammerte, als er den Vibrator auf ihre offen daliegende nackte Klitoris legte.

»Du darfst kommen, *ma chère*.«

Wenige Sekunden später erzitterte sie im Orgasmus. Sie hielt die Schamlippen mit einer Hand offen gespreizt, mit der anderen hatte sie eine Brust umfasst, ihre Hüften zuckten in kleinen Stößen gegen Luciens Finger.

Es fühlte sich völlig richtig an, sich vor Luciens Augen gehen zu lassen … sich ihm hinzugeben.

»Wunderbar«, hörte sie ihn wenig später sagen, als ihr Erschaudern abgeebbt war. Träge öffnete sie ihre Lider und sah benommen zu, wie er den kugelförmigen Vibrator, der von ihren Säften glänzte, zur Seite legte. Eilig griff er nach einem roten Gummiband in einer anderen Größe und tauschte es mit dem um seinen Finger aus.

»Komm hoch und knie dich mit dem Gesicht über meinen Schoß hin«, befahl er. Sie liebte den Klang seiner durch die Lust aufgerauten Stimme.

»Etwa so?«, fragte Elise. Erregung und Verwirrung raubten ihr den Atem, als sie sich nach vorn beugte. Ihre Lippen waren nun nur noch Zentimeter von dem Reißverschluss seiner Hose entfernt. Ihr lief das Wasser im Mund zusammen, als sie seine Erektion sah, die sich gegen seine linke Hüfte drückte. Seine Finger bewegten sich flink und öffneten die Hose. Gleich darauf stand er auf und riss sich das Kleidungsstück über die Taille. Sie konnte nur einen kurzen begehrlichen Blick auf seinen muskulösen Po und die Hüften werfen, bevor er wieder vor ihr saß und sie auf ihn hinunterstarrte.

Zum ersten Mal war sie seinem Schwanz bei Licht so nahe. Er hatte sie ihn nicht berühren lassen, während er nachts masturbiert und sie befriedigt hatte, und die Fesseln hatten dafür gesorgt, dass sie nicht näher an all diese Pracht gelangen konnte. Sein Schwanz war lang, dick und gerade, von einer Farbe ähnlich wie Karamell, mit einer vom pulsierenden Blut rosigen Schattierung. Ein paar sehr kurz geschnittene dunkle Haare waren ganz unten am Schaft zu erkennen, doch seine Eier waren glattrasiert. Ihre Muschi zog sich beim Anblick seiner vollen, runden Hoden fest zusammen. Als sie in jener Nacht, als Elise ihn mit dem Mund befriedigt hatte, in Ians Penthouse freigelegt gewesen waren, hatten sie wunderbar in ihrer Hand gelegen. Lucien sah ungemein üppig und potent und männlich aus, strotzend vor Leben und roher Kraft. Sie leckte sich über ihre sinnlichen Lippen und verzehrte sich nach dem harten Druck seines Schwanzes.

»Du bist der schönste Mann, den ich je in meinem Leben gesehen habe«, gestand sie ihm aufrichtig und blickte zu ihm auf. Er sah unglaublich nüchtern und riesig aus, wie er sie so von oben herab ansah. »Darf ich dir einen blasen? Bitte?«

In seinen angespannten Wangen zuckte ein Muskel.

»Wie machst du das nur?«

Sie blinzelte, unsicher, was er meinte. »Wie mache ich was?«

»Das Unterwerfen so gut zu spielen, dass sogar ich dir es immer mal wieder glaube.«

»Weil ich es nicht spiele, Lucien. Ich will dir wirklich Lust verschaffen. So sehr«, flüsterte sie. Dabei schwang in ihrer Stimme ihre eigene Überraschung mit, dass es zu hundert Prozent stimmte, was sie sagte.

Seine Nasenflügel bebten, als er sie anblickte. Er legte seine Hand auf ihren Hinterkopf, seine Finger vergruben sich in ihren Haaren. Dann griff er nach etwas. Verwirrung machte sich in ihr breit, als sie erkannte, dass er erneut den Vibrator hochgenommen hatte. Sie sah ihn fragend an.

»Öffne deinen Mund.«

Obwohl sich ihre Verwunderung noch steigerte, öffnete sie ihre Lippen, ohne zu zögern. Sie wollte etwas sagen, doch sie kam nicht mehr dazu, denn Lucien hatte schon vorsichtig nach ihrer Zunge gefasst und das Band des Vibrators darumgelegt. Einen Augenblick später lag der runde Vibrator in der Mitte ihrer Zunge. Ihr eigener Geschmack sickerte in ihr Bewusstsein. Lucien schaltete ihn ein, und sofort zuckte ein angenehmes Pulsieren durch ihr Fleisch. Als er seine Finger weggenommen hatte, schloss sie ihren Mund, um ihren Balsam schmecken und schlucken zu können, während der Vibrator fröhlich auf ihrer Zunge weitervibrierte.

Sie riss ihre Augen auf und verstand plötzlich, denn er packte mit der Faust das Unterteil seines Schwanzes und hob ihn in einem aufrechten Winkel aus seinem Schoß an. Ihm fiel ihr überraschter Gesichtsausdruck auf, und er lächelte.

»Ich habe aus erster Hand erfahren dürfen, wie begabt du mit deinem kleinen Mund bist. Um ehrlich zu sein, kann ich kaum noch an etwas anderes denken. Die Erinnerung quält mich. Du brauchst im Grunde keine Anleitung dafür, wie du mir zu Gefallen sein kannst, aber da wir heute etwas unter Zeitdruck stehen ...«

Er sprach nicht weiter, sondern schob sie mit einer Hand auf ihrem Hinterkopf vorsichtig in Richtung seines Schwanzes, dabei war Elise von sich aus schon auf dem Weg dorthin. Nachdem sie einmal die Regeln dieses neuen Spiels verstanden hatte, war sie begierig darauf, es endlich auch zu spielen. Anhand des Drucks an ihrem Hinterkopf konnte sie erkennen, dass er nicht in der Stimmung für Neckereien oder Spielchen war, also ging sie gleich aufs Ganze und nahm den Kopf seines Schwanzes in den Mund. Er dehnte ihre Lippen, während sie den Schaft in sich hineingleiten ließ und den Vibrator zuerst gegen die fleischige Krone und dann versuchsweise gegen den Rest seines Ständers presste. Sie rutschte zunächst vorsichtig über ihn, dann verstärkte sie den Druck, was ihn zu tiefem, kehligem Brummen brachte und dazu führte, dass seine Finger fester in ihr Haar griffen.

Es fühlte sich so merkwürdig an, den kribbelnden Vibrator an ihrem Fleisch zu spüren, im Wissen, dass er genau dieselbe pulsierende Energie an seiner empfindlichen Haut spürte. Sie umfuhr und massierte die obere Hälfte seines Penis mit dem Mund und der Zunge, bevor sie mit fest aufeinandergepressten Lippen zu pumpen und ihn mit dem Vibrator zu reizen begann.

»So begierig, so herrlich«, hörte sie ihn von oben murmeln, seine Stimme schroff und angespannt. Es erregte sie, sich vorzustellen, wie er ihr beim Lutschen seines Schwanzes zusah. *Ja*, sie war wirklich begierig. Sie war außerdem ganz gespannt auf die Auswirkungen der kleinen Kugel. Sie ließ die sich verjüngende Spitze seines Schwanzes aus dem Mund gleiten, sofort spürte sie, wie sich seine Finger aus Protest verkrampften. Doch bevor er etwas sagen konnte, drehte sie den Kopf und nahm ihn von der anderen Seite zwischen ihre Lippen. Offenbar erkannte er ihre Absicht, denn er veränderte den Winkel seines Schwanzes mit der Hand. Sie nahm die ersten Zentimeter seines Fleisches in den Mund und drückte den Vibrator gegen seinen ungemein empfindlichen Schlitz.

Er keuchte. »Du cleveres kleines Biest«, stöhnte er. »Oh Gott, ist das gut. Du machst wirklich kurzen Prozess mit mir.«

Ein kurzer Moment der Trauer überkam sie, als sie sich daran erinnerte, dass er sie bald verlassen würde. Und dennoch, sie wollte ihm ihre Schulden zurückzahlen. Elise hob den Mund und wandte sich wieder um, damit sie ihn in einem angenehmeren Winkel tief einsaugen konnte.

»Nein. Ich halte ihn fest«, erwiderte er grob, als sie versuchte, seine Hand durch ihre zu ersetzen, um seinen Schwanz reiben zu können, während sie ihn blies. Er stöhnte auf, als sie ihn tief aufnahm und mit den Lippen gegen seine Finger stieß. »Ich sollte deinen Hintern dafür windelweich klopfen, dass du so verdammt gut darin bist.«

Mit einem ratlosen Blick sah sie zu ihm auf, ihr Mund voll mit seinem pulsierenden Fleisch, ihre Wangen von dem festen Saugen ganz ausgehöhlt.

»*Fuck*«, sagte er brutal und drängte sie mit der anderen Hand, bis sie in schnellem Tempo hin und her über seinen Schwanz sauste, ihr Kinn und die Lippen vom dauernden Druck schon schmerzend. »Ich kann fast alles aushalten, nur deinen Blick nicht«, raunte er dunkel.

Ein paar Augenblicke später spürte sie, wie er ungemein groß anschwoll. Er kam und ergoss sich auf ihre Zunge. Es war schwer hinterherzukommen. Der Vibrator hatte es schon erschwert, ihren eigenen Speichel zu kontrollieren, nun kam noch Luciens Flüssigkeit hinzu. Trotzdem genoss sie es: das Gefühl seines Schwanzes, wie er beim Orgasmus gegen ihre Zunge klopfte, sein einzigartiger Geschmack, der nun ihren Mund füllte, sein Stöhnen im Moment des scharfen Vergnügens, ein Geräusch, das sie eigentümlich berührte. Wunderschön. Er war für sie der Inbegriff der Stärke. Sie liebte diesen Moment, wenn seine Kraft anschwoll und brach und sie ihn festhielt, während er in Glückseligkeit erschauderte.

»Nein, *ma chère*. Nein«, murmelte er wenig später mit fester Stimme, als sie ihn sauber leckte und an ihm sog. »Das ist wie die Stimulation eines freiliegenden Nerves, was du da machst.«

Sie blinzelte und kam wieder zu sich. Widerstrebend ließ sie ihn langsam aus ihrem Mund gleiten. Sein Penis war schon in dem hypersensiblen Zustand nach dem Orgasmus. Der Vibrator zusammen mit ihren enthusiastischen Lippenbewegungen war zu viel für sein übersättigtes Fleisch. Zu ihrer Überraschung hielt er sie trotzdem noch mit der Hand an ihrem Hinterkopf nach unten. Sein Ausdruck war amüsiert und selbstironisch, als sie seinem Blick begegnete.

»Es wäre zu viel, aber es fühlt sich auch sehr *gut* an. Du könntest mich sicherlich in weniger als fünf Minuten wieder zu einem Höhepunkt bringen. Bei deinem Mund, Elise, hat kein Mann auch nur den Hauch einer Chance.« Sein Schwanz zuckte zwischen ihrem Lächeln. Sie kitzelte ihn ein wenig mit dem Vibrator, und seine Augen blitzten auf.

Wenn er mitmachen würde, würde sie mehr als nur ein Spiel mit ihm wagen.

Im Hintergrund klingelte wieder sein Telefon. Voller Bedauern schloss Lucien kurz seine Augen und ließ dann ihren Kopf los.

»Ich sollte gehen, auch wenn ich es mir ganz anders wünschen würde.«

Elise ließ ihn langsam und widerstrebend endgültig aus ihrem Mund gleiten. Sie hob den Kopf, um den brummenden Vibrator abzulegen und ihn wegzupacken. Lucien legte die Hände auf ihre Schultern und zog sie zu sich. Elise' Kehle war wie zugeschnürt, als sie seinen Duft einatmete und sich in seiner Umarmung aalte.

»Es hat mir mehr bedeutet, als du dir vorstellen kannst, dass du mir deine Wünsche offenbart hast«, sagte er zärtlich zu ihr, während er ihre Schläfe küsste. »Dir zu widerstehen ist immer schwer, aber wenn du außerdem noch offen und ehrlich bist? Dann ist es ganz unmöglich.«

Eine seltsame Mischung von Gefühlen durchdrang sie: Betretenheit, dass sie sich so verletzlich gemacht hatte, aber auch Dankbarkeit, dass er erkannt hatte, wie schwer es ihr gefallen war … und Freude, dass sie ihn befriedigt hatte.

Außer reiner Gewohnheit öffnete sie den Mund, um etwas zu sagen wie *Es hat mir auch Spaß gemacht* oder, noch schlimmer, *War doch keine große Sache*. Aber nein, sie wollte weder die Herausforderung, vor der sie gestanden, noch das Geschenk, das sie Lucien gemacht hatte, kleinreden.

Sie sah einfach zu ihm auf, ihr Herz in ihren Augen. Er blinzelte. Das Nächste, das sie mitbekam, war, wie Lucien sie inbrünstig küsste und damit alle vernünftigen Gedanken aus ihrem Gehirn verschwanden.

»Warum musst du die Dinge für mich immer so schwierig machen, Elise?«, wollte er einen Moment später wissen.

»Vielleicht weil du alles für mich immer zu solch einer großen Herausforderung werden lässt?«

Sein Mund verzog sich zu einem Lachen.

»Ich habe nie geahnt, dass es so schwer sein kann, durch eine Tür zu gehen – bis jetzt«, sagte er gedämpft. Er ließ seine Arme sinken, die Stirn gerunzelt. »Hältst du dich an das, was ich dir gesagt habe? Jeden Abend um halb zwölf?«

Ihre Wangen erröteten. »Ja.«

»Gut. Ich werde mich an der Vorstellung erfreuen, wenn ich weiß, dass du dich selbst testest, nur mit meiner Stimme in deinem Kopf für die Anweisungen. Außerdem hoffe ich, dass du auch hörst, wie ich zu dir sage, dass du hinreißend bist«, murmelte er und strich ihr über die Wange. »Und unwiderstehlich. Wenn ich weiß, dass du mich in deinem Kopf hörst, dann habe ich das Gefühl, als wären wir zusammen, auch wenn wir durch einen Ozean voneinander getrennt sind«, fügte er noch hinzu, bevor er aufstand und sich wieder anzog.

Sie schob das Kleid über ihren Busen und dachte daran, dass sie seine geduldige, anleitende Stimme sogar ohne seinen Hinweis an diesem Abend immer öfter in ihrem Kopf hörte. Sie hatte begonnen, seine unerschütterlichen Bestätigungen immer mehr zu verinnerlichen. Er pflegte den Mut und die Zuversicht in ihr, nach denen sie sich so gesehnt hatte.

Elise hatte den Verdacht, dass Lucien genau das die ganze Zeit beabsichtigt hatte.

Am nächsten Abend kam Elise spät zurück ins Penthouse. Donnerstags kamen häufig noch zu vorgerückter Stunde zahlreiche Gäste ins Fusion. Obwohl die Küche vor der Bar schloss, bereiteten sie donnerstag-, freitag- und samstagabends noch länger Essen zu als an den anderen Tagen der Woche. Denise hatte früher gehen müssen, und Elise war einverstanden gewesen, länger zu bleiben. Das machte ihr nichts aus. Sie tat ihre Arbeit gerne, außerdem lenkte sie sie von Luciens Abwesenheit ab.

Das Penthouse fühlte sich deprimierend leer an, als sie es an diesem Abend um kurz nach elf betrat. Sie hatte schon im Fusion zu Abend gegessen, daher ging sie ohne Umwege gleich ins Schlafzimmer. Auf dem Weg zum Badezimmer, wo sie sich umziehen wollte, fiel ihr Blick auf den großen Nachttisch, der neben Luciens Bett stand. Er hatte den Vibrator, den sie um halb zwölf einsetzen sollte, in die oberste der drei Schubladen gelegt, wie ihr jetzt einfiel. Sie errötete bei dem Gedanken an seine Anweisungen. Sie näherte sich dem polierten Mahagonischränkchen.

Welche anderen Schmerz- und Lustwerkzeuge bewahrte er darin wohl auf?

Die oberste Schublade glitt auf. Elise' Blick fiel auf verschiedene Schachteln und Gegenstände, von denen einige ihr heiße Erregung, andere nur Verwirrung verursachten. Es gab eine noch verschlossene Box mit unterschiedlichen Gummistöpseln, die größeren von ihnen ließen sie erstaunt die Augen aufreißen. Dann sah sie einen langen, schmalen, motorisierten Dildo, bei dessen Anblick sie die Stirn runzelte. Man konnte ihn nur schwerlich mit Luciens schönem Schwanz vergleichen. Sie nahm ein auf Hochglanz poliertes Holzpaddle mit kurzem Griff in die Hand und spürte sogleich, wie Hitze in ihr Geschlecht strömte. Warum nur erregte sie die Vorstellung, wie Lucien es auf ihrem Po ausprobierte? Elise öffnete ein edles Samtkästchen, in dem sie eine Auswahl von Fesseln mit Klemmen und Pinzetten am Ende fand. Ihre Brustwarzen versteiften sich. Ohne darüber nachzudenken, schoss ihre Hand nach oben und drückte leicht eine Warze zusammen, um den scharfen Schmerz zu stillen.

Sie hatte noch nie Brustwarzenklemmen verwendet, aber sie wusste, wozu man sie einsetzte. Irgendetwas an der feinen Eleganz der schmuckartigen Klemmen, die Lucien besaß, reizte sie. Sie sahen überhaupt nicht so aus wie die schweren, brutalen, sadistischen Werkzeuge, als die sie sie sich ausgemalt hatte, als sie zum ersten Mal davon hörte. Sie schnappte sich versuchsweise eine der goldenen Ketten, überlegte, wie die Klemmen auf ihren Röschen aussehen würden, und fand es erregend, sich vorzustellen, wie Lucien sie dabei anblicken würde. Sie war unsicher, ob sie den Druck der festen Klemmen würde aushalten können …

Sie kniff sich fester in ihren Nippel, und die Mischung aus Schmerz und Lust riss sie aus ihrer Fantasie. Nach einem Blick auf die Uhr auf dem Nachttisch legte sie das Kästchen zurück und lief ins Badezimmer, um sich bettfertig zu machen.

Lucien hatte ihr halb zwölf befohlen, und sie wollte seinen Anweisungen unbedingt genau Folge leisten. Sie dachte an den Nervenkitzel, den sie durch den kleinen Vibrator erfahren hatte, und beeilte sich, ihr abendliches Routineprogramm schnell hinter sich zu bringen.

Sie wollte seinen Anweisungen *sehr gerne* Folge leisten.

Um Punkt halb zwölf lag Elise nackt auf dem Deckbett, mit gespreizten Beinen und dem Vibrator an ihren Finger geschnallt. Sie hielt die kleine Kugel zwischen ihre Schamlippen und ließ sich mit einem Seufzer vor Lust in die Kissen sinken. Warum nur hatte sie sich nie selbst eines dieser kleinen Spielzeuge gekauft? Sie kreiste mit den Hüften, um noch besseren Druck auf ihre Klitoris auszuüben. Oh, das war göttlich.

Sie rief sich ins Gedächtnis, wie Lucien sie an jenem Abend im Stall so vollständig besessen, wie er sie gekonnt geritten hatte, wie sein großer, pulsierender Schwanz in ihr Fleisch gestoßen hatte, wie seine Hände sie festgehalten hatten, während er sich mit ihrem Fleisch befriedigte und seine unverblümte Inbesitznahme sie zum Schreien gebracht hatte.

Oh ja. Es war so *heiß* gewesen, so grandios, ihn in sich zu halten, sein von der reinen Befriedigung rührendes Stöhnen zu hören, seine Hoden bei jedem Stoß an sich schlagen zu spüren … so köstlich zu wissen, dass sie ihm so viel Lust verschaffte.

Sie biss sich auf die Zähne und wand sich gegen die präzisen Bewegungen des Vibrators. Sie vermisste ihn so sehr. Sie konnte es kaum erwarten, dass er sie wieder so aufspießte, dass er sie wieder so nahm, wie es ihm gefiel, dass sie sich ihm unterwerfen konnte, während er sich der drängenden Lust hingab …

Disziplin, ma chère.

Sie keuchte unregelmäßig. Ihre Hand fiel auf die Matratze, der Vibrator summte weiter an ihrem Finger, forderte sie heraus … verspottete sie. Sie schnappte nach Luft und bemühte sich, so gut sie konnte, den akuten Schmerz ihrer Muschi zu ignorieren.

Elise presste den Kiefer fest zu und ließ die offene Hand über ihren sich hebenden und senkenden Bauch gleiten, bis sie eine Brust umfassen konnte. Ihre Hüfte zuckte auf der Matratze zusammen, als sie sich in einen Nippel kniff. Es fühlte sich gut an, war aber noch nicht genug.

Ihre Muschi bebte und bettelte um Berührungen.

Sie wollte den Vibrator. Sie *brauchte* Lucien.

»Du Teufel«, murmelte sie vor sich hin und konnte das Glitzern in Luciens Augen ganz genau erkennen, auch sein kleines sexy Lächeln tauchte in ihrer Vorstellung auf. Sie bebte vor Unbehagen und Erregung … brannte … stand kurz davor, sich zu entzünden. Langsam begann sich ein wenig von der unerträglichen Anspannung in ihren Muskeln zu lösen.

Jetzt weiter.

Der warme, harte Vibrator war zurück, pulsierte an ihrer

Muschi, nachdem der imaginäre Lucien seine Erlaubnis erteilt hatte. Sie jammerte vor Freude. Dieses kleine Ding hier konnte ein Mädchen in echte Schwierigkeiten bringen, dachte Elise benommen, als die Ekstase sie überrollte und sie vor Entzücken brannte. Sie war kurz davor zu kommen.

Nein, ma fifille. *Du hast aber noch gar nicht meine Erlaubnis dazu.*

Sie knurrte frustriert und hämmerte ihre Hand auf die Matratze. Ein paar Sekunden lang lag sie einfach da und atmete ganz flach. Ihr Körper stand noch immer stark unter Druck, jeder Muskel war gespannt, ihre Nerven protestierten unzufrieden. Sie wartete darauf, dass sich ihr Fleisch abkühlte. Sie betete darum.

Atme durch, Elise. Du bist so wunderschön, wenn du dich kontrollierst. Du darfst schon bald kommen, das verspreche ich. Halte nur noch einen Moment länger aus. Gib nicht auf. Ich bin bei dir.

»Nein, das bist du nicht«, presste sie in höchster Frustration heraus. Sie war allein. Und sie vermisste ihn. Und er war Tausende von Kilometern entfernt.

Er würde es niemals herausfinden.

Innerhalb von Sekunden erbebte sie im Höhepunkt, stöhnte, ging in verbotener Lust unter. Ihre Hüften kreisten um ihre Hand und den Vibrator.

Wenig später versank sie in der Matratze mit schlaffem Fleisch und gesättigt von einem explosiven Orgasmus. Es hatte sich so gut angefühlt. So dekadent.

Du bist die ideale Verkörperung der Genusssucht.

Ihre Lider flogen auf. Dieses Mal war Luciens Stimme nicht nur das Produkt ihrer Einbildungskraft gewesen, sondern die Erinnerung an einen Satz, den er ihr einmal gesagt hatte. Schuldgefühle und Bedauern schlichen sich in ihr Bewusstsein. Sie hätte sich besser schlagen können. Sie hätte länger durchhalten *können*, hatte sich aber dagegen entschieden, weil sie sich selbst leidtat, dass Lucien weg und nicht bei ihr war.

Ihr Telefon klingelte. Sie setzte sich verwirrt auf. Ein kurzer Blick auf das Handy auf dem Nachttisch genügte, sie hatte die Nummer erkannt. Panik überkam sie.

Nein. Das konnte nicht sein. Er konnte unmöglich *wissen*, dass sie es nicht geschafft hatte.

»Hallo?«, meldete sie sich zittrig.

»Bist du schon im Bett?«

Als sie seine Stimme in ihrem Ohr hörte, erschauderte sie.

»Ja«, antwortete sie nüchtern. »Und was ist mit dir? Wie lief es mit der Polizei?«

»So gut, wie man es erwarten durfte«, erwiderte er erleichtert. »Wir haben Beweise vorlegen können. Lebœuf und der Buchhalter wurden verhaftet.«

Sorge überlagerte ihre frühere Panik, denn sie hörte, wie erschöpft er klang. »Hast du geschlafen?«, wollte sie wissen, schließlich war ihr bewusst, dass es in Paris jetzt früher Morgen war.

»Nein, ich bin gerade erst in meinem Appartement angekommen. Ich hatte gehofft, im Flugzeug schlafen zu können, habe dann aber mit meinem Banker daran gearbeitet, von meinem Privatvermögen Gelder zu den Three Kings zu transferieren. Es hat funktioniert, und alle Angestellten haben ihr Gehalt noch rechtzeitig bekommen. Außerdem habe ich einen Privatdetektiv engagieren müssen, der versuchen soll, das veruntreute Geld wieder aufzutreiben. Und wahrscheinlich kann wirklich ein Großteil zurückgeholt werden. Jetzt komme ich gerade von einem Treffen mit Monsieur Atale, mit dem ich die ganze Nacht über diskutiert habe. Es war dumm von mir, ihn nicht auf Anhieb als Executive Director der Three Kings einzustellen. Er ist gut. Aber ich war den Leuten, die zuvor schon für meinen Vater gearbeitet hatten, gegenüber misstrauisch. Ich hatte geglaubt, dass es besser wäre, einen Außenstehenden zu engagieren.«

»Das kann man doch erst im Nachhinein wissen, Lucien. Ich weiß, dass du niemals jemanden angestellt hättest, der nicht über ausgezeichnete Qualifikationen verfügt. Und man kann es einem Menschen nicht ansehen, ob er das Herz und die Gedanken eines Kriminellen hat.«

Ihr Atem stockte, als er nicht antwortete.

»Du solltest dich ausruhen«, fuhr sie fort und versuchte, das Thema zu wechseln, denn sie spürte, dass er angespannt war, wenn man über seinen Vater sprach. »Du hörst dich völlig erschöpft an.«

»Ich bin schon im Bett.«

Elise klemmte ihre Oberschenkel fest zusammen. Ihr wurde klar, dass ihre instinktive Reaktion von der ruhigen, verführerischen Tonlage seiner Stimme herrührte.

»Es ist zehn vor zwölf in Chicago«, murmelte er. »Habe ich dich mitten bei deiner Disziplin-Übung erwischt?«

»Ja«, sagte sie spontan, und ihr Gehirn geriet erneut in Panik. Bildete sie sich die kurze Pause an seinem Ende der Leitung nur ein?

»Bist du erregt?«

»Ja. Unglaublich«, log sie tonlos.

»Du lügst.«

Seine schnelle, selbstsichere Antwort irritierte sie.

»Woher weißt du das?«

»Weil ich weiß, wie du klingst, wenn du randvoll mit Lust bist, und ich weiß, wie du klingst, wenn du entspannt bist. Abgesehen von deiner Nervosität klingst du für mich wie eine Frau, die gerade einen hübschen, heißen Orgasmus erlebt hat.«

Ihre ansonsten reaktionsschnelle Zunge wurde arbeitsscheu und schlapp.

»Ich habe dir gesagt, dass ich es merke, wenn du lügst«, sagte er milde, und in seiner Stimme lag ein Hauch Humor. »Wie oft?«

»Wie oft *was?*«, fragte Elise zurück. Die Verwunderung über seine Gewissheit, dass sie scheitern würde, und ihr Bedauern, dass sie sich nicht besser im Griff hatte, ließen ihren Ton gereizt klingen.

»Wie oft hast du deine Hand zurückgezogen und versucht, dich wieder zu beruhigen?«, erläuterte er ruhig.

»Zwei Mal«, gestand sie nach einer kleinen Pause. Vor Scham röteten sich ihre Wangen, doch aus einem ihr unbekannten Grund durchlief sie eine weitere Welle der Lust, so stark, dass sie ihre Hand auf ihr Geschlecht legte und zudrückte, um sie zu dämpfen.

»Das ist mehr, als ich erwartet hatte.«

»Wirklich?«, fragte sie erstaunt.

»Hast du dir vorgestellt, dass ich dir erlaubt habe zu kommen?«

»Also …«

»Elise?«, hakte er streng nach.

Sie verzog das Gesicht. »Nein. Ich … habe mir vorgestellt, wie du mir befohlen hast, dass ich noch ein bisschen länger aushalten sollte.«

»Aber du hast den Vibrator an deine kleine Muschi gelegt und bist trotzdem gekommen?«

Seine Stimme war um ein Dezibel leiser geworden, sie klang sehr erotisch in ihren Ohren. Ihre Hand bewegte sich zwischen ihren Beinen. »Ich habe es wirklich versucht, Lucien. Aber der Vibrator ist so stark. Er hat mich daran erinnert …«

»Woran?«, wollte er abrupt wissen, als sie nicht weitersprach.

»Den Stall. Wie du mich so fest geritten hast. Wie sehr mir das gefallen hat.«

Ein rohes Stöhnen ließ ihr Ohr und den Nacken erschaudern.

»Du kleines Biest«, brummte er. »Wie soll ich dich jemals davon überzeugen, dass es falsch von dir war, mich dazu angetrieben zu haben, so mit einer unerfahrenen Frau umzugehen, wenn du mir immer wieder direkt ins Gesicht sagst, wie sehr es dir gefallen hat?«

Ihre Muschi wurde immer nasser. Es wühlte sie auf, an sich selbst herumzuspielen, während sie so intim miteinander sprachen und zugleich so weit voneinander entfernt waren.

»Ich kann doch auch nichts dafür, dass es mir Spaß gemacht hat. Willst du, dass ich anders wäre?«

»Jetzt schmoll nicht«, tadelte er sie. »Du weißt genau, dass ich dich für perfekt halte. Und du liebst es, mir *das* bei jeder möglichen Gelegenheit auch zu zeigen, oder etwa nicht?« Sie lächelte. Er klang gut gelaunt. Und extrem erregt. »Ich glaube, ich habe dir gesagt, dass ich dich bestrafen werde, wenn du versagst.«

Sie rieb sich immer schneller ihre erregte Muschi mit der Fingerspitze.

»Was hast du mit mir vor, wenn du zurück bist?« Beklemmung vermischte sich mit Aufregung in ihrer Stimme.

»Oh, darauf musst du nicht warten. Du bekommst deine Strafe sofort.«

Diese Antwort ließ sie das Spiel mit sich selbst kurz unterbrechen.

»Was meinst du damit?«, wollte Elise wissen. »Du bist doch in Paris.«

»Das weiß ich. Also wirst du an meiner Stelle die Bestrafung übernehmen.«

Er verfügte tatsächlich über die verblüffende Fähigkeit, sie sprachlos zu machen.

»Öffne die Schublade des Nachttischs. Da liegt ein rundes Holzpaddle mit einem kurzen Griff. Vielleicht ist es dir vorhin schon aufgefallen.«

»Lucien«, sagte sie, ungläubig darüber, dass in seiner Stimme eine Spur von Heiterkeit zu finden war. »Hast du hier eine Kamera installiert? Spionierst du mir nach?«

»Natürlich nicht«, erwiderte er knapp. »Denkst du wirklich, ich würde dich ohne dein Einverständnis heimlich filmen?«

Der Mund blieb ihr bei seinem scharfen Ton offen stehen.

»*Nein*. Ich habe keine versteckte Kamera.« Er atmete aus und drosselte seinen Ton, als hätte er ihre Überraschung gespürt. »Ich habe ja gewusst, dass du an die Schublade musst, um den Vibrator zu holen. Ich weiß, dass du ein neugieriges Ding bist. Hast du vielleicht da noch andere Sachen gesehen, die dich interessieren?«, wollte er ruhig wissen.

»Nein«, erwiderte sie starrköpfig und von seiner Fähigkeit, in ihr zu lesen, gekränkt, als sie den Nachttisch öffnete.

Er kicherte in sich hinein. »Hast du das Paddle gefunden?«

Sie schluckte schwer, als sie die Finger um den Griff des Züchtigungsinstruments legte und es heraushob.

»Ja.«

»Dann schalte das Telefon jetzt auf den Lautsprecher und leg es neben deine Hüfte auf das Bett.« Sie tat, was er vorschlug, Ängstlichkeit und Vorfreude nahmen zu. »Jetzt leg dich auf deine linke Seite. Zieh deine Knie zu dir heran, mein kleines Kätzchen«, brummte er. Seine verführerische Stimme hallte in dem stillen Raum wider. »Hast du das Paddle in der rechten Hand?«

»Ja«, flüsterte sie.

»Dreh deine Hüfte ein bisschen. Zeig dem Paddle deinen Hintern.«

Sie biss sich auf die Lippe, um zu verhindern, dass ein erregtes Stöhnen aus ihrer Kehle drang. Sie war sich nun ganz sicher, dass die Gerüchte, Lucien könne allein schon mit seiner Stimme verführen, zu hundert Prozent wahr sein mussten. Das polierte Holz fühlte sich hart und aufregend auf ihrem Po an, auf den sie es drückte, während sie ihre Knie anzog und ihre Hüfte nach oben drehte.

»Bist du in Position?«, drang Luciens Stimme an ihr Ohr.

»Ja.«

»Liegst du bequem?«

»Ja«, erwiderte Elise ehrlich. Sie lag auf der Seite, die Knie bis vor ihre Brust gezogen, ihre rechte Hüfte lag höher als die linke, damit sie ihren Hintern besser präsentieren konnte.

»Du hattest recht mit dem, was du dir aus meinem Mund vorgestellt hast, während du dich befriedigt hast. Wenn du dir ausgemalt hast, ich würde dir befehlen, noch ein bisschen länger auszuhalten, dann hättest du dem Folge leisten sollen. Aber ich bin auch erfreut darüber, dass es dir zwei Mal gelungen ist, deine Hand wegzuziehen. Deshalb darfst du dich auch berühren, während du dich selbst schlägst. Ich gebe dir also die Erlaubnis zum Höhepunkt zu kommen, wenn du bereit dazu bist.«

»Oh … okay«, sagte sie. In seinen Worten bemerkte sie eine ungewohnte Mischung aus Schüchternheit und Erregung. Instinktiv drückte sie ihre Oberschenkel fester zusammen, um Druck auf ihre Muschi zu bekommen. »Darf ich jetzt anfangen?«

»Du darfst deine Muschi anfassen, nachdem ich gehört habe, wie fest du mit dem Paddle zugeschlagen hast. Ich will wissen, ob du es dir selbst leicht machst oder nicht. Liegt das Telefon in der Nähe deines Pos?«

Sie schob das Telefon näher an ihren Hintern und hob das Paddle.

Klatsch.

»Hmm, das scheint mir angemessen zu sein. Sag du es mir. War es hart genug als Bestrafung für dein Versagen?«

»Vielleicht war ich noch ein wenig zu nachsichtig mit mir«, erklärte sie mit zitternder Stimme.

Er lachte. »Elise, es macht mir Spaß mit dir.«

Ihr Herz schlug gegen ihr Brustbein, als sie merkte, wie aufgewühlt und angespannt er sich anhörte.

»Du wirst dich jetzt noch zehn Mal selbst schlagen. Zähle laut mit, damit ich dich hören kann. Ich erwarte, dass es sticht. Falls ich bemerke, dass die Hiebe schwächer werden, sage ich dir am Schluss, wie viele weitere Schläge du dir geben musst. Ist das klar?«

Anspannung zuckte durch sie hindurch, intensiv wie ein Stromschlag. Konnte es etwa Erregenderes geben, als zu hören, wie Lucien sie bei der Selbstbestrafung anleitete, etwas Stimulierenderes als seine vollkommene Sicherheit, dass sie *präzise* genau das tun würde, was er verlangte?

»Darf ich … darf ich mich jetzt selbst berühren?«, wollte sie wissen und war nicht mehr in der Lage, ihren atemlosen Eifer zu verbergen.

»Du darfst.«

Diese Vorfreude, sie war qualvoll. Elise hatte Schwierigkeiten, Luft zu bekommen, als sie ihren Oberkörper auf den linken Ellenbogen aufrichtete, um das Profil ihres kurvigen, nackten Hinterns besser sehen zu können. Sie tauchte ihre Hand zwischen ihre Beine und rieb feuchtes, hungriges Fleisch. Ihr Telefon war ihr noch nie irgendwie sexy erschienen, aber zu wissen, dass Lucien sie hörte, wie sie sich schlug und sich befriedigte, ließ die gewöhnliche Technik unglaublich erotisch wirken.

Sie hob das Paddle über ihren Arsch.

Klatsch.

Sie hüpfte leicht. Vor lauter Aufregung hatte sie fester mit dem Paddle zugeschlagen, als sie es erwartet hatte. Ihr Po kribbelte in leichtem Schmerz, ihre Hand bewegte sich energischer zwischen den Beinen. »Eins«, rief sie aus, als ihr einfiel, was Lucien gesagt hatte.

Sie traf erneut ihren Arsch und verzog das Gesicht. »Zwei.«

Als sie bei fünf angekommen war, begann ihr Po zu brennen. Das würde Lucien sicherlich gefallen, oder etwa nicht? Sie rieb ihren Kitzler noch schneller, die Spannung stieg.

»Wirst du schon rosa?«, fragte er. Seine Stimme klang etwas heiserer als zuvor, sie war wie eine grobe Verführung.

»Ja«, hauchte Elise, nachdem sie ihre rechte Pobacke inspiziert hatte.

»Und bist du heiß? Fass deinen Po an.«

Sie strich sich mit zwei Fingerspitzen der Hand, mit der sie das Paddle hielt, über die gespannte Haut und spürte die Hitze.

»Ja«, erklärte sie, und ihre Hand bewegte sich noch schneller zwischen ihren Hüften. Er ließ ein grobes Stöhnen hören.

»Mach weiter«, befahl er und klang dabei viel weniger ruhig als zuvor.

»Sechs«, brachte sie zwischen zwei schweren Atemzügen hervor, als sie sich wieder geschlagen hatte. Die protestierenden Nerven schickten ein erregtes Kribbeln ihren Anus, ihr Kreuzbein und ihr Geschlecht entlang. Ihre Muschi stand in Flammen und triefte. Sie stand kurz davor zu kommen … sehr kurz davor. Wieder knallte das Paddle mit einem noch lauter krachenden Geräusch auf sie. Ein Luftstoß schoss über ihre Lippen.

»Sieben.«

Lucien masturbierte, während er ihrer Bestrafung zuhörte, ganz plötzlich war sie sich dieser Tatsache bewusst. Sie stellte sich vor, wie seine Faust über seinem dicken Schaft mit raschen, kräftigen, pumpenden Bewegungen auf und nieder sauste, von kurz unterhalb des fleischigen Kopfes bis zu den runden Eiern, seine Gesichtsmuskel waren angespannt, seine Augen glühten. Sie hatte oft genug gesehen, wie er es so getan hatte, dass sich diese Bilder bis in alle Ewigkeit in ihr Gehirn eingebrannt hatten.

Sie spürte, dass dieses erotische Bild sie dem Höhepunkt näher brachte, und stöhnte laut auf. Wieder hieb sie sich flott mit dem Paddle, der schmerzende Blitz und das anschließende Brennen gaben ihrer Erregung nur weiteres Futter. »Acht«, krächzte sie, bevor sie ihren Arsch schnell wieder traf. »Neun … *oh* …«

Der Orgasmus kündigte sich an. Sie versuchte, ihn mit einem extrafesten Schlag auf ihren schmerzenden Arsch zu unterdrücken, doch dieser Gefühlsausbruch war nur der letzte Tropfen, der das Fass zum Überlaufen brachte.

»Zehn«, konnte sie gerade noch mit einer verzweifelten, zitternden Stimme hervorbringen, dann stöhnte sie in köstlicher Erwartung auf. Sie fiel in die Kissen zurück und ließ das Paddle achtlos fallen. Der Orgasmus schoss durch sie hindurch. Ihr gesamter Arm zuckte vor und zurück, als sie die Hand zwischen ihre Beine presste und ihr Bewusstsein von Lust überrollt wurde.

Einen Moment später keuchte sie heftig, um wieder zu Atem zu kommen, und die sägenden Bewegungen ihres Arms verlangsamten sich. Aus der Ferne nahm sie Luciens kommandierende Stimme aus dem Telefon wahr.

»Verdammt noch mal, nimm den Hörer hoch«, rief er.

Benommen folgte sie seinem Befehl und legte instinktiv, obwohl der Apparat immer noch laut gestellt war, das Handy an ihr Ohr. Er musste ihr unregelmäßiges Atmen vernommen haben, denn er begann sofort, ihr Anweisungen zu erteilen.

»Leg das Handy ganz dicht an deine Muschi. *Schnell*, Elise«, zischte er knapp, sein Atem war dabei fast ebenso ungleichmäßig wie ihrer. Sie rollte sich auf den Rücken und spreizte die Beine, dann folgte sie seinem Hinweis.

»Ich habe gehört, wie du gekommen bist«, sagte er roh. »Bist du feucht?«

»Ich bin völlig durchnässt«, gab sie zögernd zu.

»Fahr mit deinen Fingern durch deine Muschi. Spiel mit dir. Lass mich hören, wie nass du bist.«

Sie tat, was er ihr gesagt hatte. Sicher war sie noch so sehr erregt, dass ein feuchtes Geräusch zu hören war, als sie mit ihren Fingern durch ihr befriedigtes, glitschiges Fleisch fuhr.

»Ich kann dich hören«, sagte Lucien. Elise wusste, dass er sich dem Höhepunkt näherte, sie erkannte es am abgehackten Klang seiner Stimme. Sie malte sich aus, wie seine Muskeln sich wölbten, während er seinen Schwanz bearbeitete … wie sie unter Druck standen. »Gott, ich wünschte, ich wäre bei dir, um dich zu lecken und *jeden Tropfen aus dir herauszusaugen*«, sagte er leise, aber so wild, dass ihr die Augen übergingen.

Sie wurde völlig still und hörte gefesselt zu. Er grunzte, als wäre er gerade von einem Messer oder von Lust aufgespießt worden. Langsam führte sie das Telefon ans Ohr, als eine gespannte Sekunde lang nichts zu hören war, bis diese Stille von einem kräftigen Aufschrei durchbrochen wurde. Sie schaltete den Lautsprecher aus – sie fühlte sich ihm näher, wenn seine

Stimme direkt in ihr Ohr kam – und absorbierte jedes Keuchen, jedes Stöhnen, während er kam.

Immer, wenn sie mit ihm zusammen war, machte er sie mit einem bislang unerreichten Gipfel der Lust und Intimität vertraut. Er hatte es wieder getan und sich selbst übertroffen. Wie machte er das nur, so völlig mühelos? So präzise?

Sie wartete ab, völlig zufrieden damit zuzuhören, wie er nach Luft schnappte, bis er sich von dem offenbar mächtigen Orgasmus erholt hatte.

»Glaubst du, du kannst jetzt gut schlafen, Lucien?«, wollte sie leise wissen, als seine Atmung sich beruhigt hatte.

Er brach in Gelächter aus. »Ich vermute, mir bleibt gar keine andere Wahl. Du hast mich fertiggemacht.«

Sie lächelte. »Wer hätte das gedacht? Ich habe schon von Telefonsex gehört, aber es nie für möglich gehalten, dass er so … erfüllend sein könnte.«

»Das war er auch noch nie. Ich glaube, du hast eine Art Weltrekord aufgestellt«, erwiderte er mit belegter Stimme.

»*Du* hast das gemacht. Ich war nur das unschuldige Opfer«, murmelte sie. Ihr Ärger war nur gespielt, sie fühlte sich schließlich außerordentlich entspannt und befriedigt.

»Du bist in etwa so sehr ein unschuldiges Opfer wie Attila der Hunnenkönig.«

»Das verbitte ich mir«, schnurrte sie und grinste über das ganze Gesicht.

»Du solltest dich aber bei deinem Training morgen Abend um halb zwölf noch verbessern.«

»Sonst *was*?«, hakte sie nach.

»Du weißt genau, was. Du hast deinen Meister gefunden. Sogar die Hunnen wurden besiegt.«

Sie erkannt den stahlharten Unterton in seinem sensiblen Schnurren und musste schlucken. Seine Stimme war weicher geworden, als er über Länder und einen Ozean hinweg ihren Namen rief, und es fühlte sich für sie an, als läge sein Kopf auf dem Kissen neben ihr.

»Elise?«

»Ja?«, antwortete sie erschöpft.

»Deck dich zu. Ich möchte nicht, dass du dich erkältest«, sagte er. »Und, Elise?«

Sie hatte gerade angefangen, sich mit dem Deckbett zuzudecken, so wie er es gesagt hatte, und hielt nun kurz inne.

»Ja?«

»Morgen wird es mit deiner Selbstkontrolle besser laufen. Ich glaube an dich.«

Ein schönes Gefühl überkam sie. »Danke«, flüsterte sie.

»Gute Nacht, *ma chère*. Schlaf gut.«

»Gute Nacht, Lucien.«

Eine erstickende Einsamkeit überkam sie, als sie aufgelegt und die Nachttischlampe ausgeschaltet hatte. Sie schmiegte sich in Luciens Bett, überwältigt von der Größe, die es plötzlich zu haben schien ... und wie leer es ohne ihn war.

Trotz des schmerzenden Gefühls der Einsamkeit hatte Lucien ihren Körper gut trainiert – nicht nur für die Lust, sondern auch für die Gesundheit. Keine drei Minuten nachdem sie aufgelegt hatte, schlief sie bereits.

Zwei Tage später, Elise rührte gerade in einer langsam dicker werdenden Sauce béarnaise, steckte Sharon den Kopf zur Küchentür herein.

»Francesca Arno ist gerade hier. Sie wollte wissen, ob Sie kurz Zeit für sie hätten?«

Elise zuckte zusammen. »Ich kann gerade nicht. Ich kann das hier nicht ...«

»Ich übernehme das«, sagte Evan, der von hinten an sie herangetreten war und ihr den Schneebesen aus der Hand nahm. Elise blickte zu Denise, die ihr mit einem kleinen Lächeln zunickte und sich dann wieder ihrer gebratenen Ente zuwandte. Elise wusch sich die Hände und trat dann durch die Schwingtür auf der Suche nach Francesca.

»Hi«, sagte Elise, die froh war, Francesca zu sehen. Sie lehnte an der Bar und hatte eine Glas Mineralwasser mit einem Stück Zitrone vor sich stehen.

»Es tut mir leid; ich kann mir denken, wie beschäftigt du gerade bist. Ich verspreche dir, es dauert nicht lange. Es geht um einen Notfall.«

»Was ist passiert?«

»Oh«, Francesca sah zerknirscht aus, als sie Elise' besorgtes Gesicht erkannte. »Ich hätte mich besser ausdrücken sollen. Es ist kein *echter* Notfall. Der Notfall einer *Braut*.«

Elise lachte auf. »Mein Vater hat immer gesagt, dass es keine Katastrophe im Universum gibt, die größer ist als die einer Braut. Denn die sorgt dafür, dass ihre Panik auch alle anderen ansteckt.«

Francesca stimmte in ihr Lachen mit ein. »Das ist lustig, dass du ihn erwähnt hast. Er ist nämlich der Grund, weshalb ich hier vorbeigekommen bin. Oder zumindest einer der Gründe.«

Elise' gute Laune verschwand. »Mein *Vater*?«, hakte sie erstaunt nach.

Francesca nickte. »Ja. Louis Martin.«

Elise starrte vor sich hin, ihre Gedanken rasten. Lucien hatte ihr ausdrücklich gesagt, dass er nicht wollte, dass irgendjemand in Chicago von ihrer früheren Verbindung erfuhr. Sie hatte daher großen Wert darauf gelegt, mit niemandem über ihre Familie oder ihre Vergangenheit zu sprechen, um zu verhindern, dass jemand die mögliche frühere Gemeinsamkeit zwischen Lucien und ihr erkannte. Luciens Wunsch nach

Anonymität passte im Grunde sehr gut zu ihrer Absicht, ein neues Leben anzufangen.

Wie sollte sie nun auf Francesca reagieren?

»Dein Vater ist doch Louis Martin, richtig? Der berühmte Modedesigner?«, hakte Francesca nach.

»Ich … er … Woher weißt du das?«, stotterte Elise.

Francescas Gesichtsausdruck fiel in sich zusammen. »Entschuldige. Wolltest du nicht, dass die Leute davon erfahren?«

Ich weiß nicht, was ich will, dachte Elise nervös. Sie war sich nicht sicher, welche Geheimnisse Lucien auf keinen Fall verraten und was sie durchaus zugeben durfte. Warum war er in dieser Sache nur immer so ärgerlich vage?

»Ich hatte es nur niemandem hier erzählt. Ich bin gerade dabei, an einem neuen Ort ein neues Leben anfangen.«

Sie bedauerte ihren Satz, als sie Francescas niedergeschlagene Miene sah. »Das tut mir wirklich leid. Ich hätte nicht damit anfangen sollen …«

»Ist schon in Ordnung, wirklich«, versicherte ihr Elise. »Ich verstehe nur einfach nicht, woher du weißt, dass Louis Martin mein Vater ist.«

»Ian hat es mir erzählt«, gab Francesca zu. »Er hat gewusst, dass ich mich schon lange mit dem perfekten Kleid für eine Strandhochzeit beschäftige – lässig, aber elegant, einfach, aber klassisch –, und das sind die Charakteristika, für die dein Vater bekannt ist. Ian hat vorgeschlagen, ich solle doch einmal mit dir darüber sprechen, ob wir deinen Vater für mein Hochzeitskleid ansprechen könnten.«

»Das hat er vorgeschlagen?«, wollte Elise wie betäubt wissen. Das würde Lucien *gar nicht* gefallen. Außerdem, so gut kannte sie Lucien, würde er annehmen, dass es auf irgendeine Art und Weise auch ihr Fehler sei, dass Ian und Francesca über ihre Familie Bescheid wussten.

»Woher weiß Ian denn überhaupt, dass ich Louis Martins Tochter bin? Hat er etwas mit der Modeszene in Frankreich zu tun?«

Unruhig betrachtete Francesca das Gesicht ihrer Freundin. »Eigentlich nicht, aber Ian ist immer sehr genau auf dem Laufenden, was sich in der europäischen Geschäftswelt tut. Er verbringt ja auch viel Zeit dort. Und dann hat Ian eben so seine Art…« Sie wurde rot. »Dinge über Leute herauszufinden«, vollendete sie ihren Satz, einen entschuldigenden Blick in den Augen.

Natürlich. Für einen bedeutenden Geschäftsmann wie Ian Noble bedeutete Wissen zugleich Macht. Sie war einmal in die Privaträume seines Penthouses eingeladen worden. Wenn Ian ein bisschen clever war – und man sagte ihm nach, brillant zu sein –, hätte er das nicht getan, ohne vorher zumindest ein klein wenig über ihren Hintergrund in Erfahrung zu bringen, damit er sicher sein konnte, dass sie weder eine Diebin noch eine Spionin war.

Über all das dachte sie nach, während Francesca fortfuhr zu reden. »Es tut mir leid, Elise. Mir war nicht klar, dass du versucht hast, deinen Familienhintergrund geheim zu halten. Ich hatte zwar gemerkt, dass du nicht viel erzählt hast, aber ich dachte, das hätte mit deiner Bescheidenheit zu tun. Aber bei der Verlobungsparty habe ich gehört, wie Ian Lucien gefragt hat, ob du Louis Martins Tochter seist, was Lucien dann bestätigt hat.«

Bei dieser neuerlichen Überraschung zuckte Elise wieder zusammen. Lucien hatte Ian gegenüber gar kein Geheimnis aus ihrer Vergangenheit gemacht? Sie war verwirrt. Was genau war es denn dann, was sie nach Luciens Warnungen die ganze Zeit so unbedingt verschweigen sollte? Sie hatte angenommen, er wollte nicht, dass sie irgendetwas ansprach, was bei Ian möglicherweise einen Verdacht erregen könnte. Aber offenbar war Lucien der Meinung, dass ihr Background, ihre Familie oder ihr Prestige nicht darunterfielen. Sie war irritiert, weil Lucien sich weigerte, ihr gegenüber sein Interesse an Ian Nobles Geschäft zu erklären. Wenn Elise etwas vermasseln sollte, dann war dies allein Luciens Fehler, denn er hatte ihr nie genau erläutert, was genau sie geheim halten sollte. Er ließ sie mit verbundenen Augen durch ein Minenfeld laufen.

Sie zuckte mit den Schultern und lächelte Francesca an. Sie war entschlossen, ihren Teil dazu beizutragen, dass für sie und Lucien alles glattlief.

»Das ist doch keine große Sache. Ich spreche meinen Vater gerne darauf an. Ich bin sicher, er würde sich freuen, ein Kleid für eine Freundin von mir zu entwerfen. Und wenn er dich erst gesehen hat, mangelt es ihm sicher auch nicht an Inspiration.«

Francescas dunkle Augen wurden größer. »Das ist wirklich lieb von dir«, sagte sie ruhig. »Aber bist du *sicher*, Elise? Ich wollte nicht so taktlos sein bei … bei diesem sensiblen Thema. Mir hätte klar sein sollen, dass du für deine eigenen Leistungen Anerkennung ernten möchtest, dass du versuchst, ein eigenes Leben, außerhalb des großen Schattens deiner Familie, zu führen. Ich trete immer in solche Fettnäpfchen«, fügte sie tonlos hinzu.

»Sei nicht albern«, erwiderte Elise, machte einen Schritt auf sie zu und berührte beruhigend Francescas Ellenbogen. »Ich war nur überrascht, dass du erfahren hast, dass ich Louis Martins Tochter bin. Mehr war da nicht.«

»Ich erzähle Ian, was dir dein Neustart hier bedeutet, und wir werden dann niemandem gegenüber deine Familie erwähnen. Er wird das verstehen«, versicherte Francesca. »Aber das war noch nicht alles – ich wollte dich und Lucien noch zum Dinner einladen, am Montagabend in Ians Penthouse.«

»Das wäre toll, aber ich bin dir ja noch eine Einladung schuldig. Du hattest uns schon beim letzten Mal eingeladen, zu der Verlobungsfeier. Es tut mir leid, dass ich noch nicht darauf reagiert habe. Die Arbeit hat mich sehr in Beschlag genommen.«

»Unsinn«, rief Francesca und winkte mit der Hand ab. »Wer wird denn wegen eines Abendessens unter Freunden so förmlich bleiben?«

»Also, wenn du dir ganz sicher bist«, zögerte Elise.

»Natürlich bin ich mir sicher. Bitte sag zu. Ian stand in der letzten Zeit sehr unter Spannung. Um ehrlich zu sein«, fuhr Francesca leise fort, »mache ich mir Sorgen um ihn. Er arbeitet so viel und war in den letzten Wochen sehr viel unterwegs. Es würde ihm guttun, mit ein paar Freunden auszuspannen. Und Lucien scheint dabei immer einen sehr guten Einfluss auf ihn zu haben.«

»Dann frage ich Lucien«, bestätigte Elise, denn ihr war deutlich geworden, wie wichtig dieses Dinner für Francesca war, sie wollte unbedingt, dass die Sorgenfalten auf dem Gesicht ihrer Freundin verschwanden. »Ich bin nur nicht sicher, ob er am Montag schon aus Paris zurück sein wird. Ich rufe dich an, wenn ich es weiß. Und ich verspreche dir, dass ich für dich und Ian dann bald ein ganz besonderes Dinner machen werde.«

»Aber das machst du doch schon jedes Mal, wenn wir ins Fusion kommen«, erklärte Francesca trocken, während sie sich aufrichtete.

»Das zählt ja wohl kaum«, erwiderte Elise mit einem sonnigen Lächeln. In ihr aber tobte ein Sturm. Sie war ärgerlich auf Lucien, der sie so verletzlich und ahnungslos ließ. Und wütend, dass seine Weigerung, sie einzuweihen, womöglich genau das war, was ihn verraten würde. Sie glaubte nicht ernsthaft, dass er etwas Kriminelles vorhatte, aber er schien etwas im Schilde zu führen, was ihn in Schwierigkeiten bringen konnte. Das wusste sie einfach.

Er würde es ihr erklären müssen. Und dieses Mal käme er nicht mit einer vagen Andeutung davon.

TEIL VI

WENN DU MIR VERTRAUST

KAPITEL 11

Elise verzog das Gesicht, als um Mitternacht ihr Blick auf das Schatzkästchen im Nachttisch fiel. Die eine Hälfte von ihr bedauerte, dass sie die Schublade diese Nacht nicht geöffnet hatte. Diese Hälfte sehnte sich nach einer Wiederholung dessen, was sich an den letzten beiden Abenden abgespielt hatte, und dem Erlebnis einer intensiven Lust … einer intensiven *Intimität* mit Lucien. Sie hatten sich in den letzten beiden Nächten nicht einfach nur gegenseitig zum Höhepunkt gebracht; sie hatten sich geliebt, während sie sich auf zwei unterschiedlichen Kontinenten befanden. Er war ein Zauberer, so wie er das Unmögliche möglich machen konnte. Eine Hälfte von ihr wünschte, sie könne ihre Irritation einfach ignorieren.

Doch das konnte sie nicht.

Sie griff nach dem klingelnden Handy.

»*Bonjour*«, sprach sie knapp in den Hörer.

Es entstand eine Pause. »*Bonsoir.* Das klingt so sachlich.« Lucien klang zugleich amüsiert und wachsam.

»Ich bin auch in der Stimmung für Sachliches. Und damit meine ich nicht die Sache der letzten zwei Nächte«, betonte sie. Im Grunde war dies eine Lüge. Sie war *durchaus* in der Stimmung für die Sache, sich überschwänglich ins Vergnügen fallen zu lassen und Luciens Stimme zuzuhören, wie sie vor Lust rau und sexy wurde, während er ihr etwas befahl und sie seinen Anweisungen exakt gehorchte. Doch sie hatte eine wichtigere Sache im Kopf. »Wie war dein Tag?«

»Produktiv«, sagte er. »Atale und ich bringen noch immer die Bücher für die Three Kings in Ordnung. Das ist eine eintönige Arbeit.«

»Das kann ich mir vorstellen«, sagte sie, und Mitleid erwachte in ihr. Auch wenn sie verärgert über ihn war, Lucien durchlebte derzeit eine schwierige Phase. Er klang erschöpft. »Erzähl mir nur nicht, dass du wieder die ganze Nacht durchgearbeitet hast?«

»Ich habe heute Morgen ein wenig Schlaf bekommen.« Der Ruck in seiner Stimme ließ sie vermuten, dass er gerade ins Bett gefallen war. Das stechende Verlangen, dort bei ihm zu sein, seinen Arm um sich herum zu spüren, schoss durch sie hindurch – sie unterbrach ihre eigenen Gedanken, bevor sie sich selbst sabotierte.

»Francesca war heute im Fusion. Sie hat dich und mich zum Essen bei Ian am Montagabend eingeladen. Möchtest du dorthin gehen?«

»Bis dahin müsste ich zurück sein. Ja gerne, wenn du auch hingehen möchtest.« Eine Pause entstand, und in Elise brodelte es leise weiter. »Du kannst es auch direkt ansprechen.«

»Was ansprechen?«

»Das, was dich so verärgert. Ich vermute, irgendetwas ist vorgefallen, denn du bist ganz offensichtlich nicht meinen Anweisungen gefolgt«, erklärte er regungslos.

»Aus gutem Grund. Weißt du, was Francesca mich gefragt hat?«, wolle Elise wissen und schaltete dann auf Angriff. »Ob ich meinen Vater bitten könnte, ihr Hochzeitskleid zu entwerfen. *Ian* hatte vorgeschlagen, mich zu fragen.«

»Okay«, erwiderte Lucien langsam. Seine vorsichtige Verwirrung angesichts ihrer Wut verstärkte ihre Irritation nur noch.

»Warum hast du mir nicht gesagt, dass Ian weiß, wer ich bin?«

»War es dir denn wichtig, dass er es nicht wusste?«

»Nein«, rief sie hitzig aus. »Mir war es nicht wichtig. Ich dachte, es wäre *dir* wichtig, dass meine Familie und mein Background nicht zur Sprache kommen. Ich dachte, du wolltest die Leute davon abhalten, Fragen nach unserer früheren Verbindung zu stellen!«

Lucien seufzte. »Wenn es dich tröstet, kann ich dir sagen, dass ich Ian nie etwas Genaueres über deine Familie verraten habe. Er hat es selbst herausgefunden. Er weiß alles über die Menschen, die in seinem Leben eine Rolle spielen, sei es auch nur am Rande. Das ist nicht nur eine Vorsichtsmaßnahme; es liegt in seiner Natur, in jeder denkbaren Situation so viel wie nur möglich zu wissen. Ian ist nicht der Typ, der jedem gleich vertraut. Ich vermute, er ist mit seiner Paranoia einfach darauf gestoßen.«

Elise' Mund blieb offen stehen. Aus ihrer Verärgerung wurde Empörung.

»Nach deiner Logik müsste Ian Noble auch alles über dich und *deine* Vergangenheit wissen.« Die Stille toste in ihren Ohren. Sie vergaß alle Vorsicht. »Er müsste alles über die Verurteilung deines Vaters und seine Haftstrafe wissen.«

»Er weiß *tatsächlich* alles darüber. Ich habe mich ihm nach der Verhaftung meines Vaters anvertraut. Ian hat mich während des Prozesses unterstützt, einfach indem er mir zugehört hat. Etwas anderes habe ich dir nie gesagt«, fügte er noch hinzu, als sie ungläubig weiter schwieg.

»Das liegt nur daran, dass du mir nie irgendetwas gesagt hast, *Punkt*. Abgesehen davon hast du mir von Anfang an aufgetragen, ich solle mich wegen deines Vaters und deiner Identität nicht verquatschen und es nicht vermasseln.«

»Ich habe meinen Vater dabei nie erwähnt. Das hast du nur angenommen.«

Seine gelassene Antwort tat ihr weh. Ihr Hals schnürte sich zu. Für ein paar Sekunden konnte sie nicht sprechen, Lucien ließ einen frustrierten Laut hören.

»Als du damals ins Fusion gestürmt kamst und vorgegeben hast, mein neuer Küchenchef zu sein und Ian uns begegnet ist, habe ich gedacht, dass es am einfachsten und saubersten wäre zu sagen, dass wir uns nicht kennen. In dieser Situation wollte ich die Dinge nicht verkomplizieren.«

»Du wolltest deine *Lüge* nicht verkomplizieren. War es nicht das, was du sagen wolltest?«, schäumte sie.

»Wenn du es lieber so formulieren möchtest, ja.«

»Wusstest du, dass es Ian und Francesca klar ist, dass wir ein Paar sind?«

»Ich habe es vermutet, zumindest seit der Party im Penthouse.«

»Und du hast nicht gedacht, dass es vielleicht auch wichtig wäre, mir das zu sagen? *Nein*, niemand kann Elise irgendetwas erzählen«, brüllte sie ins Telefon. »Sie ist ja solch ein Plappermaul. Lassen wir sie lieber im Dunkeln wie eine Idiotin herumtapsen. So geht man am besten mit einem unerzogenen Kind um.«

»Ich halte dich nicht für ein Plappermaul«, sagte er mit gepresster Stimme.

»Oh doch, genau dafür hältst du mich. Du hast mir selbst gesagt, dass du ein Auge auf mich haben musst … dafür sorgen musst, dass ich nicht aus der Reihe tanze – war es nicht so?«

»Elise …«

»Ich habe eine wahnsinnige Idee«, unterbrach ihn Elise, deren Stimme sich überschlug. »Warum erzählst du mir nicht einfach, was dich so brennend an Ian Noble interessiert? Dann musst du dir keine Sorgen mehr darüber machen, dass ich unabsichtlich eine Explosion auslöse!«

»Das kann ich nicht.«

»Warum nicht? Weil du mir nicht genug vertraust, um es mir zu erzählen«, beantwortete sie sich ihre eigene Frage, und sie war so verletzt, dass ihre Brust förmlich brannte. »Du denkst noch immer, dass ich, impulsiv wie ich bin, irgendetwas Falsches sagen könnte … oder schlimmer noch, dich dann mit meinem Wissen erpressen würde.«

»Ich glaube *wirklich* nicht, dass du versuchen würdest, mich zu erpressen«, sagte er mit Frustration in der Stimme.

»Aber du hast gesagt, dass du es früher mal gedacht hast.«

»Und wenn es so wäre?«, sagte er abrupt. »Du hast darüber nachgedacht, wie du etwas gegen mich einsetzen könntest, um das zu erreichen, was du wolltest. Ich habe es an jenem Tag in meinem Büro sehen können. Oder willst du das leugnen?«

Sie öffnete den Mund, um genau das zu tun, aber dann schluckte sie diese Lüge im letzten Moment hinunter.

»Ich habe es aber nicht gedacht«, sagte er nach einer bedeutungsschweren Pause. »Und das heißt, dass ich nicht wirklich glaube, dass du etwas Hinterhältiges tun würdest, um mir absichtlich zu schaden.«

Dieses Geständnis erleichterte den Druck in ihrer Brust und Kehle so weit, dass sie wieder einatmen konnte, wenn auch unter Schmerzen. Sie war noch immer wütend. Und verwirrt.

»Ich habe mir keine Sorgen gemacht, dass du mir vorsätzlich schaden wolltest, Elise«, wiederholte Lucien und klang plötzlich erschöpft. »Ich hatte nur gehofft, dass es für alle leichter wäre, wenn du über unsere Vergangenheit schweigen würdest. Mir war klar, dass ich dir keine ausreichende Erklärung dafür gegeben habe. Deshalb habe ich gesagt, dass ich auf dich aufpassen wollte. Und nicht, weil ich dir nicht vertraue.«

Die Stille schien in ihren Ohren und ihrer Kehle anzuschwellen.

»Wenn du das glaubst, warum erzählst du mir dann nicht die ganze Wahrheit? Sag mir doch, was dich quält, Lucien.«

Unbegreiflicherweise stiegen ihr Tränen in die Augen. Sie wusste, dass sie so reagierte, da sie, ganz tief in sich, die Wahrheit ihrer eigenen Worte erkannt hatte. Er hatte sich seit seiner Abreise nach Paris so merkwürdig verhalten. Irgendetwas plagte Lucien, machte ihm zu schaffen. Sein Geheimnis fraß ihn bei lebendigem Leibe von innen heraus auf. *Natürlich*, das war es. Warum war ihr das nicht schon früher aufgefallen?

»Ich kann nicht«, antwortete er leise. »Es liegt nicht an mir, dieses Geheimnis zu offenbaren. Jedenfalls nicht allein.«

»Du traust mir nicht«, flüsterte sie. Das Gefühl, verletzt worden zu sein, ließ ihre Stimme versagen ... dazu noch die Panik, dass er sie nicht nahe genug an sich heranlassen würde, um ihm zu helfen.

»Das ist es nicht«, sagte er gereizt. »Bitte, lass uns darüber reden, wenn ich wieder zu Hause bin.«

»Wann ist das?«, fragte sie dumpf einen Moment später.

»Ich weiß es noch nicht genau. Wahrscheinlich übermorgen. Elise?«, fragte er nach, als sie nicht reagierte.

»Ja?«

»Es tut mir leid, dass ich dich dazu gebracht habe zu glauben, dass es die Verbrechen meines Vaters sind, die ich vor Ian geheim halten möchte. Es war so einfach ...«

»Bequemer, um mich zum Schweigen zu bringen?«, fuhr sie fort, als er nicht weitersprach. Es fühlte sich an, als hätte sie eine Handvoll Murmeln im Hals. »Du hast gewusst, wie viel mir an dir liegt. Du hast gewusst, dass ich gedacht habe, dass du dich wegen Adrians Verurteilung wegen Betriebsspionage angreifbar gefühlt hast und ich nichts erzählen würde, um dich zu schützen. Du hast meine Gefühle für dich gegen mich eingesetzt, um mich gefügig zu machen.«

»Das habe ich nie vorsätzlich getan.«

»Das musst du gar nicht. Es läuft bei dir ganz von selbst, so zu manipulieren, damit du das bekommst, was du dir wünschst. Du und ich, wir sind uns ähnlich. Hast du so etwas nicht schon einmal gesagt?«, erinnerte sie ihn ruhig. »Du hast mir vorgeworfen, ich hätte die Kunst der Manipulation schon mit der Muttermilch eingesogen, aber bei dir ist es gar nicht anders. Du hast getan, was in diesem Moment einfach praktisch war, um zu verhindern, dass die Zündschnur Feuer fängt. Du hast mir sogar diese Beziehung vorgeschlagen, um mich kontrollieren zu können.«

»Ich habe diese Beziehung vorgeschlagen, weil du mir etwas bedeutest«, sagte er mit kräftiger Stimme. »Ich weiß, wie stolz du bist. Wenn du nicht geglaubt hättest, dass du mir wirklich wichtig bist, wärst du mit nichts von alldem hier einverstanden gewesen. Dann wärst du auch nicht in genau diesem Moment in meinem Schlafzimmer.« Sie kämpfte still mit sich und überlegte kurz zu leugnen, dass sie tatsächlich auf seinem Bett saß, während sie jetzt miteinander sprachen, nur um ihm seine Selbstgefälligkeit heimzuzahlen. Aber wozu das? Lucien bedeutete ihr *tatsächlich* etwas. Und sie wusste, dass sie ihm etwas bedeutete.

Dennoch, er traute ihr nicht. Und es war genau das, was wie Säure brannte.

»Ich bin bald wieder zu Hause«, sagte Lucien leise. »Lass uns darüber sprechen, wenn ich wieder da bin. Versuch, ein wenig zu schlafen, *ma chère*.«

»Gute Nacht«, sagte sie mit so viel ruhiger Würde, wie sie nur aufbringen konnte.

Am nächsten Morgen stand sie noch vor Sonnenaufgang auf und fuhr zu den Stallungen, um mit Kesara auszureiten. Lucien war so freundlich gewesen, ihr eine Mitgliedschaft in dem Club zu besorgen, doch im Augenblick war sie nicht in der Stimmung, um ihm positive Gedanken zu widmen.

Es half. Die frische Luft des frühen Morgens und der flotte Galopp trugen eine ganze Menge der Frustration und Sorgen fort, die ihr das Gespräch mit Lucien verursacht hatte. Anschließend fuhr sie in die Stadt zurück und duschte. Als Sharon kam, um das Fusion aufzuschließen, stand Elise schon wartend vor der Tür. Sie warf all ihre aufgewühlte Energie in ihre Arbeit. Als es etwa halb zehn Uhr am Abend war, fing sie an, sich schlapp zu fühlen.

»Warum machst du nicht früher Schluss und ruhst dich ein bisschen aus?«, schlug Denise vor. »Du siehst völlig erschöpft aus.«

»Es ist Samstagabend«, erinnerte Elise sie, während sie etwas Gemüse auf einem Teller anrichtete.

»Wir sind für den Ansturm nach Theaterschluss vorbereitet, außerdem sind Evan und Javier beide hier. Du hast heute wie eine Besessene gearbeitet. Ich will nicht, dass du krank wirst. Dazu brauche ich dich zu sehr.«

Elise schenkte der älteren Frau ein müdes Lächeln. »Wahrscheinlich sollte ich mich wirklich ein wenig ausruhen«, gab sie zu.

»Prima. Die Gegenwart ist unwiederbringlich«, sagte Denise energisch und nahm Elise das Messer aus der Hand, mit dem diese gerade eine saftige Schweinelende aufschneiden wollte. »Ich wünsche dir ein schönes Wochenende.«

Das Penthouse war dämmrig und still, als sie an diesem Abend die Eingangstür aufschloss. Deshalb wusste sie nicht, was genau es war, das sie im Flur innehalten ließ. Sie lauschte sorgfältig, neugierig darauf, was es gewesen sein könnte, das sie zum wachsamen Stehenbleiben gebracht hatte. Alles war still, doch dann vernahm sie ein kratzendes Geräusch, als hätte jemand einen Stuhl ein paar Zentimeter über den Holzboden gezogen. Das Herz klopfte ihr bis zum Hals. Sie hörte genau hin und nahm die Stimme eines Mannes wahr. Das Geräusch war zu gedämpft, als dass sie hätte verstehen können, was er sagte, doch es klang sehr guttural und unbekannt in Elise' Ohren.

Es war jemand im Penthouse.

KAPITEL 12

Sie kramte in ihrer Handtasche nach ihrem Handy und wich langsam zur Tür zurück. Sie würde die Polizei rufen und unten beim Portier warten, bis die Sicherheitskräfte die Lage unter Kontrolle und hoffentlich den Eindringling festgenommen hatten. Das Display ihres Handys ging an. Sie hatte eine Nachricht von Lucien verpasst, wie sie nebenbei nun bemerkte, als sie die Tür hinter sich zuziehen wollte.

Sie schloss die Tür dann doch nicht. Luciens Nachricht lautete, das er sich beeilt hatte, seine Arbeit zu beenden, und um sechs Uhr abends Pariser Zeit im Flugzeug sitzen würde. Berücksichtigte man die Zeitverschiebung, war er nun schon seit ein paar Stunden in Chicago.

Misstrauisch schlich sie sich zurück ins Penthouse und ging den Flur entlang. Die Geräusche ihrer Schritte wurden von dem dicken Teppich verschluckt. Erleichterung durchzuckte sie, als sie Luciens Stimme erkannte, obwohl sie nicht so genau ausmachen konnte, was genau er sagte. Einen Augenblick später stand sie vor der verschlossenen Tür von Luciens Büro.

»Ich kann nicht glauben, dass er tot ist«, sagte Lucien, wie sie deutlich hören konnte.

»Das Leben im Gefängnis ist eben nicht gerade das gesündeste.«

Elise blieb die Spucke weg. Sie hatte sich getäuscht, die Stimme des Mannes, mit dem Lucien sprach, war ihr gar nicht unbekannt. Sie hatte die Stimme mit dem deutschen Akzent schon einmal gehört, in Paris. Es schien, als wäre es genau der Mann, mit dem Lucien sich in jener Nacht unterhalten hatte, als sie ihn im Renygat belauscht hatte.

Sprachen sie über Adrien Sauvage? Gott im Himmel, er war doch nicht gestorben, oder etwa doch?

Sie sollte verschwinden. Es war nicht richtig von ihr, wieder zu lauschen. Aber was, wenn sie hier etwas über Luciens Geheimnisse erfahren könnte … über das, was ihn quälte? Sie hielt ihren Atem an und hörte weiter zu.

»Das muss ich ihm aber zugutehalten. Er hat nie versucht, einen von Ihnen zu erpressen, und Sie sind immerhin zwanzig. Der verdammte Kerl hat angedeutet, dass es noch mehr gäbe, sowohl mir als auch der Polizei gegenüber, aber er hat immer so geheimnisvoll getan und war clever genug, nichts wirklich Substanzielles zu verraten, was ihn wieder vors Gericht gebracht hätte.«

»Ihre Fähigkeiten, ihn auszufragen und auszuhorchen, müssen ausgezeichnet gewesen sein. Er hat sich Ihnen gegenüber so geöffnet wie keinem anderen sonst.«

»Er war eingebildet. Mir gegenüber konnte er prahlen. Und außerdem habe ich ihm die Möglichkeit gegeben, etwas über Sie zu erfahren. Diese Informationen hat er aufgesogen wie ein trockener Schwamm.«

»Und hat sich trotzdem geweigert, mit mir persönlich zu sprechen.«

»Vielleicht hatte er doch den Hauch eines Gewissens? Mit seiner Schuld konnte er Ihnen nicht gegenübertreten.«

»Dieser Mann hatte doch gar keine Ahnung, was Schuld wirklich ist. Was für ein krankes Arschloch.«

Elise zuckte zusammen, als sie diese Boshaftigkeit in Luciens Stimme vernahm, war er doch sonst immer eher gelassen und ruhig. Er hörte sich in diesem Moment beängstigend an.

»Nun, er ist ja nun Geschichte«, erklärte der Mann.

»Zu dumm nur, dass er sein perverses Vermächtnis nicht mit sich nehmen konnte.« Ihr Herz begann in der nun folgenden Stille, schnell zu pochen. Was konnte es sein, das Lucien so bitter werden ließ? War Lucien wirklich so zornig über seinen Vater, dass er nach dessen Tod so über ihn sprechen würde? Nein … irgendetwas passte bei diesen Überlegungen nicht zusammen.

»Und das andere Thema? Glauben Sie, dass Sie in der Lage sein werden, die gestohlene Summe wieder aufzutreiben?«

»Die Zeichen stehen ganz gut. Ich denke, ich kann Ihnen schon morgen Nachmittag mehr berichten.«

»Gut«, hörte sie Lucien sagen. Seine knappe Antwort deutete für Elise darauf hin, dass er das Gespräch beenden wollte. »Herr Schröder, ich danke Ihnen, dass Sie nach Chicago gekommen sind. Wie immer bin ich mit Ihrer Gründlichkeit und Schnelligkeit sehr zufrieden.«

»Gern geschehen. Aber ich war ohnehin in den USA, als Sie mich angerufen haben, daher war es für mich nicht besonders schwer, Sie zu treffen. Ich reise jetzt in die Schweiz, um meine Nachforschungen fortzusetzen, und ich melde mich bei Ihnen, sobald ich etwas erfahren habe …«

Elise schrak hoch, als sie völlig unerwartet ein Geräusch hörte – ein schnelles, leichtes Trappeln auf der Treppe, die zum Dachgeschoss führte. Voller Schuldgefühle hastete sie von Luciens Bürotür fort in Richtung des Schlafzimmers.

»Elise!«, quietschte Maria Oronzo, Luciens Hausmädchen, erschrocken auf, als sie Elise im Flur stehen sah. Elise hatte die freundliche mittelalte Frau schon mehrfach getroffen und kam gut mit ihr aus. »Sie haben mich erschreckt. Lucien hat mir gesagt, dass Sie erst später nach Hause kommen würden.«

Elise lächelte und gab sich alle Mühe, gelassen auszusehen,

obwohl ihr Herz raste. »Ich sollte ja auch später nach Hause kommen, aber …«

Die Tür zu Luciens Büro wurde aufgerissen.

»Elise?«

Sie wandte sich um, brennenden Atem in ihrer Lunge. Lucien trat auf den Flur und bohrte seinen Blick in sie. »Du bist früh wieder zurück.«

»Du auch«, murmelte sie. Sie konnte die Augen nicht von ihm lassen. Er sah im dunklen Flur so groß und eindrucksvoll aus, sein weißes Hemd und die hellen Augen als Kontrast zu der dunkelgrauen Hose und dem schwarzen Blazer. Bartstoppeln zeigten sich auf seinem Kinn, was ihm ein dunkles … leicht gefährliches Aussehen verlieh. Jemand räusperte sich, und Elise blinzelte und bemerkte erst dann, dass es Maria gewesen war, denn sie hatte Lucien angestarrt, und er hatte zurückgestarrt.

»Ich muss jetzt gehen«, hörte sie Herrn Schröder in Luciens Büro sagen. »Das Flugzeug, das Sie für mich gebucht haben, wartet vermutlich schon.«

»Ich mache mich auch auf den Weg«, sagte Maria und nickte Lucien zu. »Alles ist vorbereitet, Lucien.«

»Danke. Danke Ihnen beiden«, sagte Lucien und wandte seine Aufmerksamkeit von Elise ab, um ins Büro zu blicken. »Maria, würde es Ihnen etwas ausmachen, Herrn Schröder noch zur Tür zu begleiten?«

»Natürlich nicht«, erwiderte Maria. Sie lächelte Herrn Schröder zu, als Lucien zur Seite und sein Gast aus dem Büro getreten waren. Elise konnte einen Blick auf einen grauhaarigen, elegant gekleideten, etwa sechzig Jahre alten Mann erhaschen, bevor Maria ihn den Flur entlangführte. Lucien und sie sahen sich tief in die Augen, ohne ein Wort zu sagen. Wenig später rief Maria einen Abschiedsgruß, und die Eingangstür schloss sich.

»Komm rein«, sagte Lucien. Er nickte in Richtung Büro. Elise betrat den luxuriösen, männlichen, mit Leder verkleideten Raum. »Setz dich«, murmelte er und wies mit der Hand auf einen der zwei ledernen Ohrensessel, die sich gegenüberstanden, einen in warmen Farben glänzenden Walnussholztisch zwischen ihnen. Lucien nahm in dem anderen Sessel Platz. Elise suchte nach Worten. Würde er vermuten, dass sie einen Teil seines Gesprächs mit Herrn Schröder belauscht hatte?

»Er ist Privatdetektiv.« Lucien begann zu sprechen, noch bevor sie sich entschieden hatte, wie sie das eben Erlebte angehen sollte. »Herr Schröder sucht für mich nach dem Verbleib des veruntreuten Geldes. Wie du vermutlich geahnt hast, hat er schon früher mehrfach für mich gearbeitet.«

»Er ist der Mann, mit dem du gesprochen hast, als ich dich vor Jahren in Paris belauscht habe. Lucien, was geht hier vor sich? Du hast von einem Mann erzählt, der im Gefängnis gestorben ist, das war aber doch nicht Adrian, oder?«, wollte sie ängstlich wissen.

Er wurde bleich. »Nein, natürlich nicht. Ich habe von einem Mann gesprochen, den du nicht kennst. Einem Mann, zu dem du in keinerlei Beziehung welcher Art auch immer stehst und es auch in Zukunft nie wirst.«

»Aber was hat dieser Mann – Herr Schröder – mit Ian Noble zu tun? Ihr zwei habt vor Jahren in Paris miteinander über Ian gesprochen, dann bist du hierher nach Chicago gekommen. *Bitte*, sag es mir«, fügte sie sanft hinzu, als sie erkannte, wie kalt sein Blick geworden war.

»Wie kann ich dich nur von deiner Vorliebe fürs Belauschen heilen?«, murmelte er einen Moment später.

»Du hast doch selbst ein Talent dafür«, gab sie schnell zurück, denn sie dachte daran, wie sie ihn erwischt hatte, als er Ian heimlich beim Telefonieren zugehört hatte. Lucien runzelte die Stirn. In der sich anschließenden Stille hörte sie die Messinguhr auf seinem Schreibtisch leise ticken. Lucien blieb regungslos sitzen, seine Arme lagen locker auf den Armlehnen des Sessels. Sein Blick auf ihr wankte nicht. Trotz seiner gelassenen Körperhaltung konnte sie seine Anspannung spüren, konnte spüren, wie er sie mit seinem laserartigen Blick untersuchte. Unvermittelt stand er auf.

»Ich brauche etwas zu trinken«, sagte er und trat auf ein Schränkchen zu, auf dem mehrere Karaffen und Gläser auf einem Tablett standen. »Trinkst du einen Cognac mit mir mit?«

»Okay«, sagte sie, obwohl sie im Grunde keinen Appetit auf einen Drink hatte. Sie machte sich Sorgen um das, was Lucien ihr sagen würde. Sie sah ihm zu, wie er geschickt die goldbraune Flüssigkeit aus der Glaskaraffe in zwei Cognacschwenker goss.

»Erinnerst du dich, als du mir vor vielen Jahren in Nizza die Frage gestellt hast, ob ich nicht gerne wüsste, wer meine leibliche Mutter sei?«, fragte er kurz darauf, nachdem er mit dem Glas in der Hand auf sie zugekommen war.

Überrascht sah sie ihn einen Augenblick an, bevor sie das Cognacglas entgegennahm. »Ja, natürlich. Du hast gesagt, du würdest nicht sehr oft an sie denken. Dass du nichts vermissen würdest, da du niemals eine liebevolle Mutter gehabt hast.«

Sein Lächeln ergriff sie. »Und du hast mir darauf gesagt, dass du ebenfalls adoptiert worden seist – so überzeugt und selbstsicher wie eine Prinzessin.«

»Du hast mir geantwortet, dass ich das Ebenbild meiner Mutter wäre. Das hat mich sehr verletzt«, sagte sie weich. »Aber dann hast du mich daran erinnert, dass es der innere Wert ist, der zählt … dass ich selbst entscheiden könne, wer ich sein will. Das habe ich nie vergessen.«

Er setzte sich wieder und nahm einen Schluck Cognac.

»Jetzt sitzt du hier, führst ein sinnvolles Leben und erbringst täglich den Beweis, dass unser Schicksal aus mehr besteht als nur aus unserer Biologie.«

Ihre Wangen erröteten vor Freude über sein Kompliment. »Du bist derjenige gewesen, der mir diese Erkenntnis nahegebracht hat.«

»Und, glaubst du daran?«, wollte er wissen. Seine Intensität überstieg ihre Verwirrung über sein irritierendes Verhalten.

»Ja, daran glaube ich. Ich denke, unsere Eltern beeinflussen uns, aber als menschliche Wesen können wir selbst entscheiden, welche Bedeutung wir unserem Leben geben wollen. Lucien, warum erwähnst du das jetzt? Was hat das mit diesem Mann – Herrn Schröder – und Ian Noble zu tun?«

Er schien zu zögern. Einen Augenblick lang dachte sie, er würde ihr nicht antworten. Schließlich nahm er einen weiteren Schluck Cognac und stellte den Schwenker auf den Tisch. »Während unseres Gesprächs in Nizza habe ich dir auch gesagt, dass ich nicht oft über meine leibliche Mutter nachdenke. Ich war damals nicht ganz ehrlich zu dir.«

In ihrer Brust zwängte sich etwas zusammen. »Dabei hast du *oft* an sie gedacht, oder? Du hast dir Fragen gestellt«, sagte sie mit gedämpfter Stimme.

»Es war kein Thema, über das ich gerne gesprochen habe. Weder damals noch heute. Natürlich habe ich mich gefragt, wer die Frau war, die mich auf die Welt gebracht hat. Warum hat sie mich weggegeben? Welche Umstände haben sie dazu gezwungen? Habe ich noch mehr Familie? Brüder? Schwestern? Tanten? Onkel? Sehe ich aus wie sie? Ich habe darüber nachgedacht. Unablässig. Ich versuche nun schon seit acht Jahren, sie zu finden«, gab er schroff zu.

»Du hast sie gesucht?«

Er nickte langsam. Etwas in seinem verschlossenen Gesichtsausdruck ließ Mitleid in ihr aufsteigen. Sie saß aufrecht in ihrem Sessel. »Hast du etwas gefunden?«

Er atmete aus und schloss kurz die Augen. Sie spürte seine Frustration. »Die meisten Spuren haben ins Nichts geführt, aus ganz unterschiedlichen Gründen. Ich weiß inzwischen ein paar Dinge. Ich weiß, dass meine Mutter mich in Cabourg zur Adoption freigegeben hat und dass sie aus Marokko stammt. Offenbar hat sie als Hausmädchen in Nordfrankreich gearbeitet.«

»Marokko. Marokkanisch und französisch. Fusion«, murmelte sie, in ihrem Kopf drehte es sich. Er hatte an seinen familiären Hintergrund gedacht, als er seinem Restaurant einen Namen gegeben und sich für eine spezielle Art des dort zubereiteten Essens entschieden hatte.

Für den Bruchteil einer Sekunde wurde sein harter Zug um den Mund etwas weicher. »Ja. Eine kleine Laune meinerseits.«

»Was hast du denn sonst noch über sie in Erfahrung bringen können?«

»Verdammt wenig«, antwortete er verbittert. »Herr Schröder konnte bislang kaum hilfreiche Unterlagen beschaffen. Wir haben alles, was wir wissen, seiner sorgfältigen, gewissenhaften Arbeit und den Gesprächen mit Menschen zu verdanken, die in Cabourg im Krankenhaus gearbeitet haben, in dem mich meine Mutter zur Welt gebracht hat, bei der Adoptionsstelle ... und in der Nachbarschaft. Der Name, den sie im Krankenhaus angegeben hatte, war falsch. Der marokkanische Akzent meiner Mutter war noch immer ziemlich stark, was bei den Menschen, die sich an sie erinnert haben, zu dem Verdacht geführt hat, dass sie noch nicht sehr lange in Frankreich gewesen ist. Sie konnte Arabisch und Englisch, aber wohl nur sehr wenig Französisch. Sie hat bei den Menschen, denen sie begegnet ist, aber trotzdem einen starken Eindruck hinterlassen. Anscheinend war sie sehr schön.«

»Selbstverständlich war sie das. Schau dich doch an«, warf Elise mit einem breiten Lächeln ein.

»Zwei der Krankenschwestern standen ihr ein bisschen näher. Sie konnten sich daran erinnern, wie verängstigt sie war. Wie einsam. Sie war sehr jung.«

»Das muss furchtbar gewesen sein für sie. Sie hatte sicherlich große Angst, so weit von ihrem Heimatland und ihrer Familie entfernt. Hast du …« Elise zögerte und betrachtete jede Nuance seines Gesichts. »Hast du Hinweise darauf, dass sie noch lebt?«

»Es ist gut möglich, dass sie noch am Leben ist. Sie war vermutlich Anfang zwanzig, als sie mich bekommen hat. Sie wäre jetzt in den Vierzigern … Fünfzigern, allerhöchstens.«

»Lucien, ich kann gar nicht glauben, was du jetzt alles durchmachen musst.« Elise setzte ihr Cognacglas ab, stand auf und trat zu ihm. Sie setzte sich auf den Rand seines Sessels und nahm ihn in die Arme. Er erwiderte ihre Umarmung und verstärkte seinen Druck, bis sie auf seinen Schoß rutschte. Ihre Wange lag nun an seiner Brust. Er küsste die Oberseite ihres Kopfes und strich ihr über den Arm.

»Versucht Herr Schröder weiterhin, sie aufzutreiben?«, wollte Elise nach einem Moment wissen, ohne den Kopf von seiner Brust zu heben.

»Er stellt weiterhin Nachforschungen an«, hörte sie ihn sagen. Seine tiefe Stimme hallte durch seine Brust in ihrer Wange wider. Sie setzte sich ein wenig auf, als er seine Fingerspitzen unter ihr Kinn legte und es leicht nach oben drückte. Sie begegnete seinem Blick und spürte, dass er kurz davor stand, ihr etwas Wichtiges zu sagen.

»Aber eine Spur haben wir noch. Eine entscheidende.«

»Welche?«

»Eine der wichtigsten Zeuginnen von Herrn Schröder hat ihm erklärt, dass es einen Menschen gibt, der uns wahrscheinlich den echten Namen meiner Mutter und mehr über sie verraten könnte. Und dieser Mensch ist Helen Noble, Ian Nobles Mutter.«

Elise blieb der Mund offen stehen. »Aber … war Ians Mutter nicht die Tochter des Earl of Stratham? Ich habe den Earl und die Countess einmal bei einer Benefiz-Gala in London kennengelernt. Ich dachte, man hätte mir erzählt, dass ihr einziges Kind gestorben und Ian bei seinem Großvater und seiner Großmutter aufgewachsen sei.«

Lucien nickte. »Das ist die Version, die Ian erzählt. Dennoch, Helen Noble ist am Leben. Zum ersten Mal habe ich das vermutet, als Ian ein paar kryptische Kommentare fallen ließ, nachdem wir in Paris Freunde geworden waren. Ich habe seine Trauer, wenn er über seine Mutter sprach, seine Verbitterung … seinen Kummer gespürt. Und sie kamen mir vor, als wären die Gefühle, die er für sie und das hegte, was geschehen war, frisch und nicht die distanzierten Gefühle eines zehnjährigen Jungen, der sich an seine Mutter erinnert. Herr Schröder und ich, wir haben inzwischen herausgefunden, dass sie tatsächlich noch lebt. Ich bin nach Chicago gekommen, um zu sehen, ob ich etwas über Helen und ihr Schicksal herausfinden kann. Inzwischen wissen wir, wo sie sich in London aufhält.«

»Aber … warum sollte ausgerechnet *Helen Noble* etwas über deine leibliche Mutter wissen?«

»Sie hat für Helen gearbeitet. Sie war ihr Hausmädchen. Offenbar hat sie so lange bei ihr gearbeitet, bis sie gemerkt hat, dass sie mit mir schwanger war.«

»Du hast also mit Helen Noble gesprochen?«, wollte Elise

wissen, in deren Kopf die Gedanken rasten. »Aber *warum* sollten Ian und seine Großeltern behaupten, dass Helen tot sei?«

»Sie ist sehr krank«, erklärte Lucien ruhig. »Sehr zerbrechlich. Das Krankenhaus, in dem Ian sie pflegen lässt, ist eine private Einrichtung mit sehr hohen Sicherheitsstandards. Genauer gesagt, gehört Ian sogar das Krankenhaus. Man kann unmöglich hineinkommen, es sei denn, man gehört zu den Mitarbeitern, ist ein Familienangehöriger oder ein eingeladener Besucher. Und was den Umstand angeht, dass Ian behauptet, seine Mutter sei tot, so glaube ich nicht, dass es seine Idee gewesen ist, uns diese Geschichte aufzutischen. Er war zehn Jahre alt, als er zu seinen Großeltern gezogen ist. Seine Großeltern werden ihm erzählt haben, dass seine Mutter tot sei, um ihm den Schmerz zu ersparen, sie in diesem Zustand sehen zu müssen. Ich habe keine Ahnung, seit wann Ian weiß, dass sie lebt.«

»Also weiß Ian nicht, dass du von alldem erfahren hast?«

»Nein«, sagte Lucien und schloss für einen Moment die Augen.

»Kannst du ihm nicht einfach alles erklären? Ihn *bitten*, ob du mit Helen Noble sprechen könntest?«

»Es gab einen Moment, da hatte ich genau das vor. Aber es ist … eine sehr komplizierte Situation, Elise.« Er sah zur Seite.

»In Bezug auf was? Lucien?« Sie hakte nach, da er ihr noch immer das Profil zugewandt hatte. Dann sah er sie an.

»Ich denke, dass Helen Nobles Gesundheitszustand sich verschlechtert hat. In letzter Zeit wirkte Ian sehr besorgt, außerdem habe ich ein paar Gespräche mitbekommen. Wenn seine Mutter so angegriffen ist, wird er nicht wollen, dass ich ihr Fragen zu ihrer Vergangenheit stelle.«

Elise legte die Stirn in Falten. »Das kann ich verstehen, aber es ist doch nicht so beschwerlich für sie, ein paar Fragen zu einer Frau zu beantworten, die sie vor dreißig Jahren gekannt hat.«

»Trotzdem«, erklärte Lucien mit Nachdruck.

»Aber es bedeutet dir doch so viel, etwas über deine Mutter zu erfahren«, fuhr Elise dennoch fort. »Du hast dein ganzes Leben geändert, nur um etwas über sie herauszufinden. Du kannst doch jetzt nicht aufgeben.«

In seinem Gesicht war die Frustration deutlich zu erkennen. »Ich gebe auch nicht auf. Sicher nicht. Aber das Leben anderer Leute ist ebenfalls kompliziert und schwierig. Ich kann Ian weder zwingen noch ihn hintergehen, nur um meine Wünsche zu befriedigen. Ich will es auch nicht. Er ist ein Freund. Er hat seine eigenen Sorgen. Er macht sich über seine Familie auch Gedanken.«

»Wenn er dein Freund ist, dann wird er doch zumindest wollen, dass du ehrlich zu ihm bist.«

»Es ist gut möglich, dass er mein Anliegen für egoistisch hält und denkt, mir ginge es nur um Geld.« Lucien seufzte und rieb sich die Augen. »Und ehrlich gesagt *war* es am Anfang auch genau so. Ich habe einen gemeinsamen Bekannten nur deshalb darum gebeten, mich in Paris mit Ian bekannt zu machen, weil ich gehofft hatte, dass ich so über ihn und seine Mutter mehr herausfinden könne. Seitdem ist er mir ans Herz gewachsen, aber falls Ian die Wahrheit erfährt, wird ihm das nicht mehr viel bedeuten. Er wird vermuten, ich hätte ihn nur ausgenutzt.«

Sie betrachtete ruhig sein Gesicht und konnte spüren, wie schwer diese Last auf ihm ruhte. An der Art und Weise, wie ihm diese Worte so flüssig über die Lippen gegangen waren, konnte sie erkennen, dass er sie in seinem Kopf immer und immer wieder durchgegangen war. Wie schwer musste es für ihn sein, der Aufdeckung des Rätsels um die Identität seiner

Mutter so nahe zu sein und es dennoch nicht klären zu können.

»Oh Gott, Lucien. Mir war gar nicht klar, wie wichtig es für dich ist, deine Mutter zu finden.« Diese Erkenntnis durchfuhr sie, ihre Gesichtsmuskeln spiegelten diesen Gefühlsausbruch wider. Natürlich war ihm die echte Familie wichtig. Er hatte immer angedeutet, er sei wie ein Fremdkörper in seine Adoptionsfamilie gekommen. Sogar über diese Ähnlichkeit zwischen Elise und ihm hatte er Bemerkungen fallen lassen.

»Ich *hätte* es wissen müssen«, sagte sie zitternd.

Er fuhr mit der Handfläche über ihr Kinn und hielt es sanft fest. Im Vergleich zu ihr war er so groß. Sie fühlte sich immer umhüllt, wenn er sie berührte … so wertgeschätzt.

»Warum hättest du das wissen sollen? Ich habe ja nur sehr ungern darüber gesprochen. Nur Herr Schröder wusste davon, und er auch nur aus geschäftlicher Perspektive.«

»Du … du hast niemandem von deiner Suche nach deiner Mutter erzählt?«

Er schüttelte den Kopf, ohne dabei seine silbergrauen Augen von ihr zu lassen. Sie erlebte mit einem Gefühl von Demut, dass er sich ihr öffnete.

»Ich werde dir helfen, sie zu finden, Lucien. Ich werde tun, was immer ich kann. Ich weiß, wie wichtig dir Familie ist«, flüsterte Elise mit belegter Stimme.

»Du kannst dir nicht vorstellen, wie sehr«, sagte er und ließ seinen Blick über ihr Gesicht wandern. »Aber ich möchte dich bitten, mir zu versprechen, dass du in diesem Zusammenhang nichts unternimmst oder sagst. Ich habe alles unter Kontrolle. Vertrau mir.«

»Das tue ich, aber …«

»Komm her«, unterbrach er sie sanft. Sein Ton stand in starkem Gegensatz zu seiner Umarmung. Er zog sie zu sich, seine

Arme umschlossen sie, er hielt sie fest an seinen Körper gedrückt, fast als wolle er sie in sich aufnehmen. Sie kniff die Augen zusammen, als eine Welle von Gefühlen über ihr zusammenschlug. Was war das für ein mächtiges Gefühl, das in ihr aufstieg, ihr die Worte und den Verstand raubte? Die Saat für dieses Gefühl Lucien gegenüber hatte sie schon früher gespürt, sogar als kleines Mädchen. Die Saat war dann aufgegangen, jedes Mal, wenn sie sich trafen, keimte und spross sie. An diesem Abend, angesichts seiner Ehrlichkeit, seines Willens, ihr zu vertrauen, und seiner Verwundbarkeit, schien sie aufzubrechen und zu erblühen. Was immer das für ein Gefühl war, es drohte sie zu ersticken, würde sie ihm nicht freien Lauf lassen.

Liebe. Es war Liebe.

Sie presste die Augenlider fester zusammen, als könne sie damit diese wissende Stimme zum Schweigen bringen. Es ängstigte sie, diesen Gedanken als wahr zuzulassen. Sie würde so schwach, so hilflos werden, würde sie sich diesem Bedürfnis hingeben. Aber sie konnte es auch nicht noch länger in sich verschlossen halten …

Luciens warme Lippen wanderten über ihren Haaransatz und knabberten an ihrem Ohr. Die scharfen Schauder der Erregung, die in diesem Moment über sie hinwegrollten, ließen sie diese Qual vergessen … ließen sie all die unbeantworteten Fragen vergessen.

»Lassen wir Helen Noble nun erst einmal beiseite. Ich habe eine Überraschung für dich.« Luciens tiefe Stimme klang verlockend in ihren Ohren. Sie bewegte ihre Hüften nur ganz leicht und konnte doch spüren, wie sein Schwanz unter ihrem Po und Beinen anschwoll. Es schien Jahre her zu sein, dass er sie zuletzt in seinen Armen gehalten hatte.

»Welche denn?«, flüsterte sie, neigte ihr Kinn und fand seinen Unterkiefer. Sie ließ tausend Küsse über seine Bartstoppeln regnen, aufgeheizt von der Reibung an ihren empfindlichen Lippen.

»Es wäre wohl kaum eine Überraschung, wenn ich dir gleich jetzt alles verraten würde, oder?«

Sie drückte ihren Mund auf seine sich bewegenden Lippen, bis ihre Konturen wunderbar zusammenpassten. Er knurrte sanft bei ihrem Spiel und verschloss ihren Mund mit unersättlichen Küssen.

Sie gab sich diesen Küssen vollkommen hin, denn sie spürte, wie sehr es ihn danach verlangte, seine Unruhe und die offenen Fragen zu verdrängen. Seine Hitze schmolz auch ihre Zweifel, ihre Unsicherheit über das Abgeben aller Kontrolle … über das Verliebtsein.

»Ich würde mich nach der Reise gerne duschen«, murmelte er einen Moment später neben ihrem Mund. »Ich wasche mich im Bad des Gästezimmers, dann kannst du ein Bad nehmen, wenn du möchtest. Ich komme in ein paar Minuten zu dir.«

»Bekomme ich dann meine Überraschung?«

»Dann bekommst du alles, genau«, wiederholte er in einem harten, trockenen Ton, der ihre Augenbrauen nach oben fahren ließ. »Du bekommst deine Überraschung und fürs Belauschen noch etwas extra.« Das Lächeln, das seine Lippen nach oben zog, war unwiderstehlich.

»Ich habe dich nicht belauscht … das heißt … nicht wirklich. Nur weil ich zufällig gerade den Flur entlanggegangen bin und gehört habe, was ihr sagt, heißt das doch nicht, ich hätte euch belauscht.«

Er schüttelte den Kopf. »Wann lernst du es endlich, dass ich deine Lügen sehen kann wie eine Neonreklame, *ma fifille*?« Er erstickte ihren Protest mit seinem Mund und der Zunge. Elise stöhnte in seinem Mund und klammerte sich an seine Schultern, als er sie an sich heranzog, aufstand und sie dabei mit hochnahm. Der Kuss war so heiß, so verzehrend, dass sie kurz dachte, er hätte seine Pläne verworfen und würde mit ihr in die Dusche gehen. Stattdessen setzte er sie im Schlafzimmer ab und küsste sie auf die Nase.

»*Beeil dich*«, sagte er in knappen Worten, als er sich umdrehte.

Obwohl sie enttäuscht war, als er aus dem Zimmer ging und sie allein zurückließ, mochte sie sein schroffes Drängen auf Eile. Sie mochte es sehr.

Während sie duschte, dachte sie über die anderen Dinge nach, die sie aus dem Gespräch zwischen Herrn Schröder und Lucien aufgeschnappt hatte. Welcher Mann war im Gefängnis gestorben, wem galt Luciens Groll? Vermutlich hatte Herr Schröder im Laufe der Jahre in mehreren Fällen für Lucien gearbeitet. Trotzdem … nur eine Geschäftsangelegenheit hätte Lucien nicht dazu gebracht, so verächtlich über jemanden zu reden.

Sie würde Lucien danach fragen, aber nicht an diesem Abend. Diese Nacht war etwas Spezielles für sie beide. Das hatte sie seit dem Augenblick gespürt, als er vorhin die Tür aufgerissen, ihren Namen gesagt und sie mit seinem Blick aufgespießt hatte. Er war früher als geplant aus Paris zurückgekommen. Er hatte ihr offen und ehrlich von der Suche nach seiner Mutter erzählt.

Das bedeutete Elise mehr, als sie in Worte fassen konnte.

Zehn Minuten später konnte sie ihre Neugier und Begierde nicht mehr zügeln. Anstatt im Bett auf ihn zu warten, verließ sie das Schlafzimmer, um ihn zu suchen, sauber und nach ihrem Duschgel duftend. All die Müdigkeit, die sie zuvor noch niedergedrückt hatte, war spurlos verschwunden. In dem Augenblick, in dem sie die Tür öffnete, trat auch Lucien aus dem Gästezimmer. Sie wandten sich einander zu, ein gutes Stück des Flurs lag noch zwischen ihnen. Ihr Blick wanderte begehrlich über seinen ganzen Körper. Er trug nichts außer einer schwarzen Freizeithose, das Zugband mehrere Zentimeter unterhalb seines Bauchnabels zugeknotet, was seinen straffen, muskulösen Bauch sichtbar werden ließ. Die weiche Haut war noch feucht von der Dusche. Seine Muskeln glänzten im weichen Licht der Flurbeleuchtung.

Sie sah, wie sein Blick über sie huschte, und sofort kam wieder jenes merkwürdige Gefühl in ihr auf… diese Schüchternheit, die sie nicht gekannt hatte, bis Lucien in ihr Leben getreten war.

»Du siehst wunderschön aus«, sagte er und kam auf sie zu. Sie konnte sein kleines rätselhaftes Lächeln nicht wirklich deuten. »Hat Maria dir dieses Nachthemd rausgelegt?«, wollte er wissen und wies mit einem Nicken auf das kurze saphirblaue Nachthemd, das sie trug.

»Maria?« Elise lachte überrascht. »Natürlich nicht. Warum sollte sie?«

Er zuckte mit den Schultern und wirkte noch immer amüsiert. Erst jetzt fiel ihr auf, dass er etwas trug, das sie noch nie zuvor an ihm gesehen hatte. Eine Platinkette hing um seinen Hals. Ein kleiner Schlüssel war daran befestigt.

»Was ist das?«, fragte sie neugierig und sah auf den Schlüssel, der in die kräftigen Brustmuskeln eingebettet dalag.

»Das wirst du noch sehen.«

»Ist das meine Überraschung?«, wollte sie verschmitzt wissen und warf auch einen Blick auf den schwarzen Samtbeutel, den er in der Hand trug. Er trat noch näher auf sie zu, bis die Spitzen ihrer Brüste nicht einmal mehr Zentimeter von seinen Rippen entfernt waren.

»Ein Teil davon.« Er griff nach ihr und schob eine Haarsträhne hinter ihr Ohr. Eine wohlige Lust strich über sie hinweg, als sie seine Berührung spürte.

»Und wo ist der Rest?«, spornte sie ihn an, ein Lachen in ihren Augen und ein kleines Lächeln auf ihren Lippen, als sie zu ihm aufsah.

»Du gieriges kleines Ding«, schalt er sie in genau dem Moment, in dem er sich auch zu ihr hinunterbeugte und sie in seine Arme drückte. Sie lachte noch fröhlich überrascht, als er bereits die Tür öffnete, die zur Treppe führte.

»Wir gehen nach oben auf die Terrasse?«, wollte sie tonlos wissen, als er zielstrebig mit seinen langen Beinen auf die Stufen zuging. »Aber ich dachte … das Schlafzimmer«, fügte sie noch an und konnte ihre Enttäuschung nicht verhehlen. Er brachte sie auf die riesige Terrasse, die fast die gesamte Dachfläche einnahm. Es war eine warme Juninacht. Die warme angenehme Luft des Sees kitzelte in ihrem Nacken. Lucien trat zur Seite. Elise schnappte nach Luft.

»Oh … oh, das ist … wie hast du *das* denn gemacht?«

Sie blickte mit aufgerissenen Augen auf Lucien und dann zurück auf die üppig romantische Szenerie vor sich. »Ich habe die Grundausstattung gekauft und es vorbereitet, doch zum Großteil haben wir die Feinheiten Maria zu verdanken«, erwiderte er und trug sie zum östlichen Geländer, das in Richtung Lake Michigan hinausging. Er setzt sie am Fußende eines Bettes ab.

Und *was* für ein Bett.

Elise wirbelte herum und nahm ihre Umgebung mit verblüffter Freude in sich auf. Sie fühlte sich, als befände sie sich inmitten eines sinnlich glimmenden Lampions. Sie saß auf einem Himmelbett, dessen vier Pfosten aus leichtem Bambus errichtet waren, den man offenbar recht leicht bewegen und zu einem Bett zusammenstellen konnte. Und dennoch hatte dieses verschwenderische Werk nichts Behelfsmäßiges an sich. Weiße, undurchsichtige Vorhänge hingen von den Querstangen und bewegten sich leicht im Seewind. Der Stoff verhinderte den Blick auf die Stadt in ihrem Rücken. Das Himmelbett war nach oben in den Nachthimmel geöffnet, und das nach Osten gerichtete Ende stand Richtung See. Frische weiße Laken bedeckten die Matratze und waren über eine nachtblaue Satindecke gefaltet. Weiße Rosenblüten waren über das Bett verteilt, als sollten sie die von Sternen erhellte Nacht über ihnen nachahmen. Eine perfekte weiße Rose war am Kopfende gegen die Kissen gelehnt worden, deren Farbe einen wunderbaren Kontrast zu dem Dunkelblau der Kissenbezüge bildete. Dutzende von Kerzen flackerten und glühten in schmalen Glasbehältern, die entlang der anderthalb Meter hohen Ziegelbrüstung und rund um das Bett aufgestellt waren. Ein Flaschenkühler war neben dem Bett aufgebaut, mit Eis und einer Flasche Champagner gefüllt.

Ein kleines Lächeln umspielte Luciens Mund, als sie ihn anblickte. Sie schüttelte ungläubig den Kopf.

»Du bist ein Romantiker, Lucien Sauvage.«

»Möchtest du ein bisschen Champagner?«, fragte er und setzte sich zu ihr.

Sie schüttelte den Kopf, konnte aber ihren Blick nicht von ihm abwenden. »Vielleicht später«, flüsterte sie. Dann fiel ihr etwas ins Auge. »Meine Perlen«, rief sie verwundert aus, als sie die lange Kette zusammengerollt auf der anderen Seite des Bettes erkannte.

»Ich habe Maria gebeten, sie hier hochzubringen. Ich hoffe, du bist damit einverstanden?«, sagte er heiser. Elise schluckte, kam doch der Verdacht in ihr auf, dass er sie wieder verwenden wollte, um sie noch einmal zu fesseln.

»Es ist gut, dass du Maria so gut bezahlst«, murmelte sie

und wurde rot. »Ich kann mir die Geschichten ausmalen, die sie über dich erzählen könnte, angesichts der Dinge, die sie hier bei dir mitbekommt.«

»An den Perlen ist doch nichts Skandalöses.«

»An den Perlen nicht, aber wohl an dem, was du mit ihnen vorhast, würde ich wetten.«

Er kicherte in sich hinein und schubste ihren Oberarm mit der Hand an. Sie fiel mit ihm zusammen auf die Matratze. Der feine Duft der Rosenblüten stieg in ihre Nase, als sie sich zusammen an die Kissen lehnten. Das Gebäude, auf dem sie sich befanden, war das höchste in der Umgebung. Während die Seidentücher sie von der Stadt abschotteten, lagen sie in ihrem eigenen Kokon mit dem zum Himmel und dem See geöffneten Bett. Lucien griff hinter sich und legte Elise die Rose in den Schoß.

»Willst du mit alldem hier wieder gutmachen, dass du mich so lange über Ian und deine Mutter im Dunkeln gelassen hast?«

»Mit alldem will ich dir zeigen, wie sehr ich dich vermisst habe«, sagte er, und seine Nasenflügel zitterten leicht, während er seinen Blick über ihr Gesicht schweifen ließ. »Und dass ich dich schon seit langer, langer Zeit wollte und es nur die Umstände verhindert haben.«

»Die Umstände? Zum Beispiel meine fehlende Disziplin?«

»Zum Beispiel meine Unfähigkeit, meine eigene Disziplin durchzuhalten, als du dich geweigert hast, wenigstens zu versuchen, dich zu kontrollieren«, erwiderte er und bohrte einen Blick in sie. Sein Kopf senkte sich. Ihr Atem stockte, als er mit seinen Lippen über ihre fuhr und sie seinen klaren, würzigen Duft einatmen konnte. »Und weil du dich bis zu der Nacht, in der ich nach Paris reisen musste, geweigert hast, mir zu sagen, was du willst. Was du brauchst.«

Sie legte eine geöffnete Hand auf seine glatten Brustmuskeln und wunderte sich über deren Festigkeit, deren Stärke. »Mich dir zu unterwerfen?«, wollte sie zitternd wissen.

Er nickte, sein Blick blieb auf sie gerichtet.

»Im Bett. Mich dir im Bett zu unterwerfen«, stellte sie tonlos klar. »Denn ich weiß nicht, ob ich mich irgendjemandem – nicht einmal dir – an anderer Stelle unterwerfen kann.«

»Das wirst du«, sagte er sanft mit der Andeutung eines Lächelns auf seinem Mund, als er bemerkte, wie sich ihr Rückgrat versteifte. »Immer, wenn ich es will, wirst du dich mir unterwerfen. Oft wird das an Orten sein, die weit entfernt von jedem Bett sind.«

Sie schluckte schwer und nickte. »Du weißt genau, was ich meine. Sexuell.«

»Ich weiß, was du sagen wolltest«, bestätigte er. Seine Stimme war ein samtiges Streicheln auf ihrer Haut. Er spielte mit dem Bändchen ihres Nachthemds und sah sich selbst dabei zu, was sie, zusammen mit seinem Blick, völlig aus dem Konzept brachte. »Und ja, sexuell unterwerfen ist das, was ich gemeint habe. Was ich erwarte.«

»Ist gut«, flüsterte sie. Ihr Puls schlug ihr bis zum Hals. Was würde er nun mit ihr machen, da sie sich einverstanden erklärt hatte, sich zu unterwerfen, und sie einander von Angesicht zu Angesicht gegenübersaßen? Flüssige Erregung sammelte sich zwischen ihren Schenkeln. Sie presste sie zusammen, um den plötzlichen Schmerz zu stillen. Die Rose fiel unbeachtet zu Boden.

Sein Blick hob sich und begegnete ihrem, doch er spielte weiterhin mit dem Träger ihres Nachthemds. Seine Fingerspitzen, die auf ihren Schultern tanzten, machten es für sie schwer, sich zu konzentrieren.

»Möchtest du dein Geschenk jetzt haben?«

»Wie bitte?« Seine heißen Augen hatten sie ganz vergessen machen, dass er ja noch einen Samtbeutel in der Hand hatte. Sie erinnerte sich undeutlich daran, als er ihn in ihren Schoß legte. Wie benommen schaute sie ihn sich an.

»Ich habe es extra für dich anfertigen lassen.«

»Hast du?«, fragte sie nach und bemühte sich, ihre Vorfreude zu beherrschen. Seine langen Finger griffen in ihren Schoß, schlugen das Futter des Beutels um und sandten ein erregendes Prickeln durch ihren Körper. Er hielt den Beutel schräg, und zwei exquisite Armreifen fielen auf ihr seidiges Nachthemd.

»Oh Lucien«, flüsterte sie. Die Armreifen gehörten zusammen, waren aber nicht identisch. Das Kerzenlicht ließ die Saphire flackern, als wäre in ihnen eine Flamme gefangen. Zwischen den Edelsteinen waren kleine, fein gearbeitete Platinanhänger angebracht. Die Augen gingen ihr über, als sie sie genauer betrachtete und an jedem einzelnen Freude fand: Da hingen ein Kochlöffel, eine Anspielung auf ihre Kochleidenschaft, ein Pferd im Sprung, das Kesara ähnelte, ein winziges Schloss, eine kleine Flagge, auf der einen Seite mit den Farben des englischen Union Jack, auf der anderen Seite mit der französischen Trikolore bemalt – dies war der einzige farbige Anhänger, eine Hommage an ihre Herkunft –, und dann …

»Wow«, rief sie aus und grinste glücklich, als sie die Angelrute aus Platin entdeckte – eine Erinnerung an jenen goldenen Sommer, den sie vor so langer Zeit mit Lucien verbracht hatte. »Vielen Dank«, sagte sie inbrünstig und strahlte ihn an. Sie hatte schon einige der wertvollsten Geschenke erhalten, die man sich vorstellen konnte, doch noch nie etwas so Intimes. Persönliches. »Ich finde sie großartig. Sie sind so wunderschön. So einzigartig.«

»Wie die Beschenkte«, erwiderte er. Sie errötete vor Glück.

Er hob den Arm. Verwundert sah Elise zu, wie er die Kette mit dem Schlüssel vom Hals nahm. »Wir können noch andere Anhänger anfügen. Du kannst beide Armreifen an einem Handgelenk tragen, wenn du unterwegs bist. Aber wenn wir zusammen sind, möchte ich, dass du je einen an jedem Arm hast. Ich werde sie wie Handschellen bei dir nutzen.«

»Was?«, fragte sie mit angehaltenem Atem und dachte, sie hätte sich verhört. Sie riss die Augen auf, als er ganz sachlich die Träger ihres Nachthemds über ihre Arme nach unten schob, bis der Stoff über ihre Brust rutschte und nur noch die Spitzen ihres Busens bedeckte. »Aber … die Armreifen sind doch zerbrechlich.«

»Gefallen sie dir denn?«

»Sehr«, versicherte sie ihm.

»Dann wirst du lernen, nicht an deinen Fesseln zu ziehen, wie du es auch schon bei der Perlenkette gelernt hast. Mach dir keine Gedanken.« Damit nahm er einen der Armreifen auf und öffnete den Verschluss. Er legte ihn ihr um das rechte Handgelenk. »Sollte ich das Gefühl bekommen, du würdest die Kontrolle verlieren, fessle ich dich mit etwas Stabilerem. Aber es wird mir gefallen, dich durch etwas gefesselt zu sehen, das deiner Schönheit entspricht.« Er wich ihrem Blick nicht aus, als er den zweiten Armreif an dem anderen Handgelenk festmachte. »Ich werde mich daran erfreuen, dass du immer ein wenig Kontrolle wirst zeigen müssen, auch in dem Moment des Loslassens.«

Elise schluckte schwer, von seinen Worten sowohl eingeschüchtert wie auch aufgepeitscht. Sie *würde* auf die Armreifen achtgeben. Sie waren ein kostbares Geschenk von Lucien. Und er würde sie in Ekstase versetzen. Sie wusste, dass er das tun würde. Sie sah zu, wie er mit dem Schlüssel das kleine Schloss an ihrem Armreifen öffnete. Er hängte sich die Kette wieder um den Hals, beugte sich dann vor und verband das Schloss mit einem Metallring, der an dem anderen Armreif befestigt war. Das Schloss klickte zu. Nun waren ihre Handgelenke aneinandergefesselt. Würde sie es schaffen, die teuren Handschellen nicht zu beschädigen?, fragte sie sich ängstlich. Sie wusste, dass der Druck, der jetzt in ihr anstieg, als Lucien sie ansah, und die köstliche Spannung in ihr genau das waren, was Lucien mit seinem Geschenk, den wertvollen Fesseln, hatte erreichen wollen.

»Leg deine Arme über deinen Kopf nach hinten und lehn dich an die Kissen«, wies er sie nun ruppig an, wobei seine warme Hand auf ihrem Oberarm lag. Sie hob die gefesselten Handgelenke über ihren Kopf. Er schmiegte sich näher an sie heran, sein Schritt streifte über ihre Hüfte. In dem Augenblick, in dem sie über die glatte Oberfläche des Bettes rutschte und sich gegen die Kissen lehnte, machte sich seine Hand auf den Weg nach unten, zog ihr das Nachthemd über die Brustwarzen, dann über ihren Bauch, die Hüfte und ihre Füße. Sie war nun nackt, unter dem nächtlichen Himmel und im Kerzenlicht völlig entblößt. Ihre Nippel versteiften sich, und zwar nicht wegen der kühlen Brise, die vom See heraufkam, sondern unter Luciens heißem Blick. Er stöhnte weich auf, wie er sie so betrachtete.

Sie biss sich auf die Lippe, als er nach der Perlenkette griff. Das Herz pochte ihr bis zum Hals, sie sah ihm zu, wie er die cremefarbenen Perlen um ihre Knöchel band. Die Perlen stießen klackernd aneinander, während er sie in der Hand hielt, und ergänzten damit den lüsternen Zauber, den er um sie herum spann. Als die Kette zu kurz war und er nicht mehr genug Seidenfaden zur Verfügung hatte, um ihn noch einmal ganz um ihren Fuß zu winden, legte er vorsichtig die letzten Perlen um die beiden größten Zehen an ihren beiden Füßen.

»Es ist jetzt sehr … sicher«, sagte sie, als er auf der Matratze hochgerutscht war und neben ihr saß. Ihre Fußgelenke waren erstaunlich fest miteinander verbunden. Er lächelte bei ihrem Anblick.

»Jetzt bist du ganz und gar von Juwelen gefesselt«, murmelte er. Sein Blick überflog ihren Bauch, den Venushügel und blieb an ihren Knöcheln hängen. »Du darfst nicht zum Höhepunkt kommen, bis ich die Perlen wieder entfernt habe, ist das klar?«

»Warum nicht?« Sie war von der Strenge seiner Stimme verwirrt.

»Zum einen, weil ich es dir nicht erlaube. Und zum zweiten, weil sich die Füße während des Höhepunkts bewegen. Das ist eine instinktive Reaktion. Du würdest wahrscheinlich die Kette zerreißen, wenn du kommst.«

Ihre Augenlider wurden zu Schlitzen beim Blick auf ihn, obwohl ihre Klitoris in Erwartung pochte. »Du bist wirklich ein Teufel, weißt du das?«

»Du stachelst mich auf, wenn du mich einen Teufel nennst. Aber du weißt genau, dass ich dir niemals ernsthaft wehtun würde, oder?«

»Sicher weiß ich das«, rief sie aus. Bei seinem plötzlichen Insistieren runzelte sie die Stirn.

Er nickte nur und schien beruhigt. »Und jetzt … sag mir noch einmal, wonach du verlangst«, ordnete Lucien barsch an. Seine Augen ruhten erst auf ihren Brüsten, huschten dann aber zu ihrem Gesicht.

»Nach dir. Danach, mich dir zu unterwerfen.«

»Ich bin stolz auf dich«, sagte er freundlich. Er umfasste ihr Kinn. »Ich weiß, wie schwer es dir fällt, freiwillig auf jede Kontrolle zu verzichten. Vertrau mir.«

»Das tue ich«, flüsterte sie.

Sie spürte, wie sich neben ihr sein Schwanz versteifte, und

hätte gerne gewusst, woran er dachte, während sein Blick mit einem Ausdruck leidenschaftlicher Besessenheit über ihr Gesicht streifte. »Du spukst Tag und Nacht in mir herum. Du musst dir niemals Gedanken darüber machen, dass du mir nicht gefallen könntest, Elise. Wenn du es mit deinem Wunsch ernst meinst, wirst du mich jedes Mal befriedigen können.«

Er lehnte sich näher an sie heran. Sein süchtig machender Geruch kitzelte in ihrer Nase – eine Mischung aus dem Duft seiner Haut, seiner Seife und seines Parfums. Er vermischte sich mit der frischen Brise und dem Duft der Rosenblüten und ließ sie schwindeln.

»Ich möchte dir gefallen, Lucien. Sag mir, was ich tun soll.«

Seine Nasenflügel bebten leicht, als er auf sie herabsah.

»Das tust du schon, in höchstem Maße.«

Sie unterdrückte das Stöhnen, das der Klang seiner tiefen, erotischen Stimme und der brennende Blick aus seinen Augen in ihr auslösten. Er streichelte sie, fuhr mit den Händen an ihren Seiten entlang und über ihre Hüfte, massierte ihre Rückenmuskeln … nahm eine Brust in die Hand. Niemand hatte sie je so berührt wie Lucien. Sie fühlte sich durch seine Berührung in Besitz genommen, wertgeschätzt wie noch nie in ihrem Leben. Sie spürte seinen gezügelten Hunger, seine steigende Erregung.

Er zupfte an ihren steifen Nippeln, sie stöhnte und wandte sich ein wenig in dem luxuriösen Bett. Sie spürte, wie sich die Perlen zusammenzogen, und zwang sich, ruhig zu bleiben. Er dagegen bewegte sich, grätschte über ihren Körper und stützte sich über ihr auf den Knien und eingeknickten Armen ab. Sie sah zu ihm auf, ein wunderbarer Anblick, wie er von dem sternenübersäten Himmel umrahmt wurde. Groß war ihr Wunsch, sich an ihn zu drücken, ihren Busen an der harten, muskulösen Wand seiner Brust zu reiben, ihre Bäuche zusammenzupressen, über seine erstaunliche Erektion zu streichen.

»Hast du eine Vorstellung davon, was es für mich bedeutet, dich gefesselt und hilflos vor mir liegen zu sehen?«

Der Platinschlüssel hing von seinem Hals. Und das war nicht das Einzige, was über ihr hing. Ihr fiel auf, wie groß sein Schwanz wirkte, schwebend in der Luft zwischen ihnen und kaum von dem dünnen Stoff seiner Hose bedeckt. Sie leckte sich vor nervöser Vorfreude mit der Zunge über ihre Unterlippe.

»Elise?«, hakte er nach.

»Ich vermute, es gefällt dir?«, schlug sie vor, ohne den Blick von seiner Erektion zu wenden.

Er kicherte. »Ja, du lässt mich steinhart werden. Aber das ist nicht ganz genau das, was ich gemeint habe«, murmelte er. Sie hielt den Atem an, denn er knickte seine Ellenbogen ein und senkte den Kopf. Sie wimmerte, als er eine feste Brustwarze zwischen die Lippen nahm und sie mit einer warmen, feuchten Zunge peitschte. Er zog an ihr, und sie spürte den Ruck bis hinunter in ihren Schoß.

»Ich habe gemeint, dass es etwas in mir auslöst, zuzusehen, wie du dich mir freiwillig hingibst«, fuhr er einen Moment später fort, seinen warmen Atem gegen ihr feuchtes, erigiertes Röschen hauchend. Sie öffnete die Augen und gab einen jammernden Laut des Protests von sich, weil er seinen Mund von ihrer Brustwarze gelöst hatte.

»Ich würde mich dir jedes Mal hingegeben haben, wenn du mich gefragt hättest.«

»Ich weiß«, antwortete er und rückte seinen Körper so hoch, dass er wieder über ihr kniete. »Aber ich wollte, dass du mich fragst.« Wahrscheinlich bemerkte er ihre Irritation, die sie bei seinen Worten verspürte, denn er fügte knapp hinzu: »Nicht bettelst, *ma chère*. Fragst. Es gibt einen Unterschied zwischen Fragen und Betteln. In einer Frage liegt keine Verzweiflung – nur Mut.«

Ihre Lippen schlossen sich, die Beschwerde war vergessen. Er lächelte. Ihr Unterleib zog sich zusammen. Was für ein schöner Mann.

Er legte seine Hände an die unteren und seitlichen Kurven ihres Busens und hob ihn an, schmiegte ihn in seine Hände. Sie stöhnte auf, als sie sah, wie gierig er sie betrachtete.

»Ich habe Tag und Nacht von deinen Brüsten geträumt. Sie sind so etwas wie der Fokus geworden, jedes Mal, wenn ich mich selbst befriedigt habe.«

Ein lebhaftes Bild tauchte vor Elise' innerem Auge auf, sie sah ihn, wie er mit der Faust seinen eindrucksvollen Schwanz packte, seine Muskeln angespannt und hervortretend, reibend ... pumpend ...

Sie japste nach Luft bei dieser mächtigen Vorstellung. »Ich hätte gar nicht gedacht, dass sie dir jemals aufgefallen sind«, sagte sie mit erstickter Stimme. Er formte noch immer ihre Brüste in seinen Händen und drehte ihre Brustwarzen zwischen Daumen und Zeigefinger hin und her. Sie hatte nie in ihrem Leben etwas Erotischeres gesehen als den Anblick ihres bleichen Busens in seinen dunklen maskulinen Händen.

»Wenn ich mit dir fertig bin, wirst du kaum noch Zweifel daran haben, wie sehr ich an dich denke. Und du sollst wissen, dass ich mir all das, was ich jetzt mit dir vorhabe, schon öfter in meinen Gedanken bis ins kleinste Detail ausgemalt habe, als ich zählen kann«, knurrte er weich, beugte sich dann vor und nahm ihren Mund mit einem versengenden Kuss in Besitz. Sie küsste ihn begierig zurück, ihr Bewusstsein beschränkt auf seinen köstlichen Geschmack und die talentierte, sinnenfreudige Zunge, und durch das Gefühl seiner Hände, die ihre Brüste auf eine Art und Weise massierten, die ihr kräftig ... lüstern vorkam. Er fasste sie nicht mit Glacéhandschuhen an. Er war keineswegs grob, aber sein Verlangen wurde doch offensichtlich. Hatte sie wirklich einmal gedacht, er wäre kalt ihr gegenüber? Lächerlich. Er war rasend vor Lust. Seine Kontrolle war ungemein stark, doch an diesem Abend hatte er sie aufgegeben.

Dass sie sein bloßes, unmaskiertes Verlangen spürte, befreite auch ihr eigenes.

Sein Mund war heiß und verlangend auf ihrem Nacken. Er biss sie in den Schultermuskel, und sie drehte und wand sich vor Lust in ihren Fesseln.

»Bleib ruhig«, beschwichtigte er sie genau in dem Moment, in dem er ihre Brüste in die Hand nahm und sie zusammendrückte, bis die Brustwarzen nur ganz wenig voneinander entfernt waren. Er fuhr mit den Daumen über die Spitzen und starrte sie heftig an, bevor er weiter über ihre Hüften rutschte, sich nach vorn beugte und mit seiner Zunge über beide Nippel leckte.

»Oh«, rief sie laut aus, und ihr Becken bog sich nach oben. Diese instinktive Bewegung war eine Reaktion auf den scharfen Stich der Erregung, der in ihre Muschi gefahren war. Ihr Po hob sich einige Zentimeter von der Matratze ab. Ihre Oberschenkel rieben sich an seinem schweren Schwanz und den Hoden. Er ließ nicht von der Massage ihrer Brüste ab und leckte und lutschte an ihren Röschen. Sie sah zu, fasziniert von dem Anblick, wie er erst an der Spitze einer Brust sog, dann an der anderen. Sie hob sich dem köstlichen Gewicht seines Schwanzes entgegen und stöhnte in fiebriger Lust auf, dabei war sie sich ununterbrochen, aber nur entfernt bewusst, dass sie ihre zerbrechlichen Fesseln schonen musste.

Dennoch krümmte sie sich in gebändigtem Entzücken.

»Pack deinen wunderschönen Po zurück aufs Bett, oder ich werde dich bestrafen«, hörte sie ihn wie aus großer Distanz sagen. Die Ausläufer seines Befehls durchdrangen ihre Erregung. Sie sank zurück aufs Bett und vermisste sogleich seine Hitze und den schweren, starren Schwanz. Er spielte in den nächsten Minuten weiterhin mit ihren Brüsten, seine Handlungen absichtsvoll … erbarmungslos, er trieb sie in rasendes Verlangen. Ihre Brustwarzen wurden unter seiner unablässigen Fürsorge außergewöhnlich sensibel und schwollen an.

Als er die eine tief in den Mund nahm und fest an ihr sog und in die andere leicht hineinkniff, verzweifelte sie.

»Bitte. Bitte hör damit auf, Lucien«, stöhnte sie und scheuerte ihren Arsch über das Bett. Er hatte vorhin recht gehabt. Sie begehrte Schmerz nicht, aber diese Sorte Schmerz war ein berauschendes Drängen. Trotz ihrer Bitten fuhr er mit dem Saugen fort, zupfte an ihren Nippeln und drückte ihre geröteten Brüste zusammen, bis sie das Gefühl hatte, schreien zu müssen. Sie raste auf der Matratze hin und her. »Oh, ich komme gleich«, stotterte sie, was genauso fassungslos klang, wie sie sich fühlte. Ihr war nicht klar gewesen, dass man einen Höhepunkt erleben konnte, allein durch einen Mann, der ihre Brüste mit solch rauer, süßer Liebe behandelte.

»Du hast aber nicht meine Erlaubnis dazu«, widersprach er barsch, seinen Mund kaum einen Zentimeter über ihrem erigierten Nippel. »Du musst ruhig bleiben. Ich bereite deinen Busen vor, mache die Nippel bereit.«

»Wofür?«, wollte sie mit erstickter Stimme wissen.

Doch er antwortete nicht, sondern setzte seine Aufgabe fort, lutschte an ihren Röschen, bis der kühle Wind des Sees keinerlei Wirkung mehr auf ihren fiebrigen Körper hatte. Sie verlor vor Erregung immer mehr den Verstand, drehte sich und stöhnte unter ihm. Sie keuchte protestierend, als er sich leicht aufrichtete, mit feuchten Lippen und strengem Ausdruck im Gesicht.

»Du musst die sensibelste, heißblütigste … unbezähmbarste Frau der Welt sein«, murmelte er schwerfällig.

»Das klingt aus deinem Mund nach etwas Schlechtem.«

»Ist es auch. Du wirst deine Perlen zerreißen«, gab er brüsk zurück und warf ihr einen Blick zu. Seine Miene wurde weicher. »Ist aber auch glücklicherweise etwas Gutes.«

Sie lächelte, schnaufte leicht und sah dann benommen zu, wie er nach etwas auf der Matratze griff. Sie brauchte einen Moment, um den Samtbeutel wiederzuerkennen. Er war ihr vom Schoß gerutscht, als Lucien ihr das Nachthemd ausgezogen hatte. Elise hatte das Gewicht des Beutels gespürt und gewusst, dass sich neben den Armreifen noch etwas anderes in ihm befinden musste. Doch sie war durch Luciens Liebesspiel zu beschäftigt gewesen, um ein Wort darüber zu verlieren.

Lucien hielt den Beutel ein wenig schräg, und noch mehr Saphire und eine Platinkette purzelten in seine Hand.

»Oh … das ist *wunderschön*«, sagte sie. Ihre Augen konnten nicht mehr von dem einzigartigen Schmuckstück lassen. Er öffnete die Kette und hielt sie ihr hin. Der obere Teil sah aus, als würde er um den Hals gelegt werden – eine edle Kette aus fein gearbeitetem Platin, das von einem Dutzend glänzender halbkarätiger Saphire durchsetzt war. Sie wusste, dass sie mit ihrer Vermutung richtiggelegen hatte, als Lucien sich über sie beugte, den oberen Teil der Kette um ihren Hals legte und sie wieder schloss. Der ungewöhnliche Teil waren zwei Ketten, die von dem Schmuckstück um ihren Hals etwa fünfzehn bis siebzehn Zentimeter senkrecht nach unten hingen. Und eine weitere Kette war durch die beiden nach unten hängenden Metallbänder geschlungen, an der weitere Saphire baumelten.

»Was ist das?«, wollte sie verwundert wissen, als sie sah, wie er eine winzige flexible Schlaufe, die an der Kette befestigt war, zusammendrückte.

»An der Halskette ist eine Brustwarzenklemme befestigt. Du kannst die untere Kette entfernen und die Kette als

Schmuck tragen«, erklärte er. Sie stöhnte leicht auf, als er einen ihrer steifen Nippel durch die Schlaufe schob. »Ich muss nur ein wenig an diesem Saphir drehen – so etwa –, und schon zieht sich die Schlaufe zu.« Sie riss die Augen auf, als die Metallschlinge enger wurde und ihre Brustwarze einklemmte. Hingerissen betrachtete Lucien ihr Gesicht. »Es sollte ein wenig kneifen, aber nicht unangemessen schmerzen. Ist es zu viel?«, fragte er ruhig. »Ich kann die Schlaufe lockern.«

Sie schüttelte nur den Kopf, viel zu erstaunt und erregt, um noch zu sprechen. Sie konnte nicht aufhören, das erotische Bild anzustarren, das ihre von dem Metallband umfassten Nippel abgaben. Es war fest genug, um ein konzentriertes, mildes Stechen zu erzeugen. Der Druck und das leichte Reiben waren sehr aufreizend. Sie spürte, wie der Puls begann, auch in ihren Brustwarzen zu pochen. Es überkam sie das dringende Bedürfnis, mehr Reibung auf ihrem übersensiblen Hügel zu spüren. Ihr Atem kam nur noch stoßweise, denn sie sah, wie er die zweite Schlaufe an der Kette an ihrem anderen Nippel befestigte. Als er das geschafft hatte, hing die feine Kette in einem Bogen zwischen ihren Röschen.

Lucien setzte sich auf und betrachtete sie, sein Gesicht streng und von Schatten bedeckt.

Die dunklen Spitzen ihrer Brüste waren sehr erregt, aber sie sahen auch dicker aus als sonst, denn die Schlingen ließen mehr Blut in sie hineinlaufen, weshalb sie fülliger wurden. Elise biss sich auf die Lippe, um beim Anblick seines gegen die Baumwollhose drückenden Schwanzes nicht laut aufzustöhnen.

»Komm her, ich helfe dir«, sagte er, legte seine Hand auf ihren Rücken und richtete sie aus den Kissen auf. »Setz dich ein bisschen hin. Lass die Kette frei zwischen deinem Busen hängen«, befahl er.

Sie ächzte lustvoll auf, als er sie so positionierte, dass sie halb aufrecht an die Kissen gelehnt saß und die Kette frei zwischen den Spitzen ihres Busens hing. Die an der Kette befestigten Saphire fungierten als erotische Gewichte, die leicht an ihren gespannten Spitzen zogen. Ihre Muschi spannte scharf. Sie wimmerte und verdrehte jammernd die Hände, die von den feinen Fesseln zurückgehalten wurde.

Wäre sie nicht festgebunden gewesen, hätte ihre Hand jetzt auf der Klitoris gelegen, um die durchdringende Pein zu stillen.

Sein Blick begegnete ihrem, und sie wusste, dass er ihre Reaktion bemerkt hatte.

»Fühlt es sich gut an?«, wollte er heiser wissen.

»Auf eine irre Art fühlt es sich fantastisch an«, flüsterte sie, verwirrt von ihrer eigenen starken Reaktion auf diese Nippelkette.

Ein Lächeln flackerte über seine Lippen. »Du kannst dir gar nicht vorstellen, wie wunderschön du aussiehst.« Er griff nach ihr und zupfte vorsichtig an einem der Saphire, der in der Mitte hing. Bei diesem Zug an ihrem Nippel schrie sie auf und presste ihre Oberschenkel fest zusammen. Lucien schien von ihrer Reaktion hingerissen zu sein. Er klopfte vorsichtig auf einen weiteren Saphir.

»*Lucien*«, stöhnte sie fiebrig. Ihre Hüften ruckelten auf der Matratze hin und her. Sie suchte verzweifelt nach Gegendruck … nach Erlösung von dieser süßen Folter.

»Ja?«, fragte er ruhig.

»Ich muss kommen«, sagte sie, ihr Gesicht vor Erregung krampfhaft angespannt. Sie leckte sich über die Oberlippe und schmeckte Salz. »Bitte.«

Er murmelte tonlos eine knappe Antwort und legte Elise dann zurück in die Waagrechte. Sie schnappte nach Luft und fühlte sich desorientiert, als er rasch die Perlen um ihre Knöchel löste und beiseitelegte, sodass ihre Füße freikamen. Er beugte sich über sie und spreizte ihre Beine mit den Armen, auf denen er sich abstützte, wobei seine Muskeln deutlich hervortraten. Sie schrie auf, als er ganz nüchtern seinen harten, geschwollenen Schwanz auf ihre Muschi drückte.

Er sah grimmig aus, wie er so auf sie hinunterstarrte und mit erstaunlicher Präzision seiner Hüften Kreise zog. Der Schlüssel hing von seinem Hals, nur Zentimeter über ihren Lippen. »Ich kann spüren, wie nass du bist«, krächzte er. »Du bist wie ein Inferno. Ich werde dich hart ficken und dann in dieser kleinen heißen Muschi verbrennen.«

Ihre Gesichtsmuskeln verhärteten sich, als die Erregung weiter anstieg. Sie reckte den Kopf vom Kissen hoch und hielt den schaukelnden Schlüssel mit ihren suchenden Lippen fest. Lucien stöhnte tief innen und rieb sie extrahart.

Sie explodierte in einem Orgasmus gegen den köstlichen Druck seines schlagenden Schwanzes, ihre Schreie rasten an dem kleinen Schlüssel vorbei, der auf ihrer Zunge lag.

Zu ihrer großen Enttäuschung hob er seinen Schwanz fast augenblicklich von ihrer Muschi, als die Schauder des Höhepunkts bei ihr nachließen. Lucien lächelte sie sexy an, während sie keuchend auf die Kissen sank.

»So erregt warst du? Du musst die empfindsamsten Brüste haben, die man sich vorstellen kann. Ich werde so viel Freude an ihnen haben. Ich werde deine Nippel so süßer Qual unterziehen«, murmelte er. Noch immer betrachtete er sie mit feurigen Augen und kniete sich jetzt über sie. Ihr rasender Atem kam zu einem abrupten Halt, als er seine Hand unter den Bund seiner Hose schob. Hypnotisiert sah sie zu, wie er den dicken Pfeiler seines Schwanzes befreite. Er blieb über ihr knien und rieb sich einen Moment lang selbst.

»Lass mich, Lucien«, flüsterte sie sehnsüchtig. Dabei war ihr Verlangen so groß, dass sie sicher war, dass er genau wusste, was sie wollte.

»Du bist ein Schatz, aber dein Mund macht die Dinge zu einfach.« In seiner Stimme lag ein dunkles Vergnügen. »Es klingt verführerisch, aber ich werde dich jetzt und hier schänden. Das ist die andere Sache, die ich mir ausgemalt habe, die ich mit deinen Brüsten tun möchte.«

Sie sah, wie er auf seinen Knien näher an sie herankam. Er bürstete mit dem nackten, samtartigen Kopf seines Schwanzes über die besonders sensiblen Nippel. Elise japste nach Luft. Sie biss sich auf die Zunge, um einen Schrei zu unterdrücken, als er spielerisch mit seiner schweren Erektion gegen die Nippelkette schlug. Er schwang seinen dicken Schaft gegen die äußere Kurve ihrer linken Brust und hieb leicht auf sie ein.

»Du Teufel«, flüsterte sie zitternd, als sie sein kleines Lachen sah.

»Ein anderes Mal musst du sie zusammendrücken, und ich werde sie ficken, bis ich auf deine Nippel komme. Würde dir das gefallen?«

»Ja, oh Mann, ja«, sagte sie. Sie drückte ihre Hüften auf das Bett, denn schon wieder stieg in ihr ein neues Verlangen auf. Das, was er sagte, zusammen mit dem, was er tat, würde sie in kürzester Zeit zum nächsten Orgasmusschauder bringen. Vielleicht weil er sonst so beherrscht war oder vielleicht weil man die reife Lust in seiner sanften, volltönenden Stimme hören konnte, auf jeden Fall war es ein starkes Aphrodisiakum, Lucien so schmutzig reden zu hören.

Er rückte ein Stück zurück und lehnte sich dann nach vorn, um ihr einen Kuss auf die Rippen zu geben. Sie erschauderte unter seinen heißen Küssen. Es fühlte sich an, als seien seine

Lippen, seine Zähne und seine Zunge gleichzeitig überall. Ihr Zittern ging weiter, als er ihre Rippen und den Bauch erkundete. Die ganze Zeit über wurde sie dabei gequält von dem Anblick, wie sein schwerer Schwanz aus dem Bündchen seiner Hose herausschaute.

»Warum ziehst du nicht deine Hose aus?«, fragte sie zwischen zwei Atemzügen, als er seine Zunge über das Stückchen Haut über ihrer Schambehaarung gleiten ließ und sie dabei ihren Venushügel an seinen Mund gedrückt hatte, woraufhin er seinen Kopf hob. Genau, was sie hatte erreichen wollen.

»Wenn es so weit ist.« Seinen amüsierten, ironischen Blick verstand sie als Warnung, sich noch mehr zu gedulden. Als er dann begann, mit seinem verschlingenden Mund ihre Schenkel zu quälen, stand sie bereits wieder lichterloh in Flammen. Es war unglaublich erotisch, ihm zuzusehen, zu wissen, dass sie keine Wahl hatte, als liegen zu bleiben und all seine Zärtlichkeiten, Küsse und Sticheleien zu akzeptieren.

»Oh bitte«, wisperte sie kurz darauf, als er die Innenseite ihres Schenkels leckte. Sie ließ ein abgehacktes Fiepen hören, als seine Zunge nur Millimeter an ihrer Muschi vorbeizog.

»Deine Säfte laufen deine Beine entlang. Mmh, lecker«, stellte er mit belegter Stimme fest, bevor er noch einmal davon schmeckte.

Sie kniff die Augen zusammen, überwältigt von dem Anblick seines dunklen Kopfes zwischen ihren Schenkeln. Sie jammerte in zunehmender Frustration, denn wieder zuckte seine Zunge über die feuchtesten Stellen ihrer Haut. Ihre Zehennägel kräuselten sich.

»Sag mir, was du willst«, murmelte er.

»Leg deinen Mund auf mich und bring mich zum Höhepunkt«, bat sie mit ihrem Mund, dessen Lippen ihr geschwollen und besonders empfindlich vorkamen.

Seine Nasenflügel erbebten, als er ihre unverblümte Bitte gehört hatte. »Da dein Wille mit meinem übereinstimmt, bin ich gerne bereit, deinem Wunsch nachzukommen.«

Ganz sachlich knickte er ihre Knie ein und spreizte ihre Beine. Er schob ihre Hüften zurück und legte so ihre Muschi frei. Gleich darauf schrie sie gellend auf, als er sich hinkniete, wobei seine Knie ihre Hüften umklammerten und er ihren Unterkörper vom Bett hob, indem er die Hände unter ihren Po legte. Sie war es noch immer nicht gewohnt, wie leicht es ihm fiel, sie anzuheben.

Er saß in der Hocke und brachte ihre Muschi langsam vor seinen Mund, sein Bizeps quoll hervor. Vorfreude erfüllte sie, scharf wie ein Schwert.

Einen Moment später entlud sie sich, als er ihre Klitoris mit der festen, feuchten Peitsche seiner Zunge traf. Er fuhr fort, sie zu lecken, während sie aufstöhnte und im Orgasmus erbebte, er bedeckte ihr Geschlecht mit seinen Lippen und sog fest an ihr, was sie für eine nie erlebte Zeitspanne in sexuelle Höhen schleuderte. Er hob seinen Kopf, nachdem er den letzten Schauder aus ihr herausgekitzelt hatte. Dann legte er sie wieder ab, und sie sackte, völlig ausgelaugt, in die Kissen. Elise sah, dass sein Gesicht noch immer angespannt wirkte und seine Lippen von ihren Säften glänzend waren.

»Du bist köstlich. Ich werde dich bald einmal rasieren. Nichts soll mich daran hindern, die ganze Köstlichkeit deiner Muschi zu erreichen.«

Ihre Vagina zog sich bei dieser festen, unerbittlichen Äußerung leicht zusammen.

»Ja, in Ordnung«, flüsterte sie, obwohl sie wusste, dass er nicht um ihr Einverständnis gebeten hatte. Er schien in seiner Lust sehr zielstrebig. Sie keuchte, als er seinen Kopf erneut senkte und ihn dann schräg hielt. Er fuhr mit seiner Zunge in ihren Schlitz und schöpfte all ihre Säfte heraus, füllte mit ihnen seinen Mund. Oh Gott, es war ein dekadentes, genusssüchtiges Vergnügen, dass er sie mit solchem Können befriedigte, dass sie spürte, wie sein sexueller Hunger jede Pore ihrer Existenz ausfüllte. Noch nie in ihrem Leben hatte sie sich als das Objekt einer derart konzentrierten, brennenden Leidenschaft gefühlt. Sie wollte ihn so unbedingt. Ihre Handgelenke juckten unter diesem vereitelten Verlangen.

»Ich möchte dich berühren. Warum musst du mich fesseln?«, wollte sie frustriert wissen, als er fortfuhr, seine Zunge in ihre Muschi zu stecken.

Er hob den Kopf. »Es ist erregend zu wissen, dass du von meiner Gnade abhängst, dass du keine andere Wahl hast, als das zu akzeptieren, was ich dir gebe«, erklärte er schroff, ging wieder auf die Knie und dehnte erneut ihren auf dem Rücken liegenden Körper.

»Du meinst bei der Bestrafung, zum Beispiel?«

»Nicht nur. Für die Lust. Du kannst beidem nicht entkommen. Ganz egal wie intensiv es wird.«

»Ich mag aber keine echten Schmerzen«, sagte sich schwach. »Ich bin keine Masochistin.«

Ein kleines Lächeln formte seinen herrlichen Mund. Seine Augen liefen über ihre geröteten Brüste, an denen noch die Nippelkette hing. »Du magst ein bisschen Schmerz. Nichts Ernstes. Mach dir keine Sorgen, das habe ich bereits gemerkt. Ich gewöhne mich langsam an das, was dich erregt. Und ich freue mich schon darauf, noch mehr davon zu entdecken.« Als sie nicht antwortete, da sie noch die Tatsache verarbeiten musste, dass er auch schon bei ihren letzten gemeinsamen Sexspielen ihre Gedanken hatte lesen, sie hatte einschätzen können, fuhr er fort: »Du bist erregt worden, als ich dich das letzte Mal bestraft habe und auch als ich dir erklärt habe, wie du dich selbst schlagen solltest, oder etwa nicht? Und das hat geschmerzt. Stimmt doch?«

»Nicht sehr. Es hat gestochen – vor allem das Paddle und die Haarbürste – aber es war vor allem …«

»Was?«

»Erregend«, hauchte sie.

Er nickte verständnisvoll. »Und du magst dieses Zwicken an deinen Nippeln, oder?«, fragte er barsch und berührte ein Röschen mit der Fingerspitze. Ihre Nerven waren so sensibilisiert, dass diese weiche Berührung ausreichte, sie erschauern zu lassen. »Falls die Dinge zwischen uns trotzdem einmal zu heftig werden sollten, musst du nur ›Hör auf‹ sagen. Mehr nicht. Und ich höre auf. Aber du musst ganz genau *das* sagen, wortwörtlich. Wenn du schreist, Stopp sagst, mich verfluchst oder bettelst, werde ich nach meinen Vorstellungen einfach weitermachen. *Hör auf.* Wenn du diese Worte sagst, höre ich auf. Ohne Fragen zu stellen. Hast du das verstanden, Elise?«, wollte er klipp und klar wissen.

Sie schluckte und nickte. Ihre Vagina hatte sich zusammengezogen, als sie daran dachte, dass sie ihn anflehen würde, innezuhalten und er dennoch einfach mit dem weitermachte, was er gerade tat. Warum? Vielleicht weil er ihr ebenfalls die Macht gegeben hatte, ihn endgültig zu stoppen? Es war wie ein geheimer Code, eine Verlasse-das-Gefängnis-Karte, die sie jederzeit ausspielen konnte.

»Ich verstehe«, flüsterte sie.

Sein Blick blieb an ihren Lippen haften, auch als sie nicht mehr sprach. »Du bist zu mir gekommen und hast mir ehrlich von deinem Verlangen erzählt. Nun werde ich dir ehrlich von meinem berichten. Du hast mich in jener Nacht im Stall dazu angestachelt, dich wie ein Tier zu nehmen. Aber heute Nacht werde ich mich an dir befriedigen, weil du dich angeboten hast und ich bei lebendigem Leib brenne, dich zu nehmen.« Er streichelte die Unterseite ihres gefesselten Arms, dann ihren Brustkorb, schließlich nahm er einen Busen in die Hand. Sie schluckte ein Stöhnen hinunter, als er leicht an einem Saphir zwickte. »Ich habe mich zurückgehalten, mich selbst gefesselt. Aber heute Nacht« – er sah sie mit strenger Miene an – »werde ich mich an dir gütlich tun und erst von dir lassen, wenn mein Hunger gestillt ist, Elise. Ich werde dich hart nehmen … vielleicht ein bisschen wild.«

Er beobachtete ihre Reaktion, Kerzenlicht glänzte in seinen Augen. Seine Hose hing immer noch unter seinem Schwanz. Er zuckte, als Lucien diese Worte aussprach. Sie klemmte die Beine zusammen, seine volle Stimme hallte noch durch ihren Kopf: *hart nehmen … vielleicht ein bisschen wild.*

»Wenn du mich irgendwann unterbrechen willst, weißt du noch, womit du mich zum Aufhören bringen kannst?«

Sie nickte. Er hatte sich und seine eigenen Bedürfnisse ihr gegenüber wirklich zurückgehalten. Heute Nacht würde sie all das empfangen, was er an Leidenschaft unterdrückt hatte. Sie sehnte sich danach, aber würde es sie nicht einschüchtern, wenn sie das Ziel all dieser rohen, aufgestauten sexuellen Kraft würde?

»Wiederhole die Worte, die ich dir gesagt habe, mit denen du mich zum Aufhören bringen kannst. Ich möchte, dass du dich immer an sie erinnerst«, forderte er sie grimmig auf.

»Hör auf«, wiederholte sie. »Aber ich möchte nicht, dass du aufhörst. Ich will, dass du mich hart fickst. Ich will, dass du mich benutzt, so wie es dir gefällt, Lucien.«

Seine Augen blitzten auf, und ein kleines Knurren formte seinen Mund. Er öffnete ihre Beine weit und nahm seinen Schwanz in die Hand.

»Dann sollst du deinen Willen bekommen, *ma chère.*«

TEIL VII

WENN ICH DICH BRAUCHE

KAPITEL 13

Lucien hatte ihr gesagt, dass er bei lebendigem Leibe brenne, sie zu nehmen, und er meinte es auch genau so. Als er ihre bleichen Beine spreizte und sich selbst in Position brachte, um sie aufzuspießen, fühlte es sich an, als würde ein Feuer unter seiner Haut brennen, sein Blut zum Kochen bringen, sein Inneres aushöhlen, bis nichts mehr in ihm war außer reinem, loderndem, schneidendem Verlangen. Er stützte sich auf einen Ellenbogen und sah zu, wie er die Spitze seines Schwanzes ins Zentrum ihres glänzenden Schlitzes schob, der willig war, für ihn zu erblühen … sein monströses Verlangen zu akzeptieren.

Sie mussten beide nach Luft schnappen, als er ihr feines Gewebe dehnte und den Kopf seines Schwanzes in ihre klammernde, heißblütige Umarmung bettete. Er senkte den anderen Arm, hielt Abstand von ihr und konzentrierte sich auf ihr verzücktes Gesicht, als er seinen Schwanz in ihre Muschi drückte. Er war von der Vorstellung ihrer Muschi in den letzten Tagen besessen gewesen, die Idee, wieder in sie einzutauchen, hatte ihn gequält. Es war ein süßeres Leiden gewesen, als er sich gedacht und vorgestellt hatte.

Einen Moment später stieß er seine Hoden gegen ihr nasses Geschlecht und fing ihren zittrigen Schrei mit seinen Lippen auf. Sofort begann er sie mit kurzen Bewegungen zu ficken und sah zu, wie sich jedes Mal ihr Gesicht anspannte, wenn er mit einem kraftvollen Stoß auf ihre Klitoris traf. Er stöhnte lustvoll. Sie war zu klein und feminin für seinen großen maskulinen Körper. Und doch empfing sie ihn ohne Klage. Im Gegenteil, ihr sublimer, hingerissener Gesichtsausdruck war der Beweis, dass sie es mochte, so wie er sie ausfüllte. Das Geräusch der Wellen, die an die Molen schlugen, und das entfernte Brummen der Stadt gingen im Hämmern seines in den Ohren dröhnenden Herzschlags unter. Er passte seinen Rhythmus an, sodass das Pochen in seinen Ohren mit dem Schlag seines Unterleibs und seiner Hoden auf Elise' Haut zusammenfiel. Er zog seinen Schwanz weiter heraus und stieß fester in sie hinein, eine lustverzerrte Grimasse im Gesicht. Sie wimmerte, und er spürte, wie ihre Muskeln sich um ihn verkrampften. Er hämmerte tiefer, härter, fester, bis ein Schrei aus ihrer Kehle drang und ihre Nippelkette bei jedem Stoß schaukelte.

»Deine Muschi ist perfekt«, ächzte er, zog sich zurück und fuhr mit seinem Schwanz in sie hinein. »Sag, dass sie mir gehört. Sag es.«

»Meine Muschi gehört dir«, erwiderte sie zittrig.

Ihre Augen gingen weit auf, und sie jammerte, als er in sie hineinschoss.

»Das stimmt. Sie gehört mir«, kam es grob aus ihm heraus. Er spürte das unerträgliche, unhaltbare Feuer in sich wachsen. Elise zu ficken war wirklich so, als würde er sich selbst komplett den Flammen übergeben. Er schob ihre Hüften zurück und kniete sich hin. Sie schrie auf, als er ihre Knie fast bis auf ihre Brust drückte und sie durchpflügte. Sein primitiv klingendes Knurren verschmolz mit ihrem Schreien. Er ritt sie ein paar glückselige Momente lang, der Knick in ihrer Hüfte sorgte für den idealen Gegendruck auf seine fordernden Stöße, die Anspannung war himmlisch … zu perfekt, als dass er in dieser angespannten Ekstase lange hätte verweilen können.

Er spürte, dass seine Hoden in Erwartung des Höhepunkts

kribbelten, und zwang sich daher, bewegungslos in ihrer heißen Umklammerung zu bleiben. Er biss die Zähne zusammen, um das Gefühl, wie sein Schwanz an ihre Gebärmutter stieß, auszuhalten. Sie quiekte. Er beugte sich vor und nahm einen Nippel zwischen die Lippen. Die Brustwarzen waren durch die zugezogenen Schlaufen geschwollen, durchblutet und rot. Er peitschte mit der Zunge über das weiche Fleisch und wimmerte bei dem feinen Gefühl, als sie beim Orgasmus um seinen Schwanz herum erschauderte. Als er seine Zähne sanft in ihren empfindlichen Leckerbissen schlug und die Spitzen seiner Zähne zu den Schlaufen noch einen neuen Reiz auf sie ausübten, riss sie die gefesselten Arme nach unten und kratzte mit den Fingernägeln über seine Kopfhaut, fest genug, um sie blutig werden zu lassen.

In diesem Moment traf ihn der Höhepunkt. Er kam, tief in ihr drin, Lust durchschoss ihn wie eine Brandbombe. Als es ein wenig nachließ, nahm er ihre bebende Muschi mit weiteren kurzen, harten Stößen, kam dabei immer noch, brannte dabei immer noch und staunte zugleich darüber, wie sie ihn so völlig befriedigen konnte und er doch gleich mehr wollte.

Er wurde langsamer und, noch immer in ihr versenkt, japste nach Luft. Sie wurde allmählich leiser, bis auch ihre Finger in seinen Haaren nicht mehr kratzten, sondern streichelten. Sie sah großartig und wunderschön aus, als sie sich ansahen.

»Entspann dich nicht zu sehr. Ich werde dich gleich noch einmal ficken.«

Ihre Finger erstarrten. »Schon?«, wollte sie ungläubig wissen.

»Ich habe lange Zeit darauf warten müssen«, erklärte er und strich mit seinem befriedigten Schwanz durch ihre klammernde Höhle und erspürte die letzten Funken der Erregung flackern und rauchen.

Ein kleines Lächeln huschte über ihren üppigen Mund. In diesem Augenblick war er ganz besonders hingerissen von ihren geschwungenen Lippen, dem Glanz von Ausgelassenheit und Freude, der in ihren Saphiraugen zu erkennen war … von allem an ihr. Er beugte sich hinunter und legte seinen Mund auf ihr Lächeln, genau in der Sekunde, in der er sich aus ihr zurückzog und dann wieder tief hineinstieß. Sie stöhnte. »Ich hoffe, du hattest dir für dieses Wochenende nichts vorgenommen. Denn ich habe vor, so viel Zeit wie menschenmöglich in dir zu verbringen.«

»Ich bin hier, um es dir gut gehen zu lassen«, murmelte sie, legte ihre gefesselten Hände um seinen Nacken und quetschte seinen Schwanz mit ihren Vaginalmuskeln ein. Er keuchte und fing an, sie wieder zu stoßen. Sie hatte die reine Wahrheit gesagt.

Das tat sie immer.

Elise war davon ausgegangen, dass er es im übertragenen Sinne gemeint hatte, als er davon sprach, an diesem Wochenende so viel Zeit wie nur möglich in ihr zu verbringen, aber er verbrachte einen guten Teil der folgenden Nacht genau dort. Wenn er einmal nicht in sie eingedrungen war, liebte er sie auf andere Art und Weise und ließ sie vor Lust aufschreien. Schließlich löste er die Nippelkette und die juwelenbesetzten Handschellen, und sie fielen, eine Stunde vor Sonnenaufgang, erschöpft in einen tiefen Schlaf.

Elise erwachte von dem Kribbeln von Luciens Nase an ihrem Ohr.

»Die Sonne scheint. Es wird hier oben langsam warm«, hauchte er ihr ins Ohr. »Lass uns nach unten gehen und duschen.«

Verschlafen blinzelte Elise und setzte sich in dem luxuriösen

Bett auf. Die Sonne stand schon hoch über dem blau schimmernden, großen See. Es musste zehn oder elf Uhr am Vormittag sein. Sie schloss die Augen wieder und genoss die goldene Wärme der Sonne. Erinnerungen an die magische Nacht erschienen vor ihrem inneren Auge. Sie drehte sich mit einem Lächeln zu Lucien. Er lehnte nackt an den Kissen, ein dekadent schöner Genussmensch, der sie konzentriert betrachtete. Er griff nach ihr, streichelte über ihre nackte Schulter und ließ seinen Finger über ihre Haut fahren.

»Jedes Mal, wenn ich überzeugt bin, dass du nicht mehr schöner aussehen kannst, strafst du mich Lügen«, sagte er.

Sie lachte. »Ich sehe vermutlich wie eine Schiffbrüchige aus.«

»Du bist wunderbar. Du strahlst heller als die Sonne.«

Ihr Lächeln verschwand nach dieser einfachen, klaren Erklärung, wieder einmal war sie von seiner Intensität … seiner Tiefe verwirrt. Sie wusste genau, dass er ehrlich zu ihr war, wenn er dies sagte, doch zugleich dachte er noch an etwas anderes, etwas, das nicht zu dem Bild des vergoldeten Sonnenscheins und ihrer unglaublichen Liebesnacht passte.

»Lucien? Stimmt etwas nicht?«, wollte sie ruhig wissen.

Er starrte sie einen Moment lang nur an, blinzelte und schien dann wieder zu sich zu kommen. »Doch, alles in Ordnung. Hier, zieh dir was an«, wies er sie an, reichte ihr das in der Nacht fallen gelassene Nachthemd und suchte nach seiner eigenen Hose, die er dann anzog. Er sammelte ihren Schmuck ein und kletterte aus dem Bett.

»Komm. Es wird Zeit, sich in der Dusche abzukühlen.«

»Aber was ist mit dem Bett? Ich glaube, für heute Abend ist Regen angesagt«, erwähnte Elise zweifelnd, während sie ihm nachlief.

Er nickte und wies mit dem Kopf auf einen drei mal viereinhalb Meter großen Anbau in der Mitte des Dachs. »Ich werde jemanden von der Gebäudetechnik anrufen und sie bitten, ob sie es nicht abbauen und dort unterbringen können. Das ist eine luftdichte Kammer. Ich vermute, das Bett müsste dort hineinpassen.«

»Du hattest es dort gar nicht vorher untergestellt?«, hakte sie nach und betrachtete sein Profil dabei genau.

Er blickte sie von der Seite an und lächelte wissend. Sie errötete, denn sie war sich unvermittelt sicher, dass er den Grund für ihre Frage genau kannte. »Ich habe das Bett doch erst vor Kurzem gekauft. Für dich.«

Sie grinste und war unerklärlich glücklich darüber, dass er nicht alle Frauen mit dieser dekadenten Fantasie beglückte, mit ihm unter den Sternen Liebe machen zu dürfen.

Sie duschten zusammen in Luciens Badezimmer, ließen sich dabei Zeit, wuschen sich gegenseitig mit zärtlichen Fingerspitzen, suchten nach kitzelnden Stellen, lachten und küssten sich auf die lächelnden Münder. Ihre Brustwarzen waren von der Nippelkette noch immer leicht geschwollen, gerötet und empfindlich. Lucien, dessen Blick heiß und bewundernd war, spielte vorsichtig mit ihnen, während sie duschten. Sie liebte es, Lucien so zu sehen, genoss seine zwanglose Art und Weise, seine begehrlichen Blicke und die liebevollen Neckereien. Es war für sie unglaublich wertvoll zu wissen, dass er seine Selbstkontrolle so weit gelockert hatte, dass er ihr mehr von seinem wahren Ich zeigen konnte.

Das setzte doch Vertrauen voraus, oder etwa nicht?, spekulierte sie hoffnungsvoll.

Als ihr auffiel, wie voll und fest sein Penis beim Duschen geworden war, griff sie nach ihm, um ihn zu streicheln, doch er hielt sie mit einer Hand an ihrem Handgelenk fest.

»Wir steigern uns erst noch«, sagte Lucien, umfasste eine

ihrer gereizten Brüste und zwickte einen Nippel, bevor er sie losließ. Etwas in seiner heiseren Stimme und dem vernebelten Blick jagte ihr ein Schaudern durch den Körper. Vor einiger Zeit noch hätte sie seine Antwort als Zurückweisung verstanden, nun aber nicht mehr. Er hatte bewiesen, dass sein Verlangen nach ihr ihre wildesten Träume weit überstieg. Seine Methoden der Zurückhaltung dienten nur dazu, den Reiz zu erhöhen, damit die Erlösung am Ende nur noch explosiver wurde.

»Ich möchte dir gerne etwas zeigen«, lockte er sie später und rieb sie mit einem Handtuch trocken.

»Was denn? Wo denn?«

»Das wirst du noch sehen«, erklärte er entspannt. »Zieh dir Reitkleidung an. Wir werden nachher Jax und Kesara einen Besuch abstatten und ausreiten.«

Voller Neugier zog sie sich rasch ihre dunkelbraune Reithose, Stiefel und eine cremefarbene kurzärmelige Bluse an. Als sie das Hemd im Badezimmer zuknöpfte, bemerkte sie, dass ihre Brustwarzen noch immer sehr empfindlich waren, das Material ihres BHs rieb sie leicht. Dies war ein angenehmes, willkommenes Gefühl, eine ständige Erinnerung an ihre gemeinsame Nacht mit Lucien. Als sie sich selbst im Spiegel ansah, konnte sie sehen, dass die Spitzen sich deutlich unter dem engen Hemd abzeichneten, sogar durch das leichte Polster ihres Büstenhalters hindurch. Sie strich mit dem Finger über einen der steifen Nippel. Wimmernd musste sie ihre Hand zwischen ihre Schenkel pressen, um den plötzlichen, stechenden Schmerz zu stillen.

Es war, als hätte ihr Körper unter dem Sternenlicht und Luciens Berührungen eine Milliarde neuer Nervenbahnen gebildet.

Sie ließ ihr Haar wellig trocknen, band es zusammen und

hielt ihren Pony mit zwei weißgelben Gänseblümchenspangen zurück. Das passte zu ihrer sonnigen Stimmung. Sie lächelten sich an, als beide sich nach dem Anziehen im Schlafzimmer trafen. Luciens Blick wanderte zustimmend … besitzergreifend über sie. Er bettete ihr Kinn in seine Hand und fuhr mit dem Daumen über ihre Wange. Er sah unbeschreiblich gut aus in seinen khakifarbenen Breeches, einem hellblauen Baumwollhemd und den abgenutzten, geschmeidigen, dunkelbraunen Reitstiefeln. Was Lucien dieser Reithose antat, sollte eigentlich als illegal verboten werden, ihrer Meinung nach. Sie wollte ihn gerade damit aufziehen, schwieg dann aber doch mit offenen Lippen, denn sie sah, wie aufmerksam seine grauen Augen auf ihrem Gesicht ruhten.

»Du bist über Nacht aufgeblüht«, brummte er und küsste sie so weich, so überzeugend, dass sie ihre Augen schloss und sich selbst für einen Moment vergaß. Schließlich hob er seinen Kopf, nahm ihre Hand, und sie verließen zusammen das Penthouse. In seiner Limousine sprach er nur wenig, doch Elise war himmlisch entspannt und glücklich, während er sie sanft durch die verstopften Straßen der Stadt manövrierte. Es war seltsam, diese erhabene Gefühl, diese Zufriedenheit. Ihr ganzes Leben lang hatte sie sich in ihrer eigenen Haut wundgerieben, hatte immer nach der Spannung des perfekten Moments gesucht, sich danach gesehnt und sich selbst, ohne genau zu wissen, wo sie sein oder was exakt sie tun wollte, immer weiter vorangetrieben.

Es war erstaunlich festzustellen, dass sie angekommen war, dass sie genau dort war, wo sie in diesem kostbaren Moment sein wollte. Sie warf einen Blick auf Luciens klassisches Profil und ermahnte sich selbst, jede köstliche Sekunde genau so zu genießen, wie sie war … und nicht an morgen zu denken.

Lucien parkte vor einem roten Backsteingebäude aus dem

neunzehnten Jahrhundert mit beeindruckenden, in die Steine eingravierten ornamentalen Verzierungen. Es war etwa fünfzehn Stockwerke hoch und im Stil eines französischen Schlosses erbaut. Die Straße, in der sie gehalten hatten, erinnerte sie eher an Paris als an Chicago, vor allem wegen der Stadthäuser aus Backstein und der Bäume, die einen Baldachin über der Straße gebildet hatten. Die Art und Weise, wie Lucien auf das Gebäude links von ihnen blickte, ließ auch sie sich vorlehnen und das Haus durch die Windschutzscheibe betrachten.

»Es ist sehr schön. Wie die ganze Gegend hier. Wo sind wir denn genau?«, wollte sie wissen, schließlich war sie noch nie in dieser stimmungsvollen Nachbarschaft von Near South Side of Chicago gewesen, die von einer anderen Epoche zu erzählen schien.

»Im Prairie Avenue Historic District«, sagte er. Er drehte den Schlüssel im Zündschloss. »Sollen wir reingehen?«

Sie lachte, als sie verstand. »Ist das das Gebäude, das du für das neue Hotel gekauft hast?«

Er nickte. Sie riss die Autotür auf und sprang aus dem Fahrzeug. »Na los«, rief sie begeistert.

»Du machst doch *Scherze*, oder?«, rief sie zehn Minuten später völlig verblüfft aus, als sie in die Küche des Gebäudes kamen. Sie war riesig, und obwohl sie alt und zu großen Teilen renovierungsbedürftig war, waren alle Kennzeichen der klassischen, großen europäischen Küchen vorhanden: die große Alabaster-Kücheninsel in der Mitte, die exquisiten, handgefertigten Schränke, komplett mit intakten Bleikristallscheiben, und drei große, strapazierte, aber noch immer elegante Kupferkronleuchter.

»Das ist ziemlich beeindruckend, findest du nicht?«, wollte Lucien wissen, während er sich im Raum umsah. »Das hier war das beliebteste Hotel für Chicago-Besucher im späten achtzehnten und frühen neunzehnten Jahrhundert. Nachdem die Gegend unbeliebter geworden war, zog die Verwaltung eines lokalen Krankenhauses hier ein. Die Küche wurde fast einhundert Jahre lang nicht für ihre eigentlichen Zwecke genutzt.«

»Das ist perfekt«, sagte Elise, ehrlich davon überzeugt. Jeder Koch träumte davon, eine klassische Küche wie diese aufzupolieren, sie mit allen modernen Küchengeräten auszustatten, dabei aber all die eleganten Details der vergangenen Zeiten beizubehalten.

Lucien drehte sich um. »Willst du sie haben?«

Es dauerte einen Moment, bis sie die Bedeutung seiner ruhig gestellten Frage ganz verstanden hatte, aber selbst dann war sie noch verwirrt.

»Ob ich sie haben will?«

»Ja. Wenn du sie dir nach deinen eigenen Vorstellungen neu auf- und umbaust, würden diese Räume dann zu deinen Restaurantideen passen, von denen du mir erzählt hast?«

Sie blinzelte und sah sich ungläubig um.

»Natürlich würden sie das. Sie wären perfekt dafür. Aber du hast dieses Gebäude doch für dein Hotel und Restaurant gekauft«, wandte sie ein.

»Ich weiß. Ich biete dir die Stelle als Komanagerin des Hauses an, wenn du möchtest ... zusammen mit der der Küchenleitung, natürlich.« Als sie ihn nur sprachlos anstarrte, fügte er hinzu: »Mich hat deine Idee sehr beeindruckt, Elise. Ich habe eine Unternehmensberatung beauftragt, eine Umfeldanalyse zu machen. Die ganze Gegend hier entwickelt sich gerade grundsätzlich neu, es gibt aber noch nicht genug Restaurants und Clubs, um die wachsende Bevölkerung zu versorgen. Im Umkreis von zwei Quadratkilometern gibt es kein einziges Boutiquehotel. Zudem wird fast ein Dutzend neue, hochwertige Anlagen mit Eigentumswohnungen hier im Viertel gebaut, ganz zu schweigen von einem exquisiten Fitness-Center, das von Mitgliedern der Handelskammer gefördert wird. Die Idee von gesunder, frischer Gourmetküche ohne die Verführungskraft des Alkohols wird aus vielerlei Gründen einschlagen. Ich glaube, das hier wäre eine gute Gelegenheit für dein Konzept. Wir könnten zunächst den Lunch hier als ›angesagt‹ vermarkten und uns dann daran weiterentwickeln bis zum Dinner.«

»Lucien, ich hatte dich nur um deinen Rat gefragt, wie ich meine Idee angehen könnte. Du musst mir all das hier nicht anbieten.«

»Das weiß ich.« Er ging einen Schritt auf sie zu und sah sie schärfer an. »Wenn dich die Vorstellung, hier dein Restaurant einzurichten, nicht überzeugt, dann musst du es mir nur sagen. Dann werden wir den geeigneten Ort schon noch finden.«

»Nein, darum geht es nicht!«, rief sie aus und sah sich noch einmal erstaunt um. »Ich habe noch nie einen Raum gesehen, der sich besser dafür eignen würde. Aber … das hier war dein Projekt. Ich will mich da nicht hineindrängen.«

»Das tust du auch nicht«, erklärte er einfach. »Wie gesagt. Ich finde dein Konzept überzeugend. Wenn sich hier jemand hineindrängt, dann bin ich es, der sich an deine gute Idee hinten anhängt.«

Sie schluckte mühsam. »Denkst du wirklich, dass sie so gut ist?«

»Das habe ich dir doch schon mehrfach gesagt, oder?« Langsam zog ein Lächeln über seine Lippen.

Sie eilte auf ihn zu und schlang ihre Arme um seine Taille. Als sie ihren Kopf hob, beugte er sich vor, und sein Lachen wurde breiter, als sie hitzig sein Kinn und die Lippen küsste.

»Heißt das ja?«, fragte er. Sein Lachen war breit und voll.

»Nein. Ich möchte es noch genauer mit dir besprechen«, nuschelte sie und zupfte mit ihren Lippen an seinem Mund. »*Das* war nur der Dank dafür, dass du an mich glaubst.«

Sein Lächeln verschwand. Er packte ihr Kinn mit der Hand. »Ich habe schon immer an dich geglaubt. Ich will nur, dass du auch an dich selbst glaubst. Als du mir von deiner Idee erzählt hast, als du mir gestanden hast, wonach du dich sehnst, da ist mir klar geworden, dass du jetzt damit anfängst.«

Ihr Herz schien auf die doppelte Größe anzuwachsen, ihr fiel es schwer zu sprechen. Sie war froh, dass er seinen Kopf zu ihr beugte und sie mit kaum zurückgehaltener Leidenschaft küsste, sodass Sprechen ohnehin zu einer Unmöglichkeit wurde.

Lucien führte sie zum Essen in seinen Club, wo sie sich fast ununterbrochen über die aufregenden Möglichkeiten für das Restaurant und Hotel unterhielten. Er hatte sich die Dinge sorgfältig überlegt, schlug ihr mehrere mögliche Pläne für eine Zusammenarbeit vor und versicherte ihr, dass sie sich frei für eine Option entscheiden und die Pläne auch jederzeit ändern könne. Im Grunde ließ er ihr völlig freie Hand, sie konnte alles werden, von der gleichberechtigten, beteiligten Geschäftspartnerin bis hin zu einer gut bezahlten Angestellten mit dem Recht, die Hälfte aller Entscheidungen selbst zu treffen. Als sie trocken bemerkte, dass bei diesem Unternehmen alle Vorteile auf ihrer Seite lägen, zuckte er nur unbeteiligt mit den Schultern.

»Das ist so eine gute Idee, ich hätte auch noch mehr riskiert, um dabei sein zu können«, erklärte er lässig. Trotz dieser Versicherung wurde Elise das Gefühl nicht los, er offerierte ihr das alles, um ihr einen besonderen Gefallen zu tun … ihr nicht nur das unbezahlbare Geschenk der einzigartigen, ausgezeichneten Location und Gelegenheit, sondern auch das seiner großen

Erfahrung zu bieten. Kein anderer Unternehmer hätte auch nur ein Zehntel dessen vorgeschlagen, was Lucien ihr anbot. Sein Glaube an sie war wie ein Amulett, das sie sicher in ihrem Herzen verbarg, ein Talisman, der ihr für alle Zeiten zur Verfügung stand.

Sein Glaube an sie hatte sie magisch verwandelt, jetzt glaubte sie auch an sich selbst.

Nach dem leichten Essen ritten sie aus, und Elise genoss die körperliche Aktivität und strahlte, weil sie ganz allein Zeit mit dem Mann verbringen durfte, in den sie sich verliebt hatte.

Es schien aussichtslos, das nun noch länger zu leugnen.

Sie stiegen bei einem von Wald umgebenen See ab und banden die Pferde an. Sie saß neben Lucien auf einem fast waagrechten Ast einer umgestürzten Eiche, angelehnt an seine starken Beine. Er hatte einen Arm um sie gelegt und die Hand auf ihre Hüfte gelegt. Gemeinsam blickten sie auf die friedliche Oberfläche des spiegelglatten Sees.

»Lucien?«, fragte Elise kurz darauf. »Hast du noch einmal mit deinem Vater gesprochen, seit er in Haft ist?«

»Nein.« Er rieb träge sein Kinn an ihrem Haar.

»Bist du böse auf ihn? Wegen dem, was er getan hat?«

»Ja. Nicht mehr so sehr wie früher, aber trotzdem …« Er verstummte und küsste sie auf den Kopf. »Er hat wegen seiner eigenen Habgier viele Leute ausgenutzt. Die Firma, deren Industriepatente er gestohlen hatte, gehörte der öffentlichen Hand. Seine Taten hätten den Aktienkurs ins Bodenlose fallen lassen können. Tausende hätten ihre Ersparnisse und ihre Jobs verloren.«

Sie seufzte, denn sie spürte, wie verbittert Lucien über die blinde Verderbtheit und die Gier seines Adoptivvaters war. »Und dann haben sie dich noch in all das mit hineingezogen«, brummte sie. »Die Polizei hat dich verhört. Er wurde verhaftet und hat dir sein beflecktes Imperium hinterlassen. Kein Wunder, dass du nie etwas davon antasten wolltest.«

Seine Hand wanderte über ihren Bauch, das Streicheln hinterließ tief in ihr ein schweres, angenehmes Gefühl. »Ich muss aber aufhören, vor seinem Vermächtnis davonzulaufen, ganz egal wie befleckt es ist. Dafür trage ich die Verantwortung.«

Sie wandte sich um, blickte in sein nüchtern aussehendes Gesicht. »Du trittst dein Erbe an?«

»Das Geld nehme ich nicht, nein. Aber ich kann nicht einfach weiterhin die Verantwortung, die mein Vater mir übertragen hat, von mir weisen. Ich wäre nicht besser als er, wenn ich in Zukunft nicht auch an all die Menschen denken würde, die von den Geschäften meines Vaters abhängen.«

»Hat dir das die Affäre mit dem veruntreuten Geld bei den Three Kings klargemacht?«

Er nickte.

»Willst du … willst du zurück nach Europa gehen?«, fragte sie. Ihr Puls hatte sich beschleunigt, und ein krank machendes Gefühl hatte sich in ihrem Magen ausgebreitet.

»Nein«, beruhigte er sie. Das Sonnenlicht spiegelte sich in seinen Augen, als er sie ansah. »Ich kann das von hier aus so gut wie von überall tun. Aber ich muss mich schnell einarbeiten und sichergehen, dass ich in Europa nur Leute einstelle, denen ich vertrauen kann. Das heißt, ich werde öfter verreisen müssen als in letzter Zeit.«

Sie nickte erleichtert, als ihr damit klar wurde, dass er im Augenblick nicht plante, für immer wegzugehen. Sein Blick intensivierte sich, und er nahm ihr Kinn in die Hand.

»Hattest du Angst, dass ich dich verlassen würde?«

»Nein, natürlich nicht«, sagte sie eine Spur zu schnell. Als er ironisch eine Augenbraue hob, errötete sie und sah zur

Seite. Sie fühlte sich beschämt. Er hob ihr Kinn wieder an und zwang sie damit, ihn anzusehen.

»Warum bist du immer überzeugt, dass man dich zurückweisen wird?«

Seine Worte trafen sie tief. Sie riss ihr Kinn aus seinem sanften Griff und starrte blind über den See. Tränen füllten ungewollt ihre Augen. Was hätte sie sagen können, ohne melodramatisch oder idiotisch zu klingen? *Weil jedes Mal, wenn ich mich jemandem nahe fühle, es damit endet, dass ich verlassen werde? Weil ganz egal wie sehr ich mich auch darum bemühe, den Menschen in meinem Leben zu gefallen, sie sich wünschten, ich wäre nicht in der Nähe?*

Niemals. Niemals würde sie diese dummen, schwachen Dinge sagen.

Sie konnte dennoch nicht verhindern, dass ihr eine Träne über die Wange lief. Lucien lehnte sich vor und fing sie mit seinen Lippen auf. Er ließ einen rauen, beruhigenden Ton hören. Plötzlich waren seine Arme um sie, und er hob sie … zwang sie auf seine Oberschenkel. Er drehte sie um, sodass sie sich gegenübersaßen, ihre Beine lagen gespreizt um seine Taille und hingen dann am Ast hinab. Seine Arme schlossen sich um sie, bis ihr Busen fest auf seiner Brust lag. Er hielt sie dort, Herzschlag an Herzschlag, seine Hand massierte ihren Rücken in jener geschickten, gekonnten Art und Weise.

Elise presste ihr Kinn zwischen seine Schulter und den Nacken, schirmte sich selbst ab. Sie weinte stille Tränen, gewärmt von gesprenkeltem Sonnenlicht, umhüllt von Luciens Umarmung.

»Weil deine Eltern dich nicht wertgeschätzt haben, heißt das doch nicht, dass du nicht ein kostbarer, unbezahlbarer Edelstein bist«, flüsterte er ihr grimmig wenige Minuten später ins Ohr. »Das heißt nur, dass du lernen musst, dich selbst wertzuschätzen. Und du bist wertvoll, *ma fifille*. Oder etwa nicht?«

Sie schluckte und holte Luft, um sich Mut zu machen. Sie lehnte sich zurück und zeigte ihm ihre feuchten Wangen.

»Das bin ich«, hauchte sie.

Seine Augen glimmten durch die halb geschlossenen Lider hindurch, als er auf die sich offenbarende Schwäche und die Unsicherheiten blickte, vor denen sie schon ihr ganzes Leben fortgelaufen war …

… und noch nie hatte sie sich so eins mit sich selbst gefühlt.

Sie küsste sanft seinen Mund, und er zupfte mit seinen Lippen an ihren. Ein paar goldene, sonnendurchflutete Augenblicke zerschmolz sie im Kokon von Luciens Hochachtung. Ihr Fleisch wurde schlaff, ihr Geschlecht feucht.

Sie spürte, wie er an ihr härter wurde, und wusste, dass er ihre Erregung teilte. Aber es war mehr als nur eine sexuelle Umarmung.

Es war sehr viel mehr.

Sie konnte nicht sagen, wie lange sie so verharrt hatten, aber als Lucien schließlich ihr Gesicht in seine Hände bettete, wartete er darauf, dass sie widerwillig die Augen öffnete.

»Komm. Wir machen uns auf den Weg zurück in die Stadt. Ich führe dich zum Essen aus. Wohin würde die Meisterköchin denn gerne gehen? Everest? Savaur's? Tru?« All die Restaurants, die er aufzählte, wurden von weltbekannten Köchen geleitet.

Sie lehnte ihre Stirn an seine und streichelte ihm über den Rücken. »Um ganz ehrlich zu sein, würde ich am liebsten ins Fusion gehen. Ich war dort noch nie zum Abendessen.«

Er kicherte wohlwollend. »Wir haben aber sonntags geschlossen.«

»Ich könnte für dich kochen«, murmelte sie leise neben seinem Mund.

»Auf keinen Fall. Du arbeitest heute Abend nicht. Ich will, dass du dich auf eine einzige Sache konzentrierst: Lust«, erwiderte er grimmig und küsste sie ein weiteres Mal, schnell und eingehend. Er stand auf, umfasste ihren Po und ließ ihren Körper langsam über seinen Steifen gleiten, bevor er ihre Füße wieder auf dem Boden abstellte. »Aber das bringt mich auf eine Idee.«

»Welche denn?«

»Das wirst du schon früh genug merken«, war alles, was er dazu sagte, bevor er sie zu den grasenden Pferden führte. Sie stolperte hinter ihm her, ihr Kopf noch immer von Erregung und Luciens allumfassender Umarmung vernebelt.

Als sie ins Penthouse zurückgekommen waren, wollte Lucien in seinem Büro noch ein paar Dinge erledigen. Elise war nach dem Ausritt auf Kesara und der Sonne so entspannt und zufrieden, dass sie die Stiefel auszog und sich auf dem gemachten Bett einkuschelte. Fast augenblicklich war sie eingeschlafen.

Sie erwachte, als sie Luciens Lippen auf ihrem Haaransatz bemerkte und das Geräusch von fließendem Wasser im Hintergrund hörte.

»Wach auf, meine Schöne«, murmelte er, und das Geräusch seiner rauen, tiefen Stimme in ihrem Ohr ließ eine Gänsehaut an ihr entlanglaufen. »Wir müssen uns für das Dinner fertig machen.«

Verschlafen blinzelte sie mit den Augen. Sie konzentrierte sich darauf, ihn anzusehen, und blieb an der erotischen Form seiner festen, geschwungenen Lippen hängen.

»Wie lange habe ich geschlafen?«, wollte sie, noch orientierungslos, wissen.

»Zwei Stunden.« Seine weißen Zähne blitzten in seinem im

Schatten liegenden Gesicht auf. »Du hast den Schlaf zweifellos gebraucht. Nachdem du mich die ganze Nacht wach gehalten hast«, fügte er hinzu und zog sie an der Hand hoch, bis sie neben ihm saß.

»Nachdem du *mich* die ganze Nacht wach gehalten hast, wolltest du wohl sagen«, murmelte sie verschlafen und ließ sich von ihm ins Badezimmer führen.

»Dein Bad erwartet dich«, sagte er gestelzt, als sie mitten im Raum vor einer großen Insel standen.

Beim Anblick des großen Jacuzzi, von dessen Oberfläche Dampf aufstieg, schnurrte sie zufrieden.

»Kommst du mit mir rein?«, fragte sie eilig, als Lucien sich ihr zuwandte und anfing, ihre Bluse aufzuknöpfen.

»Das hatte ich vor«, gab er zurück und schob die Bluse über ihre Schultern.

Als sie beide nackt im Wasser saßen, lehnte Lucien sich an den Rand der Wanne und zog Elise zu sich, ihren Rücken an seine Vorderseite. Sie stöhnte leise auf, als er seine Hände über sie laufen ließ, sie streichelte und massierte, seine Berührung durch das heiße Wasser noch wohliger.

»Mit deinen Händen könntest du eine Frau zu einer Sklavin machen, Lucien Sauvage«, brummte sie. Ihr Kopf ruhte auf seiner Brust, ihre Augenlider waren in sinnlichem Genuss flatternd geschlossen. Sie spürte, wie er in der Nähe ihres Nackens lächelte.

»Ich kann mir kaum vorstellen, dass du die Sklavin irgendeines Mannes sein könntest. Oder etwa doch?«

Sie verstummte, ihr Nacken kitzelte.

»Vielleicht«, hauchte sie. »Was, wenn ich diese Vorstellung ab und an mal in die Tat umsetzen würde, in aller Diskretion … mit dir?«

»Das wäre deine Entscheidung. Aber wenn du dich zu dieser Versklavung einmal bereit erklärt hast, würdest du für eine verabredete Zeitspanne nichts mehr bestimmen können. Du wärst bis zum Ende dieses Spieles meiner Gnade ausgeliefert.«

Sie holte tief Luft, als er ihre Nippel mit dem Daumen und Zeigefinger zu reiben begann, und sie spürte, wie sein ohnehin schon halb erregter Schwanz sich entlang ihrer Poritze und des unteren Rückens zu ganzer Größe aufrichtete.

»Wie lange würde denn diese Zeitspanne dauern?«, fragte sie nach und unterdrückte gerade noch so ein Stöhnen, denn Lucien hatte ihren Busen von unten umfasst und ihn genau in dem Moment zusammengepresst, in dem er auch in ihre Nippel zwickte.

»Hypothetisch gesehen?«, fragte er in ihr rechtes Ohr. Seine volle Stimme ließ sich ihr die Härchen auf dem Nacken aufstellen.

»Ja.«

»Nun, zum Beispiel, solltest du dich bereit erklären, heute Nacht meine Sklavin zu sein, so würde es so lange dauern, bis ich meine Lust an dir gestillt habe oder der Morgen angebrochen ist … je nachdem, was zuerst eintritt.«

Ein prickelndes Gefühl durchlief sie. Sie biss sich auf die Lippe und drückte leicht auf seine Erektion, indem sie die Hüfte bewegte. »Und du könntest in der Zwischenzeit all das mit mir machen, was dir einfällt?«, flüsterte sie.

»Selbstverständlich. Und du müsstest es akzeptieren. Das würde allerdings eine Menge Vertrauen von deiner Seite verlangen.« Er legte die geöffnete Hand auf ihren Bauch und streichelte sie. Auf ihrer blassen Haut sah seine Hand dunkel und sehr männlich aus. Er kniff in einen der schmerzenden Nippel; das stechende Gefühl ein Kontrast zu dem wohligen Gefühl auf ihrem Bauch.

»Ich vertraue dir genug«, erklärte sie erhitzt. Sie wandte sich um und sah ihn an. »Ich mache es. Ich werde deine Sklavin sein … heute Nacht«, fügte sie mit einem kleinen Lächeln an, denn unerwartet hatte sie ein wenig Schüchternheit überfallen, als ihr klar geworden war, was sie gerade gesagt hatte.

»Du machst alles, was ich dir befehlen werde?«, stellte er klar. Seine grauen Augen glänzten.

»Ja.«

Er betrachtete sie aufmerksam. »Kannst du dich wirklich dermaßen unterordnen? Du müsstest alles tun, worauf ich bestünde. Du müsstest meine Lust als höchstes Ziel anerkennen, wobei du weißt, dass es mir gefällt, wenn du meinen Anordnungen ohne Fragen Folge leistest. Bist du mit alldem für heute Nacht wirklich einverstanden?«

»Ich bin einverstanden«, sagte sie, ohne zu zögern.

Er sah erfreut aus … und erregt durch ihren Wagemut.

»Dann wasch mich, kleine Sklavin.«

Augenblicklich rückte sie von ihm ab und stellte den Whirlpool aus. Sie wollte in der Lage sein, durch das klare, ruhige Wasser seinen Körper gut zu sehen. Ihr Lächeln sollte verführerisch sein, als sie sich zu ihm umdrehte und nach einem Stück Seife sowie einem Waschlappen griff, doch Luciens amüsiert nach oben zeigende Augenbraue verriet ihr, dass sie wohl eher boshaft dreinblickte. Sie stellte ihre Knie rechts und links von seinen Hüften ab und schäumte sich die Hände ein, bevor sie sie auf seine Brust legte. Sie nutzte die Gelegenheit, um ohne Einschränkung all die schlanken, harten Muskeln und die weiche Haut zu berühren. Er schwieg, während sie ihn einseifte, doch sie spürte deutlich seinen Blick auf sich, wie er jede ihrer Bewegungen wahrnahm. Das Geräusch, wenn Wasser von dem Waschlappen auf seine Haut und dann zurück ins Badewasser lief, kam ihr sehr sinnlich vor. Elise bemerkte natürlich, dass sein Schwanz mit jeder Bewegung ihrer eingeschäumten Hand und des Waschlappens steifer wurde und stärker anschwoll.

Aufregung beschleunigte ihr Blut. Sie würde seinen Bauch und seine Schenkel waschen, ihn so quälen, wie er sie vergangene Nacht gequält hatte, und erst am Schluss seinen Schwanz berühren. Sie hatte gerade erst ihre Hand auf seinen flachen, angespannten Bauch gelegt, als er sich aufrichtete und sie an den Schultern packte.

»Lucien«, murmelte sie und runzelte die Stirn, als er ihr Vorhaben unterband. Er zog sie fest an sich, sodass sie über ihm kniete und ihr Bauch über seine köstliche Erektion und den harten Oberkörper hinwegglitt. Er drehte sich, sodass sie auf ihm lag, ihr Bauch und ihr Busen im Wasser, ihr Arsch und der Venushügel dagegen über der Wasseroberfläche.

»Gib mir das«, befahl er sanft und griff nach der Seife.

»Aber ich wollte dich gerade waschen«, protestierte sie kurz darauf, als er anfing, ihren Rücken mit großen Händen voller Schaum zu streicheln.

»Ich bin sauber genug«, grummelte er. Er verstärkte den Druck auf ihre Hüften und schob sie noch etwas höher. Jetzt waren ihre Beine um ihn gespreizt, und ihr Gesicht lag nur wenige Zentimeter von seinem entfernt. So sah sie ihm direkt in die Augen, als er ganz nüchtern einen Finger zwischen ihre Pobacken einführte.

»Lucien?«, wimmerte sie, als er ihren Anus mit einer Fingerspitze berührte und den sensiblen Bereich fest rieb.

»Pst!«, beruhigte er sie, bevor er mit dem warmen, rutschigen Finger in sie eindrang. Ihr Mund ging auf, und sie japste bei der unbekannten Invasion an seinen Lippen nach Luft. Unter ihr spürte sie seinen Schwanz an ihre Haut pochen.

»Das fühlt sich … merkwürdig an«, flüsterte sie verwirrt. »Musst du das machen?«

Ein kleines Lächeln kam über seine Lippen. »Ja. Ich vermute, das muss ich«, wiederholte er und fing an, seinen Finger hinein- und hinausgleiten zu lassen. Es fühlte sich unverschämt gut an, ihn sie so intim berühren zu lassen, während er ihre Reaktion darauf aus allernächster Nähe beobachten konnte. Ihre Wangen erröteten in einer sonderbaren Mischung aus Scham und Erregung.

»Und ich vermute, dass ich dich gewähren lassen muss«, sagte sie. »Denn ich bin deine Sklavin für heute Nacht, oder?«

»Das stimmt.«

Er nutzte die andere Hand, um ihr Gesicht zu sich hinunterzudrücken. Er küsste sie mehrere Minuten lang leidenschaftlich, während sie im heißen Wasser lagen und er sie ohne Pause mit seinem Finger fickte. Es fühlte sich fast unerträglich intim für sie an … unerträglich lustvoll. Als er schließlich den Kuss abbrach, keuchte sie sanft, und ihr Geschlecht schmerzte und war bereit.

»Schluss mit dem Waschen, jetzt raus aus der Wanne«, ordnete Lucien an. Sie stöhnte leise, als er seinen Finger aus ihrem Arsch zog. Hungrig ließ sie ihre Hände über seinen schlanken Körper gleiten, doch er packte ihre Handgelenke. »Tu, was ich dir gesagt habe.« Seine Stimme war weich, doch es gab darin einen Unterton, der zu dem harten Glitzern seiner Augen passte.

Sie spülte sich rasch ab, stieg aus der Badewanne und nahm sich ein Handtuch. Im großen Make-up-Spiegel sah sie hinter sich, wie Lucien sich ebenfalls noch einmal wusch und dann wie ein glänzender, gut gebauter Gott aus dem Wasser stieg.

»Ich ziehe mich in meinem Ankleidezimmer an«, erklärte er einen Augenblick später neben ihr. Sein Anblick, das weiße Handtuch tief um seine Hüften, lenkte sie ab. »Du ziehst dich noch nicht an.«

»Warum nicht?« Elise zwang sich, ihren Blick abzuwenden, und hielt sich ihr Handtuch vor die Brüste.

»Weil ich es aussuchen werde, was meine Sklavin zum Dinner trägt.« Der Ton seiner Anweisung hätte nicht eindeutiger sein können. Er reagierte mit einem kleinen Lächeln auf ihren ungläubigen Blick und verließ das Badezimmer. Elise konnte an seinem wissenden Gesichtsausdruck ablesen, dass er etwas ganz Bestimmtes im Sinn hatte – eine teuflische Sache, so viel stand fest.

Zehn Minuten später klopfte er an und betrat das Schlafzimmer wieder. Sie hatte inzwischen den größten Schaden, den die Feuchtigkeit des Bades an ihrem Haar und ihrem Make-up verursacht hatte, wieder beseitigt. Sie sah sich interessiert zu Lucien um, der umwerfend gut aussah in seinem dunkelgrauen Anzug, der für seinen großen Körper perfekt geschneidert worden war; dem weißes Hemd mit Manschettenknöpfen; dazu eine schwarz-weiß-graue Krawatte. Sie saß auf einem Drehstuhl vor dem Schminktisch und drehte sich nun vollständig zu ihm um, denn er hatte eine ihrer Blusen in der Hand. Er legte diese über einen zweiten Stuhl und trat auf sie zu.

»Steh bitte auf.«

Langsam erhob sie sich, ein wenig verblüfft über sein Verhalten, ein bisschen misstrauisch … und zunehmend erregt. Er griff das Handtuch, das sie noch immer hielt, und zog. Nackt stand sie vor ihm. Der Geruch seines Parfums stieg in ihre Nase, und sie sog ihn tief ein. Erst jetzt bemerkte sie, dass er einen schwarzen Samtbeutel in der anderen Hand hielt.

Den schwarzen Samtbeutel.

»Lucien … du wirst doch nicht wollen, dass ich unter all den Leuten diese …« Sie stockte, als er das kostbare Halsband hervorzog und anschließend die Nippelkette.

»Doch«, sagte er schlicht und legte ihr die Kette um den Hals. Das Metall und die Edelsteine kühlten ihre erhitzte Haut. Er legte den Samtbeutel auf dem Tisch ab und platzierte die Nippelkette obenauf.

Ihre Verwirrung nahm noch zu, als er sich auf den nun leeren Stuhl setzte, seine Hände auf ihre Hüften legte und sie zwischen seine langen, gespreizten Beine zog.

»Aber … die Leute werden das doch sehen, oder nicht?«

»Du musst mir vertrauen, dass ich dich niemals bloßstellen oder blamieren werde«, erwiderte er mit seinem Blick auf ihrem Busen. Er sah sie schließlich an. »Das tust du doch, oder?«

»Ja, schon, aber … *Lucien*«, rief sie überrascht aus, als er eine Brustwarze in seinen warmen, feuchten Mund nahm und sie mit seiner Zunge peitschte. Flüssige Hitze durchströmte ihr Geschlecht, als würde ihr ganzer Körper auf seinen saugenden Mund reagieren. Sie klammerte sich an seinen Kopf und stöhnte scharf. Gewürzt wurde ihre Lust in der folgenden Minute durch eine Prise Schmerz, denn Lucien bewegte seinen Kopf zwischen ihren Brüsten vor und zurück und ließ ihre Röschen steif und rot werden.

Sie war in der Zwischenzeit so feucht, dass sie sich gleich wieder hätte waschen können. Er nahm die Brustwarzenkette und befestigte sie konzentriert an der Halskette. Ihr Mund wurde trocken, als er die Schlaufe zwischen die Finger nahm und sie um ihre geschwollenen Nippel herumlegte. Zitternd stöhnte sie auf. Er drehte an der Saphirkugel, verkleinerte damit die Schlaufe und beobachtete dabei ihr Gesicht ganz genau. Als sie zu wimmern anfing, hielt er inne.

»Kannst du das aushalten?«, wollte er ruhig wissen.

Sie nickte. Die Einschnürung scheuerte über ihr sensibles Fleisch, doch dieses Gefühl war zugleich äußerst erotisch; eines, dem sie nicht entkommen konnte. Sie würde tatsächlich die ganze Nacht Sklavin dieser Erfahrung sein … eine Sklavin Luciens und ihres Verlangens, ihm zu Gefallen zu sein.

Er befestigte die Kette an dem anderen Nippel und stand dann auf, ohne den Blick von ihren Brüsten abzuwenden. Im Gegensatz zu letzter Nacht konnte Elise sich dieses Mal selbst im Spiegel sehen. Sogar sie musste sich eingestehen, dass die mit Edelsteinen besetzte Kombination aus Halsschmuck und Nippelkette atemberaubend schön aussah. Wie bei allem war auch hier sein Geschmack tadellos. Ihre Klitoris zuckte vor Erregung. Sie überkam der überwältigende Wunsch, sich selbst zu berühren, um sich von diesem folternden Jucken zu erlösen.

Lucien nahm die weiße Bluse hoch und hielt sie ihr hin. Sie begegnete verblüfft seinem Blick.

»Das ist eine durchscheinende Bluse. Damit kann ich mich nicht in der Öffentlichkeit zeigen, nicht ohne einen BH und ein Jäckchen … ganz zu schweigen davon, dass ich dieses Ding hier trage«, sagte sie und wies auf die schaukelnde Nippelkette.

»Ich habe dir gesagt, dass ich dich nicht bloßstellen werde. Du wirst ein zugeknöpftes Jackett tragen, zumindest so lange, bis wir wieder unter uns sind. Niemand wird etwas bemerken.« Er hielt die Bluse ein Stück höher, sein Gesichtsausdruck war unnachgiebig. Sie hatte keine Wahl, sie musste sich umdrehen und in die Bluse schlüpfen. Er knöpfte sie ihr zu. Als er den Knopf erreichte, der über den Saphirgewichten der Kette lag, zog er ein wenig daran, und sie schnappte nach Luft.

»Okay?«, fragte er nach und hielt seine Finger still.

»Ja«, bekam sie heraus. Einen Moment lang konnte sie ihren Herzschlag perfekt in den angeschwollenen Spitzen spüren, was ein angenehmes Pochen war. Seine Finger fuhren dann ganz leicht über einen Nippel, er reizte sie. Bei diesem erotischen Gefühl und dem wilden Glanz in seinen grauen Augen wurde ihr heiß. Wenn er doch nur ihre Muschi berühren würde … sie durch seine magische Art kommen lassen würde …

»Du bist so großartig«, murmelte Lucien mit schwerer Stimme, als er fertig war. Er drehte sie um, damit sie sich im Spiegel ansehen konnte. Die dunkelblauen Saphire leuchteten vor der blassen Haut ihres Halses und nahmen den Glanz der Erregung in ihren Augen auf. Die Knopfleiste der blendend weißen Bluse war doppelt genäht, sodass sie weniger durchscheinend war als der Rest des Kleidungsstücks. Sie verdeckte fast vollständig die Nippelkette und die Saphirgewichte in der Mitte. Doch der Stoff über ihren Brüsten war hauchdünn und saß ziemlich straff. Ihre Nippel sahen durch die Bluse dick, dunkelrot und steif aus.

Ein unfreiwilliges Fiepen drang aus ihrer Kehle.

»Ich bin gleich wieder zurück«, sagte Lucien, schob ihr Haar beiseite und drücke seine Lippen auf ihren Haaransatz, was sie erschaudern ließ.

Er verließ das Badezimmer. Elise ermahnte sich selbst, sich fertig zu schminken. Doch stattdessen stand sie einfach da und starrte ihr Spiegelbild an, in dem zu sehen war, dass sie nichts außer dem Schmuck um den Hals, einer Nippelkette und einer Bluse trug, die gar nichts verbarg, sondern im Gegenteil ihren Busen noch deutlicher und unzüchtiger erscheinen ließ, als wäre sie ganz nackt gewesen. Versuchsweise berührte sie eine der deutlich lila Brustwarzen. Erregung durchzuckte sie wie ein scharfer Stoß.

Das war es, was Lucien die ganze Nacht mit ihr vorhatte. Mit ihr spielen. Sie necken. Sie vor Lust verrückt werden lassen.

Ihre Hand schob sich zwischen ihre Beine, ihre Finger berührten ihre glitschige, geschwollene Klitoris. Oh *ja* … wenn sie sich beeilte, konnte sie sich vielleicht Befriedigung verschaffen, bevor Lucien zurückkehrte. Ihr Körper spannte sich an, während sie auf die Ziellinie zueilte, ihre Hand sich immer schneller und schneller bewegte …

Das Nächste, was sie bemerkte, war, dass ihre Handgelenke auf ihren Rücken gedreht wurden und sie gegen die gesamte Größe von Luciens Körper gepresst wurde. Sie begegnete seinem Blick im Spiegel, und ihr fiel auf, dass er zwar amüsiert, aber auch etwas verärgert dreinblickte.

»Kleine Hedonistin. Kann man dich nicht einmal für eine Sekunde aus den Augen lassen.«

Sie machte ein frustriertes Gesicht und zog an den Handgelenken, doch er hielt sie fest. »Das ist doch ganz normal«, verteidigte sie sich. »Du hast doch diese Folterinstrumente an meinem Busen festgemacht.«

Er beugte sich zu ihr und kitzelte mit seinem Kinn die Seite ihres Schädels. »Das ist gar nicht normal, bei Weitem nicht jede Frau wird von einer Nippelkette so erregt, mein Liebling. Aber dass es dich erregt, gefällt mir. Trotzdem ist es dir nicht erlaubt zu kommen, so lange, bis ich es dir gestatte, okay?«, fragte er mit fester Stimme direkt in ihr Ohr. »Deine Impulsivität gefällt mir *nicht*. Ich werde dich dafür bestrafen müssen.«

Seine tiefe, raue Stimme ließ ihre durchscheinende Bluse an den Nippeln kitzeln.

»Zieh dich fertig an, dann leg dir die Armreifen um, je einen an jedes Handgelenk. Sie sind in dem Beutel«, ordnete er an und ließ ihre Hände los. Zum ersten Mal bemerkte sie, dass er noch weitere Kleidungsstücke über den Arm gelegt hatte. Er legte einen schwarzen Bleistiftrock und einen passenden Blazer auf den Stuhl. »Dann kommst du hinüber ins Schlafzimmer. Ich werde dich bestrafen, bevor wir zum Essen gehen. Und wenn ich entdecke, dass du dich selbst noch einmal berührst«, fügte er schon im Gehen trocken hinzu, »wirst du das bereuen.«

Ihr stoßweise gehender Atem setzte bei dem Gedanken an diese Drohung kurz ganz aus. Sie griff nach dem Rock, ungemein vorsichtig in ihren Bewegungen, um das Schaukeln der Kette und damit den Zug an ihren Brustwarzen zu verhindern. »Lucien«, rief sie ihm hinterher. »Hier ist kein Slip dabei.«

»Den brauchst du auch nicht«, sagte er noch, bevor er die Tür hinter sich schloss.

»Natürlich nicht«, brummelte sie ironisch und atemlos, dann stieg sie in den wie angegossen sitzenden Rock und strich so vorsichtig wie möglich ihre Bluse glatt. Als Sklavin gehörte es zu ihren Pflichten, ihm die Dinge so angenehm wie nur irgend möglich zu machen.

Das Jackett half ein wenig dabei, ihre Brüste und die verruchte, schwingende Kette zu stabilisieren. Sie betrachtete ihr Spiegelbild, bevor sie den Raum verließ. Sie hatte die Jacke zugeknöpft. Wären da nicht die lebhaften Färbungen ihrer Wangen und Lippen sowie das Leuchten in ihren Augen gewesen, wäre sie als konservativ-chic durchgegangen. Die schimmernden Saphire um ihren Hals und die Handgelenke blinzelten ihr im Spiegel zu, als teilten sie ein Geheimnis.

Lucien stand vor dem Nachttischchen und richtete sich auf, als sie aus dem Badezimmer kam. Er warf ihr über die Schulter einen Blick zu.

»Du siehst zauberhaft aus«, sagte er langsam. Er blinzelte und wies mit dem Kopf dann auf das Fußende des Bettes, wo sie ein Paar Christian-Louboutin-Pumps liegen sah.

»Zieh dir die Schuhe an«, befahl er. Er drehte sich vollständig zu ihr um, als sie auf den Absätzen stand. Sie sah nach unten, nach dem, was er in der Hand hielt. Ihre Miene verriet ihren Unglauben, als sie die Schachtel mit den Analplugs sah, die sie während seiner Abwesenheit in der Schublade entdeckt hatte.

»Ganz ruhig«, sagte er. »Falls es dir hilft, das ist kein Teil deiner Bestrafung. Ich muss einen von denen in dich einführen, je nachdem, ob ich dich beim Masturbieren erwische oder nicht. Ich werde es so angenehm wie möglich für dich machen, allerdings verlangt das etwas Zeit und Geduld. Von uns beiden«, fügte er trocken im Flüsterton hinzu. »Glücklicherweise haben wir ausreichend Zeit heute Nacht.« Er entfernte das Siegel an der Box und entnahm ihr den kleinsten, dünnsten der drei Gummianalplugs. »Also, heb den Rock über deinen Po und beug dich übers Bett«, wies er sie völlig nüchtern an. Es dauerte einen Moment, bis er ihren zweifelnden, zugleich herausfordernden Blick bemerkte.

»Tu, was ich dir sage«, drängte er, wobei seine sanfte Stimme einen metallischen Unterton annahm. »Ich würde meiner Sklavin nichts anordnen, von dem ich nicht sicher wäre, dass sie es aushalten könnte.«

Ihr Kinn ging nach oben bei diesen Worten, so wie ihr Rock. Ihr feuriger Blick, den sie ihm zuwarf, bevor sie sich nach vorn beugte und ihre Hände auf die Matratze stützte, sagte ihm unmissverständlich, dass sie tatsächlich all das aushalten konnte. Sie hielt ihren Kopf nach hinten gerichtet, und Wachsamkeit sowie Erregung überkamen sie gleichermaßen, als er die Box mit den Plugs abstellte und das Holzpaddle aus dem Schränkchen nahm.

»Schau nach unten aufs Bett.«

Langsam wandte sie ihren Kopf ab, sich schmerzlich ihrer pochenden Nippel und der kühlen Luft an ihrer feuchten Muschi bewusst.

Klatsch.

Sie stöhnte leise auf, als sich der stechende Schmerz auf ihrem Arsch ausbreitete. Ein Schwall flüssiger Hitze machte ihr Geschlecht nur noch nasser. Er schlug sie noch einmal mit dem Paddle.

»Ich erwarte, dass du mich um Erlaubnis fragst, bevor du kommst. Vor allem heute Nacht«, sagte er von hinten. Er ließ einen weiteren Hieb auf ihr landen, ihr Po begann nun ernstlich zu brennen. »Heute Nacht bist du meine Sklavin. Also gehört mir alles an dir, auch deine Lust. Hast du mich verstanden?«

Als sie nicht gleich antwortete, legte er seine Hand auf ihre Schulter und schlug sie erneut, wobei er sie mit der Hand stützte, als sie leicht nach vorn taumelte. Sie quiekte.

»Ich habe dich etwas gefragt.«

»Ja, ich habe verstanden … du Teufel«, fügte sie flüsternd hinzu.

Dafür bekam sie einen besonders festen Hieb.

Sie biss sich auf die Lippen, konnte aber ihr erregtes Stöhnen nicht mehr verhindern, als er mit einer Hand ihre Arschbacken auseinanderdrückte und das Fleisch genau über ihrem Loch mit dem Paddle traf. Ihr Anus zog sich instinktiv zusammen und prickelte nach diesen unerhörten Schlägen.

Als er aufhörte und das Paddle in die Schublade zurücklegte, brannte die Haut an der Oberfläche ihres Arsches schon deutlich. Mit einem Blick über die Schulter und einer Mischung aus Neugier, Nervosität und Erregung sah sie zu, wie er den schwarzen Plug anfeuchtete. Sie bemerkte, dass der Plug vorn spitz zulief, dann erst etwas dicker, dann wieder dünner wurde und am Ende in einem schmalen Stiel endete. Lucien sah ihr in die Augen, als er, mit dem Plug in der Hand, auf sie zukam.

»Der schmale Stiel hält ihn sicher fest, sobald er eingeführt ist.« Offenbar hatte er ihre Beklemmung und Neugier erkannt.

»Du willst damit sagen … während wir *ausgehen*?«, wollte sie zittrig wissen. Lucien schob mit einer Hand ihre Pobacken auseinander. Sie erschauderte, als er die Spitze gegen ihren Anus drückte. Sie war kühl an der gereizten Haut, der Druck wirkte stimulierend.

»Natürlich während wir ausgehen. Niemand außer dir wird etwas bemerken. Und mir, selbstverständlich. Ich schließe aus deiner Reaktion, dass du dort noch Jungfrau bist?«

»Wenn ich an der anderen Stelle noch Jungfrau war, meinst du ernsthaft, ich wäre es dort nicht mehr?«, fragte sie verärgert zurück. Sein tiefes Glucksen ließ eine Gänsehaut in ihrem Nacken entstehen.

»Du hast mir wie eine erfahrene Professionelle einen geblasen, Elise. Wie kann ich wissen, in welche sexuellen Eskapaden du dich bereits gestürzt hast? Ich bin trotzdem froh darüber«, ergänzte er ruppig, »dass du dir das für mich aufgehoben hast.«

Seine Stimme hallte in ihrem Kopf wider. *Dass du dir das für mich aufgehoben hast.*

Er schob die Spitze in ihren Arsch, und sie riss die Augen auf.

»Lucien, ich glaube nicht, dass ...«

»Halte still«, wies er sie streng an, als sie sich bewegte. Er legte die Hand auf ihre Hüfte, um sie festzuhalten.

»Oh«, keuchte sie, denn er hatte für einen Moment vorsichtig den Plug vor- und zurückgeschoben und damit den dickeren Teil mit jedem Stoß ein Stückchen weiter in sie eingeführt. Sie begann, unkontrolliert zu stöhnen. Er drückte noch einmal, dann war der Gummiplug ganz in sie eingetaucht. Das Ende saß fest an ihren Pobacken. Lucien streichelte eine der heißen Arschbacken, sie sah zu ihm nach hinten.

»Es fühlt sich seltsam an.«

Seine Hand glitt um ihre Hüfte herum. Ihre Unterlippe zitterte, als er wie nebenbei seinen Zeigefinger auf ihre geschwollene Muschi drückte. Lust durchfuhr sie, und ihre Arschmuskeln zogen sich um die Anspannung herum zusammen.

»Seltsam?«, hakte er nach.

Sie war sich nicht sicher, ob er die Hitzewallung bemerkt hatte, die ihre Wange überzog. »Seltsam gut«, gab sie widerwillig zu.

Er lächelte und zog die Hand zurück. Dann fing er an, ihren Rock nach unten zu ziehen.

»Nicht bewegen«, fuhr er sie streng an, als sie sich aufrichten und ihm helfen wollte. Ganz langsam senkte er den Kleiderstoff über ihren stechenden Po, seine Bewegungen kamen ihr ungemein sinnlich vor. Sie blieb auch noch dann vornübergebeugt, als er den Rock über ihren Hüften und dem Po glatt strich, wobei er leichten Druck auf den Analplug ausübte und sie noch mehr erregte.

»Bereit?«, wollte er wissen. Er half ihr aufzustehen und strich eine Locke über ihre erhitzten Wangen nach hinten. Sie sah zu, ganz unbewegt, wie er den mittleren der Plugs der Schachtel entnahm und in seine Jackentasche steckte. Eine Flasche Gleitmittel kam in die andere. Ihr Blick machte sich davon los und begegnete seinen Augen.

Dafür?

»Noch nicht ganz«, flüsterte sie.

Er nahm ihre Hand, küsste einen Fingerknöchel, und sogar diese kleine Geste startete ein Feuerwerk in ihrem übersensiblen Körper.

»Mach dir keine Sorgen. Das wirst du schon bald sein«, versicherte er ihr mit einer tiefen Stimme, die sich anfühlte, als würden die Knöchel über ihre Wirbelsäule rattern.

KAPITEL 14

Lucien schloss die Hintertür des Fusion auf und öffnete sie.

»Holen wir hier etwas ab?«, fragte Elise ihn, während sie ihm ein paar Sekunden später den langen Flur entlang und an seinem Büro vorbei folgte.

Er sah sich um, denn er wollte ihr antworten, doch sein Blick blieb an ihr haften. Er hatte ihre Lippen und Wangen noch nie so errötet gesehen. Sie war das lebende Beispiel für eine bezaubernde, sexuell tief erregte Frau. Er musste sich zwingen, die Augen von ihr abzuwenden, wenn er nicht über seine eigenen Füße stolpern wollte. Er hatte gehört, wie sie leicht gewimmert hatte, als sie sich vorhin neben ihn in den Wagen gesetzt hatte, und sich Sorgen gemacht, ob der Plug ihr vielleicht doch unangenehm sein könnte. Doch als er das Auto aus der Tiefgarage gefahren hatte, war ihr Teint noch intensiver geworden, und er hatte ihre Ekstase erkannt. Hätten es die lebhaften Wangen und Lippen nicht verraten, so wäre der lockende Hinweis ihrer erigierten Brustwarzen, die durch die Barriere des wie angegossen sitzenden Jacketts hinweg zu sehen waren, Information genug gewesen für ihn, um Elise' Gefühlslage eindeutig zu erkennen.

»Nein. Du hattest gesagt, du wolltest einmal hier essen«, erinnerte er sie leise, als sie den leeren, gedämpften Speisesaal des Fusion betraten. »Ich habe es arrangiert, dass die Küche heute Abend geöffnet hat und nur für uns zwei ein Abendessen serviert wird.«

»Du hast doch nicht etwa Denise an ihrem freien Abend hierherbestellt, oder etwa doch?« Elise schien wirklich verblüfft, als sie in der entfernten Küche Licht schimmern sah.

»Nein«, beruhigte sie Lucien und führte sie zu einem privaten Séparée, das er nur für sich selbst oder auf Verlangen ganz spezieller Gäste benutzte. Er nickte auf die ovale Tischnische. Elise setzte sich behutsam und rückte langsam zur Mitte des mit Kerzen bestückten und weißem Stoff gedeckten Tisches.

»Aber … wer kocht denn dann?«, wollte sie wissen, als sie schließlich saß und Lucien neben sie gerutscht war.

»Ich denke, dir wird schmecken, was der Koch zubereitet. Er hat lange in Paris gelebt. Er und sein Partner, Richard St. Claire, waren mir noch einen Gefallen schuldig und schienen sehr gerne bereit, die Dinge zwischen uns auszugleichen. Ah … da ist ja Richard.«

Ein sehr gut aussehender dunkelhaariger Mann mit der schlanken Figur und dem schwebenden Schritt eines Tänzers kam zu ihnen an den Tisch, in der einen Hand eine Flasche Wein, die Finger der anderen um die Stiele zweier Gläser gewunden. Er stellte breit lächelnd seine Last auf dem Tisch ab. Lucien erhob sich, und die beiden Männer begrüßten sich herzlich, sprachen Französisch miteinander und schüttelten sich die Hände. Richard ergriff auch Elise' Hand, als Lucien sie ihm vorstellte.

»Ich habe verstanden, dass dieser Abend ein ganz besonderer ist. Also hat Lucien endlich jemanden gefunden, der seiner würdig ist«, sagte Richard und grinste durchtrieben, bevor er mit seinen Lippen über ihre Fingerknöchel fuhr. »Emile und ich haben immer behauptet, dass es ein solches Wesen nicht gibt. Ich freue mich, dass ich ihm jetzt ausrichten kann, dass wir uns getäuscht haben.«

»Emile?«, fragte Elise, die höflich verwundert war.

»Emile Savaur«, erklärte Richard und entkorkte die Flasche Wein, ohne zu bemerken, wie Elise' Mund vor Erstaunen offen stehen blieb. »Wir haben diese hier aus deinem eigenen Vorrat ausgesucht, denn sie passt wirklich sehr gut zu dem Menü, wie du schon gesagt hast«, wandte sich Richard an Lucien und legte den Korken beiseite. »Emile wurde grün vor Neid bei deiner Sammlung, aber er selbst hat diese Flasche zu den Austern ausgesucht.« Er zeigte ihnen die Flasche Muscadet.

»Ausgezeichnete Wahl«, murmelte Lucien und sah zu Elise hinüber, die gerade das Etikett auf der Flasche studierte. »Ich habe einmal ein fantastisches kleines Mädchen in Nizza getroffen«, sagte er und spielte damit darauf an, dass er den Wein höchstpersönlich aus dem Anbaugebiet Bellet bei Nizza mitgebracht hatte.

Elise schenkte ihm ein kleines verständiges Lächeln.

»Und bitte sag Emile, dass er sich noch eine Flasche Bellet mitnehmen soll, bevor er heute Abend nach Hause geht«, sagte Lucien.

Richard blickte kurz auf, während er einschenkte. »Das kannst du ihm selbst sagen. Hier ist er.« Ein älterer Mann mit grau meliertem Haar, hoher Stirn und patrizischen Zügen näherte sich dem Tisch und setzte schwungvoll eine Platte mit Eis ab.

»Tomales Bay-Austern in einer Mignonette-Soße – das Rezept meiner Mutter. Ich bereite es nur für die Familie und enge Freunde zu«, sagte der weltberühmte Koch munter. »Und ich habe auch gehört, was du über den Wein gesagt hast, aber du schuldest uns gar nichts, Lucien. Richard und ich würden zehn Mal herbeieilen und für dich kochen, als Dank für all das, was du vor Jahren für uns in Paris getan hast, als es darum ging, dieses Haus zu bekommen. Und wer ist diese blühende Schönheit hier?«, fuhr Emile fort, indem er Luciens ausgestreckte Hand ignorierte und sich Elise zuwandte.

»Elise«, sagte sie einfach, und Lucien war sich sicher, dass sie nicht als das wilde Kind, die verzogene Erbin von Louis Martin, erkannt werden wollte. Und warum sollte sie auch, fragte er sich, während er sie bei der Begrüßung mit Emile ansah, wenn sie doch weit über das hinausgewachsen war… wenn sie doch so viel mehr *war* als dieses Klischee? Er war einmal so dumm gewesen und hatte versucht, sie in diese enge Rolle zu pressen, aber natürlich konnte Elise nicht so einfach in eine Schublade gesteckt werden.

»Seit Jahren warte ich schon auf eine Gelegenheit, Sie einmal zu treffen«, erklärte Elise und starrte Emile erstaunt und mit leuchtenden Augen an. »Ich bin mehrmals in Ihrem Restaurant in Paris gewesen. Ihre Küche hat mich auf eine höhere Bewusstseinsebene gebracht.«

Emile strahlte über ihr unverblümtes, völlig aufrichtig klingendes Kompliment. »Sie sprechen von dem Restaurant, für das Lucien uns die idealen Räumlichkeiten gefunden hat. Das war keine kleine Gefälligkeit. Deshalb sind Richard und ich heute Abend hier.«

»Wie geht es deiner Mutter?«, wollte Lucien von Emile wissen, als dieser Elise' Hand wieder losgelassen hatte.

»So starrsinnig wie immer. Du solltest einmal hören, welche Predigten sie dem Koch in ihrem Heim für betreutes Wohnen hält.«

»Und da fragst du dich immer, von wem du das hast«, ergänzte Richard süffisant.

Emile schenkte seinem Liebhaber ein listiges Lächeln. »Zu deinem Befehl, Lucien. Komm, Richard, ich brauche deine Hilfe bei der Wachtel.«

Wenige Sekunden später drehte sich Elise um und sah Lucien an. Noch immer schaute sie etwas verschreckt aus.

»Du hast *Emile Savaur* dazu bekommen, für uns zu kochen?«, fragte sie tonlos.

»Ja. Du weißt doch, dass er hier in der Stadt gerade ein Restaurant eröffnet, oder nicht?«

Ihre verblüffte Miene verriet ihm, dass das kaum als Erklärung reichte.

»Ich wollte nicht, dass ein Fusion-Mitarbeiter kommt, um das zu übernehmen. Dabei hattest du dir gewünscht, im Fusion zu essen.« Er zuckte mit den Achseln und knöpfte sein Jackett auf. Dann reichte er ihr ein Glas Wein.

»Er ist mein absolutes Idol.«

»Damit beweist du nur ein weiteres Mal, was ich schon wusste: Du hast einen ausgezeichneten Geschmack. Ich habe ohne Unterlass versucht, Emile als Koch für eines meiner Restaurants zu gewinnen, doch er arbeitet lieber in einer Küche, die ihm selbst gehört. Er und Richard arbeiten außergewöhnlich gut zusammen. Ich verstehe, dass er ein perfektes Rezept nicht ändern will. Emiles Mutter lebt hier in der Gegend, ihr ging es in letzter Zeit nicht gut. Deshalb sind sie hierhergezogen und haben hier ein neues Restaurant eröffnet.«

Elise wirkte auch nach seiner Erklärung noch immer leicht verwirrt. Lucien stieß unten an ihr Glas. Und nachdem sie einen kleinen Schluck von der leicht goldenen Flüssigkeit zwischen ihren Lippen hatte, nahm er ihr das Glas ab und stellte es auf den Tisch.

Er legte die Hand leicht auf ihren Brustkasten und küsste sie, wobei er ihr winziges Schnaufen mit der Zunge auffing. Ihr Duft füllte seine Nase – das ihm vertraute Parfum, vermischt mit dem verführerischen Duft ihrer Erregung, der ihre Haut würzte. Er würde niemals genug von ihrem Geruch bekommen.

»Ich liebe diesen Wein, aber auf deiner Zunge bekommt er eine ganz neue Dimension des Geschmacks«, sagte er kurz darauf, seinen Mund nur Zentimeter von ihren Lippen entfernt. Er schob den Knopf ihres Blazers durch sein Loch und fuhr leicht mit den Fingerspitzen über die Knöpfe auf ihrer durchscheinenden Bluse. Die Hitze, die von ihrer Haut aufstieg, und den kleinen Schauder, der sie überfiel, konnte er deutlich spüren. Er öffnete den obersten Knopf ihrer Bluse und fasste in den Ausschnitt. Sein Schwanz zuckte aufgeregt, als sein Finger über eine Brustwarze strich. Sie war durch die Metallschlaufen hart und angeschwollen. Sie mussten jetzt herrlich empfindsam sein.

»Wie fühlst du dich?«, wollte er in gedämpftem Ton wissen, nachdem er ganz leicht an der Nippelkette gezogen hatte und sie heftig atmete, wobei sich ihre geschwollenen rosa Lippen leicht öffneten.

»Außer Atem?«, fragte sie und hechelte ein wenig, während sie bewegungslos dasaß und er erneut ihren Nippel zwickte.

Er sah sie düster an. »Du machst dich sehr gut als kleine Sklavin und lässt mich ohne Widerrede mit dir spielen. Willst du mich nicht bitten aufzuhören?«, säuselte er und kniff leicht ins äußerste Ende ihrer Spitze, was sie nur noch deutlicher hervortreten ließ, als sie ohnehin schon war. Elise biss sich auf die Unterlippe, denn er wandte seine Aufmerksamkeit jetzt der anderen Brust zu. Ihm war klar, dass sie damit versuchte, sich selbst vom Stöhnen abzuhalten.

»Nein. Ich weiß, dass ich mich damit einverstanden erklärt habe. Aber ich fühle mich nicht ganz wohl«, keuchte sie. »Und zwar, weil Richard oder Emile gleich zurückkommen werden, während du …«

»Mach dir keine Sorgen«, sagte er, als sie nicht weitersprach. »Richard und Emile kennen den Wert eines intimen Dinners zu zweit. Sie werden nicht zurückkommen, bis es nicht Zeit für den Salat ist. Sie würden wollen, dass wir den Wein und die Austern genießen. Und einander«, fügte er mit leiser Stimme hinzu, lehnte sich zurück und knöpfte ihre Bluse weiter auf.

»Lucien«, hob sie an, sprach dann aber nicht weiter. Er schlug erst ihr Jackett, dann ihre dünne Bluse so weit auf, dass er ihre bezaubernden Brüste sehen konnte. Ihre Brustwarzen waren ein dunkelroter Kontrast zu der hellen Haut, dick und erregt und köstlich anzusehen. Die Nippelkette hing leicht schwankend zwischen ihnen. Vielleicht hatte sie die Ehrfurcht in seinem Blick gesehen, die sich mit seinem unersättlichen Hunger vermischte, denn ihr Protest verstummte. Ihre Brüste waren weiter entblößt, während er nach der eisbedeckten Platte mit den Austern griff. Er füllte einen Hauch der Mignonette-Soße auf einen Löffel und führte eine Auster zu ihrem Mund. Sie hielt ihren Blick auf ihn gerichtet, als er die Austernschale an ihren Mund hielt.

Die Auster rutschte zwischen ihren Lippen hindurch.

Sie schloss den Mund, und ihre Augenlider klappten zu. Sein Schwanz pochte bei dem Anblick des selbstvergessenen, sinnlichen Genusses auf ihrem Gesicht. Mit zwei Fingern fuhr er über die süßen Erhebungen oben an ihren Brüsten. Ihr Mund bewegte sich beim vollen Genuss des Geschmacks der frischen Auster, sie drückte die köstlichen Säfte auf ihrer Zunge aus. Er wollte genau das mit ihr tun: sie schmecken, bis er von ihr trunken war, sie verzehren, bis ihr Geschmack seinen Mund gefüllt hatte und seine Kehle hinunterlief… sie in sich aufnehmen.

»Du bist exquisit. Ich habe niemals eine Frau mehr begehrt als dich«, murmelte er und strich mit seinen Lippen über ihre schamlos geröteten Wangen und gleichzeitig mit seinen Fingerspitzen über die Haut ihrer Brüste, wo ihre Hitze deutlich zu spüren war. *Du wirst* niemals *eine andere Frau so begehren, wie du sie begehrst.*

Das Geräusch, wie eine Pfanne auf eine metallene Oberfläche knallte, riss ihn aus dem unerwarteten, mächtigen Gedanken. Elise zuckte zusammen, ihr Moment des versunkenen Genusses war vorüber.

»Schscht«, beruhigte Lucien sie und küsste ihre Schläfe. »Ist dir noch nie eine Pfanne aus den Händen gerutscht?«, fragte er und ließ seine Hand über die nackte Haut auf ihren Rippen gleiten, wo er ihr Zittern spüren konnte. Er liebte es, wie fein sie sich unter seinen Händen anfühlte, wie sie auf ihn einging.

»Lucien, wir sollten das nicht machen. Nicht wenn sie uns sehen können.«

»Das werden sie nicht«, versicherte er ihr und erkannte in ihrem Gesicht die Ängstlichkeit. »Aber wenn es dir Sorgen macht, werde ich sie dir abnehmen. Es ist mein Wunsch, mit dir zu spielen, während ich dich mit diesem köstlichen Essen und Wein füttere. Und du als meine Sklavin wirst mir jeden meiner Wünsche ohne Protest erfüllen.« Sein Ton war sanft, doch er stellte sicher, dass sie auch die kleine Warnung darin erkennen konnte. Er würde sich heute Abend nicht die kleinste Kleinigkeit vorenthalten lassen, wenn es um Elise ging – nicht ihr süßes, überschwängliches Stöhnen, nicht das Zittern ihres Körpers neben dem seinen und nicht ihren überraschten Blick aus großen Augen, wenn sie selbst darüber erschrak, dass sie sich ihm vollständig hingegeben hatte.

Er nahm den Schlüssel ab, den er um den Hals trug. Sie riss die Augen jetzt in jener Mischung aus Verblüffung und Erregung auf, die ihm so gefiel. Er drückte ihre Handgelenke zusammen. Nachdem er die Armreifen verschlossen hatte, griff er unter den Tisch und fing an, ihr den Rock über die Beine nach oben zu schieben. Er spürte ihr Keuchen im Nacken.

»Lucien, musst du das machen?«, fragte sie mit erstickender Stimme. Er hatte gerade den Saum des Rocks über ihren Venushügel geschoben, was ihm den Zugang zu ihrer Muschi erlaubte.

»Ich muss, also musst du es auch erlauben«, sagte er schlicht, bevor er das Ende der Tischdecke über ihre gefesselten Hände und ihren Schoß legte. »Und jetzt«, damit griff er nach einem prallen Nippel, »wird es Zeit, diese köstlichen Speisen, die mir hier geboten werden, zu genießen.«

Elise' Körper zitterte und vibrierte wie die gezupfte Saite einer Harfe, als Lucien mit ihren Brüsten spielte, vorsichtig an der Nippelkette zog und hin und wieder eine Pause einlegte, um sie mit den cremigen Austern zu füttern, die er mit einem Hauch der pikanten Mignonette-Soße gewürzt hatte, oder das Weinglas an ihre Lippen zu führen. Die Kombination der Geschmäcke auf ihrer Zunge war sublim, das, was er ihrem Körper antat, die süßeste Qual. Sie schwamm in einem großen Meer der pulsierenden Gefühle. Sie wurde so feucht, dass sie sicher wusste, dass sich auf dem Stoff ihres Rocks genau unter der Muschi ein großer Fleck bilden würde. Hatte Lucien sich deshalb für einen schwarzen Rock entschieden, weil er gewusst hatte, wie erregt sie sein würde?

Eine weitere Auster glitt durch ihre Lippen, und Lucien beugte sich vor, um sie in dem Moment zu küssen, in dem sich der Geschmack in ihrem Mund ausbreitete. Nachdem sie geschluckt hatte, zupfte er mit seinen Lippen an ihren, um dann an ihrer Unterlippe mit seinen weißen Zähnen zu nagen.

»Deine Lippen werden so rot wie deine Brustwarzen«, murmelte er.

Sie stöhnte weich. »Wenn du sie weiter beißt, werden sie noch röter.«

»Dann werde ich sie weiter beißen«, erwiderte er und knabberte weiter an ihr. Die kneifenden Fingerspitzen an ihren Nippeln und seine sinnlichen Küsse ließen sie verzweifeln.

»Lucien, bitte berühre mich«, bat sie sanft.

»Wo denn?«

»An meiner Muschi. Sie schmerzt so sehr«, flüsterte sie fiebrig in seine Lippen. Sie folgte ihm nach, als er sich leicht zurücklehnte, ihr Mund suchte seinen.

Er studierte ihr Gesicht. »Ich werde dich dort noch nicht berühren«, teilte er ihr mit und wich ihren Lippen so lange aus, bis sie, frustriert über das Fehlen seines himmlischen Mundes, verärgert murrte. Er zwickte in ihre geschwollenen Nippel, sie stöhnte in steigender Erregung und ruckelte mit ihren Hüften auf dem Lederstuhl. »Aber du darfst kommen, wenn du kannst, während ich mit deinen Brüsten spiele.«

»Oh«, keuchte sie, sowohl frustriert als auch erregt, denn er zog erneut leicht an ihrer Kette, was einen mit leichtem Schmerz durchsetzten Erregungsschauer durch sie schießen ließ. »Brauchst du in dieser Angelegenheit etwas Unterstützung?«, hörte sie ihn wie von Weitem sagen.

»Ja«, hauchte sie.

Sie spürte seine Hände an der Kette und sah, wie er die Perle unter ihrer rechten Brustwarze löste. Sie keuchte. Schmerz überflutete sie, Tausende von Nervensynapsen feuerten auf einmal ihre Signale ab, als die straffe Klammer plötzlich verschwunden war.

»Schscht«, beruhigte er sie grob, bevor er sich nach vorn lehnte und den Nippel in den Mund nahm. Im gleichen Augenblick packte er ihre gefesselten Hände und hob sie aus ihrem Schoß, sodass es ihr unmöglich war, von oben auf die Muschi zu drücken.

Ein scharfer Schrei entwich ihren Lippen, als er an dem

pochenden Nippel zog, und sie fing an, im Höhepunkt zu erbeben. Es tat weh. Es tat so gut, dass sie kaum das Schreien unterdrücken konnte. Ihre Hüften scheuerten über den Lederstuhl, doch sie konnte nicht die volle Reibung auf ihrem Geschlecht bekommen, die sie gebraucht hätte. So blieb ihr Orgasmus fest und eng. Sie war völlig orientierungslos, als Lucien einen Moment später seinen Kopf hob und eilig die Schlaufe wieder um ihren Nippel schlang. Elise wimmerte, als sie das vertraute Gefühl spürte. Fast genauso schnell schloss er ihre Bluse. Richard tauchte eine knappe Sekunde auf, nachdem Lucien ihren Blazer zugeknöpft hatte. Elise sah durch einen heißen Schleier hindurch zu, wie Richard ihnen einen wunderbaren Spargel- und Pilzsalat servierte. Richard öffnete noch seinen Mund, um etwas zu sagen, doch nach einem Blick auf Elise schloss er ihn wieder. Er schenkte ihnen rasch noch etwas Wein nach.

»Lasst euch den Salat schmecken«, bemerkte er mit einem kleinen Lächeln und ging wieder in die Küche.

»Lucien?«, fragte sie flüsternd, als Richard außer Hörweite war.

»Ja, *ma chère*?« Er nahm Messer und Gabel, um den Spargel zu schneiden.

»Ich werde nicht bis zum Hauptgang überleben, wenn du so weitermachst.«

Sie sah, dass er lächelte. »Du wirst überleben, denn ich verlange es von dir«, sagte er nur, hob seine Gabel und schob sie zwischen ihre geschwollenen Lippen.

Elise schenkte dem Essen keinerlei Aufmerksamkeit mehr, als das Hauptgericht kam. Es schien ihr unmöglich, in den aufgetürmten weißglühenden Flammen der Erregung zu existieren oder an irgendetwas anderes zu denken als an die Erlösung von dieser grandiosen Tortur. Lucien bemerkte, dass sie kein Interesse an der Wachtel mit Chorizo, Frühlingszwiebeln und Knoblauch hatte, die er ihr anbot. Er küsste sie sanft auf die Lippen. Sein Blick huschte über ihr Gesicht. Sie spürte, wie sich ein leichter Schweißfilm auf ihrer Oberlippe und zwischen ihren Brüsten ansammelte. Sie rang nach Luft, aber vorsichtig, um nicht ihre übersensiblen Brustwarzen an dem zugeknöpften Jackett zu reiben.

»Armes Mädchen«, murmelte er mitleidig. Er legte die Gabel nieder und nahm ein Glas eisgekühltes Wasser. Das drückte er an ihre Lippen, und sie trank durstig, obwohl sie wusste, dass all die kalte Flüssigkeit niemals ihre inneren Feuer würde löschen können. Lucien stellte das Glas ab, als es leer war, und fing wieder an zu essen. Seine freie Hand glitt unter die Tischdecke.

»*Oh*«, entfuhr es ihr eine Sekunde später. Sein Finger hatte ihre Klitoris gefunden und angefangen zu reiben. Ihre Augen wurden groß. Ohne wirklich hinzusehen, starrte sie auf das wunderschön angerichtete Essen auf ihrem Teller und erbebte im Orgasmus. Möglicherweise war es der in sie eingeführte Plug, der ihren Höhepunkt so scharf machte, vielleicht war es auch die lange Zeit, in der sich die Erregung aufgestaut hatte, der Orgasmus jedenfalls war explosionsartig. Sie stöhnte, halb aus Jammer, halb aus Glückseligkeit, während sie versuchte, die Detonation in ihrem Körper unter Kontrolle zu halten, und sie ihre Hüften Luciens Finger entgegenschob.

»Besser?«, fragte er ruhig einen Moment später beim Essen, seine Hand noch immer aktiv in ihrem Schoß, wo er die letzten Schauder aus ihr herauskitzelte.

Elise schnappte nach Luft und versuchte, sich wieder zu sammeln. Sie sackte im Stuhl zusammen. Die Erschütterungen der ungezügelten Lust hatten sie benommen gemacht.

»Warum gefällt es dir, mich zu quälen?«

Er sah sie scharf an, bevor er einen Happen der Wachtel nahm, kaute und schluckte. »Glaubst du nicht, dass es auch für mich eine Qual ist, hier neben dir zu sitzen, während du unter meiner Hand hilflos zitterst, den Geruch deiner Muschi einzuatmen, zu wissen, dass dein ganzer Körper mit Erregung gefüllt ist und dass bald … dass ich schon sehr bald mit Haut und Haaren in dir verbrennen werde? Du bist die begehrenswerteste Frau, die man sich vorstellen kann, und trotzdem sitze ich hier«, sagte er in festem Ton. Wieder rührte sich seine Hand fordernd in ihrem Schoß, und sie biss sich bei diesem erneuten Reiz auf die Lippe. »Ich bin nur genauso grausam dir gegenüber wie mir selbst gegenüber«, fügte er noch an, dann nahm er wieder einen Bissen von der Wachtel, in seinem Gesicht Erregung und Bestimmtheit.

»Es tut mir leid«, flüsterte sie. »Ich weiß, dass es auch für dich nicht einfach ist.«

»Wäre es dir lieber, wenn ich aufhöre?«

»Nein. *Oh Gott*, nein. Deine Art von Disziplin lehrt mich Dinge über meinen Körper, von denen ich bislang nicht wusste, dass sie existieren. Ich möchte Kontrolle erlernen.«

»Sorge jetzt für deine Lust und genieße sie«, sagte er ruhig, legte die Gabel ab, nahm einen Schluck Wein und lockte mit der Hand, die sich noch immer in ihrem Schoß bewegte, aus ihr noch einen weiteren Orgasmus hervor. »Denn später, wenn wir zurück im Penthouse sind, wird es nur noch um meine Lust gehen, um die du dich dann zu kümmern hast.«

Sie stöhnte leise und presste ihre Hüfte gegen seine Hand. Was er gesagt hatte, geilte sie weiter auf. »Selbst wenn es für mich kein Vergnügen ist, was du verlangst?«

»Ja, sogar dann.« Er lehnte sich vor, presste seine Lippen auf ihre. Sein Kuss war zugleich sanft und fordernd. Sie spürte, wie sie unter seiner Hand und seinem Mund dahinschmolz, und schon bald erzitterte sie erneut im Höhepunkt.

Elise hatte keine Wahl, sie musste still sitzen bleiben, während Lucien sein Dinner aß, und musste wiederholt in seine Hand kommen. Nach ihrem dritten Höhepunkt war ihre Klitoris fast schmerzhaft sensibel. Die weitere Stimulation ließ sie schlaff und keuchend zurück, denn was sie erlebte, war fast so etwas wie ein kontinuierlicher Orgasmus auf niedrigem Niveau. Es war köstlich, aber es war, als würde man einem Menschen, der kurz vor dem Verdursten stand, Wasser nur Tropfen für Tropfen über die Zunge laufen lassen.

Schließlich legte Lucien die Gabel beiseite und zog seine Hand zwischen ihren Beinen hervor. Auch seine Serviette warf er auf den Tisch.

»Komm für einen Augenblick mit mir mit«, forderte er sie auf und nahm sie an einer der gefesselten Hände.

Sie folgte ihm aus dem Séparée hinaus. Er zog den Rock für sie nach unten. Elise war so trunken vor Lust, dass es ihr kaum in den Sinn gekommen wäre, wie peinlich es hätte werden können, wenn sie in diesem Moment Richard begegneten, denn es war deutlich zu sehen, dass ihre Hände vor ihrem Körper gefesselt waren. Richard und Emile waren jedoch im vorderen Teil des Restaurants, in der Küche, während Lucien sie durch den rückwärtigen Gang zu seinem Büro führte.

Er schloss die Tür hinter ihnen und schaltete eine Lampe ein.

»Stell dich da hin und beug dich über den Tisch.«

Sein strenger Befehl durchdrang ihren verwirrten Zustand. Sie blinzelte. »Aber was …«

»Tu einfach das, was ich dir sage.« Elise bemerkte den Unterton in seiner Stimme, der seine Anspannung verriet.

Sie ging zu dem Tisch und stützte ihre zusammengebundenen Hände auf das weiche Holz. Dann beugte sie sich nach vorn, genau so, wie sie es an jenem ersten Tag in genau diesem Büro getan hatte, als Lucien sie mit der Ankündigung schockiert hatte, er würde sie jetzt bestrafen … ihr die Grenzen ihrer zügellosen Welt aufzeigen. Heute Abend war sie nicht weniger gespannt als beim ersten Mal, doch sie hatte inzwischen mehr Vertrauen in Lucien. In sich selbst. Diese Sicherheit erlaubte es ihr, weniger ängstlich zu sein, dafür aber mehr Erregung als jemals zuvor bei diesen herausfordernden Sexspielen zu genießen.

»Wirst du mich jetzt wieder bestrafen?«, wollte sie mit zittriger Stimme wissen, denn er hob gerade ihren Rock über ihre Oberschenkel und den Po.

»Nein. Es dauert nicht lange. Ich möchte nicht unhöflich sein und Emiles Dessert verpassen. Spreiz die Beine.«

Sie unterdrückte ein Ächzen in dem Moment, in dem er ganz sachlich den unteren Teil ihrer Pobacken auseinanderdrückte und ihre Muschi freilegte.

»Ich habe dich noch nie so nass gesehen.« Seine Stimme war vor Anspannung ganz rau. »Deine Klitoris ist über die Schamlippen hinaus angeschwollen.« Luft entwich mit einem Laut aus ihrem Mund, als er mit dem üppigen Fleisch spielte. Dann stöhnte sie laut auf, als er den Analplug entfernte, denn die Nervenenden in ihrem Po und ihrem Geschlecht reagierten sofort darauf. Sie drehte ihren Kopf, neugierig und wachsam, und sah, dass er Gleitmittel auf den größeren Plug auftrug, den er in seiner Tasche mitgenommen hatte. Der Plug sah furchterregend groß aus.

Er erhaschte ihren Blick kurz darauf, als er nach ihrer Pobacke griff. Er wich ihrem Blick nicht aus, während er die Spitze des befeuchteten Plugs in ihren Po schob.

»Drücke dagegen«, befahl er unter ihrem Wimmern.

Sie tat, was ihr gesagt wurde, und der größere Plug drang ohne nennenswerten Widerstand in sie ein. Sie keuchte, als ein schmerzender Blitz sie durchzuckte, doch dieser war genauso schnell vorüber, wie er gekommen war, und hinterließ allein das aufwühlende, verbotene Gefühl von Fülle und Druck.

Sie konnte den Gedanken nicht vertreiben, dass sie sexuell penetriert wurde, sogar als Lucien den Rock wieder nach unten schob und ihr beim Aufrichten half. Sie stand wartend da, mit zwickenden Nippeln, pochender Klitoris und pulsierendem Anus, während Lucien sich im Badezimmer wusch. Er kam wenig später zurück und sah sogar noch angespannter aus als zuvor. Er nahm sie an der Hand und führte sie zurück zu ihrem Tisch. Sie saßen gerade wieder, da kam Richard und servierte ihnen Kaffee, Brandy und ein köstliches Dessert aus venezolanischer Schokolade.

Dieses Mal konnte Elise mehrere Happen des leckeren Nachtischs essen, Lucien dagegen rührte ihn nicht an.

Sie merkte, wie die Spannung in ihm anstieg, als sie sich später von Richard und Emile verabschiedeten und ihnen dankten. Sie spürte, wie die Aufregung während der Fahrt nach Hause immer stärker wurde, wie sie sich erhitzte und hochkochte, bis es sich anfühlte, als laste die Atmosphäre innerhalb der Limousine auf ihrer Haut und ließe das Atmen schwerer werden.

Es wühlte sie auf, daran zu denken, dass sie das Ziel all seiner überwältigenden Leidenschaft sein würde, doch zugleich schüchterte es sie auch ein. Lucien hatte niemals aufgehört, sie sexuell zu erregen und in Erstaunen zu versetzen, aber seine Herausforderungen machten ihr eben auch Angst.

Hatte sie Sorgen, dass sie zu kurz kommen könnte, dass sie seine fordernden Erwartungen nicht würde erfüllen können?

Wenn du offen und ehrlich bist … befriedigst du mich jedes Mal vollkommen.

Die Erinnerung an das, was er in der Nacht zuvor zu ihr gesagt hatte, machte ihr Mut, als Lucien sie nach ihrer Rückkehr ins Penthouse zum Schlafzimmer führte. Sein Gesicht wirkte wie aus Stein gemeißelt, so starr war es, als er sich jetzt ohne jedes Wort zu ihr umdrehte und sie auszuziehen begann. Er hatte ihre Handgelenke befreit, bevor sie im Fusion aufgebrochen waren. Als er ihr das Jackett und die Bluse abgenommen hatte, stand sie nur im Rock vor ihm, mit Schuhen, Halskette, Nippelkette und ihren Armreifen.

Er machte Anstalten, ihr den Rock auszuziehen, und sah ihr ins Gesicht. Dann blieb er reglos stehen.

»Ist alles in Ordnung?«, wollte er wissen und kniff die Augen zusammen.

Sie nickte. Als er sie weiterhin nur anstarrte, gestand sie: »Ich habe ein wenig Angst.«

»Vor mir?«, wollte er wissen und hob fragend die Augenbrauen.

»Nein. Ich habe Angst, dass ich nicht in der Lage sein werde, es dir recht zu machen.«

Sein Mund blieb offen stehen. Er trat auf sie zu und nahm ihr Kinn in die Hand. »Das kann nicht einmal im Entferntesten geschehen. Vertrau mir. Das tust du doch, oder?«, fragte er unverwandt.

Sie sah ihm in die Augen und nickte.

»Du warst mir heute Abend schon mehr gefällig, als ich es je erlebt habe.« Er beugte sich zu ihr hinunter und berührte mit seinem Mund den ihren. Sein Kuss war eine stumme Versicherung, dass er sie sicher durch den Sturm bringen werde. Einen Moment später hob er den Kopf.

»Aber das heißt nicht, dass ich dich jetzt wie ein rohes Ei

behandle«, sagte er, und seine Stimme erinnerte sie an mit Samt überzogenen Stahl.

»Das möchte ich auch nicht«, bestätigte sie. Jetzt, da sie über ihre Unsicherheit gesprochen und Luciens Antwort gehört hatte, empfand sie eine Mischung aus Bedauern und Bestätigung. Sie hätte sich keine Sorgen machen müssen. Natürlich würde er ihr nichts antun. Natürlich würde er nichts von ihr verlangen, das sie nicht geben konnte.

Aber kann ich sicher sein bei ihm, wenn er die Liebe nicht teilt, die in meiner Brust so groß geworden ist, dass sie sie zu sprengen droht? Du wirst dann allein sein, sogar wenn Lucien an deiner Seite ist.

Ihre Gedanken waren so unstetig, sie sehnte sich danach, sich selbst von ihnen abzulenken … ihre Angst zu einer weit entfernten Erinnerung zu machen.

»Gut«, brummte Lucien. »Denn du hast mich heute Abend an den Rand des Wahnsinns gebracht.«

Sie berührte sein Kinn und strich mit ihrem Körper über ihn, wobei die leichte Reizung ihrer erregten, harten Nippel durch den Stoff seines Anzugs sie erschaudern ließ. Sie legte ihren Kopf in den Nacken und sah ihn an. »Ich möchte dir helfen, dich von deinem Wahnsinn zu befreien. Ich bin deine Sklavin. Benutze mich für deine Lust«, flüsterte sie. In ihrem Blick war die Herausforderung zu dieser Probe offen zu erkennen. In seinen hellen Augen blitzte ein Funke auf. Seine Nasenflügel bebten bei seinem Blick auf sie.

»Du musst dich mir nicht anbieten. Ich hätte mir ohnehin genommen, was ich will, denn du gehörst mir, damit ich tun kann, was ich will.«

Bei seiner unnachgiebigen Dominanz überkam sie eine neue Welle des Taumels. Er griff um sie herum und öffnete ihren Rock, dann schob er ihn über ihre Hüften und Schenkel, bis sie aus ihm heraustreten konnte. Elise stand nackt vor ihm, abgesehen von den Schuhen und dem Schmuck. Als er vorsichtig die Schlaufen um ihre Brustwarzen löste, biss sie sich auf die Lippe, um einen kleinen, scharfen Schmerzensschrei im Zaum zu halten, den das plötzliche Fehlen des Drucks hervorgerufen hatte.

»Entschuldige«, flüsterte er mit heiserer Stimme. Er legte ihre Halskette und die Nippelkette beiseite und beugte sich vor, um seine Lippen auf ihre zu pressen. Der Schmerz verschwand so plötzlich, wie er gekommen war. Seine Hände wanderten über ihre Hüften und empfindsamen Seiten. Vorsichtig liebkoste er ihre sensiblen Brustwarzen. Sie erschauderte unkontrolliert unter seinen Berührungen und dem offenkundig besitzergreifenden Blick.

»Deine Nippel sind so riesig jetzt, so rot. So wunderschön.« Seine Finger übersetzten diese Verehrung.

»Lucien«, sagte sie mit steigender Verzweiflung.

»Ich will das hier nicht länger hinauszögern«, rief er mit plötzlicher Entschlossenheit aus. Er führte sie hinüber zu dem großen Bett. »Leg deine Hände auf die Brüstung und beug dich vornüber.« Sie steigerte sich in einen Rausch hinein, als sie diese Stellung einnahm und, während sie ihren Herzschlag bis in die Spitzen ihrer Brüste spürte, ihr Gewicht auf die Hände auf der Mahagonibrüstung stützte, die zwischen den beiden Bettpfosten verlief.

»Rühr dich nicht vom Fleck.«

Sie reckte den Hals und sah zu, wie Lucien in seinem Ankleidezimmer verschwand. Als er wenig später wieder zu ihr kam, trug er nur noch seine Anzughose, und seine sich deutlich abzeichnenden Muskeln glänzten im weichen Licht der Lampen. Ihr fiel sofort auf, wie voll sein Schwanz aussah, der sich über seinem linken Oberschenkel hinter dem Reißverschluss der Hose abzeichnete. Sie riss ihre Aufmerksamkeit von dem unwiderstehlichen Anblick fort und hob verwundert die Augenbrauen, als sie sah, was er in Händen hielt.

Eines der Dinge erkannte sie augenblicklich wieder: die schwarze Ledergerte, die er in jener Nacht im Stall, in der ihre Jungfräulichkeit verloren gegangen war, an ihr ausprobiert hatte, die, von der er sagte, jetzt ihre sei … nicht damit sie von ihr benutzt, sondern damit sie *an* ihr benutzt wurde. Ein Schauder überlief sie. Ein glänzendes Schuhputzkästchen aus Holz hielt er noch unter dem Arm. Doch es war der dritte Gegenstand, der sie völlig verwunderte. Von seiner linken Hand hing etwas herunter, was offensichtlich aus extrem geschmeidigem schwarzem Leder gefertigt war. Zwei Gurte schaukelten locker hin und her.

Sie starrte noch immer das Lederding an, als er zu ihr herangekommen war und das Schuhputzkästchen aus Holz auf den Boden stellte. Er legte die Gerte aufs Bett.

»Lucien … was ist das?«, fragte sie mit enger Kehle und wies dabei auf den Ledergegenstand mit den Gurten.

Sie hatte sein kleines Lächeln nicht erwartet und auch das ihr so vertraute, teuflische Glitzern seiner Augen nicht, als er sich ihr zuwandte. Er war so angespannt gewesen den ganzen Abend, dass sie diese spielerische Leichtigkeit nun überraschte.

»Das ist ein Art Lederkorsett. Sehr fest. Sehr stabil. Ich habe gedacht, dass es auf deiner weißen Haut extrem sexy aussehen müsste.« Damit hielt er das Korsett hoch. Elise schnappte nach Luft, denn sie erkannte die beiden dünnen Ledergurte, die an die Rückseite des weichen Leders genäht waren, rechts und links eines Reißverschlusses.

»Sind das …?«, stotterte sie erstaunt.

»Zügel«, antwortete er mit einem Hauch Fröhlichkeit in der Stimme. »Das ist dein Ad-hoc-Sattel. Ich habe ihn für dich anfertigen lassen. Atme ein«, wies er sie an, während er das Korsett um ihre Hüften legte und es am Rücken mit einem Reißverschluss zuzog. Jetzt war ihr klar, warum er ihr gesagt hatte, sie solle einatmen. Das Korsett lag sehr eng an. Das Leder endete fünf Zentimeter unter ihren Nippeln und drückte das Fleisch darüber zusammen, bis es über den Lederrand quoll. »Scheint zu passen«, murmelte er und fuhr mit den Fingern über das üppige Fleisch, das oberhalb des Leders zusammengequetscht war. Ein Lustschauder überlief sie bei seiner Berührung. »Wie fühlt es sich an?«

»*Extrem* eng«, platzte sie heraus. Elise war noch immer überwältigt von dem, was gerade geschehen war. Sie wusste nicht, ob sie irritiert oder dankbar für sein Geschenk sein sollte. *Ein Ad-hoc-Sattel?*

Er richtete sich auf, sah sie an und bemerkte ohne jeden Zweifel ihren leichten Groll. »Falls du dich erinnerst: Du hast mir einmal in sehr deutlichen Worten gesagt, dass niemand dich reitet.«

»Und da hast du dir gedacht, dass du mir das Gegenteil beweisen möchtest?«, rief sie erhitzt aus.

»Ich habe das Korsett gekauft, um dir klarzumachen, dass es einen Menschen auf diesem Planeten gibt, dem du dich zu unterwerfen hast«, fauchte er sanft und ließ seine Hand über ihren Arsch gleiten. »Und es stimmt, dass es einen Mann gibt, dem du erlauben wirst, dich zu reiten. Wer ist das?«

Einen Moment lang starrte sie ihn nur an, ihr Herz schlug ihr bis zum Hals.

»Du«, gab sie schließlich leise zu.

Ihr Blick blieb an seinem kleinen, göttlich sexy Lächeln hängen, das seine Lippen gebildet hatten. Er ging hinüber zu dem Nachttisch und entnahm ihm eine weitere Flasche Gleitmittel … und den letzten Plug aus der Box.

Den größten.

Ganz instinktiv spannten sich ihre Muskeln um den schon eingeführten Plug herum an. Lucien legte das Gleitmittel und den Plug auf den Tisch. Sie sah in gieriger Lust zu, wie er methodisch die letzten Kleider auszog. Beim Anblick seines muskulösen Pos, seiner kräftigen Oberschenkel und seines erigierten Penis, dessen großes Gewicht ihn leicht nach unten, in einen etwas abwärtsgerichteten Winkel zog, bekam sie einen trockenen Mund.

Ihr sexueller Hunger stieg ins Unermessliche.

Er kam zu ihr herüber, das Gleitmittel und den letzten Analplug in seiner Hand.

»Du wirst mich … in den Arsch ficken, oder?«, fragte sie und wurde schamrot, obwohl es schon den ganzen Abend über offensichtlich gewesen war, dass es genau das war, worauf er sie vorbereitete.

»Ja«, sagte er und schnippte den Deckel der Gleitmittelflasche auf. »Und du wirst dich meinem Wunsch unterordnen. Aber zuerst will ich deine kleine heiße Muschi reiten.«

Ein von reiner Lust verursachtes Wimmern entschlüpfte ihren Lippen. Ihre widersprüchlichen Gefühle kreierten eine unerträgliche Spannung in ihr. Sie wollte *nicht* geritten werden. Und doch … *wollte* sie geritten werden. Von ihm. Sie wollte, dass das rebellische, hohle, heißblütige Kind, das sie ihr ganzes Leben über gewesen war, an seine Grenzen stieß. Im Zaum gehalten wurde.

Von Lucien sicher gehalten wurde.

Er trat auf sie zu, und bei jedem Schritt wippten sein Schwanz und seine Eier leicht zwischen seinen Beinen. Ihr Blick huschte nervös zu dem größten Plug in seiner Hand. Ihr Atem ging nur noch abgehackt, als Lucien sich hinter sie stellte. Sie stöhnte, denn er hatte den Plug aus ihrem Arsch entfernt. Einen Moment später kniff sie die Augen zusammen und presste die Kiefer aufeinander, als er den neuen angefeuchteten Plug in sie hineinschob. Anfangs schmerzte es ein wenig, doch als er erst richtig saß, pochte ihr Arsch um den Eindringling aus Plastik.

Sie hätte sich erniedrigt fühlen sollen, vornübergebeugt, mit einem großen Plug in ihrem Arsch und einem Korsett mit Zügeln am Körper, die Lucien nun gleich nutzen würde, um sie zu kontrollieren. Stattdessen war sie fast überwältigend erregt. Es wurde noch ärger, als Lucien neben sie trat und die Reitgerte vom Bett aufnahm. Ihre Lust war so drängend, dass sie seinem Blick auswich. Seine Hand packte ihr Kinn und verhinderte, dass sie wegsah.

»In der Unterwerfung gibt es keine Scham«, erinnerte er sie sanft. »Nur Lust. Und Vertrauen. Und den Wunsch zu gefallen.«

»Ich *möchte*, dass es dir mit mir gefällt.«

»Das weiß ich. Sogar wenn du daran zweifelst. Und das gefällt mir mehr als alles andere.«

Als er hinter sie trat, biss sie sich auf die Unterlippe, denn das Vorgefühl schmerzte schier unerträglich.

»Stell dich auf die Kiste«, wies er sie an und schob das Schuhputzkästchen neben ihre Füße. Sie stellte sich auf die Box, weiterhin gegen die horizontale Bettbegrenzung gelehnt, und brachte ihren Körper damit in eine für Luciens Eindringen bequemere Position.

Er spießte ihre Muschi mit einem langen, kräftigen Stoß auf. Sie schrie bei diesem Ausbruch von Schmerz und Lust auf. Sie war von ihm erfüllt – *überall* erfüllt – mit dem Plug im Po und mit Lucien, der bis zum Heft in ihre Vagina eingetaucht war. Er streichelte ihren Po, als wolle er sie beruhigen, auch wenn er dann unmittelbar damit begann, sie mit verlangenden Stößen zu nehmen, sodass sein Becken und seine Eier gegen ihren Arsch schlugen. Die doppelte Kombination von Druck in ihrem Po und ihrer Muschi war kaum auszuhalten. Und er war nicht zimperlich. Er fuhr wieder und wieder in sie, Elise musste sich alle Mühe geben, bei seinen Angriffen stehen zu bleiben.

»Du bist so *heiß*«, knirschte er, und sie kostete die fette Lust in seiner Stimme voll aus. Lucien zog sich fast völlig aus ihr zurück, nur der dicke Kopf seines Schwanzes verblieb in ihr, dann landete er die Gerte auf die Seite ihres Arsches.

»Oh«, quiekte sie und bewegte ihre Hüften abwärts, ließ ihre Muschi damit über seine ganze Länge rutschen und begann zu schaukeln. Er hieb daraufhin mit der Ledergerte fester auf ihren Po und hielt ihre Hüften kräftig fest.

»Ich reite *dich*«, erinnerte er sie. Seine Stimme verriet eine Mischung aus rauer Leidenschaft und liebevoller Freude.

»Ja. Ja, schon gut«, gab sie in ersticktem Ton nach.

Dieses Mal packte er die Zügel mit einer Hand. Es war erschreckend aufpeitschend, dass er ihre Bewegungen mit den strammen Zügeln kontrollieren konnte, während er sie fickte, und ihren Körper nach hinten ziehen konnte, bis dieser in einem ungestümen, irren Rhythmus gegen seinen Schoß knallte, einem Rhythmus, der ihr gefiel und in den sie aus ganzer Kraft einfiel. Ihre Brustwarzen klopften, denn ihr Busen schaukelte bei seinen mächtigen Stößen. Ihr Arsch kribbelte wegen des Plugs und schickte einen dunklen Kitzel durch sie hindurch. Als er sein Tempo erhöhte, knallte er mit der Gerte auf ihren Po und trieb sie an …

Oh ja. Sie war für diesen Ausritt wie geschaffen … aber sie war auch dafür geschaffen, sich diesem Mann zu unterwerfen. *Diesem* Mann.

Sie hörte Luciens harschen Fluch, als sie gleich darauf im

Orgasmus erbebte. Sie jaulte protestierend auf, als er seinen Schwanz aus ihr zurückzog.

»Unkontrollierbar«, murmelte er mit schwerer Zunge. Er ließ den Plug aus ihr herausgleiten, weshalb sie über diese Unterbrechung ihres Höhepunkts kurz aufschrie. Sie quiekte überrascht, denn er traf ihren Arsch und ihre Hüfte mehrmals mit der Gerte. »Ich hatte es dir nicht erlaubt zu kommen«, sagte er steif.

»Ich konnte nichts dagegen machen«, stöhnte sie, als er weiter ihren Po und die Schenkel bearbeitete und ihre Haut zum Stechen und Brennen brachte.

Er warf die Gerte aufs Bett. Sie riss die Augen auf, denn sie spürte, wie er ihre Arschbacken auseinanderschob und seinen befeuchteten, steinharten Schwanz in Richtung ihres Pos brachte. »Was würdest du sagen, wenn ich dir immer wieder sagen würde, ich könnte es nicht kontrollieren, dass ich nichts dagegen machen könnte?«, wollte er von ihr wissen.

»Mir … mir wäre es egal«, entgegnete sie herausfordernd. »Ich könnte damit umgehen.«

Er schob seinen Schwanz in ihren Arsch. Sie schrie auf.

»Da irrst du dich gewaltig, wenn du das glaubst«, sagte er noch, bevor er seinen Griff verstärkte und langsam in sie eindrang.

Dies war die reinste, konzentrierteste Form sexueller Qual, die er sich vorstellen oder auch nur aushalten konnte. Ihr Arsch brannte, was das Lodern seines Blutes in seinen Adern, seinem Kopf, seinen Eiern noch verstärkte und ihm das Gefühl gab, er würde vor ungetrübter Lust wie Kerzenwachs schmelzen.

Es ging nur schwer voran. Trotz all der Maßnahmen, mit denen er sie vorbereitet hatte, widerstand ihm ihr Arsch. Er schlug locker auf ihren Po, doch in seiner Stimme war die raue Lust unüberhörbar.

»Drück gegen mich. Das hilft«, verlangte er.

Das tat sie, und wie könnte es bei Elise anders sein, sie tat es nicht nur halbherzig. Sie presste ihren Po nach hinten, sodass sie alle beide schmerzvoll aufstöhnten. Lucien wusste genug, um zu erkennen, dass dieses Stöhnen nicht von sexueller Leidenschaft ausgelöst worden war.

»Alles in Ordnung bei dir?«, knirschte er. Still zu halten, mit der Hälfte seines Schwanzes in ihrem ihn fest umschließenden Tunnel, war, wie sich selbst mit völlig entleerter Lunge aufzufordern, nicht einzuatmen.

»Ja«, hörte er sie keuchen. »Es tat für einen Moment weh, aber jetzt ist alles in Ordnung.«

»Dann halte dieses Mal *still.*«

Langsam fing er an zu pumpen, unter ihrem Stöhnen, vor und zurück, einige Zentimeter hinein und heraus. Als sie wieder anfing, mit ihrem Hintern zu schaukeln, hieb er auf ihren Po.

»Bleib still stehen, du kleines Biest.« Er griff um sie herum, fand ihre Klitoris und rieb das glatte Fleisch eifrig. Mit der anderen Hand hielt er sie unbeweglich fest und trieb seinen Schwanz weiter in sie hinein.

»Ohhh«, rief sie aus und klang dabei bestürzt. Dieses Mal konnte Lucien mit Sicherheit erkennen, dass sie Spaß empfand, keinen Schmerz. Er knurrte wild, als er bis zum Anschlag in sie eindrang und seine Hoden fest gegen ihren Po presste. Er rieb ihre Muschi und spürte, wie sie sich krümmte. Ihr Gewicht packend, stand er da, hielt sie fest gegen sich gedrückt, mit seinem Schwanz in ihrem Arsch vergraben, und erlebte mit, wie sie im Orgasmus erbebte.

Sie würde ihn umbringen. Daran bestand kein Zweifel.

Als er es nicht länger aushalten konnte, nahm er die Zügel ihres Lederkorsetts fester und legte seine Hand auf eine Hüfte. »Du hast deinen Spaß jetzt ein paar Mal gehabt. Jetzt werde ich meinen haben. Lass mich auf dir reiten, kleines Fohlen.«

Er fing an sie zu ficken. Mit den Zügeln und der Hand an ihrem Arsch kontrollierte er sie völlig.

»Das ist gut. Jetzt unterwirfst du dich mir, oder? Und das fühlt sich so gut an«, murmelte er durch gefletschte Zähne hindurch und stieß zu.

Obwohl er alle Bewegungen bestimmte, war es doch sie, die ihn auf den Ritt seines Lebens mitnahm. Sie federte ihren Po in perfektem Gegenrhythmus gegen seine fordernden Stöße und stieß jedes Mal einen scharfen Schrei aus, wenn sein Becken und die Hoden gegen ihren Arsch knallten, dass seine Lust weiter anschwoll, bis er schließlich nicht mehr konnte. Er hob ihren Unterkörper hoch, vervollständigte damit die Kontrolle über sie, schonungslos in seiner Inbesitznahme. Sie schrie auf, doch er konnte nicht mehr erkennen, ob ihr Rufen von Erregung, Überraschung oder Beschwerden herrührte. Er war zu beschäftigt damit, den Gipfel auf dem Weg zum Nirwana zu besteigen.

Er tauchte ins Nirwana ein.

Ein Brüllen entrang sich seiner Kehle. Er ejakulierte tief in ihr drin und schrie auf, als die scharfen Krallen der Lust ihn erbarmungslos zerrissen.

Ein Schmerz brachte ihn zurück in die Wirklichkeit. Sein Bizeps hatte sich in einer Stellung versteift, während er Elise an sich gedrückt hielt und den Höhepunkt erlebte. Er knurrte vor Unbehagen und ließ sie los, indem er ihre Füße vorsichtig wieder auf dem Schuhputzkästchen absetzte. Einen Moment blieb er noch keuchend über sie gebeugt und versuchte verzweifelt, die Kontrolle über sich zurückzugewinnen.

Er war überrascht, dass der Orgasmus ihm nicht den Kopf abgerissen hatte, so mächtig, wie er gewesen war.

»Alles in Ordnung?«, wollte er von ihr wissen. Ja, er hatte ihr gesagt, dass er sich nun an ihr vergnügen würde und dass sie dies akzeptieren müsse, aber er hatte nicht wirklich vorausgesehen, dass seine Bedürfnisse dieses unglaubliche Ausmaß erreichen würden.

»Ja«, murmelte sie. Sie klang okay – erschöpft … gesättigt. War sie noch einmal gekommen, jetzt am Schluss? Er war von seiner eigenen Lust viel zu gefesselt gewesen, um das mitzubekommen. Sie stöhnte zitternd, als er seinen Schwanz aus ihr herauszog. Schnell öffnete er den Reißverschluss des Korsetts und half ihr hoch in den Stand. Er nahm sie in den Arm, hob sie von der Schuhputzbox herunter und legte seinen Mund auf ihren. Sein Kuss war in jedem Detail so sanft, wie seine Inbesitznahme eben fordernd gewesen war. Sie zitterte in seinen Armen, fühlte sich so warm, so weiblich an. Es erstaunte ihn, dass er sie so sehr liebkosen, besänftigen wollte, wo er sie doch zugleich dermaßen begehrte, dass es einer Raserei nahekam.

Er trug sie ins Badezimmer, wo er sie absetzte und die Armreifen abstreifte. Sie schlüpfte aus den Schuhen.

Dann stellte er die Dusche an und zog sie zu sich hin. Liebevoll wusch er sie, als glaubte er, er könne die Überbleibsel seines lodernden, rohen Hungers abwaschen, wobei er doch zu gut wusste, dass dies ein sinnloses Unterfangen war. Er würde sie schon bald wieder begehren, und alles, was er tun konnte – alles, was er überhaupt jemals würde tun können –, war, die Wildheit zu zähmen, den Makel, den er in sich trug, so gut es ging, zu kontrollieren.

Das war eine Aufgabe für jeden Tag. Elise ließ es sogar zu einer Aufgabe für jede Stunde werden, zu einer Schlacht, die er Minute für Minute schlagen musste. Doch weil sie es war – weil er sie wertschätzte –, war es nicht nur ein lohnender Kampf, er veredelte auch seinen Geist.

Zwanzig Minuten später lagen sie, mit verschränkten Gliedern, im Bett, Elise' Kopf ruhte auf seiner Brust.

»Bist du sicher, dass alles in Ordnung ist?«, murmelte er und streichelte ihren Oberarm.

»Mir geht es wunderbar«, antwortete sie erschöpft. »Bin aber hungrig.«

»Hungrig?«

»Ich habe beim Dinner kaum etwas gegessen. Emile wird denken, dass ich undankbar bin. Aber wenn er eine schlechte Meinung von mir hat, dann liegt das nur an dir«, erklärte sie ihm und drückte ein kleines Lächeln auf seine Haut.

»Ich kann mir kaum vorstellen, dass Emile und Richard das eigenartige Verhalten von zwei Menschen verurteilen werden … die so miteinander beschäftigt sind.«

Ihr warmer Atem schien in seiner Pause zu versiegen.

»Lucien?«

»Ja.« Er strich ihr nun über den Rücken und wunderte sich wieder einmal darüber, wie weich ihre Haut war.

Noch eine Pause.

»Warst du jemals verliebt?«

Seine streichelnde Hand wurde langsamer.

»Warum fragst du?«

»Ich weiß es nicht. Ich denke … ich wäre mir dann nicht sicher, ob ich es bin.«

»Ich bin kein Experte auf dem Gebiet«, erklärte er und küsste sie auf den Kopf. »Aber ich bin überzeugt, dass man es weiß, ganz tief in sich drin, wenn zwei ineinander verliebt sind. Es ist nur eine Frage, ob man dem Gefühl auch traut, oder?«

In den nächsten Minuten war er sich nicht sicher, ob sie

eingeschlafen war oder nur nachdachte. Sie bewegte sich unter seinen Streicheleinheiten nicht, ihr Atem strich warm und gleichmäßig über seine Brust.

»Welcher Mann ist gestorben?«, wollte sie plötzlich wissen. Ihre klare Stimme riss ihn aus seinen Gedanken über ihre vorige Frage.

»Was?« Lucien war verwirrt.

»Ich habe gehört, wie Herr Schröder dir gestern Abend erzählt hat, dass jemand gestorben sei. Er hat angedeutet, dass dieser Mann im Gefängnis gewesen ist, und du hast ihn ein krankes Arschloch genannt«, murmelte sie und klang mit einem Mal sehr schläfrig. »Mir ist gerade wieder eingefallen, dass ich dich das fragen wollte. Bei der Geschichte mit deiner Mutter, wegen der Nacht auf der Terrasse … und dem Restaurant habe ich das vergessen«, fügte sie schwerfällig an.

Ihr Ohr lag auf seiner Brust. Er hoffte, dass sie nicht merken würde, wie sich sein Herzschlag urplötzlich beschleunigte.

»Erinnerst du dich, dass ich dir erzählt habe, dass ein sehr wichtiger Zeuge Herrn Schröder darüber informiert hatte, dass Helen Noble wahrscheinlich mehr Details über die Identität meiner Mutter und ihre Geschichte weiß?«

»Ja.«

»Der Mann, der gestorben ist, das war dieser Zeuge.«

»Und er war im Gefängnis?«, hakte sie nach. Sie klang nun viel weniger müde.

»Ja.«

»Warum denn?«

Als er nicht gleich antwortete, hob sie ihren Kopf ein wenig von seinem Brustkasten. »Lucien?«

»Vergewaltigung.« Er sprach das Wort voller Verbitterung aus. »Schlimmer als Vergewaltigung.«

Er konnte in der Stille ihre Sorge anwachsen spüren.

»Hat dieser Mann … deine leibliche Mutter vergewaltigt?«, flüsterte sie.

Er wimmerte. Er legte seine Hand auf ihren Hinterkopf und schob sie zurück auf seine Brust. Er hatte versucht, sich darauf vorzubereiten. Doch als er jetzt Elise' belegte Stimme vernahm, wusste er, dass er ein Idiot gewesen war zu glauben, er könnte sich an solch eine widerwärtige Wahrheit gewöhnen.

»Ich werde es nie genau wissen, bis ich sie gefunden habe … oder bis ich mit Helen Noble gesprochen habe.«

»Oh, *Lucien* …«

»Nicht jetzt, Elise. Bitte«, flüsterte er streng, als sie noch einmal versuchte, ihren Kopf zu heben. »Lass mich diesen Moment mit dir genießen. Ruiniere ihn bitte nicht.«

Er spürte, wie sie den Mund öffnete, doch vielleicht hatte sie einen Hauch seines Schmerzes bemerkt, denn ihre Lippen schlossen sich wieder auf seiner Haut. Er umarmte sie noch fester, und sie antwortete ebenso. Irgendetwas in ihm wurde größer, dick und heiß, als er spürte, wie sie ihn mit fast verzweifelter Stärke an sich drückte.

»Ich möchte dir helfen«, hörte er sie mit halb erstickter Stimme sagen.

»Das tust du schon«, versicherte er ihr ruppig. Er fuhr mit seiner Hand ihre Wirbelsäule entlang, schob sie noch näher an sich heran. »Dass du hier bei mir bist, ist mir die größte Hilfe.«

TEIL VIII

WENN WIR EINS SIND

KAPITEL 15

Elise hob leicht überrascht die Augenbraue, als sie am nächsten Abend Francesca in die Küche begleitete und sah, wie Mrs. Hanson »Ians Lieblingsessen« zubereitete.

»Roastbeef mit Gemüse und Yorkshire Pudding«, erklärte Mrs. Hanson mit verschmitztem Lächeln, als sich Elise über die dampfende Töpfe beugte und das köstliche Aroma tief einsog.

»Ich hätte eigentlich etwas Ausgefalleneres erwartet, schließlich sprechen wir hier über Ian Noble. Ich bin angenehm überrascht«, sagte Elise grinsend. Francesca hinter ihr lachte, und Mrs. Hanson lächelte.

»Nun, vielleicht hätte ich mich genauer ausdrücken sollen. Das ist Ians Lieblingsessen, seit er zwölf Jahre alt ist«, korrigierte sich Mrs. Hanson.

»Ist es immer noch. Und ist auch schnell zu meinem geworden«, sagte Francesca. »Mrs. Hanson ist eine wunderbare Köchin.«

»Würden Sie mich rufen, wenn Sie anfangen, den Pudding zuzubereiten? Ich würde Ihnen sehr gerne dabei zusehen und Ihnen helfen, wenn ich darf«, bat Elise Mrs. Hanson. Ihr lief das Wasser im Munde zusammen. Auf einmal fühlte sie sich völlig ausgehungert. Ian hatte Lucien vorhin angerufen und gefragt, ob sie einverstanden wären, eine Stunde später als zum ursprünglich verabredeten Zeitpunkt vorbeizukommen. Es war also nicht nur schon recht spät, sie hatte außerdem seit letzter Nacht auch das Essen noch nicht wieder nachgeholt. Lucien hatte am frühen Morgen einen dringenden Anruf von Monsieur Atale bezüglich der Three Kings Hotels in Paris bekommen, und Elise war, während er arbeitete, zum Joggen entlang des Lake Michigan aufgebrochen. Als sie zurückgekehrt war, war ihr Körper zu aufgedreht und überhitzt, um zu essen; auch Lucien war mit den Konten der Three Kings zu beschäftigt, um seine Arbeit zu unterbrechen. Außerdem hatte sie seine Sorgen gespürt, seine Betrübtheit, ohne zu wissen, wie viel davon auf das zurückzuführen war, was er ihr in der vergangenen Nacht kurz vor dem Einschlafen erzählt hatte.

Ein Hauch der ihr so vertrauten Unruhe durchfuhr sie bei diesem Gedanken.

Zog er sich vielleicht von ihr zurück? Schreckte er vor der Intimität zurück, die sie geteilt hatten, und der Wahrheit, die er ihr *beinahe* offenbart hatte, einer Wahrheit, von der sie vermutete, dass sie mit seiner Mutter zu tun hatte? Jedes Mal, wenn sie an den Schmerz in seiner Stimme dachte, zog sich ihr Herz qualvoll zusammen. Warum beendete er nicht einfach seine mühselige Wartezeit und sprach mit Ian Noble, um ein für alle Mal herauszufinden, wo seine Mutter war? Es musste reine Folter für ihn sein, so geduldig abzuwarten, wobei doch seine Erlösung zum Greifen nahe war. Es war zunehmend unerträglich für sie, dieses vorsichtige Abwarten.

»Auf jeden Fall.« Mrs. Hansons Worte rissen Elise aus ihren Gedanken. Gerade stellte die Haushälterin das fantastisch duftende Roastbeef zurück in den Ofen. »Ich komme und rufe Sie dann bald. Aber es ist wirklich nichts Besonderes. Ich hoffe, Sie sind dann nicht enttäuscht.«

»Ich bin Köchin. Meine Nase ist genauso trainiert wie meine Zunge, und ich kann Ihnen sagen, dass das hier auf jeden Fall etwas *sehr* Besonderes wird«, versicherte Elise.

Francesca eilte zum Kühlschrank, dem sie zwei Flaschen Sodawasser entnahm. Elise hatte dankend ein Glas Wein abgelehnt, als sie angekommen waren, und erklärt, dass sie vom langen Laufen noch dehydriert sei.

»Komm mit«, sagte Francesca. »Ich denke, Lucien und Ian sind in Ians Büro gegangen – Lucien wollte Ian ein paar Online-Fotos von der neuen Immobilie zeigen, die er im South Loop erworben hat –, und ich möchte dir auch noch etwas zeigen«, fügte sie hinzu. Sie öffnete eine Sodaflasche und reichte sie Elise.

»Was denn?«, hakte Elise nach und folgte ihr aus der riesigen Küche hinaus und einen großen gallerieartigen Flur entlang.

»Hattest du nicht gesagt, du wolltest noch mehr von meinen Bildern sehen? In Ians Büro hängen einige der Gemälde – auch das mit dem Titel *Die Katze, die frei umherstreifte*. Erinnerst du dich, ich habe dir von dem Bild erzählt.«

Elise fiel ein, wie Francesca ihr davon erzählt hatte, dass sie Ian unbekannterweise gemalt hatte, wie er auf einer verlassenen Straße Chicagos entlanggelaufen war, Jahre bevor sie den so schwer zu fassenden milliardenschweren Unternehmer persönlich kennengelernt hatte. Sie erkannte die getäfelte Tür wieder, durch die Francesca sie jetzt führte. Dies war der Raum, vor dem sie Lucien erwischt hatte, wie er Ian an jenem Abend beim Telefonieren belauscht hatte. Sie betraten einen großen Raum, in dem in gebeizten Walnussholzregalen unzählige Bücher standen. Zwei bequem aussehende Ledersofas standen sich einander gegenüber. Auf einem großen Schreibtisch, der zugleich wie eine Art Konferenztisch wirkte, stand ein Laptop, daneben ein Weinkaraffe und ein Glas. Ian saß vor dem Computerbildschirm, während Lucien ihm über die Schulter sah, ein Glas blutroter Wein in der Hand.

Elise war aufgefallen, dass Ian besorgt und angespannt ausgesehen hatte, als sie eingetroffen waren, doch jetzt lachte er ausgelassen über etwas, das Lucien gesagt hatte. Francesca warf ihr ein schnelles, zustimmendes Lächeln zu und führte sie dann zu dem Kamin. Elise starrte mit aufgerissenen Augen und Verwunderung auf Francescas Bild, das über dem Kaminsims hing.

»Ich staune immer noch darüber, wie begabt du bist«, lobte Elise sie aufrichtig. »Und die Vorstellung … dass du Ian so viele Jahre früher gemalt hast, bevor ihr euch begegnet seid, und dass er sich selbst erkannt und das Bild gekauft hat, ohne dich überhaupt zu kennen. Das muss Schicksal sein, wenn man daran denkt, wie es mit euch beiden weitergegangen ist. Und es ist sehr romantisch.«

»Ein unwahrscheinlicheres Pärchen als uns lässt sich wohl wirklich kaum finden. Und doch … seit wir zusammen sind, fühlt es sich an, als müsste es genau so sein«, sagte sie so, dass nur Elise es hören konnte.

»Ich vermute, dass könnte man auch über Lucien und mich behaupten«, sagte Elise und schaute auf die beiden Männer zurück, die miteinander sprachen. Lucien sah auf und fing ihren Blick auf. Er schenkte ihr jenes kleine geheime Lächeln, das stets ihre Wangen erröten und ihren Herzschlag sich beschleunigen ließ.

Oh Gott, es hatte sie wirklich erwischt.

»Du und er, ihr habt aber im Grunde recht ähnliche Hintergründe«, argumentierte Francesca ruhig.

»Ja, allerdings ist er der diszipliniterteste Mensch, den ich kenne. Und ich bin ungefähr so kontrolliert wie ein Tornado«, murmelte Elise und nahm einen Schluck von ihrem Soda.

Francesca lachte warm. »Irgendwie vermute ich, dass es genau das ist, was Lucien an dir liebt. Manchmal mischen sich Öl und Wasser doch so, dass es zum besten Ergebnis führt.«

Elise zuckte bei dem Wort *liebt* zusammen, riss sich aber schnell wieder am Riemen, um sich nichts anmerken zu lassen. »In Luciens und meinem Fall wäre eine angemessenere Analogie eher die von einem Streichholz und Dynamit«, murmelte Elise tonlos.

Francesca kicherte, ließ aber Ian durch den ganzen Raum hinweg nicht aus den Augen. Sie schien besorgt zu sein.

»Ist mit Ian alles in Ordnung?«, wollte Elise vorsichtig wissen.

Francesca seufzte. »Ihm geht in letzter Zeit viel durch den Kopf. Ich habe dir ja gesagt, dass Lucien einen guten Einfluss auf ihn hat.«

Elise sah zu den Männern hinüber und freute sich, dass Ian sich so entspannt zurücklehnte und interessiert nickte. Sie und Francesca gingen durch den großen Raum zu dem langen ovalen Tisch.

»Ich habe eben von Lucien erfahren, dass er schon einen sehr talentierten Chefkoch für sein neues Restaurant gefunden hat«, sagte Ian mit der Andeutung eines Lächelns, als die beiden Frauen näher gekommen waren. Elise wurde klar, dass bei Ian Noble dieses angedeutete Lächeln dem entsprach, was bei anderen Menschen ein breites Lachen war.

Francesca blickte sich um, eine begeisterte Miene auf dem Gesicht. »Du?«

Elise nickte.

»Wirklich? Wie toll. Warum hast du mir nichts davon erzählt?«, fragte sie leicht vorwurfsvoll.

»Also, wir verhandeln noch«, erklärte Elise und erwiderte Luciens warmen Blick. »Und ich muss erst noch meine Ausbildung beenden. Aber ich bin sicher, dass wir alle Details klären können. Ich bin ja keine Idiotin, solch eine einmalige Situation verstreichen zu lassen.« Luciens Augenbrauen gingen leicht nach oben, als wäre er überrascht über das, was sie gesagt hatte. Sie war ihm gegenüber nicht so freimütig gewesen, sondern hatte gezögert, aus Angst, dass sie seine Großzügigkeit ausnutzen würde. Auf Elise' Gesicht tauchte ein breites Lachen auf.

Lucien zuckte nachlässig mit den Achseln und lenkte damit ihre Aufmerksamkeit auf seine breiten Schultern, die in einem bläulichgrauen Button-down-Hemd steckten, was wunderbar zu seinen Augen passte. »Ich bin hier derjenige, der eine grandiose Möglichkeit ausnutzt.«

»Lucien hat mir von deinem Konzept für das Restaurant erzählt. Das klingt sehr vielversprechend«, berichtete Ian. Sein Telefon auf dem Tisch klingelte, aber er machte keinerlei Anstalten abzunehmen. »Ich habe einen Schulfreund, der trockener Alkoholiker ist und der mir ganz direkt gesagt hat, dass es für ihn problematisch ist, Alkohol oder Menschen, die Alkohol trinken, zu sehen. Ich mache mir immer wieder Gedanken darüber, wenn wir uns in einem Restaurant treffen. Und wie ihr sehen könnt« – er wies mit dem Kopf in Richtung der gut bestückten Anrichte, die an der Wand stand und auf der mehrere Kristallkaraffen mit Cognac, Brandy und Bourbon zu sehen waren –, »ist auch das hier kaum ein sicherer Treffpunkt. Ich muss Mrs. Hanson jedes Mal bitten, all den Alkohol wegzuräumen, wenn er mich hier besuchen kommt.«

»Apropos Mrs. Hanson. Sie hat bestimmt gerade jede Menge zu tun. Ich gehe schnell mal ans Telefon«, sagte Francesca.

»Nein, nein, das mache ich«, erklärte Ian und stand auf. Er streichelte liebevoll Francescas Arm, als sie an ihm vorüberging. Auch Lucien kam um den Tisch herum, und alle drei setzten sich auf die Sofas. Francesca nahm dabei auf der den anderen gegenüberliegenden Seite Platz.

»Was denkst du, wann kannst du das Hotel eröffnen?«, wollte Francesca wissen.

»Das wird mindestens noch ein Jahr dauern. Wir müssen sehr viel renovieren«, antwortete Lucien. Er legte seinen Arm auf die Rücklehne der Couch und strich mit den Fingerspitzen über Elise' Oberarm. Unter seiner Berührung bildete sich eine Gänsehaut, und Elise sah ihn an. Es kam ihr merkwürdig – aber wundervoll – vor, dass er sie in der Öffentlichkeit so angenehm berührte.

»Außerdem muss ich ja noch mein Praktikum beenden …«

Sie hörte abrupt mit dem Sprechen auf, als Ian, der hinter seinem Schreibtisch stand und das Telefon an sein Ohr drückte, eine scharfe Frage stellte. Alarmiert erkannte Elise, als sie sich zu ihm umsah, dass ihm ganz deutlich Schrecken ins Gesicht geschrieben stand. Sein Gesicht war im Kontrast zu seinen dunklen Haaren ganz blass geworden.

»Aber wie kann das passieren, Julia? Sie war stabil, als wir gestern miteinander gesprochen haben«, sagte Ian laut.

»Oh nein …«, flüsterte Francesca, die aufgestanden war und Ian anblickte. Elise sah ängstlich zu Lucien hinüber, doch er hatte seine Augen ebenfalls auf Ian gerichtet und die Stirn in Falten gelegt.

»Kommt das durch die neue Medikation? Das hat ihre Leber zum Versagen gebracht?« Eine grässliche Pause entstand. »Natürlich können Sie das definitiv sagen. Was sonst könnte denn die Ursache sein?«, fragte er nachdrücklich. »Ich werde so schnell wie möglich kommen«, erklärte Ian dann mit festem Ton. Er legte auf. Lucien erhob sich langsam, auch Elise stand auf. Francesca blieb unbeweglich stehen, ihre weit aufgerissenen Augen richteten sich mit Sorge und Furcht auf Ian, der auf sie zukam. Ians Blick bohrte sich in Francesca, und es war, als wären Lucien und Elise gar nicht im Raum anwesend.

»Die Leber meiner Mutter hat versagt.« Der steife, hohle Ton in Ians Stimme war ein Beleg für seinen Schock. »Julia ist der Meinung, dass sie nur noch wenige Tage zu leben hat.«

»O Gott«, flüsterte Francesca und streckte ihre Hand nach ihm aus. Doch Ian wich zurück. Francescas Hand fiel vor seiner Brust ins Leere. Er sah aus wie ein Mann, dem soeben die Seele geraubt worden war... ein Mann, der glaubte, die tröstende Berührung seiner Geliebten nicht verdient zu haben. »Es ist mein Fehler. Ich war mit dieser verfluchten Medikation einverstanden.«

»Ian, sag so etwas nicht. Du hattest keine andere Wahl. Sie hat sich geweigert zu essen«, flehte Francesca ihn an.

Ians Blick huschte zu Lucien und Elise hinüber. Elise fühlte sich, als sei sie wie ein Eindringling in einen intensiven, intimen Moment der Trauer hineingeplatzt.

»Es tut mir leid, Lucien. Du musst das alles für sonderbar halten. Ich habe dich glauben lassen, meine Mutter sei tot...«

»Darüber solltest du dir jetzt wirklich keine Gedanken machen«, sagte Lucien. »Abgesehen davon hatte ich schon die Vermutung, dass sie noch am Leben war.«

Ian sah ihn scharf an. Aus irgendeinem Grund fing Elise' Puls an, ihr bis in den Hals zu schlagen. Die Atmosphäre in dem Raum fühlte sich durch die unerwarteten Wendungen der Ereignisse aufgeladen an.

»Warum solltest du das vermuten?«, wollte Ian langsam wissen.

Lucien sah äußerlich völlig ruhig aus, doch Elise spürte, wie seine Anspannung stieg. Ihre Gedanken rasten in Lichtgeschwindigkeit, während sie sein stoisch wirkendes Profil ansah. Worüber dachte er nach? Die einzige Verbindung zu seiner Mutter drohte, für immer zu verstummen...

»Lucien?«, hakte Ian nach.

»Sag es ihm einfach«, forderte Elise. »Es könnte deine einzige Chance sein.«

Elise' Augen weiteten sich entsetzt, als Lucien zu ihr hinübersah, einen aufgeschreckten Ausdruck im Gesicht. Waren diese unter Druck entstandenen Worte wirklich aus ihrem Mund gekommen?

»Sag mir einfach, was?«, wollte Ian wissen und trat einen Schritt auf sie zu.

In Luciens Wange zuckte ein Muskel.

»Lucien? *Was* sollst du mir sagen?«, wollte Ian wissen, dieses Mal etwas lauter.

Lucien atmete langsam ein. »Ich habe gute Gründe zu glauben, dass deine Mutter mir etwas über die Identität meiner leiblichen Mutter verraten kann.«

Einen furchtbaren Moment lang dröhnte die Stille in ihren Ohren. Francesca sah verwirrt aus, im Gegensatz zu Ian und Lucien, die auf unheimliche Art und Weise ruhig wirkten.

»Wie um alles in der Welt kommst du darauf?«, fragte Ian.

Lucien blickte sein Gegenüber fragend an, dann fuhr er fort. »Mein leiblicher Vater hat es mir verraten«, erklärte er ruhig. »Ein Mann namens Trevor Gaines. Ich habe vor vielen Jahren einen Privatdetektiv engagiert, der die Identität meiner leiblichen Mutter aufdecken sollte. Die Spuren führten ihn dahin, wo Trevor Gaines damals wohnte – ins Fresnes-Gefängnis.«

Elise' Herz schien für einige Sekunden mit dem Schlagen auszusetzen, während sie entgeistert auf Luciens Profil starrte. Das war es nicht gewesen, was sie aus seinem Mund zu hören erwartet hatte.

Ians Reaktion war möglicherweise noch seltsamer als die von Elise. Seine kobaltblauen Augen loderten hinter kleinen Schlitzen hervor. Er erinnerte sie ein wenig an einen Schlafwandler, als er jetzt einen Schritt auf Lucien zumachte. Alle

Farbe war aus seinem Gesicht gewichen, doch sein Ausdruck war merkwürdig auf Lucien fokussiert und in ihn versunken, als würde er in einem besonders deutlichen Traum vorkommen … oder in einem Albtraum, der sich ihm zum ersten Mal zur Gänze offenbarte.

»Was hat Trevor Gaines mit meiner Mutter zu tun?« Seine Stimme klang wie ein Reibeisen.

»Das können wir ein anderes Mal besprechen«, schlug Lucien einen Moment später vor. »Du siehst nicht gut aus. Du hast einen Schock, und ich bin sicher, du möchtest jetzt deine Reise nach London vorbereiten.«

»Woher weißt du, dass meine Mutter in London ist?«

Francesca trat vor und legte eine Hand auf Ians Arm. »Ian, Lucien hat recht. Jetzt ist nicht der Zeitpunkt, um …«

»Woher weißt du das?«, wiederholte Ian barsch. Sein Blick hielt noch immer den von Lucien fest. Ein seltsames Paradox umgab ihn, denn seine wilde Verzweiflung war von einer stählernen Rüstung kompletter Selbstbeherrschung umgeben. Nur seine lodernden Augen und seine Blässe verrieten seinen inneren Kampf. Lucien wirkte als Ziel dieses konzentrierten Sturmes völlig ruhig – fast als wäre er der Überzeugung, er hätte dies verdient. Einen Moment lang sah er Ian einfach nur an, sprach nichts und schien seine Optionen angesichts der unerwarteten Wendung der Dinge abzuwägen.

»Ich weiß alles über Helen«, fuhr er schließlich fort. »Wie gesagt, ich hatte vor Jahren einen Privatdetektiv eingeschaltet, der die Identität und den Aufenthaltsort meiner Mutter herausfinden sollte. Er hat Helen Noble als den Schlüssel für die Antwort identifiziert, die ich suche. Ich weiß seit letztem Jahr, wo sie ist …«

»Du hast mich ausspioniert«, sagte Ian.

Elise sah von Lucien zu Ian und zurück zu Lucien. Ein

fröstelndes Gefühl überkam sie, als hätte sie jemand von oben bis unten mit Eiswasser übergossen. Sie hatte es schon früher bemerkt, aber den Gedanken nicht weiterverfolgt – die Größe der beiden, ihre Figur, ihre Selbstbeherrschung, die ähnlichen Profile.

»Ian, bitte«, drängte Francesca. »Das ist wirklich weder der richtige Ort noch die richtige Zeit. Du stehst wegen deiner Mutter unter Schock.«

»Du hast mir nachspioniert, oder etwa nicht?«, fragte Ian nachdrücklich.

»Ja. Ich gebe es zu.«

»Ich sollte jetzt gleich die Polizei rufen«, fauchte Ian. »Warum? Warum hast du das getan?«

»Nur aus zwei Gründen. Ob meine Gründe mit Gier oder Egoismus zu tun haben, musst du ganz allein entscheiden. Zum einen musste ich den Aufenthaltsort der Frau in Erfahrung bringen, die möglicherweise über die Antworten für meine noch offenen Fragen verfügt. Ich habe mir nicht vorstellen können, dass du mir alles über deine Mutter erzählen würdest, wenn ich dich einfach gefragt hätte. Zum anderen wollte ich dich persönlich einfach noch besser kennenlernen.«

»Und warum wolltest du mich noch besser kennenlernen?«, wollte Ian wissen. Er wirkte verärgert und verletzt.

»Weil mir Familie sehr wichtig ist«, erwiderte Lucien. »Und im Guten wie im Bösen, du bist das einzige Mitglied meiner echten Familie, das ich derzeit kenne. Du bist mein Halbbruder, Ian.«

KAPITEL 16

Ian sank auf das Ledersofa. Einen Moment lang sprach keiner der vier. Die Stille schien sich auf Elise' Brust zu legen und machte ihr das Atmen schwer. Ian sah aus, als wäre er verprügelt worden, zugleich aber spürte Elise, wie sein Kopf arbeitete … schäumte … nach Antworten suchte.

»Trevor Gaines?«, fragte er schließlich Lucien noch einmal.

Lucien nickte kurz. Elise hatte ihn niemals zuvor derart sachlich erlebt.

Francesca ging auf das Sofa zu und setzt sich neben Ian. Ian ergriff wie betäubt ihre Hand und drückte sie.

»Weshalb war Gaines im Gefängnis?«, krächzte Ian.

»Ich bin nicht sicher, ob du das jetzt wirklich wissen willst«, erklärte Lucien.

Francesca war kreidebleich. Etwas blitzte in ihren dunklen Augen auf, als sie in Luciens ernstes Gesicht blickte.

»Das denke ich auch. Natürlich müssen wir mehr darüber erfahren, aber nicht jetzt. Wir müssen nach London fliegen, Ian.«

Ian sah Francesca ins Gesicht. Als er sich seiner Verlobten zuwandte, erkannte Elise das tiefe Elend in seinen Augen … die sich ankündigende Leere.

»Ich möchte es aber wissen«, sagte Ian. »Ich möchte wissen, was für ein Arschloch mein Vater einen Großteil seines Lebens war. Du *weißt* das doch, Francesca.«

»Wer auch immer dein leiblicher Vater war, das ändert gar

nichts daran, wer du bist«, hörte Elise Francesca gedämpft flüstern.

»Wegen Vergewaltigung, oder?«, krächzte Ian, der nicht gehört zu haben schien, was Francesca ihm eben gesagt hatte. »Trevor Gaines war ein Vergewaltiger.«

In der nun folgenden Pause wurde Elise schwindelig. Sie wusste nicht, ob sie schwankte, doch plötzlich fühlte sie, wie Lucien sie anstarrte, seine Hand an ihrem Ellenbogen. Sie setzte sich automatisch, als er sie zur Couch brachte.

»Er wurde wegen zwei Vergewaltigungen angezeigt, doch er war auf jeden Fall in noch weiteren Fällen schuldig. Nur bei diesen zwei gab es allerdings genug Beweise, um ihn vor Gericht zu bringen. Allerdings ist da noch etwas anderes. Ich kann es dir auch gleich sagen«, fuhr Lucien fort. »Jetzt, wo du seinen Namen kennst, würdest du es ohnehin schnell herausfinden. Gaines war nicht nur ein Vergewaltiger, er war auch ein Reproduktionist.«

»Was ist das?«, wollte Elise wissen, als niemand weitersprach. Lucien sah zu ihr hinüber. Was sie in seinen Augen sah, hätte sie fast zum Weinen gebracht: eine hoffnungslose Trauer, eine bittere Abscheu, die niemals gelöscht werden konnte.

»Ein Reproduktionist hat die krankhafte Obsession, Frauen zu schwängern. Das erreicht er durch Verführung und Geschicklichkeit – indem er die Schwangerschaftszyklen von Frauen berechnet und die Verhütungsmethoden sabotiert. Beispielsweise indem er Kondome so manipuliert, dass sie beim Sex reißen, was die Wahrscheinlichkeit einer Schwangerschaft erhöht. Er spendet vielleicht auch zwanghaft Samen für Befruchtungen. Wenn all das nicht fruchtet, greift er eventuell auch zum Mittel der Vergewaltigung. Trevor Gaines hat alle drei Methoden eingesetzt, möglicherweise sogar noch andere mehr, von denen wir nichts ahnen. Die Polizei geht davon aus, dass er rund zwanzig Frauen geschwängert hat, auch wenn Gaines gegenüber Herrn Schröder – dem Privatdetektiv, den ich engagiert habe – damit geprahlt hat, es seien noch mehr gewesen. Viel mehr. Wir waren wie Trophäen für ihn.«

Übelkeit überkam Elise, als ihr klar wurde, dass das *wir*, von dem Lucien gesprochen hatte, alle Nachfahren von Trevor Gaines meinte.

»Wenn man das psychologische Profil eines solchen Mannes nicht verstanden hat, bleibt es sehr schwer, seine Motive und Taten zu verstehen … und selbst dann …« Lucien schüttelte den Kopf.

»Ich glaube, ich erinnere mich, etwas über ihn gelesen zu haben. Der Gentleman-Vergewaltiger – oder irgendetwas ähnlich Idiotisches. Haben ihn die englischen Zeitungen nicht so genannt?«, wollte Ian wissen.

Lucien nickte. »Er war sehr reich und stammte angeblich aus einer adligen Familie, außerdem galt er als genialer Wissenschaftler und Erfinder. Und er war eines der kränksten Arschlöcher. Mit seinen Kindern wollte er nichts zu tun haben, ihm ging es nur um die perverse, selbstsüchtige Bestätigung, dass er sich so großartig fortpflanzen konnte, dass er seinen Samen überall verteilt hatte. Für ihn war das alles ein pervertiertes Spiel, dieser egoistische Mistkerl«, fügte Lucien verbittert und fast unhörbar hinzu.

»Lucien, das alles hört sich so weit hergeholt an«, meinte Francesca plötzlich. »Wie kannst du denn sicher sein, dass dieser Mann dein oder Ians Vater ist?«

»In meinem Fall bin ich mir sicher, denn er hat sich zu einem Bluttest einverstanden erklärt. Trevor Gaines ist – oder war – definitiv mein leiblicher Vater.«

Elise entfuhr bei dieser trockenen Mitteilung ein zittriger Laut. Sie hasste es, seinen Schmerz derart offengelegt zu sehen, und es gab niemandem, dem sie die Schuld daran geben konnte, dass sie dies hier unerwartet miterleben musste, außer sich selbst.

»*War?*«, hakte Ian scharf nach. »Sag mir nicht, dass er tot ist.«

»Er ist vor ein paar Wochen gestorben, an einem Herzinfarkt, den er im Gefängnis erlitten hat.«

»Er sollte verdammt dankbar sein, dass er eines natürlichen Todes gestorben ist«, brummte Ian boshaft. Sein plötzlicher Hassausbruch ließ Elise frösteln. Auch Francescas Augen weiteten sich sorgenvoll, als sie ihren Geliebten ansah.

»Ich hatte den gleichen Gedanken, seit dem Tag, an dem ich erfahren habe, wer er ist«, erklärte Lucien, und Elise erkannte auch in seiner Stimme die bittere Wut. »Leider war sich Gaines wohl sehr bewusst, dass seine Nachkommen auf solche Gedanken kommen könnten, denn er hat sich rundheraus geweigert, mich zu sehen. Ich vermute, es wäre dir ähnlich ergangen. Wie ich erfahren musste, kann ein Gefängnis Leute auch genauso effektiv aussperren, wie es sie einsperren kann.« Er hielt inne und sah Ian an. »Ich habe es dir sagen wollen. Schon seit langer Zeit. Aber wie vermittelt man jemandem so eine Nachricht? Es sind ja nicht gerade erfreuliche Dinge. Ich war mir nicht sicher, wie du es aufnehmen würdest. Bin es mir auch jetzt noch nicht, doch nach heute Abend …« Er stoppte und sah zu Elise. Ihr Herz pochte laut in der Brust. »Schien es mir unmöglich, dir die Wahrheit noch länger vorzuenthalten.«

»Aber noch mal«, fing Francesca verzweifelt wieder an, »warum bist du auch in Ians Fall so sicher? Verlässt du dich da allein auf die Aussage von Trevor Gaines, dass Ian eines seiner leiblichen Kinder ist? Seinen Worten kann man *sicherlich* kaum trauen.«

»Er wusste eine Menge persönlicher Details über Helen

Noble. Er hatte sie in England kennengelernt. Dort hatte sie wohl auch ihren ersten psychotischen Zusammenbruch.« Letzteres ergänzte Lucien leiser, ohne dem Blick von Ian auszuweichen. »Sie war von zu Hause ausgerissen, und Gaines hat sie in Essex unter seine Fittiche genommen. Er konnte sehr charmant sein, wie das bei vielen Soziopathen der Fall ist. Bei deiner Mutter sind zu dem Zeitpunkt die ersten Anzeichen für eine Schizophrenie aufgetaucht, sie ist daher sehr verletzlich gewesen. Er hat Helen mit zurück nach Nordfrankreich genommen, in die Nähe des Ortes, aus dem er stammte, und hat sie dann in einem Haus ungefähr achtzig Kilometer von seinem Landgut untergebracht – in dem Haus, in dem du die ersten Jahre deines Lebens verbracht hast, Ian. Er hat behauptet, Helen und er wären ein Paar gewesen, aber wenn dem so gewesen sein sollte, hat er sie sehr schnell fallen lassen, nachdem sie schwanger geworden war. Trotz ihrer zunehmenden Krankheit und ihrer Orientierungsschwierigkeiten.«

»Wir haben nie gewusst, wie sie nach Frankreich gekommen ist«, sagte Ian dumpf. »Meine Großeltern haben kreuz und quer in England, später dann in ganz Europa nach ihr gesucht. Das Dorf, in dem wir gewohnt haben, war auch wirklich sehr einsam gelegen. Er hat wahrscheinlich doch begriffen, wer sie war … welchen Status sie besaß. Gaines hat höchstwahrscheinlich gewusst, dass es sehr unwahrscheinlich war, dass jemand meine Mutter dort finden würde.«

»Meine Mutter war die Haushälterin von Helen. Offenbar hatte Helen sie in einem Moment der Klarheit angestellt, während sie noch in England gelebt hat. Das war einige Monate, nachdem sie aus Belford Hall geflüchtet war«, erklärte Lucien und bezog sich dabei auf das Landgut von Ians Großeltern in East Sussex. »Gaines hatte offenbar eine Vorliebe dafür, Frauen zu schwängern, die irgendwie miteinander verbunden waren. Zum Beispiel wurde er schließlich wegen der Vergewaltigung einer Frau verurteilt, die noch zwei weitere Schwestern hatte. Von den drei Frauen hat er zwei verführt, ohne das Wissen der jeweils anderen. Er hatte dann noch versucht, die dritte herumzukriegen, und als ihm dies nicht gelungen ist, hat er sie vergewaltigt. Er hat es nicht dulden können, dass ihn irgendetwas – auch nicht das Recht einer Frau, nein zu sagen – von seinem kranken Ziel abbrachte, alle drei Schwestern mit seinen Kindern schwanger zu sehen. Zudem hat er gerne sowohl seine Verführungen als auch seine Vergewaltigungen mit einer Kamera gefilmt. Das war es auch, was schließlich zu seiner Verurteilung geführt hat, denn an seiner Schuld gab es keinen Zweifel.«

In der schrecklichen Stille, die nun folgte, fiel Elise auf, wie Ians Blick zu Francesca huschte. Seine Gesichtszüge wirkten teilnahmslos, doch Elise hatte den Eindruck, als hätte sie puren Horror in seinen Augen erkannt. Francesca schüttelte den Kopf, sie sah furchtbar hilflos aus.

»*Nein*«, rief Francesca mit ruhiger Eindringlichkeit aus. Was genau sie damit meinte, war Elise nicht klar, aber die Verzweiflung war ihr deutlich anzumerken. Ian wandte sich wieder an Lucien.

»Was noch?«, spornte Ian ihn hartnäckig an.

»Etwas Ähnliches hat er auch mit unseren Müttern gemacht. Nein, er hat die Vergewaltigung nicht gefilmt«, erklärte Lucien schnell, als er sah, wie wild Ians Miene geworden war. »Ich meinte damit seinen Wunsch, Frauen zu schwängern, die auf die eine oder andere Art und Weise miteinander verbunden waren. Anscheinend hatte Gaines zeitgleich mit unseren beiden Müttern ein Verhältnis. Ich weiß allerdings nicht, ob mit Gewalt oder durch Verführung. Unsere Geburtstage liegen nur sechs Wochen auseinander, glaube ich.«

Ian starrte nur vor sich hin.

»Trotzdem«, unterbrach ihn Francesca. »Das ist wohl kaum ein Beweis. Was macht dich so sicher, dass Ian definitiv der leibliche Sohn eines Kriminellen ist?«

Lucien zögerte.

»Lucien?«, fragte Ian.

»Ihr würdet es jetzt ohnehin herausfinden«, murmelte Lucien. Er drehte sich um und ging zu dem ovalen Tisch, um sich den Laptop zu nehmen. Er kam zurück und setzte sich neben Elise aufs Sofa. Sie sah zu, wie seine langen Finger flott über die Tasten huschten. Ein Schwarz-Weiß-Foto tauchte auf dem Bildschirm auf. Elise sah es ungläubig an.

Ian nahm Lucien den Computer ab, als er ihm ihn reichte. Francescas Hand schoss hoch, um ihren Mund zu bedecken.

»*Mein Gott*«, brach es aus Francesca hervor, und sie klang, als würde sie gerade krank werden. Zusammen mit Ian blickte sie auf das Bild. Elise wusste ganz genau, weshalb sie diesen erschrockenen Ausruf getan hatte. Die Bildunterschrift unter dem eingescannten Zeitungsartikel erklärte, dass hier der etwa dreißigjährige Trevor Gaines zu sehen sei. Er sah unglaublich gut aus und lächelte ein kleines, geheimnisvolles, charmantes Lächeln – das exakte Gegenteil dessen, wie man sich einen Vergewaltiger und Gewalttäter vorstellen mochte.

Ian Noble war Trevor Gaines wie aus dem Gesicht geschnitten.

»Deswegen hat sie sich immer vor mir erschreckt, wenn sie einen psychotischen Schub hatte«, stellte Ian mit einer unheimlichen Ruhe fest, die Elise einen Schauder über den Rücken laufen ließ. Er sah in Francescas beunruhigtes, verblüfftes Gesicht. »Meine Mutter. Deshalb hat sie sich manchmal so verhalten, als würde ich ihr Angst machen – mein ganzes Leben lang hat sie immer mal wieder schon bei meinem Anblick gewimmert und sich zusammengekauert. Mir ist nie klar gewesen, warum, aber ich habe etwas gespürt. Etwas Böses. Das ist auch der Grund, warum meine Gegenwart bei ihr einen Rückfall auslösen konnte … und noch immer kann. Denn ich ähnle ihm so sehr. Ich habe das Gesicht des Mannes, der sie ausgenutzt hat. Ich habe das Gesicht ihres Vergewaltigers.« Er sah Lucien an. Lucien begegnete seinem Blick genauso grimmig.

Genauso traurig.

Francescas Mund blieb offen stehen. Elise konnte fast hören, wie es in ihrem Kopf arbeitete, konnte spüren, wie sie nach beruhigenden Worten suchte … und keine fand. Elise verstand es, denn sie war vor lauter Hilflosigkeit ebenso betäubt.

Ian legte den Laptop auf das Sofa und erhob sich.

»Ian«, sagte Francesca scharf. Er hielt inne und wandte sich ihr zu. Sie starrte ihn an … schweigend … erschüttert. Er öffnete die Arme, und Francesca flog in sie hinein, drückte ihn fest. Er presste sie an sich. Seine Augen waren fest zusammengekniffen, jede Linie seines Körpers ein Ausdruck seines unaussprechlichen Schmerzes.

»Du bist das Beste an mir«, murmelte er. »Das Allerbeste. Aber es gibt noch viel mehr Hässlichkeit. Die Balance ist nicht ausgeglichen.«

»*Nein*«, hörte Elise Francesca heiß flüstern.

Ian küsste sie oben auf den Kopf, seine Lippen blieben an ihr hängen, während er ihren Duft einatmete. Sein Gesicht sah aus wie das eines Toten, als er sich schließlich vorsichtig aus ihren Armen herauswand und aus dem Zimmer eilte.

Einen Moment lang stand Francesca einfach nur überrascht da.

»Ich gehe ihm nach«, entschied Lucien und stand auf. »Ich weiß, wie es ist, das herauszufinden …«

»Das ist wie sein schlimmster Albtraum, nur hundert Mal schlimmer«, sprach Francesca trostlos, als würde sie mit sich selbst sprechen. Sie kam wieder zu sich und schaute zu Lucien zurück. »Ich gehe«, sagte sie und rannte aus dem Zimmer.

Als sie gegangen war, wandte Elise ihren Blick Lucien zu. Der Schrecken ließ sie innerlich schrumpfen. Er starrte auf die Tür, durch die eben Ian und Francesca verschwunden waren. Warum hatte er ihr nicht die ganze Wahrheit gesagt? Was dachte er jetzt wohl?

Elise selbst konnte nicht in Worte fassen, wie sie sich fühlte: Kummer wegen der harschen, herzzerreißenden Wahrheit, der Ian, Francesca und Lucien gegenüberstanden. Schande, dass sie es gewesen war, die aus ihrer Unwissenheit und wegen ihrer verdammten Impulsivität all das ans Licht gebracht hatte. Lucien hatte immer eine Familie gewollt. Er hatte Ian nicht einfach nur deshalb nachspioniert, weil er den Aufenthaltsort und die Lebensumstände von Helen Noble herausfinden wollte.

Er hatte einen leibhaftigen Bruder besser kennenlernen wollen. Um ihn zu lieben, trotz all dieser widerlichen Umstände. Und sie *waren* sich ja nähergekommen … fühlten sich so wohl in der Gegenwart des anderen.

Elise hatte all das geändert. Ian war verwirrt. Wütend. Sie hatte Lucien womöglich der einzigen echten Familie beraubt, die er je haben würde.

»Lucien«, flüsterte sie, wild entschlossen, sich zu entschuldigen … ihn zu fragen, warum er ihr nicht alles erzählt hatte, aber zugleich fürchtete sie seine Antwort. Wieso sollte er ihr irgendetwas von Bedeutung erzählen, wenn sie die Wahrheit doch gleich auf diese Art und Weise verraten würde? Doch plötzlich öffnete sich die Tür, und Francesca trat ins Zimmer. Ihr Gesicht war leichenblass.

»Er ist verschwunden«, sagte sie ausdruckslos.

Wieder zuckte ein beängstigender Schauder der Unvermeidlichkeit durch Elise. Auf eine bestimmte Art und Weise schienen diese drei Worte mehr zu bedeuten als nur die kurze Abwesenheit von Ian Noble.

»Ich habe ihn noch nie so aufgelöst erlebt …« Francesca verstummte, als die Emotionen sie überkamen.

»Es war mein Fehler. Ich werde ihn finden«, erklärte Lucien, als Francesca nicht weitersprach. »Ich melde mich, wenn ich ihn habe.«

Elise saß einfach daneben und sah zu, wie Lucien von ihr fortging. Dabei dachte sie ununterbrochen, dass, wenn es einen Schuldigen gab, es vor allem ihr Fehler, und nicht seiner gewesen war. Da sie ihn unbeabsichtigt bloßgestellt hatte, war es vielleicht das letzte Mal, dass Lucien so von ihr fortging.

Nachdem sich die getäfelte Tür mit einem lauten Klappen geschlossen hatte, fiel ihr benebelter Blick auf Francesca. Sie erhob sich eilig und ging auf sie zu. Ihre Freundin wirkte zutiefst erschüttert und ließ sich ohne Widerstand von Elise zum Sofa führen. Francesca sah erst auf, als Elise ihr wenig später ein Gläschen Brandy in die Hand drückte.

»Wie geht es jetzt weiter?«, fragte Francesca sich dumpf.

»Lucien wird ihn finden. Alles wird gut«, versicherte ihr Elise mit einer Sicherheit, die sie bei Weitem so nicht verspürte.

Eben noch hatte sich Elise gefühlt, als wäre sie in einen sehr privaten Moment eingedrungen, doch als sie nun hier mit Francesca saß und darauf wartete, entweder von Lucien oder von Ian zu hören, wurde sie das Gefühl nicht los, als säße sie an einem Totenbett. Für eine halbe Stunde kauerten beide in fast völligem Schweigen auf der Couch im Büro, ihre Handys auf dem Tisch vor ihnen. Francesca hatte einmal leise geflucht und versucht, Ian zu erreichen.

»Er nimmt nicht ab«, sagte sie kurz darauf und legte ihr Telefon wieder weg.

Nach einer Weile klopfte es an der Tür, und Mrs. Hanson steckte ihren Kopf herein.

»Elise? Ich würde jetzt mit dem Pudding beginnen.«

»Mrs. Hanson, entschuldigen Sie bitte«, antwortete Francesca und stand auf. »Ich hätte es Ihnen schon früher sagen sollen. Wir haben unsere Pläne leider ändern müssen, es tut mir leid. Lucien und Ian sind noch einmal weggefahren.«

»Möchten Sie denn, dass ich das Essen für Sie und Elise im Speisezimmer serviere?«

»Nein … ich könnte nichts essen … ich bin zu …«

Elise stand ebenfalls auf, als sie Francescas Nervosität bemerkte. »Vielleicht kann ich Sie begleiten und eine Kleinigkeit zum Essen für Francesca mitnehmen. Ich bin sicher, sie könnte etwas zu essen brauchen, aber sie erwartet einen Anruf.«

»Natürlich – das Roastbeef ist fertig. Ich werde Ihnen ein bisschen davon aufschneiden«, versicherte ihr Mrs. Hanson, die höflich blieb, aber leicht verwirrt wirkte und sich offenbar um Francesca sorgte. Elise, die wusste, dass Francesca jetzt nicht in der Lage war, nun Fragen zu beantworten, begleitete Mrs. Hanson in die Küche und half ihr, ein paar Happen vorzubereiten.

Francesca hatte kaum zwei Mal von dem aromatischen Fleisch gekostet, als sie ihren Teller zur Seite schob und ihr Telefon wieder nach eingegangenen Nachrichten überprüfte.

»Kennst du Ians Mutter gut?«, wollte Elise wissen, nachdem Francesca ihre Bemühungen aufgegeben und ihr Telefon zur Seite gelegt hatte. Francesca schüttelte den Kopf.

»Ich habe sie nur ein paar Mal besucht. Abgesehen von unserer ersten Begegnung war sie in der Regel ziemlich ruhiggestellt.«

»Ich kann mir kaum vorstellen, wie es für Ian sein muss, sie in diesem Zustand zu sehen.«

Francesca nickte. »Manchmal will ich ihn bitten, nicht hinzugehen, obwohl ich weiß, dass das ein furchtbarer Gedanke ist. Ich würde es wegen seiner Mutter auch niemals sagen. Trotzdem … scheint es mir so zu sein, als würde ihm bei jedem Besuch ein wenig seiner Seele geraubt, wenn er nur noch die Hülle eines Menschen antrifft, den er liebt.« Es entstand eine Pause. »Was Ian am Schluss gesagt hat … das stimmt«, hob Francesca ohne Ton in der Stimme wieder an. »Helen schreckt wirklich manchmal vor ihm zurück, vor allem wenn sie gerade keinen Bezug zur Realität hat. Vielleicht hat Ian recht. Vielleicht wird sie an … diesen Mann erinnert.«

Elise konnte Francescas Zögern, den Namen Trevor Gaines auszusprechen, gut nachvollziehen. Kein Wunder, dass Lucien so aussah, als hätte er etwas Schimmeliges gegessen, jedes Mal, wenn ein Gespräch auf Gaines zulief.

Einige Minuten später klingelte Elise' Telefon. Sie kontrollierte auf dem Display den Anrufer und nahm dann schnell ab.

»Lucien?«

»Ja. Ian ist okay. Ich bin jetzt bei ihm.«

»Ian ist okay«, gab Elise augenblicklich an Francesca weiter, die mit großen Augen neben ihr saß. »Wo seid ihr?«, fragte Elise.

»Wir sind unterwegs nach London.«

»Wie bitte?«

»Ich bin meiner Vermutung gefolgt und Ian zum Flughafen von Indiana hinterhergefahren, wo er seinen Privatjet geparkt hat. Ich habe mir gedacht, dass ich, wenn ich ihn nicht mehr antreffe, mir selbst einen Flieger chartern könnte. Ich habe mir ausgemalt, dass er so schnell wie möglich zu seiner Mutter wollte.« Irgendetwas in der gedämpften, leisen Stimme Luciens verriet ihr, dass Ian nicht weit entfernt sein konnte.

»Wirst du … wirst du auch versuchen, dich mit Helen zu treffen?«, wollte Elise zittrig wissen. Denn sie war sich mit einem Mal gar nicht mehr sicher, wo sie bei ihm stand. Sie konnte seine Stimmung nicht erkennen. War er wütend? Besorgt? Mit den Gedanken woanders? Elise hatte das Gefühl, vor allem Letzteres, aber sicher konnte sie sich nicht sein.

»Das hängt von ihrem Zustand ab. Ich habe Ian zugesagt, ihn dabei zu nichts zu drängen.« Ein Schuldgefühl tauchte bei diesen Worten in ihr auf. Sie erinnerte sich, wie sehr er an jenem Tag in seinem Büro insistiert hatte, dass er nichts überstürzen werde, solange Ian mit seiner eigenen Seelenqual zu tun hatte. Aber Elise war es gewesen, die ihn dann gestoßen hatte …

»Bitte richte Francesca aus, dass Ian gesagt hat, er wolle sie nachher anrufen«, sagte Lucien gerade. »Er … ist im Moment erschöpft.«

»Lucien …«, begann sie und blickte besorgt zu Francesca. Sie wollte auf jeden Fall noch ein paar private Worte mit ihm wechseln. Sie wollte sich für ihren Fauxpas entschuldigen.

»Kannst du Sharon bitte erklären, dass ich auf unbestimmte Zeit nicht in der Stadt sein werde?«

»Aber Lucien, kannst du …«

»Ich melde mich wieder, sobald ich mehr weiß.«

»Lucien«, platzte es aus ihr heraus, im verzweifelten Wunsch, noch die Gelegenheit für eine Entschuldigung zu nutzen, bevor er auflegte. »Es tut mir so leid. Ich habe nicht gewusst … ich habe es nicht absichtlich getan.«

»Natürlich hast du das nicht. Das tust du nie.«

Bei diesen Worten überkam sie ein Gefühl der Scham. Er hatte schon früher etwas Ähnliches zu ihr gesagt, als sie eine schlaffe Entschuldigung für ihre Impulsivität genutzt hatte.

»Jetzt ist es passiert. Versuch, dir keine Gedanken zu machen.«

Die Verbindung war tot. Elise nahm das Handy vom Ohr, sie fühlte sich am ganzen Körper wie taub.

»Was ist?«, wollte Francesca aufgeregt wissen.

»Ian ist bei Lucien. Sie sitzen ins Ians Flugzeug und sind auf dem Weg nach London.«

»Ian ist ohne mich aufgebrochen?«, fragte Francesca, und in ihrer Stimme war der Schock darüber deutlich zu hören.

»Er lässt dir ausrichten, dass er dich später anruft. Lucien hat gesagt, er wäre erschöpft«, richtete Elise ihrer Freundin aus, um sie zu beruhigen, obwohl sie sich recht sicher war, dass Lucien das Wort erschöpft als Euphemismus verwendet hatte. Sie konnte sich nicht vorstellen, dass Ian Noble in diesem Moment wirklich nach Schlafen zumute war.

Francesca stand auf, griff nach ihrem Telefon und gab eine Nummer ein.

»Was machst du da?«, wollte Elise wissen.

»Einen Flug nach London buchen«, gab Francesca grimmig zurück.

Hilflosigkeit überkam Elise. Sie beneidete Francescas Position als Verlobte von Ian, die solche Entscheidungen einfach treffen konnte. Sie – Elise – fühlte sich wie eine machtlose Außenseiterin. Sie konnte nicht in das private Krankenhaus stürmen und verlangen, zu Lucien gelassen zu werden. Nicht nach dem, was sie sich eben geleistet hatte.

Nein, sie war Schlimmeres als eine Außenseiterin. Es war ihr Ungestüm gewesen, das all diese Schmerzen an diesem Abend ausgelöst hatte.

Zwölf Tage später fuhr Elise mit dem Fahrstuhl nach oben in Ian Nobles Penthouse, ihr Herz fühlte sich schwer wie Blei an. Francesca erwartete sie bereits im Foyer, als die Türen des Aufzugs sich leise öffneten. In der letzten Woche hatte Francesca abgenommen, ihre dunklen Augen sahen nun noch größer aus als sonst … geisterhaft. Ohne ein Wort zu sagen, trat Elise auf sie zu, und sie umarmten sich.

»Die Beerdigung fand *heute* statt«, sagte Francesca, noch während sie sich in den Armen lagen.

»Anne, Ians Großmutter, hat sich telefonisch bei mir gemeldet, kurz bevor ich dich im Fusion angerufen habe. Ich kann es einfach nicht glauben«, fuhr sie erschüttert fort. »Ich stehe noch immer unter Schock. Ian hatte mir *versprochen*, dass er mir Zeit geben würde, noch nachzukommen.«

»Es tut mir so leid«, sagte Elise. Sie und Francesca waren seit jener Nacht, an der die Wahrheit ans Tageslicht gekommen war, in Kontakt geblieben. Francesca war unmittelbar nach London geflogen, wohingegen Elise in Chicago geblieben und wie gewöhnlich ihrer Alltagsroutine gefolgt war, um sich selbst von dem abzulenken, was sie nicht kontrollieren konnte. Lucien hatte sie noch ein Mal angerufen, einen Tag nach seiner Abreise, sich danach aber auf Textnachrichten über Helens Gesundheitszustand beschränkt. Auch mit Francesca schrieb er sich, nachdem sie gezwungen gewesen war, wegen der Termine ihres Studiengangs nach Chicago zurückzukehren. Luciens regelmäßiger Kontakt mit Francesca bestätigte Elise' Befürchtung, dass er zu verärgert war, um mit ihr zu sprechen.

Elise war während des einen Telefonats, das sie noch mit Lucien geführt hatte, so von Schuldgefühlen geplagt gewesen, dass sie ins Stocken darüber geriet, was sie eigentlich hatte sagen wollen. Er schien ebenfalls distanziert … vielleicht sogar kalt? Natürlich hatte er sich noch nicht mit dem abgefunden, was geschehen war. Es stimmte schon, es war im Grunde Lucien selbst gewesen, der mit seiner Vermutung, Ians Mutter sei noch am Leben, die Tür zu dem Geheimnis weiter aufgestoßen hatte. Doch am Anfang hatte Elise' impulsive Bemerkung gestanden, die den ersten Spalt geöffnet hatte.

»Ich danke dir, dass du so schnell gekommen bist«, freute sich Francesca und ließ ihre Freundin los.

»Das war kein Problem. Denise hat die Küche im Fusion im Griff«, versicherte ihr Elise. Elise hatte Francescas Hand ergriffen, als sie die Umarmung gelöst hatte. »Es klingt für mich immer noch unglaublich, dass es schon eine Beerdigung gegeben hat.«

»Es war wohl eher eine Trauerfeier als eine Beerdigung. Offenbar hatte Helen in einem ihrer eher klaren Momente darum gebeten, eingeäschert zu werden. Lucien hatte mir am Morgen gerade mitgeteilt, dass Helen verstorben sei, und bevor ich die Chance hatte, meine Pläne für die Hochschule umzuschmeißen und einen Koffer zu packen, hatte Anne schon angerufen und mir berichtet, dass sie die Feier bereits abgehalten haben und ich nicht mehr kommen solle.«

Elise' Herz machte einen Sprung, als sie Luciens Namen hörte. Sie unterdrückte den dringenden Wunsch, Francesca eine Menge Fragen über Lucien zu stellen. Sie wusste durch seine Nachrichten, dass er Helen Noble zusammen mit Ian im Krankenhaus besucht hatte, doch sie war völlig im Unklaren darüber, was diese Treffen ergeben hatten. Wieder einmal musste sie dieses furchtbare Gefühl ertragen, eine Außenseiterin zu sein.

Allein zu sein.

»Verstehst du nicht, Elise?«, bohrte Francesca unglücklich nach. »Ian hat mir nicht einmal eine Chance gelassen, an dem

Gottesdienst teilzunehmen, weil er nicht *wollte*, dass ich dabei bin. Warum geht er mir so aus dem Weg?«

Elise schüttelte den Kopf. Sie war entschlossen, Francesca nichts von ihren Sorgen über Ians Verhalten zu verraten. Obwohl Francesca sofort nach London geflogen war, als sie gehört hatte, dass Ian dort angekommen war, blieb sie nur drei Tage dort. Als sie erfahren hatte, dass ein Professor sich weigerte, ihre Abgabefrist für ein Projekt zu verlängern, hatte Ian darauf bestanden, dass sie nach Chicago zurückkehrte. Dafür hatte er ihr versprochen, sie zu kontaktieren, sobald es seiner Mutter schlechter ginge. Anscheinend hatte Ian sein Wort nicht gehalten, worüber Francesca nun verärgert war.

»Er ist durcheinander und trauert. Gib ihm mehr Zeit«, empfahl Elise und nahm Francescas Hand und führte sie in ein Zimmer, das von dem Hauptflur abging. »Setz dich. Ich hole dir etwas zu trinken«, sagte sie. Sie hatte auf einer Anrichte einen Krug mit Wasser und ein paar Karaffen entdeckt.

»Aber ich bin doch seine Verlobte, oder etwa nicht? Ich sollte doch eigentlich bei ihm sein, wenn er etwas derart Schreckliches durchmachen muss. Als Anne angerufen hat, um mir zu sagen, dass ich nicht kommen solle, hat sie noch erwähnt, dass Ian wegen eines wichtigen geschäftlichen Problems nach Deutschland muss. Sie war absichtlich so ausweichend und vage. Das weiß ich.« Francesca zitterte, als Elise ihr ein Glas Wasser reichte.

»Ian scheint mir nicht der Typ Mann zu sein, der gerne möchte, dass du ihn in solch einer verwundbaren Situation erlebst.«

»Nun, sein Pech!«, brach es aus Francesca heraus. »Man kann doch keine Beziehung mit jemandem führen und dieser Person genau dann aus dem Wege gehen, wenn man sich verletzlich fühlt. Selbstverständlich ist er vom Tod seiner Mutter aus der Bahn geworfen… und nach dem, was Lucien ihm erzählt hat. Wer wäre das nicht? Aber das ist doch nur ein Grund mehr, dass ich ihm jetzt beistehen sollte. Stattdessen hat er kaum mehr als zwei Worte mit mir gewechselt, seit er neulich Abend hier weggelaufen ist, und das, obwohl ich in London war. Er hat darauf bestanden, dass ich nicht nachkommen sollte, bis Helen verstorben sei. Aber als sie dann tot war, hat er mir nichts davon gesagt! Ich bin wütend auf ihn.« Auch Angst war in ihrer erregten Stimme zu hören. »Und ich bin krank vor Sorge um ihn. Was um alles in der Welt geht jetzt in seinem Kopf vor?«

»Ich wollte ihn nicht verteidigen, Francesca. Ich wollte doch nur sagen, dass es nicht wirklich überraschend ist, dass er in diesem Augenblick ein paar Mauern um sich hochzieht.«

»Ich habe das furchtbare Gefühl, dass er mich verlassen wird.«

Bei dieser heftigen Feststellung Francescas blieb Elise der Mund vor Überraschung offen stehen. Francesca war ihr nie wie jemand vorgekommen, der zur Hysterie neigte. »Ian dich verlassen? Nein… niemals. Du bist sein Heiligstes. Er betet den Boden an, über den du gelaufen bist.«

Francesca schüttelte den Kopf, als könne sie Elise ihre Befürchtungen nicht angemessen verdeutlichen. Sie stellte das Wasserglas auf dem Sofatisch ab, ohne es angerührt zu haben.

»Du kennst Ian nicht. Du hast keine Ahnung davon, welche Horrorvorstellungen bei ihm mit alldem verbunden sind. Das muss ihn in eine Krise stürzen«, erklärte sie mit heiserer Stimme. Sie blinzelte und sah Elise dann konzentriert an. »Für dich war es auch furchtbar. Du hast zwar vor diesem Abend mehr über Lucien und Helen gewusst als Ian und ich, aber der Rest – der Teil über Trevor Gaines – war ja auch für dich ein Schock.«

Düster nickte Elise. »Und Lucien ist inzwischen genauso wenig kommunikativ mir gegenüber wie Ian dir. Allerdings hat Lucien einen guten Grund dafür. Er muss wütend auf mich sein, dass ich bei dieser Gelegenheit dieses Thema aufgebracht habe. Er hat mich immer für impulsiv gehalten ... eine ungesicherte Waffe. Und ich musste es ihm ja auch noch einmal beweisen, oder etwa nicht?«

Francesca tätschelte Elise' Hand, die auf ihrem Knie lag. »Lucien hat an jenem Abend die bewusste Entscheidung getroffen, Ian alles zu erzählen. Du hast ihn nicht dazu gezwungen, Elise. Du hast so gehandelt, wie es dir dein Herz geraten hat. Daran ist nichts Falsches. Du hast dir Sorgen darüber gemacht, dass Lucien nie die Möglichkeit haben könnte, etwas über seine leibliche Mutter herauszufinden, als es Helen so schlecht ging.« Ihre Miene hellte sich etwas auf. »Oh ... und Lucien hat mir zu genau diesem Thema bei unserem Gespräch heute Morgen gute Neuigkeiten mitteilen können. Hat er es dir vielleicht auch schon erzählt?«, wollte Francesca vorsichtig wissen.

»Nein. Worum geht es denn?« Elise' Nacken kitzelte vor Anspannung.

»Helen Noble hat ihm den Namen seiner Mutter verraten können. Anfangs war noch gar nicht daran zu denken, denn sie ist kaum bei Bewusstsein gewesen, als die beiden angekommen sind. Aber noch kurz bevor sie verstorben ist, ist sie wieder zu sich gekommen und hatte noch einmal einen klaren Moment. Ian und seine Großeltern haben sich so noch von ihr verabschieden können.« Trauer spiegelte sich auf ihrem Gesicht. »Und offenbar hat sie, trotz ihrer Schwäche und der von ihrer Psychose verursachten Orientierungslosigkeit, irgendetwas an Lucien erkannt. Ich habe es so verstanden, als sei sie sehr stolz auf Luciens Mutter gewesen, denn sie hat ihn angelacht und ihre Hand nach ihm ausgestreckt und dann den Namen seiner Mutter genannt. Es ist merkwürdig, dass Erinnerungen so fest verankert sein können, sogar in einem Kopf, der so verwüstet war wie der von Helen.«

»Es ist erstaunlich, dass sie ihn mit seiner Mutter in Verbindung gebracht hat, ohne ihn zuvor ein einziges Mal gesehen zu haben … wie ein Wunder.« Elise schnaufte. »Er muss ihr sehr ähnlich sein. Und, wie ist er? Wie lautet ihr Name?«

»Fatima«, antwortete Francesca. »Fatima Rabi, wenn ich mich richtig erinnere. Helen Noble hat ihm sogar noch den Namen der Stadt in Marokko sagen können, in der sie aufgewachsen ist. Damit, und dem Namen, sollte es doch möglich sein, sie aufzuspüren … oder zumindest andere Mitglieder ihrer Familie.«

Elise' Herz setzte kurz aus und schlug ihr dann bis zum Hals, als sie an Lucien dachte, der sein Ziel erreicht hatte. »Er muss jetzt unglaublich glücklich sein … so erleichtert, dass er diese Neuigkeiten noch erfahren hat. Die ganzen Jahre hat er darauf gewartet. Er hat auf eine Familie gewartet. Ich weiß, der Tod von Helen war dafür ein schwerer Preis, aber …«

Francesca verstärkte den Griff um Elise' Hand.

»Luciens Suche hat nichts mit Helen Nobles Krankheit oder Tod zu tun. Überhaupt nichts. Möglicherweise erkennt er es jetzt noch nicht richtig, aber hättest du nicht diese Kettenreaktion in Gang gesetzt, hätte er den Namen seiner Mutter nie erfahren. Dann hätte er auch nicht im Entferntesten die Möglichkeit gehabt, sie einmal zu treffen. Helen Noble war die letzte noch existierende Verbindung. Und dank dir hat er diese Möglichkeit jetzt erhalten.«

Auf Elise' Gesicht war ein Lächeln zu sehen. Sie war mehr als nur erfreut, dass Lucien nun einen deutlicheren Weg hatte, der ihn zu seiner leiblichen Mutter führen konnte. Aber das änderte nichts daran, dass sie sich auch einer Chance beraubt fühlte. Sie wusste, dass er in diesem Moment, in dem sie und Francesca miteinander sprachen, wahrscheinlich bereits auf dem Weg nach Marokko war.

Und sie wusste nicht, wann sie ihn wiedersehen würde … falls überhaupt.

Sie ging zurück ins Fusion, um ihre Arbeit zu beenden, nachdem sie mit Francesca gesprochen hatte. Als sie, später an diesem Abend, in das Penthouse kam, blieb sie im geöffneten Durchgang zu dem großen Schlafzimmer stehen. Seit Lucien nicht mehr da war, hatte der Raum eine Art Beerdigungsatmosphäre angenommen. Luciens schwer zu fassender Duft hing wie ein immaterieller Geist in der Luft und quälte sie.

Ein stechendes Gefühl der Sehnsucht durchzuckte sie – so scharf, dass es ihr den Atem raubte. Mein Gott, wie sehr vermisste sie ihn.

Sie sollte weggehen. Natürlich sollte sie das. Sie hatte die ganze Zeit den frommen Wunsch gehegt, alles so zu lassen, damit sie die Gelegenheit nutzen und ihn von Angesicht zu Angesicht sprechen … um seine Vergebung betteln konnte. Doch warum eigentlich? Sie hatte doch bewiesen, dass sie seinen fehlenden Glauben an sie verdient hatte. Sie hatte ihm schließlich gezeigt, weshalb er ihr besser nicht vertrauen sollte. Es war doch so, dass sie sich genau in der Art und Weise verhalten hatte, die er ihr immer vorgeworfen hatte.

Impulsiv. Ungestüm. Zügellos.

Tränen liefen aus ihren Augen, während sie ihren Koffer hervorholte. Es war noch gar nicht so lange her, da hatte Lucien ihn für sie gepackt, in dieser heruntergekommenen Kaschemme, in der sie damals wohnte. Wohin würde sie jetzt gehen? Sie wusste, sie sollte sich darüber Gedanken machen.

Doch das große Gewicht, das auf ihrer Brust zu liegen schien, machte es ihr im Grunde unmöglich, solch eine große Entscheidung zu treffen.

Sie warf Stück um Stück in den Koffer und gab sich dabei alle Mühe, die Kontrolle zu bewahren, doch je länger es dauerte, umso mehr sah sie Luciens luxuriöse Suite hinter einem Vorhang aus Tränen.

Impulsiv. Ungestüm. Zügellos. Die Worte wiederholten sich in ihrem Kopf wie ein Ohrwurm.

Sie sank auf das Bettende und schluchzte vor Gram. Zum ersten Mal, seit Lucien Chicago verlassen hatte, weinte sie. Sie war so unbesonnen gewesen, sich zu verlieben, und dann auch noch so vollständig. Unwiderruflich. Sie hatte es getan, und jetzt gab es keinen Weg mehr zurück – nur vorwärts, in eine Zukunft, die ohne Lucien düster und einsam aussah.

Aber sie hatte seit ihrer Ankunft in Chicago etwas gelernt, oder nicht? Sie war eine ausdauernde Arbeiterin. Sie liebte das Kochen. Und trotz allem, was in letzter Zeit geschehen war, konnte sie noch immer den neu gewonnenen Kern ihrer inneren Stärke fühlen – den sie unmöglich verneinen oder ignorieren konnte.

Sie würde nicht aufgeben. Sie würde aushalten. Ganz egal wie schwierig es werden würde.

Mit der Rückseite der Hand wischte sie sich ihr Gesicht trocken, stand auf und packte ihren Koffer weiter. Sie war entschlossen, Minute für Minute vorzugehen. Notfalls Sekunde für Sekunde. Pläne mussten gemacht werden, und sie würden gemacht werden. Ganz egal wie hohl sie sich in ihrem Innern fühlte.

Das Penthouse wirkte glanzlos, wie tot, als Lucien am nächsten Tag die Wohnungstür öffnete. Es war früh an diesem

Sonntagmorgen. Er hatte kaum geschlafen, nur im Flugzeug ein paar Stunden, seine Augen waren vor Erschöpfung ganz rot und fühlten sich sandig an. Es waren herzzerreißende Tage gewesen, die er hinter sich hatte, an denen er Ian und dessen Großeltern an Helens Seite gesehen hatte und mitbekam, wie ihr Leben ganz langsam auslief.

Er war so schnell zurückgekehrt, wie er sich selbst sicher sein konnte, dass er alles ihm Mögliche erledigt hatte. Der überwältigende Wunsch, in Elise' strahlendes Gesicht zu sehen, hatte sich in ihm aufgestaut … er wollte Trost in ihrer vibrierenden Gegenwart finden.

Wenn er hätte raten müssen, hätte er jetzt vermutet, das Penthouse sei leer. Vielleicht war sie eine Runde joggen?

Unruhe kam in ihm auf, als er zurückging, um seine Vermutung zu überprüfen. Natürlich war das Bett leer und ordentlich gemacht – ein sehr deprimierender Anblick für ihn, nachdem er immer häufiger darüber fantasiert hatte, wie er Elise warm, weich und geschmeidig darin vorfinden werde.

Er runzelte die Stirn, als er einen Blick ins Schlafzimmer warf. Es sah viel zu aufgeräumt aus. Elise war nun keineswegs unordentlich, aber sie hinterließ in der Regel doch einige Hinweise auf ihre Gegenwart – eine Zeitschrift oder ein Buch auf dem Nachttisch, ein über einen Stuhl geworfenes Halstuch …

… die Haarbürste ihrer Großmutter auf dem Schminktisch im Badezimmer.

Er eilte auf der Suche nach einem solchen verräterischen Beweis zum Bad. Er sah weder eine Haarbürste, noch sah er Elise' Parfumflakon, der gewöhnlich neben seinem Eau de Cologne stand. *Überhaupt keines* ihrer persönlichen Besitztümer, an die er sich inzwischen schon gewöhnt hatte, war zu finden.

Die Alarmglocken schrillten in ihm, heftig und misstönend.

»Elise«, rief er. Schnell überprüfte er noch das Wohnzimmer, die Küche, das Esszimmer, das Gästeschlafzimmer und das Fernsehzimmer. Alle leer.

Sie war weg. Ein eisiges Frösteln überwältigte ihn. Er hatte sich schon ziemliche Sorgen darüber gemacht, dass sie abgestoßen sein könnte von dem, was sie an jenem Abend in Ians Penthouse erfahren hatte. Sie hatte sich ganz sicher auch unbehaglich und unangenehm berührt angehört, als sie kurz miteinander telefoniert hatten. Außerdem hatte sie ihn nie angerufen, während er in London war. Er hatte gewusst, dass sie miteinander reden mussten, doch es war ihm sinnlos und hohl vorgekommen, dies über das Telefon zu versuchen, daher hatte er ihr nur kurze Nachrichten geschickt, um sie auf dem Laufenden zu halten. Sie mussten von Angesicht zu Angesicht sprechen, sobald er zurück war.

Er hatte nicht vermutet, dass die Dinge so schlecht lagen, dass sie ihn *verlassen* würde. Aber möglicherweise lag es gar nicht an ihrem Unwohlsein in Bezug auf Trevor Gaines? Vielleicht war sie wütend, dass er ihr nicht die ganze Wahrheit anvertraut hatte?

Schließlich hatte er ihr immer vorgehalten, wie wichtig Ehrlichkeit sei, erinnerte er sich grimmig.

Er steckte die Schlüssel, die er auf einem Tisch im Wohnzimmer liegen sah, in die Hosentasche und eilte zur Wohnungstür. Schon im Laufen griff er nach seinem Handy. Er würde sie finden, dachte er, und der Moment der Panik hatte einer wilden Entschlossenheit Platz gemacht. Wenn sie nicht ans Telefon ging, würde vermutlich Francesca wissen, wo sie sich aufhielt … und Denise oder Sharon waren gute Anlaufstationen, obwohl das Fusion heute geschlossen hatte …

Seine Hand lag schon auf der Klinke, als ihm aus dem Augenwinkel heraus etwas auf dem Flurtischchen auffiel und er innehielt.

Elise' Portemonnaie lag darauf. Ein mächtiges Gefühl der Erleichterung überkam ihn, raubte ihm fast den Atem. Doch Bestürzung folgte diesem Gefühl auf dem Fuße.

Zum ersten Mal wurde ihm deutlich, dass es ihm in Bezug auf die distanzierte, unpersönliche Kommunikation, die zwischen ihnen stattgefunden hatte, ganz ähnlich ging wie Elise. Er war sich nicht mehr sicher, was er ihr sagen wollte.

Lucien dachte daran, wie er sie immer wieder ermutigt hatte, ehrlich zu sein, wie er ihr versichert hatte, dass er niemals enttäuscht sein würde von ihr, wenn sie ehrlich zu ihm sei. Sie hatte es verdient, dass er sich ebenso verhielt, doch genau das hatte er ihr verweigert. Ja, er hatte gute Gründe dafür gehabt. Die Wahrheit über Trevor Gaines war nicht nur seine widerwärtige Geschichte, es war auch die von Ian. Lucien hatte sich eingeredet, dass es richtig war, dass Ian der Erste sein musste, der diese Tatsachen hören sollte. Er glaubte noch immer fest an diese Entscheidung, aber seine Geheimhaltung hatte noch andere Gründe als nur seinen Respekt für Ian. Das verstand er jetzt. Seine Vernunft hatte ihm mit dieser Geschichte jahrelang die Entschuldigung dafür geliefert, warum er von anderen Menschen Abstand halten musste. Von den Frauen, mit denen er ausgegangen war, seiner Adoptivmutter, seinem idiotischen Adoptivvater …

Von Elise.

Es war Lucien gewesen, der sich immer unsicher gewesen war angesichts der Wahrheit. Er war so abgestoßen von ihr, dass er deren hässliche Fratze sogar vor ihr geheim gehalten hatte.

Besonders vor ihr.

Was im Grunde das Gleiche war, wie eine hohe Mauer um sein Herz zu errichten.

Elise stand am nach Osten gerichteten Geländer, und ein kühler, angenehmer Morgenwind blies gegen ihre Wangen und fuhr ihr durchs Haar. Vereinzelte Wolken verdeckten gelegentlich die Sonne, sodass sie in einem Moment im hellen Licht, im nächsten Augenblick im Schatten stand. Sie war auf der Dachterrasse, aber sie hatte das sehr seltsame Gefühl, sich an einer symbolischen Weggabelung zu befinden.

Ihre Pläne waren gemacht. Es war Zeit für sie, Luciens Wohnung für immer zu verlassen. Er konnte es nicht wollen, dass sie hierblieb. Er würde es nicht wollen.

Ihre Koffer hatte sie schon weggebracht. Anstatt gezwungen zu sein, wie ein begossener Pudel nach Paris zurückkehren zu müssen – was sie befürchtet hatte –, war Denise ihre Rettung gewesen. Die Küchenchefin hatte am vergangenen Abend darauf bestanden, dass sie bei ihr wohnen solle.

Elise hatte ihre Mentorin angerufen und ihr eine bearbeitete Version dessen erzählt, weshalb sie aus Chicago fortgehen müsse, ohne dass sie dabei Lucien vor seiner Angestellten bloßstellte. Doch es stellte sich heraus, dass ihre Sorgen unbegründet gewesen waren. So sensibel, wie Denise war, hatte sie schon längst geahnt, dass Elise und Lucien ein Paar waren. Sie zeigte ihr Bedauern, dass es aus war, war aber klug genug, nicht für eine Seite Partei zu ergreifen. Elise hatte der älteren Frau versichert, ihr die Miete so schnell wie möglich zurückzuzahlen, aber Denise hatte sich darum keine Gedanken gemacht.

»Mit deinem Talent hast du in kürzester Zeit ein eigenes Restaurant. Wenn du unbedingt willst, kannst du mir dann das Geld zurückgeben, aber viel wichtiger ist, dass du deine Ausbildung beendest«, hatte sie erklärt.

Elise atmete die frische Luft ein und betete um Inspiration. Um Erkenntnis.

Es gibt einen Unterschied zwischen Fragen und Betteln. In einer Frage liegt keine Verzweiflung – nur Mut.

Diese Worte, die Lucien ihr auf genau dieser Terrasse unter einem mitternachtsblauen, sternenfunkelnden Himmel gesagt hatte, hallten in ihrem Kopf wider. War es vielleicht Blödsinn, dass sie jetzt fortging? Gab sie zu schnell auf, ohne sich selbst noch einmal die Gelegenheit zu geben, mit Lucien zu sprechen … um seine Vergebung zu bitten?

War sie noch immer zu impulsiv, auch wenn sie nicht mehr so egoistisch war?

»Du gehst nicht fort.«

Erschrocken zuckte sie zusammen, als sie diese vertraute, so dominierende Stimme hörte.

Sie drehte sich mit aufgerissenen Augen um. Er stand keine drei Meter entfernt von ihr. Er trug eine Jeans und ein weißes T-Shirt, das scharlachrote Button-down-Hemd flatterte leicht im Wind um seinen schlanken Oberkörper. Bartstoppeln umgaben sein ansonsten so ordentlich rasiertes Kinn, seine Wangenknochen traten deutlicher hervor als sonst, unter seinen Augen lagen dunkle Schatten.

Und doch hatte sie ihn noch nie so schön gesehen.

»Lucien«, sagte sie tonlos.

»Warum ist nichts mehr von deinen Sachen im Penthouse?«, fragte er. Sein Gesicht wirkte streng, seine Augen funkelten sie an, als er näher kam.

»Weil ich sie zu Denise habe bringen lassen. Sie hat mir angeboten, dass ich bei ihr wohnen kann, bis ich meine Ausbildung beendet habe. Das heißt«, sie leckte sich nervös über die Unterlippe, »falls du es erlaubst, dass ich meine Ausbildung im Fusion noch beenden darf.«

»Warum sollte ich es dir verbieten, deine Ausbildung im Fusion zu beenden?«, wollte er wissen. Seine Nasenflügel bebten leicht, seine Augenbrauen neigten sich in einem gefährlichen Winkel.

Elise zuckte mit den Schultern und ließ ein verzweifeltes, atemloses Lachen hören. »Oh, ich weiß nicht. Vielleicht weil ich dein Vertrauen missbraucht habe und dich dazu gebracht habe, Ian Noble die Wahrheit zu erzählen, bevor du dich dafür eigentlich bereit gefühlt hast? Vielleicht weil bei dieser von mir verursachten Explosion die Trümmer nicht nur auf mich, sondern auch auf Ian und Francesca gestürzt sind? Vielleicht weil ich, wie üblich, mal wieder keine Ahnung hatte, was ich da ausgelöst habe, als ich alles zerstört habe? Auch wenn ich niemandem wehtun möchte, scheint es so, als sei es einfach mein Schicksal, sogar unabsichtlich dafür zu sorgen.«

Lucien sah sie lange, durchdringend an, schüttelte den Kopf ganz leicht und warf dann einen wilden Blick auf den See.

»Du hast nichts getan, was nicht in deiner Persönlichkeit angelegt ist, Elise. Ich war es, der dich im Dunkeln gelassen hat über die Wahrheit. Wenn ich dir von Anfang an offengelegt hätte, warum ich nach Chicago gekommen bin … nun. Die Dinge wären dann anders gelaufen.«

Ein Auto hupte in der Ferne. Ein Windstoß fegte an ihren Ohren vorbei.

»Und warum hast du es nicht getan?«, fragte sie, obwohl sie nicht sicher war, ob sie die Antwort wirklich hören wollte. »Weil du mir nicht vertraut hast, mit dieser Wahrheit umzugehen? Hast du gedacht, ich hätte damit etwas gegen dich in der Hand oder würde damit … irgendwann herausplatzen? Was ich dann ja auch genau so gemacht habe«, beendete sie hoffnungslos ihren Satz. »Es hat sich ja herausgestellt, dass du damit recht gehabt hast.«

»Nein«, entgegnete er verächtlich. »Das war es nicht. Zumindest war das schon lange nicht mehr meine Sorge. Abgesehen davon bist du mit gar nichts herausgeplatzt. Du hast vielleicht den Boden dafür bereitet, aber ich bin es gewesen, der sich entschieden hat, Ian an diesem Abend in seinem Büro die Wahrheit zu sagen. Du hast mich zu nichts gezwungen. Es war einfach … Schicksal oder so, dass ich es ihm in diesem Moment erzählt habe. Und nicht nur ich bin dieser Meinung. Ian hat einmal etwas ganz Ähnliches erwähnt.«

»Er muss mich dafür hassen, dass ich all das aufgebracht habe, ausgerechnet in dem Moment, in dem er so verletzlich war.«

Lucien schüttelte wieder den Kopf. »Das tut er nicht. Überhaupt nicht. Er hat mir gestanden, dass all das ein ganz unheimliches Gefühl in ihm verursacht hat, so als hätte er einen Großteil seines Lebens auf genau diesen Moment gewartet. Er hat sich davor gescheut, aber zugleich sich danach gesehnt zu erfahren, welches die wahren Ursprünge seiner Familie sind. Und seine eigenen.«

Sie starrte ihn sprachlos an.

»Ich habe gedacht, du wärst wütend. Als ich mich entschuldigt und dir gesagt habe, dass ich es nicht absichtlich getan hatte, hast du nur gesagt: ›Natürlich hast du das nicht. Das tust du nie.‹«

Seine Augenbrauen zogen sich zusammen, und er sah aus, als würde er versuchen, sich zu erinnern, was genau sie meinte. »Das habe ich aber nicht ironisch gemeint.«

»Was?«, fragte sie verblüfft.

Er schloss kurz die Augen und atmete aus. »Ich weiß, ich war abgelenkt. Ian war ein Nervenbündel und hat nicht weit entfernt von mir gesessen, als wir telefoniert haben. Ich habe damit nur sagen wollen, dass es in deiner Natur liegt, dass du aus deinem Herzen sprichst, und ich weiß, dass du damit nie jemanden verletzen möchtest. Du bist von Grund auf gutherzig. Ich weiß auch, dass du nicht launisch bist. Du bist vor allem dann ganz du selbst, wenn du die Wahrheit sagst.«

»Oh«, sagte sie nur. Ihre Augen weiteten sich, und ein warmes Gefühl durchfloss sie. Sie erinnerte sich, dass Francesca etwas ganz Ähnliches über ihre Motivation gesagt hatte. Es erschien ihr zu gut, um wahr zu sein, dass Lucien das Gleiche fühlte. »Launisch, nein – dumm, ja, manchmal vielleicht.«

Lucien verneinte. »Nein. Das habe ich auch an diesem Abend gespürt. Ab und an geschieht es im Leben, dass, wenn man verstanden hat, dass jetzt der Augenblick gekommen ist, man sieht, welchen Weg man gehen muss. So ist es mir an diesem Abend ergangen, als Ian den Anruf bekommen hat. Und wie gesagt, Ian hat es ebenso empfunden.«

Sie erinnerte sich vage, dass ihr an jenem Abend kurz der Gedanke gekommen war, dass Ian ihr wie ein Schlafwandler vorgekommen war.

»Ist mit ihm alles in Ordnung?«, fragte sie einen Moment später.

Lucien zuckte mit den Achseln, sein Blick war leer. »Er behauptet, alles sei okay. Aber um ehrlich zu sein, ich glaube, dass er sich hundeelend fühlt. Ich würde mir wünschen, dass ich verstehen könnte, was in seinem brillanten Gehirn jetzt vor sich geht. Er gibt aber nur sehr wenig von sich preis. Du kannst dir vorstellen, wie überrascht seine Großeltern und ich waren, als er plötzlich erklärt hat, er müsse geschäftlich nach Deutschland.«

»Francesca ist krank vor Sorge.«

Sein undurchdringlicher Blick ließ sie in sich zusammensacken. Oh nein. Francesca hatte recht mit ihren Bedenken.

Elise betrachtete jedes Detail seines Gesichts. Es erschien ihr so unglaublich, dass er vor ihr stand, wo sie sich doch gerade aus vollem Herzen nach ihm gesehnt hatte, so sehr, dass es ihr schwergefallen war, an irgendetwas anderes zu denken. Einen Moment lang sogen sie sich gegenseitig mit ihren Blicken auf. Schließlich schluckte sie schwer. »Lucien, wenn es stimmt, dass du mir nicht deshalb die Wahrheit vorenthalten hast, weil du mir nicht vertraut hast, warum hast du es mir denn dann nicht erzählt?«

Wieder schweifte sein Blick über den See. Seine Augen leuchteten im gedämpften Licht.

»Das weißt du nicht?«

Elise schüttelte den Kopf. Sie konnte spüren, wie unangenehm es ihm war … wie sehr er mit sich rang.

»Bis ich dort in Ians Büro gestanden habe, war mir selbst nicht bewusst, wie sehr ich es vermieden habe, ihm die Wahrheit zu sagen. Ich wollte diesen Schmerz nicht weitergeben. Diese Belastung. Die Schande«, fügte er nach einer Pause noch hinzu.

»Für was müsstest du dich denn schämen? Du hast doch gar nichts getan«, sagte sie erhitzt. »Auch Ian nicht. Das war dieser Mann … dieser Gaines. Es war doch seine Schuld! Nicht deine.«

Seine Augen wurden kalt. »Du weißt nicht, wie es ist … mit dem Wissen über die Krankheit deines Vaters leben zu müssen. Über seine Verderbtheit. Dem kannst du nicht entkommen. Es steckt in deinem Blut. Man kann sich nicht davon reinigen.« Er lachte grell. »Du kannst dir nicht vorstellen, wie dumm ich mir vorgekommen bin, als ich versucht habe, einen Ort zu finden, an den ich gehöre … eine Familie zu finden, zu der ich passe … denn ich wollte der Scham von Adrians Verbrechen und der Egozentrik meiner Mutter entfliehen … nur um dann zu entdecken, dass die Sünden meines leiblichen Vaters noch tausend Mal abscheulicher waren als alles, was sich meine Adoptiveltern jemals haben zuschulden kommen lassen.«

»Lucien«, flüsterte sie voller Gefühl. »Du bist ein ganz eigener Mensch.«

Ein kleines Lächeln tauchte auf seinen Lippen auf. »Ich weiß. Dank dir habe ich mir nun schon seit Jahren diese Vorstellung antrainieren können. Ich denke, das hat mich gerettet. So schlimm es auch war, von dieser Katastrophe namens Trevor Gaines zu erfahren, so glaube ich doch, dass es unvergleichlich viel schlimmer für Ian ist, der die Impfung nicht bekommen hat, die du und ich schon hatten.« Er warf ihr einen inbrünstigen Blick zu. »Du und ich, wir sind schon früher einmal diesen Weg gegangen. Wir haben beide mit der Vorstellung gekämpft, dass wir unser eigenes Schicksal in die Hand nehmen müssen, dass unsere Eltern nicht bestimmen, wer wir sind.«

»Ich habe in meinem ganzen Leben nie einen anderen Menschen getroffen, der so einzigartig ist wie du.«

Sein Kiefer spannte sich an. Er ging in genau dem Moment auf sie zu, in dem auch sie näher an ihn herantrat. Dann lag sie in seinen Armen, ihre Wange an seine Brust gedrückt, seinen Geruch einatmend. Es war tatsächlich ein Wunder, in seiner Umarmung ruhen zu dürfen.

»Es ist wirklich so, als würde man den Sonnenschein im Arm halten, wenn man dich umarmt«, flüsterte er ihr rau ins Ohr. »Du vertreibst alle Schatten.«

»Warum bist du so kalt zu mir gewesen, seit du weggefahren warst?«, fragte sie mit gedämpfter Stimme an seiner Brust, nachdem sie die Aufregung verarbeitet hatte, die seine gefühlsbetonten Worte in ihr ausgelöst hatten.

»Als ich dich nach meiner Ankunft in London angerufen hatte, war ich zurückhaltend. Unsicher. Und du klangst so distanziert. Ich habe mich gefragt, ob ich mir zu recht Sorgen gemacht hatte, es dir zu sagen.«

»Du hast dir Sorgen gemacht, ob du mir von Gaines erzählen solltest?«

»Alles, was ich dir eben darüber erzählt habe, wie unsicher ich gewesen bin, Ian von diesen Dingen zu berichten, war in Bezug auf dich tausend Mal schlimmer. Ich wollte es dir ja erzählen … aber es kam mir wie ein Gift vor, das ich damit ausschütten würde. Dieses Geheimnis und mein Wunsch, meine leibliche Mutter zu finden, haben mich jahrelang davon abgehalten, mich anderen Menschen gegenüber zu öffnen. Das hat mich niemals so gequält wie bei dir.«

Sein bloßgelegter Schmerz legte einen Schalter in ihr um. Sie umarmte ihn noch fester, als würde sie wirklich glauben, dass ihre Umarmung ihn vor all den Schatten seines Lebens beschützen könnte.

»Es tut mir leid, dass ich dir nicht die Wahrheit gesagt habe. Du musst glauben, dass ich ein Heuchler bin. Schließlich habe ich dich immer aufgefordert, ehrlich zu sein.«

Sie schüttelte den Kopf an seiner Brust. »Nein, ich verstehe das. Du hattest diesen Schmerz so lange für dich behalten. Nein … du hattest ihn in dir *vergraben*. Es ist nur natürlich, dass du dir Sorgen darüber gemacht hast, ihn der Welt zu offenbaren und Menschen, die dir wichtig waren, davon zu erzählen. Und was das andere angeht, so hast du es richtig gemacht, als du mich aufgefordert hast, immer die Wahrheit zu sagen. Das wissen wir beide. Ich habe so lange ein Leben voller Lügen und Provokationen und Manipulationen gelebt. Du hast mir die Grenzen aufgezeigt, die ich gebraucht habe. Du hast sehr genau gewusst, dass ich wirklich alles getan hätte – dass ich alles riskiert hätte –, um bei dir zu sein. Das umfasst natürlich auch ein wenig Selbstbeschränkung und eine Menge Selbstwertgefühl«, erklärte sie mit belegter Stimme.

Sie holte Luft und bemühte sich, trotz des einschnürenden

Gefühls um ihre Brust tief einzuatmen, dann sah sie in sein Gesicht.

»Ich liebe dich. Was sagst du zu dieser Wahrheit? Was sagst du zu diesem Risiko«, fragte sie lachend. Eine Träne lief ihr über die Wange. »Was sagst du zu diesem Selbstvertrauen?«

Seine Miene fiel in sich zusammen; seine Nasenflügel bebten. Er verschloss augenblicklich ihren Mund mit seinem … und Elise wurde in die Wahrheit eingetaucht, schwamm in ihr, und sie hatte noch nie weniger Angst in ihrem Leben vor dem Untergehen gehabt.

»Hast du etwas dagegen?«, fragte er einen Moment mit heiserer Stimme, als er sich zu ihr hinunterbeugte und seine Unterarme unter ihre Kniekehlen schob. Er trug sie mit feurigem Blick in Richtung Treppe.

»Ich hätte etwas dagegen, wenn du es nicht tun würdest.«

Minuten später lagen sie nackt auf dem Bett, Lucien auf ihr. Ihre Bäuche hoben und senkten sich zusammen. Er hielt ihre Armgelenke über ihrem Kopf fest, und sein Blick verließ niemals ihr Gesicht, als er seinen Schwanz in sie hineinschob und sie miteinander verschmolzen. Sie erschauderte. Das Gefühl war ergreifend … mächtig … so scharf wie eine Messerklinge. Er blieb regungslos liegen, auf dem Rand der Lust schwebend, sie genießend, und wünschte sich, sie möge sich in einem lauten, köstlichen Knall erlösen, wünschte sich aber auch zugleich, sie möge für ewig andauern.

Er wollte für immer bei ihr bleiben.

»Ich liebe dich«, sagte er. Das Gefühl und das grobe Verlangen ließen seine Stimme strenger klingen, als er es vorgehabt hatte. »Ich glaube, ich habe dich schon immer geliebt. Nicht so, wie ich dich jetzt liebe, aber trotzdem … bist du immer in meinem Herzen gewesen. Du *bist* mein Herz, Elise.«

Sie starrte verzückt zu ihm hinauf, und er war erneut von ihrem leuchtenden Wesen überwältigt.

»Sag mir, was du willst.«

»Ich will dich«, flüsterte sie.

Sein Schwanz zuckte unerträglich in ihrer umklammernden Höhle. Er verstärkte den Griff auf ihre Handgelenke und fing an, sich zu bewegen. Beide keuchten sie bei diesem scharfen Wohlgefühl. Dann hielt er wieder inne, fest entschlossen, den Moment zu verlängern. Er öffnete die Augen und begegnete ihrem Blick. Lucien umfasste ihr Kinn und war wieder einmal darüber erstaunt, wie weich ihre Haut war. Er würde es hinauszögern … würde für Stunden auf dieser köstlichen Klippe der Lust kauern, sie so lange fest zusammenpressen, wie es Gott einem sterblichen Mann erlaubte.

Sie quetschte ihn mit ihren Vaginalmuskeln ein. Er jammerte vor Lust, stöhnte und stieß sie, obwohl er es eigentlich gar nicht gewollt hatte. Sie versuchte ihn so schmerzhaft …

»Ich werde dich nie wieder Disziplin lehren«, krächzte er und nahm sie mit langen, kräftigen Stößen. »Das war von Anfang an vergebliche Mühe.«

»Das tut mir leid.«

»Nein, das tut es nicht. Und mir auch nicht. Ich würde dich gar nicht anders haben wollen«, konnte er noch sagen, bevor er sie gemeinsam in höchste Höhen führte und alle rationalen Gedanken vergessen waren.

Anschließend lagen sie so dicht beieinander, wie es zwei Menschen möglich war. Ihr Atem verlangsamte sich gemeinsam, bis er in eine träge, hypnotische Synchronie überging. Sein Penis war noch immer in ihr. Er spürte, wie ihr warmer, weicher Körper unter ihm leicht hüpfte, und hob seinen Kopf, um ihre erschrockenen, schweißüberströmten Gesichtszüge zu studieren.

»Was ist mit deiner Mutter? Francesca hat mir erzählt, dass Helen noch in der Lage gewesen ist, dir vor ihrem Tod den Namen zu nennen. Ich hatte gedacht, dass du sofort nach Marokko aufbrichst, um sie zu suchen!«

Er beugte sich vor und küsste ihre Nasenspitze. »Ein Tag oder zwei machen nach all dieser Zeit auch keinen Unterschied mehr aus. Außerdem habe ich ja noch eine andere Familie, um die ich mich kümmern wollte.«

In ihrem schlanken Hals bildete sich ein Kloß. »*Mich?*«, wollte sie ungläubig wissen.

Er lächelte. »Wenn es etwas gibt, das uns diese ganze Sache gelehrt hat, dann doch wohl, dass *wir selbst* uns unsere Familien aussuchen. Blut bestimmt nicht über eine Familie. Auch nicht unbedingt die gesetzlichen Vorschriften. Wir waren getrennte Einzelgänger, aber zusammen … ja, zusammen sind wir eine Familie, du und ich. Oder wir können es sein.«

»Ich hatte ja keine Ahnung, dass du jemals so etwas fühlen könntest.« Verwunderung färbte ihren Ton. Als sie seine hochgezogenen Augenbrauen sah, beeilte sie sich hinzuzufügen: »Natürlich möchte ich zu deiner Familie gehören. Und natürlich bist du meine. Aber … seit wann weißt du das?«

»Es ist mir langsam klar geworden, aber ich glaube, dass ich es, ganz tief in mir drin, seit dem Tag gewusst habe, an dem du ins Fusion geplatzt bist und darauf bestanden hast, meine neue Küchenchefin zu werden. Ich hatte schon geahnt, dass du ein Risiko für meine Aufgabe hier in Chicago sein könntest, aber ich konnte dir nicht widerstehen.« Bei dieser Erinnerung wurde sein Lächeln größer. Er schüttelte den Kopf. »Wie mutig du bist, mein winziges Frauchen.«

»Ich bin nicht winzig«, widersprach sie. Ihr Stirnrunzeln verschwand. »Was meinst du damit, du hast das schon seit jenem Tag gespürt?«

Er zuckte mit den Achseln, und seine Miene wurde nüchtern, als er zu ihr hinuntersah. »Nur dass mir dort zum ersten Mal deutlich geworden ist, dass ich nicht noch einmal einfach so von dir würde fortgehen können. Zumal du in mein Leben zurückstolziert bist und mir mit einer roten Fahne vor der Nase herumgewedelt hast. Wenn du das so schamlos riskieren konntest, dann würde ich das sicherlich auch können.«

»Bei dir hört es sich an, als wäre unsere Beziehung nur auf Sex aufgebaut … als ginge es nur um die gegenseitige Befriedigung unserer Bedürfnisse.« Ihr finsterer Blick war zurückgekehrt. Doch dahinter spürte er ihre Fragen.

»Nun, so ist es sicherlich auch einmal gewesen.«

Er lachte weich, als er ihre empörte Miene sah. »Das ist mir nicht immer so deutlich gewesen wie jetzt. Ich spreche im Rückblick. Aber ich denke, dass ein Teil von mir es schon damals gewusst hat, denn ich habe deine Herausforderung angenommen, obwohl ich gewusst habe, dass ich damit meine Chance auf eine andere Familie aufs Spiel setzte. Ian und meine leibliche Mutter«, fügte er erläuternd hinzu, da sie ihn verwirrt angeblickt hatte. »Abgesehen davon hast du mir nicht vertraut. Ich musste etwas sagen, das dich an mich binden würde.«

»Also hast du dich darangemacht, mich auf sexuelle Art und Weise an dich zu knoten«, stellte sie vorwurfsvoll fest.

Er küsste ihren Mund leicht, und trotz ihres Grolls erwiderten ihre Lippen seine Zärtlichkeit.

»Ich habe dir wirklich Kontrolle beibringen müssen, Elise. Du hättest mich ansonsten bei lebendigem Leibe verbrannt. Das könnte auch immer noch passieren«, gab er reumütig zu.

Sie griff nach oben und fuhr mit ihren Fingern durch seine Haare. Er schloss genießerisch die Augen, als sie mit ihren Fingernägeln über seine Kopfhaut fuhr. Sein Schwanz erhob sich in ihrem warmen Tunnel.

»Du bist mein persönlicher *sac de nœuds* gewesen«, sagte er. Lucien schnurrte leise, als sie ihn streichelte und sein Körper sich anspannte und versteifte. Ihre Hände blieben unbeweglich auf seinem Kopf liegen. Er öffnete die Augen.

»Du hältst mich für einen Sack voller Knoten?«, fragte sie und klang ein wenig beleidigt.

Er bewegte seine Hüften, schob sich tiefer in sie hinein. Sie keuchte.

»Keine Sorge, *ma chère*«, brummte Lucien, während er seinen Oberkörper über ihr abstützte und sie wieder tief und hart stieß. Er fing ihr weiches Stöhnen mit seinen Lippen auf. »Das ist eine Herausforderung, für die ich mehr als bereit bin. Und deine Geheimnisse zu ergründen wird mich für den Rest meines Lebens beschäftigt halten – ganz zu schweigen vom Auskosten der großzügigen Entlohnung dafür.«